Le Compromis de Long Island

DE LA MÊME AUTRICE

Fleishman a des ennuis, Calmann-Lévy, 2020 ; J'ai Lu, 2021

Taffy Brodesser-Akner

Le Compromis de Long Island

roman

**Traduit de l'anglais (États-Unis)
par Diniz Galhos**

CALMANN LEVY

CALMANN LÉVY
ÉDITEUR DEPUIS 1836

Titre original :
LONG ISLAND COMPROMISE

Première publication : Random House,
une division de Penguin Random House LLC, New York, 2024

COUVERTURE
Maquette et illustration : © Tyler Comrie
Adaptation : 'Olo

ISBN 978-2-7021-9175-0

Le Compromis de Long Island
L'avis des libraires

« Profondément drôle, la langue insolente et corrosive de Taffy Brodesser-Akner nous emmène du côté du soi-disant rêve américain en nous faisant pénétrer dans les replis névrotiques des Fletcher, ou comment une famille fortunée juive new-yorkaise survit à ses traumas. Indispensable et jubilatoire ! »

Brindha Seethanen-Thuot, librairie Millepages, Vincennes

« Ce roman est grandiose, une saga familiale complètement folle qui nous plonge dans ce que les relations humaines peuvent avoir de plus noir pour mieux dénoncer les travers d'un type de société qui sombre inexorablement. Taffy Brodesser-Akner s'impose vraiment comme l'une des autrices les plus importantes de la littérature américaine contemporaine. »

Aurélie Barlet, librairie La Pléiade, Cagnes-sur-Mer

« Taffy Brodesser-Akner dissèque avec une finesse acérée et un humour mordant les traumatismes familiaux et les illusions du rêve américain dans un roman tout aussi drôle, bouleversant que captivant. Un bijou, à lire absolument ! »

Sébastien Lavy, librairie Page et Plume, Limoges

« Taffy Brodesser-Akner s'attaque au trauma, aux conséquences psychologiques et sociales de l'hyper-richesse, à la mort, au rêve américain, aux épreuves de la vie, aux non-dits et à la force de l'amour dans une famille. Un peu comme un roman de Nathan Hill ou Jonathan Franzen, Taffy Brodesser-Akner nous emmène dans un tourbillon narratif parfaitement maîtrisé et la fin terrible promise au début du livre adviendra. Mais certainement pas comme vous l'aviez imaginée ! »

Stéphanie Hanet, librairie Coiffard, Nantes

« Ce *Compromis* va mettre tout le monde d'accord : un roman sidérant et d'une intelligence rare, un indispensable pour tout amateur de grande littérature américaine ! »

Brice Muller, librairie Les Mots et les Choses, Boulogne-Billancourt

« *Le Compromis de Long Island* est une chronique familiale et sociale sans compromis sur l'Amérique contemporaine. Après une entrée en matière où le lecteur retient son souffle, Taffy Brodesser-Akner tisse habilement les différentes trajectoires de vie des membres d'une famille portée par l'ambition, la tradition et la peur des traumatismes passés. »

Ulysse Ronné, librairie Mollat, Bordeaux

« Entre tragi-comédie et mélodrame familial, Taffy Brodesser-Akner excelle à disséquer les troubles de cette famille dysfonctionnelle, tellement riche qu'elle pense qu'il ne peut rien lui arriver. Jusqu'au drame, l'enlèvement du père et… surtout son retour. »

Christelle Disdier Chaplain, librairie Les Passeurs de Mots, Sarzeau

« Foisonnant, drôle, aussi tendre que cruel, *Le Compromis de Long Island* est une saga moderne sur la vulnérabilité derrière la façade du succès, sur les cicatrices invisibles qui se transmettent et sur le prix à payer pour préserver les apparences. Un roman à la fois satirique et bouleversant, qui interroge notre rapport à la famille. »

Nicolas Bastin, librairie Le Coin des Livres, Davézieux

« Certaines scènes mythiques dans ce roman vont vous arracher plus qu'un sourire et certainement des éclats de rire de telle sorte qu'il faudra bien aviser l'endroit où vous entamerez cette lecture car Beamer, Ruth et Marjorie sauront tous animer vos soirées lecture. »

Lucie Arcanger, librairie Les Nouveautés, Paris

« J'ai non seulement aimé les heurs et malheurs de cette famille américaine, mais j'ai surtout été très sensible au style de l'auteur, c'est une écriture puissante et en même temps, tellement subtile et spirituelle, on suit les personnages, on les voit, on les entend, ils nous agacent, et on les aime… »

Anne Ploquin, Fnac Part-Dieu, Lyon

« Entre critique sociale et ironie cruelle, le style foisonnant du *Compromis de Long Island* nous plonge dans un monde où on hérite autant des millions que des traumatismes familiaux. »

Clément Guillot, librairie Lavigne, Montbrison

« Quatre ans après son premier roman *Fleishman a des ennuis*, Taffy Brodesser-Akner revient de sa plume agile et cynique esquisser une Amérique fragile et s'amuse à mettre en exergue les défauts d'une riche classe américaine juive au bord de la crise de nerfs. »

Alice Tillet, librairie Libralire, Paris

« Dans la catégorie "roman juif-américain", on est plutôt bien servi avec de grands auteurs comme Saul Bellow, Philip Roth, et plus récemment Joshua Cohen. Eh bien ! dans cette formidable lignée, une autrice, Taffy Brodesser-Akner déboule et renverse tout sur son passage ! »

Olivier Beugin, librairie Le Livre et la Tortue, Issy-les-Moulineaux

« Avec *Le Compromis de Long Island*, Taffy Brodesser-Akner met en scène une famille à la fois attachante et horripilante, confrontée à la question de la satisfaction que l'on peut tirer de la vie quand on n'a jamais eu à se battre pour rien. Elle en tire un grand roman à l'humour juif new-yorkais dévastateur ! »

Laurent Bojgienman, Librairie Nouvelle, Asnières-sur-Seine

« En grattant derrière le vernis et l'apparente perfection de ses personnages, Taffy Brodesser-Akner réalise un portrait incisif et mordant du milieu juif new-yorkais. Ici, il n'y a de place que pour les anti-héros, le poids de leur passé familial et leurs grandes espérances noyées dans les excès. Dans cette comédie humaine qui n'épargne personne, le lecteur est ballotté, pour son plus grand plaisir, entre grotesque et tragique. »

Marin Dewynter, librairie Les Beaux Titres, Levallois-Perret

« Dans cette vaste fresque qui voit grandir et mûrir les personnages de ce roman, vous ne pourrez que vous attacher à eux et être ému de les quitter. Un texte fort qui ne vous laissera pas indifférent. »

Angéline Mallet, Librairie Fontaine, Sèvres

« L'autrice s'en est vraiment donnée à cœur joie dans l'écriture de ce roman, entre les scènes absolument délirantes et les dialogues tranchants, elle dissèque les failles, les vices et les zones d'ombre de ses personnages. C'est tout à la fois savoureux et cynique. »

Dominique Apolit, Fnac, Montpellier

« Une chronique familiale qui dévoile les dessous pas toujours reluisants d'une famille aisée juive new-yorkaise. »

Nicolas Coupannec, Decitre Confluence, Lyon

À mes parents

Remember how you made me crazy ?

Don Henley, « The Boys of Summer »

UN DYBBOUK DANS LES TUYAUX

Vous voulez connaître une histoire avec une fin horrible ?

Le mercredi 12 mars 1980, Carl Fletcher, l'un des hommes les plus riches de la banlieue de Long Island où nous avons grandi, fut kidnappé dans l'allée de son garage alors qu'il se rendait à son travail.

La matinée avait été tout à fait banale. Carl s'était réveillé, avait pris une douche, s'était habillé et était descendu pour embrasser son épouse Ruth avant de partir, comme à son habitude. Ruth avait déjà servi à leurs deux fils, Nathan et Bernard, leurs bols de corn flakes quand Carl leur tapota la tête avant de quitter la maison pour se retrouver dehors, sous un soleil éclatant. Comme toujours à cette période de l'année, le printemps perçait sous la neige d'une tempête de fin d'hiver qui prenait son temps pour fondre. La lumière l'éblouit un peu : son champ visuel était encore tacheté de marques noires quand il inséra la clef dans la portière de la Cadillac Fleetwood Brougham qu'il avait achetée l'année précédente.

Carl ne releva les bruits de pas dans la gadoue que lorsqu'un homme lui sauta dessus par-derrière et lui passa un sac sur la tête dans un mouvement leste, gracieux, plongeant d'un coup son univers dans les ténèbres. Sous le sac, les sons de sa respiration soudain précipitée et ses grognements étaient amplifiés. Un deuxième homme arracha la clef à la serrure et s'installa au volant tandis que le premier maîtrisait tant bien que mal Carl sur le plancher de la voiture. Il faut dire que Carl était imposant, tandis que les deux hommes semblaient significativement plus petits. Les agresseurs ne durent leur réussite qu'à la sidération de leur victime.

La Cadillac démarra et s'éloigna de l'énorme maison de style néo-Tudor au bord de l'eau, sur la St. James Drive, où résidaient les Fletcher. Elle traversa la petite ville de Middle Rock, prenant à droite pour s'engager sur Ocean Vista Road, longeant les demeures voisines, colossales elles aussi, pour traverser le pont, puis filer juste au niveau de la borne routière marquant 1,8 miles devant la propriété de six hectares et demi où Carl avait grandi et où à cet instant précis, sa mère, assise à son bureau de style Queen Anne, remplissait des chèques destinés à la compagnie d'électricité et à la synagogue. Puis la voiture passa devant la bibliothèque, devant la boucherie, devant le magasin de sport Duplo où la mère de Carl lui avait acheté des rollers quand il était enfant, et où lui-même avait récemment acheté à son fils sa première raquette de tennis ; devant la rue de la synagogue où Carl avait été bar-mitsvé, devant la salle de réception où il s'était marié, devant le ghetto d'ateliers et de garages automobiles s'étendant sur deux pâtés de maisons, pour tourner à droite sur la Shore Turnpike et sortir de Middle Rock qui, jusqu'à cet instant, était principalement connu comme le lieu d'action d'un roman des années 1920 fort connu (et comme lieu de résidence de son auteur), ainsi que comme la première banlieue résidentielle américaine où la population juive dépassa les 50 %.

Ils roulèrent une heure environ avant de s'arrêter, et les ravisseurs tirèrent Carl de la Cadillac pour lui faire monter un petit escalier et le conduire jusque dans un espace caverneux (ainsi que l'écho de leurs pas le lui indiquait), puis lui faire descendre deux volées de marches en acier crantées semblables à celles de l'usine qui lui appartenait, Consolidated

Packing Solutions Limited. On le poussa enfin dans un espace confiné qu'il s'imagina être un placard. L'obscurité s'épaissit plus encore. On ne retrouva jamais la Cadillac.

Personne n'envisagea que Carl avait disparu avant qu'il soit plus ou moins quinze heures. Une heure avant, Ruth avait jeté un coup d'œil à l'horloge, remarquant qu'il était temps d'aller chercher Nathan à l'école. Elle en était au tout début de sa troisième grossesse, ses nausées matinales l'avaient poursuivie jusque dans l'après-midi et elle craignait que ce qui l'avait clouée sur le canapé durant l'essentiel de la journée, – laissant Bernard, âgé de quatre ans, regarder trois rediffusions de la série *L'île aux naufragés* à la suite –, ne soit pas des nausées matinales, mais bel et bien un virus. Elle envisagea d'appeler son amie Linda Messinger pour lui demander d'aller chercher Nathan à sa place, mais elle lui avait déjà demandé de le conduire à l'école ce matin même avec Jared, son autre fils, de six ans. Linda ignorait que Ruth était enceinte, raison pour laquelle Ruth ne souhaitait pas la solliciter une deuxième fois : cette double faveur aurait trahi sa condition, et Ruth considérait qu'il était encore trop tôt pour que qui que ce soit l'apprenne, surtout Linda Messinger, dont elle doutait parfois de la loyauté. Elle préféra donc appeler sa belle-mère, Phyllis. Phyllis était veuve, avait son chauffeur, et vivait à l'autre bout de la rue, vive et alerte à cinquante-cinq ou cinquante ans (elle avait détruit toute trace de sa date de naissance à l'occasion de ses trente-six ou trente et un ans, personne ne savait vraiment).

En attendant le retour de Nathan, Ruth appela l'usine pour demander à Carl d'acheter des œufs et des spaghettis lorsqu'il rentrerait. C'était Hannah Zolinski, la secrétaire de Carl, qui avait décroché, puis l'avait fait attendre sur fond de bruits confus, pour lui dire enfin que Carl n'était pas même passé au bureau aujourd'hui. Hannah avait présumé qu'il avait pris une journée de congé. Cela l'avait surprise, étant donné qu'une commande d'Albertson demeurait en souffrance, et que Carl s'était inquiété la veille de la lenteur du service de dessin technique, susceptible d'occasionner un retard de plusieurs jours, voire plusieurs semaines dans la fabrication. Hannah n'avait pas appelé Carl chez lui, ainsi qu'elle l'expliqua à Ruth, parce que cela aurait été tout à fait inutile : le service de dessin technique avait rendu sa copie et tout se passait au mieux pour la commande d'Albertson (secrètement, Hannah redoutait que Carl lui ait bel et bien *précisé* qu'il prendrait sa journée et qu'elle l'avait oublié, ce qui ne manquerait pas de susciter la colère de son patron. Hannah s'était récemment fiancée avec un membre du service ingénierie de l'usine, et ces deux dernières semaines, Carl l'avait réprimandée à plusieurs reprises pour sa distraction. Hannah savait que Carl s'enorgueillissait de sa méthode de management, qui consistait à « toujours bien serrer la bride », c'est-à-dire à partir du principe que tout le monde passait son temps à lui voler, parfois son argent, mais tout spécialement de son temps. Cette leçon lui avait été inculquée par son propre père, qui avait fondé et dirigé l'usine jusqu'à sa mort, et c'était pour cette raison que Carl ne prenait que de très rares congés, et jamais du jour au lendemain, et c'était pour cette même raison qu'Hannah confia plus tard à la police qu'elle avait le sentiment que si Carl lui avait dit qu'il prendrait sa journée, elle s'en serait souvenue.)

Ruth raccrocha, dubitative. Elle se tint là pendant une longue minute. Le silence, puis la tonalité, puis le retentissement abject, trop bruyant, d'un téléphone mural des années 1980 qu'on a laissé trop longtemps décroché. Sa belle-mère entra alors dans la cuisine, son regard passant de Ruth au téléphone, puis de nouveau à Ruth.

— Qu'est-ce qui te prend ? demanda Phyllis.

Dans le quart d'heure qui suivit, la police locale arriva. Dans l'heure, la mère de Ruth, Lipshe, les rejoignit. Dans les vingt-quatre heures, le FBI s'installa dans la maison de Carl et Ruth : cinq agents à temps plein (deux d'entre eux s'appelaient John), dont une femme (Leslie), vingt-quatre heures sur vingt-quatre, qui dormaient dans les chambres d'amis, dans les chambres des enfants et au salon. Trois membres de la police de Middle Rock furent également assignés à la maison, mais ils ne servaient pas à grand-chose. Étant donné le niveau de vie de ses habitants et la distance qui le séparait de quoi que ce soit qui puisse ressembler à un quartier de la classe ouvrière, Middle Rock était un lieu prodigieusement sûr dans les années 1980, et la police qui y officiait n'avait pas la moindre expérience dans des cas aussi étranges et potentiellement graves qu'une disparition soudaine.

Ruth montra aux agents des photos récentes de Carl, prises à l'occasion de la bar-mitsvah de leur neveu, et leur soumit une description de son époux : un mètre quatre-vingt-dix, charnu mais pas gros, une superbe chevelure châtain dont la densité défiait la logique (à trente-trois ans, un simple 1 sur l'échelle alopécique de Hamilton-Norwood, comme au premier jour de leur rencontre), des yeux marron qui semblaient toujours plissés mais n'en demeuraient pas moins affables, et un bout du nez pointant vers le bas qui donnait presque toujours l'impression qu'il était légèrement dégoûté par ce qu'il regardait. Ruth se figea à la vue d'une photo d'eux en train de danser, elle qui tournait la tête, comme si quelqu'un, peut-être le photographe lui-même, l'avait appelée.

— Là, c'est nous en train de danser, commenta-t-elle.

Les agents hochèrent pensivement la tête et écrivirent dans leurs carnets.

Puis ils posèrent des questions : est-ce que quelqu'un lui *en voulait* ? Est-ce que quelqu'un aurait pu avoir une raison de le *menacer* ? Lui arrivait-il de parler d'*ennemis*, ou plus innocemment, *de personnes qui le détestaient*, par exemple ? Se pouvait-il qu'il y eût… *une autre femme* dans sa vie ?

— Vous avez cité à plusieurs reprises cette Hannah Zolinski, souligna l'un des deux John en consultant ses notes.

— C'est sa *secrétaire*, répliqua Ruth, exaspérée.

Elle n'appréciait pas ces accusations. Elle n'appréciait pas d'avoir à défendre la réputation de son mari en plus de devoir gérer le stress de cette situation absurde, alors qu'il était évident que Carl était victime de quelque chose de grave.

— Si vous saviez à quel point Hannah peut l'enquiquiner, tenta-t-elle.

Puis soudainement, comme si cela avait suffi à le disculper en son absence :

— Et elle est fiancée ! Hannah s'est récemment fiancée ! À un socialiste !

Ce fut un chaos absolu. Des allées et venues incessantes d'hommes que Ruth n'avait jamais vus jusque-là, sous son propre toit. Des camionnettes garées dans l'allée. Le téléphone qui n'arrêtait pas de sonner. Et au milieu de tout ça, Arthur Lindenblatt, le neveu de Phyllis, fit son entrée. C'était un avocat en droit des successions, et plus important encore, c'était l'avocat chargé des successions de la famille, ce qui faisait de lui l'avocat de la famille, puisque jusqu'à cet instant précis, les Fletcher n'avaient eu besoin d'un avocat que pour leurs très longs testaments et leur patrimoine conséquent. Phyllis l'avait appelé juste après que la police eut contacté le FBI. Ce jour-là, il travaillait chez lui, dans sa maison de Roslyn, parce qu'il devait se rendre en fin d'après-midi au tribunal du comté de Nassau pour l'enregistrement d'un testament. Il s'avançait justement vers sa voiture quand son épouse, Yvonne, lui avait hurlé sur le seuil que sa tante Phyllis était au bout du fil et que c'était urgent.

Arthur ne se rendit pas au tribunal ce jour-là. Il arriva chez les Fletcher au milieu d'un des échanges tendus entre Phyllis et les agents. L'un d'entre eux l'avait présentée comme la mère de Ruth – « À quelle heure avez-vous appelé votre mère ? »

avait demandé l'un des deux John – et Phyllis était en train de leur infliger un cours magistral sur l'arbre généalogique des Fletcher en leur expliquant qu'il n'était pas si compliqué que ça de s'y retrouver et qu'il fallait veiller à faire son travail correctement si l'on souhaitait passer pour compétent aux yeux des gens qu'on était censé aider.

— Et donc cette jeune femme est ma *belle*-fille, disait Phyllis quand Arthur entra, son trench-coat sur le dos, son attaché-case à la main. Et c'est *mon fils* qui a disparu. Ce n'est tout de même pas difficile à retenir !

Les agents s'échangèrent des regards plus perplexes que jamais. Les visages de Phyllis et Ruth avaient un aspect pointu bien particulier. Leurs mentons se recourbaient pareillement vers l'avant (un trait bien plus charmant chez Ruth que chez Phyllis), et leurs nez avaient été remodelés par le même chirurgien esthétique de Manhattan, un docteur connu dans tout Long Island pour sa capacité à transformer quelque chose qui avait la forme d'une parenthèse (voire d'une accolade), non pas en cette piste de ski qu'il convenait d'éviter parce qu'elle discordait avec les autres traits proéminents et hautement sémites des filles et femmes juives, mais en un nez dignement retroussé, avec une rhinoplastie de pointe à 106° et un bout un peu moins raboté, plus harmonieux au milieu d'un visage juif. Tant de mères et de filles ont demandé ce nez bien précis à ce chirurgien bien précis qu'il va sans dire que si la théorie évolutionniste de Lamarck avait quelque valeur, les filles de ces filles auraient vu le jour avec ce nouveau nez, qui aurait alors redéfini le concept de nez juif américain. Phyllis et Ruth n'étaient pas mère et fille, de toute évidence, mais chacune de son côté avait eu recours aux services de ce docteur, des années avant de faire connaissance. Phyllis et Ruth avaient également les mêmes yeux marron et les mêmes cheveux bruns avec une touche d'acajou, lissés après chaque shampoing (en vertu du lamarckisme, on aurait également fini par avoir des filles juives aux cheveux raides, ce qui aurait considérablement freiné l'économie américaine). Tout ça pour dire que Carl avait épousé une autre version de sa mère, et que même un brillant agent du FBI (non juif), aurait eu quelque raison à s'emmêler les pinceaux quant à savoir qui était biologiquement apparenté à qui.

— Je peux répondre à toutes vos questions, déclara Arthur aux agents en posant son attaché-case pour leur serrer la main. Nous pourrions ainsi laisser Ruth prendre soin des enfants ?

Ruth se réfugia alors dans sa chambre à coucher, où sa mère la réconforta en yiddish tandis qu'elle pleurait sur ses genoux (l'attitude protectrice d'Arthur fut d'abord interprétée par les agents comme une tentative de mainmise sur les informations, ce qui les poussa par la suite à le considérer brièvement comme un potentiel suspect. Mais Arthur n'était pas du genre à vouloir tout contrôler : il avait simplement réagi par réflexe. Arthur était un homme doux et aimable, avec une propension à la codépendance, et déjà à l'époque, il avait la solide habitude de désamorcer les coups de sang de sa tante Phyllis par l'obéissance et la servilité.)

C'est donc à Arthur que les agents posèrent leurs questions moins aimables concernant la famille. Ces nouvelles questions étaient liées, bien évidemment, à l'argent. Car les agents avaient eu beau renifler vite fait autour des sujets des maîtresses, des accidents de voiture et des dépressions nerveuses, presque par politesse, ils n'avaient pas oublié pour autant de considérer cette demeure, la plus grosse de ce pâté de maisons plus que cambriolable, cette terrasse qui empiétait sur le détroit de Long Island comme si le détroit était leur piscine privative rien qu'à eux, l'allée en forme de croissant, l'électroménager moderne, les salles de bains tout en marbre, les canapés de velours, la Jaguar XJ6 (la voiture de Ruth) dans l'allée. Ensuite la police locale leur avait raconté tout ce qu'il y avait à savoir sur la matriarche qui vivait à un peu plus d'un kilomètre dans une propriété de six hectares et demi donnant elle aussi sur les eaux du détroit, et les agents du FBI avaient su presque instantanément ce qui se tramait vraiment, à savoir que les Fletcher n'étaient pas juste riches, mais extraordinairement, absurdement et kidnappablement riches.

De son côté, Phyllis s'était installée dans le bureau de Carl pour répondre aux appels téléphoniques du groupe féminin de la shul et de ses consœurs de la Société historique de Middle Rock (elle était présidente de ces deux organisations). Phyllis contacta l'ensemble de ses relations – le président de la commune, le maire, le conseiller municipal, un sénateur qui avait été d'une grande aide sur des questions relatives à l'usine, l'un des quelques élus locaux que les Fletcher avaient régulièrement conviés à des repas de fête ainsi qu'aux bar- et bat-mitsvah de leurs enfants – et tous lui avaient assuré qu'une multitude de gens de bonne volonté œuvraient de concert pour retrouver Carl, une véritable cellule de crise issue de tous les bureaux et de tous les services, que toutes les ressources imaginables étaient mobilisées, et qu'ils savaient parfaitement qui elle était, et par conséquent, qu'ils savaient tout aussi parfaitement qui était Carl. Leslie et les deux John supplièrent Phyllis de cesser ses ingérences et de les laisser s'occuper de la situation, mais il était impossible de l'en empêcher. Phyllis avait le sentiment, un sentiment profondément juif qui tirait son origine de divers événements ayant jalonné son existence, que c'était en vérité ses relations qui seraient à même de l'aider et non pas les forces de l'ordre dont c'était la tâche, le sentiment que la localisation rapide et volontaire de son fils disparu, et de plus en plus disparu à mesure que le temps passait, serait le fait non pas d'une personne obligée de lui venir en aide mais d'une personne ayant à cœur de lui rendre service.

Quand le club masculin de la synagogue commença à organiser des battues, les agents du FBI optèrent pour l'assentiment passif. Comprenant qu'ils ne pourraient s'opposer à la force et à la volonté de Phyllis, ils décidèrent de calquer leur stratégie dessus. Les agents considérèrent en outre que toutes ces initiatives pourraient laisser entendre au potentiel kidnappeur que personne n'avait le moindre début de piste, ce qui le rassurerait, et le pousserait à une négligence. Avis de recherche et portraits-robots furent transmis à divers organes policiers par le biais d'une chose appelée modem. Mouchards et caméras espions furent installés dans toute la propriété. On surveilla les plaques d'immatriculation sur la Long Island Expressway, comme s'il existait une probabilité pour que Carl enchaîne les aller et retour en voiture de Middle Rock à Riverhead.

Mais personne ne parvenait à le retrouver. Personne ne parvenait ne serait-ce qu'à *s'imaginer* où il pouvait être. Sa voiture avait disparu, comme si le ciel s'était fendu pour l'avaler. Alors que le premier jour laissait place au deuxième, puis au troisième, celles et ceux qui s'interrogeaient sur le lieu où pouvait se trouver Carl n'étaient même plus en mesure d'aller au bout de leurs réflexions, leurs théories fondaient dans leur bouche avant même de former des phrases complètes. Il était impossible de concilier ce genre de scénarios avec la fadeur et la monotonie de Middle Rock, qui soudainement avait une histoire – qui soudainement avait une *âme* – du simple fait de la disparition de Carl dans son allée par un mercredi de mars absolument quelconque.

*

Un enlèvement. À Middle Rock. Un *enlèvement* ? À *Middle Rock* ?

Ce lieu qui observait le monde à une bonne distance de sécurité se retrouvait à présent plongé dans sa crasse, digne d'un film de gangsters des années 1970, qu'on regardait dans l'une des trois salles du cinéma du coin en s'estimant heureux d'avoir tourné la page sur une époque aussi répugnante.

Un enlèvement ! À Middle Rock !

Nathan et Bernard restèrent à la maison durant les deux premiers jours de cette épreuve. À la garderie de la vieille madame Annette, plus la moindre trace des quantités astronomiques de crackers et de biscuits à la figue qu'accueillait habituellement le casier de Bernard Fletcher. Madame Annette pensa fort à ce petit bonhomme si curieux, si hardi. Il était bien cruel pour un bout de chou tel que lui d'apprendre si tôt dans la vie les raisons de toutes ces limites qu'on s'acharnait constamment à lui imposer. À l'école élémentaire de Middle Rock, dans la salle de classe du CP, le bureau en fibre de verre stratifié de Nathan Fletcher demeura vide, lui aussi. Le petit Nathan était d'un naturel si nerveux : il y avait fort à parier que la situation n'arrangerait pas les choses. Dans la salle des professeurs, un peu plus loin dans le couloir, l'institutrice de Nathan racontait à ses collègues que sa sœur était brièvement sortie avec Carl Fletcher quand ils étaient au lycée, et elle croyait se souvenir que sa sœur avait dit qu'il avait une tendance à la dépression. Carl avait-il mis fin à ses jours ? S'était-il enfui ? Avait-il réuni tout son argent pour essayer de vivre pleinement sa vie autre part, loin du joug de sa terrifiante mère et de cette épouse tyrannique et revêche qui semblait toujours aussi défiante à chaque réunion parents-enseignant ? Le directeur de l'école, traversant la salle pour se servir un café, évoqua le souvenir qu'il gardait de l'enlèvement à caractère politique de Patricia Hearst, et cette allusion fit étinceler les yeux des enseignantes : y avait-il des Hearst parmi eux ? Les Fletcher étaient-ils leurs Hearst à eux ?

Ailleurs dans le quartier, au cœur de la cuisine récemment repeinte en vert avocat de Walter et Bea Goldberg, Bea refermait dans un bruit sourd la porte de son énorme micro-ondes tout neuf, suivant les instructions d'un livre de recettes intitulé *Un dîner comme par magie ! Cinq minutes avec votre nouveau micro-ondes*, et composa sur son téléphone vert avocat à cordon extra-long le numéro de Marian Greenblatt pour lui demander si elle pensait que Carl était parti avec cette secrétaire de l'usine qu'elles avaient vue à la fête d'anniversaire des trente ans du disparu. Marian, qui se tenait dans sa cuisine encore plus récemment repeinte en jaune moutarde, son téléphone (aussi) assorti en main, considérant d'un regard circonspect son nouveau micro-ondes en se demandant comment il était possible de croire que ce truc *ne refilait pas* le cancer, répondit qu'elle était plutôt d'avis que c'était cette cinglée de Marjorie, la sœur de Carl, qui se trouvait derrière tout cela. Marian tenait cette théorie de la femme du traiteur, Rona Lipschitz, qui lui avait rappelé que Marjorie avait été déshéritée par sa mère quand elle avait eu une relation avec un escroc professionnel quelques années auparavant, et cela, Marian le savait parce que Marjorie s'en était plaint à qui voulait bien l'entendre. Et puis quelques mois à peine avant la disparition de Carl, Marian et son mari Ned avaient croisé Marjorie et son *nouveau* petit copain un soir qu'ils étaient allés dîner à Manhasset, et avaient conclu que le nouveau petit copain paraissait louche et Marjorie aussi innocente (comprendre : à côté de la plaque) qu'à son habitude. Les Lipschitz, eux, ne se seraient pas hasardés à de telles présomptions concernant Marjorie. Les Lipschitz n'étaient pas nés de la dernière pluie. Les Lipschitz n'auraient jamais accepté d'avoir un micro-ondes chez eux.

Pendant ce temps, à la ligue de bowling de la Hadassah que Ruth avait rejointe à l'injonction de Linda Messinger, les femmes (sauf Ruth, bien entendu), assises sur leurs sièges en plastique moulé, discutaient à en perdre haleine, et pas uniquement au sujet de l'enlèvement, mais sur la folie même d'un enlèvement au sein de *leur* communauté. Ça les laissait sans voix, ne cessaient-elles de répéter : sans voix !

Et pourtant, toutes sans voix qu'elles étaient, elles ne pouvaient s'empêcher d'en parler. Elles n'avaient même pas prévu de jouer au bowling ce jour-là : elles souhaitaient simplement échanger sur ces circonstances inimaginables dans un décor différent, partager les ions d'informations qu'elles avaient glanés, déduits ou inventés, pour tenter de digérer ce qui était en train d'arriver à leur amie et à ses enfants – doux Seigneur, ces pauvres petits garçons – ainsi qu'à leur ville, et au monde entier. Seule Cecilia Mayer portait des chaussures de bowling, mais elle ne tarda pas à passer en revue tous les indices qu'elle avait décelés chez Ruth et qui indiquaient que les choses ! n'allaient ! pas ! dans sa famille depuis quelques mois déjà. Elle avait vu Ruth et Carl à la bar-mitsvah de Michael Feldman et ils n'avaient pas dansé ensemble une seule fois et ils n'avaient pas même profité de la table de desserts viennois, ce qui, bien évidemment, étayait la théorie selon laquelle Carl avait une relation extraconjugale, et, par conséquent, selon toute probabilité, s'était fait la belle avec sa maîtresse. Ce fut Linda Messinger, loyale jusqu'au bout en dépit de tout, qui interrompit Cecilia pour lui rappeler que rien ne clochait chez les Fletcher, et pour lui demander du reste depuis quand elle était assez proche d'eux pour être en mesure de remarquer le moindre changement dans leur comportement ? L'avaient-ils invitée à dîner chez eux ? Ne serait-ce qu'une fois ? Cecilia se défendit dans des geignements suraigus, en ordonnant à Linda d'arrêter, et en avouant à tout le groupe qu'elle, Cecilia, était enceinte, et que Linda ne devait pas la froisser dans cet état ! Les femmes changèrent de sujet de conversation, s'agglutinant autour de Cecilia pour lui poser les questions d'usage tandis que Linda Messinger affichait un sourire assassin.

Nos grands-mères nous disaient souvent que peu importait à quel point on jalousait quelqu'un, si tout le monde avait dû vider son sac de problèmes au milieu de la pièce, et choisir n'importe quel tas, chacun aurait préféré garder le sien. Jusqu'ici, on ne savait pas trop si c'était vrai, notamment concernant les Fletcher, mais peut-être avait-on à présent un début de réponse. Peut-être étions-nous maintenant en mesure d'admettre que nous préférions nos problèmes aux leurs.

Mais peut-être que non. La souillure criminelle qui entachait la communauté n'était pas le seul élément qui captivait l'imagination de tout Middle Rock : il y avait aussi les relents de glamour qui l'accompagnaient. Il y avait aussi la richesse des Fletcher. Leur argent. Middle Rock était une banlieue résidentielle telle qu'il n'en existe plus, une communauté définie par un ensemble de valeurs et de règles morales, composée de tout un éventail de personnes appartenant aux classes moyennes à supérieures qui avaient choisi de vivre parmi d'autres personnes partageant les mêmes valeurs et les mêmes règles morales. Le problème posé par la coexistence des riches et de la classe moyenne – coexistence qui poussait ces derniers à se focaliser non pas sur leur chance considérable mais sur les quelques insatisfactions qui leur restaient – fut résolu dans les années 1990 grâce à la prolifération des McMansions, ces demeures démesurées accessibles à un plus grand nombre. Soudainement, la classe moyenne disposait entre ces murs de placo de toute la place nécessaire pour stocker ses illusions de grandeur. Mais nous étions encore dans les années 1980, et Middle Rock comptait encore ses propres ghettos : les très riches au bord de l'eau, les tout-juste-à-l'aise un peu plus à l'intérieur des terres. Tout le monde savait qui avait énormément d'argent et qui en avait raisonnablement ; qui prenait ses vacances où, et qui avait une résidence secondaire. Les Fletcher, dans leur gigantesque maison donnant sur le détroit, au bout de la route où se trouvait cette propriété encore plus énorme, toute clôturée, où Carl avait grandi, représentaient tout simplement le summum de la richesse.

Mais leur fortune, à l'instar des palissades blanches qui cernaient leur propriété, occultait la vue. Il était impossible de distinguer clairement les Fletcher à travers la brume de leur richesse, ni même de déterminer ce que notre regard avait de partial. Seulement, à présent que Carl avait disparu et que les rues bruissaient de son absence, les gens de Middle Rock pouvaient enfin *voir* les Fletcher. Tout apparaissait au grand jour, et les voisins des Fletcher, sous couvert de sollicitude, étaient enfin en mesure d'exprimer leurs angoisses quant à leurs propres finances, leur succès dans la vie, leur avenir et la marque qu'ils laisseraient à leur mort, ils pouvaient enfin les étaler aux côtés des angoisses des autres, et ce qu'ils avaient de plus laid en eux les poussait à murmurer à leur conjoint, tard dans la nuit, entre les draps, non pas « où est Carl Fletcher », ou « sommes-nous en danger », ni même « est-ce que le monde a changé à ce point », mais bien : « pourquoi pas *nous* ? Pourquoi ne sommes-nous pas assez riches pour nous faire kidnapper ? »

*

À l'aube du cinquième jour de la disparition de Carl, Ruth, couchée dans son lit, fixait les murs de leur chambre tandis que le soleil se levait. À travers la fenêtre du premier étage, les ombres des arbres dessinaient une grille de jeu de morpion qui lui rappelait le treillis de jardin derrière la maison où avait grandi Carl. À mesure que la pièce s'éclairait, le mur absorbait peu à peu les ombres, et Ruth avait l'impression de le perdre une seconde fois. Les enfants étaient couchés à côté d'elle : Nathan, dont chaque membre était collé à elle, et Bernard, qui s'était endormi en bout de lit, à ses pieds, comme un chiot, en nettement moins dévoué.

Les pensées de Ruth revenaient à Brooklyn, où elle avait vécu la première partie de sa vie. Chaque nuit, dans son lit de Middle Rock, elle contemplait le plafond, se demandant laquelle des superstitions qui lui avaient été inculquées dans sa jeunesse aurait pu empêcher tout cela d'arriver. Elle les avait quasi-complètement rejetés, ces coups d'épée dans le noir pour se protéger, après avoir rencontré et épousé un homme dont la richesse constituait un bouclier sans pareil contre les aléas du destin. Petite, elle avait appris un nombre impressionnant de rituels visant à déjouer blessures et trépas : cracher trois fois quand elle entendait une réflexion effrayante ; sortir de chez soi du pied droit pour éviter les désastres ; ne pas se couper les ongles des mains et des pieds le même jour, parce que c'était ce qui arrivait le jour où l'on se faisait enterrer ; ne pas s'asseoir au coin d'une table, sans quoi on restait sept ans de plus sans se marier. On lui avait appris à murmurer « Que Dieu nous en préserve » encore et encore, à cracher par terre à la moindre mention du nom de ses ennemis. Mais depuis son mariage, toutes ces superstitions qui faisaient partie de son héritage lui étaient apparues comme le fardeau idiot d'un peuple pauvre et désespéré, impuissant, traqué jusqu'à la mort, encore et encore, sans même savoir pourquoi. Si toutes ces superstitions avaient pour finalité de les protéger des dangers induits par leur pauvreté, alors l'argent était la solution à tous leurs problèmes, et par conséquent, il convenait enfin de se détendre.

Mais elle s'apercevait à présent qu'elle s'était fait piéger par l'argent. Ruth, cette femme née tout juste quatre ans après la libération de Dachau, en était venue à croire que l'argent la prémunissait contre tout danger. Comment avait-elle pu oublier les leçons de son éducation orthodoxe ? Tout reposait entre les mains de Dieu ! Voilà ce qui arrivait quand on se convainquait que sa chance était assurée du simple fait de sa richesse. Quelle imbécile !

Les murs étaient désormais totalement dépouillés de leurs ombres. C'était de nouveau le matin. Ruth se prépara mentalement à un autre jour. Elle avait accepté le fait qu'il ne s'agissait pas là d'une anomalie dans son existence : quelles que soient la nature et la raison de ce qui lui arrivait, et quelle qu'en serait l'issue, cela n'aurait jamais pu ne pas arriver. Elle devait réfléchir en profondeur à ce qui était en train de se jouer et se préparer aux inévitables répercussions : peut-être Carl était-il tombé amoureux d'une autre qu'elle, peut-être même qu'il s'agissait d'Hannah Zolinski, avec sa taille de guêpe et ses manières idiotes et ses cils de velours et ses joues rosées. Mais ce pouvait être aussi un million d'autres choses : Carl kidnappé par des Arabes ; Carl kidnappé par une psychopathe qui faisait une fixation sur lui ; peut-être Carl et la Cadillac, au fond du détroit de Long Island ; Carl assassiné par sa sœur jalouse, Marjorie, qui était censée parcourir l'Europe avec un homme que tout le monde soupçonnait d'être un escroc ; peut-être un enlèvement par des extraterrestres ; peut-être une fugue dissociative. Peut-être que, déprimé, il s'était jeté dans le détroit au volant de la Cadillac ; peut-être que, saoul, il s'était jeté dans le détroit au volant de la Cadillac ; peut-être que, par inadvertance, il s'était jeté dans le détroit au volant de la Cadillac. Peut-être qu'il était parti refaire sa vie très loin d'ici, la pression et la routine liées à cette usine familiale qu'il n'avait pas choisi de diriger devenant soudainement, après toutes ces années, un fardeau bien trop lourd à porter.

Les pensées de Ruth ne cessaient de tournoyer et de s'assombrir. Vous avez déjà perdu votre enfant dans un parc d'attractions ou un supermarché ? Ne serait-ce qu'un bref instant ? Vous avez donc en principe pleinement conscience de la vastitude du monde et du fait qu'il est difficile d'y retrouver quelque chose de véritablement perdu.

Et puis, à six heures quarante-huit, le téléphone sonna.

La tête de Ruth se vida tout à coup, glacée par l'effroi, mais son corps savait ce qu'il avait à faire. Elle se leva de son lit tel un pantin, portée par ses jambes jusqu'en bas de l'escalier circulaire, dans le salon où se trouvaient Leslie, l'agente du FBI, et l'un des deux John, coiffés de gros écouteurs, comme s'ils attendaient calmement depuis des heures. John dressa son index pour lui intimer la prudence, puis lui fit signe d'approcher.

Ruth s'assit en tâchant de se rappeler ce qu'elle devait faire. Écouter, elle devait simplement écouter. Répondre normalement. Personne d'autre dans la pièce. Normal, normal, normal. Elle décrocha.

— Madame Fletcher, dit un homme.

Sa voix semblait distante, un filtre lui donnait un ton robotique.

Elle resta silencieuse. L'homme semblait attendre une réponse. John signifia son feu vert d'un petit hochement de tête, et elle murmura :

— Qui est à l'appareil ?

Normal, normal.

— Je suis l'un des colonels d'une organisation du nom de Combattants de la liberté du Califat dans la Vallée du Jourdain. Nous revendiquons les attentats à la bombe du Centre communautaire juif de Tulsa du six février et du Collège amish de Los Angeles du premier mars, ainsi que l'exécution du rabbin Shlomo Richtstad de la Congrégation Shaare Jacob du douze janvier. Nous détenons votre pourriture sioniste de mari. Il est à présent plus mort que vif. Je l'ai amputé de tous ses doigts et de ses deux oreilles mais vous pourrez très vite récupérer le reste à condition de participer au financement de notre cause.

— Qu'est-ce que vous…

Sa voix était tellement aiguë. Elle n'avait jamais entendu de telles notes sortir de sa bouche. Elle semblait incapable de les moduler.

— Qu'est-ce que vous…

L'homme l'interrompit, ce qui n'était pas plus mal, parce que Ruth elle-même ignorait ce qu'elle voulait lui demander.

— Ne m'interrompez pas. Deux cent cinquante mille dollars, à déposer sur le tapis roulant numéro six de l'aéroport JFK, terminal Est. Midi. Si vous venez avec la police, ou si vous les appelez, ou si vous contactez qui que ce soit, je le tue immédiatement.

Ruth s'agrippa des deux mains au téléphone.

— Il faut que je sache s'il est encore en vie, fit-elle en fouillant frénétiquement sa mémoire, à la recherche de ce que Leslie et les deux John lui avaient appris à dire en pareille circonstance, mais elle ne se souvenait plus de rien. Il faut que je lui parle. Laissez-moi lui parler !

Leslie hocha positivement la tête. Ruth avait eu le bon réflexe.

— Vous n'avez rien à savoir, vermine juive. Sa vie ne tient plus qu'à un fil. Encore un jour comme ça et c'en sera fini de lui, et ce sera de votre faute. C'est ça que vous voulez ? Pensez à vos enfants, au petit Nathan et au petit Bernard… Faites simple !

Le sang de Ruth se figea quand l'homme raccrocha. L'appel avait été trop court pour le localiser avec la technologie d'époque. Leslie guida Ruth jusqu'à une chaise de la salle à manger. Ruth s'assit et plongea la tête dans ses mains. Son mari : ses doigts, ses oreilles, leur chance.

— Qu'est-ce qui leur fait croire que je n'ai pas déjà contacté la police ? demanda-t-elle.

Ses doigts. Ses oreilles. Leur chance.

— Nous ne savons pas à qui nous avons affaire, répondit Leslie. S'ils pensent que vous n'oserez appeler personne, nous devons faire comme si c'était vrai.

Les agents fédéraux se lancèrent dans un tourbillon d'activité autour de Ruth alors que celle-ci s'efforçait à assimiler ce qui se passait. Ils passèrent plusieurs appels à une sorte de quartier général, puis formèrent un cercle pour discuter à toute vitesse dans un jargon que Ruth ne comprenait pas. Elle cessa ses tentatives de déchiffrage quand un cri fendit l'espace, faisant sursauter tout le monde. Ce fut la seule fois où Ruth vit les agents céder à la pression. C'était Nathan qui avait hurlé. À son réveil, il n'avait plus trouvé sa mère à ses côtés.

À huit heures, Linda Messinger passa prendre Nathan pour le conduire à l'école, ainsi qu'elle le faisait depuis deux jours. Ruth avait pour instruction de l'accompagner jusqu'à la voiture sans laisser entendre de quelque façon que ce soit à Linda que « la situation avait évolué », ainsi que le formulèrent les agents. À huit heures et demie, l'un des deux John se rendit à la Manufacturers Hanover Bank de Spring Avenue Road pour ordonner au directeur d'extraire de la chambre forte 250 000 dollars en billets de séries différentes, de les marquer et de relever leurs numéros. À huit heures quarante-cinq, Phyllis arriva pour aider Lipshe à veiller sur Bernard tandis que Ruth déposerait la rançon. Bernard comprit aux mouvements vifs qui emplirent soudainement la maison que quelque chose avait changé, et voyant sa mère se précipiter vers sa voiture, s'apprêta à faire éclater l'une de ses colères dantesques, entre la crise d'épilepsie et la transe chamanique.

Ces colères avaient débuté quand il avait huit mois, avec le plein éveil de sa conscience, soit qu'il n'eût absolument pas intégré la notion de permanence des objets, soit qu'il eût totalement rejeté l'éventualité d'endurer ne serait-ce qu'un instant l'absence de l'objet de son affection. Jusqu'au kidnapping, l'objet en question avait toujours été sa mère, et tout départ de celle-ci (qu'elle doive passer aux toilettes, qu'elle sorte de son champ visuel une seconde à peine ou même à l'occasion d'un battement de paupières un peu trop long), suffisait à déclencher l'une de ses crises. Elles débutaient par le grondement distant d'un orage qui se forme – l'inspiration – et quand venait l'instant de l'expiration, divers dégâts étaient déjà à dénombrer : vêtements déchirés, saignements de nez, poumons écorchés. L'acquisition du langage n'avait pas freiné ses colères, même si elles étaient moins fréquentes. Le problème était qu'elles dépassaient à présent en violence toutes celles qui les avaient précédées. Lors de la dernière en date, dans la piscine d'un country club à l'occasion de la fête nationale du 4 Juillet, il avait perdu connaissance, et le maître-nageur avait dû appeler une ambulance.

Une nouvelle colère était donc sur le point d'éclater, et Ruth et Phyllis échangèrent un regard.

— Qu'est-ce qu'on fait ? demanda Ruth.

— Ne t'inquiète pas, vas-y, répondit Lipshe en yiddish.

Mais Bernard, sentant la tension entre elles, poussa son hurlement et on décida très vite qu'il fallait le laisser accompagner sa mère, tout du moins à la banque, parce que la police s'y trouverait aussi (bien évidemment, le plan reçut l'accord immédiat des agents, quelque peu traumatisés par le comportement de Bernard). Ruth installa donc son fils sur le siège arrière de sa Jaguar et se rendit à la banque.

Elle était incapable de réfléchir. Elle ne pouvait même plus se fier à son instinct. Son univers était sens dessus dessous et elle avait délégué toute prise de décision à celles et ceux qui s'étaient proposé de choisir à sa place. Ruth entra dans l'établissement, les petites jambes de Bernard autour de la taille. Elle s'assit dans un bureau où le directeur lui servit du thé en essayant de lui faire la discussion tandis que Bernard tapait sur la table avec une règle. Quand le directeur demanda au petit garçon d'arrêter, Ruth leur cria dessus à tous les deux.

Elle repartit au bout de trente minutes interminables avec un gros sac en papier kraft quasiment en courant, et fourra à nouveau son fils à l'arrière de la voiture. De là, elle se rendit à l'aéroport JFK, jetant sans cesse des coups d'œil au rétroviseur, secouée de bruyants sanglots.

Ruth se gara, rejoignant le terminal Est d'un pas si rapide, chargée de son gros sac en papier kraft et de son fils au bras, qu'elle manqua de trébucher à deux reprises. La deuxième fois, elle décida de poser Bernard par terre et au pas de course, le tira derrière elle. La troisième fois, elle lâcha le sac, plongeant aussitôt pour le reprendre dans un son qui tenait autant de la colère que de l'effroi, tout cela sous les yeux de Bernard, sans le moindre pleur de sa part, ni même la moindre réaction.

Ruth trouva le tapis roulant et y posa le sac bien qu'il fût à l'arrêt. Elle craignit alors de ne pas avoir posé assez de questions : devait-elle simplement le déposer là ? Devait-elle attendre que quelqu'un vienne le chercher ? Et si quelqu'un tombait par hasard sur un gros sac en papier kraft sur un tapis roulant, jetait un coup d'œil à l'intérieur pour y découvrir une petite fortune et décidait de l'emporter, laissant croire au ravisseur qu'elle n'avait pas déposé la rançon ?

Elle parcourut du regard tout le terminal pour tenter d'identifier les agents censés s'y trouver, sans parvenir à en démasquer un seul. Le vigile endormi ? L'hôtesse de l'air pendue au téléphone public ? Le couple avec leurs quatre ados qui se plaignaient bruyamment de leurs bagages perdus sur un Rome/New York ? Pas possible. Comment est-ce qu'un agent aurait pu se fondre dans la masse de la sorte ? Étaient-ils en uniformes de salariés de l'aéroport ? Envoyaient-ils des enfants sur ce genre de mission ? Il était inconcevable qu'ils se servent de véritables enfants pour une opération pareille. À moins que ?

Elle était perdue et terrifiée. Elle n'aurait eu besoin que d'un clin d'œil, un hochement de tête, une once d'encouragement :

C'est bien, Ruth, super ! Continue comme ça, Ruth ! Mais elle se trouva vite incapable de regarder toutes ces personnes parce que, soit, ce pouvaient être des agents du FBI ou de la police, mais ce pouvaient tout aussi bien être les kidnappeurs.

Elle quitta les lieux lentement, à reculons, et au bout de quelques mètres, se retourna pour sortir du terminal.

Et maintenant, songea-t-elle. *Et maintenant ? ET MAINTENANT ?!*

Une fois dehors, elle se précipita jusqu'à sa voiture, en proie à une grande panique. Comment avait-elle pu accepter d'envoyer Nathan à l'école aujourd'hui ? Comment pouvait-elle se fier à ces personnes incompétentes ? Par-dessus son épaule, elle observa son fils silencieux, pétrifié. Pourquoi l'avaient-ils autorisée à l'emmener ? À cause d'une *colère* ? Une simple colère d'enfant, et ces agents fédéraux étaient terrorisés au point de le laisser accompagner sa mère pour *déposer une rançon* ? Qu'est-ce que c'était que ces gens ? Quel genre d'individus chapeautaient cette opération ?

Elle consulta sa montre. Nathan serait bientôt de retour chez eux, mais dans l'état dans lequel elle était, Ruth était convaincue que cela ne le rendait que plus vulnérable encore ! Peu importait que des agents se trouvent dans sa maison, peu importait que Phyllis y soit aussi ! Ses enfants ! Comment avait-elle pu envoyer Nathan à l'école ? Cherchait-elle vraiment à tout perdre ? Elle aurait dû accompagner Carl jusqu'au seuil de la porte, ce jour-là !

Elle trouva sous l'un des essuie-glaces de sa voiture un bout de feuille de calepin.

TWA TERMINAL LAGWARDIA,
COMPTOIR RÉCLAMATIONS BAGAGES 9

À nouveau, elle regarda frénétiquement autour d'elle. Elle aurait voulu hurler : « Hého ! Y'a quelqu'un ? » Elle serrait si fort la main de Bernard que celui-ci finit par lui donner des coups de pied. Dans un cri qui était aussi un murmure de haine acide, elle lui dit : « Arrête ça ! » Elle s'agaça de ne pas voir Bernard pleurer, de ne pas même voir son expression changer, et elle prit soudain conscience que c'était bien plus que de l'agacement : elle aurait voulu qu'il pleure, qu'il ait peur d'elle.

Quel petit monstre, celui-là, songea-t-elle. Puis : *et quel monstre je suis, moi ?*

Une énième fois, elle jeta Bernard sur le siège arrière et roula en direction de l'aéroport de LaGuardia, scrutant son rétro à l'affût d'un poursuivant pour se rendre très vite à l'évidence : elle aurait été bien incapable de savoir si le fait qu'on la poursuivait était positif ou négatif, et sa terreur fut alors telle qu'elle n'osa plus regarder dans ses rétroviseurs, et manqua à plusieurs reprises de provoquer un accident de la route sur Grand Central Parkway en changeant de file sans regarder derrière elle, hurlant à chaque fois en donnant un grand coup de volant, et son cri était bien moins l'expression de la peur d'une collision évitée de justesse que la vocifération démente, viscérale, d'une personne qui avait pris sur elle cinq jours durant et devenait à présent complètement folle.

À LaGuardia, elle se gara pour traverser une fois de plus l'aéroport au pas de course avec Bernard, balayant les alentours du regard, mais à la recherche de quoi ? Son époux sans doigts ni oreilles ? Son cadavre ?

Rien. Il n'y avait rien. Elle alla droit au service de réclamation des bagages perdus et ne put que constater qu'il n'y avait pas de comptoir numéro 9 dans le terminal de la TWA. Elle se mit à tourner sur elle-même, dans l'espoir d'attirer l'attention de quelqu'un, de communiquer sa détresse à toute personne censée veiller sur elle. N'étaient-ils pas censés veiller sur elle ?

Et Bernard qui restait muet comme une tombe.

Elle retourna au trot sur le parking, s'avisant alors qu'elle ignorait qui était l'auteur du mot laissé sur son parebrise :

s'agissait-il des ravisseurs, ou des agents du FBI ? Les kidnappeurs n'étaient-ils pas censés découper des lettres dans des magazines ? Les agents fédéraux n'étaient-ils pas connus pour leurs innombrables fautes d'orthographe ? Vous voyez ce que je vous disais ? Complètement folle !

Il ne lui restait plus qu'une chose à faire : rentrer chez elle. Elle réinstalla Bernard sur le siège arrière, direction Middle Rock, sanglotant pitoyablement tout du long, jusqu'à sa maison où l'attendaient Phyllis et Lipshe, ainsi que douze agents fédéraux supplémentaires, plus la police locale qui faisait son grand retour. Tous vinrent l'accueillir à sa descente de voiture. Ruth se redressa, les jambes flageolantes, prête à entendre l'inéluctable conclusion de tout ceci, à savoir que son mari était mort.

— Quoi ? Quoi ? QUOI !

Elle hurla quoi quoi quoi en boucle jusqu'à ce que Leslie la rejoigne et pose ses mains sur ses épaules, tandis que quelqu'un d'autre lui apportait un verre d'eau. Elle entendit des pleurs. Nathan était là, tenant sa Bobe Lipshe par la main.

Phyllis prit celle de Ruth et lança d'une voix grosse et tremblante :

— On l'a retrouvé ! On l'a retrouvé !

Voilà ce qui s'était passé : dix minutes après que Ruth eut déposé l'argent, Carl avait été relâché dans ses vêtements répugnants, recouverts de vomi, de sang, de pisse et de merde, se tortillant, pris de convulsions, devant les toilettes de la station-essence Mobil qui se trouvait au beau milieu de la Northern State Parkway. Son sac s'était desserré dans sa chute et il avait réussi en gigotant à s'en défaire totalement. Après cinq jours d'obscurité totale, la lueur du soleil avait été si violente qu'il avait cru perdre la vue. Il commençait néanmoins à distinguer des silhouettes quand un agent de la police d'État qui guettait jusque-là les excès de vitesse s'approcha de lui, arme au poing. Voyant que Carl était déjà ligoté et menotté, il rangea son pistolet dans son étui et demanda par radio des renforts et une ambulance.

En moins de trente minutes, Leslie et les deux John emmenèrent Ruth et Phyllis au Long Island Jewish Medical Center, où Carl avait été pris en charge par une équipe de médecins, d'infirmières en traumatologie et d'un psychiatre. Phyllis et Leslie patientèrent dans la salle d'attente réservée aux familles avec Ruth, qui pleurait si fort que son diaphragme semblait avoir pris le pouvoir, noyant ses paroles dans des sanglots. Elle avait longtemps cru que sa vie se divisait en deux époques, avant et après son mariage avec Carl – sa jeunesse d'un côté, sa vie de femme de l'autre ; la pauvreté d'un côté, la richesse de l'autre – et que leur mariage avait marqué la division entre ces deux ères. En réalité, la division était cette longue période qui englobait leur mariage, leurs enfants, et s'achevait à cet instant précis, alors qu'elle se trouvait dans cette salle d'attente, son époux dans une chambre, à l'autre bout de deux couloirs successifs. C'était là le véritable point de rupture de son existence : avant l'enlèvement, et après.

Une heure plus tard, on conduisit Ruth au chevet de son mari recouvert d'ecchymoses et sous sédatifs. Elle pleura et embrassa ses oreilles et ses doigts, bel et bien là, et au complet, sans que Carl comprenne pourquoi elle faisait cela. Il lui adressa un regard dur, à la recherche de quelque chose au fond de ses yeux.

— Où sont les enfants ? demanda-t-il dans un sanglot qui avait tout d'une quinte de toux. Ils ne m'ont rien dit. Ils ont refusé de…

— Ils sont à la maison avec ma mère, répondit-elle.

— Comment vont-ils ? Ils vont bien ? Tu vas bien ?

— Ça va, tout le monde va bien. Carl, c'est toi qui as été…

Mais elle n'acheva pas sa phrase. Il lui faudrait encore longtemps avant de pouvoir prononcer ce mot à haute voix.

On ne laissa Phyllis le voir qu'en deuxième, ce qui ne fut pas sans l'offusquer. Elle tint la main de son fils dans les siennes, baissant les yeux en signe de politesse poussive, jusqu'à ce que

Ruth, qui s'éternisait dans la chambre, encore sous le coup du désarroi et de la stupeur, finisse par comprendre d'elle-même que Phyllis voulait qu'elle les laisse seul à seule. Ruth se retira sans rechigner et entendit Phyllis se pencher vers Carl pour lui dire :

— Écoute-moi bien, boychick. C'est arrivé à ton corps. Pas à toi. *Ne laisse pas ça entrer en toi.*

Après deux jours en observation, Carl put retourner à Middle Rock, mais pas dans la maison de St. James Drive. Phyllis installa Carl, Ruth et les enfants dans l'un des imposants cottages de domestiques de sa propriété afin qu'ils y attendent la fin de la grossesse de Ruth, car de toute évidence, elle ne pouvait pas rester dans leur maison, et entre l'épreuve qu'avait traversée Carl et ses retombées, il n'échappait à personne qu'il fallait prémunir Ruth et le bébé contre tout stress supplémentaire. Phyllis ordonna à Arthur de mettre en vente la maison de Carl et Ruth. Ruth était bien trop fatiguée pour s'y opposer.

Nathan et Bernard s'installèrent dans une même chambre du premier étage, et Phyllis et Ruth les surveillèrent de près durant les quelques jours qui suivirent. Toutes deux convinrent que pour le bien des enfants, il fallait éviter toute mention de ce qui était arrivé, et laisser cet horrible calvaire sombrer dans le passé. Ruth continua de les envoyer à l'école et à la garderie, en indiquant aux adultes qui s'occupaient d'eux de ne pas les entourer d'attentions particulières, afin d'aider les Fletcher à faire comprendre aux petits garçons que tout allait pour le mieux, que rien n'était arrivé, que tout s'était arrangé, comme toujours.

Et cela sembla fonctionner. Les choses parurent rentrer dans l'ordre. Ils donnèrent l'impression de s'en être remis. Sauf que Nathan refusait à présent de sortir à la récré, et qu'une enseignante d'un dévouement exemplaire devait lui tenir compagnie dans la classe, tandis qu'il restait bien assis sous les fenêtres afin que personne ne puisse le voir de l'extérieur. Sauf qu'à présent Bernard mouillait son lit. Mais dans l'ensemble ils allaient bien.

Les Fletcher n'épargnèrent pas leurs efforts pour que leur univers retrouve sa normalité. Phyllis projeta de faire construire une maison sur sa propriété afin que Carl, Ruth et les enfants puissent y vivre de façon permanente. Ruth finit par y consentir, Carl semblant dans l'immédiat plus que réticent à prendre de grandes décisions, et Phyllis, avec toute son assurance, paraissait savoir ce qu'il convenait de faire. Petit à petit, Ruth renoua avec ses promenades de santé en compagnie de Linda Messinger et les parties de bowling de la ligue de la Hadassah. Phyllis retourna aux rendez-vous mensuels de la Société historique. Et puis, comme un poing triomphalement dressé vers le ciel : en octobre, Ruth donna naissance à Jennifer Suzanne Fletcher (Jenny), une fille.

Parallèlement, la plus grande confusion régnait : au début de l'enquête du FBI, toutes les pistes partant des assertions du ravisseur au téléphone avaient abouti à des impasses. Il n'existait aucune trace de l'existence d'un groupe du nom de Combattants de la liberté du Califat dans la Vallée du Jourdain. Il n'avait été fait état nulle part d'un attentat à la bombe au Centre communautaire juif de Tulsa, en février ou à quelque autre date. Il n'existait aucun Collège amish ni à Los Angeles ni ailleurs. Et si un rabbin du nom de Shlomo Richtstad avait été assassiné en janvier, personne n'avait relaté son décès nulle part, et il n'existait aucune Congrégation Shaare Jacob pour le pleurer.

Et puis trois semaines à peine après la libération de Carl, le FBI apprit que des billets marqués avaient atterri dans une supérette de l'État du Maryland. Deux semaines plus tard, à l'issue d'une courte opération sous couverture, Drexel Abraham, qui peu avant l'enlèvement, avait travaillé seize mois en tant que chauffeur de camion pour Consolidated Packing Solutions Limited, l'entreprise de Carl, fut appréhendé. Avant cela, il avait déjà passé dix ans en prison, lourde peine pour son implication mineure dans une milice noire américaine d'Oakland, en 1967. À sa sortie de prison, il avait bien dû se faire une raison : la révolution pour laquelle il avait signé s'était achevée avant même d'avoir débuté, le vent de renouveau enthousiaste qui l'avait poussé à rejoindre la milice était brutalement retombé, les hippies s'étaient transformés en yuppies et l'heure n'était plus à la justice sociale mais à la cupidité et à la débrouille.

Le passé carcéral de Drexel aurait suffi à attirer l'attention du FBI, qui s'intéressa d'autant plus à son cas qu'il avait quitté son poste à l'usine trois semaines avant l'enlèvement et s'était installé dans le Maryland deux jours après. En fouillant sa résidence, les agents retrouvèrent 9 479 dollars en coupures marquées, une infime partie de celles que Ruth avait transportées dans le sac en papier kraft. Dans le torrent d'aveux qui suivirent, on apprit que Carl avait été retenu captif dans le sous-sol très peu fréquenté de sa propre usine, dans une pièce à l'écart où étaient entreposés des stocks d'époxy déclarés illégaux.

Sa propre usine.

Personne n'arrivait à encaisser cela, qu'il ait été retenu juste là, sous leur nez ; ni le FBI, qui n'avait même pas pensé à inspecter les lieux ; ni Phyllis, qui se demandait si elle n'avait pas condamné Carl en l'obligeant à reprendre l'entreprise familiale, ni Ruth, ravagée à l'idée qu'ils détenaient chez eux les clefs de l'endroit où il avait été emprisonné, à l'idée que la vastitude du monde n'était pas aussi complexe qu'on pouvait le croire ; et à en juger par sa stupéfaction, ni Ike Besser, le contremaître qui durant toute la période du kidnapping avait dirigé l'usine à la place de son patron, et qui avait lui-même recruté Drexel Abraham des mois auparavant. Ike avait eu connaissance des antécédents judiciaires de Drexel, mais il s'était dit que l'air du temps et les valeurs de ce pays préconisaient de lui accorder une nouvelle chance.

— Je ne me le pardonnerai jamais, dit Ike à son patron quand il lui rendit visite chez lui, après qu'il eut quitté l'hôpital.

Vous étiez juste là… Enfermé comme un animal… Carl, je ne me le pardonnerai jamais.

Il fondit en larmes.

— Comment aurais-tu pu le deviner ? demanda Carl. Moi-même je l'ignorais.

— Je suis tellement navré, fit Ike, le visage à présent plongé dans ses mains. Je suis tellement navré…

Le procureur de district informa Carl qu'il entendait proposer à Drexel Abraham une réduction de peine contre l'identité de l'autre ravisseur, véritable cerveau de l'opération. Une simple entrevue avec Drexel lui avait suffi pour se convaincre de son incapacité à concevoir et à exécuter seul un tel plan. Mais Phyllis s'opposa à tout arrangement : elle estimait qu'il existait d'autres moyens pour découvrir l'identité du second ravisseur que d'offrir à Drexel Abraham la liberté sur un plateau d'argent.

Et puis, au bout de quelques jours à peine, on reçut un autre signalement de billets marqués : le frère de Drexel Abraham, un aide-soignant hospitalier prénommé Lionel, s'en était servi pour acheter une Datsun d'occasion dans le Maryland. La police fit une descente chez lui et retrouva 13 587 dollars dans une boîte à biscuits Royal Dansk, dans sa chambre. Il fut aussitôt arrêté, et après trois jours de privation de sommeil et de nourriture dans une salle d'interrogation sans fenêtre, il avoua avoir échafaudé l'enlèvement de Carl.

Drexel et Lionel Abraham furent reconnus coupables d'enlèvement et séquestration. Ils écopèrent de la peine maximale – vingt-cinq ans ferme – à laquelle on ajouta cinq ans pour entrave à l'exercice de la justice dans le cas de Drexel, qui n'avait pas dénoncé son complice. Après que la condamnation fut prononcée, les Fletcher rentrèrent chez eux pour célébrer Pessa'h, songeant qu'ils étaient enfin libres, au moins pour quelques années.

Trois ans après, Drexel trouva la mort au cours d'une émeute en prison, écrasé par la porte de sa cellule. Et tout juste dix-huit mois plus tard, Lionel fut emporté par un fulgurant cancer du pancréas.

Deux ans plus tard, le FBI se rendit chez Ruth et Carl pour les informer que toutes les pistes dont ils disposaient au sujet du reste de la rançon avaient abouti à des culs-de-sac. Faute de nouveaux éléments, ils allaient officiellement classer l'affaire. Carl avait engagé un détective privé – Gal Plotkin, un ancien agent du Mossad qu'on lui avait présenté – pour tenter de retrouver cette somme, et même rester à l'affût de tout gros dépôt d'argent et de toute dépense hors du commun à Long Island et ses environs, ainsi que dans le Maryland, où on avait retrouvé la trace de Drexel et Lionel. Carl avait le sentiment que tant que l'argent serait en circulation, il serait toujours en danger.

Mais il gérait si bien tout le reste. Il travaillait à l'usine, le lieu même de sa séquestration. C'était un individu *fonctionnel.* Il s'asseyait à table, où on le surprenait parfois perdu dans ses pensées, mais il allait bien. Après tout, c'était arrivé à son corps, pas à lui.

Un mois après sa sortie d'hôpital, Carl retourna sur son lieu de travail, où personne ne fit la moindre mention des raisons de son absence, et où le seul signe que quelque chose avait changé fut cet instant où Hannah Zolinski, lui tendant le café qu'il lui avait demandé, se mit à pleurer si fort qu'elle ne parvenait plus à s'exprimer. Il se leva et lui tapota l'épaule en lui disant :

— Allons, allons. Tout cela est derrière nous. Allons, allons. C'est fini.

*

La disparition de Fletcher, ainsi qu'on l'appela, atterrit en troisième place du classement des rançons les plus importantes aux États-Unis. La deuxième s'élevait à 650 000 dollars, pour la libération de l'épouse d'un cadre d'IBM enlevée en 1978 ; la première place, à 1 million de dollars, à la suite de l'enlèvement de la fille d'un sénateur âgée de neuf ans, en 1974, qui s'était soldé par une fusillade. Le ravisseur avait été abattu, et la victime, rendue sourde et muette, vivait depuis dans une institution de luxe qui avait tout d'un charmant foyer, excepté la présence de parents. La disparition de Fletcher, illustrée par des photographies de Carl à sa sortie d'hôpital, fut relayée par deux journaux nationaux, quatre émissions d'information locale, et un magazine télévisé national en prime time.

« Il y a un dybbouk dans les tuyaux » était une vieille expression des Fletcher, utilisée en cas de dysfonctionnement des machines de l'usine, directement importée de Pologne par Zelig, le père de Carl. La phrase était le fruit d'une contamination du travail de Zelig à l'usine et des terribles histoires qu'on se racontait dans les ghettos juifs pour expliquer divers événements néfastes et inexplicables tels qu'une invasion de fourmis dans le sucrier ou l'exécution de vos frères et sœurs par des Cosaques, juste sous vos yeux. Un dybbouk, ainsi que nous l'enseigne la tradition, est une âme errante qui, ne pouvant accéder au repos éternel, reste sur Terre où elle prend possession du corps d'une victime dont elle évince l'âme. Si un extracteur d'air cessait de fonctionner à l'usine, Zelig disait qu'il y avait un dybbouk dans les tuyaux. Si plusieurs câbles cédaient de façon rapprochée, il y avait un dybbouk dans les tuyaux.

Ce fut Carl qui introduisit cette phrase dans sa propre famille, étendant son usage au-delà des limites de l'usine : quand un orage entraînait une coupure de courant, il y avait un dybbouk dans les tuyaux. Quand un réveil cessait de fonctionner sans raison apparente. Quand le bégaiement de Nathan l'empêchait de formuler une phrase. Quand l'école appelait à propos du comportement de Bernard. Quand Jenny refusait de prendre part aux activités féminines qui selon Ruth auraient enthousiasmé n'importe quelle fille, comme faire du shopping, se maquiller, apprendre à cuisiner, et ce que Bernard intitula plus tard la Grande Guerre de la Rhinoplastie de 1998. Autant de dybboukim dans les tuyaux, de moments où les choses allaient si mal que ni la physique ni la logique ne suffisaient à l'expliquer.

L'enlèvement fut progressivement rabaissé à cela : une brève période où il y avait eu un dybbouk dans les tuyaux. Une gêne, un obstacle, un astérisque dans la légende familiale. Un moment où les choses avaient mal tourné, comme l'appendicite de Bernard, ou la Shoah. Mais n'appartenaient-ils pas à un peuple capable de laisser le passé loin derrière lui pour continuer d'aller de l'avant, et même, s'épanouir ? L'épreuve avait pris fin. C'était arrivé au corps de Carl. Ça n'était pas arrivé à lui.

Cette philosophie parut fonctionner. Les Fletcher prospérèrent. L'arbre qu'ils avaient planté portait ses fruits. Nathan fut le premier Fletcher à décrocher un diplôme universitaire. Il quitta Middle Rock (à contrecœur) pour Brandeis, où il rencontra une fille matérialiste et plantureuse qu'il épousa, pour revenir s'établir à Middle Rock. Il devint avocat spécialisé en droit immobilier, au sein du cabinet de son cousin Arthur Lindenblatt, dont les bureaux se situaient à Manhattan.

Bernard, principalement connu sous le surnom de Beamer, s'inscrivit en cinéma à la New York University après une carrière lycéenne pleine de rebondissements, durant laquelle il soulagea près d'un quart de ses petites camarades de leur pucelage. Il devint un scénariste au succès relatif, notamment grâce à une trilogie de films d'action qui, à ce jour, continuent d'être rediffusés en boucle à la télévision (parfois sur des chaînes payantes, mais seulement parmi les moins prestigieuses, et uniquement tard dans la nuit). Il finit par se marier à trente-cinq ans, avec une actrice non juive de vingt-six ans dont il fit la connaissance sur le plateau du deuxième film de la trilogie, et ils eurent deux enfants.

Jenny, la seule Fletcher qui n'était pas encore née au moment de l'enlèvement et qui n'avait jamais vécu dans la maison de St. James Drive, si ce n'est à l'état d'embryon, quitta Middle Rock le soir même de l'obtention de son diplôme de fin de lycée. Elle entra en premier cycle à l'université Brown, ne revenant que rarement chez elle, principalement pour des fêtes juives ou pour le bris d'un neveu. Très tôt, elle avait présenté des aptitudes impressionnantes dans diverses matières, et on la considérait comme brillante avant que ce mot signifie privilégiée et relativement intelligente. Bénéficiaire de la bourse du Mérite national, star de son équipe de basketball (grâce à sa taille, surnaturelle pour une jeune fille juive, d'un mètre soixante-quinze), deux fois championne de simulation Onu, elle avait en outre remporté tant de médailles d'or d'exposciences qu'un think tank d'ingénierie avait voulu la recruter dès la fin de son lycée. Elle participa à la fondation de l'équipe de robotique de son école, activité extrascolaire qui n'en était alors qu'à ses premiers balbutiements aux États-Unis (l'équipe de robotique de Middle Rock reste encore de nos jours très bien placée dans les concours). Et en plus de tout ça, elle jouait du violoncelle, et avait incarné de façon si éblouissante le personnage de Mary dans la comédie musicale *Le Jardin secret* au collège, que l'un des parents assistant à la représentation de fin d'année s'était demandé à haute voix si l'école faisait intervenir de jeunes acteurs professionnels. Aux dernières nouvelles, sans trop qu'on sache comment, elle était devenue syndicaliste à New Haven, où elle effectuait une thèse et gravissait l'un après l'autre les échelons jusqu'à accéder à un poste à responsabilité. Si son choix de carrière avait surpris, personne ne s'étonna de son succès. Quoi qu'elle entreprît, Jenny ne pouvait qu'exceller.

Quant à Ruth et Carl, ils restèrent dans la propriété familiale avec Phyllis, derrière ces palissades blanches – à présent électrifiées, cela va sans dire – le pire moment de leur existence loin derrière eux, et pour de bon.

Ils en avaient, de la chance, les Fletcher. Quelle bonne fortune que la leur ! Ils avaient mis à profit tous les avantages qui leur avaient été conférés et n'avaient cessé d'aller de l'avant, sans faillir, vers un avenir à jamais riche d'espoir et de succès, sur leur route pavée d'or où leurs erreurs et leur malchance passées n'avaient jamais influé sur leur glorieux présent. Ils étaient l'incarnation parfaite du rêve juif américain, en ceci qu'ils avaient su faire leurs choux gras de tout ce que ce pays avait à offrir.

De toute évidence, cela n'a rien d'une fin horrible : c'est même la meilleure fin possible pour une histoire aussi sordide. Mais l'histoire n'est pas encore terminée, et ce qui leur arriva par la suite est en partie lié à la conviction qu'avaient les Fletcher d'avoir payé leur dû, la conviction que ce qu'ils avaient déjà traversé leur garantissait de jouir à présent d'un éternel ciel bleu. La conviction que le sentiment de sécurité et de pérennité dont ils se délectaient était *mérité*, comme quelque indemnité pour ce qu'ils avaient enduré. Carl Fletcher avait été kidnappé, et non seulement cet enlèvement n'avait pas détruit sa famille, mais mieux encore, cet épisode était devenu le symbole de la force morale de sa tribu, de leur capacité à survivre en ce bas monde. Les Fletcher étaient toujours là, personnification de tout ce que chacun pouvait souhaiter pour sa propre famille, marchant d'un même pas, bras dessus bras dessous, sur le sentier du bonheur et de la prospérité.

Le problème, c'est qu'à aucun moment ils n'entrevirent ce que le reste d'entre nous comprenait déjà, à savoir qu'ils n'avaient aucun droit sur les conditions de leur sécurité et de leur pérennité. Jamais ils n'envisagèrent que sécurité et pérennité ne fonctionnaient peut-être pas ainsi. En vérité, sécurité et pérennité se fichent pas mal de chacun de nous. Elles ne sont pas des valeurs sûres, comme des obligations de l'État israélien. Plus vous misez dessus comme des investissements qui grossissent d'eux-mêmes, plus leur rendement devient précaire et traître.

Mais que voulez-vous : les riches, c'est comme ça.

PREMIÈRE PARTIE

AFFAIRE DE FAMILLE

VOTRE AVENIR TOUT DE SUITE

Et puis un matin, fin septembre, il y a quelques années de cela, Phyllis Fletcher mourut. C'était une poignée de jours après Yom Kippour, elle était couchée dans son salon, sur son lit conjugal que deux de ses jardiniers avaient transbahuté du premier étage. Elle était entourée de son fils Carl, de sa fille Marjorie, de sa belle-fille Ruth et d'une aide à domicile belliqueuse qui la détestait du plus profond de sa rate. Aucun signe de ses ingrats de petits-enfants, et malgré l'état délirant dans lequel son traitement de fin de vie l'avait plongée, elle n'avait pas manqué de relever leur absence. Le soleil brillait et les oiseaux chantaient comme s'il s'agissait d'un jour comme un autre, et quand l'horloge indiqua dix heures, Phyllis poussa un dernier souffle, d'une douceur décevante qui aurait presque terni sa légende, et elle succomba à la maladie auto-immune qui au bout d'un an d'assauts, parvint enfin, enfin, à desserrer la poigne avec laquelle elle s'accrochait à la vie. Elle était âgée de quatre-vingt-treize, ou de quatre-vingt-huit ans.

Ruth fit sortir Carl de la pièce, le fit s'asseoir dans la cuisine, et passa les appels téléphoniques qui s'imposaient. D'abord à Nathan, ensuite à Jenny, puis, parce qu'il était encore tôt en Californie et qu'elle ne voulait pas courir le risque de tomber sur la femme de Beamer en l'appelant chez lui, elle contacta le rabbin.

— Barouch dayan ha'emet, déclara celui-ci. Phyllis était une vraie force de la nature.

— Oui, répondit Ruth, et tous deux restèrent silencieux durant un moment singulièrement long.

Ce silence contenait un demi-siècle d'une même terreur partagée. Après ce curieux instant de recueillement, ils convinrent des préparatifs adéquats.

Ruth finit par appeler son fils cadet, et tomba sur sa boîte vocale. Elle réessaya moins d'une heure après. Puis elle tenta sa chance une troisième fois.

À Los Angeles, Beamer Fletcher entendit les vibrations lointaines de son téléphone en mode silencieux – son téléphone, cet organe qu'on lui avait arraché mais qui envers et contre tout continuait d'exister loin de son corps – et partit du principe, à raison, que sa mère tentait de le joindre pour la troisième fois ce matin, appel qu'il aurait déjà ignoré en temps normal, a fortiori dans la circonstance dans laquelle il se trouvait : nu, ligoté, étendu au sol, dans une chambre du Radisson Airport Hotel de Los Angeles, tantôt fouetté, tantôt raillé, tantôt sodomisé ou torturé d'une façon ou d'une autre par deux femmes qu'il avait précisément engagées à cette fin, comme il en avait l'habitude chaque mardi matin. Comme s'il n'avait pas assez de mal à se concentrer comme ça.

Les deux femmes avaient commencé à le travailler au corps trente minutes auparavant. Elles lui avaient fait avaler six comprimés dès qu'il était entré dans la chambre : quatre Ambien, un truc hexagonal et gris plein de mystère et de promesses, et un autre truc orange fluo, qui servait à Dieu sait quoi mais quelle jolie touche de couleur il apportait ! Il les fit disparaître au fond de son gosier dans une rasade de vodka, avant de s'allonger sur la répugnante moquette de l'hôtel. Les deux femmes, qui avaient pour noms Lady et… Beamer ne s'en souvenait plus, l'avaient retourné comme un pancake et l'avaient attaché, lui décochant des pichenettes ici et là (et là aussi) en lui tirant les cheveux.

Elles s'étaient échangé des baisers de téléfilms érotiques, il les avait matées, ficelé au sol, incapable de se libérer, et s'était mis à se frotter sur la moquette afin d'atteindre le summum de l'humiliation, qui représentait aux yeux du pauvre Beamer le but ultime de cette séance. Ça, plus un joli black-out bien submersif, et cette matinée serait un succès.

Mais les black-outs, ça ne vient pas comme ça. Comme tout ce qui a une véritable valeur en ce bas monde, ça nécessite un dur labeur et une concentration exemplaire, et ce jour-là, même à cette heure matinale, Beamer savait qu'il n'en avait pas la force. Il l'avait senti quand il s'était réveillé ; il l'avait senti quand il s'était assis sur le bord de son lit pour voir s'il avait reçu sur son téléphone ce message qu'il attendait tant, jetant un regard inquiet à son épouse toujours endormie, qui lui tournait le dos d'un air hostile (hostile jusque dans son sommeil !) ; il l'avait senti en vérifiant les paramètres de son téléphone afin de s'assurer qu'il n'était pas en mode avion, pour constater que, non, vraiment, il n'avait reçu aucune notification. Désemparé, éparpillé, crevé jusqu'à la moelle comme rarement auparavant (sous l'effet de toutes ces substances), il était plus que tenté d'écourter cette séance, payer les deux femmes, rentrer chez lui et se remettre au lit jusqu'à l'heure de son rendez-vous au bureau cet après-midi. Il ne s'était déplacé que parce qu'il était impoli de se décommander à la dernière minute.

Pour être tout à fait précis, il s'était réveillé en prenant douloureusement conscience qu'au sein de ce néant de notifications se nichait la non-réponse de son agent au message qu'il avait laissé à son bureau quatre jours auparavant, et qu'il avait réitéré la veille. Pas la fin du monde, pas vrai ? Ça arrive, non ? Mais si votre agent est le premier indicateur de votre réussite professionnelle, cinq jours sans réponse, c'est tout sauf le signe d'une carrière pleine de santé et de vigueur. Ce n'est pas synonyme d'un scénariste qu'on s'arrache ! Ce n'est pas *autre chose* que le signe d'une carrière qui file au fond du siphon.

Si la foi d'un agent en sa propre réussite est directement liée à la foi qu'il a en vous et en votre talent, alors le fait de ne pas recevoir de réponse de sa part au bout de cinq jours – et également le fait de vous rappeler que la dernière réponse qu'il vous a adressée, le mois dernier, concernait une opportunité de scénario de commande sur laquelle vous lui aviez demandé de vous mettre en avant, et que cette réponse n'était pas un appel téléphonique mais un message, et même pas un vrai message mais un émoji pouce levé accolé au message que vous aviez envoyé – eh bien non, ce n'était pas top du tout.

Tout cela n'aidait en rien Beamer qui s'escrimait à surfer sur la vague de ce dont les deux femmes le gratifiaient durant cette séance d'avilissement dont l'objectif était l'oblitération totale. Fort de son expérience en matière de pensée circulaire et de rumination, il décida de méditer, ainsi que son épouse Noelle le lui avait récemment suggéré (Ne pense pas à Noelle maintenant). La méditation impliquait d'être dans l'instant présent, aussi Beamer releva les yeux pour affronter son instant présent.

— Lève-toi, sale petite merde, disait Lady dans son instant présent.

Les putes que Beamer avait fréquentées au lycée dans cet étrange bordel situé au-dessus du cabinet dentaire de Spring Avenue Road étaient principalement russes et polonaises, ce qui lui avait parfaitement convenu à l'époque, mais le genre de femmes que Beamer avait vite préférées dans le cadre de ses dépravations était le modèle WASP, blanches, protestantes et d'origine anglo-saxonne, celles qui ressemblaient aux femmes au foyer de sa catégorie de porno favorite – « Mais que faites-vous là ? Il faut absolument que je finisse ce gâteau avant que mes enfants rentrent de l'école ! Hého, vous m'entendez ? » Mais ses vingt et un ans étaient passés, puis ses vingt-cinq ans, et après ses trente-cinq ans (il en avait à présent quarante-deux) et son mariage avec une fille blanche, protestante et d'origine anglo-saxonne du nom de Noelle (Non, ne pense pas à Noelle, pas maintenant !), ses goûts s'étaient attachés à un troisième type de personnes. À présent que Noelle représentait son ordinaire, il recherchait son opposé : aussi négligé que Noelle était proprette ; aussi sale que Noelle était soignée ; un sphincter chaud, violacé et appétissant, là où celui de Noelle était rose comme une ballerine, glabre, pincé de dégoût, et complètement hermétique. Il n'existait pas de terme générique pour ce genre de personnes, encore moins pour Lady et celle qu'elle avait fait venir ce mardi matin ; néanmoins, si on l'avait forcé à les décrire, il aurait dit qu'elles appartenaient à la catégorie des *vraies* personnes, adjectif que tous les directeurs de casting de sa connaissance utilisaient en remplacement des termes « amoché » ou « gros » : caster quelqu'un de « vrai », c'était le caster pour un usage unique.

Mais pas dans ce cas précis. Beamer et Lady, ça durait depuis quelques années déjà. Lady avec ses cheveux lisses qui tombaient, vigoureux, châtain foncé des racines jusqu'aux épaules, après quoi ils prenaient une teinte légèrement plus claire, puis devenaient bleu électrique, pour finir en un rose fluo ; ses yeux bleu terne, opaques comme seuls peuvent l'être des yeux marrons recouverts de lentilles bleues ; sa large bouche avec ses petits creux aux commissures, comme des parenthèses, simples ou triples ; ses mamelons couleur sirop d'érable, l'un pointu comme un chapeau de sorcière, l'autre plat comme une souche d'arbre ; la chaleur de son corps (Non ! Ne t'arrête pas sur sa cicatrice de césarienne !) ; sa permissivité ; son ardeur ; ce collier à pics pour chien, qu'elle avait obligé Beamer à porter une fois ; sa façon de le regarder, genre, wouah, sacré morceau ; son délicieux anus. Excepté sur ces points, il préférait ne pas penser aux différents détails qui constituaient Lady, tout comme on préfère ne pas réfléchir à l'origine du café qu'on boit.

Et maintenant, il y avait cette nouvelle personne avec eux dont il ne se souvenait pas du nom, mon Dieu, un vrai petit trésor. Ce n'était pas la première fois que Lady ramenait une amie ; parfois c'était une chouette surprise, d'autre fois un vrai désastre, ce qui en soi est une sorte de chouette surprise. Cette nouvelle personne portait une perruque rouge et un soutien-gorge en plastique bleu et il lui manquait une dent, et cette simple dent en moins le rendait incroyablement dur – un vrai roc ! – avec cette façon qu'elle avait de sourire en dardant sa langue dans le trou d'un air aguicheur, comme si le fait d'avoir une incisive en moins était universellement, indéniablement sexy, et pas quelque chose qu'on essayait de cacher et corriger à hauteur de plusieurs milliers de dollars.

Oui, à présent qu'il s'y attardait, c'était plutôt sexy. C'était *absolument* sexy. Plus de gens devraient avoir une incisive en moins ! (Ne t'imagine pas Noelle avec une incisive en moins, ne t'imagine pas Noelle en train de te mettre un coup de poing en plein visage, ne t'imagine pas une de tes incisives tomber.) Jamais il n'aurait cru qu'une dent en moins aurait pu avoir un tel impact sur son scrotum, à l'intérieur duquel tourbillonnait une trombe puissante, un ouragan de sperme qui enflait et tournoyait de plus en plus vite, chaque tubule gélatineux s'alignant pour exploser à l'unisson, un petit quelque chose d'inédit à se remémorer d'ici quelques heures quand Beamer aurait son rendez-vous au bureau, ou ce soir quand il s'assiérait devant son ordinateur, ou plus tard encore au dîner, ou quand il s'agiterait au-dessus de sa femme, romantiquement, respectueusement et tout à fait normalement (à condition qu'elle y consente ce soir) – quelque chose auquel il pourrait essayer de se raccrocher la prochaine fois qu'il aurait le sentiment d'être pris au piège, sentiment qui se répétait à chaque minute de son existence sauf en de pareils moments.

Lady desserra les foulards autour des poignets et des chevilles de Beamer. L'heure était venue de passer au deuxième acte de la séance.

— Le mur, ordonna Lady.

Il n'obéit pas parce que son ton était convaincant, mais parce qu'il savait qu'elle ne pouvait pas mieux faire. Lady, quoi. Elle était chouette, mais même après toutes ces années, il était toujours aussi compliqué de lui expliquer précisément les rouages de tout ceci : s'il criait trop fort, s'il lui demandait d'arrêter, ça ne voulait pas dire qu'elle devait le faire. Cela signifiait qu'elle devait *refuser* d'arrêter. Elle s'en souvenait parfois, mais l'avilissement d'autrui ne lui était pas naturel, et il n'avait pas trouvé de moyen plus efficace pour lui expliquer comment elle devait agir que de le lui montrer, semaine après semaine. Et soit par manque de curiosité, soit par réelle incapacité, elle n'arrivait pas à comprendre ce qu'il tirait de tout cela. La clef, c'était qu'il ne venait pas ici parce que ça lui plaisait, mais parce que cela lui permettait d'être un être humain normal et équilibré tout le reste de la semaine. La dominatrice qu'il voyait les jeudis soirs comprenait mieux. Mais qu'aurait-il pu exiger de plus, lui qui arrivait tout juste à comprendre ce qu'il recherchait ?

Beamer rampa donc sur cette moquette répugnante qu'il connaissait par cœur – la chambre 816, toujours la même pour cette séance hebdomadaire, aurait eu des airs de tableau de Pollock si on l'avait éclairée à la lumière noire – et se leva, face au mur. Rien ne se passa pendant une minute d'une violence et d'un délice absolus, et enfin, enfin, quelque chose d'humide pressa délicatement contre son sphincter.

C'était le moment de la récompense.

La nouvelle participante enfila un faux ongle très long – ce genre de faux-ongles tout pleins de couleurs et de strass collés dessus – dans son cul. La vue de ces terribles ongles l'avait excité, mais à présent que son orifice anal en accueillait un, il se demandait si ces strass étaient bien collés au faux ongle, et maintenant qu'il y pensait, si ce faux ongle était bien collé au vrai, et qu'est-ce qu'on pouvait bien raconter à un médecin urgentiste ou à un assistant médical s'il fallait se faire retirer un truc pareil.

Vous voyez ? Zéro concentration.

Quelque chose coinçait. Peut-être n'avait-il pas choisi le meilleur timing. Peut-être avait-il développé une tolérance à tout ceci. Ou peut-être était-il trop pris par ses soucis pour y prendre le moindre plaisir, même si *plaisir* n'était pas le mot qui convenait. La phase black-out de l'Ambien ne cessait de s'amorcer, mais malgré les efforts de Beamer, elle ne parvenait pas à le submerger comme il fallait. Il essaya de respirer. Il essaya de *ressentir* l'instant. Mais il s'énerva alors, plein de ressentiment, furieux d'avoir à recourir au même genre de techniques de pleine conscience que ses enfants ramenaient de leur école privée alternative (**Ne pense pas aux enfants maintenant !**). C'était à cela que servaient les cachetons ! À éviter ces « techniques » !

Voici le genre de pensées qui lui traversait l'esprit : était-ce un nouveau dessus-de-lit ? Est-ce qu'on retrouvait le même tableau abstrait dans chaque chambre de l'hôtel ? Que pensait l'artiste de ce bon gros contrat de reproduction en masse de son atroce peinture pour le compte de l'hôtel Radisson ? Est-ce qu'il se sentait plus artiste, moins artiste ? Si ce même tableau se trouvait dans chaque chambre de cet établissement, se trouvait-il également dans tous les autres Radisson ? Est-ce que ça leur arrivait vraiment de nettoyer cette chambre ? Quelqu'un était-il mort ici ? Combien d'autres individus avaient baisé au milieu de cette déco aux tons agréablement neutres ? Depuis combien de temps déjà se trouvait-il ici ? Avait-il toujours été ici ? N'avait-il jamais existé que dans cette chambre ?

Et encore : Sa carrière était-elle finie ?

Et encore : Sa femme allait-elle le quitter ?

Et encore : Pourquoi, à quarante-deux ans, était-il toujours coincé dans cette cage d'angoisses qu'il avait espéré voir s'amenuiser avec les années ?

Dans sa tête, beaucoup trop de mots qui formaient beaucoup trop d'images. Beaucoup trop de sujets d'inquiétude. Mon Dieu, quelle quantité de drogues fallait-il prendre pour se résumer à la partie animale de soi-même, sans mot, sans but, sans souci, pour ne plus s'en remettre qu'au ressenti, à l'instinct, à l'instant présent ?

Le danger de ce genre d'état psychique, bien évidemment, c'est que confronté à l'horreur du présent, vous avez tendance à vous tourner vers le passé ou l'avenir.

Le passé : la veille au soir, Beamer était rentré chez lui avec l'impression très nette que quelque chose coinçait. Il n'était que vingt et une heure trente quand il pénétra dans la chambre pour trouver Noelle au lit, mais avec dans l'air cette ionisation qui indiquait qu'elle l'avait entendu passer la porte et qu'elle s'était empressée d'éteindre les lumières et de se coucher. Dans l'obscurité, sur sa table de chevet, son téléphone brillait encore, signe d'une très récente utilisation.

— Noelle ? murmura-t-il dans la pièce.

La terreur s'était soudainement saisie de lui, comme s'il s'était retrouvé dans un film d'horreur, sans trop savoir si le fait d'entendre un son en réponse à sa question le rassurerait vraiment. Mais Noelle lui tournait le dos, et elle ne remua pas, comme si elle dormait vraiment. Dans ce genre de situation, le premier réflexe consiste à se montrer obséquieux ou trop affectueux. Mais la moindre velléité dans ce sens suffit à vous démasquer. Il le savait parfaitement. Il faut la jouer en toute décontraction. « Acceptons l'inconfort des émotions » – c'était inscrit sur le « bocal de pleine conscience » que son fils, Wolfie, avait ramené de son école maternelle. Il ne savait pas encore lire.

Et puis le lendemain matin, il s'était réveillé pour constater que Noelle dormait encore, bien après sept heures et demie, heure à laquelle les enfants étaient censés se préparer pour aller à l'école. Il avait posé la main sur son bras nu – elle portait des nuisettes gothiques de petite fille dont le puritanisme l'excitait encore (« Mais que faites-vous là ? ») –, mais elle l'avait écarté d'un mouvement d'épaule. Non, pas endormie. Mais pas disposée à s'avouer réveillée non plus.

Ou plutôt, en grève. Elle faisait la grève.

Il se força à quitter le lit et descendit pour s'assurer que les enfants étaient prêts. Il constata que quelques minutes avant son réveil, il avait manqué un appel de sa mère, ce qui somme toute tombait plutôt bien. Il se dirigea vers la cuisine, faisant tout son possible pour que cela ne l'atteigne pas. Il eut des échanges enjoués avec Ludmilla, la femme de ménage, et Paulette, la nounou, qui s'affairaient toutes deux, tâchant de lire dans le marc de l'absence de leur maîtresse, afin d'anticiper au mieux son humeur.

— Je ne suis qu'un simple employé, ici, déclara Beamer dans un gros haussement d'épaules comique, ce qui les faisait toujours rire.

Il embrassa ses enfants sur le front et Ludmilla lui remit une tasse de café dans les mains. Il en but quelques gorgées, perdu dans un fantasme où elle la lui jetait à la figure avant de lui ordonner de tout lécher sur le carrelage.

— Je suis un cochon ! déclara Wolfie.

À quatre ans, il avait une certaine inclination à crier et, plus récemment, à assumer l'identité de divers animaux. La veille, il avait fait savoir qu'il était un chaton.

— Ça fait quoi, un cochon ? demanda Beamer.

— Oink, oink !

— Qu'est-ce que tu es bête, Wolfie ! fit Liesl, sa grande sœur, d'un ton franc et joyeux.

Ces derniers temps, elle affectait les minauderies d'une présentatrice de jeu télévisé ou d'une candidate d'un concours de beauté. Beamer avait la désagréable sensation qu'elle ne disait plus que des choses qu'elle croyait devoir dire. Elle avait sept ans, et portait une grosse pince à nœud bleu marine sur le côté droit de sa longue chevelure blonde, légèrement vers l'avant, juste au-dessus de l'oreille. Noelle encourageait Paulette, de nationalité française, à habiller les enfants comme de petites poupées parisiennes.

Noelle profita apparemment de la douche de Beamer pour se lever et quitter la maison. Après s'être habillé, il redescendit, et d'une voix hyper-méga détendue, demanda à Ludmilla :

— Noelle est partie ?

Ludmilla, forte de l'entraînement qu'elle s'était imposé, changea son visage en une authentique roche slave pour répondre :

— Oui, monsieur Beamer.

Il hocha la tête, comme si tout allait bien, merveilleusement bien, et il partit à son tour.

Franchement, ça relevait du terrorisme, ce que Noelle avait fait. Oui, *terrorisme* fut le mot qui vint à l'esprit de Beamer dans cette chambre d'hôtel. Comment parvenir à se concentrer sur son éjaculation, comment pouvait-on espérer caracoler comme un centaure vers le black-out tant espéré quand on était aux prises avec le terrorisme ?

Face à cette misère absolue, son esprit se replia dans le seul recoin qui lui restait : l'avenir. Dans une poignée d'heures, il recevrait enfin les commentaires sur un scénario qui en était déjà à sa quatrième (et, il l'espérait, dernière) réécriture. Il s'agissait du quatrième volet aussi surprenant que palpitant du film d'action qui avait lancé Beamer presque vingt ans auparavant, alors qu'il venait à peine de finir son cursus cinéma. Non, c'était le quatrième volet plutôt solide du film d'action qui avait lancé Beamer presque vingt ans auparavant, alors qu'il venait à peine de finir son cursus cinéma. Non, c'était le quatrième volet, d'un cynisme absolu, mais formaté à la perfection, du film d'action qui avait lancé Beamer presque vingt ans auparavant, alors qu'il venait à peine de finir son cursus cinéma. Pour tout auteur, l'étonnement à l'idée que quelqu'un puisse lire le fruit de son travail, voire le financer, est une partie intrinsèque du boulot. Beamer s'efforçait de se rassurer en se disant que la peur qui lui rongeait les reins (siège de toutes ses émotions) résultait de cette incertitude, et non pas de cet autre aspect du métier d'auteur qu'est l'inexorabilité de sa propre obsolescence.

Dans la chambre du Radisson, désormais à quatre pattes, il releva les yeux vers sa propre image dans le miroir en pied qui recouvrait la porte de la salle de bains : une chevelure brun terne sans le moindre signe de début de calvitie, avec une coupe d'étudiant de prépa, la raie sur le côté, dont il n'avait jamais changé depuis sa bar-mitsvah (parce qu'on ne change pas quelque chose qui marche) ; l'ancien nez de sa mère, un millimètre trop haut sur son visage, (idem) ; une bouche tel un oreiller de satin au milieu duquel quelqu'un aurait posé sa tête, pour y laisser un pli discret. Ses yeux étaient d'un bleu saphir surprenant, avec des cernes sombres qui lui donnaient un air trouble, sexy et drogué (techniquement, ses yeux n'étaient pas complètement bleus : on relevait une tache marron au-dessus de l'iris gauche, qui, ainsi qu'il l'avait appris en faisant des recherches, était un signe de chimérisme, c'est-à-dire qu'il avait eu un jumeau in utero et l'avait *mangé*, ce qui correspondait si bien à sa personnalité, à ses appétits disproportionnés et à l'idée qu'il se faisait de lui-même que dans un réflexe d'autoconservation rarissime chez lui, il avait aussitôt interrompu sa lecture).

Son charme – cette chose qui avait fait de lui une légende locale et lui avait donné accès aux petites culottes de tant de filles de Middle Rock – résidait moins dans son visage que dans la totalité de son *être*. Beamer était né avec une soif de contact physique que le contact physique ne pouvait étancher ; il était né avec un sang si abondant qu'il parvenait à emplir à parts égales pénis et cerveau, même si l'essentiel était de toute évidence dirigé vers son pénis ; il était né avec du sperme d'ouvrier, indéfectiblement dévoué à la chaîne de production de son usine, dont le produit final menaçait de l'intoxiquer s'il ne s'en purgeait pas, comme une soupape de sécurité, avec enthousiasme et vraiment, vraiment très fréquemment. Il en résultait quelque chose d'indicible, qui gagnait en force à mesure qu'il prenait de l'âge et que son corps acquérait un aspect de pièce du boucher, un aspect *animal* – c'était une faim manifeste, quelque chose d'insondable, trop obscène pour être décrit.

Et son éjaculation, alors ? Et sa perte de connaissance ? N'avait-il plus les ressources nécessaires ? Une chose qu'il savait au sujet des usines, du fait de son éducation, c'était que parfois, quelque chose coinçait. Un dybbouk dans les tuyaux, comme disait son père. Il se représenta une petite goule à l'intérieur de ses bourses, mais cela ne parvint pas à lui faire franchir la ligne d'arrivée, alors que c'était bien le genre de saloperies particulièrement tordues qui en temps normal lui permettait d'aller au bout. Le plus important, c'était qu'en définitive, une usine triomphait en vertu de l'offre et de la demande. L'offre, il l'avait, très clairement. Et la demande aussi. Il était en demande ! Et ces deux femmes aussi étaient en demande ! Tout était réuni pour que ça marche !

Non, en vérité, c'était Noelle qui gâchait tout. Beamer comprenait enfin que ce qui s'était passé ce matin s'inscrivait dans un continuum qui ne datait pas d'hier et qu'il avait attribué, sans doute à tort, à la mélancolie constante de son épouse. Et c'était du sérieux, ce truc : ce n'était pas le genre de choses qui vous arrivait juste avant que, mettons, vous renouveliez vos vœux de mariage, ou décidiez de faire un autre enfant, ou, plus généralement, vous vous réengagiez dans une démarche de relation à très long terme. Non, c'était le genre de choses qui vous arrivait quand votre couple touchait lentement et tristement à sa fin.

Noelle allait le quitter. Il en était convaincu.

Ils étaient suivis par une psychologue spécialiste des couples que leur avait recommandée Melissa, la femme de son ancien coscénariste, Charlie Messinger. Beamer se rendait aux rendez-vous, mais ça ne lui parlait pas. Quiconque a bâti sa vie comme une forteresse ne peut suivre une thérapie, encore moins une thérapie de couple, et encore encore moins avec la psy d'une personne avec qui, sans aigreur mais avec une profonde tristesse, on a cessé toute collaboration (en fait, quand il s'asseyait sur ce canapé où, il le savait, Charlie et Melissa avaient pris place, Beamer se pliait à l'exercice mental consistant à remplacer Noelle par Charlie, et il se demandait si les mystères de leur éloignement auraient pu être révélés au sein de ce cabinet, résolus pour ne plus leur apparaître que comme une erreur innocente, un simple enchaînement d'incompréhensions, s'ils avaient eu recours à l'intervention d'une spécialiste). Quoi qu'il en soit, Beamer essayait. Vraiment. Il faisait les exercices que la psychologue ne cessait de lui répéter de faire. Il regardait Noelle *droit dans les yeux* et répétait *après Noelle* les objectifs qu'elle se fixait. Il pratiquait l'*écoute active* et le *regard inconditionnellement positif*. Il s'efforçait de *se souvenir de l'avertir* de l'heure à laquelle il rentrait. Il s'efforçait de la *rassurer* en lui répétant que les heures durant lesquelles il semblait disparaître chaque jour n'étaient que le résultat de l'isolement et de la concentration qu'il associait à son travail. Il se montrait *avare en promesses* et *généreux en actes*. Il *communiquait*. Et aussi : *il se foirait sur toutes ces choses.*

Avait-il oublié quelque chose d'important ? Une date de naissance ou un anniversaire ? Un concert ou un match des enfants ? *Était-elle au courant ?* Cette dernière question planait constamment au-dessus de la tête de Beamer : avait-elle oui ou non conscience, même vaguement, du fatras de subterfuges qu'était sa vie quand il n'était pas avec elle et les enfants ?

La solution la plus simple aurait consisté à appeler Noelle pour lui demander si tout allait bien, si elle était spécifiquement fâchée à cause d'un énième manquement bien précis. Mais ça n'aurait rien amélioré. Ce n'était pas leur façon de faire. En sept ans de mariage, ils étaient toujours allés de l'avant, ensemble, côte à côte, les yeux rivés sur l'horizon, sans jamais poser la moindre question qui aurait menacé l'équilibre (bien fragile) de leur existence.

Et puis aurait-elle seulement accepté de répondre à une question aussi franche ? En bonne presbytérienne inhibée, ou tout simplement en bonne presbytérienne, Noelle était incapable d'exprimer quelque chose d'aussi simple et direct que « Oui, je suis en colère après toi, et voici pourquoi ». Ses ancêtres avaient laissé à bord du Mayflower leur aptitude à communiquer leurs sentiments.

Et il valait mieux penser à tout cela qu'à sa séparation avec Charlie, figurez-vous.

Concentre-toi, Fletcher.

Peu importait ce qu'on lui enfilait dans le cul ou ce qu'on pressait contre son périnée en ce mardi matin de septembre. Ses problèmes étaient insolubles, et si son esprit quittait cette chambre du Radisson, s'il se détachait des activités qui y étaient menées, il lui faudrait alors affronter sa vie. Et cela était impossible.

Voilà que le téléphone se remettait à vibrer. Incroyable de constater comment, on peut toujours reconnaître le sien alors que tous les téléphones vibrent de la même façon, tout comme, à ce qu'il paraît, une mère parvient à distinguer les pleurs de son bébé au milieu d'une nursery.

C'était de nouveau sa mère, il le savait. Mais cela aussi, il fit l'effort de l'extirper de sa conscience. Il n'avait aucune envie que l'autoroute de son excitation sexuelle croise l'autoroute de l'existence de sa mère, de peur que les deux autoroutes fusionnent en une super-autoroute à douze voies du nom d'Autoroute Inter-États-Putain-je-fantasme-sur-ma-mère-par-pitié-tuez-moi-ce-serait-vraiment-sympa (Beamer savait alors qu'il n'était rien en ce monde qu'il ne pouvait érotiser).

Quand est-ce que ça finirait ? Cette chambre d'hôtel, qui normalement était à ses yeux un véritable paradis, se transformait en enfer. Toutes ces substances, et le black-out qui se laissait désirer. L'Ambien fait dormir, c'est évident. Mais si vous en prenez une bonne quantité et que vous arrivez à passer le voile crépusculaire qui cherche à vous recouvrir, vous vous retrouvez de l'autre côté, dans un monde merveilleux d'hallucinations, que vous ne quittez qu'au bout de plusieurs heures. C'était dans ces hallucinations que l'appel de sa mère et le regard hostile de sa femme et la prise de distance de Charlie se cachaient comme autant de passagers clandestins dans le train qui quittait la gare de la conscience de Beamer, courant sur le quai à hauteur du dernier wagon dans lequel ils finissaient par sauter, parvenant toujours à se trouver une place, quelle que soit la vitesse de la locomotive. C'était le genre de défonce qu'il aimait le moins, quand vous prenez soudainement conscience de toutes ces choses que vous savez sans vous en rendre compte, où tout est mis à nu sous vos yeux et que vous comprenez que la lucidité et la sobriété sont en soi des mensonges que nous ne cessons de nous répéter.

— J'ai dit tout de suite ! lança Lady, tentant en vain de se montrer brusque.

Beamer n'avait pas entendu son ordre.

— De quoi ? demanda-t-il. Qu'est-ce que je dois faire ?

— Je t'ai ordonné de lécher le sol, sale porc ! Lèche le sol !

O.K., d'accord, pas de problème. Les heures défilaient. Un après-midi chargé l'attendait. Peut-être avait-il développé une accoutumance à l'Ambien, après toutes ces années. Peut-être lui faudrait-il redevenir clean pour en apprécier de nouveau les effets. Il l'avait déjà fait par le passé. La souffrance d'une cure de désintox secrète était un plaisir à part entière.

Il se mit à lécher la moquette qui avait un goût chimique, mais comme il n'y allait pas assez énergiquement, ou assez bien, ou assez vite, Lady lui cria :

— Vas-y franchement ! Mieux que ça ! Plus vite !

— Et maintenant lèche mes orteils, ajouta la femme à la perruque rouge et à l'incisive en moins.

O.K., d'accord, pas de problème.

Il tourna la tête de côté afin d'inspirer une bouffée d'air pur de toute puanteur de moquette, puis il entendit la porte s'ouvrir. Il aperçut alors un homme qui se tenait dans l'ombre du chambranle, mais les deux femmes ne se retournèrent pas, sans qu'il sache pourquoi. Il aurait voulu mieux voir la porte mais faute de pouvoir retourner complètement la tête, il ne distinguait qu'en partie la personne, l'homme, qui venait d'entrer.

Il entendit ses pas, mais les deux femmes ne semblèrent rien remarquer. Beamer releva les yeux, pour n'apercevoir qu'une paire de baskets et un pantalon de velours côtelé gris, jusqu'à hauteur des genoux.

— Putain mais qu'est-ce que… hurla Beamer.

L'homme s'accroupit afin que Beamer puisse mieux le voir, afin de lui dire quelque chose, et Beamer vit enfin son visage, prenant conscience que tout au fond de lui, il savait précisément qui c'était à l'instant même où la porte s'était ouverte, peut-être même bien avant.

— Tu vas venir avec moi, Bernard, déclara Drexel Abraham, et il sortit un sac de toile pour l'enfiler sur la tête de Beamer quand tout à coup…

Sous l'emprise de ce qui venait de s'ouvrir au fond de lui dans cette chambre, lui permettant d'atteindre ce qu'il convoitait le plus au monde (c'était sans aucun doute l'effet des drogues), Beamer éjacula par terre et s'effondra dans sa propre flaque. Enfin ! Et finalement, finalement, le black-out s'abattit… sur lui… et il…

Beamer se réveilla sur le lit peut-être une, deux ou trois heures plus tard, à côté des filles qui dormaient en cuillère, dans la chambre saturée de leurs effluves vaginales. Il éprouvait une haine animale, physique envers lui-même, un dégoût et une aversion à l'échelle cellulaire qui s'imposait toujours à lui en pareilles circonstances. Il ne comprit pas tout de suite pourquoi il s'était réveillé, mais il se rappela que dans son rêve, Noelle vêtue de sa nuisette s'était ruée sur lui, et quand elle avait ouvert sa bouche, pour le manger ou lui crier dessus, aucune parole n'en était sortie, mais un bruit de scie électrique.

Il s'agissait en réalité de son téléphone qui vibrait une fois de plus. Lorsqu'il parvint à distinguer ce qui s'affichait sur son écran, il constata que sa mère avait passé deux nouveaux appels avant de lui faire parvenir un message écrit, un désastre composé par saisie vocale qu'elle n'avait pas jugé bon de relire et corriger avant de le lui envoyer :

Rap émoi Bille meurt.

Puis, et dans ce *puis* résidait bien plus d'angoisse que ces quatre lettres ne sauraient en véhiculer :

Je ne sais pas ce qui peut te pécher de râper ta hère mais rap émoi vite Bille meurt point c'est hurle gens.

Il gonfla ses poumons au point de frissonner. Beamer quitta discrètement le lit et déposa des billets dans les chaussures des deux femmes – il aimait y voir un vrai geste de gentleman, mais c'était la seule façon de s'assurer que chacune serait payée correctement – plus un petit pourboire, parce qu'il était un vrai monstre et qu'il le savait.

Il consulta sa montre. Physiquement, il se sentait plutôt bien. L'Ambien, c'était vraiment une chouette substance.

Pas de descente. Ça se terminait sans laisser de trace, mis à part le délicieux soupçon d'une torpeur distante qui dans son corps passait pour un calme inaccoutumé, pas d'odeur comme quand il se faisait des speedballs, et ne parlons même pas de la meth, parce que ça conduirait à penser à la meth et ça c'est quelque chose qu'on ne peut effacer de son esprit une fois qu'on commence à y penser. Attendez, il n'a pas déjà dit la même chose à propos de l'Ambien ?

Il était encore imprégné de la même odeur que les deux filles, l'odeur de la biologie copulatoire, et par conséquent il lui fallait rentrer au bureau prendre une douche dans sa salle de bains personnelle. Il aurait pu se laver au Radisson, bien entendu, mais il n'avait aucune envie de prendre le risque de réveiller les deux femmes, d'avoir à échanger des banalités avec elles, et par ailleurs il avait la certitude qu'il attraperait des mycoses aux pieds dans cette horrible salle de bains, voire une maladie vénérienne en effleurant le rideau de douche. Non, il se laverait au bureau.

Il quitta l'hôtel et dans le silence de sa Tesla, se rendit à son lieu de travail, à West Hollywood, un des derniers vestiges de son partenariat d'écriture avec Charlie, qui avait débuté à la fac. Ils avaient gagné leur vie avec les trois films qu'ils avaient écrits et qui avaient été produits, avec les droits de diffusion de ces films et la poignée de scénarios spéculatifs, scénarios de commande et réécritures de scénario pour lesquels ils avaient été engagés, même, dans les faits, Beamer vivait de l'argent de sa famille.

Les longs-métrages pour lesquels Beamer et Charlie étaient surtout connus étaient une série de films d'action intitulée *La Trilogie Santiago*. Dans le premier, *L'Incident Santiago*, Jorge, un gamin mexicain issu d'une riche famille, est kidnappé par un cartel alors qu'il voyage dans les Alpes en plein été, et tombe amoureux de la fille de son ravisseur. Les professeurs de Beamer et Charlie – qui étaient tous d'accord pour dire que les garçons leur rappelaient les jeunes gens qu'ils avaient été – avaient contacté d'anciens amis pour convenir de rendez-vous à Los Angeles avant même le jour de la remise des diplômes. Mais ce furent les relations de Carl Fletcher qui leur valut de rencontrer un dirigeant de l'industrie du cinéma, Stan Himmerman, qui avait grandi à Middle Rock à la même époque que Carl. Si les professeurs de Beamer et Charlie trouvaient qu'ils leur ressemblaient dans leur jeunesse, ajoutez à cela un peu du dialecte de Middle Rock et quelques références au Poultry Pantry de Spring Avenue Road, et Stan vit en eux de véritables copies conformes de celui qu'il avait jadis été. Il les invita à déjeuner au Ivy et les quitta en convenant de l'achat de leur projet d'une simple poignée de mains.

L'Incident Santiago devint un film d'un budget de 60 millions de dollars avec Paul Bixby dans le rôle principal, jeune star de la télévision qui n'avait joué jusqu'ici que des rôles de voisin dans des comédies, et faisait là ses débuts dans le cinéma d'action. Le film, que le *Times* qualifia de « joyeux divertissement peu mémorable, qui se prend parfois trop au sérieux », réussit à faire sortir le réalisateur Van Vandermeer de la prison professionnelle où il avait atterri à la suite d'un film de cambriolage trop cher qui avait fait un four, et l'avait relégué à la réalisation de films érotiques des années durant. Mais à Hollywood la rédemption est toujours possible, et Van fit son grand retour sur un sentier semé de pétales de roses après que son vieil ami Stan lui eut refilé le script de Beamer et Charlie. Le film resta quatre semaines en tête du box-office. Stan Himmerman donnait du « mes fils » à Beamer et Charlie, et leur déclara que lui, Stan, avait décidé de « tout miser » sur leur jeunesse et leur talent, et qu'ils allaient accomplir ensemble « quelque chose d'historique ».

Ils accomplirent bien quelque chose, à n'en pas douter. Sans doute rien d'historique. Et peut-être rien d'artistique non plus. Mais quelque chose de lucratif, assurément. À la suite du succès de *L'Incident Santiago*, Beamer et Charlie furent présentés à un agent du nom de Jeremy Gottlieb, lui aussi de Long Island (mais plus loin, de Ronkonkoma), et qui venait tout juste de quitter son poste d'assistant auprès du légendaire super-agent Fran Sacks pour voler de ses propres ailes. Jeremy réunit toutes ses économies et invita Beamer et Charlie à déjeuner au Grill, se penchant en avant lorsqu'ils lui parlaient, pour les informer qu'ils seraient ses tout premiers clients exclusifs.

Beamer et Charlie se retrouvèrent contractuellement liés à Stan Himmerman qui leur dit : « Pensez et rêvez en grand, mes fils ». Beamer et Charlie prirent ce bureau à West Hollywood où ils se partagèrent une assistante, un monstre d'ambition débridée nommée Stacy, et c'était presque comme de jouer aux scénaristes, chacun assis à son bureau en face de son meilleur ami depuis toujours, à se raconter des blagues scato et parler d'idées et de l'avenir et du fait que dès qu'ils tiendraient leur nouveau projet, ils pourraient se détendre et se considérer bien établis, et là, se disaient-ils, là ils pourraient vraiment commencer à faire ce qu'ils avaient envie de faire.

Ou peut-être Charlie fut-il le seul à le dire. Charlie avait des idées. Il voulait écrire tout et n'importe quoi. Écrire des films d'action, bien entendu, mais aussi des thrillers, des drames, et le genre de comédies romantiques qui à l'époque cassaient la baraque. Il avait une idée de scénario sur une militante qui tombe amoureuse d'un cadre de compagnie pétrolière infiltré dans le milieu écoterroriste. Il avait une idée de film d'horreur autour d'une maison hantée qui aux yeux de ses visiteurs, prenait l'apparence de la maison dans laquelle ils avaient grandi. Il avait une idée de film sur la mafia où le fils d'un parrain tombe amoureux du fils du parrain de la famille rivale, et où les deux familles, unies par leur homophobie, tentent de détruire leur rêve de vie à deux (Charlie voyait ça comme une comédie).

Stan adorait toutes les idées qu'ils lui soumettaient. Beamer reconnaissait et appréciait l'ingéniosité des pitchs de Charlie, mais il ne trouvait jamais la motivation nécessaire pour les soutenir. Le succès de *L'Incident Santiago*, sa simple existence, suffisait à le combler. Il n'aurait pas même su mettre des mots sur l'émotion qui s'emparait de lui à l'idée que des inconnus se retrouvaient dans des salles obscures, le cœur battant la chamade, en voyant Jorge, capturé contre son gré, se débattre dans le coffre d'une voiture. Tout le reste, l'inspiration, les nouvelles idées… cela lui passait complètement par-dessus la tête.

Techniquement, ils avaient eu ensemble l'idée de *L'Incident Santiago*, mais en réalité, ç'avait été un premier pitch de Beamer, alimenté par la coke, au beau milieu de la nuit, dans la belle maison de grès brun que les Fletcher possédaient sur la 9e Rue, à Greenwich Village, et où Beamer et Charlie vécurent durant leur cursus universitaire. L'idée était la suivante : « un truc sur un kidnapping ». Charlie était bien obligé de le reconnaître, c'était une bonne idée. Les enlèvements, c'était forcément cool, non ? Et Charlie savait pour l'enlèvement du père de Beamer, bien évidemment. Beamer et lui étaient meilleurs amis depuis si longtemps qu'ils ne se souvenaient plus quand ils l'étaient devenus. C'était ce qu'ils disaient à chacun de leur rendez-vous. « On ne souvient même plus quand on est devenus meilleurs amis. » Tout le monde adorait ça ! Linda, la mère de Charlie, se souvenait bien de cette période horrible. Elle avait conduit leurs grands frères respectifs à l'école après l'enlèvement, et même pendant.

Mais Beamer et Charlie ne parlaient jamais vraiment de l'enlèvement de Carl. On ne parle jamais avec un ami des choses qu'on sait à propos de lui : on agit simplement avec cette donnée au fond de la tête, on la laisse tranquille sur le siège arrière de notre amitié commune. Charlie se pencha sur le pitch (la foucade ? le vague coup de tête ? la demi-connexion synaptique ?) et tous deux y consacrèrent quatre nuits blanches d'affilée, alimentées par les drogues que le seul gothique du syndicat étudiant leur avait vendues. Est-ce que l'un ou l'autre remarqua que c'était l'énergie de Charlie qui les avait portés jusqu'au bout de la nuit, jusqu'au bout du premier acte, plein de promesses, jusqu'au bout du deuxième acte, bien compliqué, et jusqu'au bout du troisième, tout juste cohérent ? Est-ce que l'un ou l'autre remarqua que pendant que Charlie pianotait sur son clavier, Beamer se tenait derrière lui, en lui disant « Oui, c'est ça. Exactement ! » sans apporter la moindre nouvelle idée ? Remarquèrent-ils le ton d'autorité avec lequel il disait « Oui, c'est ça. Exactement ! », comme si Charlie recevait les suggestions de Beamer par quelque mystérieux processus d'osmose ? Remarquèrent-ils qu'en vérité, Beamer ne communiquait absolument rien, et que Charlie était le seul à écrire ?

Beamer, lui, en avait pleinement conscience. La question qui depuis des années le tenaillait, c'était de savoir si Charlie aussi s'en était rendu compte.

Si c'était le cas, alors c'était à n'en pas douter par compassion, au nom de leur amitié de toute une vie, qu'il avait compris que c'était une histoire sensible pour Beamer, et qu'en véritable pote, il lui revenait de fournir le gros du travail sur le script, même si le premier pitch de Beamer avait été son unique contribution au projet. Au moins, le scénario s'écrirait tout seul parce qu'il tirait sa source d'une vérité profonde (le fait de savoir si *L'Incident Santiago* contenait la moindre vérité, profonde ou autre, prêtait beaucoup moins à débat).

Et puis quatre années passèrent ainsi. Le scénario de la maison hantée ne parut jamais assez raffiné, ou assez effrayant aux yeux de Stan. Le scénario de la militante écologiste fut accepté mais jamais réalisé à cause d'un contrat de placement de produit signé par le studio avec une compagnie pétrolière. Le film de mafieux fut rejeté par le studio, ce qui permit à

Jeremy de le mettre sur le marché, et il fut acheté par un producteur indépendant, réalisé avec deux bouts de ficelle, et ne trouva pas de distributeur.

Stan voulait une suite à *L'Incident Santiago*, et Jeremy Gottlieb était lui aussi d'avis qu'il valait mieux miser sur une valeur sûre. Ainsi, dans *L'Effet Santiago*, la nouvelle petite amie de Jorge est kidnappée pendant leurs vacances en Belgique, à titre de représailles, après le triomphe de Jorge dans le premier film. Le script s'écrivit tout seul, dans le sens où là encore ce fut Charlie qui l'écrivit tout seul, et il passa vite en production. Le *Times* présenta *L'Effet Santiago* comme un « bon moment dénué de toute originalité », professant que « la mort de l'art ne passe jamais aussi bien que dans le clinquant de l'action », et qu'il était « étrange de voir un personnage de cinéma passer du statut de jeune élève de fac à celui d'adulte sans changer d'un iota ». *L'Effet Santiago* resta deux semaines en tête du box-office, au milieu d'un été très peu compétitif qui vit sortir une pléthore de comédies sentimentales.

Les critiques vexèrent Charlie, ce qui agaça Beamer. Ils étaient scénaristes professionnels ! Leur deuxième film était sorti dans tout le pays ! Un film de kidnapping, qui plus est ! Que pouvait-on demander de mieux ? Mais Charlie voulait écrire sur Middle Rock, sur l'une des entreprises à l'ombre desquelles ils avaient grandi, l'usine familiale de cartonnage et ses murs de tôle ondulée, ou alors ces gens qui avaient climatisé l'ensemble des centres commerciaux de Long Island, ces idées minuscules qui avaient engendré de petites boîtes qui avaient engendré de très grosses boîtes et qui pour la génération de leurs grands-parents avaient été le plus sûr moyen de passer de la classe ouvrière à la grande bourgeoisie.

Ça ne disait rien à Beamer. Il n'y voyait aucun potentiel.

— On pourrait raconter l'histoire d'une famille où chaque enfant essaye de faire main basse sur l'usine du patriarche, suggéra Charlie. Ils s'entredéchirent tous pour se retrouver à la tête de l'entreprise.

— Je suis un des protagonistes de la millionième saison d'une série autour d'une usine familiale, et tu peux me croire sur parole, c'est sans intérêt, lui opposa Beamer. C'est une affaire de famille, rien de plus. Il n'y a pas d'action. Pas de quoi porter une histoire.

Et cela continua ainsi pendant des années. Refus, nouvelles idées, disputes. Sans qu'ils parviennent à finaliser quoi que ce soit.

Charlie dit un jour à Beamer qu'il lui fallait concrétiser un nouveau projet au plus vite. Ses finances étaient dans le rouge. Beamer lui proposa de le renflouer, mais cela ne fit que blesser Charlie.

— Je veux *gagner ma vie*, Beam. Je suis un professionnel. Un professionnel d'une trentaine d'années.

Après tout pourquoi pas. Beamer, lui, vivait des bénéfices de l'usine de sa famille. Celle-ci était à l'origine de la fortune des Fletcher. Vingt ans en arrière, alors que quasiment toute la production industrielle se délocalisait en Chine, Carl s'était préparé à prendre sa retraite, avec juste assez d'argent pour conserver la propriété et peut-être même mettre de côté pour ses enfants. Le plan consistait à céder l'usine à Ike Besser, contremaître depuis toujours, en échange des bénéfices ultérieurs dans le cadre d'un plan de rachat, jusqu'à ce que l'usine lui appartienne, ainsi qu'à son fils, Max. La famille avait toujours bien traité Ike, en lui accordant un bon salaire et une participation au capital de l'entreprise, programme qui permettait aux employés d'investir à la fois dans un fonds de retraite et dans un fonds boursier. Le plan de rachat était par ailleurs très généreux et très avantageux pour Ike, d'autant qu'il survenait des années avant que les usines du pays ne vaillent plus rien. Mais c'est alors qu'Haulers, une chaîne de grandes surfaces, avait proposé de s'arroger la moitié des capacités de production de l'usine pour leurs commandes de dernière minute. Les Fletcher restèrent propriétaires et dirigeants de l'usine, sous contrat avec Haulers. Or, voyant que l'usine roulait à la perfection, et considérant le temps qu'ils gagnaient quand ils ne travaillaient pas avec la Chine, Haulers fit de Consolidated Packing Solutions Limited leur unique producteur/fournisseur d'emballages en polystyrène pour l'ensemble de leurs marques maison. Ils versèrent aux Fletcher un à-compte de 10 millions de dollars en plus d'un tas d'actions visant à pallier le risque de concentration induit par le fait de n'avoir plus qu'un client, et le reste de la famille fut payé en dividendes. Cela revitalisa l'usine et repoussa la date de son rachat par Ike, à qui on assura qu'il ne s'agissait que d'un contretemps, en lui versant un bonus de 100 000 dollars à titre de dédommagement qu'on l'encouragea à réinvestir afin que le jour de la reprise venu, il puisse racheter l'usine en numéraire. Ike ne pouvait refuser : qui aurait décliné 100 000 dollars ? Et puis, il n'avait pas vraiment le choix. Ce contrat avec Haulers était bien trop juteux pour que les Fletcher le laissent filer. Il valut à Carl, Ruth et à leurs enfants une somme comprise entre 500 000 et 750 000 dollars par personne et par trimestre, c'est-à-dire, à quelques cents près, le montant du solde bancaire de Beamer (durant les instants fugaces où il restait sur son compte, juste après versement).

Beamer bénissait cette manne. Il considérait que c'était ce qu'il fallait pour le maintenir à flot, le temps que sa carrière décolle comme il l'entendait. Mais Beamer avait lui aussi une trentaine d'années, et les propos de Charlie le dérangèrent profondément. Il consulta la montre de son existence et, constatant son retard, se dit que ce serait évidemment très chouette de prendre son envol à ce moment précis de sa vie.

Parce qu'à ce moment précis de sa vie, il était propriétaire d'une maison dans l'un des canyons qui représentait un véritable jackpot fiscal pour le comté de Los Angeles. À ce moment précis de sa vie, il avait une fille, et l'école privée qu'ils avaient visitée pour elle coûtait 52 000 dollars *par an*. Il y avait la nounou, la femme de ménage, la nounou du week-end, la femme de ménage du week-end. La maison à Carmel-by-the-Sea. Une autre à Palm Beach que Noelle voulait offrir à ses parents. Le nouveau restaurant de son raté de frère dans lequel elle avait promis qu'ils investiraient. Sa voiture et celle de Noelle, plus les voitures de la nounou et de la femme de ménage. Deux voyages par an dans le Maine, première classe. Un voyage par an à Long Island, hyper-méga première classe, à titre d'excuses envers Noelle et de remerciement pour tous ses sacrifices. Un voyage par an en Europe, pour la culture et l'instruction de leur enfant qui ne savait pas encore lire, sans oublier le fait qu'ils désiraient en avoir un deuxième. Noelle avait ses œuvres philanthropiques, son décorateur, sa dermatologue, ses lavements du côlon, son conseiller spirituel, sa massothérapeute, sa psy perso, leur psy de couple. Lui avait toute sa vie secrète plus l'argent nécessaire à sa dissimulation, plus les cadeaux qu'il offrait à sa famille parce que quel genre de personnes mène une vie pareille ?

Charlie et Beamer décidèrent donc d'écrire une autre suite. Au bout de trois semaines à peine, *Prochaine sortie : Santiago* fut livré par ses scénaristes épuisés, et immédiatement accepté. Paul Bixby avait alors quarante-six ans, et à cause d'un accident de voiture, l'un de ses globes oculaires avait été remplacé par une prothèse en acrylique, que parfois (parfois seulement), il recouvrait d'un cache-œil. Charlie et Beamer comptaient prendre en compte ce handicap dans leur script, mais Van Vandermeer avait assuré à Stan que la réalisation suffirait à le dissimuler, raison pour laquelle le film – dans lequel la femme de Jorge (une nouvelle, plus jeune que la précédente) et leur adorable bébé étaient kidnappés – fut tourné caméra à l'épaule, avec essentiellement des prises de vue du profil de Paul qui ne s'attardaient jamais très longtemps sur son visage mutilé de héros sur le retour. Le *Times* qualifia l'opus de « brouillon » avec « des mouvements de caméra à vous soulever le cœur, littéralement » et « ne méritant absolument pas que vous y consacriez votre temps et votre argent, quand bien même vous en auriez à perdre ». Le film fut premier au box-office l'espace de quelques heures le mercredi de la mi-janvier où il sortit dans les salles obscures.

Après deux ans d'un travail scénaristique qui se résumait à des débuts de script d'à peine dix pages, Jeremy Gottlieb convoqua Beamer et Charlie un après-midi dans son bureau – pas au Grill, cette fois-ci – et leur déclara qu'il se faisait du souci pour leur production, ou plus précisément, pour leur absence de production. Puis, d'un air plus gêné encore, il leur dit qu'il avait un conseil à leur soumettre.

— Quoi donc ? lança Charlie. Tout ce que tu as à nous soumettre, on prend !

— Ça va vous paraître un peu sorti de nulle part... commença Jeremy.

— Vas-y, fit Charlie.

Jeremy inspira profondément.

— Je pense que vous feriez mieux de ne plus travailler en binôme. Je sais, vous ne vous attendiez pas à ça. Mais il en va de mon devoir de vous le dire. C'est vraiment ce dont je suis convaincu, du fond de mon cœur. Toute collaboration a son heure.

Jeremy était désormais l'un des principaux agents de chez Sacks, en passe de devenir directeur de son département. Son bureau était pourvu de hautes fenêtres qui donnaient sur le panneau HOLLYWOOD, ainsi que d'affiches de films de ses clients préférés (parmi lesquelles celle de *L'Incident Santiago*) et de toutes sortes de surfaces transparentes et brillantes. Ce jour-là, Beamer et Charlie étaient assis sur le canapé massant en cuir à une cinquantaine de centimètres l'un de l'autre, et Beamer fut soudainement parcouru d'un frisson, sans qu'aucune vibration n'ait percé à travers le cuir. Après tout, le cuir n'est pas conducteur, non ? Il jeta un coup d'œil à Charlie qui dans de lents hochements de tête, paraissait accuser le coup.

— Euh… fit Charlie sans regarder Beamer. Qu'est-ce qui te pousse à penser ça ?

Beamer ouvrit la bouche, puis la referma. À sa place, il aurait dit quelque chose de plus fort. Il aurait exprimé un peu plus de surprise. Ils avaient alors presque quarante ans. Ils travaillaient ensemble depuis si longtemps qu'ils ne se souvenaient plus de quand ils étaient devenus meilleurs amis.

— Je ne sais pas quoi te dire, déclara Beamer.

— Je me doute bien que vous avez l'impression que ça sort de nulle part, mais c'est tout le contraire, rétorqua Jeremy. Une collaboration, ça sert à faire décoller les carrières. Ou à revigorer une carrière qui dépérit. Parfois, on n'écrit qu'un scénario ensemble. D'autres fois, c'est pour la vie. Mais dans la majorité des cas, mon rôle est de prévenir les intéressés quand ça ne fonctionne plus. (Pause.) Vous avez une trilogie, les gars, quelque chose qui a marqué les esprits, un témoignage vibrant de votre amitié et de la première phase de votre vie de scénaristes. Pas vrai ? J'ai pas raison ?

Charlie opinait doucement de la tête.

— Oui, c'est plutôt sensé. Tout à fait sensé, même.

Beamer assistait à tout cela comme s'il n'était pas là. Comme si c'était un film qu'il regardait.

— Je ne peux pas m'empêcher de me demander à quoi ressembleraient vos carrières respectives si vous ne bossiez plus ensemble, poursuivit Jeremy. Et je trouve ça excitant. (Une autre pause.) Une carrière, c'est quelque chose d'excitant. Ça change. Ça se transforme. (Cette fois-ci, une pause vraiment très longue.) Vous êtes encore tellement jeunes, tous les deux. Relativement jeunes. Vos plus beaux scripts attendent encore d'être écrits. C'est vrai pour l'un comme pour l'autre.

— Je ne sais pas trop, Jeremy, dit Charlie. Enfin, je me fie à tes conseils, comme toujours. Tu ne nous as jamais mis sur la mauvaise voie. Seulement…

Charlie se tourna vers Beamer.

— Qu'est-ce que t'en penses, toi ? C'est cinglé, hein ? Oui, c'est complètement cinglé…

— Je ne sais pas trop quoi en penser, répondit Beamer.

Il regarda alors Charlie et tout à coup, remarqua qu'il ne trouvait plus sur son visage le moindre reflet de l'harmonie qui les liait depuis la primaire. Charlie le fixait d'un regard complètement impénétrable.

En sortant de l'agence, Beamer tâcha de réveiller l'indignation de Charlie, en lui rappelant la suggestion que venait de leur soumettre leur propre agent. Mais Charlie garda le silence, et le court trajet à pied jusqu'à leurs voitures – trajet qu'ils avaient fait ensemble un bon million de fois – était lui aussi exempt de toute harmonie. Quand les voituriers leur laissèrent leur place au volant, six longues minutes plus tard, Beamer comprit qu'à n'en pas douter, Charlie avait eu l'idée de ce rendez-vous. Le seul moyen pour Beamer de se montrer à la hauteur de leur amitié aurait été de laisser Charlie voler de ses propres ailes sans jamais revenir sur cette réunion. Mais il en était incapable. Il était bien trop triste.

Après cela, Charlie se mit à écrire seul et devint aussitôt l'un des scénaristes les plus demandés de Hollywood. Le studio passa avec lui un contrat à durée illimitée, que Charlie présenta à Beamer comme peu rémunérateur et relevant surtout de la pure formalité. Stacy, leur première assistante, avait gravi les échelons de la profession et Charlie la réengagea en tant que productrice associée. Leur toute dernière assistante, Sophie, resta aux côtés de Beamer.

Charlie et Beamer continuèrent de se présenter comme de très bons amis. Leurs épouses étaient proches l'une de l'autre et tous les quatre dînaient ensemble, oh, une fois tous les deux mois, quelque chose comme ça. Mais ils écrivaient à présent chacun de leur côté, ce qui signifiait que Charlie, qui était booké pour les deux ans à venir, passait son temps à écrire des scénarios de commande avec de gros budgets et des stars associées aux projets, tandis que Beamer rejouait chaque semaine l'enlèvement de son père au cours d'orgies sous drogues avec des travailleuses du sexe.

Et puis il y avait trois ans de cela, Charlie était entré sur le marché des séries télé de prestige, quand celui-ci atteignit son pic de popularité, et à présent, il était producteur et scénariste d'une série sur une famille du Queens dont les rejetons adultes s'entredéchiraient pour prendre les rênes de l'usine familiale.

Affaire de Famille arriva à point nommé. Ce fut la première série à synthétiser ce que les économistes (tels que le père de Charlie, professeur au Brooklyn College) ne cessaient de répéter depuis des années, en montrant les véritables lignes de front où se jouait la disparition de la classe moyenne. Dès la première année de sa diffusion, la série s'accapara le monde culturel et les nominations aux Emmys. Elle fut à l'origine de milliers de travaux de réflexion, études et articles, et même d'un certain regain syndicaliste parmi les jeunes générations, ainsi que d'au moins un projet de loi sur les droits de succession (projet qui traînait encore à la Chambre des représentants, mais qui avait le mérite d'exister). Oui, Charlie avait remporté 350 Emmys et Beamer passait ses journées à lécher des moquettes de chambres d'hôtel en se faisant sodomiser par des femmes édentées.

Alors que Beamer arrivait à destination, son téléphone sonna à nouveau. Il aurait voulu le jeter à l'autre bout de la rue, mais se contenta de le mettre en silencieux avant de le plaquer à son oreille afin de passer devant son assistante hostile et acerbe, postée dans l'antichambre. Il préférait prendre sa douche avant de s'adresser à Sophie, plus par correction que par appréhension, même s'il y avait bien de l'appréhension. Il y avait toujours de l'appréhension.

— Non, c'est affreux… dit-il au téléphone.

Beamer faisait souvent semblant de répondre à un appel pour éviter les interactions sociales, et ces derniers temps, il avait remarqué que les choses qui lui venaient à la bouche étaient bien étranges, au point de s'apparenter peut-être à de minuscules appels à l'aide.

— Je déteste ça. Arrête, s'il te plaît.

— Beamer ? chuchota Sophie en essayant d'attirer son regard.

Il leva l'index à son attention, puis eut ce geste de la main qui signifiait « désolé, je suis coincé », comme s'il lui était impossible d'écourter ou d'interrompre sa conversation téléphonique. Mais cela n'empêcha pas Sophie d'articuler presque sans un son : « C'est ta mère ! »

— Non, c'est vraiment horrible, dit-il pour relancer sa fausse discussion. Atroce, même. Non, jamais je ne ferais une chose pareille.

Sous le regard dédaigneux de Sophie, tandis qu'il entrait dans son bureau, il éleva carrément le ton, au cas où Sophie l'entendait encore :

— Je ne peux pas prendre ce genre de décisions à ta place ! Et pour être tout à fait franc, ça me fait vraiment chier que tu me le demandes. Tu comprends ? Allez, bye.

Beamer atteignit enfin la salle de bains. Il était en sécurité. Il se déshabilla et fit couler l'eau de la douche. Donnant de la voix, il lança à Sophie qu'il ne tarderait pas. Il attendit que l'eau chaude s'abatte sur tout son corps, lui redonne une impression d'humanité et de propreté, comme s'il était en mesure de recommencer sa vie entière en partant de zéro, mais il se sentait très contrarié après ce vif échange avec personne.

*

Voici la liste des scénarios post-*Santiago*, post-Charlie, que Beamer pitcha, résuma ou dont il écrivit les douze premières pages :

1. *Devine qui ne vient pas dîner*, une comédie romantique à propos d'un homme qui, des années après ses études, kidnappe sans le savoir la fille dont il était secrètement amoureux au lycée.

2. *Monaco*, un thriller à la *Ronin* axé sur la course-poursuite en voiture d'un homme s'efforçant de rattraper l'homme qui des années auparavant a kidnappé sa mère.

3. *Éducation physique*, l'histoire de quatre adolescents survoltés qui, cherchant à kidnapper leur prof de maths, enlèvent par erreur leur prof de sport.

4. *Stranger Danger*, un film tout public où des enfants sont enlevés par des extraterrestres et retenus prisonniers quatre jours durant dans la cale d'un vaisseau spatial.

5. *La Vallée*, un film sur la guerre d'Afghanistan dans lequel les Marines du 214e peloton des Fightings Hawks se font prendre dans une embuscade, et, oui, sont kidnappés et retenus comme prisonniers de guerre.

Aucun ne fut développé, pour une raison ou pour une autre. Et puis il y avait trois mois de cela, Beamer avait pris une décision, alors qu'il regardait un épisode d'*Affaire de Famille* en tentant de toutes ses forces de ne pas relever les ressemblances entre un grand nombre de personnages et sa propre famille, lui y comprit, tâchant de se convaincre que ce n'était que l'expression de son narcissisme, alors que les points communs sautaient quand même aux yeux : un cadet qui rappelait énormément Beamer, un aîné guindé et nerveux, un benjamin apathique, et puis le père un peu à côté de la plaque, carrément distant. Certains personnages n'avaient pas le même genre que dans la réalité, la ville était différente, mais en entendant telle réplique, ou en voyant telle mimique d'un des acteurs, Beamer comprenait sans le moindre doute possible que Charlie s'inspirait directement des Fletcher.

Était-ce le fait qu'il se serve de son histoire sans l'avoir consulté qui le dérangeait ? Il était de bon ton de demander à l'intéressé la permission d'utiliser des éléments de son histoire personnelle, c'était une sorte de « gentlemen's agreement », et parfois Beamer se disait qu'il devrait aborder ouvertement ce coup de canif dans le contrat tacite, sans jamais savoir comment s'y prendre. Merde, il n'avait même pas reproché ouvertement à Charlie de s'être servi de leur agent pour mettre un terme à leur collaboration ! Beamer manquait beaucoup trop d'assurance, et il avait le plus grand mal à s'imaginer lui demander franchement : « Pour le personnage du frère qui baise tout ce qui bouge, c'est bien de moi que tu t'es inspiré, non ? »

La tentation était grande de l'interroger, de s'offusquer, mais ce n'était pas ce qui le gênait quand avec Noelle il regardait cette série, tous les samedis soirs, habitude chère à Noelle, à laquelle il consentait parce que ça semblait tout à fait normal (même s'il eût préféré la regarder tout seul, une fois la maison plongée dans l'obscurité, sur son téléphone, et du coin de l'œil). Non, ce qui le dérangeait vraiment, c'était de ne pas avoir compris que sa propre histoire constituait un matériau plus que scénarisable. C'était de ne pas avoir récolté lui-même ce qui lui appartenait.

Il devait absolument se remettre au travail et cesser de rester là, tout seul, sans rien à faire. Désemparé, Beamer aborda l'idée d'un reboot de la franchise Santiago auprès de Jeremy. Il savait que le blason de la trilogie était un peu recouvert de rouille, mais il savait aussi que les reboots étaient de nos jours ce qui faisait vivre le cinéma estival. Jeremy répondit que ce n'était pas une si mauvaise idée que ça, mais que Charlie devrait donner son accord, car même si, légalement, le studio avait parfaitement le droit de n'engager que Beamer pour le scénario, *de toute évidence*, ils n'avaient aucune envie de froisser un scénariste de la stature de Charlie.

Beamer avala ce *de toute évidence* en tâchant de conserver un semblant de dignité. La stature de Charlie. Beamer déclara qu'il se ferait un plaisir de faire figurer le nom de Charlie au générique en tant que producteur. Peut-être une mention « d'après une idée originale de », selon ce que le syndicat autoriserait ou exigerait. Jeremy se chargea d'en parler à Charlie, et Beamer attendit sa réponse en s'efforçant de ne pas réfléchir au fait qu'il devait passer par un agent pour demander une faveur à son meilleur ami depuis toujours.

Une semaine plus tard, Jeremy l'informa que Charlie acceptait de ne pas participer à un nouveau *Santiago*. Mieux encore, il avait dit de ne pas se tracasser, qu'il ne voulait pas que son nom apparaisse, enfin non, ce n'était pas qu'il ne voulait pas être associé de près ou de loin au film, même par une brève mention au générique, mais alors qu'est-ce que ça voulait dire ? Au fond, Beamer avait espéré que Charlie, en apprenant la nouvelle, ait envie de retravailler avec lui, ne serait-ce qu'une fois. Peut-être qu'ils avaient simplement eu besoin d'une petite pause.

Stan donna son feu vert pour l'écriture du scénario, Beamer mit toutes ces considérations de côté et il *écrivit*. Le premier jet fut achevé en moins de deux semaines, tout lui venait comme ça, comme dicté par quelque force divine. L'écriture ne lui avait jamais paru aussi facile et naturelle. Il repensa à cette règle statistique qui veut que si l'on consacre dix mille heures à une activité, on finit par devenir expert en la matière. Peut-être était-ce ce qui était en train de lui arriver. Il lui faudrait veiller à ne pas oublier cette grande leçon, pour la transmettre à ses enfants. Si l'on s'accroche, même si c'est laborieux, ça finit toujours par marcher, ça devient toujours plus simple. Pour la première fois, il envisagea la possibilité que sa séparation avec Charlie ait été une sage décision, la possibilité qu'un jour peut-être, Jeremy et Charlie comprendraient que non seulement Beamer avait bridé Charlie, mais que Charlie avait tout autant bridé Beamer. Et c'est donc ainsi que naquit *Santiago IV : La Manœuvre de Valsalva.*

Et à présent seize heures sonnaient, l'heure de son rendez-vous. Il n'avait cessé de consulter son téléphone dans l'espoir de recevoir un avant-goût de l'opinion de Stan, un emoji de sa part, ou un « Waouh ! », peut-être même un mot de Jeremy. Il s'apprêtait à se rendre au bureau de Stan quand celui-ci, désormais président du studio, décida que la réunion aurait lieu dans le bureau de Beamer, en précisant qu'il ne serait pas seul.

Ça ne laissait que présager le meilleur. Une autre personne au rendez-vous. Pas besoin d'être accompagné pour un refus. Et puis, un président de studio ? Qui venait le rencontrer au bureau ? Beamer se sentait soulagé. Il avait passé les heures précédentes devant son ordinateur, à se dire qu'il pourrait enfin laisser *Santiago* derrière lui pour se consacrer à quelque chose de nouveau, pour créer son *Affaire de Famille*, même si *Affaire de Famille* avait tout de sa propre *Affaire de Famille.* Il avait regardé des vidéos YouTube de magiciens et de mentalistes, se demandant inconsciemment s'il y avait un personnage intéressant à tirer de tout ça, et se disant très consciemment qu'il y avait forcément quelque chose d'intéressant à tirer de cela, de ce sentiment si gratifiant qui nous étreint quand on voit quelqu'un créer quelque chose à partir de rien. Peut-être en toucherait-il deux mots à Stan. C'est alors que Sophie fit retentir l'interphone.

Ce bureau avait jadis appartenu à un type qui avait écrit un scénario sur les bébés de la guerre de Sécession et collectionnait des objets d'époque. Beamer n'avait pas du tout rénové le bureau qui était encore doté du système d'interphone relié à la réception que le propriétaire avait proposé de désinstaller mais que Charlie et Beamer avaient trouvé charmant. Sophie, elle, le considérait inutile, et même dégradant.

— Qu'est-ce qu'il y a ? demanda Beamer.

— Noelle dit que vous ne décrochez pas ? Votre mère…

— Oh, je la rappellerai.

— Qui donc ? Noelle a dit de ne pas la rappeler. Elle vous demande simplement d'aller voir le docteur Lorna tout seul ce soir. Elle a un rendez-vous qu'elle ne peut pas déplacer.

— Noelle veut que j'aille au cabinet du docteur Lorna tout seul ?

— Ouaip.

— Comment ça un rendez-vous qu'elle ne peut pas déplacer ? Noelle ne travaille pas !

Beamer consulta son téléphone. Un autre appel manqué de sa mère. Il le fit disparaître du bout du doigt et adressa un message à Noelle.

> On ferait mieux d'annuler. On ne va pas en thérapie de couple tout seul.

Les trois points restèrent affichés pendant un moment interminable, puis :

> On ne peut pas annuler à la dernière minute.

Alors il écrivit :

> On paiera quand même. Pas de problème.

Et elle :

> Le docteur Lorna a une liste de patients en attente. Tu ne peux pas y aller, sans discuter ? Tu ne peux pas faire quelque chose pour moi, pour une fois ?

Pour une fois ! Il faillit en laisser tomber son téléphone. Puis :

J'irai la voir. Tu ne veux pas au moins me dire pourquoi tu ne viens pas ?

Mais il ne reçut aucune réponse, et il y avait de l'agitation derrière la porte, signe que Stan était arrivé.

— Stan est ici, déclara Sophie par interphone. Avec... vous avez bien dit Anya ? Anya.

— Eh bien faites-les entrer, fit Beamer d'une voix qu'il voulut joviale et sans façon, comme si son bureau lui servait à danser le quadrille dans de grands éclats de rire, et Sophie ouvrit la porte, invitant Stan et celle qui l'accompagnait à entrer. Sophie tenait une sorte de paquet circulaire.

Beamer considéra l'inconnue : une femme assez petite coiffée d'un chapeau safari à large bord, vêtue d'un short militaire vert et d'un polo bleu marine, sans une touche de maquillage.

— Beamer, voici Anya Poroshenko, annonça Stan.

— C'est moi, l'invitée surprise ! renchérit-elle en lui attrapant la main pour la secouer brutalement.

Stan et Anya s'installèrent sur les deux sièges pratiquement jamais utilisés qui se trouvaient devant le bureau de Beamer, à l'endroit jadis occupé par celui de Charlie, et bien que cela remonte à présent à plusieurs années, la moquette présentait encore des marques là où s'étaient trouvés les pieds de son bureau, aussi profondes que le jour où le meuble avait été emporté.

— On a laissé ça pour vous, fit Sophie en déposant le truc emballé devant lui. Et votre mère n'arrête pas d'appeler.

— Oui, merci beaucoup, Sophie, répondit-il. Rappelez-le-moi tout à l'heure. Ah, et apportez-nous de l'eau, s'il vous plaît.

— Sans façon ! lança aussitôt Anya. Rien qu'avec les bouteilles plastiques servies dans l'ensemble des réunions débiles de cette ville, il y aurait de quoi condamner la planète qu'on n'a toujours pas trouvée pour remplacer celle-ci ! Je ne m'y ferai décidément jamais.

Beamer la dévisagea.

— C'est un tel gâchis, expliqua-t-elle.

— D'où venez-vous ? demanda Beamer.

— Du milieu universitaire. On a des fontaines d'eau potable !

— Je veux dire, d'où venez-vous sur cette planète ?

— Oh, bien sûr ! Je suis du New Hampshire.

— C'est amusant, vous avez comme un accent du sud ? Un accent, genre… du peuple ?

— Je ne comprends pas.

— Non, c'est juste que…

— Et vous, d'où venez-vous ?

— De Long Island. Middle Rock.

— J'ai connu plein de gens qui venaient de Middle Rock, à l'université.

Stan intervint :

— Nous avons donc fait appel à Anya en tant que consultante afin qu'elle nous aide à redresser un peu le cap. C'est une vraie, vraie fan, et elle tenait absolument à participer à ce rendez-vous.

Il afficha un énorme sourire, semblable à celui qu'il arborait quand il s'exprimait les soirs d'avant-première. Beamer remarqua que ses dents se déchaussaient. Stan était tellement vieux. Il arrivait tout juste à faire son boulot.

Le téléphone de Beamer se mit à nouveau à sonner – sa mère, une fois de plus.

— Super ! dit Beamer. Et qu'est-ce qu'il y aurait à modifier pour redresser le cap ? Je suis scénariste, je peux peut-être vous aider.

Tous trois éclatèrent de rire.

Mais Beamer savait de quoi il retournait, et qui elle était. Ces dernières années, le studio avait été le théâtre d'une épidémie de polémiques : l'une pour racisme, plusieurs pour homophobie et transphobie, une autre à propos des salaires, des opportunités professionnelles des femmes, du nombre infinitésimal de personnes de couleur employées par le studio, et des scandales sexuels en veux-tu en voilà.

Charlie avait été le premier à parler d'Anya à Beamer. La dernière fois qu'ils avaient bu un verre ensemble, environ un mois auparavant, il lui faisait part des nouveaux processus de travail au studio, les relectures sans fin de la moindre ligne de dialogue, comme si l'on ne pouvait à présent plus écrire qu'en position de self-défense. Il s'attarda en particulier sur Anya. Elle avait un avis sur tout et n'importe quoi, selon lui, peu lui importait qu'*Affaire de Famille* soit le plus gros succès du studio. Elle avait à cœur de « challenger » les intrigues en cours de rédaction les plus complexes, les motifs généraux préférés des spectateurs, avec à peu près n'importe quel enjeu de société qui lui passait par la tête : les violences sexuelles, la liberté sexuelle, le terrorisme sexuel, le féminisme, les tensions ethniques, le droit de vote, le mouvement pro-sexe, le mouvement pro-règles, le choix des pronoms personnels. Anya avait mis au point ce qu'elle appelait un « Tableur de la Diversité », véritable carte de bingo où chaque équipe de production devait idéalement piocher trois problématiques à traiter par saison : le suicide, les maladies mentales, les armes à feu, les services de santé pour tous, les prédateurs sexuels, les murs aux frontières, la ségrégation scolaire, les discriminations dans l'accès aux prêts bancaires, les drogues du viol, l'endométriose, la body positivity, les déclarations fiscales de Donald Trump, l'homophobie, l'islamophobie, l'islamo*philie*, les cures de jus, « la question des réfugiés », les campagnes de découragement de l'électorat, la prévalence des papillomavirus humains. Et en bonus, cinq types d'avortement différents – du deuxième trimestre, clandestin, légal, accidentel (!), du troisième trimestre – dont toutes les séries auraient traité si cela n'avait tenu qu'à elle. Pour Anya, on ne parlait jamais assez des différentes façons dont on pouvait interrompre une grossesse.

— Ma série n'est pas censée être *agréable*, avait dit Charlie en faisant signe au barman de lui servir un deuxième verre. Elle n'est pas censée être guidée par des choix politiques conscients. Je te jure ! Ils voulaient en faire un reboot des Bisounours. Je n'ai pas suivi un seul de ces conseils. C'est quand ça *ne marche pas* qu'on a besoin de ce genre d'avis stupides. J'ai complètement ignoré cette Poroshenko. Et ça n'est pas allé plus loin. Stan est devenu tellement arrangeant. S'il en était capable, il n'hésiterait pas à s'autosucer la bite.

Cette image suscita chez Beamer une excitation tout à fait déplacée, qui le poussa à vider un shot de plus, son cinquième, et après avoir pris congé de Charlie, à faire deux fois le tour du pâté de maisons au pas de course avant de prendre le volant.

— J'ai vraiment envie de mettre les mains dans le cambouis, jusqu'aux oreilles ! était en train de professer Anya.

— Super, super, répondit Beamer.

Il lui adressa un sourire auquel elle répondit par un battement de paupières appuyé.

Beamer se saisit du paquet que Sophie lui avait remis. Il s'imagina brièvement qu'il s'agissait d'une bombe qui en explosant, le soulagerait d'avoir à réfléchir à tout cela.

— Enfin bref, elle a lu ton scénario – elle est *vraiment* fan – et le moment paraît tout choisi de nous pencher dessus en détail, déclara Stan.

Beamer afficha un sourire théâtralement coopératif.

— Eh bien c'est parti ! fit-il. Ravi d'avancer sur ce projet.

Mais ce que Sophie lui avait remis n'était pas une bombe. Rien qu'à son poids et à son emballage, il savait que c'était comestible. L'étiquette indiquait que ça provenait d'une pâtisserie chic de Sherman Oaks. Il jeta un coup d'œil au bon de livraison. Le paquet avait été commandé par un producteur qu'il avait mis en relation avec Charlie via e-mail.

— En fait, mon rôle, c'est vraiment de bousculer les choses, précisa Anya.

Stan décroisa les jambes pour les recroiser dans l'autre sens. Depuis leur toute première rencontre, il était devenu complètement chauve, à l'exception d'un boomerang capillaire qui lui enserrait l'arrière du crâne, d'une oreille à l'autre. Et au fil de toutes ces années, il avait peu à peu cessé d'appeler Beamer « fiston ».

— Attendez, je vais tout d'abord demander si…

Beamer se pencha vers son interphone.

— Sophie, vous pourriez nous apporter un couteau à pâtisserie et des assiettes ?

Il lâcha le bouton.

— Je viens de recevoir ce gâteau et ma grand-mère dit toujours que les conversations épineuses passent mieux quand on a quelque chose sous la dent.

Phyllis n'avait jamais dit une chose pareille. Et il ignorait totalement si Bobe Lipshe, la mère de sa mère, avait un jour prononcé ces mots : elle était morte alors qu'il était encore enfant, et elle ne parlait que yiddish. Et puis de toute façon, Phyllis Fletcher n'était pas le genre de grand-mère qui donnait du gâteau à ses petits-enfants.

— Tout de suite, répondit Sophie.

— Je ne suis pas flic, hein, remarqua Anya. Je suis plus une ressource qu'autre chose. Mon but, c'est qu'on apprenne à se connaître afin de nous assurer qu'on ne fasse de mal à personne, si vous voyez ce que je veux dire.

— Bien sûr, bien sûr, répondit Beamer.

Puis s'adressant à l'interphone :

— Alors, ce couteau ?

— Je cherche, Beamer, je cherche, rétorqua Sophie.

— En toute honnêteté, j'ai lu le nouveau scénario. Je n'ai pas vraiment le sentiment que ça fonctionne dans l'état actuel, annonça Anya.

— Oooups ! fit Beamer en faisant de son visage un monument resplendissant d'attention et d'affabilité.

Il porta le gâteau en forme d'anneau à son nez. C'était un cocktail mortel de sucre, de cannelle et de matières grasses, chaudes et fondantes, dont l'emballage ne parvenait pas à contenir les arômes riches et complexes. L'espace d'un instant, il s'imagina se réfugier dans sa salle de bains privative pour le déguster assis sur la cuvette W.-C. tandis que Stan patienterait en regardant par la fenêtre.

— Je me demande où ce couteau a bien pu passer.

— On a de vrais problèmes à régler, là, Beamer, trancha Stan.

Il faisait une tête très sérieuse.

Beamer éprouva une répulsion soudaine, presque violente, à la vue du crâne brillant de Stan. Il était devenu tellement minable, ces dernières années. Tellement *faible*. Comment Beamer avait-il fait pour ne pas le remarquer plus tôt ? Stan luttait pour rester dans la course, alors que tous les autres dinosaures appartenant à son groupe ethnique, à son genre et à sa classe sociale se voyaient relégués au statut de fossiles. Stan avait engagé Anya pour qu'elle lui serve de bouclier humain contre sa propre obsolescence, et le pire de tout, c'était que ça marchait.

Le regard de Beamer passa d'Anya à Stan, puis de nouveau à Anya, mais son cœur ne continuait à battre que pour le gâteau emballé posé devant lui. Quelle trahison. C'était la quatrième version du scénario. Beamer en avait vaillamment corrigé trois moutures, partant du principe qu'on en verrait bientôt le bout.

Franchement, il s'était attendu à ce qu'on le félicite pour le bon boulot qu'il avait fourni.

— Et quels sont ces problèmes ? demanda Beamer.

C'est là qu'il comprit.

Le poids.

La forme.

C'était un gâteau au café. Oh mon Dieu, qu'est-ce que Beamer aimait ça, le gâteau au café !

— Eh bien, fit Anya, pour commencer, on a un homme blanc qui incarne un personnage mexicain. Il a une petite amie française, kidnappée par une milice noire. Toute l'action est à rebours de notre époque : la victoire finale, c'est le fait que la petite amie sorte de cette épreuve sans avoir perdu sa virginité. Sa virginité devient la récompense ultime.

Beamer cligna des paupières.

— Les personnages noirs n'ont même pas de nom.

Nouveaux clignements de paupières.

— Et vous êtes forcément au courant, mais Santiago se trouve au Chili, pas au Mexique ? Je ne dois pas être la première à soulever ce point. Entre cette ville et Mexico, il y en a au moins pour neuf heures de vol.

— Je sais où se trouve Santiago, dit Beamer, d'une voix moins sonore qu'il aurait voulu.

Bien sûr qu'il savait. Techniquement, il le savait, hein ? Il le savait avant qu'elle le lui dise, pas vrai ?

— J'ai eu pas mal de discussions au sujet de la « représentativité » depuis que j'ai commencé à faire ce boulot, dit Anya, mais jusqu'à présent, je ne suis tombée sur aucun véritable crime raciste. En tout cas, aucun crime raciste intentionnel, ah ah AH ! Cela dit, il vaut mieux espérer que l'ACLU ne mette jamais la main sur votre scénario, ah ah AH AH ah !

— Les gens qui vont voir un *Santiago* s'attendent à quelque chose de bien précis, se défendit Beamer, tout en percevant la faiblesse de sa propre voix. Quelque chose d'un peu régressif. C'est comme rendre visite à un vieil ami, vous comprenez ?

— Mais rien ne nous oblige à ce que cette visite soit à ce point rétro, pas vrai ? rétorqua Anya. Notre vieil ami peut avoir changé avec les années. Il est devenu plus progressiste, par exemple. Il fait des dons à des associations engagées. Il a modifié deux ou trois petites choses dans sa vie. Peut-être même qu'il participe à la campagne de la jeune et audacieuse socialiste qui se présente sous la bannière des Démocrates ? J'improvise un peu, là.

— Je ne vois pas comment je pourrais m'y prendre. Je ne peux pas changer aussi profondément un personnage qui existe depuis trois films et sur qui repose toute l'intrigue. Vous comprenez ? Je ne peux pas… changer le titre du film.

Il jeta un coup d'œil à Stan, mais Stan n'était pas dans son camp.

Beamer ne savait pas trop quoi ajouter. La seule chose au monde qui lui appartenait absolument, c'était *Santiago*, mais alors qu'il se retrouvait seul sur cette île déserte, confronté à Stan, Anya et ce gâteau qu'il ne pouvait découper, il se rendait compte qu'en réalité, *Santiago* appartenait surtout à Charlie.

— Il se trouve que j'ai des idées constructives à ce sujet, déclara Anya.

Elle sortit d'une des nombreuses poches de son short militaire non pas un couteau à pâtisserie, mais un petit calepin. Elle en feuilleta quelques pages avant de trouver sa liste.

— Et si – vous m'écoutez ? – et si, au lieu d'avoir une intrigue autour de Jorge qui sauve ses petits-enfants, le protagoniste n'était *pas* Jorge, mais quelqu'un de complètement différent, lancé dans une lutte contre le trafic d'êtres humains, pas au Chili, ni au Mexique non plus, parce que très franchement, nos amis d'Amérique latine n'ont pas besoin qu'on raconte leurs histoires à leur place, mais disons plutôt, Los Angeles, par exemple ? À l'échelle planétaire, on estime à pas moins de cinquante millions le nombre de personnes soumis au trafic d'êtres humains. Vous saviez que sur Internet, une image pornographique sur cinq met en scène une personne mineure victime d'exploitation ?

Et voilà qu'elle voulait lui gâcher son porno, maintenant !

— Et si on relevait franchement le curseur de la maturité des films *Santiago* pour traiter de quelque chose qui *compte vraiment* ? poursuivit-elle. On appâte le chaland en faisant croire que c'est un film à déguster avec un cornet de pop-corn, et une fois qu'on les tient, on les *éduque*.

Triple clignement de paupières.

— Vous ne dites rien, Beamer, releva Anya. C'est un dialogue, pas un cours magistral !

— Il me faut juste un peu de temps pour réfléchir à tout ça, je crois, répondit Beamer en veillant à garder un ton laissant entendre qu'il envisageait sérieusement les pistes d'Anya, talent qu'il avait particulièrement développé durant les séances de thérapie de couple. Pour tout bien digérer, vous voyez ?

— Je sais que le premier réflexe, c'est d'être sur la défensive, Beamer, dit Anya. Mais c'est l'occasion ou jamais de *grandir.*

— Plus j'y pense, plus je me dis que vous avez raison, lâcha Beamer, en observant Stan. (Il se creusa les méninges pour trouver un terrain d'entente.) Ça me plaît, cette idée de trafic d'êtres humains.

Anya se tourna aussi vers Stan.

— On a encore du boulot, là...

— Comment ça ? lança Beamer. Ça me plaît. Je suis en train de vous dire que j'aime bien les idées que vous m'avez présentées !

— Bref, poursuivons, dit Anya. Ça doit vous faire un sacré choc, d'avoir à vous confronter à toutes ces questions, de voir quelqu'un fouiller comme ça dans votre tiroir à sous-vêtements.

— Non, non. Je suis super enthousiaste, assura Beamer d'un air très intéressé, même si tout ce qui l'intéressait à cet instant était de savoir où était ce putain de couteau que Sophie était censée lui apporter. J'adore ces idées. Je veux vraiment que cette franchise continue.

— Personne ne te demande de les adorer, expliqua Stan, qui n'était ni un gâteau au café, ni un couteau à pâtisserie. Tout ce qu'on te demande, c'est d'y réfléchir.

— N'empêche que ça me plaît *pour de vrai*, insista-t-il.

Puis il se retourna vers Anya qui, elle non plus, n'était ni un gâteau au café, ni un couteau à pâtisserie.

— C'est intelligent. Les temps ont changé. Je comprends. Je n'ai aucune envie de devenir une relique. Mon but, là, c'était de… je voulais donner au public une impression de continuité. Mais peut-être qu'il va falloir encore un peu bidouiller.

Anya leva les mains, comme pour le dissuader de la fusiller.

— Je vous sens un tout petit peu hostile.

— Pas du tout ! Je ne suis pas hostile, je suis super enthousiaste !

Anya paraissait ne pas comprendre qu'à l'instar de n'importe quel auteur, Beamer acceptait volontiers la possibilité que tout ce qu'il pouvait écrire était de la merde, qu'il suffisait d'un rien pour le convaincre que chaque page devait être déchirée ou jetée au feu. Elle ne comprenait pas qu'il n'avait pas besoin de plusieurs jours, ni même de plusieurs minutes pour accepter le fait que ce qu'il avait fait était mauvais et inutilisable. Elle n'arrivait pas à comprendre qu'une personne puisse se sentir littéralement malade de honte à cause d'un truc qu'il avait créé, alors que quelques minutes auparavant, il avait cru que c'était encore récupérable, et quelques minutes avant cela, que ça relevait du plus pur génie. En outre, existait-il un moyen de découper un gâteau à mains nues, l'air de rien, sans passer pour un psychopathe ?

Son téléphone émit trois bourdonnements rapides et Beamer se jeta dessus pour le faire taire, sachant pertinemment que c'était encore sa mère qui cherchait à le joindre. Il rajusta le ton de sa voix avant de reprendre la parole.

— Ces idées sont excellentes, déclara-t-il très lentement, espérant que cela suffirait à effacer tout indice de la colère qui bouillait au fond de lui. Je vais y réfléchir très, très sérieusement.

Il regarda Stan qui hocha vigoureusement la tête, malgré le fait qu'il n'était toujours pas un gâteau au café. Son téléphone retentit à nouveau, résonnant cette fois dans son rein gauche. Toutes ces drogues, et ce serait son téléphone qui lui vaudrait une crise cardiaque.

Sophie passa la tête dans l'entrebâillement de la porte.

— Beamer, désolée, un appel pour vous… c'est urgent.

Stan se leva.

— Manifestement, on a besoin de toi sur un autre front.

Beamer leur dit au revoir de son ton le plus aigu et le plus castré, en croisant les doigts pour ne pas paraître sur la défensive. Quand Stan et Anya finirent par partir, il laissa sa voix reprendre sa tessiture normale.

— Où est passé ce foutu couteau ?

— Pardon, Beamer. Votre mère n'arrête pas de…

Son portable vibra. Il l'attrapa, et sans faire exprès, prit l'appel.

— Allô ? fit sa mère.

Putain !

Beamer fit signe à Sophie de le laisser, avant de lui présenter sa paume, comme un flic chargé de la circulation. Il scia l'air avec un outil imaginaire. Elle opina du chef : d'accord, d'accord.

— Salut, Maman.

Trois secondes passèrent, longues comme une éternité, et en l'absence de Sophie, il se dit oh et puis merde. Il transperça la couche cutanée du papier marron avec un stylo, en prenant soin de ne pas perforer l'emballage plastique qui selon lui devait se trouver en dessous.

— Ça ne devrait pas être aussi compliqué de joindre son propre fils ! s'exclama Ruth.

Quel est le nom de ce sentiment qu'on éprouve lorsqu'une attente, après des années d'observation et de prédiction d'une fiabilité absolue, se voit contredite par quelque chose de différent, et de bien meilleur ?

Ce n'était pas un gâteau au café !

C'était un cheesecake !

Un cheesecake avec un glaçage au café !

— Beamer, tu m'écoutes ?

— Oui, oui, je t'écoute.

— J'ai une triste nouvelle à t'annoncer.,

Il y avait un fin nappage à la framboise ou à la fraise, et là-dessus, des volutes de chocolat. Comment avait-il fait pour ne pas deviner au simple poids du gâteau qu'il s'agissait d'un *cheesecake* ? Mon Dieu, cela n'avait pas la moindre espèce d'importance, Beamer aimait tellement le cheesecake – l'offensive acide du fromage sur les côtés de la langue, le salé qui attaquait la circonférence, des bords jusqu'à la pointe, pour laisser le sucré prendre possession de la totalité de cette zone. Et tout ça simultanément ! Cheesecake !

— Beamer, tu es toujours là ?

— Oui, Maman.

Une petite carte tomba de l'emballage : c'était un mot du producteur.

— Où étais-tu passé ? On n'a pas arrêté d'essayer de te…

Le mot disait :

Beamer, tu as peut-être changé ma vie.
Merci infiniment de m'avoir présenté Charlie Messinger.
Ton ami pour la vie, Ronnie

— … ta grand-mère est morte et tu refuses de décrocher !

— Maman, je vis dans un autre État. J'ai un boulot. J'ai enchaîné les rendez-vous ce matin. Je ne suis pas disponible à chaque instant de…

— Essaye voir sur un autre ton.

— Excuse-moi, Maman. Je suis vraiment navré. Grand-Maman Phyllis… Comment va Papa ?

— Mal ! Sous le choc, à mon avis.

Bien sûr, cela faisait deux mois que Phyllis était en soins palliatifs, et près d'un an qu'elle mourait à petits feux d'une maladie rare. « Sous le choc », c'était une expression un peu exagérée à propos de la mort d'une femme de quatre-vingt-treize ou quatre-vingt-huit ans.

— Oui j'imagine…

Toujours aucun signe de Sophie. Beamer regarda autour de lui, à la recherche d'une fourchette ou d'une cuiller. Pas besoin d'assiette. Il déchira l'emballage plastique, puis en joignant son index et son majeur, se mit à découper des bouts de cheesecake qu'il portait à sa bouche, l'un après l'autre, comme s'il mangeait un homard avec les mains. Il eut très vite du cheesecake plein le visage et la poitrine, mais il ne pouvait plus s'arrêter.

Quand sa mère passa le téléphone à son père, Beamer avait les joues gonflées de cheesecake, et quand Carl salua son fils, il entendit pour seule réponse :

— Baba. Heu biens dapprembre, bour Rand-Baban. Chuis braiment héjolé.

*

Un Mulholland Backflip se déroule comme suit : on prend un ecstasy, suivi d'un speedball, suivi d'une poignée de Lunesta, suivi d'un Plexidil écrasé (médicament mis brièvement sur le marché en 2012, destiné à lutter contre le syndrome des jambes sans repos, mais qui, entre autres effets indésirables, pouvait provoquer une addiction aux jeux de hasard) que l'on place sous la langue. On rince avec un Coca Zéro. En l'absence de Coca Zéro, un Mountain High Super Plus Turbo

Boost bleu ou un Bombinator Full Super Neurofreeze Orange Explosion (vendu exclusivement dans certaines parties des Rocheuses) peuvent faire l'affaire, mais ne jamais (je répète : jamais) remplacer par un Thunder Fahrenheit 1000 Fraise-Bleue Bang Bang Rainbow, qui consommé avec le Plexidil peut conduire à un accident ischémique, conformément à la longue liste de contre-indications figurant sur les cannettes de Thunder Fahrenheit.

Si le Mulholland Backflip est correctement exécuté, il a pour effet d'allumer les centres du plaisir de votre cerveau avec la même frénésie bruyante qu'une machine à sou, ce qui suffit presque à noyer toute intuition de votre propre obsolescence naissante, ainsi que les rumeurs de la guerre froide que votre femme vous a déclarée pour des raisons que vous ne parvenez pas à déterminer, le nombre de motifs potentiels étant tel qu'il vous serait impossible de l'interroger à ce sujet sans vous compromettre.

Il a également pour effet de dilater vos pupilles, et pas qu'au point de faire disparaître vos iris : non, elles dépassent même la limite qui vous semble naturelle pour des pupilles dans l'état dans lequel vous êtes. C'est-à-dire que vous vous retrouvez trop décalqué pour connaître la taille maximale de vos pupilles, mais que vous êtes certain qu'elles l'ont largement dépassée.

Beamer filait chez lui sous l'effet évanescent d'un Mulholland Backflip réussi, qu'il avait réalisé cinq heures auparavant, après que Stan et Anya eurent quitté son bureau, et qui s'était prolongé jusqu'à la fin de la thérapie de couple à laquelle sans trop savoir comment il avait accepté de participer seul. Il trouva Noelle dans leur chambre en train de faire les valises, et les enfants, réveillés alors que l'heure du coucher avait sonné depuis longtemps, courant aux quatre coins de la pièce dans leur pyjama de voyage.

— Comme si ça ne te suffisait pas d'être injoignable durant toute la matinée… disait Noelle, en refermant la minuscule valise en tartan de Wolfie.

Liesl sautait sur le lit où son frère, étendu les membres écartés comme une étoile de mer, se soulevait du matelas à chaque bond de sa grande sœur.

— Très franchement, je ne comprends pas pourquoi on est obligé de partir comme ça, comme des voleurs, au beau milieu de la nuit, insista Noelle.

— Nous ne sommes pas des voleurs. C'est un vol de nuit. Ça arrive même aux gens normaux, de prendre des vols de nuit. Les juifs enterrent leurs morts immédiatement. C'est comme ça.

— Tu n'as pas à me faire la leçon sur les coutumes juives, Beamer. Ce que je dis, c'est que si tu avais daigné répondre au téléphone, on aurait pu partir beaucoup plus tôt dans la journée. On serait déjà là-bas. On n'aurait pas à chambouler les cycles de sommeil de tout le monde.

— Tu m'as demandé d'aller voir la psy tout seul, Noelle.

— C'était il y a deux heures.

— Il y avait une déviation sur San Vicente Boulevard.

— Une déviation de deux heures ?

Elle se tourna alors vers Liesl pour lui dire :

— Tu ferais mieux d'emporter ta flûte traversière. Histoire de répéter un peu.

— D'accord, Maman ! lança Liesl avant de courir chercher son instrument.

Mais Noelle fixait Beamer. Elle attendait toujours une réponse.

La vérité, c'était qu'il avait dû se rendre à Encino pour laisser un mot chez sa dominatrice afin de la prévenir qu'il ne viendrait pas jeudi parce que les billets que Noelle avait fait acheter par Sophie pour assister aux funérailles incluaient la Shiv'ah. Son seul moyen de communication avec sa domina consistait à lui laisser des messages sur le seuil de sa porte : il ne méritait pas encore de connaître son numéro de téléphone, et elle lui avait formellement interdit de se servir de l'adresse e-mail grâce à laquelle il était entré en contact avec elle.

— Et si, je ne sais pas, moi, tu me présentais des condoléances, par exemple ? Ou si tu me demandais comment ça va, vu que *ma grand-mère vient de mourir* ?

Liesl revint avec son étui à flûte qu'elle déposa délicatement par terre avant de s'étendre sur le lit où sautait à présent Wolfie afin que ce soit cette fois *elle* qui se trouve brièvement en état de lévitation.

— Les enfants, fit Noelle. Que dit-on à Papa ?

Liesl se redressa d'un coup et afficha une expression mélodramatique. Elle bondit vers son père pour poser sa tête sur son épaule et passer ses bras autour de son cou.

— Oh, Papa ! Ta grand-mère est morte. Je suis tellement triste pour toi !

Wolfie rampa sur le lit et enserra la taille de son père.

— Je t'aime, Papa.

— Nous sommes vraiment désolés pour toi, ajouta Noelle.

Beamer serra ses enfants contre lui. Sa grand-mère était morte.

Noelle referma la minuscule valise-licorne de Liesl.

— Voilà pour les bagages, conclut-elle. La voiture arrive dans quarante-cinq minutes.

Elle s'assit sur le lit et leva le menton. Noelle tenait absolument à ce qu'ils ne se disputent jamais en présence des enfants, ce qui ne posait pas le moindre souci étant donné qu'ils ne se disputaient jamais. On ne peut pas se disputer avec quelqu'un à qui on ne dit jamais rien.

— J'ai eu mon rendez-vous avec Stan, déclara Beamer. Ç'a été un échange long et passionnant.

Au bout d'un bref instant, elle répondit :

— Comment ça s'est passé ?

— Bien, bien. Ils ont adoré. Certes, ils avaient quelques suggestions. Ils travaillent avec une consultante, maintenant, qui voudrait que ce soit un petit plus… en prise avec l'époque, il faut croire. Mais ils ont adoré.

— Alors ça va se faire ?

— Oh, carrément. Bien sûr que ça va se faire. Ce ne sont que des suggestions, après tout.

Noelle regarda autour d'elle afin de voir si elle avait oublié quelque chose mais ne trouva rien.

— Qu'est-ce qu'on fait en attendant le départ ? demanda-t-elle. Il faut les maintenir éveillés.

La question était adressée à Beamer, mais ce fut Liesl qui répondit.

— On peut lire *Es-tu sûr d'avoir bien réfléchi ?*

Beamer, soulagé qu'on lui indique le chemin à suivre dans cette sombre forêt, se trouva une place sur le lit entre les deux enfants et prit leur livre préféré du moment, qui reposait justement sur leur table de chevet. *Es-tu sûr d'avoir bien réfléchi ?* racontait l'histoire d'un petit garçon du nom de Baxter qui, en chemin pour l'école, rencontrait danger sur danger et prenait chaque fois les pires décisions. Une camionnette s'arrête à hauteur de Baxter, le chauffeur lui dit qu'il a perdu son chien et lui demande s'il peut monter à bord pour l'aider à le retrouver, étant donné que son chien adore les enfants. Baxter accepte et monte, et la page suivante ne présente qu'une phrase, *Es-tu sûr d'avoir bien réfléchi ?* sans illustration, un blanc tranchant dans le noir, dans une police tremblotante, terrifiée. Nathan et Alyssa leur avaient envoyé ce livre comme cadeau pour Hanouka, avec un mot d'Alyssa :

Les garçons adoraient ce livre
quand ils avaient l'âge de Liesl !

Dans le livre, un adulte menaçant demande à Baxter de garder un secret et d'entrer dans un placard avec lui, et Baxter s'exécute.

Es-tu sûr d'avoir bien réfléchi ?

Baxter descend subrepticement au salon une fois ses parents endormis et regarde des séries quatre heures d'affilée, alors qu'il a école le lendemain.

Es-tu sûr d'avoir bien réfléchi ?

Baxter doit préparer tout seul son petit déjeuner, et plutôt que d'opter pour l'un des nombreux choix nutritifs à sa disposition, il tombe sur un fast-food en chemin pour l'école et commande du bacon plein de nitrites.

Es-tu sûr d'avoir bien réfléchi ?

Noelle pensa d'abord qu'il s'agissait d'une parodie de livre de sensibilisation aux dangers du quotidien destiné aux enfants, et elle rit de la première à la dernière page. Elle n'arrivait pas à croire qu'un bouquin pareil puisse servir à certaines personnes de *vade-mecum* ou de bannière de ralliement. Beamer lui rappela que son frère Nathan souscrivait inconditionnellement à ce mode de vie, et lorsqu'elle secoua la tête parce que oui, bon, d'accord, mais sérieusement ? il était retombé éperdument amoureux d'elle.

Malgré leur jeune âge, Liesl et Wolfie riaient de bon cœur avec leurs parents : ils savaient déjà que ce n'était pas ainsi que fonctionnaient les choses, que le danger ne se cachait pas derrière chaque porte, mais seulement derrière la vingt-troisième, ou la cinquante-sixième, que le danger était une exception et pas une règle, et que c'était précisément cela qui était le plus terrifiant. Malgré leur jeune âge, ils savaient que le danger était dangereux parce qu'il était imprévisible : ce n'était pas ainsi qu'on l'appréhendait. Beamer songeait à ses pauvres neveux jumeaux en train de se faire lire ce truc dans la pénombre sinistre de leur chambre, digne d'une histoire de Charles Dickens, tremblant sous leurs draps tandis que leur père terrorisé leur rappelait une énième fois que toutes sortes d'horreurs absolues les attendaient passé le seuil de leur porte. Beamer se délectait de la dérision avec laquelle sa femme évoquait l'état de peur perpétuelle qui définissait son frère. Il se régalait sans retenue de ses haussements de sourcils, de ses yeux écarquillés et de ses joues gonflées. Il se tenait triomphant, le pied sur le cou de la douleur de son frère. Il aimait l'impression de grandeur que cela lui conférait.

Tandis que Beamer lisait pour que les enfants ne s'endorment pas, Noelle restait silencieusement assise au bord du lit, peut-être pour lui signifier son mécontentement. Elle avait encore plus de mal à exprimer ses émotions qu'auparavant, en partie à cause des récentes modifications de son apparence. En effet, elle avait pris l'habitude de se faire bidouiller le visage, d'abord avec un petit peu de Botox, ce qui, selon Beamer, accentuait agréablement sa distance toute presbytérienne. Mais ces derniers temps, elle avait eu recours à diverses injections pour effacer ses sillons nasogéniens, ce qui avait rendu nécessaire un remplissage des joues afin de rééquilibrer l'ensemble. La différence était subtile : elle ne ressemblait pas encore à cette caricature d'amphibien avec laquelle se confondaient tant de femmes de ce coin du monde quand elles approchaient de la cinquantaine. Après tout, elle n'avait qu'une petite trentaine d'années. Mais il redoutait qu'elle soit d'ores et déjà engagée sur cette voie : un rapide coup d'œil aux participantes des réunions de parents d'élèves suffisait à se convaincre que le recours à ces traitements ponctuels était à l'origine d'une dysmorphophobie galopante, et à en juger par les fréquentes excursions de Noelle sur Beverly Drive, il se pourrait qu'elle perde bientôt toute notion de ce à quoi un visage humain devait ressembler. Pour l'heure, les modifications étaient discrètes, mais bien réelles. Ses sourcils ne se haussaient plus sur le coup de la surprise que par un effort conscient. Ses sourires s'élargissaient moins qu'avant. Il était très déconcertant de scruter son visage dans l'attente d'une réaction, pour se voir systématiquement confronté à un temps de latence et un flou de l'expression tout à fait improbables. Pour la millième fois, et comme toujours contre son gré, Beamer se souvint d'une remarque qu'avait faite sa mère la dernière fois qu'elle leur avait rendu visite.

— C'est tout ce qu'elle fait de sa vie ? avait dit Ruth à peine Noelle avait-elle quitté la pièce après avoir fait preuve de ses grandes qualités d'hôtesse. C'est pour ça qu'elle fait constamment cette tête. Elle s'ennuie.

— C'est une femme au foyer, avait fait Beamer. Toi aussi, tu l'as été.

— Je devais m'occuper de ton père, avait-elle sèchement répliqué. Ce n'était pas une mince affaire !

Il ne répondit pas directement, parce qu'il n'avait pas envie de s'infliger un énième laïus sur le coût que l'épreuve de son père avait eu sur l'épanouissement de sa mère. Il lâcha donc simplement :

— Ce n'est pas de notre faute si nous avons de l'argent, Maman.

— C'est tellement dangereux, d'avoir trop d'argent et juste assez de temps pour soi, dit Ruth, presque à elle-même.

Cela remontait à un an. À présent ça lui sautait aux yeux, oui, c'était vrai, l'argent avait éveillé chez Noelle une sorte d'apathie. Les heures qu'elle ne consacrait ni aux enfants ni à la supervision du personnel de maison n'étaient pas assez nombreuses pour être consacrées à quoi que ce soit de significatif. À l'instar du groupe de femmes qu'elle côtoyait via l'école, aussi riches et apathiques qu'elle, Noelle s'essayait à diverses formes d'auto-optimisation, en transformant son visage, mais également en se plongeant, rien qu'en surface, dans les mystères de son âme. Toutes avaient commencé à fréquenter une dermatologue qui était aussi psychologue, dont les prescriptions se fondaient sur la forme exacte du visage idéal de la patiente (« le visage originel », selon ses termes) et qui en outre étudiait la concentration de rides de toutes ces femmes pour déterminer ce qui les inquiétait tant. Pour elles toutes, ce fut une révélation, mais la véritable grande nouveauté consistait à voir régulièrement une personne qui prenait le temps de les écouter et semblait absorber leur expérience d'être humain, et non l'ignorer purement et simplement. Le diagnostic donnait lieu à une catharsis, ainsi qu'à une injection de neurotoxines : un nouveau départ pour Noelle, une fois tous les trois mois. Elle était pourtant si belle quand ils s'étaient connus.

La seule bonne surprise du deuxième *Santiago* avait été cette jeune actrice qui jouait le rôle de l'amoureuse de Jorge (Jorge vieillissait, mais ses compagnes avaient toujours le même âge). Noelle avait les os fins et les cheveux blonds. Beamer n'aurait su qualifier sa beauté que de « non-spécifique », et c'était pour lui le plus grand des compliments. Cela signifiait que son visage était absolument ravissant, sans le moindre débat possible, qu'il était pur et parfait. On n'y retrouvait rien qui puisse évoquer les filles, même les plus jolies, avec qui il avait grandi : pas d'affaissement de la columelle nasale suite à une opération chirurgicale, pas de parenthèses délicates taillées dans le monosourcil qui, à l'évidence, aurait naturellement poussé sans intervention draconienne, pas de pointes de cheveux abîmées à force de séchages excessifs et de soins relaxants. Les dents droites et blanches de Noelle témoignaient de sa bonne éducation et de son excellent pedigree. Ses doigts étaient longs ; la courbe de sa voûte plantaire était parfaite ; sa posture générale, une vraie merveille.

Noelle Albrecht avait été repérée dans un centre commercial du Maine alors qu'elle était adolescente, et s'était illustrée d'abord dans les robes à fleurs mennonites des catalogues Laura Ashley, puis dans les cols roulés et les shorts en toile des catalogues L.L.Bean. Noelle était un mannequin lambda.

Elle n'était pas une grande actrice. À l'époque où elle décrocha le rôle de la petite-amie invraisemblablement jolie de Jorge dans *L'Effet Santiago*, elle commençait à l'accepter.

Bien que d'admirable extraction, elle n'avait pas grandi dans le luxe. Son père avait perdu sa fortune dans un investissement immobilier illégal. Avec son père endetté et son raté de frère et son alcoolique de mère, Noelle était le grand espoir de sa famille, et quand ils profitèrent de son succès dans les catalogues pour l'envoyer à Hollywood, ce fut avec l'espoir qu'elle leur revienne avec un peu d'argent. Mais elle ne trouvait que des petits rôles dans des soap operas pour ados, pour lesquels elle ne tarderait pas être considérée comme trop vieille. Elle subit le harcèlement sexuel de tous les producteurs et de tous les réalisateurs avec qui elle parvenait à décrocher des rendez-vous, ou devant lesquels elle passait dans les cantines des studios. Quand elle rejoignit l'équipe de *L'Effet Santiago*, elle fut aussi surprise que soulagée de constater que son harceleur ne serait pas cette fois le réalisateur notoirement lubrique, mais le beau coscénariste qui éveilla en elle des sentiments troubles, dans le meilleur sens du terme, et qui était, par un heureux hasard, extrêmement riche.

Épousa-t-elle Beamer pour son argent ? Qui aurait pu le dire ? Il savait qu'elle était lasse de cette lutte pour laquelle elle n'était pas faite. Il savait qu'elle adorait son côté débauché et effréné – à l'époque, en tout cas, elle aimait ça. Si la question financière faisait partie de l'équation, cela ne le dérangeait pas. Il se savait si imparfait et si défectueux, si vil et si couard qu'il lui aurait été impossible d'épouser quelqu'un comme Noelle sans l'assurance qu'elle en tirerait quelque bénéfice tangible en retour.

— Albrecht, c'est bien ce que tu viens de dire ? murmura sa mère au téléphone quand, sur cette plage où Beamer venait tout juste de la demander en mariage, Noelle avait insisté pour qu'ils annoncent la bonne nouvelle à leurs parents respectifs.

Les parents de Noelle l'avaient chaleureusement félicitée, et malgré tous ses efforts, Beamer ne trouva aucun prétexte valable pour ne pas appeler sa famille.

— Incroyable, hein ? fit Beamer, d'une voix qui reflétait la joie fictive de ses parents.

— Mais elle est… allemande ?

Il imaginait parfaitement sa mère, debout dans la cuisine, une main sur la hanche, vêtue de sa vieille robe de chambre en velours noir, les lèvres pincées et les narines dilatées.

— Elle est originaire du Maine. Elle te ressemble beaucoup, je trouve ! Tu vas l'adorer !

— J'aurais préféré disparaître avant d'avoir à vivre ça, fit sa mère.

— On pense organiser la cérémonie sur la plage !

— Noelle Albrecht. *Noelle.* On ne t'a pas assez donné, c'est ça ? On ne t'a pas assez *aimé* ? Tu as manqué d'attention ? C'est ça ?

— Tu vas vraiment l'adorer, Maman.

— C'était la seule chose. La seule et unique chose. (Ruth baissa la voix, comme en une prière. Elle ne parlait plus à Beamer. Elle s'adressait directement à Dieu.) Toute cette liberté, toutes ces opportunités, et c'est la seule chose que nous ayons jamais demandée !

— Oh oui, nous aussi on a du mal à contenir notre joie ! déclara Beamer.

Noelle affichait un gigantesque sourire.

— Tu vas devoir annoncer à ta grand-mère et à ton père qu'après tout ce que ton grand-père a fait pour échapper aux nazis, en embarquant clandestinement, au beau milieu de la nuit, sur ce paquebot où il a failli crever de faim à fond de cale… Tu vas devoir leur annoncer toi-même la grande nouvelle. Moi, je vais faire comme si cette conversation n'avait jamais eu lieu.

— Je sais ! Elle a tellement hâte de faire votre connaissance !

Par un geste, Noelle fit comprendre qu'elle voulait parler à sa mère, tout comme Beamer avait parlé quelques minutes auparavant avec ses parents à elle, des parents cordiaux, civilisés et tout à fait corrects.

— Tu aimerais lui parler, maman ? demanda-t-il avec effusion, la gorge serrée.

— J'aurais aimé être morte plutôt que d'avoir à subir ça, répondit Ruth. Tu te rends compte qu'à cause de toi ta propre mère regrette d'être en vie ?

— Mais oui, nous comprenons. On se rappelle demain ! Va fêter ça !

Et il raccrocha. Puis il expliqua à Noelle :

— Elle était folle de joie. Il fallait absolument qu'elle aille annoncer la nouvelle à mon père et à ma grand-mère !

— C'est tellement chou, dit Noelle, parce qu'elle croyait Beamer.

Beamer et Noelle se marièrent cinq ans après leurs fiançailles, au cours d'une cérémonie exubérante en smokings et robes de gala dans un ranch de Malibu, neuf semaines après l'arrêt des règles de Noelle, leurs amis dansant sauvagement, leurs deux familles à leurs tables respectives, tout aussi froides et contrites l'une que l'autre, mais pour des raisons bien différentes. Sept mois plus tard, leur fille vit le jour.

— Appelons-la Liesl, comme ma grand-mère, suggéra l'épouse de Beamer, berçant le bébé contre elle, dans sa chambre VIP de la maternité de Cedars-Sinai.

Et Beamer prit une inspiration découragée et appréhensive, celle d'un homme qui depuis cinq ans essayait de faire comprendre à sa famille que « Albrecht » était un nom allemand au même titre que « Fletcher », que les grands-parents de Noelle avaient quitté l'Allemagne aussi vite que possible après la Deuxième Guerre mondiale, qu'ils étaient Démocrates, qu'ils avaient voté Al Gore quand il avait eu pour colistier

Joseph Lieberman, qu'ils défendaient les juifs, qu'ils *adoraient* les juifs, même.

— Liesl, fit Ruth quand Beamer l'appela de la chambre VIP.

— C'était le prénom de la grand-mère de Noelle !

— Tu veux la mort de ta grand-mère ?

— En fait, c'est juste un diminutif d'Elizabeth. Je n'ai pas une tante qui s'appelle Elizabeth ?

— Je ne sais même pas quoi te dire, Bernard. Je reste sans voix.

— Merci beaucoup !

Il adressa un sourire rayonnant à Noelle qui contemplait la petite Liesl, les yeux clos d'épuisement après sa naissance.

— Et c'est bizarre, mais les Albrecht oublient systématiquement de me parler des familles juives qu'ils ont cachées en Allemagne, dit la mère de Beamer d'un ton faussement intrigué. Je les attends toujours, ces fameuses histoires. Je commence à me dire qu'il n'y en a pas !

— Tu vas l'adorer.

— Liesl, c'est le prénom de la fille aînée du nazi dans *La Mélodie du bonheur*.

— Super, je te laisse répandre la bonne nouvelle ! Je t'ai envoyé une photo sur ton téléphone ! rétorqua-t-il, plutôt que de la corriger en précisant qu'en vérité, c'était le petit ami de Liesl qui était nazi.

— Je vais en informer moi-même Grand-Maman Phyllis. Je veux être auprès d'elle quand elle l'apprendra, au cas où il faudrait appeler les urgences.

— Ah, merci beaucoup. Oui, oui, je lui dirai. Elle comprendra !

Beamer raccrocha et se tourna vers Noelle :

— Elle était aux anges. Elle n'avait qu'une hâte, l'annoncer à tout Middle Rock !

L'enfant fut donc nommée Liesl, et quand il appela sa mère de la même chambre VIP de Cedars-Sinai trois ans plus tard, il savait que sa réaction ne serait pas plus clémente quand elle apprendrait qu'ils avaient appelé leur fils Wolfgang, comme l'oncle préféré de Noelle.

— Wolfgang ? répéta sa mère. C'est une blague, j'espère ?

— Il est aussi beau que sa mère et sa sœur, déclara Beamer.

— À ce stade, c'est une parodie du fils qui épouse une shiksa. Liesl, et maintenant *Wolfgang* ? C'est pas possible, il y a une caméra cachée quelque part ?

— Tu sais, je disais justement à Noelle que ton père s'appelait Zev, qui signifie « loup », comme « wolf ». Tu m'avais raconté que ta grand-mère l'appelait « Volf », pas vrai ?

— Bernard Fletcher, je t'interdis de prononcer le prénom de mon père dans de pareilles circonstances.

— Très bien, je ne manquerai pas de transmettre !

Il raccrocha et se tourna vers Noelle qui souriait d'un air angélique au bébé pour lui dire :

— Elle se sent *tellement* honorée par ce choix de prénom.

Sur ce vol de nuit à destination des funérailles de sa grand-mère, Beamer était allongé sur son siège-lit première classe, les yeux grands ouverts, tendus vers celui de sa femme. Elle était endormie, et quand il la regardait sans qu'il ait à se soucier de son regard à elle, il pouvait enfin la voir pour ce qu'elle était. Ce qu'elle faisait subir à son visage, ça lui brisait le cœur. Il ne voyait que boursouflure, gonflement, peine et distance, et tout au fond de lui, après ces trois scotchs, il savait qu'elle souffrait de ne pouvoir parler des choses qui la dérangeaient, qualité que Beamer avait pourtant recherchée chez une femme après une vie entière passée avec sa mère. À travers les brumes de l'alcool, il comprenait que les mots n'étaient pas les seuls moyens de communication. Il aurait voulu tendre la main et caresser son visage.

Ce que Ruth ne comprenait pas, ce qu'elle ne pouvait pas même entrevoir, toute sorcière télépathe qu'elle était, c'était que pour Beamer, leur couple, leur famille à eux et même son boulot ne représentaient pas que de simples réussites, mais bel et bien des buts qu'il s'était fixés dans la vie, et qu'il avait atteints : des enfants qui ne ressemblaient en rien à la famille dont il était issu, une épouse qui était pour lui une sorte de *Mayflower* humain, et qui l'avait emmené loin de sa famille terrifiée et tourmentée avant que celle-ci le noie au large.

Considérez un peu la chance qu'il avait. Il avait une femme capable de déterminer le seuil de menace, de limiter le niveau d'horreur de l'apport génétique de son mari à leur famille. Noelle elle-même ignorait ce qu'elle représentait pour Beamer. Elle était pour lui une combinaison de protection, un radeau de survie. Elle aurait su le laver de tout le passé de sa famille, si seulement il le lui avait permis.

Pour la millionième fois depuis le jour de leur mariage, mais aussi la millionième fois de la journée, Beamer se jura que cette fois-ci il ne ferait pas tout foirer : il se jura de devenir meilleur. Il voulait décrocher ses lauriers sans l'aide de personne. Il voulait exceller dans son boulot. Il voulait prendre soin de son corps, étinceler d'une santé immaculée. Il voulait être digne de sa famille. Il voulait accomplir cette mission dans laquelle il s'était engagé il y avait si longtemps, en traversant ce seuil, Noelle dans les bras, cette mission qui consistait à transformer celui qu'il était en une personne normale.

Le processus était plus lent qu'il l'avait espéré, mais il n'était pas encore au bout de sa vie. Ce n'était pas encore fini ! Au fond de lui, l'alcool et les vestiges de drogues que son foie exténué n'avait pas encore purgés se combinèrent pour former les hormones d'un optimisme délirant, qui lui donnèrent l'impression d'avoir un potentiel aussi illimité que celui d'un nouveau-né. Il était un excellent mari en devenir. La pureté de ses enfants était son baptême, la source de sa rédemption. Son scénario, après les quelques révisions qu'il y apporterait, allait changer le monde. Il prouverait sa valeur par son seul mérite. Parce que du mérite, ça, il en avait ! Il ferma les yeux et laissa le flux sérotoninergique d'un avenir ouvert à tous les possibles se répandre dans sa lymphe, ses veines, ses muscles, l'ensemble de ses organes, en espérant qu'il l'immunise totalement contre ce qui l'attendait à l'atterrissage.

Quelque part au-dessus d'un de ces États au sujet desquels il n'avait pas appris grand-chose à l'école, Beamer prenait de pieuses résolutions tandis que l'avion déchirait le ciel, projectile inarrêtable qui, indépendamment du nombre de scotchs qu'il pourrait boire d'ici là, le rapprochait inexorablement de Long Island.

*

Tout Middle Rock se retrouva au Temple Beth Israel afin de rendre leur avant-dernier hommage à Phyllis Fletcher.

Dans le sanctuaire, Beamer et Noelle prirent place au premier rang. Beamer regardait dans le vague. Le plus sérieusement du monde, il craignait de se changer en colonne de sel s'il avait le malheur de se retourner pour voir ces personnes qui, toutes, le connaissaient. Il n'avait pas la force de tourner la tête à gauche vers son grand frère Nathan, en larmes, et l'épouse de celui-ci, Alyssa, qui le réconfortait comme jamais Noelle n'aurait su le réconforter, quand bien même la disparition de sa grand-mère aurait suscité la moindre émotion chez Beamer. Il n'avait pas la force de regarder à gauche de Nathan et Alyssa, en direction de sa petite sœur Jenny, sa seule véritable alliée dans cette famille, qui lui opposait une froideur minérale depuis qu'elle lui avait rendu visite à Los Angeles, presque un an auparavant. Il n'avait pas la force de regarder à droite parce que c'était là que se trouvait Noelle, et que le spectacle de sa droiture sans tache au milieu du foutoir absolu de ses origines lui aurait été insupportable. Il n'avait pas la force de regarder qui que ce soit ici. Il était en mesure d'avoir une conversation avec n'importe laquelle de ces personnes, mais tout échange non verbal, par ce qu'il recélait, était susceptible d'avoir raison de lui.

De fait, le seul coup d'œil qu'il avait jeté à sa mère avait failli le mettre K.O. D'aussi loin qu'il se souvienne, sa mère et sa grand-mère avaient formé un duo de grandes angoissées, complices et manipulatrices, dont la principale fonction avait été de gérer la crise perpétuelle de son père catatonique, puis d'élever Beamer, son frère et sa sœur avec l'énergie qui leur restait, c'est-à-dire pas le moindre soupçon. Si Ruth s'était montrée aimante, attentionnée et pleine de vie durant la première partie de sa vie de femme mariée, sa proximité avec sa belle-mère et leur objectif commun (peser de tout leur poids sur Carl, comme si celui-ci avait été une grenade constamment sur le point d'exploser) avaient coagulé en une singulière ressemblance. En somme, si la mère de Beamer ne manquait pas de dérision vis-à-vis de l'autorité étouffante de Phyllis, il lui manquait le recul nécessaire vis-à-vis d'elle-même pour prendre conscience qu'elle était exactement pareille.

Beamer regardait donc droit devant lui, évidemment sans fixer un point particulier, sans l'intention perçante dont il savait faire preuve, parce que juste devant lui se trouvait la boîte en cèdre qui contenait la dépouille mortelle de sa grand-mère.

Noelle se tourna vers lui et commença à lui demander quelque chose – qui était un tel ou quand est-ce que ça commençait ou combien de temps ça allait durer – mais elle s'interrompit.

— Oh, mais tu pleures ? murmura-t-elle, d'une voix tendre. Puis, après une inspection plus minutieuse : C'est de la sueur ? Beamer, tu es en train de *transpirer* ?

— C'est à cause de l'humidité. À cause du costume.

Ce n'était pas à cause de l'humidité, ni à cause du costume. Beamer et sa famille étaient arrivés à Newark ce matin. Depuis le kidnapping, les Fletcher ne passaient plus que par l'aéroport de Newark, bien qu'ils soient extraordinairement proches de JFK, et même de LaGuardia. Dans leur voiture de location, ils étaient arrivés à la propriété de Middle Rock au bout d'une heure de trajet. Ils avaient franchi l'immense portail blanc et s'étaient engagés dans la grande allée.

La propriété que Zelig Fletcher, magnat du polystyrène, avait offerte à la grand-mère de Beamer, alors jeune mariée, il y avait près de soixante-quinze ans de cela, aurait été à présent méconnaissable aux yeux de Zelig. Sans qu'on sache tout à fait comment ni pourquoi, le luxuriant dédale de buissons s'était transformé en alignements de squelettes fragiles et épineux, sinistre rappel de la mortalité de toute chose. La maison de Phyllis et de Zelig était telle que jadis – briques peintes en blanc et gros volets noirs – mais le toit présentait des tuiles plates aux âges très variables, soigneusement posées après chaque tempête du nord-est (la maison de Ruth et de Carl, celle où Beamer avait passé une partie de son enfance, relevait du même style, bâtie pour durer, suivant un plan similaire, mais un tout petit peu plus petite).

Partout ailleurs, c'était le même sentiment rassurant et répugnant qu'inspire le lieu où l'on a grandi. Le ciment craquelé du cours de tennis. Les cottages des domestiques étaient à présent occupés par les petits-enfants des domestiques que Zelig et Phyllis avaient employés des décennies auparavant, et c'étaient ces mêmes petits-enfants qui s'occupaient maintenant de la propriété. Cachée derrière la maison de Phyllis, la pool-house était désaffectée, figée dans le dernier été de son ultime utilisation, circa 2001 ; la piscine, qui donnait sur le détroit de Long Island, était vide et fissurée. Plus loin en suivant l'allée, ce qui restait de la serre adorée du père de Carl ne contenait plus que des mauvaises herbes. Jadis si impressionnante, l'enfilade de statues blanc-ivoire qui bordait la gigantesque pelouse avait pris une teinte légèrement plus écrue, et il manquait un membre à l'une des sculptures. La palissade de bois blanche qui longeait la route présentait des signes de délabrement. Le petit massif de fraisiers tout au bout de la propriété ne donnait plus de fruits, Zelig était mort, et à présent Phyllis aussi.

Beamer et Noelle descendirent de voiture et s'étirèrent qui dans une direction, qui dans l'autre, tandis que Liesl enchaînait les roues sur l'herbe, pourchassée par Wolfgang.

Il faisait un temps à se flinguer. Un froid vif de rentrée des classes et de fête juive, un ciel bleu clair avec des nuages filamenteux et aveuglants. Une météo d'optimisme, de renouveau et de pardon. La météo de tous les nouveaux départs qu'il avait connus, de toutes les leçons qu'il avait tirées, de toutes les premières fois qu'il avait vécues. Et c'était à présent aussi la météo des funérailles de sa grand-mère.

La maison des parents de Beamer était déserte. Beamer déposa ses bagages et ceux de Noelle dans son ancienne chambre et installa les enfants dans l'ancienne chambre de Jenny avant qu'on l'informe que Jenny ferait le déplacement du Connecticut, et qu'on lui demande si sa petite famille ne voyait pas d'inconvénient à s'installer dans la maison de Phyllis, à présent définitivement dépourvue de Phyllis. Jamais de la vie. Jamais Beamer ne s'installerait dans la maison de sa grand-mère.

Il laissa Noelle défaire ses valises et musarda jusque dans la chambre de ses parents, jusque dans leur salle de bains, et jusque dans le placard à pharmacie de sa mère, où il fouilla et tâtonna un peu partout, à la recherche de nouvelles sensations, espérant que ses parents aient gardé un reste d'opiacés, à la suite d'une dévitalisation, ou autre. Il ne trouva que de la foutue codéine à la con, dont les effets étaient ceux qu'il appréciait le moins.

Les funérailles ne débuteraient qu'à quinze heures, aussi, après la sieste familiale. Beamer se proposa d'aller chercher de quoi manger chez Gina, sa pizzeria préférée, où il tomba sur Lisa Beldstein, la petite-fille du boucher, et *oh, c'est toi ?*

et puis *je ne t'avais pas reconnue*, et puis ce regard qu'elle avait en lui adressant ces paroles :

— Je me suis dit, il n'y a qu'un seul putain de mec au monde avec une allure pareille : Beamer Fletcher ! Je le reconnaîtrai n'importe où.

Elle venait tout juste de divorcer et *est-ce qu'il pourrait juste l'aider à porter les bouteilles jusqu'à sa voiture* parce que les enfants attendaient leur pizza, et puis comme ça, de fil en aiguille, il s'était retrouvé dans le garage de Lisa Beldstein, en train de la baiser sur le siège arrière de sa Lexus, avec la portière ouverte et les jambes qui dépassent et vous voyez maintenant ? Vous voyez pourquoi c'est de la merde, la codéine ?

Il rentra à la maison, et, s'attaquant cette fois à la salle de bains de la chambre d'amis du premier étage, il trouva sous le lavabo, tooooout au fond, une boîte de patches nicotiniques périmés. À la simple vue de cette boîte, il eut envie d'une cigarette, ce qui le poussa à considérer que s'il avait été fumeur, il aurait dû s'arrêter, et ces patches auraient alors été le truc à coller séance tenante sur son corps, et peut-être qu'en conjonction avec la codéine, ça l'aiderait à affronter la soirée qui s'annonçait, ainsi que le jour suivant. Il trouva six patches dans la boîte, et les appliqua tous : un sur chaque biceps, un sur chaque cuisse, un sur son ventre, et un sur son cœur, pour un soupçon de danger. Il entendit ses parents entrer.

— Salut Maman, fit Beamer.

Il se félicitait que Noelle soit déjà repartie dans la chambre : sans la moindre pitié, elle ne manquait jamais une occasion de relever que les enfants Fletcher n'appelaient toujours pas leurs parents par leurs prénoms, comme des adultes sensés de la bourgeoisie.

— Beamer, quand es-tu arrivé ? dit sa mère

Beamer se concentra sur sa mère pour ne pas avoir à regarder son père.

— Il y a quelques heures.

— Les enfants sont en haut ? demanda Ruth.

— Oui.

— Hm.

Ruth se dirigea vers la cafetière. Elle n'éprouvait pas le moindre dégoût envers ses petits-enfants ; bien au contraire, elle les adorait, malgré le fait qu'ils lui ressemblaient si peu (peut-être même à cause de cela). En revanche, ses attentions obéissaient à une hiérarchie très stricte : elle se souciait en tout premier lieu de Carl, puis d'elle-même (afin d'être toujours en capacité de veiller sur Carl), puis de ses enfants, puis de ses petits-enfants, puis de son personnel de maison, puis d'un inconnu vivant au Liberia, puis d'une femme à propos de qui Linda Messinger avait lu un article et qui avait besoin de se faire opérer de la vessie dans l'Iowa mais se trouvait coincée chez elle en pleine tempête de neige, puis de sa belle-fille juive, puis de sa belle-fille non juive.

Carl et Marjorie émergeaient à présent d'une petite pièce attenante au sanctuaire, guidés par le vieux Rabbi Weintraub. Carl était si pâle qu'il paraissait gris. La longévité de sa mère avait prolongé sa jeunesse à lui : à présent, il était vieux, et il pleurait ostensiblement. Beamer ne l'avait vu pleurer qu'une seule fois auparavant. Comme de bien entendu, les larmes de leur père firent redoubler les sanglots de Nathan, à en secouer le banc où ils étaient assis, et Jenny ne put que lever les yeux au plafond, agacée. Beamer la regarda enfin, et l'apathie de Jenny lui donna envie de la serrer contre lui et aussi de l'avaler afin de devenir sa sœur, ou tout du moins contenir une petite part d'elle. Mais ils étaient en pleines funérailles, et son regard retomba entre ses pieds, le seul point qu'il pouvait scruter en toute sécurité. Carl s'assit à côté de Ruth, et Marjorie prit place entre Beamer et Alexis, sa colocataire (selon l'euphémisme familial consacré).

— Middle Rock aurait-il seulement existé sans Phyllis Fletcher ? lança Rabbi Weintraub de la bimah. Parmi toutes celles et tous ceux qui sont réunis aujourd'hui, il n'est sans doute personne dont la vie n'ait été affectée par les services qu'elle a rendus à notre communauté : les rénovations de l'école religieuse ; les extensions de l'enceinte du temple et de l'aire de jeu. Ceux qui parmi nous étaient présents n'oublieront jamais le jour où elle fut élue directrice de la commission scolaire. Phyllis Fletcher était une femme hors du commun. C'était une force motrice, parce qu'elle mettait à profit sa connaissance de l'histoire de notre ville pour forger son avenir. Plus que tout autre, elle a grandement contribué à faire de Middle Rock un lieu cohérent et *sciemment soudé*, un lieu conscient de ses valeurs et de ses objectifs. En vérité, je me suis réveillé ce matin en repensant à son travail acharné à la tête de la Société historique, aux combats qu'elle a menés auprès du quartier, du district et même du comté, avec son petit-fils bien-aimé Nathan, afin de restaurer le phare, que le comté voulait remplacer par une poutre d'acier. Phyllis savait que ce sont ces vestiges discrets d'une autre époque qui permettent de préserver l'âme d'un lieu.

Soudainement, un souvenir : Beamer finissait ses leçons pour sa bar-mitsvah (les enfants de la famille Fletcher étaient les seuls de tout Middle Rock à recevoir ces enseignements du rabbin en personne), Rabbi Weintraub lui expliquait quelque chose à propos de la haftarah, quand des pas cliquetants s'étaient fait entendre : l'expression du rabbin était alors passée de la sagesse lasse à la panique la plus absolue.

— C'est ta grand-mère qui vient te chercher, Bernard ? demanda-t-il.

Il connaissait le bruit de ses pas par cœur, ces pas qui résonnaient dans les quinze minutes suivant la fin des réunions mensuelles du groupe d'étude féminin qui avaient lieu dans la salle de conférences de la synagogue. Elle passait alors une heure à solliciter auprès de lui un changement dans la synagogue – un nouveau chantre, une évaluation de l'acoustique du sanctuaire, une campagne de souscription pour restaurer les rouleaux de la Torah – avec derrière elle le groupe féminin et le conseil dont elle était devenue présidente à la fin de son mandat de directrice. Des années plus tard, Rabbi Weintraub demanda à sa fille d'associer sur son téléphone portable une sonnerie bien particulière au numéro de Phyllis, afin qu'il puisse se préparer émotionnellement à ce qui s'ensuivrait, qu'il décide de décrocher instantanément ou de la rappeler au plus vite. Rabbi Weintraub avait été menacé et intimidé par Phyllis Fletcher plus de fois qu'aucun autre homme ayant renoncé à la vie matérielle pour se consacrer au service de sa communauté n'en aurait toléré.

Rabbi Weintraub se tourna vers Nathan.

— Nathan, ta grand-mère m'a un jour confié que ces mois durant lesquels elle avait travaillé à tes côtés, éclairée par ta connaissance des lois, furent l'une des périodes les plus gratifiantes de sa vie. Après toutes les épreuves traversées par ton grand-père pour arriver dans ce pays, après tous leurs efforts pour faire leur vie ici, la fierté qu'ils tiraient de leurs petits-enfants était à ses yeux la plus belle des récompenses.

Et Rabbi Weintraub poursuivit dans cette lignée : à quel point elle était fière que Carl ait repris la direction de l'usine de son père ; à quel point elle était heureuse de regarder les films de Bernard ; à quel point elle était triste de savoir que jamais elle ne verrait les enfants de Jenny, quand bien même celle-ci se déciderait un jour à fonder une famille ; sa reconnaissance vis-à-vis de Ruth pour toutes les attentions dont elle entourait Carl ; le fait avéré que Marjorie était bien sa fille.

Et pourtant, en dépit de tout, le rabbin parut sincèrement ému à la fin de son oraison. La mort a toujours cet effet. Il conclut par ces mots :

— Phyllis était vraiment une femme extraordinaire.

Au premier rang, seul Carl en était convaincu.

— J'invite à présent Marjorie à venir s'exprimer, en son nom ainsi qu'au nom de son frère Carl, dit le rabbin.

Marjorie se leva. Tout dans son attitude évoquait un fil électrique dénudé, constamment à deux doigts de se défaire. Elle était née avec les étonnants yeux bleus de son père, ronds comme des billes, et les cheveux noirs de sa mère, mais ses yeux étaient devenus ternes, carrés et effrayés, et le noir de sa chevelure avait laissé place à une couronne grise de ronces désordonnées qui semblaient fuser de son crâne comme autant de synapses jaillissant de son cerveau pour aussitôt dépérir à l'air libre.

Il est relativement connu que les juifs n'ont pas coutume de se vêtir de noir pour les funérailles, ainsi qu'il est d'usage dans la tradition américaine, mais l'accoutrement de Marjorie évoquait tout bonnement ce qu'elle avait porté durant sa brève période « danses folkloriques », quand Beamer était encore au lycée. Son long collier avait en guise de pendentif un cristal translucide en forme de poire qui cognait contre son sternum. Son T-shirt avait peut-être des manches longues, il était peut-être blanc, mais ces détails n'enlevaient rien au fait qu'il s'agissait d'un T-shirt. L'ourlet de sa jupe de mousseline à fleurs était cousu de clochettes, elle était chaussée de sandales, également pourvues de clochettes, et tout cela tintinnabulait comme un traîneau alors qu'elle rejoignait la bimah. Pour les funérailles de sa mère.

Devant le shtender, elle observa un instant la foule, et dans son regard brilla un reflet fugace de – oui, c'était bien ça – triomphe.

— Ma mère, débuta-t-elle.

Mais elle s'arrêta aussitôt. Elle ferma les yeux, puis les rouvrit, déterminée :

— Ma mère.

Elle regarda Alexis, qui l'encouragea d'un hochement de tête.

— Ma mère avait tout un tas d'opinions.

La foule fut parcourue de rires discrets qui firent sursauter Marjorie. C'était là le sursaut d'une personne qui toute sa vie durant, sans jamais pouvoir le prouver, était restée convaincue que tout le monde se moquait d'elle. Mais ce n'était pas des rires suffisants : Beamer y perçut du soulagement, comme si toutes les personnes réunies s'attendaient désormais à une évocation légère et pleine d'amour de la défunte, cette femme que tous avaient toujours connue improbablement âgée. C'est ainsi que se déroulent les funérailles d'une personne qui a fait son temps : passé un certain nombre d'années, il faut bien mourir, et ceux qui restent sont les seuls à décider du ratio Tragédie de la Mort/Célébration de la Vie.

— Elle disait que le seul cadeau digne de ce nom qu'un juif pouvait offrir à un autre juif, c'étaient des obligations de l'État d'Israël. Elle disait qu'il fallait toujours acheter ses biens immobiliers près d'une shul orthodoxe, parce que leur valeur ne pouvait que croître avec les années. Et près de l'eau également, même si cela entraînait des frais d'assurance complémentaire. (De nouveaux rires furtifs dans l'assemblée.) Elle disait qu'il ne fallait jamais se fier aux banques, et elle gardait toujours une petite réserve d'argent liquide au cas où il aurait fallu s'enfuir du jour au lendemain. C'est mon père qui lui a appris ce truc. (D'autres rires encore. Qui aurait cru que Marjorie avait ce talent ?) Et puis, elle avait aussi des idées bien arrêtées sur la façon d'éduquer une fille.

Elle opina un moment de la tête, rassemblant ses forces.

— Mais… elle n'avait pas toujours raison. Elle faisait de son mieux, mais, ah ! (son rire monosyllabique était empreint d'amertume) oui, disons qu'elle s'est plantée à plus d'une occasion.

Ooooups. Le public s'était terriblement trompé. Dans la loterie Tragédie de la Mort/Célébration de la Vie, il existait également un troisième tirage, beaucoup plus rare, mais d'autant plus mémorable : l'Assassinat en Règle du Défunt Avant Même Qu'Il Soit Enterré.

— Ma mère pensait qu'en dénigrant constamment quelqu'un, en le dépouillant de ses rêves et de son amour-propre, on obtenait à la fin une personne capable de résister à n'importe quelle espèce d'abus.

L'auditoire observait un silence absolu, face à cette créature exotique et sauvage, cette fille qui se vengeait en public et en présence du corps sans vie et sans défense de sa mère.

Marjorie raconta que pour son premier bal de lycée, sa mère l'avait emmenée à New York pour lui acheter une nouvelle robe au grand magasin B. Altman, d'où elles étaient ressorties sans rien avoir acheté, car selon Phyllis, quand on ne trouvait rien qui puisse nous mettre en valeur, le mieux était encore de donner l'impression de ne pas s'être trop foulée. Elle fit porter à Marjorie sa robe de bat-mitsvah, une robe d'écolière qui lui donnait des airs de bébé déguisé en Shirley Temple.

— Je comprends maintenant que ma mère essayait de m'exprimer son amour. Certaines personnes ne savent tout simplement pas comment communiquer leurs sentiments. Elle consacrait toute son énergie à Carl. Je lui en ai voulu pour ça. C'est vrai. Je lui en voulais. Mais comme vous le savez tous, cette relation s'est avérée cruciale par la suite. Elle n'avait pas beaucoup à offrir. Mais le peu qu'elle avait, elle le donnait à Carl. Et c'est finalement lui qui en a eu le plus besoin.

Tout en haut sur cette bimah, Marjorie, d'habitude aussi sensible au regard des autres qu'un sismographe, se laissait griser par cette récitation de tous les griefs qu'elle désignait fréquemment (face à un public plus restreint, le plus souvent assis sur des chaises pliantes disposées en cercle) sous le terme de « ma vérité ». Elle parcourut l'assistance d'un regard qui recherchait la compréhension et l'approbation, son regard « signature » en somme, et ne trouvant ni l'une ni l'autre, elle reprit tout de même. C'était *son* moment à elle. Ce qu'elle ne comprenait pas, c'était qu'elle avait devant elle un auditoire de parents pétrifiés d'horreur à l'idée qu'après leur mort, leurs filles ingrates pourraient leur faire subir le même sort.

Le cauchemar prit fin quand Marjorie commit l'erreur de regarder Carl, qui pleurait avec un tel abandon qu'elle parut profondément chamboulée. Elle bafouilla. Elle essaya de se reconcentrer. Recherchant ses mots en vain, elle se mit à bafouiller, et le rabbin, comprenant que c'était le moment ou jamais d'écourter son intervention, quitta la gauche de l'estrade pour la rejoindre, passer un bras autour de ses épaules et la reconduire au premier rang, alors qu'elle essayait encore de s'exprimer, en s'étonnant que son heure de gloire s'achève de la sorte, et se demandant pourquoi elle ne se sentait pas même un peu mieux qu'avant sa prise de parole. Elle passa devant Beamer, devant Nathan dont le visage reflétait une panique digne du *Cri* de Munch, devant une Jenny impassible, devant Ruth dont les yeux étaient clos, devant Carl dont la tête était baissée et la chemise trempée de sueur.

— Les Fletcher sont une grande famille juive américaine, déclarait à présent Rabbi Weintraub. Ils sont l'incarnation des espoirs de nos ancêtres qui abandonnèrent leur terre natale en proie à la terreur pour accéder à ce monde nouveau. Ils eurent la tâche de se réinventer, de définir ce que pouvait être un juif en Amérique, et c'est précisément ce que Phyllis représentera toujours à nos yeux, une énergie créatrice qui nous a permis à tous de vivre dans la paix et le confort. Mais en ce jour, je me rappelle, ou je comprends pour la première fois qu'elle était avant tout une femme, tout simplement. Une mère bien-aimée. Une grand-mère chérie. Une tante respectée. Une bâtisseuse de communauté. Quand un tel être meurt, une matriarche, n'ayons pas peur des mots, le monde paraît terne aux yeux de sa famille. Il nous incombe maintenant à nous tous, en tant que communauté, d'être présents à leurs côtés, tout comme eux l'ont été, tout comme Phyllis n'a jamais cessé de l'être.

Pour le trajet entre le cimetière et la propriété, Beamer se retrouva dans l'une des deux limousines de location, la tête contre la vitre. Noelle inspectait son visage dans son miroir de poche. Nathan et Alyssa se tenaient solennellement les mains. Jenny était assise à côté de Nathan. Leurs parents, Marjorie, Alexis et le cousin Arthur se trouvaient dans l'autre limousine, qui les suivait.

— Un sacré numéro, l'oraison de Marjorie, commenta Beamer.

Il osa se tourner vers Jenny pour mendier un acquiescement, mais elle s'était endormie.

Beamer recolla sa tête à la vitre et considéra le paysage qui défilait tandis qu'ils traversaient Middle Rock. S'il était vrai que chaque lieu avait une âme, comme l'avait sous-entendu le rabbin, celle de Middle Rock s'était fait vitrifier.

Spring Avenue Road, l'artère principale de sa jeunesse, ne ressemblait plus à rien. La moitié des commerces avait fermé. La plupart des vitrines encore illuminées étaient celles d'un méli-mélo de restaurants. Deux des magasins de vêtements où sa mère le traînait à la sortie de l'école étaient devenus des pharmacies appartenant à de grandes enseignes. Un Starbucks avait remplacé le glacier où Ruth les emmenait quand ils revenaient de colonie de vacances. La papeterie où Jenny achetait des stickers odorants en relief qu'elle échangeait avec ses amies avait cédé sa place à l'un des quatre salons qui ne proposaient qu'un seul et même service, la transformation de cheveux humides et bouclés en cheveux secs et raides. Des bars à sourcils se trouvaient là où le fourreur et la librairie – la librairie ! – s'étaient jadis trouvés, un salon d'épilation là où la boutique de gadgets était longtemps restée ouverte.

Ils pénétrèrent dans le quartier résidentiel de la ville. Les maisons ne correspondaient plus aux souvenirs qu'en gardait Beamer. Il aurait trouvé jadis une certaine humilité dans leur opulence (avec juste ce qu'il fallait en termes de taille et de faste, une extravagance somme toute raisonnable), mais c'était à présent une véritable foire. Les maisons de styles craftsman, colonial, fédéral et néo-Tudor de son enfance étaient toujours debout, mais un tiers d'entre elles avaient été rasées et remplacées soit par une aporie architecturale digne de Frankenstein, soit par la reproduction d'un bâtiment fameux à l'étranger, quelque gigantesque baraque évoquant un palais italien, ou un château anglais, ou le Taj Mahal, ou une villa espagnole, tous conçus par quelqu'un qui avait simplement entendu parler de toutes ces choses sans jamais les avoir vues. Ou alors c'était un désastre réalisé en technique mixte, mi-néo-Tudor, mi-modernisme du milieu du XXe siècle, avec en prime une ziggourat texane et une tourelle sans queue ni tête.

Et puis les dimensions ! Chaque lot de terrain de Middle Rock était par définition généreux, les règles d'urbanisme stipulant que chaque maison devait se trouver sur une propriété d'au moins 2 000 mètres carrés. La taille des parcelles n'avait pas changé, mais ces nouvelles maisons étaient si énormes qu'elles empiétaient sur les limites des propriétés mitoyennes. Quant aux détails, ils étaient tout simplement atroces : les arabesques des portails en fer forgé, les volets qui de toute évidence ne pouvaient pas se fermer, les revêtements imitation vieille-pierre et mon Dieu, ces colonnes : corinthiennes, doriques, ioniques, tragiques.

Les portes mériteraient un paragraphe rien qu'à elles : toutes gigantesques, hautes comme au moins deux personnes, comme si elles donnaient accès aux appartements d'un roi ou aux ruines d'un ancien palais. Elles étaient finement ouvragées et décorées, sculptées et surchargées. Leurs heurtoirs étaient d'une extravagance comique : en arabesques, en forme de cobra lové sur lui-même ou de mâchoire hérissée de dents. Beamer n'avait vu de portes semblables que dans des séries télévisées dont l'action se déroulait dans des mondes anciens et mythiques.

Alors que la limousine roulait en direction du détroit, en direction de la maison de ses parents, Beamer repensa à son scénario, ou plutôt songea à repenser à son scénario, puis il repensa à sa partie de jambes en l'air avec Lisa Beldstein. Il essayait de ne pas se remémorer l'image de son père jetant une pelletée de terre sur le cercueil de Phyllis, au fond d'une tombe jouxtant celle de Zelig (selon la tradition juive qui veut qu'un membre de la famille s'acquitte de cette première pelletée), dans un coin du cimetière où des parcelles les attendaient déjà, sa sœur, son frère, lui et leurs conjoints (mais pas Noelle). Puis il s'imagina dans le coffre de la limousine où il se trouvait. Il s'imagina ligoté, hurlant sans que personne ne puisse l'entendre, et cela lui permit de rester d'humeur relativement paisible lorsque la voiture passa le portail pour s'engager dans la propriété des Fletcher.

*

La limousine arriva avec quelques minutes d'avance sur le reste du cortège. Il descendit de voiture et s'étira tandis que Noelle se précipitait à l'intérieur pour aller voir les enfants, restés sous la surveillance d'une babysitteuse du quartier qu'Alyssa, la femme de son beau-frère, avait engagée pour l'occasion.

Beamer réunit tout son courage et entra. Il s'était rendu chez Phyllis il y a deux mois, lorsqu'il parut clair qu'elle n'en aurait plus pour très longtemps. Il s'était assis à son chevet alors qu'elle dormait et avait essayé de se résoudre à lui prendre la main, mais il l'avait trouvée si frêle et translucide qu'il n'avait pas même réussi à la regarder.

La maison, tout comme Phyllis, était une véritable étude de contrastes : à la fois d'une richesse monstrueuse et d'une frugalité obsessionnelle. Elle avait une cohésion Art Déco, pour la simple raison que Phyllis et Zelig avaient meublé leur intérieur à la toute fin de la période Art Déco. C'était l'un des grands dons de Phyllis : savoir ce qui durait. Les meubles frappaient par leur solidité à toute épreuve quoiqu'un peu fanée dans les teintes bleu canard, présentant diverses nuances, vert vif, vert paon et verre de mer, bien qu'à l'origine, ils devaient tous être de la même couleur, et ne devaient ces disparités qu'à leurs différents niveaux d'exposition au soleil. Phyllis ne remplaça jamais ces meubles parce qu'ils leur avaient coûté une somme plutôt rondelette, et parce qu'elle avait pris au pied de la lettre le vendeur qui leur avait assuré, à Zelig et elle, fraîchement mariés, qu'ils les garderaient « toute leur vie ». Et avec ça, des lustres en or pendant des hauts plafonds, et des parquets noir et blanc qui n'avaient rien perdu de leur éclat du premier jour, grâce aux soins quotidiens d'une domestique du nom de Marla. Ainsi se présentait l'intérieur de Phyllis, inchangé depuis les premiers jours de sa vie de femme mariée.

Dans le vestibule, l'absence de sa grand-mère valut à Beamer d'éprouver un fugace tourbillon de désespoir, peut-être moins à cause de l'affection qu'il lui portait que parce qu'il s'agissait du premier véritable deuil de son existence. Qu'est-ce que cela signifiait au juste, « disparaître » ? Toute sa vie, il s'était imaginé se faire enlever, sans pour autant cesser d'être. Dans ses fantasmes, on pouvait toujours retrouver les disparus. Il aurait voulu courir dehors, sur toute la longueur de ce qu'ils avaient jadis coutume d'appeler la Pelouse Impossible, après qu'ils eurent entendu un jardinier se plaindre du fait qu'elle était si gigantesque que lorsqu'il finissait de la tondre, l'herbe avait déjà eu le temps de repousser à l'autre bout. Il aurait voulu hurler. Au lieu de ça, il frotta le patch de nicotine posé sur son cœur, dans l'espoir que la friction en accentue les effets.

Derrière Beamer, la porte s'ouvrit, et, lentement, la maison s'emplit. Bien vite, son père se retrouva assis sur un fauteuil bas du salon, acceptant les condoléances et les réminiscences de personnes qu'il connaissait depuis toujours avec des hochements de tête tristes et las.

Beamer se rendit dans la salle de bains du premier étage et fouilla dans l'armoire à pharmacie de Phyllis. C'est là qu'il décrocha le jackpot : au milieu de comprimés d'ibuprofène qui lui auraient été tout à fait inutiles, il trouva un flacon de verre ambré plein de phentermine, qu'il savait être un coupe-faim. Des amphét' : parfait. Assis à même le sol, s'appuyant à la cuvette, il avala deux cachets sans même les accompagner d'une gorgée d'eau. On frappa alors à la porte.

Il se releva et laissa les lieux à une vieille dame qui appartenait au groupe de femmes de la synagogue. Il alla se réfugier dans l'ancienne chambre de son père, encore submergée de plaids écossais parmi lesquels il avait décidé, ou pas, de vivre jusqu'au début de sa vie d'adulte. Il referma la porte, loin des odeurs de poisson fumé, de café et de macérations chimico-gériatriques.

Il s'allongea sur le lit et regarda le plafond. La dernière fois qu'il avait dormi dans ce lit remontait à plus de trente ans : le terrible jour de la bar-mitsvah de Nathan. Beamer, alors âgé de neuf ans, avec son petit costume qui lui grattait et sa cravate qui l'étranglait, regardait par la fenêtre du salon de ses parents, à l'affût de la voiture qui viendrait les chercher. On avait dressé une tente sur la Pelouse Impossible, tout était prêt pour la réception de ce soir, à l'occasion de la première bar-mitsvah d'un petit-enfant Fletcher. En cette heure matinale, une brume planait au-dessus de la pelouse. Des camionnettes avaient envahi l'allée, d'où l'on déchargeait les chaises et l'éclairage. Beamer était hypnotisé par toute cette agitation.

Il portait une kippa avec le prénom de Nathan brodé au milieu du logo des New York Mets. Jenny entra dans le salon, avec sa robe bleu roi brillante et ses souliers Mary Jane en cuir orange.

— Quoi ? demanda Beamer, parce qu'elle paraissait perdue et fâchée.

— Rien, répondit Jenny, avant de s'allonger par terre et de s'endormir.

Comme il avait aimé Jenny, et comme il l'aimait encore, alors que pour la première fois de leur vie, elle ne lui parlait plus. Elle était née au moment le plus troublé de la vie de Beamer, lorsqu'ils avaient brusquement quitté leur maison de St. James Drive après cette mauvaise passe, brève mais violente, dont il gardait tout particulièrement en mémoire une journée effrayante, où sa mère l'avait baladé en voiture sur des autoroutes sans nombre. La plus petite évocation de ce moment était toujours accueillie par des regards furieux et des rictus de colère qui intimaient le silence absolu à ce sujet. Pour Beamer, cette période avait été marquée d'un profond sentiment d'impermanence, et Nathan, son frère aîné, les nerfs constamment à fleur de peau, ne lui avait été alors d'aucun secours. Tous deux tendaient l'oreille au moindre murmure, mais ni l'un ni l'autre ne mentionnèrent jamais plus ce qui était arrivé, sachant d'instinct qu'il ne fallait plus rien demander à ce propos, qu'il ne fallait pas non plus en reparler, même entre eux, et mieux encore, qu'il ne fallait plus y penser consciemment, ni s'en souvenir, ni même tenter de mettre des mots dessus.

Et puis quelques mois plus tard, ses parents disparurent à nouveau, et Phyllis vint dormir dans leur chambre. Beamer ignorait où son père et sa mère se trouvaient, mais il savait qu'il ne devait pas poser de questions, afin d'éviter les regards furieux et les rictus de colère. En son for intérieur, il partit du principe que cette fois-ci, ses deux parents avaient été enlevés, et que pour une raison qui lui échappait, personne ne voulait en parler franchement. Mais ils revinrent un jour plus tard, en compagnie d'un nourrisson endormi.

Du haut de ses quatre ans, Beamer décida que la naissance de Jenny marquerait un nouveau départ pour les Fletcher – son nouveau départ à lui. Le temps passait, et son père demeurait distant et froid, sa mère principalement dévouée à son époux et non à ses enfants. Beamer décida que Jenny représentait ce qu'il pouvait être, non ce qu'il était. Il la protégerait, et, en retour, elle ferait de lui quelqu'un d'autre.

Jenny dormait par terre, au beau milieu du salon, en ce matin de bar-mitsvah, quand Nathan, avec son costume et sa kippa assortis à ceux de Beamer, entra précipitamment dans la pièce.

— On n'est pas censés partir ? demanda Nathan.

Sa voix était plus aiguë que d'habitude.

Puis, remarquant Jenny :

— Pourquoi elle dort ?

Beamer haussa les épaules.

À son tour, Grand-Maman Phyllis fit son entrée. Elle portait son tailleur Chanel, le seul qu'elle possédait, et qu'elle porterait à la synagogue pour les bar-mitsvah de ses trois petits-enfants.

— Regardez-moi ça un peu, comme il est beau ! dit-elle à Nathan.

Puis, à Beamer :

— Regardez-moi ça.

Beamer réveilla Jenny.

— Tout le monde en voiture, déclara Phyllis.

— On n'y va pas avec Maman et Papa ? demanda Nathan, confus.

— Ils auront un peu de retard, répondit-elle d'un ton officieux. Allez, en route.

Les enfants se rendirent avec leur grand-mère au temple, où tous ceux qu'ils connaissaient les attendaient. Les garçons de la classe de Nathan portaient les kippas Mets qu'on leur avait remises à l'entrée, et les grands présents adressaient d'énormes sourires à Nathan. Petit à petit, chacun trouva sa place et la cérémonie fut sur le point de débuter, mais Carl et Ruth n'étaient toujours pas là.

La cérémonie débuta. Pas de Carl ni de Ruth. La cérémonie se poursuivit. Toujours pas de Carl ni de Ruth. Rabbi

Weintraub prononça un discours sur Nathan, son caractère méticuleux et sa capacité de calcul digne des plus grands savants talmudistes – « son inclination à se soucier de choses dont personne ne s'est jamais inquiété jusque-là », dit-il avec une affection sincère – et toujours aucun signe de Carl et Ruth.

Nathan fut appelé à la lecture de la Torah (aucun signe de Carl et Ruth). Le rabbin donna les aliyot non aux parents de l'enfant dont c'était la bar-mitsvah, mais à Phyllis et Arthur, cousin de Carl, qui remplirent ce devoir sans discuter. Ike Besser, contremaître de l'usine de Carl qui était venu avec son épouse aigrie et négligée, Mindy, et son fils Max, reçut également une aliyah. Aucun signe de Carl et Ruth. Marjorie porta la Torah au milieu de la congrégation, honneur revenant généralement à la mère. Aucun signe de Carl et Ruth. Les camarades de classe de Nathan lui jetèrent des bonbons lorsqu'il eut fini, et Beamer l'en bombarda de toutes ses forces pour lui faire mal, et toujours aucun signe de Carl et Ruth.

Nathan prononça son discours. Puis il y eut le kiddouch. Puis il y eut le buffet. Puis il y eut le retour chez Phyllis, où ils se reposèrent deux heures en compagnie d'Arthur et Marjorie, qui ne cessaient de répéter que Nathan s'en était très bien sorti. Toujours aucun signe de Carl et Ruth, et plus fou encore, toujours aucune mention de Carl et Ruth. Et comme toujours, Beamer savait au fond de lui qu'il ne devait poser aucune question, parce que s'il l'avait fait, ce qui dans sa famille ployait déjà plus que de raison n'aurait pas manqué de rompre.

Il y eut une fête aux couleurs des Mets, et on ordonna au DJ de déplacer promptement les chandelles afin d'éclairer les Messinger, qui, pour absurde que cela fût, remplacèrent les parents de Nathan. Il y eut du limbo, du Coca et du Pepsi, il y eut une partie de chaises musicales annulée, les camarades de classe de Nathan s'accordant à penser que c'était un jeu de bébés, ce qui tombait plutôt bien, parce que Nathan était d'un naturel si nerveux qu'il ne pouvait se livrer à des activités supposant des temps de réaction aussi courts. La soirée suivit son cours, tout le monde dansa sur « Y.M.C.A. » et « We Are Family ». Et toujours aucun signe de Carl et Ruth.

Les enfants passèrent la nuit chez Phyllis. Cette décision fut présentée comme une super méga surprise, mais il était clair qu'il s'agissait d'une mesure désespérée pour tenir les gamins à l'écart de leurs parents. Nathan, Beamer et Jenny étaient assis autour de l'îlot de la cuisine dans de longs T-shirts qui avaient appartenu à Zelig. Phyllis leur avait servi du chocolat chaud.

— Est-ce que vous savez ce qu'est un dybbouk ? leur demanda-t-elle.

Elle feuilletait la pile de cartes de vœux laissées sur la table des cadeaux, mettant de côté les obligations de l'État d'Israël tout en reportant le montant offert par chaque famille sur la carte correspondante. Phyllis avait organisé chez elle des réunions où elle servait cocktails et amuse-bouche pendant qu'un représentant de l'État israélien s'occupait du pitch (à l'époque, c'était l'équivalent juif de la réunion Tupperware). Tout le monde savait que ces obligations étaient les seuls cadeaux qu'on pouvait offrir aux Fletcher.

— Comme quand Papa dit « il y a un dybbouk dans les tuyaux » ? fit Nathan, pour faire plaisir à sa grand-mère.

— Oui, exactement, répondit-elle.

Puis, se tournant vers Beamer et Jenny :

— Et vous deux ?

Mais Beamer était en train de descendre son chocolat chaud et Jenny avait posé la tête sur le plan de travail.

— Réveille-toi, Jennifer ! reprit Phyllis. Fais bien attention à ce que je dis. Tu m'écoutes ? Un dybbouk, c'est un esprit qui ne trouve pas la paix.

Nathan se figea alors et demanda dans un murmure :

— Comment ça ?

— C'est un esprit errant qui prend possession de quelqu'un parce qu'il n'a pas encore reçu l'autorisation d'aller au ciel.

Beamer était alors tout ouïe. Il avait un millier de questions : Est-ce que ça existait vraiment ? Est-ce que c'était quelqu'un qu'on connaissait ? Est-ce qu'on pouvait empêcher l'apparition d'un dybbouk ? Est-ce que c'était méchant ? Est-ce que c'était gentil ?

— Dans le cas présent, c'est surtout une métaphore, Bernard, expliqua Phyllis.

On l'appelait déjà Beamer à l'époque, mais Phyllis l'appelait Bernard parce que Bernard était le prénom de son père à elle : c'était justement en son honneur que Beamer s'appelait Bernard. Certains croyaient à tort que Beamer n'était devenu Beamer qu'à la fin du lycée, quand il avait reçu en cadeau une BMW *(bi-ème-deubeulyou)* ; et puis une rumeur avait couru selon laquelle on l'appelait Beamer parce que ses yeux étaient aussi hypnotisants que des feux de route *(high beams)* ; en vérité, il avait reçu ce surnom à six ans, quand sa petite sœur, en s'adressant à lui, prononça quelque chose qui ressemblait assez à « Beamer », que toute la famille adopta par la suite. Ce prénom de baptême inventé par Jenny s'inscrivait à merveille dans la théorie de Beamer sur le nouveau départ qu'incarnait sa sœur.

— Je dis simplement que parfois, quelque chose s'empare de lui, poursuivit Phyllis. Un esprit. Un démon. Il est possédé. Depuis l'épreuve qu'il a traversée. Il a beau faire de son mieux, des fois, un dybbouk s'empare de lui. Et que vous devez vous faire à l'idée que votre père a en lui un dybbouk, à l'idée qu'il ne peut pas être toujours là pour vous. Vous me comprenez, les enfants ?

Aucun d'eux ne dormit jamais plus chez Phyllis.

Beamer se perdait dans ses souvenirs quand son téléphone émit un son.

Un message de Noelle :

Où es-tu ?

La phentermine faisait tambouriner son cœur, exactement comme il aimait. Il descendit au rez-de-chaussée. Il était à présent dix-neuf heures. La salle était remplie d'habitants de Middle Rock qui après le minyan de la Shiv'ah, piochaient allègrement dans les pyramides de bagels, de poisson fumé découpé en forme de cœur et les assiettes de cream cheese commandées chez Bagel Man par l'une des sociétés auxquelles Phyllis était liée.

Dans un coin, Jenny, bien réveillée, était entourée de ses amies de lycée Erica Mayer et Sarah Messinger-Schlesinger. La mère d'Erica, Cecilia, qui avait jadis l'habitude de porter des robes portefeuilles en polyester très près du corps qui mettaient joliment en valeur ses mamelons, s'occupait du bébé de sa fille. Dans le vestibule, Ruth et Arthur discutaient à voix basse, comme toujours. Beamer songea à tenter de croiser le regard de Jenny afin qu'ils s'échangent leur habituel regard de connivence, convaincus qu'ils étaient depuis longtemps que leur mère et Arthur avaient une relation clandestine, mais il préféra finalement ne pas provoquer Jenny en public. Sur la petite chaise qui se trouvait à la gauche de son père, Marjorie avait un air tristounet, et Alexis lui murmurait quelque parole de réconfort. Beamer, lui, recherchait un havre de paix.

La cuisine lui parut susceptible de convenir. Elle comportait une porte de secours qui donnait sur le détroit. Beamer entra dans la pièce et, mince, mauvais choix. Alyssa parlait à Noelle de ses préparatifs pour la bar-mitsvah de ses fils jumeaux, et de ses difficultés à décider s'il valait mieux faire une « réno » cuisine avant ou après.

— Ce serait un vrai bazar, mais comment je pourrais recevoir les invités avec une cuisine dans l'état où elle se trouve ? Toute ma famille viendra !

— Te voilà, lança Noelle en apercevant Beamer. Tu ne penses pas qu'il est l'heure de coucher les enfants ? Ils sont épuisés.

— Ils devraient être moins fatigués que tout le monde, vu que vous venez de la côte ouest, non ? releva Alyssa.

À deux pas, Liesl pirouettait sur elle-même, soulevant sa jupe pour amuser les fils adolescents de Nathan.

— Arrête, Liesl, siffla Noelle. Arrête ça tout de suite !

— Tu n'as qu'à les accompagner pendant que j'aiderais à ranger, ici, proposa Beamer.

Noelle avait quitté la pièce, un enfant au bout de chaque bras, avant même qu'il ait achevé sa phrase. Alyssa était visiblement déconcertée.

Beamer retourna au salon, juste à temps pour échapper à ses questions inquiètes sur son bien-être et l'industrie cinématographique. Mais ce fut là encore un mauvais choix, car il tomba dans un nouveau piège : Carl était entouré des derniers amis encore en vie de son propre père, qui le régalaient d'histoires impliquant ses parents, la légende dorée du grand-père de Beamer, le grand Zelig, qui était venu en Amérique sur ce bateau, et tous les gens qui entouraient Carl et Marjorie vantaient à voix basse la combativité de Zelig, principalement dans la perpétuation des traditions, afin de faire vivre la judaïcité américaine. Les juifs comme Zelig, çà, on n'en faisait plus des comme ça, mais bon, après tout, on était déjà si peu nombreux avant, et on n'avait pas réussi à nous renouveler après la Shoah, sauf dans le cas des juifs ultra-orthodoxes. Morrie Beckerman, qui était lui aussi propriétaire d'une usine (à la retraite), vivait lui aussi à Middle Rock, et était en outre président de l'Association des propriétaires d'usine (toujours en activité à ce poste) dont Carl faisait également partie, déclara alors :

— Ce n'est pas la même chose. Rien à voir avec nous autres, les juifs normaux. Ça change complètement l'équation.

Morrie avait des chiffres sur le bras. Beamer se souvint de sa vive émotion quand adolescent, au cours d'un repas de fête, il les avait vus. Il savait alors que Morrie en portait, mais à cet instant précis, il n'en avait pas cru ses yeux. Il n'en revenait pas qu'on ait pu numéroter des gens, mais il n'en revenait pas non plus que Morrie laisse n'importe qui les voir, qu'il accepte de montrer au premier venu qu'il avait été rabaissé de la sorte. C'était comme pour l'épreuve qu'avait traversée son père : il en avait toujours eu connaissance, mais un beau jour, cette information s'était imposée à lui comme quelque chose de nouveau et de profondément réel, avec la puissance d'un OH MON DIEU MON PÈRE A ÉTÉ KIDNAPPÉ.

— Ce sont des juifs, eux aussi, tu sais, remarqua Marjorie.

— Je n'ai pas dit le contraire, répliqua Morrie. Mais les juifs comme nous sont en voie d'extinction. À force d'épouser des shiksas et d'avoir des enfants de sang mêlé.

Quelqu'un frappa le genou de Morrie en désignant Beamer d'un mouvement de mâchoire, et Beamer se demanda alors ce qu'il faisait dans cette maison alors que sa famille se trouvait dans l'autre. Il sortit du salon d'un pas déterminé, sans croiser le regard de personne, sans s'arrêter devant la mère de Charlie, Linda Messinger, qui ouvrit la bouche à son passage comme si elle s'apprêtait à le saluer, mais il n'était pas en état de se confronter aux dernières nouvelles concernant Charlie, son épouse parfaite, sa carrière florissante, et son troisième enfant à naître.

En sortant, il entendit une des vieilles amies de Phyllis dire à Jenny :

— Je suis d'accord avec le rabbin. Elle s'accrochait à la vie dans l'espoir de te voir un jour mariée et mère de famille.

Jenny écoutait sans dire un mot.

Dehors, Beamer partit au petit pas de course. Il lui fallait rejoindre Noelle, il avait soudainement besoin d'elle comme il avait à présent besoin de nicotine, grâce à ces patches. Noelle, préservée de la consanguinité du ghetto qui rendait les Fletcher incurablement myopes, sujets aux bronchites et enclins à obéir au ridicule impératif d'épouser quelqu'un de la même religion, comme si le fait de doubler à chaque génération les chances de développer un million de maladies génétiques possibles relevait vraiment de la volonté divine. Seulement, quand il les trouva endormis dans la maison de ses parents, il ne les regarda pas avec ses propres yeux, mais avec ceux de Morrie Beckerman. Il les contempla dans l'entrebâillement de la porte, et ressentit une honte soudaine et profonde. Il la regardait, elle. Il les regardait, eux, *les enfants*. Qui étaient-ils ? Qu'avaient-ils à voir avec lui ?

(« Tu sais ce qui arrive quand tu épouses une jeune shiksa ? » lui avait un jour lancé Phyllis, quand dans une ultime tentative pour le pousser à revenir sur sa décision, elle avait décidé de ne pas en appeler à sa conscience, mais à sa vanité. « Tu finis par vivre avec une vieille goya. » Il n'arrivait toujours pas à comprendre ce que ça signifiait au juste, mais il y repensait constamment.)

Beamer alla dans le bureau de Carl, qui resterait inoccupé durant toute la durée de la Shiv'ah, sortit son ordinateur portable de sa sacoche, et bien qu'il ait dormi aussi peu que tout le monde, et sans doute à cause de la soupe de substances qui était en train de donner à son foie une consistance de viande séchée, il se mit à retravailler son scénario. Il relut l'abominable version qui avait été rejetée, espérant être en mesure de rejeter les allégations de manque d'à-propos socio-culturel et d'insipidité générale émises par Stan et Anya.

Mais il se retrouva confronté à un océan de honte dans lequel il ne put que sombrer. Chaque phrase lui faisait grincer les dents. Toutes les trouvailles que la personne qu'il avait été un mois auparavant avait considérées comme justes et inventives apparaissaient à présent clairement stupides et abjectes.

Bien sûr que Jorge ne pouvait pas être mexicain (mais alors quoi ?).

Bien sûr que la femme qu'il aimait ne pouvait pas avoir vingt ans (mais alors quel âge ?).

Mais pire encore que tout cela, l'écriture était vraiment exécrable. Les phrases étaient en carton, le postulat de départ était bancal par essence, l'action sans queue ni tête, la profondeur des personnages inexistante.

Ô, haine de soi !

Il devait repartir de zéro. Il devait redresser la barre. Il devait à tout le moins essayer. Il devait rester bien calé sur son siège, et essayer. La dynamique était brisée. Ses chances de s'assurer un avenir radieux fondé sur ses seuls mérites s'épuisaient. Dans la pénombre du bureau de son père, assis face à son écran lumineux comme s'il s'agissait d'un feu de camp, Beamer sentait monter en lui l'énergie du désespoir.

Il devait réussir.

Alors il tailla et tailla dans le gras, pendant des heures, jusqu'à ce que ses corrections envahissent l'intégralité de la marge droite, et qu'il se retrouve dangereusement proche des alentours du fuseau horaire de la région d'un semblant de script qui illustrerait tout ce qu'il savait de l'écriture d'un film d'action.

Il était quatre heures du matin quand Beamer détacha son regard de son écran. Ses parents étaient arrivés plusieurs heures auparavant et s'étaient couchés, de même que sa sœur. Il avait travaillé dur, l'effet des pilules coupe-faim s'estompait, les patches périmés l'accablaient d'une atroce nausée et il avait le sentiment d'avoir mérité une récompense. Il descendit silencieusement, sur la pointe des pieds, afin de manger en privé et dans le plus grand secret un bagel, ou six, ou douze, le nombre qu'il faudrait pour que tout aille mieux. Dans l'après-midi, sa mère avait reniflé le poisson fumé du buffet et s'était demandé à voix haute si ça pouvait tenir encore un jour, pour finalement remettre sa décision au lendemain. Cette perspective, celle de manger du poisson potentiellement avarié, apparaissait curieusement attrayante aux yeux de Beamer, qui désirait soudain tout manger afin de voir si ça le rendrait malade.

Au-dessus de la table du hall d'entrée était accroché un gigantesque miroir dans lequel en descendant l'escalier, on voyait d'abord ses pieds, puis ses jambes, puis son abdomen, puis son torse et enfin son visage. Mais on avait recouvert la glace d'un drap pour toute la durée de la Shiv'ah, et chaque fois qu'il descendait ces marches, le fait de ne pas voir apparaître progressivement son corps comme il en avait l'habitude, suscitait gêne et confusion dans l'esprit de Beamer. Et durant ce bref instant de dissonance perceptive, avant de se rappeler qu'il se trouvait dans une maison de deuil où tous les miroirs avaient été recouverts, il était bien évidemment convaincu d'avoir disparu.

Cette fois pourtant, il s'immobilisa au milieu de l'escalier en apercevant son père dans le hall. Celui-ci contemplait le miroir caché comme s'il s'y voyait. Beamer l'observa un moment sans se faire remarquer, puis tourna les talons, remonta à toute vitesse les marches, et dans le couloir, plaqua son dos au mur, à bout de souffle, pour tenter d'échapper à la terreur qu'il éprouvait. Il tendit l'oreille pendant trente-cinq minutes jusqu'à ce qu'il entende Carl quitter son poste d'observation pour retourner se coucher, lui laissant enfin le champ libre pour descendre et dévaster la cuisine.

*

La nuit suivante, après une journée tout aussi brutale à socialiser avec son passé et à regarder son père se dissoudre un peu plus, on partit du principe que Beamer et sa famille avaient surmonté le décalage horaire et étaient à même de prendre part au dîner chinois casher que le groupe féminin du temple avait fait livrer chez Phyllis. La plupart des convives étaient repartis après le minian, et grâce aux efforts des femmes de ménage de Ruth et de Phyllis (nommément, Marla, qui devait à ses quarante ans de dur labeur et de loyauté indéfectible de n'avoir pas encore été renvoyée), la cuisine était immaculée. Les Fletcher avec leurs enfants et leurs petits-enfants s'assirent à la table en compagnie du cousin Arthur, d'Ike Besser, de son épouse Mindy, qui portait un manteau de fourrure malgré la clémence de la météo, et qui avait sans doute passé la seconde moitié de l'après-midi à boire, ainsi que de leur fils Max, qui avait l'âge de Jenny.

— Vous pourrez peut-être voyager, maintenant que vous n'avez plus à vous occuper de Grand-Maman, dit Jenny.

— Si j'avais trouvé le moyen de le convaincre, on serait déjà à Paris à l'heure qu'il est ! répondit Ruth.

Un silence d'une seconde s'abattit sur la tablée, durant lequel chacun essaya en vain de s'imaginer Carl profitant des joies du voyage à l'étranger comme une personne normale. Sans un mot, Ruth passa le poulet au sésame à Arthur. Il prit le plat avec un sourire doux.

— Il en reste, de ça ? demanda Mindy en vidant son verre. C'est divin. C'est quoi, un Boulevardier ?

Jenny et Ruth s'échangèrent un coup d'œil.

— C'est un Manhattan, corrigea Ruth sans regarder Ike.

— Buvons au non-départ à la retraite de Carl, déclara Mindy.

— Ça suffit, lui souffla discrètement Ike.

Ruth se leva et se replia dans la cuisine avec le verre de Mindy.

Liesl et Wolfie se précipitèrent vers Ike.

— On peut voir ton pouce ?

Noelle intervint aussitôt :

— Les enfants ! Arrêtez ça !

Avant de dire à Ike :

— Je suis vraiment désolée.

— Pas de souci.

Il afficha une mine idiote à l'attention de Liesl et Wolfie et déclara d'un ton farcesque, en leur montrant le pouce de sa main gauche :

— Eh ben, le voici !

— Non, l'autre ! jappa Liesl.

— Liesl ! s'écria Noelle, effarée.

— Ah, celui-ci, je l'ai perdu ! fit Ike en montrant sa main droite amputée de son pouce suite à un malheureux accident avec un aérateur, survenu sur son lieu de travail au début des années 1970.

Liesl et Wolfie hurlèrent et s'enfuirent à toutes jambes.

— Alors comment se porte la petite génie ? demanda Ike en se tournant vers Jenny. Tout se passe bien, dans le Connecticut ?

— Plutôt, oui.

— Je l'ai toujours dit : « Soit on a de la cervelle, soit on bosse dur. » Les deux en même temps, c'est tellement rare. Mais pour cette petite dame, ç'a toujours été et l'un, et l'autre !

— Mon père est jaloux de toute personne qui a fait des études supérieures, fit Max.

Ike lui ébouriffa les cheveux :

— C'est de toi que je suis jaloux !

— Tu vas bientôt finir la fac, remarqua Jenny.

— Pas tout à fait, répliqua Max. Encore trois ans.

— Waouh. Ce qui veut dire que… commença Jenny.

— J'aurais fait neuf ans à la fac, mais ça me permettra de m'inscrire en droit, expliqua-t-il. C'est comme ça. Ça me va.

— C'est super, Max, dit Jenny. Quelle spécialité ?

— Droit criminel, ou peut-être le contentieux. Je ne sais pas trop encore.

— Laisse-la un peu ! s'exclama Mindy en articulant approximativement.

— C'est moi qui lui ai posé la question, rétorqua Jenny.

— Tu joues pas dans la même catégorie, dit Mindy à Max.

De nouveau, la pièce se retrouva plongée dans le silence.

L'attention de Beamer fut détournée du spectacle de cette malheureuse sortie de voie par la main de Noelle, posée sur la sienne. Une fois de plus, il s'autorisa à interpréter ce geste comme un signe de commisération. Cela lui faisait tellement de bien que Noelle voie à quel point sa famille était merdique, tellement de bien qu'elle l'aime malgré ça. Une Shiv'ah pourrait-elle resserrer les liens de leur intimité ? Ou les serrer pour la toute première fois ?

Mais à peine eut-il croisé son regard qu'il comprit que loin d'exprimer sa compassion, Noelle lui demandait en vérité de l'aide. De son côté de la table, Alyssa parlait une fois de plus de la bar-mitsvah de ses jumeaux.

— Tente, chauffage d'appoint, une autre tente pour la restauration, la totale, disait-elle. On pensait buffet froid pour le déjeuner, et barbecue pour le dîner. Ça fera beaucoup de viande ! La question, c'est de savoir où caser tout ce monde. Ma famille ne peut pas se déplacer pendant *Chabbat*. (Elle insista sur ce mot à l'attention de Noelle.) Tu vois. Ce qui fait qu'ils seront hébergés chez nous. Même si notre maison n'est pas vraiment en état de les recevoir !

Nathan regardait droit devant lui, l'air misérable.

— Votre maison est parfaite, déclara Noelle, parce qu'il le fallait bien.

— Oui, enfin, elle n'est pas à la pointe du confort moderne !

Ruth revint à table, posant le verre rempli de Mindy devant elle.

— On n'a pas à rougir de notre maison, fit Nathan.

— Oh, je sais, dit Alyssa. C'est juste que… la cuisine menace à tout moment de s'écrouler sur elle-même. Et puis la plomberie de la salle de bains de la chambre d'amis… Il n'y a pas eu la moindre rénovation depuis 1985 ! Et c'est la seule bar-mitsvah qu'on y célébrera…

— Deux bar-mitsvah ! corrigea Ari, le plus âgé des jumeaux. C'est une b'nai-mitsvah, c'est comme ça que ça s'appelle.

— Tais-toi abruti, lui lança son frère Josh.

Tous deux étaient identiques, mais depuis le début de la puberté, Ari avait pris un peu de poids, tandis que Josh avait gardé la ligne, ce qui permettait à Beamer de les différencier plus facilement.

— Je n'arrête pas de répéter à Nathan qu'il serait bien plus sûr de faire une rénovation, dit Alyssa à Noelle, comme si Nathan était absent. Qui peut savoir dans quel état se trouve l'installation électrique, par exemple ?

— Les gens suivaient les règles, à l'époque, déclara Nathan d'une voix empreinte de la panique aiguë de celui qui sait que personne ne l'écoutera. C'est *de nos jours* que tout le monde bâcle le travail. Tu peux me croire. C'est ce que je constate tous les jours au boulot.

— Liesl, dit Noelle. Tu ne voudrais pas présenter à tout le monde ta symphonie ?

Liesl dressa la tête.

— Oui Maman !

Et elle se précipita dans le salon.

— Sa symphonie ? répéta Alyssa.

— Elle va jouer un solo au concert de son école, expliqua Noelle.

— Un solo, répéta encore Alyssa.

Elle considéra ses jumeaux puis reprit :

— Elle est si jeune pour jouer d'un instrument.

— C'est elle qui l'a voulu, précisa Noelle. Et elle se débrouille très bien.

— Alors, la lutte continue, pour toi ? demanda Ike à Jenny.

— Autant que possible, oncle Ike. Autant que possible. L'université ne nous facilite pas la tâche.

Liesl revint dans la salle à manger, sortant déjà sa flûte scintillante de son étui. Elle observa les membres de sa famille et constata qu'elle avait toute leur attention.

Elle souffla délicatement dans son instrument, jouant un air fragile et obsédant qui évoquait forêts, esprits de la nature et contes de fées.

Ce fut proprement envoûtant. Il y eut un soudain changement d'humeur, un calme général, une capitulation de toutes les personnes présentes. Noelle hochait la tête de concert avec sa fille, et Beamer s'efforçait de ne pas regarder trop fixement Liesl, par peur de trop l'aimer. Elle était si gracieuse. Elle ne présentait aucune trace de lui, elle tenait exclusivement de sa mère : ses cheveux d'un blond éblouissant, son aplomb, ses traits exquis qu'on aurait pu mouler pour produire des poupées en série.

À la fin de la mélodie, tout le monde applaudit, et elle positionna sa jambe gauche derrière sa jambe droite pour leur adresser une ample révérence.

— Mon Dieu, qu'est-ce que j'ai à pleurer, moi ? demanda Alyssa.

— Elle va jouer devant toute son école durant le concert d'hiver, précisa Noelle. Elle prend ça très au sérieux. Elle s'entraîne tous les jours.

— C'est quoi, au fait ? demanda Alexis.

— Du Mahler, répondit Noelle. La Symphonie n° 4.

— Mahler était antisémite, asséna Ruth.

— Mahler n'était pas antisémite, rétorqua Noelle, même si c'était la dernière chose à dire.

— Il n'était pas antisémite, renchérit Arthur avant que Ruth ait le temps de réagir. En fait, il était juif. Il s'est converti au catholicisme parce qu'il a cru que les circonstances l'imposaient.

— Hm, fit Ruth.

— Tu as confondu avec Wagner, dit Jenny.

— Excuse-nous, Leonard Bernstein ! répliqua Ruth.

Arthur se leva.

— Où vas-tu ? demanda Ruth, son expression trahissant une certaine alarme.

— Je dois rentrer chez moi, répondit Arthur.

— Je te raccompagne.

Et Ruth raccompagna Arthur. Les yeux baissés, Beamer haussa les sourcils en se demandant si Jenny l'avait remarqué.

— Et si Jenny veut rester, elle aussi ? lança tout à coup Alyssa. Il faut absolument réaliser une extension. Une nouvelle cuisine et une nouvelle chambre. Je ne vois vraiment pas quel problème ça pose.

— Pour la bar-mitsvah ? demanda Jenny. Je peux très bien occuper une chambre ici.

— Tu sais très bien toute la poussière que ça ferait, dit Nathan à Alyssa. Les métaux lourds. Les cancérogènes. Je te jure, je vois ça tous les jours au boulot. Les procès que les gens font à cause de ça. Les cancers que tu peux attraper !

— Évidemment, c'est le genre d'argument qui coupe toujours court à la discussion ! fit Alyssa. Qu'est-ce qu'on peut opposer à ça ?

Ruth revint s'asseoir et leva les yeux au ciel :

— Encore là-dessus ? Nathan, rénove la maison. Qu'on en finisse ! Mon Dieu.

— Il y a un tas de choses qui t'échappent, Maman, fit Nathan. Sans vouloir te froisser.

Noelle serra plus fort la main de Beamer.

— Je peux manger un bagel ? demanda Ari.

— On a passé la journée à manger des bagels, mon chéri, répondit Alyssa.

— J'aime pas la bouffe chinoise, rétorqua Ari.

Il avait déjà englouti une montagne de nouilles sautées.

— D'accord, céda Alyssa.

Elle se leva pour prendre un bagel sur une des tables d'appoint que Marla n'avait pas encore débarrassées.

— Quelqu'un a vu le couteau à pain ?

— Dans la cuisine, répondit Ruth. Ari, va le chercher. Il est sur le plan de travail.

— Je m'en charge ! dit Alyssa.

— Ari peut très bien aller le chercher, répliqua Ruth, agacée. Et il peut très bien s'en servir tout seul ! Il a douze ans !

Ruth lança un regard en direction de Beamer et de Noelle, en quête de leur appui, et remarqua quelque chose chez sa belle-fille.

— C'est un nouveau collier, que tu as là ?

Noelle porta instantanément la main au délicat collier d'or dont le minuscule pendentif représentait la syllabe sanskrite « om ».

— Oh, fit Noelle d'un ton léger. C'est ma petite cabale qui me l'a offert. C'est comme ça que Beamer appelle mon groupe d'amies, ma « cabale ». Elles me l'ont donné le jour de mon anniversaire, qui coïncidait avec celui de la première visite que nous avons rendue à cette coach bien-être, enfin, à cette gourou. C'est le mot. C'est une véritable gourou, au sens premier du terme.

— Hm-hm, dit Ruth, sans quitter le collier des yeux. Je vois. C'est de l'arabe ?

— C'est du sanskrit, précisa Beamer.

— Une langue arabe, dit Ruth.

— En réalité, l'arabe est une langue sémitique, intervint Jenny.

— Jennifer, fit Ruth.

— Non, c'est vrai, insista Jenny. L'arabe fait partie de la famille des langues sémitiques. Comme l'hébreu ou l'araméen. Le sanskrit appartient à la famille indo-européenne.

— Ah, ne commence pas, hein ! rétorqua Ruth.

— Vous voyez ? Elle sait tout sur tout ! s'exclama Ike.

Ari fit alors son grand retour, tenant le couteau à pain par la lame.

— Je l'ai trouvé ! déclara-t-il.

Alyssa bondit de sa chaise.

— Ari ! Non ! Tu le tiens par le mauvais bout !

— Bouffon, va, lâcha Josh.

Nathan bondit à son tour.

— Ari ! Ari ! Écoute-moi ! Repose-le ! Tout doucement ! Attention ! Attention !

Il s'approcha lentement d'Ari, à présent figé sur place, comme s'il venait d'apprendre qu'il portait une ceinture d'explosifs.

— Tu le sais, quand même, que ce n'est pas comme ça qu'on tient un couteau, expliqua Alyssa.

(Soit dit en passant, ce vieux couteau n'aurait probablement pas même valu une écorchure à qui que ce soit : c'était tout juste s'il arrivait à trancher dans un bagel.)

Liesl, qui à la demande de sa mère était restée bien sagement assise, déclara alors :

— Es-tu sûr d'avoir bien réfléchi ?

Puis elle éclata de rire. Noelle se mordit les joues pour ne pas faire de même.

— Exactement, dit Alyssa. Es-tu sûr d'avoir bien réfléchi ? Ton cousin et ta cousine savent très bien qu'il ne faut jamais tenir un couteau comme ça et tu as quasiment le double de leur âge !

Puis, dans un murmure grave destiné à toute la tablée :

— Vous saviez que le fils de l'auteur de ce livre s'appelait justement Baxter, et qu'il était mort dans un accident de voiture ? Je l'ai appris tout récemment.

Noelle et Beamer s'échangèrent un regard. Enfin un vrai moment de complicité. Et puis Noelle se leva soudainement, bouleversant tout le câblage du système nerveux central de son mari.

— Je vais les coucher.

Le visage de Ruth se relâcha brièvement, dévoilant son extrême fatigue.

— Les enfants ? fit Noelle.

Liesl et Wolfgang (qui venait de finir sa troisième portion de poulet aigre-doux) se levèrent de table.

— Bonne nuit Grand-Père ! Bonne nuit Grand-Mère ! dit Liesl.

— Je reviens tout de suite, lâcha Beamer, parce qu'il savait qu'il lui faudrait répondre aux inquiétudes soulevées par le tout nouveau statut de Noelle, mais quel statut, au juste ? Celui de convertie à l'islam ? De toute première presbytérienne musulmane au monde ? Il les raccompagna jusqu'à la porte, et, dès son retour :

— Sous mon propre toit, déclara Ruth dans de savants ahanements. Elle n'a même pas la décence de… Déjà qu'elle refuse de se convertir, alors que tout le monde le fait ! Même pas la peine de croire ! Mais alors maintenant, par-dessus le marché, elle porte des *bijoux arabes* ! *En pleine Shiv'ah de ma belle-mère* ! Beamer, ton grand-père n'a pas échappé aux nazis en se cachant des semaines dans un placard pour que son petit-fils ramène à la maison une shiksa qui ne sait même pas qu'on ne doit pas porter de bijoux arabes durant une Shiv'ah !

— C'est mon épouse. Elle n'est pas musulmane. C'est un truc lié au yoga. À Los Angeles, tout le monde… on voit ce symbole partout, là-bas.

— Ce n'est pas ça qui va te tirer d'affaire, remarqua Jenny.

— Bien sûr qu'on voit ça partout, enchaîna Ruth. Ils sont en train de se mettre en ordre de bataille pour nous régler notre compte. Ils n'attendent plus qu'on leur donne le signal !

— Quand ils s'en sont pris à la symbolique du yoga, je n'étais pas très souple, alors je n'ai rien dit, déclara Jenny.

— On peut éviter ces discussions en présence des enfants ? lança Nathan.

— On peut éviter ces discussions en *ma* présence ? renchérit Beamer. C'est révoltant.

— Je n'aime pas du tout la façon dont Liesl cherche à plaire à tout le monde, déclara Ruth. On dirait une mini-miss.

— Maman, lança Beamer sur le ton de la mise en garde.

— C'est ce genre de filles qui finissent dans un harem.

— Ruth, je vous en prie, lança Alyssa en désignant ses jumeaux d'un mouvement de tête.

Mais il était déjà trop tard.

— C'est quoi, un harem ? demanda Josh, avant de sortir son téléphone, sachant parfaitement que personne ne lui répondrait.

Beamer porta le sien à l'oreille alors qu'il n'avait même pas sonné. « Oui ? Allô ? », dit-il. Il s'adressa à sa famille : « Désolé, un appel de Californie », puis à son interlocuteur imaginaire : « Quelle terrible nouvelle. Je ne... Quel cauchemar. C'est vraiment horrible. Bien sûr, je vais voir ce que je peux faire. » Il se leva. « Non, je peux m'en occuper tout de suite. »

Il alla poursuivre son faux appel dehors, referma la porte derrière lui et marcha un peu, jusqu'à ce qu'il n'y ait plus que lui, seul au milieu de la propriété silencieuse, sous le même ciel qui l'avait vu grandir.

« Je te rappelle », dit-il, oubliant que personne ne l'écoutait.

Cette nuit, rechargé à bloc par un tout nouveau stock de patches nicotiniques, non périmés, ceux-là, Beamer décida de reprendre la réécriture de son scénario. Il sortit sur le porche de la maison de ses parents avec son ordinateur portable et s'installa dans le gros fauteuil en rotin, les pieds sur la rambarde. C'était le meilleur moment de l'année à Middle Rock, fin septembre, après les vacances. L'humidité avait disparu, mais la chaleur persistait. Il y avait eu une fugace averse, et ses narines s'emplissaient de cette odeur de pétrichor, comme un baptême de la Terre, si intimement liée à la rentrée des classes et qui n'existait pas à Los Angeles. Un fin croissant de Lune brillait dans le ciel immobile, une brise soufflait du détroit et Beamer avait la sensation de flotter dans du liquide amniotique, la sensation que son séjour l'avait désindividualisé de ce lieu, au point qu'il ne savait plus où son être finissait et où commençait ce qui l'entourait. Et le pire, c'était qu'à cet instant précis, au beau milieu de la nuit, cela ne le dérangeait pas le moins du monde.

Il consulta les corrections de la nuit précédente. Tous les changements qu'il avait réalisés étaient bons, pertinents. Ils annulaient les dégâts pointés par Anya, mais à présent que ces crimes avaient été effacés, il ne restait plus qu'un grand néant plat, dénué de tout moment mémorable, ni de quoi que ce soit d'autre qui légitime son existence.

Que fallait-il faire ? Que pouvait-il faire ?

L'odeur de pétrichor n'avait pas quitté son nez. Elle s'y était installée, et s'insinuait peu à peu jusqu'à son cerveau.

Et si – et si – et si ce nouveau volet des aventures de Jorge incluait la découverte de sa judaïcité ?

Attends, non. C'est une abomination. Non. Et si Jorge devait cette fois sauver son vieux mentor, un juif dont on n'avait jamais entendu parler mais qu'il serait très facile d'introduire dans l'histoire, le sauver d'un nazi qui l'avait kidnappé ?

Là.

Voilà.

Beamer se mit à réfléchir en faisant les cent pas le long du porche. Il se figurait les chiffres tatoués sur le bras de Morrie Beckerman. Il enleva baskets et chaussettes et foula de ses orteils nus le gazon qui s'étendait devant la maison de ses parents. Qu'on vienne le critiquer parce qu'il avait décidé de créer des personnages juifs ! Qu'on essaye un peu de lui expliquer que la judaïcité ne relevait pas assez de la diversité ! Pas vrai, Anya ? Elle est où la Shoah, sur ta carte de bingo ?

Et si *Santiago* pouvait réellement avoir du *sens*, comme l'avait suggéré Anya ? Et si ce film traitait de la pérennité du peuple juif, et des dangers auxquels il est constamment confronté ? Ce personnage du passé de Jorge serait plus âgé que lui, ce serait un mentor, et un ami. Cet homme – qui s'appellera, je sais pas moi, ~~Morris~~, non, Morty, c'est ça, Morty ! – est lui aussi victime d'un enlèvement et c'est là qu'il fait appel à son vieil ami Jorge. L'élève devient le maître !

Beamer retourna sous le porche et rouvrit son ordinateur. Il jeta son scénario corrigé à la corbeille, l'effaça purement et simplement. Pas de corrections, pas de relectures. Un tout nouveau fichier à la place.

C'est parti.

Pendant cinq heures fébriles, il balança les douze premières pages de son nouveau scénario, dont le titre s'imposa à lui dans une bouffée d'inspiration saturée de phentermine, à savoir… attention, vous êtes prêts ? … *La Mitsvah de Santiago*. Morty Silverman est kidnappé un soir, alors qu'il rentre chez lui après avoir donné ses cours à ~~Harvard~~, non, ~~Princeton~~, non, Yale. Jorge l'apprend, et découvre en outre que Morty est pourchassé depuis des années par des nazis, et que Morty Silverman n'est pas son vrai nom. En fait, Morty s'appelle Ruben Steinberg, et ~~il est recherché pour le meurtre d'un nazi alors qu'il n'était qu'un enfant dans un camp de concentration~~ non ~~après avoir découvert que son père avait été assassiné par un nazi dans un camp de concentration~~ non il veut cesser de fuir les nazis qui le pourchassent depuis qu'il a libéré ~~Bergen-Belsen~~, non ~~Auschwitz-Birkenau~~, non Dachau. Après toute une vie à se cacher, il a décidé de ne plus fuir, et sa situation socioprofessionnelle l'a vite remis dans le collimateur des nazis. Jorge part à sa recherche, et toutes ses pistes convergent vers la fille de Morty, ~~Sarah~~, ~~Rachel~~, ~~Rebecca~~, Leah, ~~qui ignorait tout de l'identité d'emprunt de son père~~, non qui fait semblant de tout ignorer de l'identité d'emprunt de son père. Elle est jeune et belle (mais elle ne le sait pas) et cérébrale et couchera carrément avec Jorge (avec son cache-œil) dans un moment d'angoisse, quand son besoin de réconfort l'emportera sur son bon sens. Mais c'est elle qui mènera la danse !

On dit souvent qu'il ne fait jamais plus sombre que juste avant l'aube, mais c'est faux. Juste avant l'aube, il y a le sentiment de la perte et de la trahison : juste au moment où l'on finit par accepter quelque chose, ce quelque chose change. Le soleil se levait sur Middle Rock, mais Beamer était si survolté qu'il ne s'imaginait pas une seconde aller se coucher.

Il se leva et s'étira. Il se secoua les jambes. Il fit le tour du porche, puis laissa ses pas le guider à l'intérieur de la maison, où il vit les clefs de la voiture de son père pendues à leur crochet. Il les prit, alla au garage, et, au volant de la voiture de son père, se rendit en ville.

Les magasins de Spring Avenue Road qu'il avait connus avaient presque tous disparu, mais dans la brume de l'aurore, il revit la ville où il avait grandi, et à chaque coin de rue, il se vit lui-même à tous les âges de sa vie.

Il se vit en compagnie de Charlie, tous deux âgés de treize ans, passer devant le cabinet de dentiste pour enfants et sa vitrine peinte de clowns, blaguant à voix basse sur le bordel qui se trouvait juste au-dessus, ainsi que le leur avait raconté Ethan Lipschitz. Ils marchaient en mangeant leur tranche de pizza de chez Gina, ce qui, à treize ans, constituait un acte de rébellion absolue contre la mère de Beamer, qui considérait que consommer de la pizza en marchant faisait « bien trop Brooklyn » pour que ce soit socialement acceptable.

— Ethan a dit que le père de Joy et Dawn venait ici, lâcha Charlie quand ils s'arrêtèrent pour observer la fenêtre qui se trouvait juste au-dessus de celle du cabinet de dentiste, recouverte de ballons multicolores. Ce mec, quand même. À tous les coups c'est vrai !

— Le plus marrant, fit Beamer, c'est que j'ai entendu dire que ta mère travaillait ici.

— C'est vrai. Et elle m'a raconté que ton père était son meilleur client.

Beamer et Charlie virent un rideau bouger à la fenêtre. Une femme d'une quarantaine d'années aux cheveux décolorés et aux sourcils noirs leur décocha un clin d'œil. Charlie prit ses jambes à son cou, mais Beamer resta un instant sur place, incapable de détourner le regard de celui de cette femme.

Après quatre nuits blanches à repenser au contraste entre ses cheveux et ses sourcils, Beamer dit à sa mère qu'il allait chez Charlie pour jouer sur son Atari. Il fila en ville, posa son vélo contre la porte du cabinet de dentiste à présent fermé pour la nuit, et poussa celle qui se trouvait à côté. Il gravit les marches jusqu'à déboucher sur quelque chose qui ressemblait assez à la salle d'attente d'un cabinet de consultations. Une jeune femme, bien plus jeune que celle qu'il avait vue à la fenêtre, était assise à un bureau sans le moindre document ni le moindre stylo.

— Quel âge tu as ? demanda-t-elle. Elle avait un accent russe.

Il avait treize ans, mais jamais auparavant il n'avait eu autant la sensation d'avoir dix ans.

— Dix-huit ans, répondit-il.

— Tu dois avoir seize ans, à tout casser, dit-elle dans un rire discret. Suis-moi. Moi aussi, j'ai seize ans.

Elle le conduisit plus avant, à cet étage qui ressemblait à s'y méprendre au cabinet de dentiste qui se trouvait juste en dessous, et où du reste était suivi Beamer. Elle le fit entrer dans une chambre où une femme bien plus âgée, aux cheveux roux (mais aux sourcils noirs !), vêtue d'un négligé noir vaporeux, allongée sur un divan, appuyée sur un coude, lisait un numéro du magazine *People* avec Demi Moore en couverture. La pièce avait exactement les mêmes dimensions que l'une des salles du rez-de-chaussée, et on voyait encore au sol les marques du fauteuil dentaire qu'on avait arraché. La femme soupira, se redressa et toisa Beamer.

Beamer passa ensuite devant le lycée. Il était alors six heures du matin et la fanfare répétait sur le terrain, comme à chaque saison de football américain, parce que c'était la seule heure de la journée où la pelouse n'était pas envahie par les joueurs. Il descendit de voiture et s'assit sur le capot pour les entendre jouer « Baba O'Riley » des Who.

Il se vit de nouveau plus jeune. Il était alors en première, et les Fletcher, y compris Phyllis, se rendaient avec une centaine d'autres familles à l'auditorium du collège afin d'assister à une adaptation du *Jardin secret* de Frances Hodgson Burnett. Ils n'étaient pas accoutumés à ce genre de sorties en famille. Ruth et Phyllis étaient assises de part et d'autre de Carl, et Beamer regardait tout autour de lui, repérant les filles avec lesquelles il aurait envie de coucher dans les deux années à venir. Nathan, qui revenait tout juste du campus, se trouvait à côté de lui.

— Ça commence, dit Ruth.

Erica Mayer fit son entrée sur scène, dans une tenue absurde de fantôme gothique en robe blanche et se mit à chanter :

"*Clusters of crocus, purple and gold*[1]."

Et puis Jenny apparut, plantée dans le faisceau d'un projecteur, dans une robe brodée, un nœud dans les cheveux.

— Je m'appelle Mary Lennox, déclama-t-elle. Où sont passés tous les autres ? Où est mon Ayah ?

1. « Des touffes de crocus, violets et dorés. »

Sa famille était fascinée, tout autant que le reste du public. L'aplomb de Jenny, son naturel, sa présence, tout ce qui faisait d'elle quelqu'un de proprement spectaculaire atteignait son paroxysme sur cette scène.

Empli de fierté, Beamer jeta un coup d'œil en direction de ses parents, et fut encore plus abasourdi de voir son père, généralement stoïque et inattentif, la bouche grande ouverte, complètement absorbé par la représentation. Beamer frissonna et détourna le regard.

Sur les planches, le gamin qui jouait le rôle d'Archibald le bossu entra dans la chambre de son fils endormi pour lui lire une histoire.

— Quand nous avons interrompu notre lecture hier soir, déclama Archibald, l'immonde dragon avait emporté la jeune damoiselle dans sa grotte, au clair de Lune. Il avait grincé des crocs, craché du feu. La lande avait tremblé, et nous avions frémi de peur. Puis il se mit à chanter : "*Someone must save this sweet raven-haired maiden, though surely the cost will be steep*[1]."

Beamer osa un nouveau coup d'œil en direction de Carl. Jamais il n'avait vu son père aussi animé, aussi touché. Il surprit les regards que s'échangèrent Phyllis et Ruth. Celui de Phyllis reflétait sa désapprobation, mais celui de Ruth, qui était plus jeune et conservait encore un soupçon d'optimisme, était plus neutre.

Et à présent Carl pleurait.

Il pleurait.

Et il se levait dans un bond, criant des « bravo ! » tandis que la rangée de jeunes acteurs amateurs saluaient maladroitement leur public.

Bravo.

---

1. « Quelqu'un doit sauver cette douce damoiselle aux cheveux de jais, quel qu'en soit le prix à payer. »

Après cela, ils se retrouvèrent sur les marches de l'école : toutes celles et tous ceux qui les croisaient ne pouvaient s'empêcher de leur dire à quel point Jenny avait été phénoménale. Jenny, elle, trois bouquets de roses dans les bras, recevait ces compliments avec l'aisance d'une professionnelle.

— C'était incroyable, disait Carl. Jenny, tu étais… et ce spectacle. Cette comédie musicale est sublime. Je n'ai jamais rien vu de tel.

Jenny et Beamer se regardèrent, décontenancés par le comportement bizarre de leur père.

— Ils sont en train de la jouer à Broadway en ce moment même, tu sais, Papa, fit Jenny. Tu devrais prendre des billets, si elle te plaît à ce point.

— C'est vrai ? Époustouflant, vraiment. Bon sang, j'ai adoré. Moi qui croyais que je ne…

Il essuya la sueur qui lui recouvrait le visage.

Le lendemain, Beamer accompagna son père chez le disquaire de Spring Avenue Road.

— Je cherche *Le Jardin secret*, dit Carl au jeune homme qui se trouvait derrière le comptoir. C'est une comédie musicale.

Beamer tourna la tête en direction du rayon rock et aperçut la prostituée aux cheveux blonds et aux sourcils noirs. Elle lui sourit. Il détourna les yeux, pris de panique.

— En disque ou en cassette ? demanda le jeune homme.

— Cassette, répondit Carl.

Durant les semaines qui suivirent, Carl écouta sa cassette quotidiennement. Il emprunta à Beamer son poste. Dès qu'il sut les paroles, il se mit à chanter – *à chanter* – à gorge déployée ; une basse retentissante emplissait la maison, sa voiture, et jusqu'au petit bureau qui dominait les installations de l'usine afin qu'il puisse constamment observer ses employés à travers la vaste baie vitrée, derrière laquelle ceux-ci, déconcertés, le regardaient à présent chanter à tue-tête.

— Allez, remettez-vous au travail, leur disait Ike, se plantant devant eux afin de s'assurer qu'ils obéissaient.

Chez les Fletcher, l'écho de la musique et de la voix du patriarche ne rendait pas l'atmosphère plus chaleureuse, bien au contraire. Les autres occupants de la maison s'y déplaçaient comme si l'arme d'un tueur à gage était braquée sur eux.

— Quand est-ce que ça s'arrêtera ? finit par murmurer Jenny à la table de la cuisine, un matin que Carl chantait à pleine voix une chanson sur les plantations printanières.

— Aucune idée ! s'exclama Ruth.

Et puis tout à coup, Ruth jeta l'assiette qu'elle était en train de laver au fond de l'évier, et celle-ci se brisa. Ruth, dont l'économie de mouvements et l'esprit pratique n'auraient jamais permis en temps normal le moindre geste théâtral qui nécessiterait de faire le ménage après coup, à plus forte raison s'il s'agissait de tessons d'assiette.

Alors que tous marchaient sur des œufs en présence de cet homme normal et joyeux en apparence, chez qui aucun observateur attentif n'aurait pu déceler quelque curieuse forme de dépression nerveuse, lente et prolongée, l'homme en question monta encore d'un cran. Cette année, pour son anniversaire, il demanda qu'ils aillent tous voir en famille la production de Broadway du *Jardin secret.*

— C'est une très mauvaise idée, dit Phyllis à Ruth dans la cuisine, tandis que Beamer buvait du coca et que Jenny faisait ses devoirs la tête sur la table. Il est en train de se laisser emporter par ses émotions. Tu sais très bien ce qu'a dit le docteur.

— Ça remonte à plus de dix ans maintenant, répliqua Ruth. Peut-être que c'est un nouveau stade du processus de guérison. Peut-être qu'il finira vraiment par s'en remettre.

— Il va très bien, s'entêta Phyllis. Il reste *fonctionnel.* Mais si tu rouvres cette plaie – il se balade déjà partout en chantant, nom de Dieu.

— Et que veux-tu que je fasse ? Que je lui dise non ? Ce serait encore plus insensé que de dire oui.

Ruth coupait une carotte, le dos tourné au reste de la pièce.

— Nous devons tout faire pour qu'il reste calme, indiqua Phyllis. C'est une véritable boîte de Pandore. Ce sont les mots du docteur.

Ruth se retourna :

— Et si cela signifiait qu'il allait mieux ? Qu'il est simplement en train de tourner la page ?

Phyllis pinça les lèvres.

— Ça arrive aussi, de guérir, Phyllis, insista Ruth.

On entendait Carl chanter dans son bureau : "*She has her eyes ! She has my Lily's hazel eyes !*[1]"

— Ça t'évoque la guérison, ça ? lança Phyllis. Ça t'évoque quelque chose de *positif* ?

Elle considéra Jenny, qui avait fermé les yeux.

— Tu devrais demander à un médecin ce qu'il en pense.

— Et lui dire quoi ? Que mon mari chante en écoutant une comédie musicale ?

— Non, je veux parler de Jenny et de son sommeil.

— Il n'y a rien à faire, répondit Ruth avant de se remettre à cuisiner.

Un mois plus tard, ils se rendirent tous à Broadway. Ils arrivèrent en avance, s'assirent à leurs places et le rideau se leva. On dira que Carl était subjugué uniquement parce qu'il existe des limites à ce que les mots peuvent véhiculer. Beamer contemplait son père, bouche béante et souffle coupé, comme quelqu'un qui aurait gravi le mont du Temple pour un sacrifice rituel.

"*Someone must save this sweet raven-haired maiden.*" C'était Mandy Patinkin qui jouait Archibald. Carl était à présent en mesure d'articuler les paroles en même temps

1. « Elle a ses yeux ! Elle a les yeux noisette de ma Lily ! »

que lui, mais sans effusion, sans donner de la voix, comme en une prière silencieuse et délirante. Mandy Patinkin s'approcha des feux de la rampe. On aurait dit que tous deux chantaient en duo.

Beamer ne se souvenait plus de grand-chose après cela, si ce n'est qu'il fut réveillé tard dans la nuit par un cri. En sortant de sa chambre, il vit sa grand-mère gravir l'escalier, et sa mère postée sur le seuil de la chambre parentale.

— Tu vois ! lança Phyllis. Je te l'avais bien dit !

Beamer entendit un nouveau cri. En fait, ce n'était pas vraiment un cri, plutôt une longue plainte. Il risqua un coup d'œil à l'intérieur de la chambre, et aperçut Carl, allongé sur le ventre, en train de vagir la tête enfoncée dans son oreiller.

— Va te coucher, Beamer, ordonna Ruth tandis que Phyllis lui passait devant.

Elle lui emboîta le pas, et referma la porte derrière elles, laissant Beamer tout seul dans le couloir. Il ne comprenait pas tout à fait ce qu'il venait de voir, mais il savait que ça ne présageait rien de bon. Il fit quelques pas et entra dans la chambre de Jenny, encore plus proche de celle de leurs parents que la sienne. Elle dormait. Il s'assit au pied du lit.

— Jenny, chuchota-t-il en forçant la voix. Jenny !

— Qu'est-ce qu'il y a ? dit-elle sans ouvrir les yeux.

— Tu n'as rien entendu ? Tu n'as pas entendu Papa crier ?

— Non.

— Il a crié très fort. Il a...

Mais Jenny s'était déjà rendormie.

— Vivement que je me barre d'ici, déclara Beamer.

Mais personne ne l'écoutait.

Beamer était à présent de retour à la propriété familiale. Il était encore très tôt, et une brume planait au-dessus de la Pelouse Impossible. Il se souvint de la fête qu'il avait organisée en terminale, quand ses parents étaient partis rendre visite à Nathan à l'université de Brandeis, en lui laissant le soin de veiller sur Jenny. Il se souvint de Sarah Messinger, Erica Mayer et Jenny qui traînaient dans la cuisine en faisant les grandes, tandis que dehors, Melissa Simpkin, qui n'était pas encore la femme de Charlie, vomissait dans les fourrés. Il se souvint de Joy et Dawn, qu'ils appelaient les Jumelles Palmolive, en train de chanter sur *Boys of Summer* de Don Henley, que les enceintes de la chaîne diffusaient à plein volume. "*But I can see you/your brown skin shining in the sun*[1]."

Erica Mayer fouinait partout en quête d'alcool.

— J'ai tellement soif, dit-elle. Il fait tellement chaud.

— La clim est cassée, indiqua Beamer.

Il se souvint d'Ethan Lipschitz et de Boris Goldman, qui une bière à la main, racontaient leurs aventures de la nuit précédente, quand ils avaient convaincu deux filles d'une école catholique rencontrées au cinéma de Douglaston de monter dans la voiture de Boris et de les laisser les peloter.

— Et là, celle qui était avec moi… commença Boris.

— La grosse, précisa Ethan.

— C'est juste qu'elle était pas famélique, mais elle était très bien. Et donc c'est là qu'elle me dit : « On peut rien faire de plus parce qu'on est *catholiques.* »

— Il fait tellement chaud, répéta Erica.

— On est en octobre, fit Ethan.

— Et alors, c'est de ma faute s'il fait si chaud, Ethan ?

— Bois ça, suggéra Jenny en tendant une bouteille de Moscato. C'est comme du 7UP.

Erica en emplit un grand gobelet rouge qu'elle vida d'un trait, avant de le remplir en commentant :

— Olala, c'est tellement bon !

— Elles étaient vierges ? demanda Beamer.

---

1. *Mais je te vois encore/Ta peau brune brillant au soleil.*

Il était assis sur le comptoir de la cuisine où les autres convives entraient et sortaient en quête d'une bière.

— Alors, justement, dit Ethan. En fait, elles nous ont sorti un truc du genre : « On peut pas aller jusqu'au bout, mais on peut le faire par les fesses. »

— C'est dégueulasse ! s'écria Jenny.

— Et il s'est passé quoi ? insista Beamer.

— Bah je leur ai répondu : « Donc si j'ai bien compris vous pouvez pas faire ça normalement mais seulement par les fesses parce que vous croyez que quand vous arriverez au paradis, Dieu va vous dire, *Waouh, vous m'avez bien eu, les filles !* »

— Ouais, renchérit Boris, et moi j'ai ajouté : « Quand vous serez là-haut, Dieu va juste vous dire, *Mais vous m'avez pris pour un con ou quoi ?* »

Tout le monde éclata de rire, sauf Erica qui buvait son Moscato.

— Heeeeeeeeeey ! s'écria Charlie dans la pièce voisine, sans que personne sache pourquoi.

— Alors elles nous ont fait : « C'est les fesses ou rien », poursuivit Boris. On s'est regardés tous les deux, et puis voilà.

— Vous l'avez fait tous les quatre dans la même voiture ? demanda Beamer.

— Tu aurais dit non, toi ? répliqua Ethan.

— Qu'est-ce que c'est bon, ce truc, lança Erica. On devrait plus boire que ça !

Joy et Dawn chantaient à tue-tête dans le salon.

— Je vais chercher Charlie, fit Sarah en quittant la pièce.

— J'ai proposé qu'on appelle ça le *Compromis du Queens*, comme la série de compromis sur l'esclavage avant la guerre de Sécession, vu qu'on était à Douglaston. Juste à la frontière.

— La grande, celle qui était avec moi, a dit : « On va plutôt appeler ça le Compromis de Long Island, vu que vous êtes juifs », ajouta Ethan.

De nouveau, tout le monde rigola.

— Quand ils sont venus pour mon trou des fesses, j'étais vierge, alors je n'ai rien dit, fit Beamer.

Erica s'assit sur le comptoir et posa la tête sur l'épaule de Beamer.

— Ça va, championne ? lui demanda-t-il.

— Comme dans la chanson, je te vois, ta peau brune brillant au soleil, répondit Erica.

— T'es bizarre, toi, fit Beamer.

— C'est toi qui es bizarre.

Il ne releva pas la tête pour vérifier si Jenny assistait à l'échange. Erica se tourna alors vers lui.

— Je crois que les toilettes sont occupées. Je peux aller à celles du premier ?

Il connaissait bien ce regard.

— Ouais, je vais te montrer où c'est, répondit-il, comme si elle ne le savait pas.

Il glissa du comptoir, Erica glissa du comptoir, et ils montèrent ensemble l'escalier.

Beamer gara la voiture et marcha jusqu'à la maison. Il était exténué. Par ces souvenirs, la violence avec laquelle ils s'imposaient à lui, sans répit. Comment pouvait-on réfléchir à son nouveau départ quand on se trouvait au milieu du cimetière de son passé ? Alors qu'il approchait de la porte, Noelle, déjà habillée, sortit pour venir à sa rencontre.

— Ta mère vient de me demander si je m'étais convertie à l'islam, Beamer. Je ne peux pas rester ici. Je suis désolée. Je ne peux pas.

— Très bien, répondit-il en rejoignant le porche d'un bond. Barrons-nous. Tout de suite !

Quelques heures plus tard, après que Sophie leur eut acheté des billets de retour pour Los Angeles, une voiture vint les prendre pour Newark. Beamer, éreinté par cette nuit blanche, ferma les yeux en pensant aux nouveaux départs dans la vie.

"*Those days are gone forever, I should just let them go*" disait la chanson qu'il avait en boucle dans la tête, jusqu'au moment où ils atterrirent à Los Angeles. « Ces jours sont à jamais révolus, je devrais les laisser derrière moi. »

*

Et maintenant imaginez un peu ça : dans un montage-séquence, avec un accompagnement musical bien fleuri alliant touches de gravité et notes de bravoure et d'optimisme, Beamer rentra chez lui à Los Angeles et œuvra activement à son nouveau départ.

Il arracha tous ses patches, y compris celui qu'il ne trouva que trois jours après son retour sous la douche. Il jeta quelques cachets au fond des toilettes (rappelez-vous : la souffrance d'une cure de désintox secrète était un plaisir à part entière).

Il se réveilla de bonne heure et s'assit dans le salon, les mains jointes, penché en avant, pour observer Liesl, son visage, ses attitudes, son interprétation, tandis qu'elle répétait encore et encore son solo de la Symphonie n° 4 de Mahler.

Noelle allait et venait, tantôt corrigeant la posture de Liesl, tantôt tâchant de tirer Wolfie de son lit.

— C'est tout simplement incroyable, dit Beamer à Liesl.

Un sourire se dessina sur le visage parfait de Liesl, pure réaction à un pur élan.

— Tu crois que je serai à la hauteur, Papa ? demanda-t-elle.

— Quoi que tu entreprennes, tu seras toujours à la hauteur, répondit-il. Est-ce que tu comprends que tu dépasses déjà tout ce que je rêvais que tu sois ?

Elle vint s'asseoir sur ses genoux et passa ses bras autour de son cou. Elle rit comme elle avait vu rire sa mère, la tête en arrière, le visage tourné au ciel.

— Je ne sais pas si j'ai assez travaillé le solo, admit-elle. Je ne sais pas comment ça se passera quand je serai devant tous ces gens. (Elle se releva.) Je vais le refaire encore une fois.

Mais il l'arrêta.

— Tu sais, il y a toujours un moment où il faut s'arrêter de travailler. Tu le sais, non ?

— Ce n'est pas ce que dit Maman.

— Ta mère a toujours raison, c'est vrai, mais il me semble que ton interprétation est déjà parfaite. Et puis tu sais ce qui est aussi vrai ?

— Quoi, Papa ?

— Si tu travailles assez dur, et ça, c'est une chose que je sais d'expérience, si tu mets vraiment toute ton énergie pour faire quelque chose du mieux que tu peux, sans te trouver d'excuses, et que tu t'investis vraiment à 100 % dans ce que tu fais, alors le sentier se présentera sous tes pas.

— Qu'est-ce que ça veut dire ?

— Eh bien, qu'une force universelle t'aidera à aller jusqu'au bout, à cause de tout le travail sérieux et acharné que tu auras fourni. L'univers aime qu'on travaille de façon sérieuse et acharnée, et il te récompensera en t'aidant à atteindre ton but.

— Mais tu trouves que je suis assez bonne ?

— Ma chérie, tu es bien plus que ça. Tu es parfaite à mes yeux. J'ai déjà pitié de tous les autres parents qui verront leurs enfants jouer moins bien que toi. J'ai pitié de tous les autres parents qui croient aimer leur fille aussi fort que moi je t'aime.

Dans la cuisine, Noelle appela Liesl.

— J'arrive, Maman !

Elle déposa sa flûte dans son cercueil de velours, embrassa son père sur la joue et partit en courant. Le téléphone de Beamer sonna. C'était Nathan. Il consulta sa montre.

— Qu'est-ce qu'il y a, Nathan ?

— Hé, salut, Beamer. Désolé de te déranger.

Nathan parlait tout bas, ce qui, de toute évidence, agaçait son frère.

— Qu'est-ce qu'il y a ? Tout va bien ?

— Beam, tu te souviens de cette fois où Grand-Maman nous a parlé du dybbouk ?

— Hein ? Comment ça ?

— Tu sais, quand on était gamins. Après ma bar-mitsvah ?

— Nathan, il est très tôt, ici. Je…

— On avait passé la nuit chez elle après ma bar-mitsvah et elle nous avait parlé du dybbouk, tu te rappelles ?

— Je ne vois absolument pas de quoi tu veux parler.

— Vraiment pas ?

— Je suis même à peu près sûr que ce n'est pas arrivé.

— Pourtant Grand-Maman nous en a parlé.

— Je vois pas de quoi tu parles. Faut que je te laisse.

Dans le silence caverneux du salon, il éprouva le besoin impérieux de retrouver les sentiments que Nathan lui avait volés en l'appelant, et tritura son téléphone jusqu'à faire de la Symphonie n° 4 de Mahler sa sonnerie par défaut. Il sentait encore la douce brûlure de sa fille sur sa joue, lui dont l'éducation l'avait poussé à croire qu'il était difficile d'aimer ses enfants, que ce n'était qu'au prix d'un effort considérable qu'on pouvait leur accorder notre attention et leur donner l'impression qu'ils étaient uniques, et que quand bien même on y parvenait, cela constituait en soi un fardeau colossal. Pour la millionième fois, il se dit qu'en fait, il trouvait ça plutôt facile.

Le lendemain, poursuivant sur sa lancée, il repensa au fait que si on se donnait assez de mal, des forces bienfaisantes finissaient toujours par nous venir en aide. Il retourna au Radisson une toute dernière fois, en demandant à l'avance à Lady de se présenter seule. Il s'assit sur le lit et la remercia pour tous les instants qu'ils avaient vécus ensemble, et lui annonça qu'il mettait un terme à leurs rendez-vous hebdomadaires. Il lui dit qu'elle avait grandement contribué à son équilibre mental au long de ces années. Elle eut un sourire triste, opina de la tête, et indiqua que cette toute dernière séance serait elle aussi payante. En fait, il lui paya les vingt-cinq dernières séances de l'année, parce que Beamer était un bon employeur, et qu'il se sentait l'obligation de lui verser une prime de licenciement digne de ce nom.

En rentrant chez lui, à un feu rouge, Beamer effaça de son téléphone les contacts de son dealeur étudiant à la fac, de son dealeur ukrainien, et de son dealeur étudiant en pharma.

Il faillit ne pas se présenter à son rendez-vous du jeudi soir, sachant que la seule façon de rompre définitivement avec sa domina était de ne plus jamais la revoir. Cela aussi lui valut d'éprouver une exquise douleur. Il se souvint avec nostalgie de la toute première fois où il s'était rendu chez elle, ce petit bungalow au toit de tuiles semblable par cette nuit lourde de menace à tous les autres bungalows aux toits de tuiles de cette large rue dénuée de toute végétation de la Vallée de San Fernando. Il l'avait connue peu de temps après s'être installé à Los Angeles, il y avait si longtemps de ça, par le biais d'une publicité qu'elle avait publiée sur un blog, des lettres sans sérif, blanches sur fond noir :

JE VAIS T'ATTACHER, SALOPARD

Il l'avait aussitôt contactée. Elle lui avait répondu par e-mail en lui ordonnant de venir frapper à sa porte tous les jeudis à dix-neuf heures : si elle se sentait un jour suffisamment intéressée, elle lui ouvrirait peut-être.

Trois jeudis de suite, il vint frapper à sa porte. Elle n'ouvrit pas, mais le quatrième, elle laissa un mot sur le seuil :

APPORTE-MOI DES CADEAUX

Alors il continua de venir frapper à sa porte en lui laissant un cadeau, tous les jeudis à dix-neuf heures. Un jour, c'étaient des fleurs. Un autre, un bijou. Et puis un jour, alors qu'il était à deux doigts d'abandonner, elle laissa un autre mot à son attention :

LA PROCHAINE FOIS PRÉSENTE-TOI NU

Et si on avait alors offert à Beamer une machine à voyager dans le temps en lui disant qu'il pouvait se matérialiser à n'importe quel moment de son choix – y compris la naissance de bébé Hitler, y compris celui où son père était parti travailler, ce jour du mois de mars 1980 – Beamer aurait sauté en un clin d'œil les six jours, vingt-trois heures et quarante-neuf minutes qui le séparaient de cet instant où, enfin, sa vie pourrait commencer. Il avait tellement hâte de se retrouver face à sa porte, nu sur le trottoir !

Elle n'avait rien de commun avec l'image que sa documentation (des posts sur des blogs spécialisés) l'avait amené à se faire du BDSM, de la domination et de la soumission en général. Depuis ses visites à ce bordel où des femmes russes avaient fait de la lutte avec lui et l'avaient étranglé, il savait qu'il appréciait la douleur, dans une certaine mesure, mais en lisant les expériences de divers inconnus sur Internet, il ne s'était pas retrouvé dans leur désir.

Sans doute parce qu'une grande partie des interventions sur les blogs BDSM ne visent qu'à justifier le refus de toute justification d'un fétiche ou d'un kink ; leur fonction essentielle est d'expliquer que toute explication ne ferait que desservir les dominateurs/dominatrices et les soumis/soumises de notre planète (ce qui ne serait du goût que des soumis et soumises).

Et c'est précisément là qu'était le problème : Beamer convoitait la douleur, mais pas la sous-culture qui allait avec. Il se foutait que l'autre porte du vinyle ou un masque. Il aimait assez le fait de ne pas connaître le nom de sa domina, mais c'était probablement surtout parce que cela lui évitait de lui attribuer une existence propre, et de se demander sérieusement ce qui l'avait amenée à faire ce qu'elle faisait, les réponses à ce genre de questions étant, dans ce domaine professionnel, toujours très déprimantes. En vérité, il avait aperçu un jour un tricycle vert dans son jardin, et il lui avait fallu plusieurs mois de consommation de stupéfiants pour détruire le neurone où cette information s'était nichée.

Non, tout ce qu'il voulait, c'était la douleur.

Et il ne voulait pas se casser la tête pour l'obtenir. Il aurait pu tout aussi bien rejoindre l'un des vingt (estimation basse) *fight clubs* qu'il connaissait dans le coin, exclusivement constitués de cadres d'Hollywood, et qui se tenaient dans des salles de CrossFit après minuit. Mais il ne voulait pas avoir à se défendre. Il ne voulait pas avoir à remporter de victoire. Et il n'avait absolument aucune envie d'avoir des ecchymoses.

Raison pour laquelle il opta pour le moins mauvais des choix que lui offrait la société, c'est-à-dire cette domina. Un coup elle le fouettait, un coup elle le sodomisait avec des objets divers, et ça lui convenait. Tout ce qu'il avait à faire, c'était de donner l'impression qu'il appréciait l'aspect contrôle, l'aspect domination/soumission de tous ces trucs. Il suffit de faire semblant d'aimer ça, faire semblant d'avoir besoin de ce rapport particulier à l'autorité, pour se retrouver ligoté, enfermé, subjugué autant que ça nous chante. Dans notre société, c'est le seul et unique moyen de se faire ficeler selon son bon plaisir.

Puis ils passèrent à un autre type d'interactions, peut-être parce qu'elle crut déceler chez lui un début d'ennui. Bien sûr, elle devait toujours paraître seule maîtresse à bord, susceptible de mettre un terme à leur relation à tout moment, mais le système capitaliste étant ce qu'il est, elle adapta ses prestations. Elle endossa un rôle différent chaque semaine, en une sorte de carrousel des carrières professionnelles imaginaires qui le déroutait et l'amusait, et auquel il se pliait, du moment que le degré de violence associé demeurait satisfaisant.

Fermière, elle devait le traire avant que son fermier de père se réveille et le trouve tout engorgé.

Créatrice de chaussures, elle devait tester ses talons aiguilles afin de s'assurer qu'ils ne se brisaient pas quand on les introduisait dans un rectum.

Serpent, elle le mordit.

Acupunctrice, elle le piqua avec des aiguilles.

Fabricante de bougie aveugle, elle fit preuve d'une extrême maladresse en manipulant de la cire chaude.

Cardiologue, elle étudiait l'arrêt et la reprise des pulsations cardiaques de ses patients quand elle les suffoquait en s'asseyant sur leur visage.

Infirmière, elle dut procéder à des touchers rectaux sans lubrifiant.

Massothérapeute, elle suivait une formation sur une toute nouvelle méthode de choc du nom de Dynamisation Pérenne du Réseau Fascialo-quelque chose. Pour ce traitement, Beamer devait s'allonger sur quelque chose qui ressemblait vaguement à une table de massage (la plupart du temps, un sommier métallique avec un matelas sale au beau milieu de la pièce, complètement rouillé, saturé de tétanos). Il s'étendait sur le ventre, et elle lui faisait alors subir des souffrances telles qu'il n'en avait jamais ressenties. Elle commençait tout en bas de la jambe gauche, pressant ses pouces sur quelque tendon ou ligament extrêmement sensible, et de là remontait en appuyant avec force, triturant Dieu sait comment ses aponévroses, jusqu'à ce qu'il pousse des hurlements de douleur suraigus, des supplications et même des insultes, « ESPÈCE DE SALE CONNASSE ». Mais elle ne relâchait pas ses efforts, réitérait plusieurs fois de suite, avant de passer à l'autre jambe. Elle s'occupait de ses quatre membres. Puis de son dos. Puis elle le retournait et s'attaquait de nouveau à ses bras et à ses jambes.

Malgré la lenteur de ses gestes, la douleur était insupportable. La douleur était insondable. La douleur était telle qu'il avait toujours souhaité qu'elle soit.

Elle répéta ce supplice plusieurs semaines de suite, peut-être parce qu'elle avait remarqué que cette torture lui convenait mieux que les autres (même dans ce type de relations, le client a toujours raison), ou peut-être parce qu'elle suivait réellement une formation de massothérapeute, dans le cadre d'une réorientation professionnelle, avant que le ou la propriétaire du tricycle vert acquière une conscience plus précise du monde qui l'entourait.

Beamer ignorait totalement ses motivations, et ne l'interrogea pas à ce sujet. C'était sans importance. Seules deux raisons au monde peuvent amener à appeler de ses vœux une telle souffrance : la conviction profonde de la mériter, ou la sensation d'être plus que jamais en vie lorsqu'elle cessait. Cette deuxième possibilité était sans doute la chose la plus optimiste qu'on pouvait trouver dans ce penchant très particulier de Beamer.

Cette toute dernière nuit, elle installa une véritable table de massage. Peut-être qu'au fond d'elle-même, elle savait que ce serait leur dernière fois. Il ne lui avait encore rien dit à ce propos (il comptait le faire en fin de séance), mais elle avait une certaine expérience des adieux, et devait se douter que c'était précisément ce qui se profilait.

Là, sur cette table de massage, chaque nouvelle immersion dans la souffrance dura si longtemps que pour la première fois, il fut confronté à la véritable nature de la douleur. Il comprit à quel point le fait de l'observer, le fait de l'accepter modifiaient la douleur. Elle montait en lui, et tout à coup disparaissait. C'était vraiment très intéressant. Il se retrouva enfin *au cœur* de la douleur, et non simplement soumis à ses accès fugaces et aléatoires. Il eut le temps de tenir la douleur entre ses mains, de la balader, de l'examiner, de la caresser, de la serrer contre lui et de la connaître vraiment.

Il était important de comprendre ce à quoi il s'apprêtait à renoncer.

Et puis la musique du montage-séquence enfle soudain : le lendemain matin il se réveille à cinq heures et se rend à son bureau dans l'éclat violet sombre de l'aube, en se disant que ça, *ça*, c'est le véritable quart d'heure magique. Il s'assied devant son ordinateur, commence à écrire et lorsqu'il finit par relever la tête il se rend compte que le soleil a eu le temps de se lever et de se recoucher. Il se rappelle que passer sa journée à écrire permet effectivement de passer le temps sans recours au vice, et que cette activité lui procure un véritable plaisir physique. Il rentre chez lui, dans le trafic autoroutier du canyon, cerné par toutes ces autres personnes qui rentrent chez elles en voiture, son regard suit une longue ligne droit devant lui, sans se détourner, sans s'éloigner de l'itinéraire qui mène jusqu'à son foyer. Il sent un vide vrombir au fond de son système limbique, il sait que c'est le manque. Par chance, ses addictions sont si nombreuses et variées que le manque, faute de savoir à quoi il se rattache, se voit réduit à l'écho sourd d'un souvenir. Il se gare dans l'allée. Il entre chez lui et remplit à merveille ses rôles d'époux et de père. Il embrasse sa femme, dîne à la table familiale et lit une histoire à ses enfants. Il se réveille le lendemain matin et refait exactement ce qu'il a fait la veille, et il se dit que peut-être, s'il refait une, deux ou trente fois la même chose, tout cela finira par lui paraître normal.

La musique va decrescendo et nous nous retrouvons deux mois plus tard au moment où il écrit FONDU AU NOIR sur la page 118 de *La Mitsvah de Santiago*. La vue brouillée, il relit le scénario, chaque articulation le réconforte, même s'il fait défiler le texte de plus en plus vite, le peu de méticulosité qui lui reste ne tenant plus qu'à un fil. Il lance une révision orthographique. Il l'envoie à Jeremy Gottlieb et se dit qu'il ne perd rien à l'envoyer également à Charlie. Quel meilleur premier lecteur que Charlie ? Qui mieux que lui connaît les subtilités et la vérité profonde de la saga *Santiago* ? Qui mieux que lui connaît les faiblesses de Beamer, et qui mieux que Charlie saurait le pousser à faire de ce volet une éclatante victoire, ne serait-ce qu'à ses yeux ?

Hey je peux t'envoyer le dernier stgo pour avoir ton avis ?

Trois points apparaissent, puis la réponse :

Hâte de lire ça.

C'est aussi simple que ça, songe Beamer. Pourquoi avoir eu aussi peur de le lui envoyer ?

Deux jours plus tard, il recontacte Charlie.

T'as eu le temps de te pencher dessus ?

Trois points apparaissent, puis rien.

Il peut attendre. Sans souci. C'est bien aussi de laisser reposer un peu les choses.

Mais deux jours plus tard, il se réveille indigné :

Il faut que je soumette vite ce script.

Les trois points, et puis, après une grosse minute de torture, enfin, une réponse :

Je l'ai lu ! Parlons-en ! Demain matin ?

*

Ce soir-là, Beamer se balada en voiture jusqu'à ce qu'il soit l'heure d'aller chercher Noelle pour leur séance de thérapie de couple. Mais il trouva Noelle assise seule à la table, dans leur maison silencieuse.

— Où sont passés les enfants ? demanda Beamer.

— Paulette les a emmenés au parc, et ils vont dîner chez Josie, répondit Noelle, en évitant de le regarder.

— Qu'est-ce qu'il y a ? Est-ce que... il s'est passé quelque chose ?

— Le docteur Lorna a annulé notre rendez-vous. Elle a dit qu'elle ne pouvait plus nous voir.

— Quoi ?

— Elle a refusé d'expliquer pourquoi.

Beamer se tenait dans l'embrasure de la porte de la cuisine.

— J'imagine que ce sont des choses qui arrivent, non ? Ils prennent trop de patients, ou alors...

Noelle restait muette.

— Ou alors c'est parce que nous avons annulé les dernières séances ? À moins que... Si elle t'a contactée aujourd'hui, c'est peut-être qu'elle est tombée malade. Ou qu'elle a décidé de ne plus exercer. Peut-être que ça a fini par la lasser. Franchement, ça doit être épuisant.

— À ton avis, qu'est-ce que ça dit de notre couple, Beamer ?

Noelle s'exprimait comme un professeur à bout de patience.

— Peut-être qu'elle estime que nous n'avons plus besoin d'elle ?

Il avait espéré que ça la fasse rire. Il n'en fut rien.

— Je ne sais pas, Noelle. Je ne vois vraiment pas ce qui a pu se passer.

Mais Beamer savait pertinemment ce qui s'était passé.

C'était arrivé l'autre fois, le jour même où il avait appris la mort de sa grand-mère, quand Noelle lui avait demandé de se rendre seul à leur séance de thérapie de couple. Le docteur Lorna, dans son cabinet tout en couleurs pastel apaisantes, était immobile sur son siège, une main posée sur l'autre, attendant qu'il prenne la parole. Il détestait cela. Il pensait qu'un *bonjour* et un *comment allez-vous* étaient toujours une chouette entrée en matière, mais apparemment elle ne partageait pas cette opinion.

— Noelle n'a pas pu venir. Elle est coincée à l'autre bout de la ville.

Le docteur Lorna opina sans avoir la politesse de demander de plus amples détails. Les psys se croyaient tellement supérieurs.

— Elle regrette de ne pouvoir venir, mais elle a tenu à ce que je vienne quand même. Cela dit, je ne sais pas trop si ça se fait. On dirait presque que je la trompe !

Il rit trop fort de sa propre boutade.

Le docteur Lorna opina à nouveau. Tellement supérieure.

Comment expliquer ce qui s'était passé ensuite ? Tout s'était enchaîné si vite. Il avait d'abord parlé de leur « mode de communication habituel ». Noelle ne lui adressait pas la parole durant deux jours sans qu'il arrive à comprendre pourquoi : c'était ça, leur mode de communication habituel. Il parla de son « langage amoureux » (qui consistait à financer les hobbies de Noelle, y compris, à présent, l'injection de poison dans son visage jusqu'à ce que les déformations qui en résultaient l'apaisent). Il parla de toutes ces choses, mais il restait encore tant de minutes avant la fin de la séance. Il osa se retourner franchement vers l'horloge qui se trouvait tout près de lui, cette horloge dont on ne parlait jamais et que la psy semblait être la seule à pouvoir consulter subrepticement, et constatant qu'il lui restait encore trente grosses minutes, il déclara :

— Je n'ai pas grand-chose d'autre à ajouter. Je ne comprends pas vraiment pourquoi elle est si triste.

Le docteur Lorna prit enfin la parole.

— Êtes-vous heureux, vous ?

Cette question ne plut pas à Beamer. Pour lui, le bonheur n'était pas un but en soi. Comme toutes les autres émotions, le bonheur était par essence éphémère, et le fait de courir après lui semblait être un summum d'absurdité.

— J'ai toujours quelque chose à faire. C'est bien, d'avoir toujours quelque chose à faire. Je ne pense pas beaucoup au bonheur.

— Pourquoi pas ?

Il réfléchit un moment avant d'écarter les mains. Il n'était pas dans l'instant présent : il était totalement en dehors.

— Le bonheur, c'est… En fait, je ne suis jamais malheureux, parce que je ne me place pas dans un paradigme où le bonheur constituerait l'une des extrémités du spectre de mes attentes. Et s'il n'existe pas, il ne peut pas se trouver à l'ordre du jour.

— Il n'y a pas d'ordre du jour, Beamer. Il n'y a pas de paradigme. Tout ce que nous avons, c'est notre vie, n'est-ce pas ? Et notre façon de l'appréhender.

— Noelle est du même avis, répondit-il.

Peut-être qu'ils devraient se choisir un psy, pas *une* psy. Peut-être que c'était lié aux relations entre hommes et femmes, et peut-être qu'un homme serait plus à même de comprendre, voire d'expliquer à Noelle que le fait qu'un autre homme prenne un appel ou loupe un dîner ne prêtait pas tant à conséquence que cela. Il y avait toujours tellement de choses à faire !

— Mais ce ne sont que des mots, poursuivit Beamer.

— Est-ce qu'il vous arrive de penser à toutes les chances que vous avez dans la vie ? demanda le docteur Lorna. Est-ce qu'il vous arrive de regarder un peu autour de vous et de faire une liste, une véritable liste de tous les aspects positifs de votre vie ?

Beamer rit de manière brève et brutale.

— Les juifs ne font pas ça.

— Est-ce qu'il vous arrive d'aborder ce sujet avec votre thérapeute à vous ?

À cette question, Beamer sentit le martinet de sa « thérapeute » sur son scrotum.

— On parle de tout, oui. C'est juste que je traverse une grosse période de stress, en ce moment.

À nouveau, il consulta l'horloge, et il aurait mis sa main à couper que les aiguilles tournaient dans le mauvais sens.

— Vous n'arrêtez pas de regarder cette horloge.

— C'est vrai. Je ne comprends pas pourquoi les thérapeutes ne veulent jamais qu'on sache l'heure qu'il est. Pourquoi c'est une information que vous gardez pour vous seule, et pourquoi je devrais me retrouver prisonnier d'une bulle temporelle.

— Vous vous sentez prisonnier ?

Il resta silencieux.

— Vous êtes libre de partir quand vous le souhaitez, vous savez.

— Mais bien sûr. Pour que vous le racontiez à Noelle lors de notre prochaine séance !

Le docteur Lorna ne répondit pas à cette remarque. Un bref instant, il se demanda quel effet cela pouvait faire de rester assis là, sans prononcer le moindre mot. D'en profiter pour faire une sieste. Se reposer un peu sur ce canapé.

Et puis il se demanda s'il était à même de dire quelque chose de vrai, quelque chose qu'il avait déjà sur le bout de la langue. Allez. Essayons.

— J'ai parfois tellement peur de Noelle. Pas parfois : tout le temps. J'ai constamment peur d'elle. C'est elle qui a toutes les clefs en main. Toutes les cartes en main. Et à tout moment, elle peut les écarter de moi. Je le sais. J'en ai conscience à chaque instant.

— Ce doit être stressant.

— Oui, c'est stressant. Très stressant, même.

Et maintenant qu'il avait abordé le sujet, il ne pouvait plus s'arrêter. Dernièrement, Noelle lui en voulait tellement qu'elle était incapable de lui exprimer la moindre marque d'intérêt sincère. Et en plus de cette animosité envers lui, il y avait cette mise à distance totale de sa famille à lui, une famille envers laquelle elle s'était montrée gentille un temps, malgré la façon dont elle y était traitée, et qu'apparemment elle ne trouvait plus digne de ses faveurs.

— Vous n'allez pas répéter ce que je suis en train de vous raconter, hein, Docteur ?

Parce qu'il était maintenant tout à fait remonté, il n'avait nulle part où fourrer son pénis, personne à portée de main qui puisse le frapper, et il ne restait plus dans ses veines qu'un minuscule reliquat du Mulholland Backflip de cet après-midi. Il se sentait comme un animal en cage, et ses réactions n'avaient plus rien de rationnel.

— Je… n'en ferai rien, répondit-elle.

Alors il lui raconta tout. Il lui parla des drogues qu'il prenait, y compris celles qui à cet instant précis finissaient de faire effet. Il lui parla de la colère et de la tristesse qu'il éprouvait en pensant à Charlie, de leurs liens directs avec son complexe d'infériorité quant à ses talents et ses capacités. Il lui parla des efforts qu'il faisait chaque jour pour ne pas tomber en pièces. Il lui dit absolument tout.

— Vous ne répéterez vraiment, *vraiment rien*, hein ?

— Ça m'est interdit. Et je ne le ferai pas.

— Vous en êtes bien sûre ?

Le remords le rongeait soudain.

— Je suis tenue de ne rien répéter, répéta le docteur Lorna. Mais vous… il faudrait que vous réfléchissiez aux implications de tous ces secrets que vous gardez. Ça ne ressemble plus à un mariage.

Et elle lui demanda à nouveau :

— Est-ce que vous avez abordé ce sujet avec votre thérapeute ?

Maintenant qu'il avait commencé à tout déballer, rien ne pouvait plus l'arrêter. Il lui expliqua que sa thérapeute n'était pas une thérapeute mais une domina d'Encino qu'il voyait une fois par semaine, afin que l'univers entier ne tourne pas au négatif, comme cela ne manquait jamais d'arriver lorsqu'il ne veillait pas à son avilissement méthodique. Vous voyez ? Plus rien.

Puis une énième fois il lui demanda :

— Vous êtes sûre que vous ne lui direz rien ?

Mais le docteur Lorna était à présent sans voix.

— C'est la fin de notre séance, déclara-t-elle sans même consulter l'horloge.

Et elle ne prononça pas ces mots avec sa mine habituelle, faussement dépitée. Cette fois-ci, son visage ne reflétait qu'une stupeur absolue.

Et donc, non, il ne fut pas surpris d'apprendre que le docteur Lorna ne voulait plus les recevoir, et ce soir-là, il n'avait pas la moindre envie d'expliquer à Noelle les raisons de son choix.

— De toute façon, je ne l'aimais pas ! Elle était beaucoup trop dans le jugement, lança-t-il.

— Apparemment, elle non plus ne nous aimait pas, fit Noelle. Ça doit être comme pour les chirurgiens et leurs statistiques. Elle a décidé de nous lâcher parce qu'elle n'a plus le moindre espoir nous concernant.

Peut-être était-ce vrai. Mais le contrepoint à tout ceci, c'est qu'en touchant le fond de l'océan de mensonges, le cerveau a comme un curieux regain d'optimisme.

Et si le salut était encore à sa portée ? Et si, après avoir vidé son sac dans son cabinet, ce cancer était à présent celui du docteur Lorna, et non plus le sien ? Et si le fait d'avoir révélé tout cela l'en avait définitivement libéré ? Noelle ne savait même pas qu'il était en plein nouveau départ.

Il y avait quelque chose de spécial dans le fait de se retrouver là, tous les deux dans cette cuisine. Il se souvint de la plage où il lui avait fait sa demande en mariage. Il se rappelait très clairement son visage. Et il voyait enfin toutes les horreurs qu'elle avait fait subir à ses traits depuis, mais il parvenait également à réconcilier ces deux visages comme celui d'une seule et même personne. Et il en avait le cœur brisé.

— Bon, eh bien moi en tout cas, je suis ravi qu'on ait une soirée rien que pour nous, déclara-t-il. On pourrait se faire un resto, ou aller au ciné, et tu pourrais peut-être te rappeler l'époque où je te plaisais encore ?

Il essaya de dire tout cela d'un ton léger, sans y parvenir.

Noelle resta assise sans répondre.

— Allez, quoi, insista-t-il. On n'a qu'à aller à ce restaurant, à Brentwood, qui sert des hot-dogs au caviar ?

— Impossible qu'on ait une table.

— Bien sûr qu'on aura une table.

— On ferait peut-être mieux de rester à la maison. Demain, c'est le concert de Liesl.

— Une soirée en amoureux. Ce n'est pas ce que le docteur Lorna n'arrêtait pas de répéter ? C'est bête de tirer un trait sur une soirée en amoureux pour qu'une psy nous dise de passer une soirée en amoureux. Ça ressemble presque à du racket, si tu veux mon avis. Allez. Viens. Allons-y !

Elle finit par accepter. Mais au restaurant de Brentwood, il y avait une attente de deux heures, réduite à quatre-vingt-dix minutes lorsque Beamer glissa un billet de cinquante dollars au maître d'hôtel. Beamer et Noelle se retrouvèrent dehors, dans un silence périlleux, soudainement brisé par Noelle.

— Tu sais, la personne que je vois est tout près d'ici.

— Quelle personne ? demanda Beamer.

— La cartomancienne. En attendant de dîner, on pourrait…

— Tu vas voir une voyante, toi ?

— C'est marrant. Et c'est intéressant. On y va toutes. Tu ne veux pas juste aller voir ? En plus à tous les coups, ce sera fermé.

Ils se rendirent à pied dans un mini-centre commercial, à trois blocs de là, où la vitrine d'une boutique du premier étage clignotait au rythme du néon rose qui dessinait les mots : VOTRE AVENIR TOUT DE SUITE.

— C'est ici ? demanda Beamer.

— C'est comme pour les restaurants thaï. Les meilleurs se trouvent dans les petits centres commerciaux. J'ignore pourquoi.

— Je croyais que tu allais voir cette dermatologue, là.

— Je la consulte, effectivement. Mais on s'est mis à fréquenter cette cartomancienne, la cabale et moi. C'est… tu vas voir.

En montant les marches, Beamer sentit sa fatigue le rattraper.

La femme qui ouvrit la porte et accueillit son épouse avec une chaleur et une complicité qui le surprirent semblait issue de six ethnies différentes. Elle portait un bas de jogging rose avec JUICY floqué derrière et un faux maillot de football américain Victoria's Secret. Elle avait peut-être trente ans, ou soixante ans, avec des sourcils noirs et des cheveux décolorés et cassants, comme les prostituées de Middle Rock. Ses faux-cils donnaient l'impression que ses yeux se faisaient dévorer par des tarentules.

Elle serra Noelle dans ses bras, avec des points de contact à la joue, au sein, au pelvis, et même aux genoux. Il émanait d'elle le genre d'odeur de tabac froid qu'une simple douche n'aurait pas suffi à faire disparaître.

— Tu l'as amené ! s'exclama la femme lorsqu'elles mirent un terme à leur embrassade.

Elle parlait d'une voix si rauque qu'elle semblait déjà équipée d'une prothèse phonatoire.

— Eh oui, le voici, répondit Noelle.

La voyante, qui ne se présenta même pas à Beamer, lui dit alors :

— Ça fait des mois que je lui demande de t'amener ici ! J'arrêtais pas de lui répéter, mais comment tu veux que je lise dans son âme si son âme n'est pas ici ! Je lui ai dit que ça ne marchait pas comme ça, comme dans les films ! Avec un pull, pas possible. Une mèche de cheveux, pas possible. Seulement dans les films, je lui disais ! Je suis médium. Je ne suis pas Dieu !

À ces mots, elle se signa, levant les yeux en direction de l'endroit où selon elle Dieu se trouvait.

Beamer ignorait totalement que Noelle avait ramené un de ses pulls et une mèche de ses cheveux à cette femme.

— Laisse-moi le regarder un peu, indiqua la voyante.

Quand lui avait-elle coupé une mèche de cheveux ?

— Il est tout à vous, affirma Noelle.

Beamer s'assit dans une pièce qui lui rappela un restaurant indien de Manhattan où Charlie et lui allaient manger quand ils étaient à la fac. Il y faisait sombre, avec des guirlandes électriques de Noël pendues dans quatre directions différentes. Il y avait une imposante télévision, un divan trop proche du gigantesque écran, et un paquet de More lights sur la table. Il considéra les cigarettes.

La femme l'examina du regard, des pieds à la tête, avec le plus grand sérieux. Ses yeux étaient voilés par ce qui ressemblait assez à un début de glaucome.

— Mmmmmm, dit-elle.

— Qu'est-ce qu'il y a ? demanda Noelle.

La femme regarda alors Beamer droit dans les yeux, avec une acuité et une profondeur qui dépassaient son entendement. Il resta tout bonnement pétrifié sur place. Il se sentit soudain si terrorisé, comme si cette femme avait bel et bien découvert quelque chose en lui, qu'il n'avait à présent qu'une envie, tourner les talons et s'enfuir.

— Ton troisième œil. Il n'est pas clair, déclara-t-elle.

— Je ne comprends pas, répondit Beamer.

— C'est ta créativité. Elle t'empêche de faire ce que tu as à faire. Tu es paralysé. Tu ne peux plus réfléchir.

— Je viens de finir un scénario et je suis crevé. Ceci explique sans doute cela.

Mais elle l'ignora, scrutant le front de Beamer comme si elle y voyait une tache.

— Il est tout plein de saleté, ton troisième œil. Ça fait des années que tu n'y vois plus clair. Tu laisses à d'autres personnes le soin de voir à ta place.

— Je ne… Je ne comprends rien de ce que vous racontez.

— Je n'arrive pas à voir si tu es quelqu'un de bien, ajouta-t-elle.

— Mais ça ne se dit pas, ce genre de choses ! s'indigna Beamer.

— Tout est opaque. Il y a tellement de couches qui te recouvrent que je n'arrive pas à te voir. Tellement de couches de nuages. Je n'ai jamais rien vu de pareil.

Elle saisit du bout des doigts des nuages imaginaires tout autour de lui, les effilochant comme de la ouate avant de les jeter.

— Chaque fois que j'en attrape un, il y en a un autre qui repousse !

Renonçant à cette tâche, elle s'assit et sortit un énorme jeu de tarot. Sans quitter Beamer des yeux, elle tira plusieurs lames, les posant l'une après l'autre devant lui.

— Voici l'Impératrice. Voici l'Empereur. Voici le dix de Coupe. Voici le dix de Denier. Hm. Oh. D'accord. Oh. Hm.

— Qu'est-ce qu'elles disent ? demanda Noelle.

Un bref instant d'une grande violence, Beamer détesta Noelle. Il lui en voulut d'être assez stupide pour croire en ces conneries. Il lui en voulut de le trahir ainsi, avec une simple question.

La femme posa une dernière carte.

— Voici le Diable. (Elle regarda alors Noelle.) Noelle, ce n'est pas bon du tout.

Beamer se redressa d'un coup.

— Nous sommes sur liste d'attente. C'était bien marrant tout ça, mais nous devons aller dîner. Noelle, viens, allons manger. Combien je vous dois ?

Il n'attendit pas la réponse. Il se précipita dehors. La journée s'était si bien passée. Il s'était senti plein d'espoir. Il descendit les marches et attendit sur le bitume d'une place de parking estampillée RÉSERVÉE AU PROPRIÉTAIRE. Il aurait voulu que le propriétaire fasse irruption au volant de sa voiture et l'écrase.

Cinq minutes plus tard, Noelle arriva au bas de l'escalier, les larmes aux yeux.

— Noelle, cette femme est une bonimenteuse et une charlatane. C'est une prédatrice !

Noelle secoua la tête, incapable de prononcer un mot.

— Elle cherche simplement à t'effrayer pour que tu reviennes. C'est une voleuse, Noelle. Tu ne la connais pas. Regarde-moi. Je n'ai pas de nuages autour de moi ! Elle sait que tu as de l'argent et en profite ! Tu ne t'en rends pas compte ?

Noelle prit enfin la parole.

— C'est toi qui profites de moi. Tu profites du fait que je ne pose jamais de question.

Il ouvrit la bouche pour objecter, mais aucun son n'en sortit. Il la regarda, là, sur ce parking, et scruta son visage. Elle était comme métamorphosée. Elle était nimbée d'une lueur divine, la lueur dont Ruth l'avait toujours cru dépourvue. Qu'elle aille se faire mettre, Ruth.

— Tu crois que je ne pose jamais de questions parce que j'en suis incapable, je sais. Mais ce n'est pas ça, dit-elle, les larmes coulant alors sur ses joues. C'est juste parce que ce serait indigne de moi, Beamer. Il suffirait que je pose une seule question et…

Elle n'acheva pas sa phrase.

Il tendit la main pour caresser sa joue gonflée et lisse. En contemplant ainsi sa femme, il eut le courage d'avoir pitié d'elle et de partir du principe qu'elle ne jouait pas la comédie.

— Si tu me connaissais vraiment, je ne sais pas si tu m'aimerais, dit-il.

Il ne se rappelait pas avoir été aussi fatigué de toute sa vie.

— Ces cartes, présagent un divorce, Beamer. Une séparation. La *fin* de quelque chose. Il n'y avait aucun espoir dans ce tirage.

Elle pleurait à présent plus fort, et Beamer était si désespéré qu'il aurait voulu l'étouffer afin de mettre un terme à ses souffrances.

Il posa les mains sur ses épaules. Il sentit la caresse de ses cheveux blonds sur ses phalanges. Il était submergé par une sensation d'unité avec elle, une certitude impérieuse. Elle était sa maladie chronique, et lui était la sienne.

— Nous ne sommes pas ce tirage de divorce, Noelle. Ces cartes elles-mêmes ne sont pas des cartes de divorce. L'ensemble de ces cartes représente tout le champ des possibles. C'est ce que nous sommes, Noelle. Nous sommes *toutes* ces cartes. Tu ne t'en rends pas compte ? Toi et moi. Nous sommes le jeu de cartes tout entier.

Il la serra contre lui. Elle n'était plus qu'une poupée de chiffon. Il la garda dans ses bras, la serrant de toute sa volonté, lui insufflant jusqu'au plus petit soupçon d'espoir qu'il avait en lui. Ça ne représentait pas grand-chose, mais elle pouvait tout prendre.

Durant une bribe d'éternité, il pria pour qu'elle entende, pour qu'elle s'adoucisse, pour qu'elle pardonne et décide, mais rien n'arriva pendant si longtemps qu'il crut que tout était fini. Et puis les yeux de Noelle croisèrent les siens…

— Tu crois que notre table est prête ? demanda-t-elle.

… et il sut qu'il lui restait une toute dernière chance.

*

Le lendemain, c'était le jour du concert de Liesl.

— Je vais voir Charlie, dit Beamer à Noelle au réveil. Je déposerai les enfants en chemin. On se retrouve ce soir à l'école ?

— Une seule voiture est autorisée par famille, parce que ça concerne tous les élèves, répondit Noelle. Tu veux que je vienne te chercher au bureau ?

— C'est moi qui passerai te prendre, à dix-sept heures. Ça nous laissera de la marge, au cas où il y aurait des bouchons.

Noelle semblait fatiguée mais pas en colère. Ça convenait parfaitement à Beamer.

Il passa la symphonie de Mahler dans la voiture. Sur le siège arrière, Wolfie jouait avec son petit sac à dos, et Liesl, tout en bavardant, lissait la robe bleu clair scintillante de strass qu'elle porterait ce soir durant le concert.

— … les autres enfants, les autres musiciens doivent porter du bleu foncé et du blanc, mais moi et le garçon qui jouera le solo de piano, on sera habillés en bleu clair. Pour qu'on se détache du reste de l'orchestre.

— C'est la première fois que je te vois nerveuse, constata Beamer.

— C'est la première fois que je suis dans cet état ! rétorqua-t-elle.

— Moi aussi je suis nerveux ! intervint Wolfie, et Beamer et Liesl éclatèrent de rire.

— J'ai tellement hâte de te voir jouer ce soir, dit-il alors qu'ils descendaient de voiture. Tu vas être sensationnelle.

Charlie était déjà attablé, en train d'envoyer des messages, quand Beamer pénétra dans le *diner*, au milieu d'une discussion téléphonique avec personne.

— Un désastre absolu, disait-il au néant avec lequel il s'entretenait.

Adressant un mouvement de tête à Charlie, il prit place face à lui.

— Fais ce que tu dois faire, renchérit Beamer au téléphone. O.K., super. Salut.

Et il mit fin à son faux échange.

— Tout va bien ? demanda Charlie.

Dans son jean et sa chemise blanche déboutonnée, il avait l'air en pleine forme, l'air… comment disait-on, déjà ? mature.

— Oui, tout va bien, comme d'habitude, tu sais. Comment ça va, toi ?

— Melissa va accoucher d'un jour à l'autre. On est en train de tourner le cinquième épisode. Mais je crois que le bébé naîtra avant la fin du tournage !

— Ça, c'est enthousiasmant, fit Beamer. Un troisième. Comme dans ta famille.

— La tienne aussi ! C'est Melissa qui m'a convaincu. Deux, ça m'allait parfaitement, mais bon, tu vois, quoi. Maintenant, je suis convaincu que ce troisième enfant n'apportera que plus de joie encore chez nous.

Beamer fut saisi du désir fugace mais électrisant d'être le troisième enfant de Charlie.

— Alors ! s'exclama celui-ci. *Santiago* !

Beamer poussa un long soupir théâtral.

— *Santiago*, répéta-t-il.

— C'est tout de même fou de se dire qu'on a ce personnage dans la tête depuis, quoi ? Quinze ans à peu près, non ? Plus ? Nous, on a eu tout le temps de changer, mais lui reste toujours le même.

— … Ouais.

Le tour que prenait d'emblée la conversation échappait à Beamer autant qu'il lui déplaisait.

— En fait… commença Charlie. En fait, je crois que la question que je me posais en lisant ce script, c'était… il faut vraiment que tu me pardonnes, hein…

— Dis-moi franchement ce que tu penses, répondit Beamer, ou plutôt essaya-t-il de répondre.

— Qu'est-ce que tu as voulu faire ?

— Comment ça ?

— Pourquoi tu as écrit ce script ?

— C'est ça, ton feedback ? Waouh !

— Ne sois pas sur la défensive.

— Mais c'est quoi cette question ? J'ai toutes les raisons d'être sur la défensive !

— Je n'ai rien dit de méchant. C'est un script passable. Enfin, il est bon. C'est juste que… J'en ai parlé avec Jeremy.

— Je ne sais pas s'il l'a lu.

— Il l'a lu. On en a parlé.

Il y a un gouffre entre le fait que votre agent ne vous réponde pas et le fait que votre agent parle de votre travail dans votre dos avec votre ancien coscénariste et ami sans même accuser bonne réception de votre scénario. Et Beamer se rendait compte qu'il était en train de tomber en chute libre dans ce gouffre.

— Qu'est-ce que tu lui as dit ? Et lui, qu'est-ce qu'il a dit ? Ça serait sympa que quelqu'un me mette au courant !

— Que ça allait. Tu vois, non ? Ce n'est pas tout à fait raccord avec l'époque, mais il y aura toujours un public si quelqu'un décide de le réaliser, ou alors ça partira directement en VOD ou en streaming ou que sais-je encore, seulement… Il faut vraiment que tu prennes ma question au tout premier degré. Pourquoi as-tu écrit ça ?

— Parce que c'est notre histoire ?

— Ne te mets pas en colère.

— Qu'est-ce que tu attends de moi au juste, Charlie ? Je t'ai demandé de le lire. Je pensais qu'on pourrait en discuter bien tranquillement, peut-être même évoquer le bon vieux temps, peut-être que, je sais pas, moi, tu aurais pu me rassurer sur le fait que… Mais là tu n'arrives même pas à trouver quelque chose de *poli* à dire ! Même pas une critique constructive agrémentée de petits compliments ? Tout ce que j'entends là, c'est que le scénar est *potable* ?

— J'ai dit « passable ».

— Oh, encore mieux !

— Je peux finir ? lança Charlie. Bon sang, tu compliques tout, c'est tellement dur d'avoir une conversation avec toi. Je suis en nage, là.

— Ça te semble être une conversation, ça ?

— Oui. Je te pose une question. Tu donnes ta réponse. Pourquoi veux-tu faire ce film ? Pourquoi as-tu voulu l'écrire ? Je ne cherche pas à être cruel. C'est un bon scénario. Avec quelques curieux anachronismes. Mais pendant ma lecture, je ne pouvais m'empêcher d'imaginer Morty sous les traits de ton père. Je sais que c'est une ligne jaune, et je ne parlerai pas de ce dont on n'a jamais parlé alors qu'en fait il n'est question que de ça, mais en définitive, ma vraie question c'est… Ou plutôt, si je reformule : à l'époque, j'ai écrit les scripts de ces films avec toi parce qu'on était encore jeunes et que c'était notre entrée dans le grand bain du cinéma, pas vrai ?

— Ouais.

— Et maintenant qu'on sait à peu près ce qu'on fait, je crois être revenu à la question primordiale : qu'est-ce qui m'a poussé à vouloir devenir scénariste ? Tu comprends ? Est-ce que la finalité, c'est de continuer à faire encore et toujours le même truc ? Est-ce que le fin mot de l'histoire, c'est d'essayer de comprendre les attentes d'un studio et de nous y plier ? Je ne pense pas. Je crois que c'était l'idée qu'on s'en faisait avant, mais que nous n'avons plus besoin d'aborder les choses sous cet angle.

— O.K., d'accord. Écoute, si tu trouves que le scénar est nul...

— Ce n'est pas que je l'ai trouvé nul, Beam. (Charlie enleva ses lunettes écaille et les posa sur la table pour se masser la base du nez.) C'est juste que tu n'es pas censé refaire éternellement ton premier projet. Tu n'es pas devenu scénariste pour passer ta vie à écrire toujours la même merde. C'est un chouette scénar. Un peu bizarre quand la petite copine se fait kidnapper alors que Jorge recherche en même temps Morty, genre, deux enlèvements en même temps, sérieux ? Mais ce n'est pas de ça que je parle. Ce que je veux dire, c'est... Beamer, rien ne t'oblige à faire ça.

Beamer ne bougeait plus.

— T'es tellement riche. Du simple fait de ta naissance, l'argent te tombe littéralement du ciel. Tu peux écrire tout ce que tu veux. Alors que moi, j'ai fait la trilogie *Santiago*...

— Pour l'argent ?

— Non, enfin oui, en partie. J'avais besoin de gagner ma vie. Mais j'avais aussi besoin d'apprendre le métier. Je voulais apprendre à bien le faire. Et c'est pile ce que les gens demandaient dans les années 1990, ce genre de scripts. À mon avis, personne ne s'attend à ce que le tout premier truc qu'on ponde soit le chef-d'œuvre de toute une carrière, encore moins quand il s'agit d'un petit film d'action assez creux avec des personnages en carton-pâte.

Le sentiment de trahison qui parcourut alors Beamer était indicible.

— Santiago ne se trouve pas au Mexique, tu sais, poursuivait Charlie. Comment est-ce qu'on a fait pour s'en tirer ? C'est même incroyable que des gens aient accepté de nous rencontrer après ça.

Beamer encaissait tout. Charlie le dévisageait pour tenter de deviner comment il le prenait, quand Beamer déclara :

— T'es devenu un snob, Charlie. On adorait ce genre de trucs. On passait notre temps à regarder ce genre de films. On…

— Exact. Quand on était jeunes. Et on a créé cette franchise à l'attention de gens qui nous ressemblaient. Et c'est bien tombé. Mais enfin, ce qui m'intéresse, c'est qui on est maintenant. Maintenant que j'ai un peu d'argent, maintenant que j'ai un peu de bouteille, qu'est-ce que j'ai envie de dire au reste du monde ? Qu'est-ce que je peux entreprendre pour que les gens me comprennent ? Pour qu'ils comprennent qui je suis ? Quelque chose de neuf, avec de la catharsis, du romanesque, quelque chose de formellement sophistiqué.

— *Affaire de Famille*, quoi.

— Voilà, *Affaire de Famille.*

— C'est-à-dire l'histoire qui brûlait en toi.

— Précisément.

Mais c'était à présent à Charlie de ne pas aimer le tour que prenait la discussion.

— Alors que c'est de ma famille qu'il est question.

— Euh, pardon ?

— Ça saute aux yeux. *Affaire de Famille*. Ça parle de *ma* famille. Tu as repris l'histoire de *ma* famille. L'usine. Mes grands-parents. Mon frère et ma sœur.

— Non, pas vraiment !

— Pas vraiment ? Tu te fous de moi ?

— C'est juste… c'est une famille, point barre ! Une famille riche. Ça n'a rien à voir avec la vôtre.

— Ça n'a surtout rien à voir avec la tienne.

— Non, effectivement, rétorqua Charlie. (Il rechaussa ses lunettes.) Mon père est un professeur d'économie qui a pris sa retraite il y a cinq ans. Il peint. Ma mère n'a jamais travaillé. Ils vivent dans la même petite baraque de merde où j'ai grandi, loin du détroit, entourés de gens riches, mon père tout seul avec son intellect, sans même avoir les moyens d'offrir des vacances à sa femme ou ses gamins. *Affaire de Famille*, ce sont ses griefs. C'est ce que j'ai entendu pendant toute la première partie de ma vie.

— Ses griefs envers ma famille ? demanda Beamer.

— Non, non. *Non*. Ses griefs... ses griefs envers toutes les familles. C'est ça qui l'habitait, le fait que tout le monde ait tellement plus d'argent que lui. Je n'ai jamais pu l'oublier. Mais ce n'est pas toi. Ce n'est pas ta famille. Pas littéralement. Ou peut-être que si, je n'en sais rien. Au fond, tu symbolises tous ceux qui avaient tellement plus quand j'étais gamin. Peut-être que ce sont devenus mes griefs à moi aussi. Peut-être que mes personnages représentent tous ces gens que j'ai connus, et comme tu es celui qui est le plus proche de moi, tu te retrouves le plus dans ma série. Je n'en sais rien. Mais si j'avais tes moyens, je ne réécrirais pas *Santiago*. C'est ça que j'essaye de t'expliquer depuis le début. Il faudrait que tu te poses, que tu regardes au plus profond de toi et que tu te demandes : est-ce que j'ai envie de me lancer dans un nouveau *Santiago*, ou est-ce que j'ai quelque chose à dire au reste du monde ? Je... Je suis convaincu que tu as quelque chose en toi que tu essayes de dire au reste du monde depuis très longtemps. J'en suis sûr, Beam.

— Je voulais juste savoir si le scénar te semblait bon, Charlie.

— Peu importe qu'il soit bon. Ce n'est pas ça que tu devrais écrire. Tu m'entends, Beamer ? Ne fais pas ça. Écris ton truc à toi. Ce truc que de toute évidence tu as depuis toujours eu envie d'écrire.

La conversation finit par s'achever, Charlie étant attendu sur le tournage, Beamer resta à la même table pendant une heure, puis une autre, puis une autre encore. Il s'efforçait de se rappeler ce qui lui était passé par la tête, des années auparavant, quand Charlie et lui avaient rempli leur dossier pour entrer à la New York University. Chacun à son tour, à la table de la cuisine des Messinger, sur cette machine à écrire, ils avaient répondu aux questions de l'université quant à ce qu'ils désiraient offrir au monde. Pourquoi Beamer ne parvenait-il pas à se souvenir de ce qu'il avait écrit alors ? Est-ce qu'à cette époque reculée, il avait déjà pris l'habitude de pomper sur Charlie ?

Dans le diner, il se contenta de regarder droit devant lui jusqu'à ce qu'une serveuse lui demande de libérer la table pour le service de midi. Il régla l'addition et sortit.

Franchement, il s'était attendu à ce que Charlie lui dise qu'il avait fait du bon boulot.

*

Beamer tituba jusqu'à son bureau, sans trop savoir quoi faire à présent. Il ne tenait pas en place. Il n'osait même pas risquer un coup d'œil en direction de son ordinateur. Mais pire que tout, il ne parvenait pas à se sortir de la tête les paroles de Charlie. Il avait « de toute évidence » quelque chose à dire. De toute évidence ? *De toute évidence ?* Il ne parvenait même pas à imaginer ce que Charlie avait voulu sous-entendre. Il regrettait de ne pas le lui avoir demandé. Ce n'était pas d'une nullité finie, ça ? Regretter de ne pas le lui avoir demandé ?

Il fit les cent pas dans la pièce. Il regarda sa bibliothèque, tous ces livres qu'il n'avait pas lus. Il s'agenouilla et fouilla dans le tiroir de son bureau, celui du bas, qui aurait pu accueillir des dossiers s'il n'était pas rempli à ras-bord de son bordel personnel. Il remua les vieux contrats et les magazines jusqu'à tomber sur un vieux flacon de Modafinil qu'il avait volé à Noelle à l'époque où elle avait connu un épisode dépressif (qu'elle avait présenté au docteur comme un gros coup de fatigue). Ces stimulants étaient périmés depuis si longtemps qu'il en prit trois d'un coup, afin d'en ressentir les effets plus vite et plus fort, étant donné que parfois l'efficacité d'une substance diminuait avec le temps d'où l'importance de NON ! PAS AVEC CELLE-LÀ ! ÇA MARCHAIT ENCORE SUPER BIEN !

Exaltant. Jubilatoire. Parfait. Nickel ! Il replongea la main dans le tiroir pour en reprendre.

Son téléphone vibra à cet instant. C'était un message de Jenny.

Tu as reçu ton versement ?

Il appuya sur le bouton qui obscurcissait l'écran. Il était peut-être bien au bord du précipice de quelque chose. Ou sur le seuil du bord du précipice de quelque chose. C'était là-dessus qu'il devait écrire. À moins que ce soit sur ce qui était arrivé à son père ? Est-ce que l'e-n-l-è-v-e-m-e-n-t de son père était cette chose à propos de laquelle, selon Charlie, il lui fallait impérativement écrire ? N'avait-il pas passé tout son temps jusqu'ici à raconter des histoires d'enlèvement ?

Il s'efforçait de trouver d'autres sujets sur lesquels écrire, mais rien ne lui venait, si ce n'est une réminiscence de la nuit passée. Juste avant de dire à Noelle que Beamer était quelqu'un de mauvais, la voyante avait évoqué son troisième œil. Oui, son troisième œil. Là était le problème. Des solutions se baladaient sous son nez, des choses évidentes qu'il ne distinguait pas. Son troisième œil était obstrué. Bien sûr ! C'était la seule chose qui semblait avoir du sens ! Ç'avait du sens. Il n'était pas du genre à croire a priori aux visions d'une médium de mini-centre commercial, mais à cet instant précis, il était tout disposé à croire en tout et n'importe quoi.

CUT/EXTÉRIEUR PARKING : en quelques minutes, il se retrouva dans sa voiture, à l'arrêt, le regard tendu vers le néon VOTRE AVENIR TOUT DE SUITE, hésitant sur la marche à suivre. D'un côté, il ne désirait pas s'entretenir avec cette femme qui selon toute probabilité connaissait son numéro. Mais d'un autre côté, elle avait son numéro, et peut-être aussi la solution.

Il consulta son téléphone et lut un message de Noelle :

> Pas de retard ? J'aimerais acheter des fleurs sur la route, pour les lui offrir à la fin.

Il gratifia le massage d'un pouce levé avant de ranger son téléphone parce que la voyante venait de sortir sur le balcon de sa boutique, avec la même tenue ignoble que la veille. Elle s'alluma une cigarette et considéra l'horizon d'un air grave.

Lentement, comme pour ne pas effrayer un cafard qu'il s'apprêtait à tuer, Beamer descendit de sa voiture. Et à l'instant où la portière se refermait, il l'appela :

— Bonjour.

Elle plissa les yeux en regardant en contrebas.

— C'est qui ?

— Beamer Fletcher, répondit-il en levant les mains, comme pour la convaincre de ne pas lui tirer dessus.

— Vous êtes le mari de Noelle, observa-t-elle.

Aussitôt, elle adopta une posture défensive de karaté : ce n'était pas la première fois qu'un mari en colère venait lui rendre visite. Il remarqua qu'elle tenait d'une main sa cigarette et de l'autre une Ventoline.

— Je ne suis pas venu à cause de cette histoire de divorce. Ou parce que vous m'avez traité de… enfin à cause de ce que vous avez dit sur moi. Je viens à propos d'autre chose.

Elle se détendit un peu.

— Qu'est-ce que vous voulez ? Noelle sait que vous êtes ici ?

— Non, non. Enfin, je ne le lui ai pas caché non plus. Elle est chez nous. Je passais juste dans le coin, et je… je voulais juste vous demander une petite précision.

Il avança d'un pas, et aussitôt, elle fut de nouveau sur ses gardes.

— Je préférerais que vous restiez encore un petit moment en bas, lança-t-elle.

— Je n'ai pas l'intention de vous faire du mal. Je veux juste vous demander, ce truc que vous avez dit à propos de mon troisième œil, c'était quoi ? Qu'est-ce que ça signifiait ?

— Ah, Très bien. Montez. Vous avez du liquide ?

— Je peux vous en trouver.

Dans la petite pièce, l'imposant poste diffusait une émission de téléréalité où des gens qui travaillaient sur un navire avaient des relations sexuelles les uns avec les autres.

— Asseyez-vous, indiqua la femme.

— Comment vous vous appelez ?

— Phyllis.

Il faillit s'étrangler.

— Phyllis. O.K., Phyllis. Phyllis, j'ai besoin d'aide pour comprendre tout ça. Parce que c'est vrai. J'ai un problème à mon troisième œil. Il est tout embrumé. Je n'y vois plus rien. Tout est hors-champ, comme si j'arrivais à deviner des choses, mais pas à les distinguer clairement. C'est vrai. Tout ce que vous avez dit est vrai.

— Phyllis a toujours raison, mon chéri.

Elle voulut lui prendre la main, mais Beamer l'écarta par réflexe.

— Je dois la regarder, expliqua-t-elle. Il faut que je voie.

Lentement, il tendit la main, à l'affût de la réaction de la voyante. Il avait l'impression que sa paume était une carte de tous ses écarts de conduite.

Elle opina de la tête.

— Qu'est-ce qu'il y a ? demanda-t-il.

— Ce que je vois, c'est que rien ne vous oblige à être ainsi. Je vois que ce qui fait de vous un mauvais mari est également ce qui bloque votre troisième œil.

— Qu'est-ce que c'est ? Qu'est-ce qu'on doit faire contre ça ? Comment on résout ça ?

Phyllis scrutait toujours sa main.

— Vous avez pris quelque chose ce matin ?

— Comment ça ?

— Un médicament, un traitement ?

— Non, rien du tout.

— Je veux voir les veines de votre bras. Il arrive qu'elles aussi aient des choses à dire.

Elle retroussa la manche de Beamer.

— C'est quoi ?

— Un patch nicotinique, rien de plus.

— Vous êtes en train d'arrêter de fumer ?

— Oui.

Elle parut sceptique. Puis elle reprit :

— Vous savez, je vous vois déjà entièrement. Je vois quels sont vos problèmes. Je vois ce que vous faites subir à cette pauvre fille…

Il voulut objecter mais se rendit compte qu'il ignorait totalement ce dont elle était au courant, et sur quelles preuves reposait ce qu'elle croyait savoir.

— Écoutez, Phyllis, je n'avais que cette question très simple à vous poser. Si vous n'êtes pas en mesure d'y répondre…

— Donnez-moi dix mille dollars.

— Pardon ?

— Donnez-moi dix mille dollars. Il est évident que vous n'arriverez à rien tant que je n'aurais pas éclairci votre troisième œil. Je peux le faire pour vous.

— Contre dix mille dollars.

— Oui, c'est le tarif. Vous avez dit que vous aviez du liquide.

Il aurait mieux fait de se garer à un pâté de maison de là : elle n'aurait pas vu sa voiture.

— Je n'ai pas cette somme sur moi. Personne n'a ce genre de somme sur soi. Qui se balade avec dix mille dollars dans les poches !

— Vous les avez. Vous allez pas essayer de me faire croire que vous les avez pas ?

De nouveau, il eut le plus grand mal à distinguer ce que Noelle lui avait révélé, ce qu'elle savait par ses talents de médium (il était le premier à s'étonner d'y croire), et ce qui relevait du pur chantage d'arnaqueuse professionnelle.

— Vous voulez comparer les prix d'autres spécialistes ? Éclaircir un troisième œil, ça n'a rien de facile. Il y a des strates. Il y a des nuages. Il y a des forces auxquelles on doit faire la guerre. Beaucoup ne savent même pas diagnostiquer ce mal !

— Et vous… comment faites-vous ?

— Je le fais, c'est tout ! Je sais comment ! Ne me demandez pas de vous révéler mes secrets !

Cette femme avait tout de même quelques arguments en sa faveur. Elle s'appelait Phyllis. Elle n'avait jusqu'ici rien dit de faux sur quoi que ce soit. Si elle était d'avis que le troisième œil de Beamer, la source même de son talent, était embrumé ou je ne sais quoi, quelle preuve avait-il qu'elle avait tort ? C'était quoi, le dicton, déjà ? On ne trouve pas d'athées dans les tranchées ? La vérité, c'est que dans les tranchées, on trouvait des athées prêts à dépenser dix mille dollars pour éclaircir leur troisième œil, juste au cas où leur problème s'avérait solutionnable par un simple recours à la sorcellerie.

Il lui envoya l'argent séance tenante, par le biais de l'appli de paiement rapide de sa banque, passant outre tous les avertissements concernant la fraude, la coercition, la tromperie et toute personne sur terre susceptible de vouloir le léser. Alors qu'il attendait que son téléphone émette la sonnerie confirmant le transfert de la somme, il remarqua du coin de l'œil que son solde était inhabituellement bas, et son cœur se serra. C'était soit un signe qu'il n'aurait pas dû faire ça, soit un signe que c'était la voie à suivre. Il tâcha de se rappeler quel jour on était, afin de déterminer combien de temps il lui restait avant son prochain versement trimestriel, mais prit soudain conscience qu'il était incapable de se souvenir ne serait-ce que du mois.

— Combien de temps ça prendra ? demanda Beamer.

— C'est un processus. Un art, pas une science. Je vais devoir essayer plusieurs choses.

Elle regarda autour d'elle, et son attention se fixa sur une petite table près de la porte. Elle se leva et traversa la pièce pour ramasser un bout de ficelle, sans doute un vestige d'un colis qu'elle avait ouvert.

— Prenez ceci, dit-elle en la lui tendant.

— Qu'est-ce que c'est ?

— C'est notre corde. C'est notre lien. J'en ai une identique. Je vais faire un travail dessus.

— C'est tout ? Rien d'autre ?

— C'est bien plus que cela. Elle est sacrée, cette corde. Bien plus importante qu'elle y paraît. Regardez-la quand il sera quinze heures. Faites en sorte d'être alors ouvert, disponible et volontaire.

— Pour quoi ?

— Contentez-vous d'être ouvert. Disponible. *Volontaire.*

Pourquoi est-ce que depuis toujours, seul l'invraisemblable lui paraissait vrai ?

CUT/INTÉRIEUR VOITURE : Beamer, au volant, consulta son téléphone. Jenny lui avait envoyé un nouveau message.

Je n'ai toujours pas reçu le mien.

Son champ visuel se rétrécit et il retourna sur son lieu de travail. Il tenait à être assis à son bureau quand quinze heures sonneraient et que son troisième œil serait enfin éclairci.

CUT/INTÉRIEUR BUREAU : assis dans son fauteuil, Beamer se rendit compte qu'il n'avait encore rien mangé de la journée, mais il avait vécu suffisamment de Yom Kippours pour savoir que la révélation ne survenait théoriquement que dans un réceptacle vide.

L'heure approchait. Il était quatorze heures trente.

Il essaya de se mettre au diapason de ce qui l'attendait. Il ferma les yeux. Quelque chose d'ancré dans cet instant précis (les vestiges crépusculaires de sa conversation avec Charlie, la constriction suffocante de ses vaisseaux sanguins) lui dévoila alors que le cœur du problème était cette pulsion qui l'avait poussé à essayer de caser un kidnapping dans n'importe quelle intrigue de sa création. La violence de la disparition. Mais quelle était la véritable histoire qui se cachait derrière ce rideau de fumée ?

Tu es là ? (Jenny, de nouveau)

Et puis il fut quinze heures, et était-ce une coïncidence si sa prise de conscience eut lieu précisément à cet instant ? Non, c'était impossible. Il devait écrire sur un enlèvement, soit, mais différent des enlèvements de la trilogie *Santiago*.

Un enlèvement qui ne serait ni échevelé, ni commercial. Un enlèvement qui serait justement tout le contraire :

Il faut que ce soit l'histoire banale d'un petit garçon qui attend dans la voiture familiale le retour de sa mère qui devait passer à la banque quand soudain la voiture est dérobée par un voleur qui ne se rend pas compte tout de suite qu'un petit garçon est assis sur le siège arrière.

Beamer se pencha sur son ordinateur. Prêt. C'est parti. Attendez voir : il n'avait pas déjà dit cela ?

Il redouta que le Modafinil, qui lui coupait l'appétit, lui embrume en plus l'esprit. Il était crucial de manger quelque chose, coûte que coûte.

CUT/INTÉRIEUR CHIPOTLE : Beamer faisait la queue dans l'un des restaurants de cette chaîne de fastfood où Noelle n'aurait jamais accepté de commander quoi que ce soit, même à emporter (elle aurait même refusé de passer devant), et l'histoire suivait son cours.

La mère a laissé le garçon dans la voiture le temps d'une course, dans un supermarché Waldbaum par exemple, alors qu'elle aurait pu tout aussi bien emmener son fils, mais la mère ne supporte pas la lenteur du garçon et la manie qu'il a de remplir le caddie de produits qui ne sont ni du riz ni du poulet. Le garçon reste assis bien sagement à attendre mais la portière conducteur s'ouvre, et la personne qui monte n'est pas sa mère mais un homme terrifiant.

> Je crois que c'est la toute première fois que ça arrive. Allô ? (encore elle)

Le garçon terrorisé se cache entre le siège arrière et les sièges avant et ce n'est qu'en arrivant à l'usine que le voleur s'aperçoit qu'il a un passager clandestin. Le voleur l'emmène dans l'usine et l'enchaîne à un radiateur et le garçon ne se souvient plus de rien après ça si ce n'est que c'est arrivé, que c'est bien quelque chose qui s'est passé. Et puis un jour, des faisceaux de lumière dansent dans le noir et des flics arrivent et le sauvent. Mais ils ne retrouvent pas le kidnappeur.

CUT/INTÉRIEUR BUREAU : Beamer de nouveau penché sur son ordinateur s'apprêtait à écrire au moment où il remarqua un patch nicotinique par terre, puis un autre. Une petite traînée de patches froissés qui avaient dû glisser de sa poche. Il devait aller en racheter à la pharmacie. Il était maintenant aussi accro à la nicotine que quelqu'un qui aurait passé ces vingt dernières années à fumer quatre paquets de Camel par jour. En sortant son téléphone pour payer, il aperçut un autre message :

> Rappelle-moi dès que possible. Je crois qu'il se passe quelque chose de bizarre. (Toujours elle)

Mais il ne pouvait rappeler Jenny. Il était enfin en phase avec la magie de la création. La magie de la création, et certainement pas le buffet de substances qu'il avait prises. Non, il le sentait au plus profond de lui. Il était disponible et ouvert et tout et tout. Il sentait *Santiago* le quitter peu à peu. Il sentait *Santiago* s'éloigner, à la dérive. Il n'avait plus besoin de *Santiago*. Il avait son truc à lui que *de toute évidence* il essayait d'exprimer. Il récolterait le succès à la seule force de son poignet. Il n'avait pas besoin de se hisser sur les épaules de Charlie. Il avait ses épaules à lui. Il *était* ses épaules. Il n'était plus qu'épaules.

Donc : le gamin grandit et devient quelqu'un de complètement baisé de la tête – tout ce à quoi il aspire c'est dévorer le monde et il espère qu'en le dévorant il sera moins sous-alimenté, qu'à force de manger et encore manger il trouvera la vitamine dont son corps a tant besoin. Mais il a beau dévorer encore et toujours, il finit par comprendre qu'il n'en aura jamais assez parce qu'il n'y a pas assez à dévorer, parce que le monde entier ne suffirait pas.

Manger. Est-ce qu'il était en mesure de manger encore quelque chose ? Il venait d'avaler un burrito de la taille d'un bébé et les quelques chips incluses (c'est-à-dire toutes), plus un supplément chips avec du guacamole. Mais il ne pouvait quitter de nouveau son bureau. Il devait écrire. Cependant il devait aussi veiller à ce que son niveau d'énergie ne baisse pas. Il sortit son téléphone pour envoyer un message à Sophie, et remarqua un énième message de Jenny.

> Ok je viens d'avoir Nathan. Il faut qu'on se parle tous les trois. Il y a un problème.

Et soudainement, un autre message, de Noelle :

> Tu as pris du retard ?

Le gamin est à présent un homme et il rencontre une femme, une avocate sexy (elle ne sait pas qu'elle est sexy, mais elle sait qu'elle est avocate), qui le trouve irrésistiblement charmant et attirant et tombe amoureuse de lui. Elle le sent toujours hanté par ce qui lui est arrivé alors elle consulte son dossier et trouve de nouveaux éléments grâce aux avancées en matière d'analyse génétique. Et puis un jour elle va le voir et tombe à genoux à ses pieds. Lui est devenu un célèbre joueur de basketball, mais au fond de lui c'est un homme brisé. Elle lui révèle ce qu'elle a découvert, à savoir que son kidnappeur était quelqu'un qu'il connaissait depuis toujours. C'était son père. La personne qui l'a enlevé dans la voiture, la personne qui l'a enchaîné. Son propre père.

Le téléphone sonna. Jenny. L'appel passa en boîte vocale.

Oui, son père ! C'est son père qui l'a kidnappé ! Bien sûr ! Le garçon met son père au pied du mur. Son père fond aussitôt en larmes. Il a passé toutes ces années à attendre que son fils découvre la vérité, et maintenant il sait. Cette confrontation est trop dure pour le garçon, qui va voir sa mère et la saisit par les épaules. Il lui hurle : « Mais pourquoi m'avoir mis sur ce siège arrière ? Pourquoi ne pas t'être souciée de ma sécurité ? »

Le téléphone retentit à nouveau. Cette fois, c'était Noelle.

Elle pleure et pleure et implore son pardon. Elle presse un couteau contre sa propre poitrine. Le garçon tente de la maîtriser, réussit à la désarmer. La mère se retrouve à genoux à ses pieds, le suppliant de lui pardonner.

Beamer, rappelle-moi. C'est sérieux.

Mais à l'instant où il s'apprêtait à taper le premier mot, il prit conscience qu'il ne fallait pas écrire cette histoire sur un ordinateur. Non, ce projet méritait d'être couché sur papier, avec un stylo spécial, un objet-fétiche.

CUT/INTÉRIEUR PAPETERIE DE LUXE : À un peu plus d'un kilomètre de son bureau, il acheta un stylo.

CUT/INTÉRIEUR BUREAU : Il se rassit, fin prêt à écrire. Son système nerveux activa son avant-bras, qui fit bouger son poignet, qui envoya des impulsions dans ses doigts, mais à l'instant où ceux-ci allaient tracer des lettres, Beamer bondit de son fauteuil. Nan ! Pas encore ! Pas tout de suite !

Il connaissait cette histoire par cœur. Il en connaissait la valeur. Il possédait une chose unique, tout droit issue de son esprit. La magie était encore en lui, ou alors elle était en lui pour la première fois de sa vie. Il savait, de tout son être, qu'il pourrait présenter ce projet n'importe où, n'importe quand, et que tous ceux qui en entendraient le pitch se considéreraient à jamais bénis. Pendant les décennies à venir, ils raconteraient à qui voudrait les entendre qu'ils étaient présents dans cette pièce où Beamer Fletcher pitcha – non, imposa les termes de ! – son chef-d'œuvre.

Et pour la première fois de sa vie, il comprit autre chose : s'il avait maladroitement émaillé de kidnappings tous ces scénarios anodins, ce n'était pas par paresse, ou par peur de raconter la véritable histoire. Non, c'était parce qu'il souhaitait montrer ce qu'était vraiment un kidnapping : quelque chose qui fait irruption dans votre vie – quelle que soit la vie que vous menez – pour vous la voler.

Il n'avait pas encore essuyé les grosses gouttes de sueur que cette révélation avait fait perler sur son front – par pitié, frauduleuse arnaqueuse, freine un coup ! – qu'une autre vérité le frappa de plein fouet, si fort qu'il dut s'asseoir parce que ses jambes faillirent céder sous son poids.

Et si.

Ce fut comme un uppercut, de plein fouet.

Mandy Patinkin.

Nous allons être en retard. (Noelle)

Mandy Patinkin jouerait son père.

Elle va regarder dans le public et elle ne verra pas ses parents. Ni toi, ni moi.

Mandy Patinkin était né pour jouer ce rôle ! Il incarnerait son père, qui lui ressemblait un peu, pas beaucoup, et qui comprendrait enfin que tout l'œuvre de Beamer était une longue lettre d'amour qui lui était adressée, qui comprendrait enfin qu'il avait un fils qui l'aimait et le comprenait. Un fils qui tout comme lui avait connu la terreur la plus absolue sur le siège arrière de la voiture de sa mère, un fils qui tout comme lui ignorait où il était, et pourquoi tout cela était en train de lui arriver.

Beamer il faut que tu me rappelles. Il semblerait qu'on soit foutus. (Jenny)

C'est quoi ton problème ? Rappelle ! (Encore Jenny)

Hello, hello ! On peut se parler au tél ? (Nathan)

L'école vient d'appeler. Elle fait une crise d'angoisse. Je suis dans un Uber. Est-ce que tu comptes au moins me rejoindre là-bas ? (Noelle)

Il fixa son cahier pendant quarante-sept minutes sans cligner des yeux une seule fois ! Il avait mal à la main rien que de tenir son stylo. À quand remontait la dernière fois qu'il avait écrit quelque chose sur une feuille ? Il y avait tant de débuts-chocs possibles, tant de façons de commencer. Chaque fois qu'il était sur le point d'en écrire un, il se ravisait, confronté à cette horreur commune : chaque choix restreignait le reste de l'histoire, et les mots couchés sur le papier ne ressemblaient jamais à ceux qu'on avait dans la tête.

Le téléphone retentit à trois reprises, Beamer renvoyant systématiquement l'interlocuteur sur boîte vocale, dès le premier son. Il était comme ensorcelé, avec son troisième œil fraîchement nettoyé. Il ne pouvait être importuné. Ce qui était en train de jaillir de lui, il le savait, ce serait de l'or pur, non, du platine, non, du diamant !

...

...

...

Beamer putain c'est quoi ton problème rappelle-moi. (Jenny)

...

...

C'est absolument impardonnable. Je ne te le pardonnerai jamais. Ce sera à toi de lui présenter tes excuses. (Noelle)

Peut-être était-ce un processus à plusieurs étapes, ce nouveau troisième œil. Peut-être que la première chose qu'on sentait, c'était ce soudain regain de courage au fond des tripes. Peut-être que le niveau suivant consistait à être capable de coucher ne serait-ce qu'un seul mot sur une page ? Mais bien sûr !

En attendant, il fallait simplement trouver autre chose à faire. Réfléchis, Fletcher.

Sérieusement c'est en partie à cause de ça que je ne peux plus te supporter. (Toujours Jenny)

Le téléphone retentit une énième fois, et pour la énième fois il renvoya l'appel sur sa boîte vocale.

Et s'il était en train de s'y prendre à l'envers ? Et si la clef de la réussite, c'était d'associer d'abord Mandy au projet, de décrocher un feu vert, pour ensuite écrire le scénario, posément ? C'était hyper commun. Un acteur soutient un projet, s'engage à incarner un personnage, et le script devient une sorte de sous-produit de cette collaboration. Oui. Beamer se leva. Il fallait qu'il en parle à quelqu'un. Il consulta son téléphone.

Décroche bordel. (Noelle)

L'agence de Beamer se trouvait à plus d'un kilomètre de son bureau, cette agence qui accueillait en son sein Jeremy Gottlieb, mais également le représentant de Mandy Patinkin, Fran Sacks, dont Jeremy avait cessé d'être l'assistant juste avant de faire la connaissance de Charlie et Beamer.

Il envoya un message à Jeremy :

Je passe te voir !

Beamer quitta son bureau et se dirigea vers sa voiture, mais soudain, se rappelant qu'il ne fallait jamais oublier de s'entretenir, il se mit à courir. Même pas deux kilomètres ! C'est toujours bien de courir un peu !

C'était la toute dernière phase de l'après-midi, et les rayons tapaient toujours aussi fort, comme toujours à Los Angeles : là-bas, le soleil était un contremaître tyrannique à 100 % de ses capacités, jusqu'au moment où il disparaissait totalement. Mais c'était ça que recherchait Beamer. Il voulait sentir les rayons sur sa tête, la chaleur dans son corps, le smog dans ses poumons. Regardez-le un peu ! En plein jogging !

À l'agence, le réceptionniste lui demanda d'attendre dans le lobby. Comme par hasard, Beamer aperçut alors Fran Sacks qui traversait le hall.

— Fran !

Beamer bondit pour l'intercepter devant l'ascenseur.

Fran, âgé de soixante-douze ans, se détourna de son téléphone et plissa les yeux à l'attention de l'individu qui venait de le héler, esquissant d'emblée un sourire préventif, tout en essayant de replacer Beamer.

— Beamer Fletcher, fit celui-ci en tendant une main que Fran serra.

— Ah, oui, Beamer, l'ami de Charlie Messinger. Bonjour.

— Oui. Je suis aussi un talent de l'agence. En fait, Charlie et moi, on était associés. On fait une petite pause, là.

— Oui, voilà. Comment allez-vous ? Je suis vraiment navré, je me rendais à un dîner… oh, je crois que votre téléphone est en train de sonner.

— C'est tôt, pour un dîner ! Ah !

Puis, constatant que Fran fixait toujours son téléphone :

— Oh, ce n'est rien. Je ne suis pas venu… j'ai un rendez-vous avec Jeremy Gottlieb. *Mon* agent.

Fran consulta sa montre.

— C'est marrant de tomber sur vous comme ça, s'empressa de poursuivre Beamer. J'ai un super projet pour Mandy Patinkin, justement. Une histoire de kidnapping, mais avec du cœur. Un drame familial. Une épopée. Quelque chose qui vient vraiment de mes tripes, vous voyez ?

Fran souriait toujours, mais son regard était circonspect.

— Je suis vraiment navré, je ne… on peut reparler de ça à un autre moment ? Je demanderai à mes collaborateurs de fixer une… ?

— Mandy Patinkin, insista Beamer. Pour le premier rôle. Tout en haut de l'affiche. Du sur-mesure. Un rôle vraiment, vraiment excellent !

— On est à la recherche de quelque chose pour Jeff Goldblum, vous savez.

— Ah, Jeff est un super acteur. Vraiment super. Mais je suis désolé, je ne vois vraiment que Mandy pour ce rôle-là.

— Mandy est sur le point de tourner le tout dernier épisode de sa série d'espionnage qui a presque dix ans. Je crois qu'il a envie de prendre un peu de temps pour lui. Auprès des siens. Mais si le projet en vaut la chandelle… J'en discuterai avec Jeremy dès que j'…

— Ça pourrait être un super package, hein ?

Beamer rit trop bruyamment et ils prirent congé l'un de l'autre.

— Package. Quel vilain mot ! Mais on n'est plus des perdreaux de l'année, hein, Fran ?

Fran était déjà loin.

Beamer s'assit sur le canapé et attendit vingt (douze) minutes avant que le réceptionniste lui dise :

— J'ignore totalement où il est. Je suis vraiment désolé, Beamer.

— On devait prendre un café ! Un verre. Dîner ensemble, se défendit Beamer, avant de se rappeler que ce n'était pas vrai. Je vais attendre encore un peu.

Au bout de dix (quarante) minutes supplémentaires, il se leva :

— On s'est sûrement mal compris, dit-il, et il s'en alla.

Avant de sortir du bâtiment, Beamer tomba sur Seth Horowitz, producteur de toute une constellation de séries pour ados, qui travaillait alors sur un projet de film dont les protagonistes découvraient de la vie sur Jupiter.

— Pas la peine de contacter Mandy Patinkin, déclara Beamer. Il n'accepte plus rien dans l'immédiat.

Seth éclata de rire.

— Clairement ! Charlie m'a dit. Patinkin dans *Affaire de Famille*, sacrée surprise, hein ? Ah, au fait : tu es en train d'écrire un nouveau *Santiago* ?

J'ai appelé Maman. Elle m'a dit qu'elle n'arrivait pas à joindre Arthur. Il est parti en voyage, apparemment. Elle ne sait plus quoi faire.

— Oui, je viens de le finir. Mais là je suis sur quelque chose de nouveau. Quelque chose d'original. Hors franchise. O-ri-gi-nal.

— Je vois, je vois. Ouais, Charlie est super emballé à l'idée de travailler avec Patinkin. Mais qui n'aime pas ce bon vieux Mandy ? « Je m'appelle Inigo Montoya ! » (Il jeta un coup d'œil au téléphone que Beamer tenait encore à la main.) Hé, tu ne veux pas prendre cet appel ?

Beamer se rendit compte que Noelle essayait à nouveau de le joindre.

Alors qu'il rentrait à son bureau au pas de course, il dut s'arrêter au carrefour de Santa Monica Boulevard et Martel Avenue où un policier de West Hollywood régulait la circulation. Joggant sur place, il entendit son téléphone sonner. Celui-ci faillit lui glisser des mains quand il le sortit de sa poche, conséquence logique de son état de nervosité général (plus le jogging, plus les substances).

C'était Jenny. Il l'ignora.

Mais le téléphone à la main, il décida de passer un appel.

— Bureau de Fran Sacks, annonça l'assistant.

— Beamer Fletcher à l'appareil.

— Je n'ai pas entendu. Allô ? Vous pouvez répéter ?

— Tout va bien. Je suis en train de courir. Dites-lui simplement que c'est Beamer Fletcher, et que je viens d'apprendre que Mandy était en train d'accepter d'autres propositions ? Pour *Affaire de Famille* notamment ? Il a dû y avoir un malentendu, c'est pour ça que j'aimerais bien tout clarifier. À mon sens, il est tenu de communiquer cette proposition à Mandy. Vous comprenez ? Légalement tenu ? Oui. Merci infiniment. Oui. C'est un rôle tout à fait spécial. La pierre d'angle de toute une carrière, en quelque sorte. O.K., bien sûr, au revoir. Oui, au revoir !

Et il poursuivit son jogging en direction de son bureau, convaincu que l'affaire se goupillait plutôt bien.

CUT/INTÉRIEUR BUREAU : Trente minutes plus tard, Beamer rappela le bureau de Fran Sacks, se présentant cette fois comme Charlie Messinger. Fran prit immédiatement l'appel.

— C'est un rôle vraiment savoureux, déclara Beamer.

— Charlie ?

— Beamer Fletcher.

Quand il était bien plus jeune, son enthousiasme et son charme effaçaient en grande partie les aspects les plus excessifs de sa personnalité.

— Vous savez ce que je me disais juste à l'instant ? reprit Beamer. J'étais en train de réfléchir aux mesures de promotion de la diversité qu'on trouve à présent partout. Pourquoi est-ce que les juifs n'y sont jamais inclus ? Quand j'étais petit, mon père avait une usine… de croix gammées.

— Une usine qui fabriquait des croix gammées ? demanda Fran.

— Non, non, rit Beamer. Elle produisait du polystyrène. Des emballages en polystyrène pour le packaging, vous voyez ? Pour l'isolation. Mais des fois l'usine se faisait vandaliser. Voilà ce que je dis. Ça va être tellement savoureux, Mandy va attirer les spectateurs pour les éduquer, leur faire comprendre que les juifs ne sont pas qu'une bande de connards pleins aux as, vous voyez ? (Il laissa quelques instants à Fran pour bien assimiler tout ça.) Je suis en train d'écrire ça *pour lui*. Je suis en train de l'écrire *moi-même*. Pour *lui*.

Au bout d'une longue pause, Fran s'exprima :

— Vous allez bien, Beamer ?

— Je suis juste tellement à fond sur ce projet, vous voyez ? Je sens qu'un grand vent de changement commence à souffler, et je tiens à en faire partie. L'inspiration. Je veux *être* le vent, vous voyez ?

Il faut parfois laisser aux gens le temps de comprendre ce que vous leur offrez.

CUT : Beamer balayait du pouce toutes les requêtes de Noelle quand son téléphone retentit une fois de plus. C'était Charlie.

— Tu as appelé l'agence en te faisant passer pour moi ? lui demanda celui-ci.

— Quoi ?

— Je sais, c'est cinglé. C'est Jeremy qui vient de me dire ça. C'est vrai ?

— Tu as parlé à Jeremy ?

— Bon, il se passe quoi là, Beamer ?

— Tu vas faire jouer Mandy Patinkin dans *Affaire de Famille* ?

— Quoi ?

Son téléphone tintinnabulait comme un flipper. Il activa le mode silencieux.

— Je suis en plein dedans, Charlie. Je suis en train d'écrire quelque chose sur mon enfance. Je vais appeler ça *Le Siège Arrière*. De l'action, mais aussi de l'émotion, tu vois ? Avec un petit cachet ciné indé.

— Je ne sais pas trop si Mandy Patinkin est le meilleur choix pour de l'action…

— Qu'est-ce que tu racontes ? répondit Beamer, estomaqué. C'est un très grand acteur. Un génie tel qu'on… tu savais que je l'avais vu dans une adaptation du *Jardin secret*, à Broadway, quand on était au collège ? Il était énorme. L'un des plus grands de sa génération ! Tu sais, Charlie, les gens adorent ce genre de films. Ils adorent aussi les *Santiago*. Tu ne devrais pas ternir notre blason.

— Bien sûr, bien sûr. C'est un peu surprenant, voilà tout. Mandy dans ce genre de film.

— Bruce Willis était juste le rigolo de service abonné aux comédies dramatiques avant de décrocher le premier rôle de *Piège de cristal*. Mieux encore. Paul était une star de sitcom quand il a incarné Jorge pour la première fois. C'est ce rôle qui a fait sa carrière.

— Bref, ça te regarde. Mais si tu te mets à appeler des gens en te faisant passer pour moi…

— Charlie. C'est très blessant. Ne dis pas des choses pareilles.

Un silence.

— Excuse-moi, Beamer. Désolé. J'ai dû, je ne sais pas, moi, j'ai dû mal comprendre. Sinon, tout va bien pour toi ? Tu as un ton assez… intense ?

— Par pitié ne me juge pas sur mon ton quand mon meilleur ami depuis toujours m'accuse d'usurper son identité ! (Charlie ne répondit pas.) Sérieux, Charlie. Ton ego a grossi au même rythme que tes cachets. Il va vraiment te plaire, mon nouveau scénar.

— Je n'en doute pas ! Envoie-le-moi quand tu auras fini !

— Ça va te plaire. C'est du sérieux, c'est du bon, ça fait avancer le débat et ça rentre même dans les tableurs de la diversité ! À condition d'y mettre une case « juifs » ! Mais plus sérieusement, ce que tu m'as dit m'a vraiment profondément inspiré.

— Je... attends, j'ai Melissa en double appel. Je dois te laisser. On se voit très prochainement. Ça me plairait énormément de lire ce que tu es en train d'écrire. Salut. O.K. Salut.

S'apercevant qu'il devait se rendre au concert de Liesl, Beamer prit deux nouveaux comprimés de Modafinil et colla trois patches nicotiniques de plus sur son ventre et un sur son front, juste pour voir, avant de prendre sa voiture. Il se souvint que la maison de Jeremy se trouvait sur le trajet qui menait à l'école, consulta l'heure et se dit qu'il pourrait trouver une petite minute pour passer chez lui, dissiper les malentendus et aussi lui demander pourquoi il ne le rappelait pas. Il passa dans une boutique de donuts, dans un mini-centre commercial minable, parce que ça ne se faisait pas d'arriver les mains vides. Il n'éprouvait toujours pas le moindre début de fringale – ça fonctionnait vraiment, ces machins ! – mais il eut une furieuse envie de danser avec la vendeuse aux quatre coins de la salle avant de se frotter contre elle comme un chien en rut.

CUT/INTÉRIEUR VOITURE : Beamer se disait que dans le fond, deux douzaines de donuts pour un homme qui avait un époux et zéro gamins, c'était peut-être un peu trop, et qu'il convenait d'en manger un ou deux, histoire que ça ne lui paraisse pas bizarre. Il resta garé sur une place de parking réservée aux employés, à lécher du bout de la langue les vermicelles multicolores sur le glaçage rose.

Et il commença à se demander si... si... *et si* le Modafinil c'était comme l'Ambien ? Et si, en faisant la chose que ces médicaments étaient censés nous empêcher de faire, on atteignait un niveau supérieur de satisfaction ? Qu'est-ce qui pouvait bien arriver si, l'appétit coupé par un stimulant, on décidait malgré tout de passer par le drive-in d'un In-N-Out Burger ?

Il fallait qu'il sache. Et par chance, il savait très précisément où trouver un In-N-Out Burger pour en avoir le cœur net.

CUT/INTÉRIEUR IN-N-OUT DE SUNSET BOULEVARD : Beamer attendait dans la file du drive-in, franchement heureux de se sentir porté par cette nouvelle soif d'expérimentation. Il commanda un Double-Double, des frites et un milk-shake, afin d'être sûr de vivre l'expérience américaine standard. Il alla se garer sur le parking, à la place du désespoir que le restaurant réservait aux clients pas même fichus d'attendre d'être chez eux pour manger, et s'attaqua à son repas.

Puis son téléphone sonna. Il n'arriva pas à voir le numéro parce que sa vision était trop troublée et qu'en plus il était en train de conduire. Il prit tout de même l'appel.

— Yo !

— Beamer, c'est Jeremy. Écoute, il faut qu'on parle. Ne t'approche plus de Fran. Ni de Mandy Patinkin. Je n'ai pas besoin de t'expliquer pourquoi, pas vrai ?

— C'est ça, la stratégie, alors ? Prendre du champ ? Faire monter l'expectative et espérer qu'il nous recontacte ?

— Non, Beam. Il n'y a pas de stratégie. Fran te demande de, il te demande d'arrêter. De cesser, d'abandonner.

— C'est de la connerie. Je l'ai vu et je l'ai appelé après.

— En te faisant passer pour Charlie.

— Son assistant a mal compris. Franchement. C'est comme ça qu'il réagit quand on lui propose le rôle de toute une vie pour un de ses artistes ? Un rôle-hommage à ses origines ? Waouh.

— Beamer, il faut vraiment que…

— Je dois te laisser.

— Non, tu dois m'écouter, maintenant. Je ne suis plus ton agent. Fran m'a demandé de te virer. L'agence te vire. Tu comprends, ça ? Tu comprends ? Je suis désolé de ne pas t'avoir décroché un contrat à seize millions de dollars. Je suis désolé que tout soit parti à vau-l'eau. Mais il faut que tu te ressaisisses, mon vieux. Vraiment.

Un long moment, Beamer ne dit pas un mot. Puis :

— Charlie a décroché un contrat à seize millions de dollars ?

— Beamer…

— Je dois te laisser.

Beamer raccrocha puis prit La Brea Avenue avant de s'engager dans la file du drive-in du McDonald's. Son sphincter palpitait agréablement, signe qu'un orage se préparait. Il savait ce qui l'attendait. Bientôt jailliraient des geysers de diarrhée mais Pas ! Tout ! De ! Suite !

— Bonjour shfaleraejropaeijsd vous aider ?

Enfin !

— Je vais prendre un Quarter Pounder with cheese, un Filet-O-Fish, ainsi que deux Big Macs, un Coca zéro, deux grandes frites, un Sunkist à l'orange, et disons… – histoire de vraiment finir en beauté –… six McNuggets. Non, trente.

— C'est par lot de vingt.

— Mettez-m'en quarante !

CUT/EXTÉRIEUR PARKING : Sept minutes plus tard, à l'arrêt, les warnings allumés. Il se lécha un doigt et prit la direction de chez lui, mais se rendit compte qu'il avait oublié de commander ce qu'il préférait par-dessus tout – *Es-Tu Sûr d'Avoir Bien Réfléchi ?* songea-t-il en ricanant – et retourna au drive-in pour prendre un McChicken et une de ces minuscules tartes aux pommes en boîte que jadis il aimait manger conjointement (il demanda aussi un Happy Meal, faisant semblant d'avoir oublié le menu d'un enfant-fantôme installé sur le siège arrière [« Cette fois j'oublierai pas, mon chéri ! » cria-t-il à personne], mais il se donna tout ce mal pour rien, l'employée semblant ne pas se souvenir de lui, et s'en moquer complètement). Il dévora le McChicken et songea que, oui, quelque part, c'était un peu comme de rentrer chez soi.

Il arriva à Malibu sans trop savoir comment. Pas de problème. Il avait envie de voir le coucher du soleil, mais il faisait déjà nuit, et il se demanda comment il avait fait pour se planter à ce point dans les heures. C'est alors qu'il se souvint de quelque chose. Il se gara et appela Sophie.

— Beamer ?

— Ouais, salut, ça va bien ?

Tout ce qu'il avait mangé le ballonnait tellement qu'il était accompagné d'une section rythmique de flatulences, calquée sur le tempo des contractions de son sphincter.

— Je… tu vas bien ? Ta voix est bizarre.

— Tout va bien ! Est-ce que tu peux me rendre un petit service, me trouver l'adresse de Mandy Patinkin ?

— C'est dans le nord de l'État de New York, non ?

— Il a une résidence ici. Je voudrais lui envoyer quelque chose et son agent est en vacances. Pour le film. Fran Sacks m'a dit qu'il me trouverait son adresse – n'appelle pas son bureau, ils sont en pleine fusion-acquisition, mais ça reste entre nous, ne les gênons pas, c'est tout. Tu peux me trouver ça ?

— Oui, c'est juste qu'on pourrait peut-être attendre demain matin…

— Trouve-la-moi tout de suite, s'il te plaît !

Quinze minutes plus tard, elle lui envoya par messagerie une adresse dans le quartier de Pacific Palisades.

Il arpenta les rues sinueuses. Il manqua de renverser Diane Keaton, sortie faire une courte promenade. Il passa deux fois devant la maison de Ben Affleck, alors qu'il aurait juré qu'il n'avait cessé de rouler en ligne droite. Peut-être avait-il fait le tour du monde ? Peut-être avait-il traversé le monde entier ?

Pourquoi la nuit était-elle tombée si vite ? Il s'arrêta à un carrefour, et dans le silence lui vint cette réflexion.

On ne nous dit jamais à quel point le sentier de l'autodestruction peut être long : personne ne nous explique jamais qu'on peut s'autodétruire encore et encore pendant des années et des années sans même s'approcher du bout du chemin qui, bien entendu, est la destruction en soi. Cela l'émerveillait, il n'en revenait pas du nombre de chances de faire marche arrière, à chaque signal d'alerte, nombre de chances qui correspondait très exactement au nombre de fois où l'on décidait de poursuivre sur sa lancée.

Sur le siège passager, son téléphone vibra, un autre message de Jenny :

> Il n'y a plus d'argent. Je ne voulais pas te le dire comme ça, mais tu refuses de répondre à mes appels.

« *Quelqu'un doit sauver cette douce damoiselle aux cheveux de jais* », chanta-t-il d'une voix d'opéra, en s'engageant dans l'allée d'une maison de style espagnol. Il mit le frein à main puis mit le frein à main et mit le frein à main. Il descendit de voiture et observa. C'était une maison de bord de mer, tout en haut d'une colline, là où la marée haute ne l'atteindrait jamais. C'était la maison idéale pour Mandy Patinkin, songea Beamer. Un lieu sûr et paisible.

La porte s'ouvrit. C'était Mandy Patinkin en personne, qui allait promener son chien.

— Qui êtes-vous ? demanda Mandy.

Puis son regard se porta derrière Beamer.

— Mais bon sang qu'est-ce que vous…

Beamer se retourna et vit sa voiture opérer toute seule une marche arrière, descendant lentement l'allée. Il resta planté là, sans voix, bouche-bée. Il se retourna vers Mandy, qui lui aussi se retourna vers lui pour lui répéter :

— Mais bon sang qu'est-ce qui se passe, là ? Qui êtes-vous ? Qu'est-ce que vous avez sur le front ?

En réponse, Beamer leva la main tel un chanteur d'opéra adressant une sérénade à son public, mais quand il s'exprima, ce fut avec un ton d'avocat :

— Quelqu'un doit sauver cette douce damoiselle aux cheveux de jais.

Son téléphone sonna, un extrait de la Symphonie n° 4 de Mahler, et un bref instant, il fut soulagé d'être arrivé à temps au concert de Liesl, et tout autour de lui, il chercha Noelle du regard afin d'apaiser ostensiblement la méfiance qu'elle lui vouait d'un air sûr de lui, mais la seule personne présente n'était autre que Mandy Patinkin, qui sans que Beamer sache pourquoi était venu lui aussi, mais dans le fond ça ne l'étonnait pas, parce que Mandy Patinkin donnait vraiment l'impression d'être un mec super sympa.

Et c'est à ce moment que Beamer s'effondra.

LE HARD LIFE BUFFET

Voici ce qui était arrivé à l'argent des Fletcher : un fonds d'investissement privé avait acquis 51 % de Haulers, la grande surface avec laquelle Consolidated Packing Solutions Limited avait signé un contrat d'exclusivité, et en avait fait une société fermée, soit du jour au lendemain, soit à un moment où les Fletcher regardaient ailleurs. L'objectif affiché du fonds d'investissement privé était d'optimiser les coûts de fonctionnement de Haulers ; leur objectif plus ou moins caché était de revendre l'entreprise dès que ses profits auraient significativement augmenté.

En tout premier lieu, leurs consultants en performance opérationnelle avaient demandé pourquoi la marque maison d'électroménager de Haulers faisait tourner une usine locale, pour un coût six fois supérieur à ce qu'ils auraient déboursé s'ils s'étaient contentés d'acheter les mêmes produits à l'étranger pour les importer. Les consultants en performance opérationnelle en étaient venus à la conclusion que les actifs de la société, estimés à 2,3 fois supérieurs au coût d'acquisition de l'entreprise tout entière, auraient bien plus de valeur s'ils étaient vendus au plus offrant qu'à titre d'atout d'une entreprise dont la marge de profit n'atteignait que péniblement les 6 %.

Or le contrat passé avec Consolidated Packing Solutions Limited faisait justement partie de ces actifs.

Et voici la solution qui fut finalement trouvée : Haulers deviendrait une société de logistique, et à ce titre, cesserait la production de leur marque maison, pour la première et dernière fois depuis sa fondation en 1921. Leurs rayonnages accueilleraient à présent des produits fabriqués en Chine, aux Philippines, en Thaïlande, au Vietnam, au Myanmar et au Cambodge. Plus important encore, ces objets seraient importés à bord de cargos, protégés par des emballages et des particules de calage en polystyrène produits ailleurs.

Le problème n'était pas tant que Consolidated Packing Solutions Limited fût l'une des toutes dernières usines de polystyrène (et même l'une des toutes dernières usines tout court) aux États-Unis, mais bien que Haulers fût encore lié par leur contrat d'exclusivité à cette usine, qu'ils espéraient revendre à une autre grande surface, alors que ce qui avait rendu Haulers vulnérable à l'OPA hostile d'un fonds d'investissement privé était précisément le fait qu'il ne restait plus aucune compagnie assez conne pour produire quoi que ce soit sur le territoire américain.

Il en fut donc décidé ainsi : Consolidated Packing Solutions Limited honorerait la trentaine de commandes en cours, puis serait mise en jachère dans l'attente d'une revente du contrat.

Or les Fletcher n'étaient pas prodigieusement riches. Disons qu'ils étaient raisonnablement fortunés, ou qu'ils étaient les personnes les plus riches que nous connaissions. S'ils avaient mieux investi leur argent, peut-être que l'OPA hostile du fonds d'investissement ne les aurait pas même touchés ; peut-être auraient-ils renoncé depuis longtemps à toute participation dans l'usine, permettant ainsi à Ike de l'acquérir, et peut-être seraient-ils passés à autre chose. Il n'avait échappé à personne que l'usine locale finirait par péricliter, et Phyllis, qui supervisait la gestion de la fortune familiale, avait réalisé par ailleurs quelques investissements mineurs, mais elle s'était aussi laissé gagner par la paranoïa que son époux, Zelig, s'était acharné à instiller en elle, et qui voulait que les institutions étaient corrompues, les gouvernements volatiles, que les enfants étaient destinés à bousiller tout ce qu'on leur donnait, *et caetera*. Le propre père de Phyllis avait perdu toutes ses économies dans le krach de 1929.

En d'autres termes, le portefeuille des Fletcher n'était pas terriblement diversifié. Le premier versement en liquidités à la signature du contrat avec Haulers avait en grande partie financé l'achat de maisons sous formes de fonds irrévocables, qui techniquement appartenaient aux enfants mais dans les faits, étaient contrôlés par Arthur. Il traînait bien quelques milliers de dollars en bons d'épargne (des cadeaux de mariage et de bar-mitsvah), mais il semblait plus compliqué de les encaisser que de ne pas y toucher. Et les liquidités que crachait l'usine tous les trimestres servaient aux dépenses de la famille et aux frais de la propriété.

Et puis les enfants Fletcher n'avaient pas réchappé à l'inertie propre à tous les gosses de riches, à ce manque d'imagination qui les empêchait d'envisager que la source de leur argent pourrait un jour se tarir. Ils le dépensaient comme n'importe quel Américain de troisième génération : très vite, et sans trop y réfléchir. Beamer était endetté à cause de son mode de vie. Nathan détenait ce qui dans sa famille s'approchait le plus d'un portefeuille financier, mais avait également un fort penchant pour les souscriptions d'assurance en masse. Et Jenny, qui dans sa fratrie était celle qui méprisait le plus l'argent, avait fait don de l'essentiel de sa richesse personnelle.

Et puis tous trois considéraient les dividendes versés par Haulers comme un plan d'épargne secret. Et ce le fut, jusqu'à ce qu'ils cessent d'être versés.

Jenny fut pourtant la première à s'en apercevoir. Pour tout un ensemble de raisons (mais sans doute avant tout parce qu'elle était la plus organisée de sa fratrie), elle remarqua presque immédiatement que son compte n'avait pas reçu le versement habituel le quinze du mois. Après avoir essayé de joindre Beamer, et préférant ne pas en parler à Nathan qui était plus que susceptible de péter un plomb à cette annonce, elle avait fini par appeler sa mère pour lui dire qu'elle n'avait pas reçu ce virement qui était l'une des rares choses au monde dont la fiabilité lui paraissait jusqu'ici absolue. Sa mère avait consulté un calendrier afin de voir s'il ne s'agissait pas d'un simple retard dû à un jour férié. Elle avait appelé le comptable de la famille, qui lui avait assuré qu'il n'y avait aucun retard de paiement : l'argent n'était tout simplement pas tombé ce mois-ci.

Ruth était perdue. En temps normal, elle aurait appelé Arthur, mais Arthur s'était volatilisé. Arthur, l'un des cofondateurs et associés de son cabinet d'avocats, fiduciaire de l'usine et éminence grise de la fortune familiale. « Il sait où sont enterrés les cadavres », avait l'habitude de dire Phyllis. « Je sais où *tout* est enterré », la corrigeait-il, et Phyllis éclatait de rire. Il avait subitement pris un congé sabbatique, dans des circonstances bien étranges : à la plus grande surprise de tous ceux qui le connaissaient, il avait disparu juste après les funérailles de Phyllis, sans laisser d'adresse, tout juste un petit mot sur le bureau de Ruth dans lequel il l'informait qu'il partait, qu'il ignorait quand il reviendrait, qu'elle ne pourrait pas le joindre durant cette période non définie, et qu'il lui faudrait appeler le cabinet pour toute question ou tout besoin d'ordre juridique.

— Tout besoin d'ordre *juridique* ? s'était-elle exclamée à la fin de sa lecture solitaire.

La semaine suivante, Nathan, qui travaillait dans le même cabinet d'avocats – ça n'avait rien d'un hasard –, raconta à Ruth que les associés avaient trouvé un beau matin le téléphone d'Arthur posé sur son bureau déserté. En entendant cela, Ruth avait enfoui la tête dans les mains et avait fondu en larmes. Cela avait suffisamment gêné Nathan pour le pousser à se réfugier dans la salle de bains, et à y rester près de quarante-cinq minutes.

— Et ensuite ? demandait Jenny.

Ruth se trouvait dans sa cuisine en compagnie de Nathan, qu'elle avait fait venir de toute urgence, avec Jenny en haut-parleur.

— Ils refusent de me dire où est passé Arthur, déclara Ruth. Ils affirment ne pas savoir où il est. Évidemment, il est le seul à comprendre tous ces trucs. J'ai parlé à Arnie. C'est l'associé qui a pris le relais d'Arthur. Il n'a pas cessé de me répéter qu'il n'y avait rien à faire. Que l'argent n'allait pas tomber. C'est fini.

— Que va-t-il arriver à l'usine ? demanda Jenny.

— À l'usine ? Que va-t-il arriver à *ta famille*, tu veux dire, Jennifer.

— Et les employés ? insista Jenny.

— Excuse-nous, Norma Rae !

— Ces gens ont passé des dizaines d'années à bosser pour nous, et nous, qu'est-ce qu'on va faire pour eux ?

— On va les licencier, Jennifer, répondit Ruth. Dans trois mois. Quand la dernière commande sera livrée. C'est l'estimation d'Ike. On leur versera un mois d'indemnités, et on les remerciera pour tout le travail fourni.

— C'est dégueulasse, fit Jenny. Ils méritent mieux que ça.

— Quand toutes les implications de ce désastre finiront par te tomber dessus, Jennifer, et que tu seras en mesure de réfléchir à ce que ça implique pour ta famille, et pas uniquement pour des gens à qui de toute ta vie tu n'as jamais adressé que des bonjours en passant, mais qui je ne sais par quel miracle sont plus importants à tes yeux que ta chair et ton sang, tu m'appelleras. Je serai devenue SDF d'ici-là, alors appelle-moi plutôt sur mon portable, pas sur le fixe.

— Il nous reste encore bien assez d'argent, Maman.

— À toi, oui. À Nathan aussi. Vous avez été malins. Vous avez mis de côté. Mais Beamer ? Je n'en sais rien. Et nous ! On ne reçoit pas de paiements comme vous. On a juste reçu l'acompte. Et on s'en est servi pour vous.

— Pour eux, pas pour moi, précisa Jenny.

— Ne commence pas. Pas besoin de maison quand on n'a pas encore de famille. Tu comptes fonder une famille à New Haven ? Dans un taudis ?

— Et Ike dans tout ça ? demanda Jenny.

— Il comprend que les choses ne se sont pas passées comme prévu.

— Mais il était censé reprendre l'usine ! Vous le lui aviez promis !

— Jennifer. Je n'ai aucune envie de parler de ça avec toi. On a bien pris soin de lui. Est-ce que tu sais seulement combien ça coûte, d'entretenir cette pelouse ?

— Alors déménagez ! Les gens qui sont dans la précarité n'habitent pas des propriétés gigantesques.

— Ton père est très fragile en ce moment, à cause du décès de ta grand-mère. Je ne crois pas qu'un déménagement soit très indiqué.

— Excuse-moi, mais est-ce qu'il y a des moments où il n'est pas très fragile ?

— Jennifer Suzanne Fletcher !

Nathan restait silencieux, et fermait à présent les yeux de toutes ses forces.

— Il n'y a plus rien à faire, déclara Ruth à Nathan, avec Jenny toujours en haut-parleur. Et quand vous pourrez enfin parler à votre frère, s'il daigne un jour répondre à vos appels, vous lui direz à lui aussi qu'il n'y a plus rien à faire.

Sa voix commença à vibrer d'un grincement sourd, comme une girouette pointée directement vers le cri aigu qui s'annonçait.

— Tous les trois, je ne sais pas comment vous allez vous en sortir. J'espère qu'il vous reste encore un peu d'argent. Je ne sais comment je pourrais vous aider. Vous êtes grands, maintenant. Vous allez devoir vous débrouiller.

Et tout à coup, la stridente aria :

— J'ai grandi dans la pauvreté, moi. Est-ce que vous arrivez seulement à vous imaginer ce que c'est ?

Dans des marmonnements, Jenny prétexta une réunion et raccrocha. Ruth fixa une seconde le téléphone en se mordant la lèvre, et Nathan se leva.

— Je dois rentrer, dit-il. Alyssa m'attend pour dîner.

— Hm, répondit Ruth.

Arrivé chez lui, Nathan ne descendit pas tout de suite de sa voiture garée. Il appela son ami d'enfance Mickey Mayer, qui lui aussi vivait encore à Middle Rock.

— Yo, fit Mickey.

— Hello hello, Mickeyrello ! lança Nathan d'un ton poussivement joyeux.

L'heure tardive de son appel, ou la terreur qui perçait dans sa voix, voire les deux, mirent d'emblée Mickey dans les pires dispositions.

— Qu'est-ce qu'il y a ?

Mickey était essoufflé, et Nathan comprit soudain qu'il venait de l'interrompre en pleine séance de sport ou de s-e-x-e, sans parvenir à trancher entre ces deux possibilités.

— Han. Han. Han.

Nathan ferma les yeux, inspira par le nez le temps de compter jusqu'à deux, expira le temps de compter jusqu'à quatre, comme le lui avait enseigné l'appli méditation dont il s'efforçait de ne pas oublier la présence sur son téléphone. Personne ne continuait à faire ce genre de bruits en cas d'interruption téléphonique en pleine relation sexuelle, non ? Personne ne prenait d'appel en pleine relation sexuelle, non ?

— Toujours là ? Han.

— Oui oui, répondit Nathan. J'aimerais te parler de, euh – d'une, d'un déboursement. D'un retrait. De mon argent.

— Han, akh, han.

Mickey n'avait jamais fait preuve de gentillesse envers Nathan. Mickey n'avait cessé d'être son tourmenteur le plus ardent et le plus zélé depuis leur première rencontre, encore enfants. Cette forme très spéciale de cruauté avait été la fondation d'une amitié de toute une vie, où Nathan se débattait comme un hamster dans sa roue pour décrocher l'approbation de Mickey, sans jamais se demander sérieusement pourquoi il se donnait tant de mal. Mais ce genre de tambouilles complexes sont bien le propre des amitiés d'enfance.

Cependant, Mickey se montrait ces derniers temps encore plus agressif. Il s'entraînait en vue d'un – athlon quelconque, plusieurs heures par jour, ce qui lui faisait atteindre de tout nouveaux sommets de bellicosité (en outre, il prenait des suppléments douteux, et testait probablement les effets d'une hormone de croissance extraite d'hypophyses de ratons-laveurs enragés).

— Je peux me contenter de t'indiquer ce qu'il me faudrait ? demanda Nathan. Ou est-ce que, euh, il faut que je remplisse aussi une, un formulaire ?

— Merde !

Nathan entendit un grand fracas métallique. Des haltères qui tombaient par terre. Dieu merci. Il l'avait interrompu en pleine séance d'entraînement. Dieu merci Dieu merci Dieu merci. Il n'avait aucune envie de s'imaginer la gentille Penny Mayer étendue là… oublie ça ! N'y pense pas !

— Nathan, était en train de lui dire Mickey. On va atteindre 10 % de taux de rendement tout rond cette année. 10 % tout rond. Et c'est *maintenant* que tu veux tout reprendre ?

— Non, pas tout, bien sûr que non. Je me disais simplement que…

Mickey rétrograda, et son ton se fit plus détaché.

— Tu veux investir ailleurs ?

Mais ce n'était pas une question : c'était une accusation.

— Rien à redire si c'est le cas, mais j'aimerais juste que tu me mettes au courant. Après tout ce temps, je crois que je mérite au moins ça.

— Toutafé. Non, bien sûr que non. Bien sûr que je te le dirais. Non, le truc, c'est que… Nathan s'interrompit. Que lui dire ?

— Je projette de faire un petit peu de ré-no-va-tion au Q.G. La bar-mitsvah des gamins approche, et j'ai pensé que ce serait pas plus mal d'avoir un poil plus de liquide sous le coude. Tu vois ? Un poil plus de liquide.

— Écoute, dit Mickey. On est en train d'atteindre des pics de rendement, là. Tout en prudence, comme tu aimes. Je comprends pas. Tu as bien assez de liquide disponible. Dieu sait que tu en as bien assez ! Sans parler de ton salaire. Tu as un salaire ! Tu es avocat, bon sang ! Sérieusement. Mon conseil, c'est d'attendre encore.

— Et je suis très heureux du taux de rendement ! Je ne te quitte pas ! Ce n'est pas de ça qu'il s'agit. Je veux juste, ce ne serait qu'une toute petite somme ponctuelle pour…

— Écoute, répéta Mickey. Je te rappelle dans cinq minutes. Penny a besoin de moi pour je sais pas quelle connerie avec les gamins.

— Bien sûr, je… à ton avis quand est-ce qu'on…

— Je te rappelle dès que j'ai fini.

— Super, et à ton avis, ce sera, quoi, d'ici une vingtaine de minutes, tu penses ? Parce que je vais bientôt passer à…

Nathan entendit alors un silence absolu du côté de Mickey, et de toutes ses forces, il s'interdit de songer au fait qu'il était le genre de personne qui à l'approche de la cinquantaine se faisait encore raccrocher au nez.

— Tu as faim ? lui demanda Alyssa quand il passa enfin le seuil de sa maison. Ari était assis à la table de la cuisine, et Josh, son jumeau, à la table de la salle à manger, pour réviser les passages de la haftarah qu'ils s'étaient attribués pour leur bar-mitsvah. On ne t'a pas attendu mais il en reste encore.

— J'ai déjà mangé, répondit Nathan, alors que bien entendu il n'avait rien dans le ventre. Il n'avait cependant pas faim, et était même en proie à une activité menaçante dans une partie bien précise de son système digestif. Toutes les déconvenues de ce soir étaient en effet de trop pour son syndrome de l'intestin irritable.

— Ta mère t'a fait à manger ?

Alyssa était plus que suspicieuse. Après une hésitation, elle lui demanda carrément :

— Tu es allé à la pharmacie ? Dis-moi la vérité.

Deux ans auparavant, lors de son check-up semestriel, son médecin traitant avait relevé une tension artérielle un peu haute. C'était la première fois que ça lui arrivait, et ça ne s'était pas reproduit depuis. Il avait quitté le cabinet médical en panique et avait acheté plusieurs tensiomètres, contrairement aux recommandations de son docteur qui, le connaissant bien, avait pris le soin de lui répéter : « Nathan, ce n'est qu'une mesure un peu haute. Ça ne veut rien dire. Nous allons surveiller ça. Tout va bien », et lui avait donné une ordonnance de bêtabloquants, au cas où. Ces médicaments terrifiaient Nathan (par leur simple présence, et parce qu'il était convaincu qu'ils ruineraient sa santé avant de lui être d'un quelconque secours), qui préféra contrôler sa tension artérielle toutes les heures sur chacun des tensiomètres qu'il avait achetés, établissant ses moyennes et pétant une durite à la moindre disparité. Alyssa eut vent de cette nouvelle habitude et confisqua les quatre appareils qu'elle trouva : il gardait le cinquième, son tensiomètre de secours, dans son bureau. Alyssa finit néanmoins par tomber dessus, à la plus grande contrition de Nathan, peut-être même trop grande aux yeux de son épouse (il lui avait demandé pardon comme si elle l'avait surpris son pénis dans la bouche de leur femme de ménage), et depuis, elle l'accusait fréquemment de se rendre à la pharmacie du coin qui possédait un tensiomètre payant, et dans 65 % des cas, ses accusations étaient fondées, mais pas aujourd'hui !

— Non, je n'y suis pas allé ! Pas du tout !

— On s'est dit pas de mensonges entre nous, hein ? fit-elle.

— Je dois boucler des recherches sur un dossier avant que les assistants juridiques rentrent chez eux, dit-il, puis il embrassa le tourbillon en tire-bouchon de ses cheveux et se réfugia dans son bureau. Il referma la porte, tendit l'oreille afin de s'assurer qu'on ne le suivait pas, puis s'assit et s'imagina la fin imminente de son existence.

Nathan essaya à nouveau de contacter Mickey à vingt heures trente, cette fois par messagerie.

Hello hello ! Il faut qu'on se parle ! Assez urgemment !

Les trois points terrifiants s'affichèrent pendant un long moment, bien trop long pour Nathan. Et la sentence de Mickey tomba :

Mec. Dîner. Te rappelle + tard.

Plus tard, Ari et Josh se trouvaient penchés sur leurs iPads respectifs, tandis qu'Alyssa s'affairait aux quatre coins de la maison, comme elle avait coutume de le faire tous les jours à vingt-deux heures, mettant à profit son incroyable sens de l'économie kinétique pour ramasser, ranger et stabiliser le moindre objet en vue du lendemain.

— Tu te détends un peu ? lui demanda Alyssa. Vraiment, tu devrais lâcher ton téléphone à l'heure qu'il est. Tu sais très bien que tu fais des rêves bizarres quand tu…

— J'ai un tout dernier appel à passer, répondit-il. Je vais m'isoler un peu.

Mais malgré la génormité de leur maison, Nathan ne trouva pas de coin tranquille. Aucune pièce n'était à l'abri d'un éventuel passage d'Alyssa, même fugace, alors qu'elle raccrochait les serviettes à leurs patères, rangeait les chaussures dans leur placard, les assiettes sur la bonne étagère, les feuilles de papier dans les bureaux, le linge dans les tiroirs idoines. Aucun coin n'était à l'abri de cette tornade en legging.

Nathan finit par trouver une cachette potentiellement sûre, au fond de la chambre d'amis du premier étage, où il envoya un nouveau message à Mickey. Toujours sans réponse au bout de quarante minutes, il alla se coucher.

Mais Nathan dormit-il ? Pas du tout. Il resta allongé, bien éveillé, sans fermer l'œil une seule fois, assistant à une averse-surprise à minuit, les ombres des arbres se débattant sauvagement sur les murs de sa chambre, jusqu'à ce que le bruit de la pluie se réduise un peu avant l'aube en un doux crépitement. Il était toujours éveillé lorsque la luminosité de la chambre changea. C'était de nouveau le matin, et l'état de veille de Nathan était de nouveau en accord avec le monde, ce qui lui donna la sensation d'être un peu plus normal.

Il se leva, et en l'absence de messages ou d'appels manqués de Mickey (mais il était encore si tôt !), se doucha, s'habilla et s'assit sur le siège passager de l'Acura 2017 MDX familiale, numéro un du classement Top Sécurité+ de l'Institut des assurances pour la sécurité routière, et à qui, en outre, l'Administration de la sécurité autoroutière nationale avait décerné la note globale de cinq étoiles.

— Allez, allez, pressait-il sa famille.

Ses fils traînaient des pieds vers la voiture et Alyssa prenait tout son temps pour fermer la porte à clef.

— On n'est pas en retard ! répondit Alyssa, en rejoignant cependant le siège conducteur au pas de course. Il lui était souvent plus facile de se soumettre à l'anxiété tyrannique de Nathan.

Celui-ci inséra la partie mâle de sa ceinture de sécurité dans la partie femelle correspondante, et attendit d'entendre les trois clics des ceintures qui n'étaient pas encore attachées.

Immobile sur son siège, il sentit quelque chose se froisser sous son pied.

— Mince, je crois que j'ai marché sur...

Il se pencha en avant et constata qu'il s'agissait d'une feuille de papier glacé recouverte d'un nuancier de teintes beiges : Sable, Poussière, Ouate, Brume, Bois, Papier à Lettres, Flocon d'Avoine, Germe de Blé...

Alyssa lui arracha la feuille et d'un coup de poignet précis la lança sur le siège arrière avant que Nathan ait le temps de réagir.

— C'était quoi ? demanda-t-il.

Elle s'engagea sur la route encore humide de l'orage nocturne.

— Vous avez entendu la pluie, cette nuit, les enfants ?

Puis, s'adressant à Nathan :

— Quand est-ce qu'on aura de la neige, à ton avis ?

— J'espère qu'aucune branche n'a été arrachée, répondit-il. Correction : j'espère qu'aucun arbre ne tombera.

— Nathan, fit Alyssa en tournant brusquement la tête derrière elle.

Mais il était trop tard. Les craintes de Nathan faisaient déjà vibrer par sympathie celles de son fils.

— Ça peut arriver, ça ? demanda Ari. Qu'un arbre tombe, comme ça ?

Alyssa s'empressa de lui répondre :

— Non. Ça t'inquiète ? Il n'y aucune raison de s'inquiéter pour ça.

Mais Ari savait à qui s'adresser pour connaître la vérité dans toute son horreur.

— Papa ? demanda-t-il.

Nathan connaissait la vraie réponse, mais il connaissait aussi la bonne réponse. La vraie réponse était que oui, bien entendu, un arbre pouvait toujours s'abattre spontanément. Oui, bien entendu, une conjonction d'événements fortuits pouvait entraîner des blessures graves ou une mort instantanée (ou d'une lenteur atroce). Oui, bien entendu, notre mort est imminente, la seule constante étant que nous ne pouvons jamais savoir à quel point elle l'est. Demandez un peu à quelqu'un qui vient de mourir il y a une minute ! C'est un vrai miracle de se réveiller chaque matin ! C'était cela, la vraie réponse. En revanche, la bonne réponse consistait à dire : pas de quoi s'inquiéter, fiston. Tout va bien. Ça n'arrive pas, ce genre de choses. Nous vivrons tous éternellement en paix, en bonne santé et dans la prospérité.

Devinez un peu quelle réponse Nathan donna à son fils.

Le petit garçon qu'avait été Nathan Fletcher, littéralement collé à sa mère durant toute la durée de l'enlèvement de son père, était moins devenu un homme à part entière qu'une collection de tics, une crise d'angoisse ambulante et composite au cerveau simultanément plongé dans un passé indicible et un avenir terrifiant, et rarement dans l'instant présent, à moins que cet instant recèle plus de peur que le passé et l'avenir réunis, et requière à ce titre toute son attention. La peur était la seule chose qui lui avait jamais paru vraie.

— On ne peut jamais connaître l'étendue des dégâts infligés par un orage à l'intégrité physique d'un arbre, expliqua Nathan. Principalement parce qu'on ne peut jamais savoir ce qu'a déjà enduré l'arbre en question, tu comprends ? Certains ont plus de trois cents ans !

— Ce qui ne veut pas dire pour autant qu'un arbre va s'abattre sur notre maison…, intervint Alyssa d'un ton qui relevait autant de la mise-en-garde que de la lassitude.

— Toutafé, acquiesça Nathan.

Il resta immobile et silencieux, tâchant de toutes ses forces d'accéder à la supplication tacite d'Alyssa. Il adorait sa femme. À des moments plus calmes, quand ce genre de questions ne le mettait pas sur le qui-vive, il était convaincu du bien-fondé de l'avis général de son épouse, selon lequel un enfant ne devait pas s'inquiéter de ce qu'il ne pouvait empêcher. Mais entre ce qu'il savait et ce qu'il savait au plus profond de lui, il y avait un gouffre sombre et bouillonnant.

Aussi compléta-t-il :

— Cela fait des centaines d'années que ces arbres poussent. On ne peut pas savoir à quel point ils sont pourris de l'intérieur. Encore une fois, tout n'est qu'une question d'intégrité. L'intégrité structurelle de l'arbre.

Alyssa émit un son, Nathan se dit intérieurement *O.K., O.K.*, mais : *c'est pourtant bien ça, être parent, non ? S'assurer que nos enfants connaissent tous des dangers de ce monde ?*

Alors qu'Ari assimilait toutes les implications de ce qu'il venait d'entendre, Alyssa gonfla les joues.

— Donc un arbre peut tomber, comme ça ? demanda-t-il. Et si je me trouve au pied de l'arbre ? Et s'il tombe sur notre maison pendant qu'on dort ?

Alyssa expira lentement l'air contenu dans ses joues, comme un ballon se dégonflant sans fin.

— Et si ça arrive pendant notre sommeil, hein ?

Nathan se sentit alors envahi par cette tristesse de parent qui souvent s'imposait à lui, quand il faisait tout pour que ses enfants soient attentifs, à l'affût, et aussi terrorisés qu'ils devaient l'être. Ils détenaient l'information vitale qui leur faisait défaut jusqu'ici, néanmoins il regrettait d'avoir été dans l'impossibilité de la leur cacher.

— J'ai comme l'impression que le gros chêne du jardin est juste en face de ta chambre, lança Josh à Ari.

— Joshua ! s'écria Alyssa.

— C'est un très vieux chêne, poursuivit Josh. Qui sait ce qu'il a déjà enduré ?

— Josh, l'avertit Nathan.

Mais en son for intérieur, il ne pouvait qu'abonder dans son sens.

— Tu te souviens de la fois où on avait voulu faire une cabane dans cet arbre, mais que Papa avait dit qu'il n'était pas assez stable ?

— Ce n'était qu'une simple théorie de Papa ! s'interposa Alyssa en jetant un coup d'œil fulgurant au rétroviseur. On n'en sait rien du tout ! Ari, on n'en sait rien du tout ! Tu m'entends ?

— Alyssa ! s'écria Nathan, en saisissant le volant d'une main. La route !

(Il n'y avait personne d'autre sur la chaussée. Et vous ne vous imaginez pas à quel point ces rues sont larges.)

Alyssa reprit brusquement le contrôle du véhicule et s'arrêta à un stop. Mari et femme restèrent ainsi, à souffler sur le pare-brise. Nathan finit par se retourner pour regarder Ari en face :

— Je ne dis pas que cet arbre va s'abattre sur ta chambre au beau milieu de la nuit.

Alyssa parut se détendre.

— Tout ce que je dis, c'est qu'on ne peut pas savoir si ça arrivera.

— O.K. ! lança Alyssa presque en criant. On y est !

Ils venaient de s'arrêter devant la gare.

Nathan préférait le train de sept heures cinquante-neuf pour des raisons qui lui paraissaient évidentes : des deux trains de l'heure de pointe du matin, c'était le seul qui partait de la gare de Middle Rock, vide, donc, ce qui permettait à Nathan de prendre place sur le siège le plus proche des portes mais qui ne leur faisait pas face. Il avait depuis longtemps conclu qu'il s'agissait de la place la plus sûre. Elle se trouvait à côté de deux zones d'évacuation, et en outre, en cas de déraillement, la solide cloison pouvait lui servir de bouclier contre les projectiles, avant qu'il se précipite hors du train.

Tous les autres passagers connaissaient Nathan de vue, son attaché-case toujours serré contre sa poitrine, à s'inquiéter ouvertement de tout ce qui l'entourait. Physiquement, il ressemblait suffisamment à Beamer pour que leurs différences soient comiques. Il avait les mêmes yeux bleus que son frère, mais alors que les cernes sombres de Beamer lui donnaient un air sensuel, ceux de Nathan évoquaient la tête d'un raton-laveur de bande dessinée en proie à la terreur. Nathan était plus grand que son frère, mais plus maigre, du fait de son estomac sensible. Et si les cheveux de Beamer ne présentaient pas la moindre altération, Nathan était plus qu'engagé sur le sentier de la calvitie masculine qui selon toute probabilité aboutirait très vite à un instant clef où il devrait faire des choix décisifs concernant le peu de cheveux qui lui resteraient.

Dans le train, Nathan consulta son téléphone. Rien. Il envoya un autre message à Mickey :

> Hello hello ! On a dû se louper hier soir. Ça te va si on se parle maintenant ?

Il fixa ces phrases un moment avant de les envoyer. Quand il appuya sur le bouton, son estomac se souleva comme en pleine chute libre.

Or voici la vérité : à l'insu d'Alyssa, l'argent de Nathan ne se trouvait plus sur le fonds J.P. Morgan où quinze ans durant il était resté. Nathan avait tout retiré quand son meilleur ami d'enfance (quoiqu'en l'occurrence, « meilleur » et « ami » soient franchement hyperboliques) avait quitté une grosse boîte de courtage pour fonder son propre fonds d'investissement. Nathan n'avait cependant pas été facile à convaincre, bien évidemment. Mickey Mayer dut mettre en avant ses années d'amitié avec Nathan (tendues), la longue relation qui existait entre leurs sœurs (ténue), et le respect mutuel de leurs parents (équivoque) pour arracher Nathan à J.P. Morgan. Mais ce n'était pas avec ces arguments que Mickey avait réussi à décider Nathan d'investir tout son argent sur son fonds. Ce n'était pas avec des promesses d'incroyables retours sur investissement. Et ce n'était pas non plus avec son chant de sirène professant prudence et conservatisme (du sur-mesure pour Nathan), là où d'autres investisseurs faisaient miroiter des rendements à ne plus savoir qu'en faire. Non, c'était en exerçant les mêmes brimades que toujours.

— Tu connais mes enfants, Nathan, avait dit Mickey. Tu me connais depuis toujours. Nos sœurs sont amies. Nos mères sont les meilleures amies qui soient.

En fait, Jenny était restée tout juste en contact avec Erica Mayer, et Ruth détestait Cecilia Mayer.

— Je te connais. Je sais tout ce qui cloche chez toi, et tout ce qui t'empêche de faire les bons choix. Et ça fait un sacré paquet de trucs, si je peux me permettre. Un sacré paquet.

Puis :

— Mais putain, c'est quoi ton problème ? Qu'est-ce qui peut humainement te pousser à repousser un taux de rendement de 10 % ? Ça te plaît tant que ça, les frais de retrait ?

Puis :

— Est-ce que… il y a vraiment un truc qui ne va pas chez toi ? Ce mec profite de toi. Si j'avais su que tu aimais ça, qu'on profite de toi… Si j'avais su que tu n'étais qu'une petite salope qui aimait se faire abuser par le premier venu…

— Je ne sais pas trop, Mickey, avait répondu Nathan. J'ai une chouette relation avec ce type de chez J.P.

Mais Mickey l'ignora :

— Et le meilleur dans tout ça, c'est qu'il n'y a personne d'autre que moi, poursuivit-il. Et tu sais où j'habite. Tu sais où il habite, l'autre mec ? Tu sais comment il s'appelle ?

— Barry Silverman.

— Barry Silverman. Ah ! Écoute, ces mecs, tout ce qui les intéresse, c'est le fric. Moi ce qui m'intéresse, c'est ton avenir. Si tu refuses, c'est que tu es encore plus con que ce que je croyais.

Il était vrai que Nathan connaissait Mickey depuis toujours. Et, vrai aussi, il savait où Mickey habitait. Et le plan de Mickey, qu'il lui avait présenté sur un iPad, chez lui, alors qu'Alyssa était sortie avec les enfants, présentait une croissance en pente douce, à l'opposé de l'électrocardiogramme hérissé de pics et de creux que lui présentait le portail de J.P. Morgan quand le pH de l'estomac de Nathan était assez basique pour qu'il ait la velléité de le consulter.

Mais tout cela pourrait faire croire que la décision finale fut logique et inéluctable. Il n'en fut rien. D'aussi loin qu'il s'en souvienne, Nathan avait eu l'habitude de s'oblitérer intérieurement quand Mickey le rabaissait : tel un opossum, il répondait à ses agressions en faisant le mort. Quand il reprenait pleinement ses esprits, Nathan découvrait souvent qu'il avait consenti sans s'en rendre compte aux exigences de Mickey, uniquement pour que ça cesse. Et c'est donc ainsi que Nathan devint le premier client de Mickey.

À bord du train, le réseau téléphonique ne cessait de fluctuer. Nathan scrutait son écran comme d'autres suivaient les cotes boursières. Il s'adossa à son siège et essaya la respiration. Puis le comptage. Puis le fredonnement infrasonore. Puis le balayage corporel. Puis une méditation guidée, mais de mémoire, parce qu'il faudrait vraiment être stupide pour mettre ses écouteurs et fermer les yeux dans un train plein d'inconnus susceptibles de profiter que vous ayez la tête ailleurs pour planifier, juste là, sous votre nez, votre agression voire votre meurtre.

Quand le train de Nathan le déposa enfin à Penn Station, il prit l'escalator pour accéder au niveau principal. Arrivé en haut, il consulta son téléphone, et vit un message d'Alyssa.

Il faut qu'on parle. Ari est en train de péter un plomb à l'idée qu'un arbre s'abatte sur sa chambre.

Le bureau de Nathan, où il officiait en tant qu'avocat spécialiste du droit immobilier, se trouvait à quelques blocs au nord de la sortie de la 8e Avenue. Pour accéder à la rue, il aurait dû prendre un autre escalator. Mais il marcha jusqu'à l'entrée de métro, passa le tourniquet, monta à bord d'une rame de la ligne 1, véritable biodôme à spores et microbes monté sur roues, pour en descendre à la station Houston Street, dont il gravit l'escalier.

Ça peut attendre un peu ?

Répondit-il à Alyssa en constatant de retour à la surface que le message de son épouse était toujours le plus récent.

J'ai un rendez-vous important et je viens à peine d'arriver au bureau.

Il rangea son téléphone au fond de sa poche et se rendit à pied au Film Forum, où il consulta les séances du jour avant d'acheter une entrée pour la toute première projection, qui débuterait à midi.

*

Ces deux dernières semaines, Nathan avait passé toutes ses journées au cinéma, principalement à Greenwich Village, très loin de toute rencontre inopportune avec quelque connaissance que ce soit. Il choisissait sa place préférée, la plus au nord-nord-est de l'écran, à 9 144 millimètres du panneau EXIT le plus proche, conformément au code de la construction de la ville de New York. C'était de là qu'on pouvait sortir le plus facilement en cas d'incendie, et si l'on recevait l'appel qu'on attendait tant, c'était aussi de là qu'on pouvait le plus prestement quitter son siège, puis la salle obscure, sans déranger les autres spectateurs, même si Nathan était généralement la seule personne à assister à la séance du matin en pleine semaine, au tout début de l'hiver.

Aujourd'hui, cependant, un homme de sa génération ainsi que deux femmes plus âgées regardaient avec lui *Comment réussir dans les affaires sans vraiment essayer*. C'était la troisième fois que Nathan voyait ce film dans la semaine. Le Film Forum ne projetait que trois ou quatre longs-métrages à la fois, et après avoir vu les autres, Nathan avait conclu que *Comment réussir dans les affaires* était celui qui inondait le plus son cortex préfrontal d'informations et de diversions, ce qui contribuait à la stimulation de son complexe amygdalien, tout au fond de son cerveau qui tâchait toujours de comprendre comment au juste il était devenu quelqu'un qui chaque jour faisait semblant de se rendre au travail pour se terrer dans une salle de cinéma.

Il n'aurait pas pensé à qualifier le chemin qui l'avait mené jusque-là de ligne droite, mais jugez-en plutôt par vous-même :

Six mois à peine auparavant, Nathan passa devant la salle de conférences principale de l'abjecte quarante-cinquième étage de l'immeuble où siégeait le cabinet d'avocats où il travaillait. Il préférait éviter de regarder directement à l'intérieur de cette salle de conférences à cause de ses baies vitrées tout aussi abjectes, du sol au plafond, mais cette fois-ci, il ne put s'empêcher de remarquer qu'une bonne douzaine de personnes s'y trouvaient, rien que des associés du cabinet, à première vue, levant bien haut leurs flûtes de champagne. Et au beau milieu de toutes ces personnes se trouvait Dominic Romano.

Nathan se rendait dans son bureau, et croisant son assistante, Nancy, qu'il partageait avec quatre autres collègues, il lui demanda ce qui se passait.

— Dominic Romano est devenu associé, répondit Nancy.

— Dominic Romano ? Vraiment ?

Nathan reporta son attention vers la salle de conférences. Arthur, le cousin de son père, regardait à travers la baie vitrée, les mains dans les poches, légèrement à l'écart de la petite sauterie. Il jeta un coup d'œil par-dessus son épaule, sentant sans doute le regard de Nathan rivé sur lui, lui adressa un haussement d'épaules discret, et retourna à sa contemplation. Dominic Romano avait commencé son droit deux ans après Nathan.

En outre, Dominic était entré au cabinet six ans après Nathan. Et puis tout à coup, sans que Nathan ait le temps de s'en rendre compte, Dominic Romano avait été pressenti comme futur associé alors que Nathan n'était encore que simple employé. Et puis seulement *quatre* ans plus tard, Dominic avait convaincu son beau-père d'ajouter à la liste des clients du cabinet sa chaîne de magasins de bricolage financée par capital-risque, et là, soudainement, le voilà qui devenait associé à part entière !

De retour chez lui, Nathan avait tout raconté à Alyssa qui l'avait regardé droit dans les yeux, tout du long, en opinant de la tête, les sourcils circonflexes d'empathie.

— Mais toi aussi tu es pressenti pour devenir associé, non ? lui demanda-t-elle.

Cette question le déstabilisa.

— Oh, bien sûr, répondit-il. Enfin, je ne suis pas pressenti *stricto sensu*. Je suis plutôt pressenti pour être pressenti.

— Hm-hm.

— Rien que de très normal à ça.

Tout ce à quoi Nathan avait jamais aspiré, c'était la stabilité. Et les études de droit, bien que très compétitives, avaient parfaitement correspondu à ses besoins et à son tempérament. C'était la promesse d'un avenir sûr. C'étaient des bouquins, des essais à rendre, des examens à passer. C'étaient des deadlines, et des heures à écouter. C'était trouver un petit trou à l'intérieur d'un grand trou qu'on ne pouvait discerner qu'à condition de tout inspecter le plus scrupuleusement possible, sans bouger une oreille, et c'était bien là un don qu'il possédait, résultat de toutes ces années d'angoisse. Et puis c'était un domaine professionnel qui lui assurerait un revenu, de quoi oublier l'argent qui lui tombait dans les mains tous les trimestres, et qu'il pourrait mettre de côté pour ce qu'il qualifiait à haute voix de « mauvais jours », alors qu'en son for intérieur, il considérait cette épargne comme son bunker antiatomique.

Et puis la deuxième année de droit avait débuté et il lui avait fallu envisager un stage en vue d'un boulot, ce qui signifiait qu'il devait se choisir une spécialisation.

Il ne pouvait choisir le droit des faillites parce qu'il n'aurait pu supporter l'angoisse des personnes en proie à la faillite. Il ne pouvait choisir le droit criminel parce que non merci il n'avait aucune envie de fréquenter des criminels. Il y avait le droit de la famille mais il ne voulait pas assister à des disputes. Il y avait les successions, comme son cousin Arthur, mais les testaments étaient directement liés à la mort, et il n'aurait pas pu passer ses journées à parler de morts et de décès alors qu'il passait déjà l'essentiel de son temps à y penser.

— Bon, alors qu'est-ce que tu aimes faire, dans la vie, plus généralement ? lui demanda Arthur quand Nathan vint lui demander conseil. Te considères-tu comme un bon négociateur ?

Un frisson parcourut le jeune Nathan.

— Est-ce que tu te vois plaider au tribunal ?

Ce qui se lut alors sur le visage de Nathan fut un indicateur très clair que, non, Nathan n'avait aucune envie de plaider au tribunal.

Arthur évoqua le droit des contrats (mais ça impliquait des contacts avec les clients), le droit de l'immigration (hein ?), le droit du travail (mais ça impliquait des négociations), et puis ne parlons même pas du droit des contentieux.

Arthur lui parla alors du droit immobilier. Des codes, des règlements et des arrêtés. Des amendements aux codes, règlements et arrêtés. Des lois prétoriennes. Des amendements aux lois prétoriennes. Des jurisprudences. Des jurisprudences plus récentes. Des traités. Des requêtes. Des prérequêtes à remplir avant de pouvoir soumettre ses requêtes. Des demandes d'autorisation. Des demandes d'autorisation à demander des autorisations. Des piles de paperasse. Le droit immobilier générait tellement de délicieuse paperasse qu'on pouvait y sombrer, et quand on se retrouvait tout au fond de ces lois et de ces réglementations et de ces décrets et de ces codes et de ces vides juridiques, si les choses tournaient mal, personne ne pouvait vous retrouver sous ces tonnes de paperasse !

Bien sûr, il fallait se présenter à des audiences. Et la plupart des avocats spécialisés en droit immobilier devaient se rendre au tribunal et négocier avec les opposants aux projets de leurs clients et les propriétaires des biens mitoyens. Mais il existait une catégorie à part entière d'avocats en droit immobilier qui se contentaient de rester dans les tréfonds de la paperasse, à faire des recherches, à remplir des formulaires, à trouver des contournements et à annoter des documents. C'était Nathan tout craché.

En écoutant Arthur lui parler de droit immobilier, Nathan afficha peu à peu l'expression transie d'un homme amoureux, grisé par cette promesse d'une vie d'ennui, sans confrontation ni risque réel.

Arthur engagea donc Nathan dès la fin de ses études, bien évidemment. Arthur servait avant tout Ruth, raison pour laquelle il fit tout pour assurer à son petit-cousin le meilleur début de carrière possible.

Et Nathan excella en la matière ! Enfin, il fit l'affaire. Sans se faire virer. Il avait un don certain pour la recherche, et cette patience infatigable qui va de pair avec la certitude que plus on passe de temps loin du tribunal, moins on a de chance d'y mettre un jour les pieds. À ce titre, il joua un rôle décisif dans un bon nombre de victoires du cabinet, telles que :

- le rachat d'abris pour SDF financés par les impôts de l'université locale qui en fit des résidences d'étudiants ;
- l'obtention d'une licence de vente d'alcool et d'un distributeur automatique de produits à base de CBD pour la salle d'arcade Mouse n'More Play-All-Day, au cœur de Brooklyn ;
- pour le supermarché Valu-Mart de la 34e Rue (client du cabinet) : le droit de vendre du cannabis, alors que son concurrent, le Shop-Now qui se trouvait à neuf vitrines en bas de la rue (pas client du cabinet), avait l'interdiction d'ouvrir les dimanches ;
- l'annulation de cinq projets de logement social dans l'une des zones les plus défavorisées de Brooklyn, tout à l'est, et leur remplacement par des Burger King.

Et cetera, et cetera, ad infinitum.

Sur tous ces projets, Nathan s'occupa de la paperasse. Il s'occupa des recherches, des formulaires à remplir, de la synthèse des remarques afférentes, des dépôts en trois exemplaires. Il prérédigea les autorisations d'utilisation à la place des départements d'ingénierie, des commissions de zonage municipal et des mairies. Il enfilait les couloirs du cabinet sans relever les yeux du quatorzième volume d'un ouvrage de jurisprudence que personne n'avait ouvert depuis une bonne douzaine d'années. Il se chargea des recherches méticuleuses de détails potentiellement intéressants dont personne ne voulait s'acquitter, mais qui étaient vitales dans le processus de détournement des lois éthiques basées sur la bonne foi que tout avocat immobilier se doit de subvertir au profit de ses clients. Il était tellement pris par ces tâches qu'il n'avait pas même le loisir de prendre conscience de la faillite morale que représentait son travail.

Rappelez-vous : il avait rendu possible la reconversion d'abris pour SDF en résidences estudiantines.

Mais par ailleurs, il ne faisait jamais plus que ça. Il ne prenait jamais part à la conception d'un projet, ni au développement du cabinet, ni à l'expansion et à la diversification des contrats. Il aurait été bien incapable de rencontrer un client en tête-à-tête. La simple idée de se rendre au tribunal lui était insupportable. Il ne gravit jamais aucun échelon, il n'envisagea pas même cette possibilité, parce que, très franchement ? Il n'aspirait pas à mieux. Il ne compta jamais ni ses jours ni ses années. La chance qu'il avait d'aimer ce à quoi il consacrait ses journées lui suffisait. Son grand-père avait travaillé dur à l'usine afin de pouvoir ouvrir la sienne, que son père avait dirigée sans épargner ni sa peine ni sa sueur, afin de léguer à ses enfants le rêve de consacrer leurs journées à quelque chose qu'ils aimaient. C'était cela, l'Amérique !

Et du point de vue de Nathan, c'était sans doute un énorme soulagement existentiel, mais du point de vue de sa hiérarchie, cela le rendait passablement invisible aux yeux de tous ses collaborateurs. On croit que le contraire de la promotion, c'est le licenciement, alors qu'en vérité, c'est précisément cela : cette sorte de stase permanente.

Mais c'était là son choix. De fait, ça l'avait été. L'ascension de Dominic Romano n'aurait pas dû le déranger plus que ça, mais elle coïncida avec deux événements très importants dans la vie de Nathan. Le premier était la maladie de sa grand-mère. À chacune de ses visites hebdomadaires dans le salon de Phyllis, il constatait que le sentimentalisme et l'adoucissement qui, à en croire la rumeur, affectaient généralement les personnes âgées et les mourants, continuaient encore et toujours à lui échapper.

— Tu es mon petit-fils aîné, disait-elle. Tu seras le chef de cette famille quand tes parents disparaîtront. (Elle n'avait déjà plus la force de supporter le poids de sa tête. L'aide à domicile, assise dans un coin de la pièce, piquait du nez.) Je n'arrive pas à croire que je vais partir avant que tu te sois décidé à devenir quelqu'un.

— J'ai l'impression qu'elle délire, déclarait Nathan à l'aide à domicile.

— Moi je trouve qu'elle a encore toute sa tête, répondait l'autre.

Nathan tâchait de rassurer sa grand-mère en lui disant que ses parents étaient encore jeunes et pleins de santé, que lui-même était avocat dans son cabinet – le cabinet d'Arthur ! Le cabinet très réputé d'Arthur ! – et qu'en vérité tout allait plutôt bien pour lui.

— Je te le dis, le temps va passer beaucoup plus vite que tu ne le crois, disait sa grand-mère. Ses veines seules murmuraient toutes sortes d'horribles secrets sur ce qui nous attend, tous autant que nous sommes.

— Tu n'as pas connu ton grand-père. Tu ne sais pas tout ce qu'il a fait pour toi. Tout ce qu'il a fait pour que tu jouisses de tous les choix possibles dans la vie. Mais tu dois les *faire*, ces choix, Nathan. Tu dois les faire.

— Et tous les jours je travaille dur. C'est un domaine ultra-compétitif, ça, c'est sûr. Je suis...

— Tu ne m'écoutes pas, Nathan. Tu crois que je ne sais rien à rien, mais je sais. Écoute-moi !

Malgré les dénégations de l'aide à domicile, il s'autorisa à penser qu'elle était perdue et désorientée, que son agressivité résultait de son traitement médicamenteux (mais ce genre de traitement n'était-il pas censé apaiser le sujet ?). Et pourtant, quand après ces visites il rentrait chez lui et s'asseyait à côté de ses enfants pour les regarder jouer à leurs jeux vidéo, il ne pouvait s'empêcher de réfléchir à ses paroles. Ari était à fond sur des jeux de rôle d'heroic fantasy où toutes sortes de créatures, y compris des humains, s'entretuaient de façon archaïque, avec des flèches, des poisons et des haches.

Josh aimait les jeux de sport ou les jeux de tir à la première personne, et même dans l'idéal, une combinaison des deux genres, comme un jeu vidéo où dans la peau d'un footballeur, on pourrait ouvrir le feu au pistolet-mitrailleur en plein milieu d'un match. Ses fils étaient assez différents l'un de l'autre.

Mais ils étaient également très différents de lui. Ari avait un tempérament proche de Nathan, en ceci qu'il était lui aussi une pelote de nerfs ambulante, mais Nathan ne s'était jamais intéressé aux jeux vidéo dans sa jeunesse. Son anxiété s'était traduite par une propension à se réfugier dans son coin avec des livres, à se constituer un arsenal de connaissances, et non à cette… inertie. Pas à cette enfance qui attendait de se passer, sans réflexions ni ambitions pour meubler le temps qui lui restait. Aucun de ces deux fils ne s'intéressait à autre chose qu'aux jeux vidéo. Ils ne lisaient pas. Ils n'étaient pas curieux du monde. Quand ils cessaient de tirer dans le tas au milieu d'un stade de foot ou de lever des armées de trolls contre des régiments d'elfes – et ils ne renonçaient à ces occupations que parce que leur mère imposait des limites au temps qu'ils consacraient à leurs consoles – ils sortaient leurs téléphones et se soumettaient passivement à un flot hétéroclite de contenus aléatoires conçus par d'autres.

— À leur âge, j'avais lu tous les tomes du *Seigneur des Anneaux* et tous les *Narnia*, se lamenta Nathan auprès d'Alyssa, un soir, après qu'ils eurent réussi à arracher iPhones et iPads des mains de leurs fils pour les envoyer se coucher. J'ai même essayé de construire tout seul un ordinateur quand j'avais quelque chose comme dix ans.

— J'ai été élevée différemment, répondit-elle.

Eux aussi étaient au lit, allongés sur le ventre, la tête sur l'oreiller, tournée vers celle de l'autre, dans un bruissement de murmures.

— Je crois que c'est à cause de l'argent, poursuivit-elle. Mais la grande question, c'est de savoir ce qui arrivera à les motiver, pour de vrai. Ce qui me motivait, moi, c'était d'avoir une vie différente de celle de mes parents.

— Pas moi ! fait Nathan.

— Tu sais ce qu'on dit, poursuivit Alyssa. La première génération bâtit la maison, la deuxième l'habite, et la troisième l'incendie.

— Ils font partie de quelle génération, nos enfants ? chuchota Nathan.

— Ben, c'est marrant. De mon côté, c'est la deuxième, puisque j'ai grandi sans argent. Mais de ton côté, c'est la troisième. Ou la quatrième ? En tout cas là-dessus, on dirait que c'est ton côté qui l'emporte.

— Tu aurais préféré qu'ils aient la même enfance que toi ?

— Ce n'est pas ce que j'ai dit. C'est toi qui te plains. Ce dont tu parles me semble être un sacrifice acceptable pour ne pas vivre constamment dans la peur. Il y a des choses bien pires que d'être gâté et feignant.

— Comme quoi ?

— Être pauvre, répondit-elle.

Nathan éteignit alors sa lampe parce qu'il savait qu'elle allait embrayer sur la seule chose qui à son sens pouvait empêcher, ne serait-ce que partiellement, que leurs enfants se transforment en véritables monstres, à savoir une pratique plus assidue de la religion.

— Je dois me lever tôt demain, dit-il en lui tournant le dos.

Il y avait vraiment des sujets qui ne valaient même pas la peine d'être abordés.

Mais dans l'obscurité, il pestait intérieurement contre le tour qu'avaient pris les choses. Quand il était jeune, il était impératif de lire, d'apprendre, de s'investir, de se *lancer* dans quelque chose. Les amis de ses grands-parents étaient des entrepreneurs, des professeurs de philosophie, des avocats qui plaidaient auprès de la Cour suprême des États-Unis. C'étaient des auteurs, des dramaturges, des gens qui profitaient pleinement de tout ce que les souffrances et les luttes de leurs propres parents durant la guerre leur avaient permis d'avoir. Puis dans la génération de ses parents, c'étaient des dermatologues, des avocats en droit des contrats, un soudain déclassement culturel, et pourtant : ils partageaient le même sens du dur labeur et de la nécessité d'aller de l'avant, de s'extraire du déficit dans lequel les avaient précipités les générations de la guerre et de l'immigration. Nathan avait passé deux étés dans l'usine familiale, pour y apprendre un métier : « pour apprendre ce que c'est, le vrai travail », comme le disaient ses parents. Il fut envoyé en classe de programmation, à l'aube de l'informatique grand public, pour apprendre des langages anciens tels que le C++ et le Pascal. Il fut obligé de prendre des leçons de piano, point d'honneur qui paraissait sortir de nulle part, étant donné que personne dans sa famille n'était particulièrement musicien, ni même mélomane. Après l'école, il dut suivre des cours de français (de français !), d'échecs, de karaté (cherchez pas). On l'encouragea à rêver de son avenir, à se choisir d'importants objectifs tout à fait personnels. On s'attendait tout naturellement à ce qu'il aspire à devenir une personne à part entière.

Et à sa façon, il y était parvenu. Mais à présent, lorsqu'il voyait ses enfants lâcher à contrecœur leurs manettes pour se rabattre sur leur téléphone ou leurs devoirs de classe ou se rendre en traînant des pieds à leurs leçons en vue de leur bar-mitsvah, Nathan se rendait compte que sa grand-mère avait raison. Il était plus vieux qu'il l'avait cru, et il en allait de même pour ses enfants. Leurs perspectives étaient encore plus riches et plus incroyables que celles dont il avait joui, pourtant ils semblaient l'ignorer, voire s'en moquer, le plus probable étant encore qu'ils ne réfléchissaient pas même en ces termes. Nathan ne les avait pas obligés à venir travailler avec lui, ainsi que l'avait fait son propre père. Très brièvement, il se demanda s'il devait leur imposer de travailler quelques semaines à l'usine, juste histoire qu'ils mettent un peu les mains dans le cambouis. Mais cela n'aurait mené à rien. Alyssa avait consenti à ce qu'ils fréquentent l'école publique du quartier, à condition qu'ils aillent en colonie de vacances juive. Nathan n'avait émis aucune objection. Il entendait leur laisser le choix de s'investir dans ce qui leur chantait ! N'est-ce pas là le rêve américano-juif ? Mais il s'apercevait maintenant que cela n'aurait été une bonne idée que s'ils lui avaient ressemblé. Il comprenait, peut-être trop tard, ce qui était arrivé. Son épouse isolait ses enfants de toute *critique* et de tout *préjudice affectif*, elle protégeait leur *santé émotionnelle*, elle visait pour eux un *constant apprentissage de la vie*. Sa grand-mère avait raison. Ses enfants étaient des bons-à-rien (même si, bien entendu, dans les faits, c'était *lui* que sa grand-mère avait traité de bon-à-rien, pas ses enfants).

Le lendemain, alors que sa grand-mère continuait de dépérir au milieu de son salon, et que ses enfants, assis en classe, bavaient devant l'écran de leur téléphone en attendant que la sonnerie retentisse, Nathan arriva sur son lieu de travail encore plus tôt que d'habitude, et se présenta dans l'antichambre du bureau d'Arthur. Arthur était déjà là, après un petit déjeuner avec un partenaire du cabinet, et un rendez-vous matinal avec un fiduciaire.

— Hello hello, fit Nathan en passant la tête dans l'entrebâillement de la porte du bureau.

— Nathan, le salua Arthur avec une expression un peu inquiète. Ta mère va bien ?

— Bien sûr, bien sûr, répondit Nathan en glissant son corps à l'intérieur, pour s'asseoir en face d'Arthur. J'ai juste besoin de tes lumières. J'ai pas mal réfléchi. À Dominic Romano, au fait qu'il ait rejoint les rangs des associés du cabinet...

— Ah, oui, c'est vrai, dit Arthur. (Il retira ses lunettes et eut un sourire aimable.) Écoute. Tout le monde est différent. Dom Romano est un requin. Tout le monde ne peut pas être un requin, Nathan. Cela ne veut pas dire pour autant que tu n'es pas un élément précieux de ce cabinet. Tu es un rouage crucial de ce département.

— Oui, bien sûr, évidemment. C'est juste que… je ne sais pas comment on mesure la valeur d'un collaborateur. Je me dis que si je fais ce que je fais et que les autres considèrent que ça a de la valeur, peut-être que, je ne sais pas, moi, peut-être qu'il y aurait un moyen de marquer le coup, tu vois ?

Nathan fixait l'une des épaules d'Arthur, incapable de croiser son regard.

— Oui, répondit Arthur d'une voix douce. Mais parfois, la façon de prouver à quelqu'un qu'il a de la valeur, c'est de s'assurer que cette personne puisse continuer de travailler dans les strictes limites de ses compétences. Faire en sorte qu'elle se sente à l'aise dans le cadre restreint de ses atouts. Lui permettre de ne faire que ce dont elle est capable. Tu comprends ?

Il fallut une seconde à Nathan pour répondre d'un « Toutafé » qui était à peine plus qu'un murmure. Mais l'expression arrogante de Dominic Romano s'imposa soudain à lui, et il trouva le courage de regarder Arthur droit dans les yeux.

— Seulement le type qui a commencé son droit des années après moi et qui a beaucoup moins d'ancienneté dans cette boîte est devenu mon supérieur. Et si je me mettais à rencontrer des clients, moi aussi ? Et si je décidais de travailler aussi au tribunal ? Et si j'*essayais* ?

Arthur inspira un grand coup et se ressaisit avant de répondre :

— On va se parler franchement, Nathan. Le droit immobilier est un domaine juridique éminemment politique. Selon l'État de New York, vous n'êtes pas de simples avocats. Vous êtes des *lobbyistes*. Et il se pourrait que le lobbying ne soit pas exactement ton fort. Cette forme d'ambition agressive propre à Dom, ça ne te ressemble pas. (Un froncement de sourcils de Nathan.) Et c'est tant mieux ! N'importe quel bon cabinet a besoin d'un type comme toi, Nathan. Un type qui préfère se tenir à l'écart de l'action. Qui préfère se plonger dans les bouquins. Débusquer les vides juridiques. C'est ça qui fait de toi un élément inestimable.

— Très bien, mais là on en revient à la notion de valeur. Si j'ai de la valeur, si ce que je fais est vraiment crucial, peut-être que je n'ai pas à me montrer aussi agressif pour décrocher une promotion ? Je… ça fait quand même longtemps que je suis simple employé ici. Et avant même qu'Arthur ait le temps d'aborder frontalement la problématique soulevée :

— Ce n'est pas une question d'argent. Tu sais très bien que ça n'a rien à voir. C'est juste que socialement, c'est avec de l'argent qu'on exprime la valeur qu'on attribue à quelqu'un, et la dernière fois que j'ai eu une augmentation…

— Tu en reçois une chaque année.

— Uniquement indexée sur l'inflation. Ce n'est pas la même chose. Et je ne suis toujours qu'un employé. Je suis le seul de mon âge à être simple employé.

Arthur n'avait plus rien à ajouter, et Nathan lui ayant dit ce qu'il voulait lui dire, il se leva et sortit du bureau, épuisé par cet échange, le plus vif qu'il ait jamais eu avec qui que ce soit de toute son existence.

Une semaine plus tard, Nathan mettait de l'ordre dans le dossier de demande d'acquisition d'une église par la New York University afin de reconvertir le lieu saint en résidence étudiante/bar à yaourt glacé. À New York, il est quasiment impossible de transformer une église dotée d'une congrégation en résidence universitaire et bar à yaourt glacé, la ville veillant à préserver les lieux de culte en activité, qui généralement ne peuvent se permettre de se retrouver entourés des grandes chaînes de pharmacie qui finissent toujours par tout coloniser. Mais Nathan avait découvert que si l'on dédommageait la congrégation en lui trouvant un nouveau lieu où s'établir (dans le cas présent, un bâtiment délabré et condamné d'East New York, qui avait été un Worksmen Circle/Arbeter Ring dans les années 1950, avant de devenir un centre d'aide aux victimes de viol/espace de coworking), qu'on la remplaçait par un groupe de croyants d'une autre religion (procès *Yeti vs. Smith*, 1982), et que cette nouvelle religion *(idem)*, créée de toutes pièces pour l'occasion (procès *Koresh vs. Confrérie de Saint Matthieu*, 1992), cessait soudainement d'exister, comme toute religion en a le droit, alors il suffisait d'attendre quatre-vingt-dix jours, samedis et dimanches chômés compris (ainsi que les mercredis après-midis, faux sabbat de la fausse religion que le cabinet avait installée dans le bâtiment concerné), pour que n'importe quelle personne morale se voie en droit de racheter le bien immobilier à des fins résidentielles, éducatives ou commerciales. Est-ce que le secrétaire de la mairie qui tamponna le Certificat d'occupation final de l'édifice s'enthousiasma pour ces contournements absurdes mais parfaitement autorisés par la loi ? Non. Déclara-t-il à l'assistant juridique qui vint chercher le Certificat qu'il devrait avoir honte de travailler pour « ces pirates assoiffés de dollars qui poussent la ville à sa ruine » ? Bien sûr. Mais dans le droit immobilier, il n'y avait pas de place pour les sentiments.

Il venait d'envoyer les derniers éléments de paperasse au notaire quand la nouvelle assistante de Dominic Romano, qu'il gardait rien que pour lui, informa Nathan que Monsieur Romano souhaitait le voir dans son bureau.

Nathan sentit le contenu de son estomac franchir son sphincter œsophagien pour remonter jusqu'à son pharynx, et même au-delà, tandis qu'il enfilait le long couloir. Dominic n'avait aucune raison de vouloir lui parler.

— Hello hello, fit Nathan en passant la tête à l'intérieur du bureau.

Dominic lui fit signe d'entrer sans détacher les yeux de son ordinateur.

— Assieds-toi, Nathan. Merci d'être passé aussi vite.

— Je… tu as besoin de moi pour quelque chose ? demanda Nathan. J'étais en train de boucler le dossier de la New York University.

— Super, super, je voulais simplement avoir un petit entretien avec chaque membre de l'équipe, maintenant que je suis ici.

Dominic se détourna enfin de son écran pour balayer son nouveau bureau d'un regard effaré.

— Je tiens à faire connaissance avec mes collaborateurs. Nous, on se connaît déjà, bien évidemment. Depuis des années.

— Des années.

— Et je sais que tu t'entends bien avec Sim.

— Toutafé.

— Il a énormément travaillé, je suis content qu'il fasse un petit break.

— Il a énormément travaillé, oui, acquiesça Nathan.

— C'est moche, pour son divorce. C'est bien de prendre un peu de temps pour soi… Et au fait, on a parlé de toi, avec ton oncle Arthur…

— C'est un cousin de mon père. Ce n'est pas mon oncle.

— Bien sûr, bien sûr.

Dominic portait des chemises bleues mais avec un col blanc. Il avait retiré sa veste, et ses manches retroussées, aux manchettes blanches elles aussi, dévoilaient ses bras poilus et virils, ainsi que sa montre en or.

— On a parlé du super boulot que tu fais, en coulisse, loin des clients. Tu as toujours été un rat de bibliothèque, déjà à la fac.

— Eh bien, nous étions en fac de droit. Il y avait des tas de bouquins à lire.

— Bien sûr, bien sûr. En tout cas Arthur et moi on se disait que ce genre de boulot, ça n'attirait peut-être pas les lauriers, mais ça méritait sans doute une récompense. Peut-être qu'on pourrait te récompenser pour ton travail.

Nathan avait la gorge sèche.

— Ton oncle pense qu'on devrait t'offrir directement une promotion, mais à quoi bon, hein, j'ai raison ou pas ? Je lui ai dit que le népotisme, ce n'était pas ton truc. Que tu préférais y arriver par tes propres moyens.

— … oui, toutafé.

— Je me souviens encore, à la fac. Tu avais cette piaule, là. Une belle maison de grès brun à Greenwich Village, je me trompe ? J'ai vécu chez mes parents, à Staten Island, jusqu'au bout de mon cursus. Je *travaillais*. Tu vois un peu ? D'abord à la cafétéria. J'ai aussi bossé à la salle de sport, à nettoyer derrière les gens, les serviettes, tout ça. Une fois, deux mecs ont fait l'amour dans les douches. J'étais là quand le manager les a surpris. Il m'a tout fait nettoyer.

— Waouh. C'est, ça devait vraiment être… Waouh.

— On n'était pas riches, chez nous. Je prenais le ferry tous les jours. Aller-retour. J'ai été le premier membre de ma famille à faire des études supérieures.

— C'est intéressant, ce que tu racontes là, Dominic, parce que figure-toi que moi aussi. J'ignorais complètement qu'on avait ça en commun. Mon père n'a pas fait la fac. Enfin, il était en première année quand ma grand-mère l'a appelé pour lui annoncer que son père était mort d'une crise cardiaque – il n'avait pas encore cinquante ans, mon grand-père ! Et il est tombé, comme ça, au beau milieu de son usine. Mon père est donc retourné au bercail, et c'est lui qui a repris les rênes de l'usine. Sans diplôme. Ce qui fait que j'ai été le premier à aller au bout de mon cursus universitaire.

— C'est un peu différent, pour les juifs.

— Hein, qui ? Non, je ne prétendais pas que… comment ça ?

— Tu sais ce qu'on m'a dit, un jour ?

Nathan sentit son côlon ascendant se nouer autour de son côlon transverse et de son côlon descendant en un solide nœud coulant.

— Quoi, Dominic ?

— Qu'un Italien, c'était un juif idiot. Marrant, non ?

Nathan était incapable du moindre mouvement.

— D'autant plus marrant que c'est maintenant à moi qu'on demande de te donner un petit coup de pouce. En même temps, celui qui m'avait dit ça était juif.

— Je crois que je ne suis pas trop d'accord avec cette formule. À propos des italo-américains. Tu sais, les juifs et les italo-américains ont énormément en commun. Enfin, pas tout...

— Et tu vas mettre la Shoah sur le tapis. Comme c'est original.

— Oh. Non. Pas du tout. Je pensais surtout à l'expérience de l'exil, de l'immigration. Tu sais, mon grand-père est arrivé ici sans un sou en poche. Il avait simplement le projet de faire des emballages en polystyrène. Une méthode de production en tête. Et il a travaillé d'arrache-pied.

Dominic attendit patiemment que Nathan eût fini. Il laissa un peu durer le silence ridicule qui suivit, puis reprit la parole :

— Je vais te donner une occasion de briller. Je sais que tu n'as aucune envie de te charger des dîners avec la clientèle. Et quand bien même, tu en serais incapable. Mais tu peux briller autrement. Et je vais t'en donner l'opportunité.

— C'est très aimable de ta part. Vraiment. Merci.

— Je vais te mettre sur le dossier Giant's.

— Tu vas...

— Exactement. Giant's.

Nathan n'en croyait pas ses oreilles. Dominic allait le mettre sur le dossier Giant's ? Giant's ? Giant's !

Giant's, c'était la célèbre chaîne de magasins spécialisés en articles de maison/prêt-à-porter/tables basses en aggloméré/

papèterie/chaussures/tondeuses à gazon/brosses W.-C./parapharmacie/produits d'entretien/réparation auto/cosmétiques/alimentation/ceintures/soutien-gorge d'allaitement/*Call of Duty : Modern Warfare*/patère en forme de groin de cochon/couches-culottes/blocs W.-C. eau bleue/rafraîchisseurs de bouteille de vin, qui avaient conquis toute la côte est des États-Unis au cours de la dernière décennie. C'était également la marque-cliente la plus importante du département immobilier du cabinet, celle qui faisait tourner tout le quarante-cinquième étage, et sans laquelle, pour les associés, il n'y aurait eu ni faible taux d'hypothèque sur leurs troisième et quatrième résidences, ni deuxième Porsche, ni inscription de leur progéniture dans les meilleurs établissements privés, ni deuxième famille secrète au Canada.

Nathan ne savait plus où se mettre.

— Waouh, Dominic ! Merci infiniment, souffla-t-il. Franchement… Waouh.

Puis :

— Qu'est-ce que je dois faire ?

— Le Giant's de Yellowton a besoin d'un C d'O.

— Hm, fit Nathan en hochant vigoureusement la tête. Bien sûr. Et ça coince quelque part ? J'ai cru comprendre qu'aucun problème ne se posait pour le Certificat d'occupation.

— Non, non, répondit Dominic. Nous avons simplement besoin de quelqu'un pour superviser tout ça. Histoire d'être sûrs que tout se passe au mieux. C'est la toute dernière ligne droite !

— Ah. Je comprends. Hm. Mais, euh… généralement on ne s'occupe pas de cette étape, non ?

— Des fois, si. On a parfois besoin de nous. Les autorisations discrétionnaires, ce genre de trucs.

— D'accord, mais ça, c'est pour les première année. Ou les assistants juridiques.

Un bref instant, Dominic laissa se refléter sur son visage une lassitude qui rappela à Nathan certains regards que sa mère lui envoyait parfois.

— Nathan, un associé-fondateur m'a demandé de donner du travail supplémentaire à son neveu afin de justifier sa promotion. Aide-moi un peu, là. Est-ce que tu as le sentiment de pouvoir contribuer d'une autre manière au projet du Giant's de Yellowton ?

Nathan opinait toujours frénétiquement du chef, mais cette fois en regardant le bout de ses chaussures, tout en réfléchissant à ce qu'il venait d'entendre.

— Une promotion ? demanda-t-il.

Dominic ferma les yeux une demi-seconde et secoua la tête.

— Oui, dit-il. Je vais te donner une promotion. Dès que tu auras accompli cette tâche. Employé senior. Félicitations, Nathan.

Dominic se leva et Nathan ne put que l'imiter. Dominic tendit le bras pour une poignée de mains, puis se rassit pour se repencher sur son ordinateur. Le rendez-vous était terminé.

Dans le train qui le ramena chez lui ce soir-là, Nathan ne put penser qu'à deux choses aussi importantes l'une que l'autre : la première était que personne ne l'avait jamais autant insulté de toute sa vie, la deuxième était qu'il allait décrocher une promotion !

Il annonça la nouvelle à Alyssa.

— Employé senior ! s'exclama-t-elle. Ce n'est pas rien, ça ! Ça se fête !

Elle donna de la voix pour informer leurs enfants qu'ils dîneraient au restaurant.

— Oui, enfin ce n'est pas encore finalisé, tu sais. On m'a mis sur le dossier Giant's. Ce qui en soi est énorme ! C'est le plus gros client du cabinet, quoi ! J'ai quelques petites choses à finaliser, mais bon, ce ne sont que des formalités.

— On va quand même fêter ça.

Ils allèrent dans un restaurant chinois casher, Alyssa aimant tout autant soutenir les commerces casher que décourager la consommation de treif, dont la cuisine traditionnelle chinoise était sournoisement truffée.

Après avoir commandé, Alyssa se tourna vers Nathan :

— Alors, entrons un peu plus dans les détails. C'est un poste d'associé ? Ou un poste menant au statut d'associé ? Ou autre chose peut-être ?

Le regard de Nathan passa du visage de sa femme à son épaule, puis par-dessus, et il prit alors conscience qu'il n'en savait rien.

— C'est une promotion. J'imagine que n'importe quelle promotion est un pas de plus vers le statut d'associé ?

Mais le lendemain, il passa à nouveau la tête dans le bureau de Dominic.

— Hello hello, boss !

Dominic releva la tête.

— On a rendez-vous ?

— Euh, non, j'ai juste une ou deux questions à propos de… de la promotion dont tu m'as parlé hier.

Dominic hésita un instant, puis lui fit signe d'entrer.

— C'est juste que ma femme m'a posé une question hier soir à laquelle je me suis retrouvé incapable de répondre.

— Bien sûr, bien sûr, fit Dominic. Mais je n'ai que deux petites minutes à t'accorder…

— Est-ce que « employé senior », ça rapproche du statut d'associé du cabinet ?

La voix de Nathan était bien plus aiguë que quand il s'était entraîné à poser cette question.

Dominic s'enfonça dans son fauteuil.

— Eh bien, toute promotion rapproche un peu plus du statut d'associé, non ? Techniquement ? À condition d'être avocat. Et tu es avocat.

— Je veux parler tout particulièrement du titre d'employé senior.

— Je vais être tout à fait honnête avec toi, Nathan. Je n'en sais rien. Personne d'autre n'a ce titre.

— Ce n'est pas un…

— Exactement. Tu es le tout premier employé senior.

— Mais dans les faits, est-ce que ça signifie que…

— On peut reparler de ça plus tard ? Je sais que tu as du pain sur la planche, cette semaine. On verra tout ça une fois qu'on aura le C d'O. Ça te va ?

Mais ce n'était pas une question.

*

Un lundi matin, à peine plus de trois mois jour pour jour après son entretien avec Dominic, Nathan informa Alyssa qu'il n'avait pas besoin qu'elle le dépose à la gare, il prit le volant de son Acura 2017 MDX à lui, il s'engagea sur la Voie Express de Long Island (également appelée Voie du Stress), et au lieu de prendre la direction de l'ouest, il roula plein est.

L'heure était venue de parachever sa mission.

L'existence même d'un Giant's à Yellowton relevait du coup d'État. Depuis des années déjà, le géant de la grande surface essayait de s'implanter dans les zones adjacentes aux Hamptons, dans la partie orientale de Long Island. Il fallait proposer aux gens du coin, les riches comme les prolétaires, un lieu où acheter leurs lots de sous-vêtements, leurs piles, leurs crèmes hydratantes et leurs déneigeuses en même temps que leurs paquets XXL de Frosties et leurs lunettes de lecture. À ce titre, cette partie de Long Island était l'une des cibles prioritaires de la chaîne de magasins. Le commun des mortels avait besoin d'une grande surface, et les riches aimaient y faire leurs emplètes, mais uniquement loin de chez eux : ils n'aimaient pas se voir obligés de coudoyer, littéralement, leurs voisins moins favorisés, qui dans ce genre de magasins achetaient aussi leurs fruits, leurs légumes, leurs costumes et leurs tenues de soirée.

Car personne n'était insensible à la magie d'un Giant's. Il suffisait de pénétrer dans l'un des énormes magasins vert pomme, sous l'œil de leur légendaire mascotte (un lézard), pour que s'ouvre à vous un univers de possibilités, dans votre vie, dans votre âme, dans tous les domaines susceptibles de vous faire éprouver quelque chose qui s'apparentait à du bonheur, à seulement deux pas de chez vous. Personne ne comprenait pourquoi ni comment cette variété de consumérisme maximaliste activait de la sorte les voies dopaminergiques de tout un chacun. Mais le truc, avec la dopamine, c'est qu'une fois qu'elle est libérée, on se fout pas mal de connaître le pourquoi du comment. C'est dans la nature même de la dopamine.

En revanche, la direction de la chaîne Giant's comprenait parfaitement le mécanisme. Et ils éprouvaient une très grande contrariété rien qu'en pensant à tout l'argent qui leur échappait jour après jour, à tous ces profits potentiels dans la partie orientale de Long Island qui profitaient à l'ensemble des Costco, Sam's Club, Walmart et Target de la zone. Parce que pour rien au monde les habitants les plus fortunés de Long Island n'auraient toléré la présence d'un Giant's (et le type de clientèle qu'il attirait) sur leur propre sol, et que pour tout un éventail de raisons majoritairement liées aux lois d'urbanisme local, il était tout aussi impossible de trouver un terrain à bâtir dans les zones plus ouvrières.

Giant's embaucha donc Plotz Lindenblatt. Sim Lustig, l'associé qui dirigeait le département immobilier, demanda à son collaborateur le plus prometteur, Dominic Romano, d'aider le cabinet à trouver une commune susceptible d'accueillir un Giant's. Presque immédiatement, Dom dénicha un minuscule hameau difforme du nom de Yellowton.

Yellowton s'étendait sur un semi-disque d'un diamètre de douze kilomètres, mais ces douze kilomètres étaient de la première importance pour celles et ceux qui y vivaient, et qui protégeaient ce mouchoir de poche avec une sauvagerie unique, typique de Long Island.

La zone résidentielle du village était pleine de petites maisons pittoresques et pour la plupart délabrées qui avaient par le passé abrité marins, pêcheurs, dockers et une foule d'autres individus liés de près ou de loin à l'horrible océan, si recherché par les gens de la ville pour ses paysages grandioses, mais qui pour d'autres, n'était qu'un lieu de travail cruel et glacial, sans DRH à qui on aurait pu se plaindre des méfaits et mauvais traitements qu'on y subissait. Mais les gens de la mer ne constituaient plus la majorité de la population de Yellowton, depuis que la pêche était tombée dans l'escarcelle des grandes entreprises, qui s'étaient empressées de délocaliser : le nombre de postes du tertiaire dépassait désormais celui des postes maritimes, et le nombre de chômeurs dépassait tout.

Le village était dirigé par un conseil d'anciens qui avait pour fonction première la défense d'un ensemble d'arrêtés locaux rédigés afin que chaque nouvelle génération, malgré l'ignorance de la jeunesse et la cupidité abjecte qui l'animait, ne puisse signer de contrat susceptible d'affecter la population essentiellement irlandaise, anglaise et allemande du village.

Le champ d'application de ce règlement était prodigieux. La résidence de luxe que ce constructeur de Manhattan voulait faire bâtir ferait monter les loyers tout autour, et exposeraient les propriétaires aux dangers de l'inflation immobilière, donc pas de constructeurs extérieurs, même pas en rêve, disaient les arrêtés. L'auberge de charme de vingt-quatre chambres sur le front de mer dont le promoteur hôtelier voulait lancer la construction ? Elle couperait l'accès à deux docks au moins et obligerait le Meat Shack à ne plus travailler qu'avec des ingrédients approuvés par les services sanitaires du pays, et non-périmés par-dessus le marché, pour avoir encore une chance d'entrer en compétition avec le restaurant qu'ils décideraient d'installer dans l'hôtel, ce qui fait que vous pouvez toujours aller construire au bord des docks si ça vous chante, là où même les flammes de l'enfer gèleraient, disaient les arrêtés. La version fruits de mer de ce restaurant-grill très couru à Manhattan, qui attirerait un grand nombre de nouveaux clients dans les autres commerces de Main Street, et permettrait enfin au village de tirer profit du tourisme ? Il y a bien assez de fruits de mer dans le coin comme ça, alors pas de restaurants redondants dans les limites de la commune, et pendant que vous y êtes, allez bien vous faire cuire le cul à Manhattan, bande de cons, disaient les arrêtés.

Mais le crédo de l'avocat expert en immobilier veut que tout arrêté local, aussi ancien, aussi bien conçu et aussi pieusement observé soit-il, ne constitue qu'une simple mise à prix. Aussi, Dominic Romano, l'intrépide employé chargé des relations avec les autochtones, se mit à l'œuvre. Il fomenta une campagne de bakchiches, de manipulation et de charme si intense que les gens de Yellowton eurent bientôt le sentiment que cet avocat de la ville qui s'échinait à saper les valeurs de leur village avait toujours été un des leurs. Sans qu'on sache vraiment comment, avec le temps, il devint un homme de confiance, prodigue de bons conseils, un ami. À l'époque où Dominic finit de s'imposer comme un précieux soutien de la communauté, tous en étaient venus à convenir que Giant's était une société bienveillante, à l'écoute des gens, et que rien ne s'opposait à ce qu'ils profitent de leur bonté. En fait, ils ne savaient même plus pourquoi ils avaient attendu si longtemps pour accepter ! Que pouvait-on reprocher à des marchands de biens périssables et bon marché made in China ? Que pouvait-on reprocher à un commerce de proximité 100 % américain ? Sans parler des emplois, des emplois, des emplois ! De quoi auraient-ils pu se plaindre ? De rien. Et personne ne se plaignit quand le lycée eut droit à un terrain de football américain aux couleurs de Giant's, tout beau tout neuf. Ni quand la ville eut droit à un « Giant's présente… L'Expérience Patio *Al Fresco* de Yellowton » tout beau tout neuf (en gros, un food court en plein air), juste en face de la fontaine du centre-ville récemment rénovée par Giant's. Ni quand Giant's organisa une course à pied de 5 kilomètres à laquelle il suffisait de se présenter pour empocher cent dollars. Même pas besoin de courir, ni même de marcher ! Il n'y avait qu'à rester dans la zone supporters, ou passer devant, ou même emprunter un passage piéton tout proche, et les cent dollars atterrissaient dans votre poche !

Mais alors que les habitants de Yellowton se prononçaient largement en faveur d'un nouveau Giant's chez eux, le conseil de Yellowton y était toujours opposé. La charte municipale stipulait qu'il ne pouvait y avoir qu'un (1) commerce par catégorie dans la commune (mettons, une seule station-service, ou une seule épicerie, ou encore, comme vu précédemment, un seul restaurant à homard), et pas un de plus. Ainsi, si aucun autre commerce ne proposait de pneus du même type que ceux qui étaient en vente chez Giant's, mais que Giant's vendait aussi des mini-carottes et qu'un autre magasin en proposait également, peu importait que le créneau des pneus soit disponible : les mini-carottes les mettaient hors-jeu, d'office. Résultat, on ne construisait plus rien à Yellowton. On ne développait plus rien à Yellowton. On ne passait même presque plus jamais par Yellowton, à moins d'y habiter.

Et puis un beau jour, miracle ! Avec un sens exacerbé du timing, Gremin Walt, l'un des anciens de Yellowton, chef du conseil municipal, trouva la mort dans le cadre d'un pacte suicidaire passé avec Billy Moore, ancien intendant de chalutier lui aussi membre du conseil. Apparemment, Gremin et Billy entretenaient depuis des années une relation sexuelle (malgré leurs unions matrimoniales respectives, censément hétérosexuelles et monogames), victimes du chantage de Tenley Squib, un autre membre du conseil, qui avait découvert leur secret un soir où il était retourné chercher dans la salle de réunion municipale son paquet de cigarettes, et avait surpris

Gremin en train de traire Billy. Moins d'un mois après cet incident, Gremin et Billy mirent fin à leurs jours.

Dominic, qui assista à leurs funérailles pour la simple et bonne raison qu'il était lui-même devenu une figure de Yellowton, avait entendu l'une des trois filles de Tenley se vanter auprès de quelqu'un à qui elle racontait que son père venait d'acheter un nouveau bateau, et Dominic avait chargé un assistant de soumettre une dénonciation anonyme à la police locale, présentant Tenley comme partie prenante d'un chantage ayant visé Gremin et Billy, et conduit à leur mort. L'interrogatoire policier, le faux pas au détour d'une question et le passage aux aveux de Tenley Squib ne prirent pas sept minutes, et il fut mis en examen pour extorsion (c'est dire à quel point Dominic était bon dans ce qu'il faisait : tout n'était parti que d'une simple intuition).

— Ces enculés défiaient la loi de Dieu, déclara solennellement Tenley au juge qui, en dépit de la solidité à toute épreuve de cet argument, le condamna à cinq ans de prison ferme.

Yellowton était sur le point de basculer dans l'anarchie. Le conseil municipal n'était plus composé que des trois enfants de Billy, Gremin et Tenley (sans surprise, les lois de succession se fondaient sur les liens du sang), qui en avaient tous ras le bol de ce putain de bled à la con, et, plus important encore, étaient tous fauchés comme les blés. Ils se disputaient, annulaient des réunions comme ça leur chantait, jetaient des sacs enflammés remplis de merde de chien (on n'osait imaginer que ce soit autre chose que de la merde de chien) contre les fenêtres les uns des autres, se présentaient aux conseils complètement saouls, offrant ainsi à Dominic Romano un terrain des plus favorables. Dominic comprit aussitôt que tout ce chaos pesait à la population de Yellowton, et à la faveur d'une réunion municipale, il proposa de financer des « programmes locaux » afin de « revitaliser la communauté ».

— Quel genre de programmes locaux ? demanda Lewis Squib, fils de Tenley.

Au sein du conseil, il était aussi inamovible que les autres : les arrêtés locaux ne comportaient pas de clauses d'exclusion visant le fils du membre du conseil qui avait fait chanter et poussé au suicide deux autres membres. Les fils de Billy et Gremin, rongés par la haine qu'ils vouaient à Lewis, mais également par la gêne inhérente au fait de se retrouver liés l'un à l'autre en tant qu'enfants d'amants décédés, ruminaient dans leur coin.

Dominic se redressa.

— Eh bien, en vérité, nous n'avons pas la prétention de savoir ce qui saurait le mieux revitaliser une communauté, quelle qu'elle soit. Ce que nous proposons, c'est de vous donner les moyens de le faire. En vous laissant seuls juges des décisions à prendre. On vous file le fric, et c'est *vous* qui décidez. Un partenariat, en somme.

Lewis Squib, qui cumulait une dette de trente-sept mille dollars sur sa carte de crédit et devait ponctionner de deux pensions alimentaires un salaire qu'il ne touchait que par intermittence, observa les autres membres du conseil attablés qui ne lui renvoyèrent même pas son regard, dans cette salle communale de la mairie de Yellowton où se tenaient toutes les réunions, et où Billy et Gremin avaient été surpris alors qu'ils s'exprimaient leurs sentiments mutuels. Au-dessus de leurs têtes, accrochés au mur, une bannière qui déclarait *All lives matter* (la réponse raciste au *Black Lives Matter*), un drapeau américain, un autre en l'honneur des forces de l'ordre constitué d'une fine bande bleue coincée entre deux grosses bandes noires et un poster de Martin Luther King Junior imposé par le gouvernement.

— Un partenariat, répéta Lewis.

— Oui, un partenariat, le rassura Dominic.

Le marché fut conclu. Giant's aurait l'autorisation de s'établir à la limite du village, de sorte que son parking, qui représentait la plus grande proportion de la superficie du terrain, soit la seule partie du magasin sise sur le territoire de Yellowton : dans les faits, les marchandises seraient vendues dans le village limitrophe, dont la grande problématique urbaine était, a contrario, de pouvoir accueillir un magasin tel que Giant's mais d'avoir déjà atteint son quota maximal d'espaces de stationnement. Le droit immobilier dans toute sa splendeur !

On lança immédiatement des projets de construction, et la direction de Giant's envoya des caisses de champagne à Plotz Lindenblatt sept jours d'affilée, un jour pour chaque année passée à essayer de s'implanter sur ce territoire. La compagnie envoya à chaque membre du cabinet des T-shirts gris sur lesquels figurait la liste enfin rectifiée des Giant's présents dans les comtés de Suffolk et Nassau : PATCHOGUE & HUNTINGTON & OYSTER BAY & YELLOWTON. Ces noms étaient floqués en blanc, à l'exception de YELLOWTON dont les lettres, tout naturellement, étaient jaunes.

Un an s'écoula et le Giant's de Yellowton se trouva fin prêt à accueillir sa clientèle. Tous les chantiers de construction étaient achevés. Le magasin était rempli de rayonnages ; les rayonnages étaient remplis de produits ; le personnel recruté à Yellowton et ses alentours était au grand complet ; les butées étaient installées sur les places de parking ; RÉSERVÉ AUX CITADINES se lisait sur ces mêmes emplacements, même si, bien évidemment, tout le monde s'en moquait. Et Nathan Fletcher, qui avait rejoint le projet trois petits mois auparavant, avait œuvré à la tâche qui lui était échue avec une vigueur qui lui permit d'oublier cette certitude absolue qu'il avait chevillée au corps, à savoir qu'accompagner l'obtention d'un Certificat d'occupation était tout sauf une mission cruciale.

Peu importe ! Peu importe, se répétait-il sans cesse. Par son labeur, il la *rendrait* importante. Et puis le travail en soi n'était pas si désagréable. Rien n'atténuait mieux la tristesse et le doute que la paperasse. Rien ne convainquait mieux que la paperasse qu'on allait de l'avant alors qu'en vérité, au mieux, on faisait du sur-place. L'amour que Nathan vouait à la paperasse, sa profonde compréhension de ses rigueurs et de ses exigences, de sa neutralité émotionnelle, de ses lignes et de ses cases, c'était une histoire d'amour de conte de fées, une histoire d'amour tirée de la page « mariages » d'un grand quotidien national, une histoire d'amour comme on n'en voit que dans les films, une histoire d'amour pour toujours.

Et le C d'O fut bientôt une machine qui tournait toute seule. Tous les formulaires remplis, Nathan passa les mois suivants à accomplir le plus scrupuleusement possible les diverses tâches requises pour obtenir l'ultime coup de marteau en faveur du Giant's de Yellowton. Il se rendit à toutes les réunions d'inspection, même si, là encore, un assistant juridique aurait pu se charger à sa place de traiter avec les prestataires, les électrotechniciens et les plombiers afin de décrocher les validations nécessaires. Il passa en revue chacune des sociétés privées du coin contactées par Giant's afin de les intégrer à leur « initiative locale pour l'emploi » dont ils avaient convenu par de simples poignées de main avec les représentants de la municipalité.

Une vague de validations, un tsunami de contre-vérifications, un tourbillon de tampons. Et tout fut bouclé. Bouclées, les réunions. Bouclée, la paperasse. Tâche remplie, de A à Z. Mission accomplie, comme l'avait dit l'un de ses présidents préférés (ou du moins celui avec lequel il compatissait le plus).

Et enfin arriva le jour de son tout dernier passage à la mairie afin de collecter ce fichu certificat. Employé senior, ahora !

La préposée à la minuscule annexe du Service de l'urbanisme de la mairie mâchait du chewing-gum, la tête ailleurs. Sans la moindre expression, elle regarda Nathan entrer.

— Bonjour, je suis venu chercher le C d'O, déclara-t-il.

Elle pencha la tête d'un côté, puis de l'autre, comme un essuie-glace.

— Pour… qui ?

Nathan était passé au moins six fois dans ce bureau au cours des trois derniers mois, pour présenter à chaque visite diverses requêtes à cette femme, et à nulle autre. En outre, en quatre ans, le dossier du Giant's était le seul à avoir atteint cette étape du processus administratif, ce qui voulait dire qu'en quatre ans, et hormis son interlocutrice, Nathan était la seule personne à avoir franchi cette porte. Ce qui n'empêchait pas la préposée d'ignorer totalement qui il était.

— Nathan Fletcher ? Pour le C d'O du Giant's ?

La femme fit bouger quelques feuilles sur son bureau par ailleurs absolument vide et répondit :

— Je n'ai rien pour vous.

Là encore, au risque de nous répéter, il faut préciser qu'aucune autre demande de C d'O n'avait atterri sur son bureau. Depuis des années.

— Mon cabinet a été informé qu'il était prêt. C'est pour le Giant's. Le Certificat d'occupation ?

— J'ai bien compris.

— D'accord, d'accord.

Nathan attendit quelques secondes, sans autre réponse.

— Bon, et à votre avis, où est-il passé ?

— Pas ici.

Puis elle aperçut un post-il au coin de son bureau, et elle se tourna vers une deuxième table sur laquelle reposait un gros dossier solitaire, sous une fiche où l'on pouvait lire REFUSÉ. Elle se saisit du dossier, mais à cause de ces faux-ongles d'une longueur obscène, décorés de trèfles à quatre feuilles et, était-ce bien ? oui, des mini-ananas, ce ne fut pas sans peine.

— Voilà, finit-elle par déclarer. Elle feuilleta le dossier du creux du poignet faute de pouvoir se servir de ses doigts.

— Merci infiniment, déclara poliment Nathan au bout de dix longues secondes.

— Ah non, je n'ai rien pour vous. Le dossier a été refusé, dit-elle en relevant la tête vers lui.

— Quoi ? Mais comment a-t-il pu être refusé ?

— Je ne m'occupe que du suivi. Il est écrit, là, en bas, « PERMIS REJETÉ PAR LE CONSEIL ».

— Mais enfin, c'est n'importe quoi ! Pour quels motifs ?

Elle haussa les épaules en passant sa langue sur ses dents.

— Mais alors pourquoi avoir contacté mon cabinet pour nous informer que c'était prêt ?

Elle aspira quelque chose de coincé entre ses dents.

— Parce que ça l'est. C'est prêt.

Le col de Nathan était détrempé quand il se retrouva sur le parvis de la mairie où il resta planté, ne sachant plus trop quoi faire. Il aurait dû appeler Dominic, il le savait. Mais il voulait avant cela anticiper ce que Dominic lui dirait, et s'y atteler avant d'en recevoir l'ordre. Il regarda d'un bout à l'autre de la rue. Elle était déserte. Qu'est-ce que Dominic aurait fait à sa place ? La prise de décision était une telle abomination aux yeux de Nathan qu'il séchait complètement.

Non. Il n'appellerait pas Dominic. Il ne ferait pas échouer une mission qu'il était impossible de faire échouer. Son ultime tâche consistait à passer prendre le Certificat d'occupation, et il entendait obtenir des réponses. Quand un C d'O était rejeté, il fallait des mois avant qu'une nouvelle demande soit prise en compte. Il ne pouvait se rendre responsable d'un désastre de cette magnitude.

Cette journée aurait dû être triomphale. Cette journée aurait dû le voir juché au sommet d'un Everest de paperasse, le poing dressé au ciel !

Comme de lui-même, le corps de Nathan monta à bord de sa voiture. Il avait le souffle court, les mains tremblantes, mais réussit pourtant à rejoindre l'autoroute tout en se parlant à haute voix, se disant que ce genre de choses ne relevait pas de ses affectations, et qu'il devait gérer le conflit, et que tout allait bien se passer. S'apercevant qu'il faisait un petit 40 km/h sur la voie de droite, il accéléra pour atteindre un audacieux 61 km/h, regarda dans son rétroviseur pour s'engager sur la voie du milieu, et c'est là qu'il la vit.

Un ombre bougea dans un coin du rétro, en bas à droite, avant d'échapper au regard de Nathan.

Il fit une brusque embardée, se retournant vivement pour savoir qui ou ce qui se cachait, mais le temps que son menton se trouve au niveau de son épaule, l'ombre était déjà passée à gauche.

Il prit la sortie 50 et se gara sur le bas-côté de la première route, juste devant une McMansion à colonnes. Il bondit hors de sa voiture et s'obligea à regarder sur le siège arrière, vide.

Il regarda d'un bout à l'autre de la route. Rien ni personne.

Avait-il des visions ?

Il remonta à bord et verrouilla les portières. Sur son téléphone, il fit défiler tout un champ d'icônes jusqu'à la page et demie dédiée à ses applis de méditation. Il trouva sa préférée du moment, Hale, et l'ouvrit. Ce n'était qu'une simple fleur animée qui s'épanouissait et se refermait, s'épanouissait et se refermait tandis que lui expirait et inspirait, expirait et inspirait.

Ça ne faisait qu'empirer les choses. Il appuya sur un onglet estampillé MÉDITATION GUIDÉE pour entendre une voix masculine à l'accent australien qui l'encourageait à procéder à un balayage corporel en parcourant mentalement son corps de la tête aux pieds pour « déceler les nœuds de tension, et les dissoudre ».

Mais bien sûr.

Derrière son volant, Nathan ferma les yeux pour tenter de se plier à l'exercice. Mais au sommet de son crâne, il sentait quelque chose palpiter, et il s'imaginait que c'était son sang qui essayait de forcer un obstacle, sans doute un caillot de sang dans son cerveau. Il passa à sa mâchoire, qui craquait quand il la bougeait, ce qui lui rappela qu'il ne se passait pas une journée sans qu'il redoute que toutes ses dents tombent. Il passa ensuite au cou, et eut tant de mal à déglutir qu'il sut – *il sut* – qu'une tumeur se développait dans sa gorge et que dans très peu de temps, il lui faudrait…

ÇA NE FONCTIONNAIT PAS DU TOUT ! Il ignorait avec qui ce genre de trucs marchait, en tout cas ce n'était pas fait pour lui. Et en rouvrant les yeux, il devina un nouveau mouvement dans le coin de son rétroviseur. Cette fois, ce quelque chose se trouvait dehors, juste derrière le parebrise arrière.

Il se figea. Il darda son regard directement sur le rétro, mais il n'y avait plus rien. Il tourna la tête à droite, et se rendit compte que c'était à gauche qu'il avait aperçu du mouvement. Il retourna la tête de ce côté, en un éclair, mais cette fois-ci, il eut la certitude de voir l'ombre parcourir toute la longueur du rétroviseur et le seul recours qui lui resta alors dans sa voiture dont il avait déjà mis le contact fut de démarrer pied au plancher et de déguerpir au plus vite. Son champ de vision considérablement réduit par le cortisol, il traversa une zone scolaire à 105 km/h.

Il s'arrêta à un feu rouge. Il tournait la tête dans tous les sens, à l'affût de cette chose ou de cette personne qui voulait s'en prendre à lui, lui mettre un sac sur la tête et l'enlever. Mais il n'y avait rien. Son cœur battait à tout rompre, avec cette impuissance qui est l'apanage de quiconque a passé l'essentiel de son existence parfaitement conscient qu'à n'importe quel moment, quelqu'un pouvait survenir pour vous arracher à votre propre vie et vous retenir captif aussi longtemps qu'il le souhaitait. Il se gara de nouveau sur le bas-côté quand il s'aperçut qu'il sanglotait.

Une odeur embauma alors tout l'habitacle. Du N° 5 de Chanel et du déodorant premier prix dont la combinaison annonçait jadis l'arrivée imminente de sa grand-mère. Ce parfum était si puissant, si terriblement réel, que Nathan songea que ce qui avait fui son regard dans le rétroviseur n'était autre que Phyllis. Sa grand-mère essayait de lui faire parvenir un message. Était-il devenu fou ? Aussi fou que l'odeur qui régnait dans sa voiture, et qu'il n'aurait pu confondre avec aucune autre. C'était un dybbouk !

Il mit la main sur son téléphone et appela son frère, mais Beamer sembla ne pas se souvenir de cette fois où leur grand-mère leur avait parlé du dybbouk.

Il envisagea d'appeler Jenny, mais il n'avait plus la force de se faire rabrouer, surtout pas par sa petite sœur, après la fin de non-recevoir de son cadet, alors que ces deux-là auraient dû vénérer leur frère aîné. Théoriquement, ils auraient dû le prendre en exemple !

Dans le silence de sa voiture, il sut ce qu'il devait faire. Il ne pouvait refiler la patate chaude du C d'O à Dominic. Il devait régler ça seul. Il devait obtenir des réponses.

Il devait trouver Lewis Squib.

Nathan fit donc demi-tour et reprit la route terrifiante qui, plein Est, menait jusqu'à Yellowton. Il se retrouva très vite dans la grand-rue du village, s'efforçant de se rappeler où il fallait tourner pour aboutir à la cale de Lewis Squib.

Après s'être trompé deux ou trois fois, il finit par s'en souvenir. La cale de Lewis Squib se trouvait juste derrière le magasin de pêche dont il avait hérité lorsque son père avait été incarcéré.

Nathan se pencha au-dessus du bateau. Il ne savait pas vraiment comment l'on était censé annoncer sa présence à l'occupant d'une embarcation. Fallait-il monter sur le pont et frapper à la porte de la cabine ? Nathan resta planté sur place, un long moment, jusqu'à ce qu'un homme de son âge, une corde sur l'épaule, passe par-là et lui dise :

— Squib est dans sa boutique. Je viens de le voir.

Nathan remercia l'homme, et non sans un certain soulagement, s'éloigna des eaux en longeant le quai, pour pénétrer dans le petit magasin Squib's Squpplies, où l'attendaient une odeur de vieilles entrailles de poisson pourries et Lewis Squib en personne.

Lewis était le bon-à-rien de benjamin de Tenley Squib et son unique fils. Dans leur famille, Tenley appartenait à la quatrième génération de pêcheurs : il était le propriétaire de six chalutiers qu'il gérait lui-même et qui garantissaient aux siens un confort matériel certain, en dépit de tous les efforts de sa famille. En plus de ce patronyme bien connu dans la région, Lewis pouvait se targuer d'un total d'environ quatre cents cheveux gras, avec en prime un bouc malpropre et grisonnant.

Lewis plissa les yeux en direction de Nathan lorsque la clochette de la porte tinta. Seul derrière le comptoir, il feuilletait un magazine intitulé simplement TRUITE.

— Vous êtes flic ? demanda-t-il.

— Monsieur Squib, déclara Nathan. C'est moi. Nathan Fletcher. Nous nous sommes déjà rencontrés ? À plusieurs reprises ? Je suis de chez Plotz Lindenblatt ? Le cabinet d'avocats qui représente Giant's ?

Lewis plissa plus encore les yeux.

— Monsieur Squib, persévéra Nathan. *Lewis.* Nous nous sommes déjà vus. Plusieurs fois. Je travaille pour Giant's ? Avec Monsieur Romano ? Chez Plotz Lindenblatt...

Son assurance, déjà bien ténue, s'effilochait un peu plus à chaque instant.

Lewis pencha la tête en arrière, sur la droite, et planta ses meurtrières dans les yeux de Nathan.

— Je vous ai jamais croisé de ma vie.

Nathan insista :

— Je viens vous voir parce que votre nom figure sur le refus de Certificat d'occupation dont j'ai tout juste pris connaissance au Service d'urbanisme de Yellowton.

— Ah. O.K. Je vois. Vous êtes le baveux.

— Oui, c'est ça. Il ne nous restait plus que cette toute dernière autorisation pour pouvoir ouvrir notre Giant's dans quelques semaines. Vous vous souvenez ? Je suis ici parce que ce dossier aurait dû se conclure aujourd'hui même. Nous étions censés obtenir cette autorisation, qu'on appelle

Certificat d'occupation, et qui est le tout dernier feu vert qu'il nous faut obtenir pour pouvoir ouvrir le magasin.

Lewis tendit le bras sous le comptoir et Nathan inspira une bouffée d'air dans un sifflement. Voilà. C'était terminé. Il le savait. Lewis allait le tuer. L'image de Ruth s'imposa à lui et se rendant compte de la bizarrerie de ce réflexe, il la remplaça par celle d'Alyssa et de leurs jumeaux, afin de faire pénitence. Mais Lewis ne brandit qu'une simple cannette de Mountain Dew.

— Et donc, pour en revenir à cette autorisation… reprit Nathan. Si vous ne l'avez pas encore signée, ou si vous avez coché la mauvaise case, il est très facile de remédier à ce genre de choses. Je peux même vous y aider. Si vous aviez le temps de vous…

— Oh, ça, du temps, j'en ai, ouais, sourit Lewis, avant d'éclater de rire.

— Je crois qu'il a dû y avoir un petit cafouillage dans les formulaires à remplir, déclara Nathan.

— Y a pas eu de cafouillage. Moi et le conseil, on a changé d'avis.

— Vous… avez changé d'avis ?

— Exactement. On a bien le droit, non ?

— Eh bien, techniquement oui, mais là, non. Vous avez déjà approuvé le projet. Je sais que Giant's… je sais qu'ils ont versé des dons très importants à diverses organisations du village.

— Ouais, bah il se trouve que j'ai mesuré deux trois trucs, la semaine dernière. Et il se trouve que votre Giant's entre en violation avec un arrêté de Yellowton.

— Quel arrêté ? Je les connais plutôt bien.

Nathan savait qu'ils en avaient violé un certain nombre, et voulait seulement savoir celui qui en particulier avait retenu l'attention de cet abruti.

— Celui qui interdit de construire deux magasins de spiritueux dans les limites de la municipalité.

— Mais le magasin est déjà là. Il est déjà construit. Il a passé toutes les inspections. Il est fin prêt à ouvrir.

— Vous savez bien qu'on peut pas modifier les arrêtés ! Ce serait irrespectueux. Ce serait salir l'honneur de mon père. Il serait furieux d'apprendre qu'on a ouvert un Giant's sur le même zonage que le magasin de spiritueux qui existe déjà.

— Mais nous empruntons du terrain au village limitrophe.

— N'empêche que ça se chevauche.

— De trente et un centimètres et sept millimètres. Nous sommes au courant.

— Bah, c'est pas la même chose que zéro centimètre !

Lewis commençait à se fâcher.

— Vous croyez que sous prétexte que j'ai pas fait mon droit ou que je viens pas de Manhattan je suis un bon-à-rien, hein ? Et vous, alors ? Vous savez pêcher, peut-être ? Ou diriger une boutique comme celle-ci ?

— Moi aussi, je suis de Long Island, vous savez.

— D'où ?

— Plus à l'ouest. Middle Rock.

— Oooh, mille pardons ! J'ignorais que mon humble commerce recevait un prince héritier ! Merci de nous faire la grâce de votre visite !

Il fit une révérence idiote.

— Monsieur Squib, je vais perdre mon boulot. Si je ne rentre pas au cabinet avec le Certificat d'occupation qu'on m'a envoyé chercher, qui était censé être prêt. Pour lequel vous avez donné vous-même votre accord ! Un million de fois !

— Pas la peine de crier, dit Lewis. On peut rester civilisé.

— Et donc ? lança Nathan. C'est tout ? Je n'ai même pas le droit à être entendu par le conseil ?

Lewis rit à nouveau.

— Vous pouvez toujours essayer, mais la prochaine réunion est prévue en mars. Petey Walt est sur un bateau de pêche au saumon, en Alaska.

— On doit ouvrir dans moins de trois semaines. Des gens ont déjà été engagés. De la nourriture a déjà été commandée. On ne peut vraiment pas trouver un terrain…

Nouvel éclat de rire de Lewis :

— J'ai plus rien à vous dire, bande de couillons. Ce Giant's allait détruire mon village, et moi et le conseil, c'était hors de question qu'on reste les bras croisés. Maintenant, si vous avez rien à acheter ici, je crois que je vais fermer. Toute façon, c'est quasiment l'heure.

L'enseigne de Squib Squpplies informait les passants que le magasin était ouvert jusqu'à seize heures. Il n'était que midi.

La panique pétrifiait Nathan. Ça ne pouvait pas se finir comme ça pour le C d'O. Ça ne pouvait pas se finir comme ça pour le Giant's. Ça ne pouvait pas se finir comme ça pour lui. Il lui fallait faire un choix. Il lui fallait *agir*.

— Je vous invite à déjeuner, déclara Nathan, les boyaux déjà en feu.

— C'est vous qui régalez ?

— Oui, c'est moi qui paye. Je… je suis convaincu qu'on peut arriver à un entendement.

— Suivez-moi.

Au volant de sa voiture, Nathan traversa le village derrière celle de Lewis, pour reprendre la direction du rivage, et s'arrêter enfin devant un restaurant à thématique rock'n'roll. Par un curieux hasard, Nathan connaissait cet établissement au fait que le Hard Rock Cafe avait fait appel aux départements du copyright et de la propriété intellectuelle de Plotz Lindenblatt lorsqu'il s'était vu pomper son célèbre concept par une société basée dans le comté de Suffolk. Bien que sommé par un juge de ne pas ouvrir ses portes, le restaurant avait passé outre en changeant à la hâte son nom en Hard Life Buffet.

Nathan se gara mais ne descendit pas immédiatement. Quelque chose était en train de lui arriver. Le souffle court, il ressentit une douleur vive à la poitrine lorsqu'il voulut inspirer à fond.

Ce genre de sensations n'avait rien de nouveau pour lui. Au cours des quelques années qu'il avait passées sur Terre, il avait déjà été reçu trois fois aux urgences pour des crises cardiaques, qui s'étaient avérées être toutes de simples (simples !) crises d'angoisse. Certaines nuits, allongé, les yeux grands ouverts, il essayait de faire comprendre à Alyssa qu'à cause de ces antécédents, son destin serait de succomber à une crise cardiaque qui passerait pour une crise d'angoisse. Toujours à son volant, il passa en revue tout son corps, dans le but d'évaluer objectivement ses symptômes. Rien aux pieds. Rien aux chevilles. Rien aux jambes (très encourageant), ni aux genoux, aux cuisses ou aux fesses. Arrivé aux hanches, il sentit son portefeuille peser sur le haut de sa cuisse et se rappela qu'il y avait rangé l'un des bêtabloquants que son médecin lui avait prescrits : c'était la solution qu'avait trouvée Alyssa.

— Ça te rassurera de savoir que tu en as toujours un sur toi, avait-elle dit en repliant un petit bout de papier autour du comprimé, comme les criminels le font au cinéma pour transporter des diamants. Ce sera une sorte d'assurance. Tu adores ça, les assurances.

Il sortit le comprimé de son portefeuille. Quand il se trouvait dans ce genre d'état, il avait la conviction que les médicaments susceptibles de l'aider ne feraient que précipiter son décès. Mais il faut toujours minimiser les risques : la vie est une série de choix, de priorités… un organigramme de moindres maux. Il ne pouvait se retrouver face à face avec cet homme dans cet état. Aussi décida-t-il de jouer le tout pour le tout, se fourra le comprimé dans la bouche, l'avala tout rond et descendit de voiture. Se mettre en mouvement ne pouvait que l'aider. S'il arrivait à mouvoir son corps plus vite que son cœur, à coup sûr, il arriverait à oublier qu'il était en train de PÉTER UN PLOMB.

Lewis était déjà installé quand Nathan entra. Le restaurant était en proie à un vrai pandémonium ; il était en proie à un chaos absolu ; il n'était même pas encore treize heures. La salle plongée dans la pénombre évoquait les nuits où l'on se retrouve, saoul, paumé au milieu de nulle part, sans un sou pour un taxi. Aux murs étaient accrochées des reliques de musiciens dont l'insignifiance était atténuée sans qu'on sache trop pourquoi par le fait que quelque chose qu'ils avaient jadis eu entre les mains se trouvait à présent encadré avec une plaque gravée juste en dessous. Le volume de la musique était si fort que l'ersatz de maître d'hôtel devait crier pour placer les clients, ce qui ne faisait qu'augmenter d'un cran le niveau d'agression sensorielle. Il aurait fallu poster des ergothérapeutes aux portes afin d'aider les gens à s'intégrer à l'ambiance du restaurant, puis à s'en extraire.

Les deux hommes prirent place dans une alcôve. Une serveuse à l'air las se présenta et Lewis lui cria quelque chose que Nathan ne comprit pas. À ses oreilles, ses battements cardiaques couvraient toujours le vacarme ambiant, mais il était convaincu que les pulsations étaient devenues irrégulières. Pas bon signe.

Lewis exposa sa position assis sous un poster-hommage à un membre décédé de Mötley Crüe. Nathan se pencha en avant, s'efforçant de lire sur ses lèvres, voire de discerner le son de sa voix derrière les pulsations de la musique.

— Quoi ? s'écriait Nathan. Quoi ?

Il redoutait que ses propres cris aient raison de son cœur défaillant.

Une assiette de Whiskey Bacon Double Mayo Slam Jams fut déposée sur la table par un serveur, soit parce qu'il y avait eu un changement de service, soit parce que Lewis avait commandé cette mise-en-bouche en précisant à la première serveuse de ne pas faire sa radasse.

— Yo, fit Lewis au serveur qui était pourtant sur le point de s'éloigner sain et sauf.

— Oui monsieur, dit le serveur dans un soubresaut de sa lèvre supérieure.

— Il me faut aussi de la sauce piquante et de la mayonnaise.

Le serveur cligna des yeux et détala. Nathan sentait la graisse animale se solidifier dans ses veines, malgré le fait que pour rien au monde il n'aurait accepté de toucher aux Slam Jams.

— Tout ce que je dis c'est que je connais la loi, reprit Lewis. Et la loi dit qu'on peut pas avoir deux magasins de spiritueux chez nous. Et là on en a deux. Et la boutique de Split Connor est toujours ouverte. Et c'est quand même sacrément dommage quand on considère que vous avez déjà fait construire votre grand supermarché.

— Mais, alors, quelle est votre opinion là-dessus ? demanda Nathan. Qu'est-ce que *vous*, vous en pensez ?

Poser des questions le rassurait, face à Lewis qui le dévisageait au-dessus de son nez couperosé, sa langue dépassant presque imperceptiblement de ses lèvres qui, par défaut, restaient toujours entrouvertes d'un bon centimètre.

— Ce que j'en pense c'est qu'il est impossible de soulever un magasin aussi gros que le vôtre et de le déplacer à une distance suffisante pour que ça devienne légal, répondit Lewis. Et on peut pas non plus soulever de terre un magasin aussi petit que celui de Split. C'est de la physique, tout simplement.

Le serveur revint avec une bouteille de sauce piquante et une tasse de mayonnaise, dont la volute culminant en une petite pointe indiquait qu'elle provenait d'un distributeur.

— Pourtant, ça ne me semble pas être la mer à boire, cette petite distance, insista Nathan. Quelque chose me dit même que si on réeffectuait des mesures, on la trouverait discutable. Et, euh, dans la loi, il y a de la place pour le discutable. (En réalité, non.) Au cas où vous ne le sauriez pas.

Lewis éclata de rire.

— Et moi je me dis que si j'en parlais à Split, il ferait tout son possible pour que votre magasin n'ouvre jamais. Parce que ça fait un bail que je connais Split. Et vous savez ce qu'il déteste le plus au monde ?

— Qu'est-ce que Split déteste le plus au monde ?

— Giant's. Il a horreur des nouveaux trucs. Il a horreur que quelqu'un se ramène pour lui voler ce qui lui appartient.

Lewis saisit un des Slam Jams et le plongea dans la mayonnaise, jusqu'aux doigts. Nathan fut pris d'un haut-le-cœur, Lewis croqua une bouchée, et par-dessus tout le capharnaüm ambiant, le chuintement humide de sa mastication souleva de nouveau l'estomac de Nathan.

Dans la bouche de Lewis, une troisième bouchée rejoignit la deuxième, pas encore avalée.

— Vous en voulez ? Ils sont rudement bons.

— Non, merci.

— Je crois que je vais me prendre des Charlotte farcies, aussi.

Avant que Nathan comprenne qu'il parlait de pommes de terre, il s'imagina des femmes désossées, vidées de leurs organes et autres tissus, remplies de mayonnaise.

— Alors qu'est-ce que vous suggérez, au juste ? demanda Nathan.

Une chanson de Queen qu'il détestait se fit entendre.

— Je connais Split depuis toujours. Mon père et lui allaient pêcher ensemble, ils faisaient du bowling ensemble. Je suis sorti avec une de ses filles.

— D'accord.

— Ce que je suggère, c'est que Split Connor est pas au courant de tout ça, et qu'il se pourrait bien que Split Connor déteste Giant's. Mais vous savez ce que je déteste, moi ?

Nathan resta muet.

— Split Connor.

Lewis héla à nouveau le serveur et commanda non seulement les Charlotte, mais en plus un Razm'tas Cheeseboyger pour son entrée.

— Vous voyez où je veux en venir ?

— Toutafé, dit Nathan à Lewis alors que le morceau de Queen n'était pas encore terminé. Je comprends votre position. Vraiment. Mais je tomberais dans l'illégalité si je vous payais pour détourner le regard. Je suis sûr que… enfin, vous devez bien le savoir.

— Et moi je suis sûr que vous savez que le fait de pas se plier aux lois d'une municipalité après avoir été informé qu'on les enfreignait, ç'a aussi un nom, pas vrai ?

Nathan ne répondit pas. Les Charlotte arrivèrent. Nathan avait attendu la fin des Slam Jams pour reprendre la parole, afin que Lewis lui réponde sans rien dans la bouche. Hélas. Lewis engloutit sa première bouchée de pomme de terre, et cala la nourriture dans sa joue gauche pour le relancer.

— Vous avez rien d'autre à me dire ?

À cette question rhétorique, les condiments de bacon séché qui décoraient les pommes de terre giclèrent de sa bouche pour atterrir au terme d'un bref vol plané sur le contenu de l'assiette de Nathan, un blanc de poulet et des légumes vapeur qu'il avait commandés par dépit, qui lui avaient été servis sans qu'il s'en rende compte, et qu'il n'oserait plus regarder, encore moins toucher du bout de sa putain de fourchette. En y réfléchissant bien, Nathan songea que selon toute probabilité, il ne mangerait plus jamais rien de sa vie. Il était pris de vertiges. Il n'arrivait pas à respirer.

Mais Lewis ne lâchait pas le morceau.

— Je croyais que c'était vous, le patron. (Il toisa Nathan.) Alors c'est qui, le patron ? C'est vous ou non ?

— Eh bien il va sans dire que je vais devoir retourner au cabinet pour en référer à mon… commença Nathan.

— Ça va ? demanda alors Lewis.

— Vous savez où sont les toilettes hommes ?

Lewis indiqua la direction d'un coup de menton sans cesser de mastiquer. Nathan se leva et s'éloigna tandis que Lewis commandait deux Russian Wings Roulettes et trois Southwest Artichoke Guac'n'Dip, le tout à emporter, et à rajouter à l'addition.

Nathan fit semblant de ne pas avoir entendu. Il passa la porte des toilettes, entra dans la première cabine (il avait lu dans l'une des encyclopédies de curiosités de ses enfants, des années en arrière, que la première cabine était la moins utilisée justement parce que tout le monde croyait qu'elle était la plus utilisée, et c'était resté gravé dans sa tête), abaissa l'abattant de la cuvette, et s'assit dessus.

Pour la millionième fois de son existence, et de cette journée aussi, il se dit que la vie était purement et simplement intolérable.

Il n'en demeurait pas moins que le moment de vérité était arrivé. Le cosmos exigeait quelque chose de lui. Ce n'était pas qu'une simple épreuve : c'était aussi une opportunité.

S'il était vrai que son tempérament le condamnait à vivre toujours le même type d'expériences, l'absence d'occasions de se confronter à autre chose en était également responsable. Il passait ses journées assis dans son bureau, à compulser d'obscurs ouvrages de droit immobilier, pendant que ses collègues étaient constamment ailleurs, à passer des accords, à pratiquer cette danse de l'épée, au-dessus du fil de la légalité et de l'éthique, que tout avocat avide de réussite (ô, Arthur, pourquoi ne pas lui avoir dit que ce n'était qu'à ce prix-là qu'on pouvait réussir ?) savait déjà pratiquer, ou aspirait à apprendre.

Le moment était venu pour lui de pratiquer. Le moment était venu pour lui d'apprendre.

Il n'avait qu'à l'accepter pour connaître enfin l'ascension, et rejoindre ses collègues dans leurs résidences opulentes, là-haut, sur l'Olympe des avocats.

Il songea à toutes les périodes de sa vie : l'école élémentaire, le collège, le lycée, l'université, le droit, l'âge adulte. Il songea à un bal d'école où Miriam Sterngelb, assise juste devant lui, lui avait clairement fait de l'œil, et où sa peur d'être rejeté l'avait tétanisé. Il n'avait pas même présenté sa candidature au cursus de droit de Columbia : c'était Arthur qui, à sa demande, avait contacté directement le doyen. Il n'était jamais entré dans une autre équipe sportive universitaire que celle de volley, la seule à accepter automatiquement tout candidat à cause de la très faible proportion de recrues masculines. C'était Alyssa qui l'avait demandé en mariage. Toute sa vie, Nathan avait été si obsédé par son besoin impérieux de calme et de sécurité qu'il n'avait jamais pris le moindre risque, n'avait jamais entrepris quoi que ce soit sans savoir ce qui en résulterait. Mais là, assis sur cette cuvette, dans ces toilettes répugnantes, tandis que dans la cabine voisine un inconnu payait au prix fort le fait d'avoir englouti un Bangin'Onion, Nathan savait que son heure était venue. C'était, littéralement, le moment de vérité.

Était-ce cela que sa grand-mère avait voulu lui dire sur son lit de mort ?

Il inspira profondément en s'attendant à ce que la panique le saisisse, mais rien. Rien d'autre que… le calme. Un calme absolu l'envahit. Calme comme un cri de guerre. Calme comme un coup de clairon. Était-ce Dieu ? Était-ce le vent du destin ?

Non. C'était le bêtabloquant. Le bêtabloquant qui faisait effet.

Les flatulences dans la cabine attenante ne lui semblaient plus immondes : c'était à présent une trompette qui sonnait le rassemblement avant la bataille. C'était un appel aux armes.

Il se leva d'un coup, et les battements de son cœur restèrent lents et réguliers.

Oui, se dit-il. *C'est moi le patron. C'est moi le patron !*

Nathan sortit de la cabine et se lava les mains pendant quarante-cinq secondes, en se regardant droit dans les yeux dans le miroir, incapable de reconnaître ce m-e-c qui le dévisageait.

Il traversa la salle comme dans un western. Il se sentait l'étoffe d'un espion, d'un assassin professionnel, d'un agent de l'État qui n'en avait plus rien à foutre. Pas une goutte de sueur ne perlait sur son front aussi sec qu'un désert, sa respiration était calme et constante. Mon Dieu, c'était comme de se retrouver dans le corps de quelqu'un d'autre. Celui de Beamer – non, pas celui de Beamer. Beamer était porté par un appétit insatiable. C'était comme être Jenny. Pas d'affects. Pas d'angoisses. Pas d'attaches. Pas de problèmes.

Il se rassit à sa place. Lewis avait commandé un gigantesque soda rouge.

— C'est moi le patron, déclara Nathan.

— Bien, répondit Lewis.

Une horrible chanson de heavy metal retentissait, et en rythme, Nathan tambourinait des doigts sur la table. Le salopard le plus cool qu'on ait jamais vu.

— Lewis, êtes-vous attaché à une œuvre caritative en particulier ? Parce que je suis en mesure de faire un don à cette œuvre caritative. Je peux également vous aider à trouver votre œuvre caritative préférée.

— Charité bien ordonnée commence par soi-même, mon petit Nathan, rétorqua Lewis avant d'observer une pause pour lâcher un pet improbable qui paraissait ne jamais vouloir se terminer.

Nathan, imperturbable, ne bougea pas d'un cil.

— Charité. Bien ordonnée. Commence. Par soi-même.

— Toutafé, répondit Nathan. Assurément. C'est exactement ce que je voulais dire. Nous pourrions fonder une association caritative et la domicilier chez vous, par exemple une association pour la création de domiciles, mettons à destination des sans domicile fixe, et je vous donnerai énormément d'argent afin que vous l'injectiez dans cette organisation. Et vous utiliseriez cet argent de la façon qui vous semble la plus adéquate vis-à-vis des personnes sans domicile fixe. Pour être tout à fait clair : tout ce que vous voudrez, vous l'aurez. Vous n'avez qu'à me dire combien, et où le transférer.

Sa fréquence cardiaque ne dépassa à aucun moment les soixante-six battements par minute.

C'était aussi simple que ça. C'était ainsi que le monde fonctionnait : il le comprenait à présent. Nathan distinguait enfin l'autre tranchant de la lame. Si l'on consentait à un moment d'insécurité, on obtenait en contrepartie la garantie d'une sécurité plus grande et plus durable encore. Il rentrerait chez lui et baiserait sa femme comme un roi. Si elle avait la tête à ça !

Cet après-midi, Nathan quitta le Hard Life Buffet la lymphe saturée des hormones inconnues de la bravoure, le cerveau strié des synapses exotiques de la réussite. Il se dit que ça n'avait pas été aussi pénible qu'il s'y était attendu. Il ignorait jusque-là que si l'on trouvait la force de sauter par-dessus la barre du risque, qui en définitive n'était pas si haute, les récompenses qui nous attendaient de l'autre côté l'emportaient largement sur les craintes. Pourquoi personne ne lui avait jamais expliqué cela ?

La pluie s'était mise à tomber quand il se trouvait encore à l'intérieur. Il glissa le dossier rejeté du Certificat d'occupation sous sa veste, et son autre main en visière, releva la tête. Ce matin, il n'avait même pas remarqué les premiers nuages annonciateurs de l'orage.

Moins de vingt-quatre heures plus tard, il se verrait convoqué dans la même salle de conférences où Dominic Romano avait fêté son accession au statut d'associé du cabinet, pour entendre un enregistrement de lui-même en train de tenter de soudoyer et d'extorquer Lewis Squib, avec en musique de fond cette horrible chanson de heavy metal.

Mais ce jour-là, en sortant du Hard Life Buffet, Nathan observa simplement les bateaux sur l'eau, les bouteilles de bière vides sur la plage, l'adolescente ivre en crop-top pendue au bras d'un homme bien plus âgé, tous deux titubant aussi vite qu'ils pouvaient dans l'espoir d'échapper à la pluie, et Nathan songea qu'il était si facile d'oublier qu'ici aussi, on était à Long Island.

*

Nathan n'avait pas été viré – en tout cas pas tout à fait. Ou tout du moins pas expressément ; enfin pas encore. Le terme officiel était « congé administratif sans solde », durant lequel un panel de supérieurs hiérarchiques devait se réunir afin de déterminer les mesures disciplinaires qu'il encourait pour avoir, totalement par accident et cependant tout à fait intentionnellement, tenté d'acheter un représentant officiel. Nathan attendait de savoir s'il serait viré. Il attendait de savoir s'ils recommanderaient sa radiation du barreau. Les effets du bêtabloquant s'étaient dissipés depuis bien longtemps.

Ce n'était pas qu'il n'avait pas l'intention d'en parler à Alyssa : il avait simplement besoin de prendre quelques mesures préventives avant de tout lui déballer. Alyssa avait eu une enfance pauvre dans le New Jersey, avec un père orthodoxe dont la foi religieuse et le talent de clarinettiste, tout aussi considérables l'un que l'autre, s'étaient avérés désastreux pour sa famille. Hershey Semansky décrochait des cachets sporadiques au sein de petits orchestres pour des mariages ou des galas, sans jamais réussir à travailler au Lincoln Center, par exemple, ou au Met, ni même off-Broadway, parce que les règles religieuses l'obligeaient à chômer les vendredis soirs, les samedis et durant les jours sacrés dont le calendrier hébreu saupoudrait aléatoirement l'année grégorienne. En conséquence, il ne parvint jamais à accumuler suffisamment d'heures pour rejoindre un syndicat, et l'on aurait cru que les murs de l'appartement où grandit Alyssa étaient recouverts d'un papier-peint de conversations tendues et d'invectives prononcées les dents serrées, toujours sur des questions d'argent, ce qui du reste n'empêchait pas Alyssa de décrire leur vie de famille comme « heureuse ». Elaine, sa mère, orthophoniste de son état, réalisait des broderies sur des sacs à talit pour les bar-mitsvah, entre deux séances où elle aidait des gamins à dompter leur bégaiement et leur zozotement, le tout en éduquant ses cinq enfants. Son père gagnait une misère en remplaçant les professeurs de musique des écoles du quartier, sans cesser d'attendre l'opportunité de sa vie, qu'il n'aurait pu accepter même si elle était tombée du ciel.

Alyssa avait révélé toutes ces choses à Nathan un soir, du temps où tous deux étaient en première année à Brandeis, alors qu'ils revenaient de la toute première visite de la jeune femme à Middle Rock. Ils s'étaient rencontrés durant la semaine d'intégration : Nathan s'efforçait depuis deux jours de survivre à son nouvel environnement et au manque d'hygiène problématique de son camarade de chambre, quand il se rendit au dîner de chabbat de Hillel, la plus grande organisation estudiantine juive au monde, durant lequel il fit la connaissance d'une certaine Alyssa Semansky.

Alyssa avait les joues roses de joie, une présence bien charpentée et pleine d'assurance, et l'énergie chaleureuse et tonitruante d'une animatrice de colonie de vacances. Quand vint Yom Kippour, que Nathan ne passa pas à Middle Rock, ils étaient déjà inséparables. Le changement de garde de Ruth à Alyssa se fit sans accroc, sans doute à cause, d'une part, du soulagement de Ruth à l'idée d'abandonner au vaste monde son fils aîné, le moins indépendant de ses enfants, et d'autre part, du désir impérieux d'Alyssa de trouver quelqu'un qui aurait autant envie que besoin de ses attentions et de son « leadership ».

Ruth ne tarda pas à découvrir le pot aux roses quand Nathan rentra pour Roch Hachana. Le lendemain, qui tombait cette année un dimanche, elle fit des œufs et du bacon pour toute la famille, et elle remarqua que Nathan n'y touchait pas.

— Tu n'as pas faim ? lui demanda-t-elle.

— Je suis en train de manger les œufs, répondit-il sans la regarder. Tout va bien.

— Il y a un problème avec le bacon ?

— Aucun. Je n'en veux pas, rien de plus.

— Mais tu adores ça, fit Ruth.

Jenny et Beamer s'échangèrent un coup d'œil d'un bout à l'autre de la table. Leur mère était une vraie sorcière, par moments.

— Je ne veux pas de bacon, c'est tout ! s'exclama Nathan.

Il ne fallut pas plus de quarante-cinq secondes pour que la vérité se voie étalée là, sur la table, à côté du lard grillé. Nathan fréquentait le Hillel. Bon d'accord il fréquentait le Hillel avec une fille. Bon d'accord il avait commencé à qualifier cette fille de petite copine et elle était issue d'une famille très religieuse et elle voulait vivre avec lui et qu'ils vivent tous les deux en accord avec les règles qu'elle n'avait jamais cessé de suivre.

— En plus, on ne devrait même pas manger de bacon, fit Nathan. Nous sommes juifs.

— Nous sommes des juifs qui mangent du bacon, riposta Ruth. Voilà ce que nous sommes.

Mais déjà sa voix de psychopathe s'imposait :

— J'ai grandi dans une famille orthodoxe. C'était un véritable cauchemar. C'est ça que tu veux ?

Et très vite, les cris :

— Tu veux ramener sous mon toit ta nourriture à toi dans tes Tupperwares ? Tu veux voir ton frère et ta sœur et leurs enfants manger des bagels au lox chez moi tandis que tes enfants à toi seront relégués en bout de table, bien conscients du fait qu'ils ne sont pas comme nous ?

Ruth exigea de faire la connaissance de cette Alyssa, et Nathan l'invita pour Thanksgiving. Dans le train qui les ramenait au campus, Nathan redoutait la conversation inéluctable sur le peu de cas que sa famille avait fait de son observance, tout particulièrement le samedi, quand après avoir exprimé son souhait de se rendre à la synagogue, elle s'était vue répondre par Phyllis :

— C'est le week-end de Thanksgiving, mon petit.

Sans un mot, Alyssa regardait le paysage défiler. Quand le train passa de l'État de New York à la Nouvelle-Angleterre, Nathan finit par s'excuser auprès d'Alyssa, assurant que *lui* respecterait son observance, lui expliquant qu'il ne s'attendait pas à ce que sa famille réagisse ainsi, vu qu'ils revendiquaient à fond leur judaïcité, mais Alyssa se tourna vers lui et lui exposa la grande précarité dans laquelle elle avait grandi, les sempiternels changements d'établissements, parce que ses parents l'envoyaient dans des écoles juives privées dont ils n'arrivaient jamais à réunir à temps les frais d'inscription, le fait qu'elle ne soit jamais partie en colonie de vacances parce que ses parents n'en avaient pas les moyens, ses déménagements incessants dans tout Livingston, de location en location, depuis le berceau. En voyant où vivaient les Fletcher, en voyant comment ils vivaient, elle avait été abasourdie. Et elle confia alors à Nathan qu'elle espérait que cela ne lui paraîtrait ni vain ni superficiel, mais qu'elle n'aurait pas hésité une seconde à échanger la foi dans laquelle elle avait été éduquée pour la sécurité dans laquelle il avait grandi.

Nathan, infiniment soulagé à l'idée qu'il n'aurait pas à défier l'autorité de sa mère, lui dit alors pour la première fois qu'il l'aimait. Il lui jura qu'il prendrait soin d'elle. Et il vit bien qu'elle le croyait. Et pourquoi ne l'aurait-elle pas cru ? Il tint parole, et elle aussi, dans une certaine mesure. Elle vint s'installer avec lui à Middle Rock, à deux heures de route des Semansky quand il n'y avait pas de bouchons. Elle avait abandonné la plupart de ses habitudes religieuses, même si, à l'approche de la bar-mitsvah, elle s'était interrogée à haute voix sur le bien-fondé de ce choix.

Mais que ne recevait-il pas en échange ! Nathan avait une compagne rien que pour lui, qui s'occupait de lui et l'aimait plus que quiconque au monde. Il avait toujours été invisible aux yeux de son père, désemparé face à l'exaspération qu'il semblait susciter perpétuellement chez sa mère. Et puis pas la peine de parler de Beamer et Jenny ; ces deux-là formaient un binôme à part entière, toujours à chuchoter dans leur coin : c'était toujours elle et lui contre le monde entier. Alyssa lui appartenait, et en retour, il lui appartenait, le plus honnêtement et le plus loyalement.

En somme, Alyssa avait tenu sa part du marché, elle était restée fidèle à ses vœux, à son contrat de mariage. Alors pourquoi lui cachait-il qu'il avait perdu son boulot ? Pourquoi ne lui révélait-il pas que toute sa famille était sans doute complètement fauchée ? C'était si cruel.

La réponse à ces questions était qu'il ne pouvait lui imposer ce fardeau à la légère. Il devait savoir précisément quelle était leur situation financière. Non mais imaginez un peu, grandir dans ces conditions-là.

Dans la salle de cinéma, les vibrations du téléphone de Nathan lui arrachèrent un glapissement. L'homme de son âge jeta un regard par-dessus son épaule. Sur l'écran, Robert Morse chantait *Mediocrity is not a mortal sin !*[1]. Nathan baissa les yeux et lut le message de Mickey :

> Yo. Désolé. Nuit de folie. Télétravail aujourd'hui. Déj demain à 14 heures ? Resto en bas de chez moi ?

Nathan ajouta un pouce levé au message, puis, au cas où ce ne serait pas assez clair, écrivit :

> J'y serai !

1. La médiocrité n'est pas un péché mortel !

Cet après-midi, par la fenêtre du train qui le ramenait chez lui, Nathan laissait glisser son regard affligé sur les banlieues bucoliques : Bayside, Douglaston, Little Neck. Aucun autre passager du train n'avait de problème. Tous ceux qui attendaient sur leur quai avaient une existence de rêve, dénuée de tout souci. Cela faisait plus de deux mois que la direction du cabinet l'avait mis sur la touche. Il avait remis tous ses dossiers, et il attendait toujours le verdict. Il était resté à l'affût de la moindre nouvelle concernant le Giant's de Yellowton (espérant que tout serait oublié si le magasin finissait par ouvrir), mais la date fatidique était passée sans le moindre écho, pas même dans la presse locale.

Au moins il lui restait son argent.

Il se demandait si sa famille aurait besoin de son aide. Il se demandait s'il lui faudrait les soutenir financièrement. Il fantasma un court instant : assis dans la cuisine de sa mère, il faisait glisser un chèque sur la table, elle regardait le chèque, puis son fils, et elle éclatait alors en sanglots, en lui avouant que Beamer était peut-être le plus beau, le plus charmant et le plus talentueux, et que l'intelligence et le détachement naturels de Jenny lui valaient sans doute de faire tourner la tête d'à peu près tout le monde, mais que c'était Nathan, le meilleur des trois : Nathan.

Tout aussi subitement, il se demanda comment il s'y prendrait pour concilier la perte de son salaire et le don de tout son argent à sa famille. De quoi vivrait-il ? Comment réglerait-il les frais de la double bar-mitsvah de ses fils ? Comment s'acquitterait-il des impôts fonciers de sa maison ?

Il arriva trop tôt à destination. Planté sur le trottoir, il inspira une grosse bouffée d'air glacial avant de monter à bord d'un taxi en donnant son adresse au chauffeur.

Il dirait à Alyssa que la journée avait été tranquille, que les tâches dont il s'était fait toute une montagne n'avaient pas été si terribles. Il régla la course et tâcha de décrisper son front en entrant chez lui par la porte de derrière. Or voici à quoi il fut confronté :

Une succession d'images, comme autant de photos tombant à terre.

Alyssa.

Dans la cuisine.

Était-ce une voix masculine ?

Elle était avec un homme.

Avec un homme.

— Nathan ! s'écria-t-elle.

Des tissus.

Un paquet de Kent.

De toutes ses forces, Nathan essayait de comprendre la scène. Sa femme était assise à la table de la cuisine, des carreaux devant elle, avec un homme.

— Mi zeh ? demanda ce dernier.

Il avait le crâne rasé à blanc, la cinquantaine, et portait un jean.

Aucun doute : il était israélien.

— Nathan, c'était juste pour me faire une idée des différents devis pour…

— Alors c'est à ça que tu consacres tout ton temps ? lança-t-il. Moi je passe mes journées à bosser, et on était tombés d'accord là-dessus, on en a même reparlé pas plus tard que ce matin…

Elle ferma les yeux et poussa un soupir pathétique.

— Oh, Nathan…

Tout s'éclaircissait : les carreaux, les échantillons de tissus, le chef de chantier israélien, la rénovation que d'un commun accord ils avaient absolument décidé de ne pas entreprendre. Quand il retrouva enfin ses mots, ce fut pour dire ceci :

— Je croyais qu'on s'était dit pas de mensonges entre nous.

*

Le lendemain, quand Nathan alla retrouver Mickey, il était exténué, défait. Sans surprise, il n'avait pas fermé l'œil de la nuit. Sans surprise, il avait éprouvé de la colère en se retrouvant ainsi confronté à l'infidélité d'Alyssa (« Tu vois un meilleur mot pour décrire ça ? ! »), puis de la tristesse et de la honte à l'idée qu'il avait voulu priver sa femme de quelque chose qui comptait tant à ses yeux.

Il avait passé la soirée à râler, puis à s'excuser, puis à faire acte de contrition en silence, tâchant de se rendre utile en poussant les jumeaux à faire leurs leçons en vue de leur bar-mitsvah, puis en veillant discrètement sur eux, l'estomac liquéfié, alors qu'ils jouaient à leurs jeux vidéo. Il songea aux bêtabloquants dans son armoire à pharmacie, mais s'interdit tout net d'en prendre. Il ne s'était toujours pas dépêtré des conséquences de son dernier séjour au royaume des expérimentations psychoactives.

Raisons pour lesquelles il avait aujourd'hui de petits yeux et des réflexes moins vifs qu'à l'accoutumée. Cependant, c'est d'un pas décidé qu'il se dirigea vers la table habituelle de Mickey qu'un serveur en smoking lui indiqua.

Du fait de son état physiologique, le costume de Nathan était froissé et humide de sueur. Celui de Mickey, en revanche, n'était ni froissé ni humide de sueur. D'un bleu marine immaculé, il lui allait à la perfection, selon les canons édictés par la presse masculine que Nathan consultait dans des salles d'attente, à la faveur de ses régulières visites médicales : le pantalon trop court, se dirait-on a priori, juste au-dessus des chevilles, mais regardez-le un peu : il était parfait. On aurait dit un espion ! Et le costume était-il trop cintré ? Non Monsieur ! Et faisait-il de gros plis quand il s'asseyait ? Non Madame ! Mickey avait une cohérence visuelle absolue. Costume impeccable, crâne passé à la tondeuse, yeux bleu glacier, sourire qu'il fallait mériter.

— Mon gars ! s'écria Mickey en se levant.

Il saisit la main droite de Nathan avec sa main droite, comme s'il s'apprêtait à faire un bras de fer, et le tira soudainement à lui, Nathan manquant de peu de s'empaler sur l'une des chaises design. C'était ce genre de gestes lestes et vifs qui rappelaient à Nathan à quel point Mickey était constamment à la page, et à quel point Nathan était toujours à la traîne.

— Alors, reprit Mickey tandis que Nathan s'asseyait. Qu'est-ce que je peux faire pour toi, mon ami ?

Nathan ouvrit la bouche pour répondre mais Mickey le coupa aussitôt :

— Ça me fait plaisir que tu aies bien voulu qu'on déjeune ensemble. Ça faisait pas mal de temps que j'avais envie de t'inviter, histoire de marquer le coup.

— Toutafé, marquer le coup. Bien sûr. Mais je suis venu moins pour marquer le coup que pour…

— Tu crois sûrement que je veux parler d'investissements. Mais non. Toute la première partie de ma vie, je vous regardais, toi et ta famille, avec mes parents à moi qui étaient toujours au bord du gouffre. Tout ce stress, constamment. Tu te souviens de la boutique de vêtements qu'avait ma mère ? Essayer de devenir riche, c'était le maître-mot, tout le temps. Et puis tu m'invitais chez toi. Cette maison, le calme de tous ceux qui l'habitaient. Tes leçons de tennis. Tu dois sûrement te dire que ça me remplissait d'amertume. Mais non. Ça me remplissait de *reconnaissance*. Ç'a m'a servi d'inspiration. Ça m'a donné un but à atteindre.

Un serveur s'approcha avec un verre rempli de glaçons pour Mickey et un verre vide pour Nathan. Mickey suivait un régime qui lui interdisait d'absorber quoi que ce soit avant treize heures, et lui imposait un déjeuner constitué de ce que son diététicien appelait une « viande des anciens » (du bison par exemple, entre autres sources de protéines difficiles à trouver) et un seul légume-racine. Il pouvait passer le reste de la journée à manger de la chair de coco fraîche et à boire de l'huile d'olive, mais rien d'autre ; il ne pouvait consommer de l'eau que sous sa forme solide, ce que Nathan eut quelque mal à comprendre, mais Mickey lui expliqua que ça découlait d'une théorie révolutionnaire sur le métabolisme humain et la température interne du corps. C'était à cause de tout cela que Mickey était globalement en état de dénutrition, à deux doigts de ce qu'on aurait pu considérer comme une défaillance générale de tous ses organes, ce qui aux yeux de Nathan expliquait en grande partie ses sautes d'humeur imprévisibles.

Bouteille en main, le serveur hésita une seconde, mais Nathan lui fit comprendre d'un bref hochement de tête qu'à l'instar d'une écrasante majorité d'humains, il persistait à boire de l'eau liquide.

— Nous sommes ici parce que, eh bien comment dire ? fit Mickey avant de s'interrompre brièvement, les paumes au plafond, les lèvres pincées par l'émotion. Je tenais à te remercier, Nathan.

— Ah, lâcha Nathan, espérant que Mickey développe un peu.

— Oui, je tiens à te remercier. Je viens de fêter mon cent-millionième dollar investi. Tu as été le premier. Tu as pris le risque de miser sur moi. Quand j'ai quitté la banque, j'étais vraiment paumé. Et toi, mon vieil ami, tu as eu foi en moi.

— Bien sûr, bien sûr. Ça fait plaisir de savoir que tu t'en es aussi bien tiré. C'est juste que… j'ai besoin de faire un débour-sement.

Le saumon de Nathan et le plat de Mickey arrivèrent.

Nathan plissa les yeux en observant le contenu de l'assiette de Mickey.

— Qu'est-ce que tu as commandé ? demanda-t-il.

— Du kangourou, répondit l'autre. Un filet. Ils n'ont que du filet, ici. C'est un plat sur-mesure, parce que je viens manger ici tous les jours.

— Du kangourou, c'est bien ce que tu viens de dire ?

Décidément, le système gastroentérologique de Nathan était mis à rude épreuve, ces derniers temps.

— Hmm, fit Mickey. La plupart des gens, tu leur dis kangourou, et tout de suite t'as le droit à des : « Oooh, mais comment tu peux manger ces bestioles si adorables ? » En Australie, ce sont des rongeurs, tu sais.

— Et donc, le truc c'est que…

— C'est cinglé, non ? Les kangourous sont les rongeurs de l'Australie ! Tout pareil, il y a un problème de surpopulation de nuisibles. Et nous, tout ce qu'on voit, c'est ces bestioles toutes chou et rigolotes qui font de la boxe ! Ça c'est de la com ! Hé. Mais ils ont cette enzyme incroyable dont je me souviens plus le nom et qui transforme les muscles en graisses.

— Attends, mais pourquoi tu voudrais transformer tes muscles en graisses ?

— T'es pas au fait des récentes découvertes, Nathan, répondit Mickey. Les dernières recherches scientifiques ont établi qu'on devrait accumuler le plus de graisses possible afin que notre métabolisme soit constamment en situation de stress, constamment en train de se battre pour survivre. C'est contre-intuitif, c'est clair. La science de l'optimisation est contre-intuitive. Beaucoup de gens ont tout intérêt à ce que tu ne saches rien de tout ça. Par exemple, est-ce que tu as déjà failli te noyer ?

— Je crois, oui.

Nathan ne se souvenait pas d'un seul instant où il avait réchappé, même de loin, à la noyade, et pourtant, il avait la certitude que ça lui était bel et bien arrivé.

— Tu vois cette sensation d'être plus vivant que jamais quand tu te bats pour ta survie ? Tu sais ? C'est ton métabolisme. Tu le pousses à survivre par tous les moyens en essayant de le noyer dans le gras.

Le serveur remplit à nouveau le verre d'eau de Nathan. Mickey observa Nathan en train d'observer le serveur, avant de poser un regard languissant sur le verre d'eau.

— Mec, tu peux pas savoir à quel point j'ai envie de boire de la vraie flotte, lâcha Mickey. De l'Ache. De. Zoo.

— En même temps, la glace, c'est de l'eau, non ? fit Nathan. Techniquement, je veux dire ?

— Mon coach dit que l'hydratation est un mythe. Survendu au public américain. La glace fait baisser la température du corps et sa métabolisation est optimale. Comme à l'ère glaciaire. Tout le monde était en pleine forme à l'époque. Tu n'as pas besoin de toute cette eau en bouteille. De la pure propagande industrielle, l'eau en bouteille. Evian, Poland Spring, Aquafina, etc. Des attrape-couillons. (Il s'enfonça au fond de sa chaise pour méditer sur son argument, comme s'il conversait avec lui-même.) Bien entendu, l'eau est généralement bonne pour l'organisme, mais selon mon coach, dans le cadre de ma préparation pour mon triathlon plus, ça ne ferait que me ralentir. Quand on ne consomme que de la glace, c'est comme si elle se dévorait elle-même, elle s'évapore dans ton corps.

— Tu vas faire un triathlon ?

— Plus. C'est les trois sports habituels, plus un sport de combat, plus un défi intellectuel.

Il les dénombra sur ses doigts :

— Cyclisme, course à pied, natation, comme le triathlon, après quoi un petit combat singulier, et une partie d'échecs pour finir. Le corps et l'esprit.

— Toutafé, acquiesça Nathan. Incroyable.

Mickey joignit les mains en un geste de prière.

— Enfin bon, fit Nathan. Je voulais te parler d'argent, tu sais ?

— Oui. C'est vrai, tu as placé toute ta foi entre mes mains, et tu n'as pas hésité à investir à mes côtés.

— Amen.

Nathan émit une sorte de rire que son expression contredisait.

— Écoute. J'ai besoin de ce déboursement. Rien de bien extravagant. Mais j'ai ce truc qui m'est tombé dessus. C'est… c'est urgent.

Mickey afficha une expression d'ours en peluche inquiet.

— Oh non… Tout le monde va bien ? Alyssa ? Les garçons ?

— Tout le monde va bien, répondit Nathan. Alyssa veut juste rénover la cuisine. Tu sais ce que c'est.

— C'est tout ? Combien il te faut ? Dix k ? Moins ?

— Euh, ouais. Enfin, peut-être plus. Sûrement plus.

— Penny a refait la cuisine. Il y en a eu pour environ trente-cinq k. Un peu plus. Ta maison est plus grande. (Il éclata d'un énorme rire.) Mais plus pour très longtemps ! Rien de tel que ces ouvriers du bâtiment pour te donner l'impression de vivre dans un trou à rat du Lower East Side, j'en sais quelque chose ! Tu es sûr de vouloir t'infliger ça ?

— Et donc est-ce que tu pourrais me passer l'argent ? C'est vraiment la seule chose que j'ai à te…

— Oh, bien sûr, bien sûr. Sauf erreur, c'est ton premier déboursement, non ? Pas toujours facile d'avoir tous les chiffres en tête. Quel client a retiré combien. Me demande pas qui sont les autres, hein. Je peux rien te dire !

— C'est la première fois, oui. J'aurais voulu attendre la retraite pour y toucher, en me contentant de mon bon vieux salaire, mais bon, épouse satisfaite, foyer en fête, hein ?

— Et je suppose que tes parents ne vont pas t'aider ?

— Pourquoi est-ce qu'ils le feraient ?

— Bien sûr, bien sûr. O.K., donc s'il s'agit de ton premier déboursement, nous allons devoir établir un protocole de transfert. Tu connais ça mieux que moi. La paranoïa des banques. Et donc dans le courant de la semaine prochaine, on va prélever un petit montant de ton compte. On appelle ça une *vérification.* Donc si tu vois des retraits bizarres, genre dix *cents* par-ci, quatre *cents* par-là, ça signifie juste que ça marche. Si tu ne vois rien, ça signifie que ta banque nous donne du fil à retordre.

Puis soudain :

— Au fait, Nathie, tu sais si tes parents sont satisfaits du mec qui s'occupe de leur argent ? Peut-être qu'ils préféreraient savoir leurs bas-de-laine plus près de chez eux.

Nathan frissonna. Il ouvrit la bouche, sans trop savoir ce qui en ressortirait, quand par chance, le téléphone de Mickey retentit.

— Excuse-moi, je dois prendre cet appel. Je demanderai à mon assistante de t'envoyer les documents. C'est rien du tout. Je reviens tout de suite.

Mickey s'éloigna de la table, laissant Nathan seul à seul avec son saumon dont il ne supportait plus la vue. Les minutes s'égrainèrent, tant et si bien qu'on finit par présenter à Nathan l'addition, qu'il régla.

*

Et il attendit. Il surveilla son compte bancaire, à l'affût du moindre signe de vérification, mais une semaine passa, puis une autre, et toujours rien. Il y eut d'abord un problème parce que l'assistante de Mickey était en vacances, puis ce fut au tour de Mickey de partir en session d'entraînement spécial pour son triathlon plus. Pendant les deux semaines qui suivirent, Nathan attendit tout en relançant Mickey, qui lui expliquait que ça ne tombait pas au meilleur moment, à cause de la course.

La rénovation était bien engagée. Nathan n'avait même plus envie de rentrer chez lui, avec ses enfants qui se disputaient en préparant leur bar-mitsvah. Leur foyer était sens dessus dessous. Tout était sale, l'air était saturé de poussière, visible sous la forme de larges bandes obliques chaque matin, lorsque les rayons du soleil perçaient à travers les fenêtres recouvertes de bâches plastiques. La cloison de placo était abattue. Les canalisations étaient exposées à l'air libre. Le carrelage de la cuisine était percé de trous de plus de trois mètres cinquante de profondeur dans les fondations : quand on regardait dedans, on avait l'impression de tomber dans un gouffre sans fond. Chaque jour, Yoav, le chef de chantier, et une bande sans cesse changeante de marginaux israéliens arrivaient à l'heure qui leur chantait et leur annonçaient que les travaux seraient finis dans deux semaines, six semaines, douze semaines, puis révision à la baisse, huit semaines. Yoav interrompait Alyssa au beau milieu de ses phrases d'un « chut », lui disait de se calmer, et Nathan aurait bien voulu savoir comment sa femme, jadis présidente du club des Féministes Juives pro-Sionisme de l'université de Brandeis, pouvait tolérer cela, question à laquelle Alyssa, écrasée sous le poids de la résignation, ne savait que répondre : « Ils sont israéliens. »

Ça faisait beaucoup d'un seul coup. Un soir, en rentrant chez lui, Nathan fut confronté à une inondation qui, de la cuisine, commençait à gagner le salon. À grands frais, il fit venir d'urgence le plombier, et Yoav n'arriva que le lendemain matin, à dix heures.

— Je sais pas ce qui s'est arrivé ! dit Yoav. Tuyaux trop vieux !

— Eh bien je suis dans une colère noire, répliqua Nathan, alors qu'en vérité, il était en proie à une peur bleue.

Il avait le pressentiment de vivre les prémisses de quelque chose de terrible. Et son intuition était juste.

Quelques jours plus tard, Nathan conduisit les enfants à l'école, déterminé à réunir tout son courage et, de retour chez lui, profiter d'un moment de calme pour révéler à Alyssa tout ce qui s'était passé. Cela n'avait que trop longtemps duré, et même si depuis le début il n'avait été guidé que par les meilleures intentions, son mensonge était à présent beaucoup trop gros. Pauvre Alyssa, qui en l'épousant croyait avoir enfin trouvé la sécurité.

Elle était là, dehors, dans l'allée, en train de l'attendre.

— Il faut que tu me promettes de garder ton calme, lui dit-elle.

— Qu'est-ce qu'il y a ? demanda-t-il.

— Tu me jures que tu vas rester calme ?

— Bien sûr que je vais rester calme.

— Non. Vraiment.

— Alyssa. Qu'est-ce qui se passe ?

— J'ai quelque chose à te dire, fit-elle, crispée des pieds à la tête. Il y a une fissure dans les fondations. Ils sont tombés dessus en creusant.

La respiration de Nathan s'accéléra et en réponse, Alyssa se mit à parler plus vite :

— La maison se serait *effondrée* dans une poignée d'années.

Voyant que cette phrase avait l'effet opposé à celui qu'elle avait espéré, elle tenta comme elle put de redresser la barre :

— Non, au contraire, c'est une bonne nouvelle, Nathan. Une super bonne nouvelle ! *On a trouvé la fissure et on peut la solutionner, quelle chance et quelle bonne idée on a eu de rénover la cuisine !*

ON LUI AVAIT PRESCRIT DES BÊTABLOQUANTS POUR SON CŒUR ! CE N'ÉTAIT PAS SI DUR À COMPRENDRE, NON ????

Et puis soudain, comme un don du ciel, une diversion.

Sa mère l'appela pour l'inviter à se joindre à elle pour sa marche sportive.

Il arriva à 18 h 30, l'heure post-journée de travail post-transport public consacrée par l'usage, encore vêtu de son costume, juste après avoir vu *Un après-midi de chien* pour la deuxième fois en deux jours. Il entra dans la maison de ses parents. Sa mère lui cria qu'elle descendait dans une minute, et dans le salon, il s'assit à côté de son père qui regardait un documentaire sur un musicien juif qui avait survécu à la Shoah en se faisant passer pour un artiste peintre et en réalisant les portraits du cabinet de Hitler.

— Tu as passé une bonne journée, Papa ? demanda Nathan.

— Tu as déjà entendu parler de ce type ? demanda Carl.

— Non. Jamais.

— C'est passionnant.

Son père, trop délicat pour lui demander comment s'était passée sa journée à lui, mais capable d'absorber une quantité incalculable d'histoires sur la Shoah : l'une des plus fidèles descriptions de la condition moderne des juifs.

— Excusez-moi, les critiques de cinéma ! lança Ruth en les rejoignant.

Puis, à l'attention de Nathan :

— Tu viens ?

Dehors, ils commencèrent leur marche.

— Tu avais quelque chose à me demander ? lui rappela Nathan, dardant son regard dans tous les sens.

On n'était pas encore passé à l'heure d'hiver, le soleil n'avait pas encore fini de se coucher, et Nathan avait le sentiment qu'ils étaient trop exposés aux divers dangers potentiellement tapis le long du sentier qui faisait le tour de la propriété.

— Et pendant que monsieur regarde la télé, fit sa mère, moi je me ronge les sangs pour savoir comment nous allons faire pour survivre ! Pas ton frère, ta sœur et toi, non. Pas même Marjorie. Non, nous deux ! Lui et moi !

Une pause fugace, puis :

— Nous allons vendre la maison de Greenwich.

— La maison de Greenwich, d'accord.

— Moi qui croyais, idiote que je suis, qu'on pourrait un jour aller vivre là-bas, après la mort de ta grand-mère. Ç'a toujours été mon rêve. On aurait pu aller au théâtre, au musée, tout ça au cœur de Manhattan. Ah, quelle imbécile !

Puis, sans attendre la réaction de Nathan :

— Tu n'as toujours aucune nouvelle d'Arthur ?

— Non, rien du tout. Rien au bureau. Il est parti en… congé sabbatique, apparemment.

— Même en congé sabbatique, on reste toujours joignable, généralement.

— Je ne crois… je ne sais pas trop si c'est comme ça que ça se passe. Je ne connais pas les règles des congés sabbatiques.

Ruth s'arrêta soudain, les mains sur les hanches. Ils avaient atteint le point le plus éloigné de la maison. Si quelqu'un surgissait de derrière la serre, personne ne les entendrait crier. Ruth porta son regard en direction de sa demeure, à l'autre bout de la pelouse, et secoua la tête.

— Je veux savoir si on peut vendre l'usine, finit-elle par déclarer.

Elle reprit sa marche. Un neurone s'alluma au fond du cerveau de Nathan, lui signalant qu'il fallait la suivre, et il pressa le pas pour la rattraper.

— Et Ike, alors ? demanda-t-il.

— Il ne peut pas la vendre. C'est un contremaître, pas un agent immobilier.

— Non, je veux dire, ça ne va pas le mettre en colère ? Il avait passé un accord avec Papa.

— Le futur propriétaire aura tout intérêt à garder Ike.

— Mais Papa était, enfin nous étions censés revendre l'usine à Ike.

— Eh bien il n'a qu'à l'acheter. Vas-y, propose-le-lui, si tu tiens tellement à l'humilier. Nathan, franchement ! Il n'a pas de quoi payer le genre de prix que nous allons fixer.

— Je sais bien, mais…

— *Tout* change.

Oups : la voix de psychopathe.

— Tout change *constamment*. Nous n'avons pas demandé à nous retrouver dans une situation pareille !

— Ne te fâche pas. Ça va s'arranger.

Il posa une main sur l'épaule de sa mère, qui s'en débarrassa d'un geste brusque.

— Excuse-nous, Erik Erikson ! Tout ce que je te demande, c'est de t'en occuper, Nathan. Arthur a disparu. Je n'ai personne d'autre. On ne va pas gagner grand-chose avec la maison de Greenwich. On ne l'a jamais modernisée. Le marché de l'immobilier est en pleine crise. Je ne sais absolument pas ce qu'on pourrait tirer de l'usine. Je ne sais même pas à qui m'adresser pour le savoir.

— Personne n'en voudra jamais, Maman. C'est une usine de polystyrène. Je doute même que les clauses d'antériorité puissent être transmises à un nouveau propriétaire. Il y a tout un arsenal de lois environnementales, maintenant. Un transfert de propriété, ça… mais ce n'est même pas le plus gros obstacle. Le vrai problème, c'est qu'on ne peut plus faire tourner l'usine, à cause du contrat d'exclusivité qui nous lie à ces gens. Ce ne sont même plus des gens, du reste. C'est une société. Enfin maintenant, c'est un fonds d'investissement. On n'a même plus d'interlocuteurs. Ce sont des requins qui ne se soucient que de leur retour sur investissement.

— Mais si on revendait l'usine, ce ne serait plus notre problème, non ?

— Et qui pourrait acheter une usine qu'on ne peut plus faire tourner ? Je ne sais pas, Maman… J'ai tellement de boulot. Et puis la bar-mitsvah approche. Et ces travaux de rénovation, quel casse-tête, et en plus je me suis engagé à m'occuper personnellement de tous les permis. Alyssa craint que les travaux ne soient pas achevés avant la bar-mitsvah. Et toute sa famille viendra, tu sais.

— Tu n'avais pas besoin de faire rénover cette cuisine, fit sa mère. Il faut que tu mettes autant d'argent de côté que possible, à présent.

Elle souffla un grand coup et leva la tête au ciel.

— Nous ne pouvons plus rien faire d'autre, Nathan. Nous n'avons plus le choix !

— C'est juste que…

De nouveau, elle s'arrêta. Mais quand elle se retourna vers lui, ce fut cette fois avec un air enjôleur.

— Tu te souviens du phare ? Toute l'aide que tu as apportée à ta grand-mère, pour ce phare ? Elle était si fière de toi.

Nous étions tous fiers de toi. Tu as été le héros de cette affaire. Tu t'en souviens ?

Il s'en souvenait parfaitement. Ç'avait été pour lui une période horrible. Alyssa subissait des injections d'hormones et des traitements FIV terrifiants et potentiellement fatals, et passait ses nuits à pleurer et à implorer Dieu de lui donner un bébé. Et tout ce que Nathan pouvait faire durant ces nuits blanches, c'était de s'inquiéter pour la santé d'Alyssa à qui on inoculait toutes ces saloperies dans le cadre de ces protocoles qui comportaient tous un risque de coma, ou de mort, ou de coma suivi de mort. Alors chaque jour Nathan partait travailler. Il rentrait en fin de journée et réconfortait sa femme, qu'il voulait à tout prix aider d'une façon ou d'une autre, sans que cela lui soit possible. Et dans le coin de son bureau, chez eux, après qu'elle se fut endormie, il se sentait enfin utile à quelque chose, il œuvrait à restaurer la dignité de sa ville de naissance, en aidant sa grand-mère à accomplir l'ultime grand œuvre de son existence. Oui, songea-t-il avec mélancolie, il avait été le héros de cette histoire.

— On ne peut pas faire classer une usine dans le patrimoine culturel, Maman.

— Pourquoi pas ? C'est une institution américaine. Il n'en reste quasiment plus.

— Parce que même si c'était possible, on n'arriverait pas plus à la revendre. Et encore une fois, ce n'est pas possible.

Ils ne tardèrent pas à se séparer. Il n'avait plus rien à dire à sa mère, et il lui arrivait si rarement d'être présenté comme le héros de quoi que ce soit que rien n'aurait pu l'empêcher d'en profiter encore un peu, seul au volant de sa voiture. Bon sang ce qu'il adorait la version séductrice de sa mère.

Nathan se mit donc au travail. Il ne passa plus ses journées au cinéma en attendant les conclusions du conseil d'éthique de son cabinet. Il choisit comme nouveau refuge un café hongrois paisible, à Greenwich Village, où il étudia les lois régissant les ventes de vieilles usines.

Il discuta urbanisme et patrimoine avec ses nombreux contacts dans la vente immobilière. Il s'entretint en personne avec le moins malhonnête de tous, un certain Benny Marina, dans son bureau de Sheepshead Bay. Nathan savait qu'en tant qu'agent immobilier d'entreprises, Benny s'était occupé de la vente et de la réaffectation d'au moins deux usines.

— C'est du caoutchouc ? demanda Benny.

— Du polystyrène.

— Du Styrofoam ?

— On préfère le terme « polystyrène ».

— Pourquoi ? demanda Benny.

— À cause de la mauvaise réputation de la marque déposée « Styrofoam ».

— Ah.

— On fabrique essentiellement des emballages, expliqua Nathan. Pour les livraisons. Le personnel est exceptionnel. Des employés dévoués à l'entreprise. Un contremaître extrêmement compétent et son fils, ce sont eux qui la dirigent. Ils font du très bon boulot. Le but est de revendre l'usine afin qu'elle se remette à produire. Il n'y a vraiment personne que ces perspectives pourraient intéresser ?

Benny réfléchit un instant.

— Je connais quelqu'un. Nessman. C'est sa spécialité.

— Quoi donc ?

— Les ventes compliquées. Pas nécessairement des propriétés immobilières. Des sociétés, surtout.

— Compliquées, répéta Nathan.

Il prit le numéro de Nessman.

Trois jours plus tard, devant l'usine, Nathan, Benny, Ike et Max, le fils d'Ike, virent approcher le Nessman en question, qui grimpait d'une démarche claudicante les marches menant aux portes. Il portait un costume trop large et des lunettes à double foyer à monture métallique, dont les verres sales étaient deux parallélogrammes symétriques, avec son nez pour axe.

Ike et Nathan se présentèrent.

— Et voici mon fils Max, dit Ike. Je vous fais visiter ?

Consolidated Packing Solutions Limited était sis dans un vaste bâtiment rectangulaire de plain-pied, avec une hauteur sous plafond de vingt-trois mètres et un bureau solitaire aux parois de verre qui surplombait tout. L'espace était divisé en deux sections, d'un côté la partie fabrication, pleine de fûts gigantesques remplis de granulés de polystyrène qu'on versait dans des machines en acier titanesques, qui injectaient de l'air dans les granulés chauffés afin qu'ils prennent des formes très spécifiques destinées à protéger des marchandises durant tout le processus de livraison. L'autre côté de l'usine accueillait les tâches considérées plus nobles, le dessin technique, l'ingénierie et la comptabilité.

Nathan éprouva un véritable choc : cela faisait un certain nombre d'années qu'il n'avait plus mis les pieds ici. La raison de son effarement n'était pas les menus changements réalisés depuis sa dernière visite : c'était le fait de s'être tenu si longtemps éloigné de ce monde de cols bleus qu'il avait fini par oublier que c'était ce même monde de cols bleus qui lui permettait de vivre sa vie de col blanc.

Ike leur fit traverser les départements ingénierie, dessin technique et compta. Il leur fit traverser l'espace de production où se trouvaient les aérateurs géants et les machines à compression et les fûts de 400 litres de granulés de polystyrène. Au cours de son stage forcé, toute l'activité de l'usine, les bruits et les alarmes qui se succédaient durant la journée de travail l'avaient terrorisé. Mais maintenant que toute sa carrière d'avocat était en jeu, il regrettait presque de ne pas avoir perçu jusqu'alors la valeur intrinsèque d'un travail si simple et si clair.

Alors qu'ils cheminaient au milieu de toute cette machinerie steampunk, Nessman secouait la tête à chaque tournant. Des toilettes inaccessibles (« Mais quand on est handicapé, on ne peut tout simplement pas travailler ici ! C'est une usine ! » rétorqua Nathan.). Un système d'évacuation des chutes fondues inefficace et non-conforme à une loi de 2008 (« Par contre, c'est totalement conforme à la loi de 1976, en vigueur lors de la rénovation, et les règles ne sont pas très claires à ce sujet… » dit Nathan, mais un coup d'œil de Nessman par-dessus ses verres suffit à l'interrompre en pleine phrase).

— Vous avez encore le droit d'utiliser un injecteur de pétrole à haute pression ici ? demanda Nessman quand ils passèrent devant l'énorme cylindre de laiton.

— Oui, en vertu des clauses d'antériorité, répondit Nathan.

Nathan fit semblant de devoir prendre un appel pour échapper à la visite du sous-sol.

Puis ils firent le tour du bureau suspendu aux quatre murs de verre, qui avait permis à Carl, et son père avant lui, de repérer plus facilement les tire-au-flanc en contrebas. C'était à présent Ike qui l'occupait, mais il s'asseyait encore à la place d'Hannah Zolinski, l'ancienne secrétaire, comme si Carl devait réintégrer un jour son bureau.

Nessman se pencha et ramassa au sol une particule de calage. Il pinça entre ses doigts le bout de polystyrène brillant qui émit une sorte de couinement. Puis il le brandit sous les yeux de Benny et Nathan, comme si ni l'un ni l'autre n'avaient jamais vu de chips de calage.

— Vous produisez du polystyrène, déclara-t-il, avant une brève parenthèse, presque comme s'il s'adressait à lui-même :

— Je trouve choquant que vous soyez encore autorisés à produire du polystyrène.

Puis il reprit :

— Ce serait différent si vous souhaitiez simplement vendre le bâtiment. Là, je serais sans doute en mesure de vous aider. Mais je vous le dis franchement, ma spécialité, c'est de vendre des affaires dont on peut encore espérer tirer un petit quelque chose. Je ne vois pas comment je pourrais réussir à vendre cette usine.

Par-dessus ses verres sales, il dévisagea Ike, puis Nathan.

— Il manque un pouce à votre contremaître.

— Il a été dédommagé, répondit Nathan. Nous nous sommes bien occupés de lui. Pour lui aussi, c'est une affaire de famille. Son père a été contremaître de cette usine avant lui.

La visite s'acheva dehors, là où le terrain s'incurvait en une sorte de cuvette. La rivière Arc-en-Ciel, comme ils l'appelaient jadis. Tous les jours lors du stage forcé de Nathan, alors qu'il était encore au lycée, son père l'avait emmené ici pour déjeuner, en lui racontant que son propre père en avait fait de même avec lui. Nathan se rappelait qu'à l'époque, les tourbillons multicolores des rejets chimiques l'ensorcelaient par leur beauté dont il ignorait alors tous les dangers.

On avait installé un banc et une fontaine sur ce qu'une inspection surprise en 2002 avait qualifié « d'herbage irrécupérable », avec à la clef une assignation et une amende. En les apercevant, Nessman lâcha un « Ah, ça, c'est joli ». Mais son expression ne tarda pas à changer. Il baissa les yeux et constata que ses pieds étaient à moitié enfoncés dans la boue. Ses chaussures marron clair étaient recouvertes de tourbillons bleu-vert. Il s'accroupit et toucha le sol. Quand il se releva, le bout de ses doigts était violet.

— Je ne sais plus trop quoi vous dire, fit Nessman. Est-ce que les riverains sont au courant de ce que vous avez fait à leur nappe phréatique ?

— L'usine jouit d'un assez grand éventail de clauses d'antériorité, insista Nathan. Nous employons plus de quatre-vingt-cinq personnes.

— Vous n'avez que ça à la bouche, « clauses d'antériorité ». Elles ont été obtenues par des pots-de-vin, n'est-ce pas ? Il y a fort à parier que c'est uniquement à cause de cela qu'Haulers s'est intéressé à cette usine. Mais ces clauses d'antériorité ne se transmettront pas dans le cadre d'un rachat. Les lois environnementales étant ce qu'elles sont... qui voudrait reprendre une usine de polystyrène dont la mise en conformité reviendrait aussi cher ? Vous n'arriverez jamais à la revendre si vous n'engagez pas un virgule trois millions de dollars de mise aux normes, minimum. La meilleure stratégie, c'est d'arrêter immédiatement les frais, et de vous dessaisir tout simplement de ce bien.

Nathan s'assit sur le banc. Il se sentait tout à coup extrêmement fatigué.

— Ce lieu n'est pas simplement sans valeur, conclut Nessman. C'est une vraie bombe à retardement.

*

Quand Nathan devenait nerveux ou stressé ou tombait dans cet état que les psychoneuroendocrinologues appellent « l'hypervigilance », la partie la plus anxieuse de son cerveau (et à ce titre, la compétition était rude) imaginait toutes sortes de comportements aussi affreux qu'humiliants qui n'auraient fait qu'empirer très sensiblement la situation dans laquelle il se trouvait. Pendant sa propre bar-mitsvah, il était dans un tel état qu'il se demanda ce qui arriverait s'il se précipitait sur Rabbi Weintraub dans son dos, et le soulevait en criant « Viens par-là, mon gros nounours adoré ! » après qu'il eut ouvert l'arche de la bimah. Lors de ses noces, à l'instant précis de son mariage, il s'imagina baisser sa braguette et secouer son pénis dans tous les sens en hurlant : « ET ON FAIT TOURNER, LES QUÉQUETTES, LES QUÉQUETTES ! » Et quand Nessman lui parla du destin de l'usine familiale, il eut le désir impérieux de lui tapoter le nez du bout du doigt pour ponctuer ces mots : « C'est. Tellement. Chou. »

Après cette rencontre, il eut envie de se retrouver seul, mais il n'avait nulle part où se réfugier. Il prit le chemin de chez lui, mais en arrivant à Middle Rock, il se rappela que sa maison n'avait plus rien d'un sanctuaire. C'était à présent un cauchemar. On y perçait à toute heure, il y avait de la poussière partout, des métaux lourds et des cancérogènes divers et variés qui valsaient dans l'air. Et puis rien que le bruit. Rien que le ton arrogant et moqueur de Yoav, le chef de chantier, que Nathan détestait du plus profond de son être.

Et Alyssa ? Elle aussi n'était quasiment plus qu'un souvenir. Chaque soir elle commandait un dîner à emporter, puis s'écroulait sur leur lit, exténuée, puis se redressait pour consulter sur son iPad toutes les façons possibles et imaginables d'agencer une nouvelle cuisine. C'était un univers de plans de travail. Une étude géologique de marbres. Les luminaires qu'on pouvait fixer au-dessus de l'îlot de cuisine pouvaient être rétro, à filaments, Arts Déco ou Art moderne. La cuisine pouvait être conçue pour donner l'impression d'être à la ferme, avec un énorme évier et des meubles en bois, ou l'impression d'être à bord d'un vaisseau spatial. Afin de déterminer le style qui convenait le mieux, il fallait avoir une idée bien arrêtée de soi-même et de ses goûts, ne pas être convaincue d'être une imposteuse, et c'est là-dessus qu'Alyssa achoppait.

Mais ne parlons même pas des questions de goûts ! Il y avait un million d'autres choix à faire. Les lave-vaisselle avaient connu de telles innovations qu'à présent, pour la modique somme de six mille dollars, il était impossible de se rendre compte qu'un programme de lavage était lancé à moins d'avoir les yeux rivés sur la machine et de comprendre l'affichage lumineux. Les placards avaient connu de telles innovations qu'à présent, on pouvait les claquer sans faire le moindre bruit (ça, Nathan adorait). On pouvait avoir un robinet caché dans l'îlot de la cuisine, qui ne refaisait surface que quand on le désirait, s'épanouissant comme une rose en accéléré.

La nuit, Nathan fantasmait sur un univers parallèle où il serait en mesure de lancer une procédure de classement de sa maison qui les obligerait à suspendre la rénovation et à restaurer la cuisine dans l'état où elle se trouvait avant que Yoav ait mis ses sales pieds chez eux, quand tout allait bien et que la grand-mère de Nathan était encore en vie et que Nathan avait encore un boulot et sa paperasse et que tout le monde était heureux ou tout du moins ne se posait pas de question.

Il était malheureux. Il lui fallait trouver un moyen de se sortir de ce mal-être. Deux fois par jour il se disait qu'il était sans doute temps de tout avouer. Pas pour des raisons d'ordre moral, mais parce que cela aurait atténué son malheur. Personne ne savait mieux le consoler qu'Alyssa. Personne ne savait le soutenir comme Alyssa. Sa mère l'avait toujours poussé à avoir honte de l'amour qu'il lui portait, mais les paramètres d'Alyssa étaient d'une simplicité angélique : ce qui est bon est bon, ce qui est mauvais est mauvais, l'amour est quelque chose de bon, Nathan est quelqu'un de bien, et Nathan est désirable.

Peut-être qu'une simple conversation vraiment honnête avec Alyssa suffirait à arranger les choses. Peut-être se solderait-elle par une forme de rédemption, peut-être qu'Alyssa continuerait à l'aimer malgré cela et finirait même par comprendre pourquoi il avait menti. Nathan avait prévu de tout lui révéler dès que Mickey lui aurait versé son argent, mais Mickey trouvait sans cesse de nouvelles excuses, en le mettant toujours au second plan parce que Mickey restait le Mickey qu'il avait toujours été, qui considérait que l'amitié de Nathan était un dû, et faisait passer ses autres clients avant son ami le plus fidèle et le plus dépendant. Et Nathan de son côté n'aspirait qu'à une chose, l'amour et la compréhension de sa femme. Le fardeau de toutes ces angoisses, lesté par tous ces mensonges, devenait intolérable. Oui, se dit-il, il était grand temps de révéler à Alyssa ce qui se passait, tant dans son travail que dans les finances familiales.

Il avait déjà essayé la semaine précédente, mais il l'avait trouvée en compagnie de Lily Schlesinger, qui lui expliquait que si le résultat final ne lui plaisait pas, elle pourrait toujours en modifier certaines parties a posteriori, et qu'ainsi rassurée, elle parviendrait sans doute à se sortir de sa paralysie décisionnelle. Mais Alyssa, qui ne s'était jamais véritablement habituée à cette vie d'opulence, avait fixé Lily comme si elle venait de débarquer de Jupiter, et avait secoué la tête. Malgré ses efforts, elle avait encore du mal à comprendre le concept de richesse, et notamment ses supposés avantages. Nathan lut sur le visage de son épouse qu'elle ne parvenait pas à saisir si ce que Lily avançait était juste, ou plus prosaïquement, aussi ridicule qu'il y paraissait. Et cela dévastait Nathan.

Il descendit de sa voiture et claqua la portière. Il sortit ses clefs et ouvrit la porte de sa maison.

Oui, le moment était venu de tout lui dire. Le moment était venu d'avouer à Alyssa tout ce qu'il savait. Il lui dirait pour les finances familiales. Il lui dirait pour son boulot. Mais dans la cuisine condamnée, il la trouva en compagnie de Yoav. Elle faisait un bruit curieux, comme un gémissement. Les enfants étaient à l'école. Ce n'est qu'à ce moment que Nathan se rappela avoir vu le pick-up de Yoav garé dans l'allée. Aucun autre véhicule ne s'y trouvait.

Il déchira une bâche plastique pour entrer dans la cuisine.

Alyssa éclata alors en sanglots, d'épuisement et de terreur.

— Qu'est-ce qu'il y a ? demanda Nathan.

Son cœur ne battait presque plus.

— Nathan, dit-elle en se retournant, avant de se précipiter dans ses bras.

— Quoi ? Qu'est-ce qu'il y a ? C'est ma mère, c'est ça ? Il regretta aussitôt de ne pas avoir demandé si cela concernait les enfants.

Entre les larmes et les hoquets d'Alyssa, il eut le plus grand mal à comprendre sa réponse :

— Nathan. Ils ont trouvé de l'amiante. Dire que tout ce temps-là, les enfants... de l'amiante.

Nathan se tenait là, au milieu des ruines de sa maison, son épouse effondrée sur sa poitrine, et durant un bref instant, ce fut comme s'il dépassait tout le monde d'une tête : il avait été le seul à s'attendre à une telle catastrophe.

Alors c'est maintenant qu'on s'y met ? C'est maintenant que tu lui dis ? Mon œil, oui.

— Fais les valises, Alyssa. On part d'ici. On va chez ma mère.

*

La maison de Phyllis se dressait vide et menaçante au cœur de la propriété, attendant d'ouvrir ses portes aux occupants des deux Acura 2017 MDX qui remontaient l'allée, cahin-caha, chargées de toutes les possessions terrestres de la famille de Nathan Fletcher.

Nathan se fit une fleur à lui-même en disant à Alyssa qu'il prendrait trois semaines de congés afin de gérer ce désastre et la bar-mitsvah imminente des garçons. Elle était si obnubilée par les préparatifs, sans parler de ce qu'ils venaient de découvrir et de leur soudain déménagement, qu'elle ne posa aucune question.

Tous les soirs, Nathan, Alyssa et leurs enfants se rendaient dans la maison de ses parents pour le dîner, et Nathan essayait d'engager la conversation avec son père. Celui-ci paraissait si vieux, dernièrement, et puis qu'est-ce que Nathan s'imaginait ? Qu'il allait soudain se mettre à parler de sa vie ? Qu'il allait soudain se mettre à parler, tout court ?

— Vous savez, quand Grand-Père était enfant, il y avait un terrain de jeu à la place de la station-service, disait Nathan.

Et son père opinait, le regard perdu au loin, et Ruth poussait un soupir avant de se lever pour débarrasser la table.

La nuit, dans la maison de la grand-mère de Nathan, Alyssa passait de longues heures au salon sur son ordinateur portable, à établir le plan de table grâce à un logiciel spécial, à s'assurer auprès du coordinateur de la fête que les kippas avaient bien été commandées, que les fleurs avaient bien été commandées, que les livrets de prière avaient bien été commandés, que les divers honneurs avaient bien été attribués, et que la salade d'œufs servie à la shul serait à l'aneth et pas à la cébette.

Et Nathan se surprit à se croire lui-même en vacances, aidé en cela par le bouleversement de son foyer, par le brusque changement de décor et par les ressources infinies du cerveau lorsqu'il est soumis au stress.

— Est-ce que cette maison est vraiment sûre, Papa ? demanda un soir Ari, alors que Nathan le bordait dans l'ancien lit de Marjorie.

— Il n'y a pas plus sûr que cette maison, répondit-il. Rien ne peut arriver ici. La clôture est électrifiée. Le portail est verrouillé.

— Mais le problème n'est pas venu de l'extérieur, fit Ari. Il venait de l'intérieur de notre maison.

— Il y a des alarmes partout ici. Personne ne viendra nous embêter.

— Et les poisons, alors ?

— Comment ça, les poisons ?

— Comme chez nous, tous les poisons qu'il y avait ?

Nathan regarda le jeune adolescent. Ses fils se ressemblaient énormément, mais les yeux d'Ari étaient très espacés, et ceux de Josh étaient plus petits et plus rapprochés.

— Nous avons eu beaucoup de chance. Nous les avons trouvés avant qu'ils nous nuisent. Parfois, quand on tombe sur quelque chose de mauvais dans une vieille maison, c'est une chance. C'est un peu comme un canari dans une mine de charbon.

— *Ça veut dire quoi ?* chuchota Ari.

— C'est une façon de parler. Il y a longtemps, c'était comme ça qu'on s'assurait de la sécurité des mineurs qui extrayaient du charbon, on envoyait un canari dans les galeries. Si le canari mourait, on savait que c'était dangereux. Qu'il n'y avait pas assez d'oxygène.

Ari écarquilla tant les yeux qu'ils semblèrent ne plus jamais devoir se refermer.

— On tuait des canaris ?

— Oui, pour être sûr que rien n'arriverait aux mineurs.

— Ce n'est pas une raison.

Nathan secoua la tête.

— C'est vrai. C'est horrible. Je n'avais jamais envisagé la chose comme ça, dit-il en soufflant un grand coup. Ce que les gens peuvent bien inventer, c'est terrible.

Nathan s'allongea à côté d'Ari. Peu de choses sont aussi valorisantes que de vous voir confronté à quelqu'un qui vous ressemble et d'éprouver de l'amour pour cette personne, pas de la haine. C'était l'une de ces surprises de la paternité auxquelles Nathan ne se serait jamais attendu.

— Tu peux dormir avec moi, Papa ?

— Bien sûr, je vais rester un peu. Aucun problème.

Mais quand Ari s'endormit, Nathan ne put empêcher ses jambes de le mener jusqu'à la maison de sa mère pour sa dose quotidienne de drame, Beamer qui ne la rappelait pas (comme d'habitude), l'esprit frondeur de Jenny (agaçant au possible), les liens chaleureux qui reliaient Nathan à sa mère quand il l'entendait se plaindre des autres (pitoyable, sans doute).

Quand elle eut fini de vider son sac, Nathan rentra dans la maison de sa grand-mère, au sommet de cette petite colline où il avait fini par s'établir, momentanément en tout cas, par un improbable concours de circonstances ; il verrouilla tout et regarda le détroit par la fenêtre.

Quand il s'endormait, il rêvait de sa grand-mère, quasiment toutes les nuits qu'ils passèrent là-bas. Dans l'un de ces rêves, il flottait dans la piscine, remplie comme jadis, et tout à coup il se mettait à couler, inexorablement, et arrivé tout au fond, il se rendait compte qu'il avait atterri sur le cadavre de sa grand-mère. De toutes ses forces, il essayait de regagner la surface, en vain. L'eau était trop lourde.

Dans un autre rêve, il faisait Shiv'ah dans le salon de sa grand-mère sans vraiment savoir pour qui, et il était terrifié à l'idée que ça puisse être pour ses parents, tout en se disant que ce pouvait être encore pire. Ce fut dans ce rêve que Phyllis vint lui présenter ses condoléances.

— Je suis vraiment navrée pour toi.

Elle lui paraissait immense, parce qu'il était assis sur un siège très bas, comme il est d'usage pendant la Shiv'ah.

— Mais... qui est mort ?

— Je n'aurais jamais cru que tu y arriverais, boychick.

Il se rappela alors que c'était précisément ces mots qu'elle lui avait adressés au banquet organisé par la Société historique, à la fin des travaux de rénovation du phare de Cobbleway Park.

— Tu m'as même rappelé ton grand-père, à un moment. On l'a forcé à étudier le Talmud à l'école. Les nazis exterminaient tout le monde et ton grand-père, Zelig, a été obligé de se cacher dans un sous-sol et d'étudier le Talmud. Mais tu sais quoi ? Ç'a développé son intelligence. Il détestait cela, mais il savait aussi que ce serait grâce à cela qu'il réussirait à s'en sortir. Ç'a lui a appris à repérer les failles. À distinguer les concepts. Tu comprends ?

Nathan ne comprenait pas, mais il s'en fichait : c'était si bon de baigner ainsi dans les compliments. Il se moquait de savoir qui était mort, et demanda à sa grand-mère de lui répéter cette phrase.

— Je n'aurais jamais cru que tu y arriverais, boychick. Je n'aurais jamais cru que tu y arriverais, boychick.

Dans le rêve, il se penchait pour se pelotonner contre elle, inspirant à fond pour sentir à nouveau ce mélange si personnel de N° 5 de Chanel et de déodorant premier prix.

— C'est exactement comme pour le phare, boychick. Il faut que tu comprennes que c'est exactement comme pour le phare.

Quand il faisait ces rêves, il se réveillait au beau milieu de la nuit. Alyssa se retournait, dérangée, mais toujours endormie. Nathan se levait et errait dans la maison, frissonnant à chaque recoin sombre, et se demandant à qui il pourrait demander de le protéger.

Et c'était à ces moments qu'il se souvenait du dybbouk. Et si ces rêves n'en étaient pas ? Et si sa grand-mère était un dybbouk dont le seul rôle était de le hanter ? De le punir en lui reprochant sans cesse de ne pas être à la hauteur, de ne pas entendre ce qu'elle lui disait ?

— J'ai pourtant essayé, disait-il alors, mais le son de sa voix qui résonnait dans le vide exacerbait encore sa terreur.

Une fois, il alla se recoucher et ne se réveilla que dans l'après-midi. Quand il descendit, Alyssa lui demanda s'il allait bien.

— Oui, oui. Je crois que j'accuse le coup, simplement.

— Hm, O.K. ! Tu pourrais aller chercher les enfants à la shul ? Ils y sont allés pour leur cours.

— Bien sûr, bien sûr. Je vais juste prendre ma douche.

Nathan se gara devant la synagogue et se rendit dans le vestibule du bureau du rabbin, d'où lui venaient les voix de ses fils en train d'étudier. Il avait quinze minutes d'avance.

Les lieux étaient tels qu'il les avait connus quand lui-même avait préparé sa bar-mitsvah, dans ce même bureau. Avant cela, il avait fait huit ans d'École hébraïque. Il s'assit pour attendre ses enfants, et se souvint de sa professeure préférée, une gentille morah du nom de Laura, dont il avait reçu l'enseignement entre ses dix et onze ans. Ils avaient étudié le Chema Israël, une prière qui garantissait au récitant une nuit de sommeil sans danger.

Morah Laura, resplendissante dans sa robe à mi-mollet, au beau milieu de la salle, leur parlait de la prière avec une joie infinie, en regardant ses élèves droit dans les yeux.

— Elle vous protégera. Vous n'avez qu'à la dire quand vous avez peur, et elle vous protégera !

Nathan était le seul garçon de la classe à prêter attention à ce qu'elle disait. Les autres écrivaient des mots aux filles ou jouaient au pendu entre eux. Dans un coin, un de ses camarades faisait des pets sous ses aisselles dès que Morah Laura tournait le dos. Mais Morah Laura était trop exaltée pour s'en soucier. Ses récentes fiançailles avec un étudiant rabbinique de Teaneck suscitaient en elle un zèle pour les études judaïques qui généralement brillait par son absence chez les professeurs d'École hébraïque.

Il baissa les yeux sur son livre de prière, où se trouvait le Chema en hébreu, une transcription phonétique, et enfin, une petite traduction : *Écoute, ô, Israël ! L'Éternel est Dieu ! L'Éternel est Un !* Il leva la main.

— Oui, Nathan.

Morah Laura avait un visage rond et joufflu, et une fossette au menton.

— Elle protège de quoi ?

Morah Laura s'anima soudainement.

— Oh, de tout, répondit-elle. Elle te protège d'*absolument tout.*

Elle raconta l'histoire d'un homme qui était tombé de la fenêtre d'un gratte-ciel et qui en récitant le Chema, avait senti le vent le porter pour le déposer délicatement sur terre.

— Et il allait bien ? murmura Nathan. Il a survécu ?

Il ne levait même plus la main : c'était comme s'il se trouvait seul à seul avec Morah Laura.

— Il a survécu *et* il est devenu un grand rabbin. Il est très célèbre.

Du regard, elle parcourut toute sa classe. Le garçon assis à côté de Nathan étalait ses crottes de nez sur le bureau mais Nathan s'en moquait.

— Allez, les enfants. Mettez tous votre main sur vos yeux.

C'est ce qu'elle fit elle-même. Et Nathan l'imita, même si le fait d'avoir les yeux bandés était l'une de ses pires peurs. Les autres enfants n'en firent rien. Ils profitèrent de la cécité momentanée de Morah Laurah pour mimer des fellations et lui adresser des doigts d'honneur.

— Chema Yisrael Adonaï Elohaynu Adonaï Ehad ! psalmodia-t-elle.

Elle écarta sa main juste au moment où les jeunes garçons cessaient de donner des coups de bassin dans le vide pour se rasseoir :

— À vous, maintenant.

Elle plaqua à nouveau sa paume sur ses yeux et répéta la prière, accompagnée cette fois-ci par les filles et par Nathan.

Ce jour-là, Nathan rentra chez lui avec Bernard, qui avait été exclu de sa classe pour avoir réalisé des dessins obscènes. C'était une de ces journées de fin d'hiver qui en plus d'être raisonnablement chaudes, sentent déjà le printemps, et Nathan s'accrochait comme il le pouvait à ce moment magique de partage avec Morah Laura, mais Bernard jeta sa propre pochette par terre pour lui décocher des coups de pied tout en descendant Cutland Road.

— Mais qu'est-ce que tu *fais* ? lui lança Nathan.

Bernard allait se faire gronder, il en était sûr et certain.

Bernard ne lui répondit pas. Il donna un coup de pied particulièrement vigoureux, et l'une des caricatures qui avaient échappé à la confiscation voleta pour se poser avec la délicatesse d'une plume juste devant eux. Bernard avait dessiné sa professeure d'hébreu septuagénaire, Morah Rochelle, et ce avec un talent évident, en train de relever sa robe pour dévoiler un pénis. Nathan se pencha pour ramasser le dessin.

— Tu ne dois pas faire ça, fit Nathan. Tu vas te faire punir.

— Je t'emmerde, rétorqua Bernard.

Il avait sept ans.

Ils marchèrent, et marchèrent, et marchèrent encore. Leur mère n'avait rien trouvé de mieux pour cultiver leur indépendance. Ruth, qui à l'âge de sept ans traversait la Coney Island Avenue de Brooklyn, n'aurait pas supporté que ses enfants ignorent comment traverser une rue ou retrouver tout seul le chemin de leur maison. Quand Bernard avait commencé l'École hébraïque, cette année-là, Ruth avait insisté pour que les deux frères fassent ensemble le trajet d'un kilomètre et demi jusque chez eux. Tout naturellement, Nathan s'y était opposé de toutes les fibres de son corps, mais Ruth avait tenu bon, et Carl, eh bien Carl aurait été bien incapable de réunir assez d'énergie pour contredire Ruth sur quoi que ce soit.

Ils arrivèrent à la hauteur d'Ocean Vista Road, la grosse artère qu'il fallait traverser pour arriver chez eux. Bernard donna un dernier coup de pied à sa pochette qui vola au milieu de la chaussée, et il se précipita à sa poursuite au moment où une camionnette de jardinier franchissait le passage piéton pour faucher la pochette. Bernard se trouvait à moins d'un mètre.

Pétrifié sur le trottoir, Nathan vit la scène se dérouler sous ses yeux. Incapable de bouger, il regarda son frère plonger dans la circulation, et la camionnette foncer à pleine vitesse. Il se vit lui-même immobile, mais ni la honte ni la peur du châtiment ne seraient parvenus à lui faire remuer un orteil. Alors il plaqua sa main sur ses yeux et récita « Chema Yisrael Adonaï Elohaynu Adonaï Ehad ! » Et quand il l'écarta, il constata que son frère Bernard était sain et sauf.

Cette nuit-là, dans son lit, Nathan tremblait sans discontinuer à la simple idée qu'il avait sauvé la vie de son frère. Morah Laura avait raison. Cette prière, ce n'était pas de la rigolade. Mais, il sentait sur ses petites épaules tout le poids de sa responsabilité. À quel devoir était-on tenu quand on avait le pouvoir de protéger sa famille ?

Cette nuit-là, donc, il posa sa main sur ses yeux et prononça le Chema pour sa propre sécurité. Puis il tourna sa paume au plafond et prononça le Chema pour chaque membre de sa famille. D'abord pour ses parents les plus proches. Il le prononça pour Ruth, puis pour Carl, puis pour Bernard, ainsi que pour Jenny. Puis il s'avisa que si sa grand-mère devait mourir à cet instant précis, ce serait uniquement parce qu'il ne l'avait pas prononcé pour elle. Aussi dit-il le Chema pour Grand-Maman Phyllis. Et aussi pour Bobe Lipshe, parce qu'il serait injuste qu'elle meure et que Grand-Maman Phyllis continue à vivre. Puis il le dit pour les quatre frères et sœurs de Ruth, puis pour leurs enfants, ses cousins et cousines, au nombre de douze. Puis il le dit pour le cousin Arthur. Puis pour la femme d'Arthur, cousine Yvonne. Puis il le dit pour les deux frères de Grand-Maman Phyllis, Phil et Milton. Phil et Milton étant tous deux mariés, il le dit également pour leurs femmes. Puis il le dit pour sa tante Marjorie. Il le dit même pour Ike Besser et son épouse, Mindy, ainsi que leur fils Max, qui, même s'ils faisaient partie de la famille, ne faisaient *techniquement* pas partie de la famille. Et une fois qu'il eut fini de dire le Chema pour toutes ces personnes, il prit conscience qu'il était condamné à le faire chaque nuit, à jamais.

Et c'est ce qu'il fit. C'est ce qu'il fit chaque nuit, pendant des années. Chaque nuit, pendant soixante-quinze minutes, il récita le Chema pour chacun des membres de sa famille, pas tant parce qu'il était important qu'ils vivent que parce qu'il savait que cette tâche lui incombait. C'était le seul moment de toute son enfance où Nathan avait le sentiment d'avoir un quelconque pouvoir.

Nathan attendait donc dans l'antichambre du bureau du rabbin quand la porte s'ouvrit brusquement sur ses fils qui sortirent en grommelant. Rabbi Weintraub leur emboîtait le pas. Nathan se leva.

— Nathan, quel plaisir de te voir, lui dit le rabbin.

— Comment s'en sortent-ils ?

— Ils sont un peu distraits, tu sais, un peu nerveux. Je ne t'apprends rien. C'est un mois bien chargé pour vous tous. La bar-mitsvah. Le dévoilement de ta grand-mère. Ç'a été une très belle attention de la part d'Alyssa de veiller à ce que tout arrive au même moment, afin que toute votre famille puisse être présente. C'est quelqu'un de vraiment à part. Mais tu le sais mieux que moi.

— Elle est pleine d'attentions, c'est vrai. Je craignais qu'on doive attendre une année entière. Je me disais que ça portait peut-être malheur de procéder au dévoilement de la pierre tombale avant qu'une année se soit écoulée.

— Je crois que ça n'a pas vraiment d'importance. En fait, les hassidim pensent qu'il faut ériger immédiatement la stèle, parce qu'une âme ne peut reposer en paix que si elle est jugée, et elle ne peut être jugée tant que la pierre tombale n'est pas posée.

Nathan déglutit avec difficulté.

— Tu vas bien ? demanda Rabbi Weintraub. Tu m'as l'air un peu anémié.

— Je peux vous poser une question, Rabbi ?

— Toutes les questions que tu veux.

— Ça va vous paraître étrange. Est-ce que vous... est-ce que nous croyons aux dybboukim ?

Le rabbin s'assit sur le banc où Nathan avait attendu ses enfants, et Nathan se rassit à côté de lui.

— Alors là, dit Rabbi Weintraub. Croyons-nous en un esprit errant qui prendrait possession d'un corps ? Je suppose que certains mystiques répondraient par l'affirmative. Les gens plus pragmatiques diraient que non. Vaste question que celle des croyances. Qui sait ? De nos jours, certains rabbins sont d'avis qu'on n'a même plus besoin de croire en Dieu. Mais... d'où te vient cette interrogation ?

— Je me suis juste souvenu de quelque chose que ma grand-mère m'avait dit quand j'étais petit, juste après ma bar-mitsvah, en fait. Je n'arrête pas de rêver d'elle. Et je me demandais si... je la revois si souvent en rêves...

— À mon avis, un dybbouk se doit de prendre possession d'un corps. Si ce n'est pas ça, c'est simplement que tu es en train de faire ton deuil. Elle te manque, tout simplement.

Nathan ferma les yeux et secoua la tête.

— Tant de choses changent, en ce moment, Rabbi. Les enfants grandissent. Et ma famille... ma maison est sens dessus dessous. Je ne sais absolument pas de quoi demain sera fait.

Le rabbin acquiesça.

— Connais-tu Gershom Scholem ? C'était un philosophe juif. Il a écrit sur la Kabbale, sur Sabbataï Tsevi, sur l'antinomisme. Il a un jour parlé de quelque chose qu'il appelait l'heure plastique, des moments dans notre vie où tout est mou et malléable. Généralement, ce n'est pas sans souffrance, mais selon lui, ces heures plastiques sont les plus propices aux changements.

— Quels changements ?

— Tout changement qui s'avère nécessaire. Tout changement en vue d'un mieux. Ce sont des moments où l'on peut soi-même devenir meilleur. Je sais que ta famille et toi avez beaucoup souffert. Personne ne devrait souffrir à ce point. Tu sais ce que je me dis quand je pense à vous ? Quand je pense à n'importe quelle autre famille de ma congrégation ?

Nathan attendit.

— Je me dis que chaque famille est une histoire de la Bible à part entière. Chaque famille est sa propre mythologie. Les gens dont il est question dans la Torah – ça n'est rien d'autre qu'un documentaire qui s'attache à une période bien précise. Si la Torah ne s'était pas limitée au nombre de pages qu'elle possède, peut-être y figurerions-nous tous. Peut-être y trouverait-on un Livre des Fletcher.

Le téléphone de Nathan retentit.

— Veuillez m'excuser.

Il sortit son téléphone de sa poche et constata que c'était Mickey qui l'appelait. Dieu merci. Un problème de résolu ! Au rabbin, il dit :

— Je suis vraiment désolé. C'est très important.

Le rabbin le congédia d'un signe et Nathan alla se planter dans le hall d'entrée de la synagogue.

— Allô ? Mickey ? Allô ?

Il n'entendit qu'un son étouffé.

— Oui ! Oui, Mickey, allô ! répéta-t-il.

Une voix très lointaine.

— Mickey, insista Nathan. Je ne t'entends pas. Tout roule ?

Mais la voix qui s'adressait à lui n'était pas celle de Mickey. C'était une voix féminine, et il avait le plus grand mal à comprendre les mots qu'elle prononçait.

— Oh, Nathan… finit-il par comprendre.

— Penny, Penny ! Tout va bien ?

— Oh, Nathan… J'ai vu que tu avais essayé d'appeler. Je ne sais plus quoi faire, je ne sais pas si j'ai bien fait de te rappeler. Je ne sais plus ce que je dois faire !

— Penny, qu'est-ce qui se passe ?

La voix de Penny se brisa, et il l'entendit dire à travers ses sanglots :

— C'est Mickey. Il est à l'hôpital.

*

Au Long Island Jewish Medical Center, Nathan trouva son ami de toujours dans une chambre privée, les yeux recouverts d'une sorte de scotch opaque, avec cinq machines différentes contrôlant ses signes vitaux. Penny tenait la main de Mickey en le regardant d'un air grave. Nathan se tint dans l'encadrement de la porte.

— Penny ?

Mais toute à sa veille, elle ne parut pas l'entendre.

— Penny ?

Elle releva enfin la tête.

— Nathan.

D'un revers de sa main libre, elle essuya ses larmes.

— Oh, Nathan !

Elle se leva et tendit ses bras. Elle était petite, avec des cheveux lisses plaqués contre ses joues et une frange qui dissimulait la moitié de son visage, comme si celui-ci ne voulait importuner personne.

— Ils ignorent quand il se réveillera…

— Qu'est-ce qui lui est arrivé ?

Nathan observa le visage inanimé de Mickey et frissonna.

— Il s'est surentraîné. Il n'a même pas pu se rendre à la course. Il s'est habillé, il s'est planté sur place, et il s'est effondré.

Nathan ne parvenait pas à détacher son regard de son redoutable ami qui gisait là, horriblement inerte.

— Je n'arrêtais pas de lui dire que ce n'était pas normal de ne pas boire d'eau. Ce n'est pas normal de ne manger que du kangourou ! Il n'arrêtait pas de me répéter qu'ils avaient des enzymes spéciales ! Et il me disait de ne pas m'inquiéter, « allez, allez, chhhhut, Penny, ne t'inquiète pas ». Et regarde-le, maintenant.

— Pour… pourquoi ses yeux sont recouverts de scotch ?

Elle inspira profondément avant de reporter son attention sur Nathan.

— Il a pris tellement de médicaments pour améliorer ses performances que ses yeux restent ouverts tout seuls. On m'a expliqué qu'ils se refermeront d'eux-mêmes quand son organisme aura tout éliminé.

Selon le médecin, sous la façade virile et pleine de santé que Nathan avait contemplée au cours de leur déjeuner, le régime draconien de Mickey avait poussé son corps à s'autodévorer. Le fonctionnement de ses glandes surrénales s'était altéré, affectant son rythme cardiaque. Son foie avait commencé à sécréter une hormone qui entraînait la chute de tous les poils de son corps, et les kystes qui s'y étaient développés étaient si gonflés de fluide qu'ils avaient bouleversé la structure même de cet organe. Son liquide céphalo-rachidien, deux fois plus visqueux qu'à l'accoutumée, avait la consistance de la confiture de fraise.

— Je suis sûr qu'il va s'en remettre, déclara Nathan, principalement pour que Penny cesse de décrire les viscères de son mari.

— Tu crois ?

— Oh, j'en suis sûr. (Nathan suait à grosses gouttes.) C'est Mickey, hein !

— Il est tellement sous pression, ces derniers temps, fit-elle.

Elle reprit la main de Mickey dans les siennes.

— Il t'était tellement reconnaissant, Nathan, dit Penny sans lâcher son mari des yeux. Est. Il t'est tellement reconnaissant.

— On est des amis de longue date.

— Beaucoup de gens prétendent être amis, mais très peu auraient le courage de confier leur argent à quelqu'un qui vient de se faire retirer sa licence de courtier.

— Toutafé, répondit Nathan.

Puis se ravisant :

— Je te demande pardon ?

— Je sais qu'il n'a pas que des qualités. Je sais qu'il a tendance à toujours foncer tête baissée, et je sais toutes les autres choses qu'on raconte sur lui. Mais de là à le présenter comme le pire de tous, *chez Goldman* ? Le plus malhonnête *de tous* ? Avec tout ce qu'on lit dans les journaux ?

— Malhonnête ? Ils lui reprochaient d'avoir été malhonnête ?

— Beaucoup l'ont laissé au fond du trou, tu sais. Il n'y a qu'un véritable ami comme toi pour être resté auprès de lui alors que tout le monde le fuyait.

Nathan ne parvenait plus à parler.

— Et comme si ça ne suffisait pas, de le virer, poursuivait Penny, il a fallu en plus qu'ils lui mettent le gouvernement sur le dos !

— Le quoi pardon ? Tu as dit le *gouvernement* ? Comme le SEC ?

— Non, à ce qu'il paraît le SEC était débordé, alors ils ont sous-traité ça à…

Penny tâchait de se souvenir.

Nathan parvint tout juste à prononcer ces mots :

— Au ministère de la Justice ?

— Voilà, c'est ça. (Elle renifla.) Ils l'avaient déjà viré ! Il n'y avait pas besoin d'en rajouter ! J'ai raison ou pas ?

Elle secoua la tête.

— Et tu sais pourquoi ils l'ont viré ?

Nathan était à deux doigts de hurler.

— Ils l'ont viré, parce qu'il ne prenait pas assez de vacances. Tu y crois, toi ?

— Non, ça m'a l'air très bizarre.

— Il faut croire que maintenant, en Amérique, si on ne prend pas de congés, si on n'est pas un tire-au-flanc, si on fait tout son possible pour ses clients, eh bien ça ne suffit plus ! Finie l'innovation ! Il y en a plus que pour les burn-outs ! Il y a tellement de burn-outs qu'ils sont obligés d'imposer des congés, maintenant ! Et si on refuse de les prendre, on se fait virer parce que le zèle et le dévouement, maintenant, c'est considéré comme des menaces.

Les larmes gonflèrent à nouveau ses yeux alors qu'elle fixait intensément le visage légumier de son mari.

— Il voulait simplement donner le meilleur de lui-même pour ses clients.

Il faisait soudain si chaud dans la chambre que Nathan aurait voulu sauter par la fenêtre. Faisait-il aussi chaud une minute auparavant ? L'hôpital était-il victime d'un attentat terroriste ? De la fumée s'échappait-elle des conduits d'aération ? Mais il se rendit bien vite compte que la chaleur venait de lui, d'une fournaise interne chauffée à 65 °C. Les terroristes, c'était lui. Ils étaient en lui. Ils avaient toujours été en lui.

— Ton investissement, c'est vraiment ce qui l'a sauvé, poursuivait Penny. Il était tellement déprimé, après son licenciement. Mais il avait la conviction qu'avec toi, avec la confiance que tu lui portais, il arriverait à se reconstruire.

Et ç'a été un vrai miracle. Mais je n'arrête pas de le lui dire : « Tu as du talent. Les gens finiront par le voir. Peu à peu. Un client après l'autre. »

— Ça veut dire que, euh... je suis son seul client, c'est ça ?

Penny rit un peu entre ses larmes.

— Oh, Nathan. Qu'est-ce que tu es drôle !

— Eh, au fait, euh... tu crois que je pourrais m'adresser à sa secrétaire, ou son assistante ? J'attendais un déboursement et bien sûr je ne voudrais pas...

— Il n'a pas encore de secrétaire. « À l'ancienne, sans intermédiaire », comme il le dit toujours. Il tenait à ce que tout se fasse sans intermédiaire.

Un docteur arriva, flanqué de plusieurs internes.

— Alors alors, comment va notre patient ? demanda-t-il, mais la question semblait bien déplacée.

Penny se leva pour s'entretenir avec le docteur, et Nathan marmonna approximativement qu'il les laissait discuter seul à seul.

Il sortit de la chambre de Mickey, les yeux exorbités, l'écume aux lèvres.

— Tout va bien, Monsieur ? lui demanda une infirmière qui passait. Vous n'êtes pas censé rester dans votre chambre ?

— Je suis, euh, venu rendre visite à un ami. (Il baissa les yeux pour se regarder lui-même.) J'ai des habits de ville.

L'infirmière lui adressa un rictus de cinglée et poursuivit son chemin.

Nathan restait immobile, incapable du moindre mouvement, et puis il se souvint de la concentration de germes pathologiques dans l'atmosphère hospitalière. À côté de lui se trouvait un distributeur de solution hydroalcoolique, mais une chose qu'on avait tendance à oublier, c'était qu'à force d'être touchés par des gens cherchant à se désinfecter les mains, ces distributeurs étaient généralement des nids de virus et de bactéries. Il se précipita pour prendre l'ascenseur.

Et déboula sur le parking. Une ambulance le frôla (à cinq mètres près), manquant de peu de le tuer (pas du tout). Il était complètement désemparé.

Il sortit son téléphone et appela sa mère.

— Qu'est-ce qu'il y a, Nathan ?

— Tu te souviens de ce type du… ce type qui avait essayé de retrouver l'argent de Papa ?

— L'Israélien ? Le type du Mossad ? Oui, évidemment. C'est… attends, je vais vérifier.

— Tu peux m'envoyer son numéro ?

— Pourquoi as-tu besoin de son numéro ?

— Oh, un truc du boulot. Pour du très haut placé, tu vois.

— Excuse-nous, James Bond !

Quand sa mère lui transmit le contact d'un certain Gal Plotkin, il était déjà assis à son volant. Nathan envoya aussitôt ce message :

> Bonjour, bonjour ! C'est Nathan Fletcher. Vous vous souvenez de mes parents ? À Middle Rock ? C'était il y a très longtemps. Besoin urgent de votre aide. À titre personnel.

En l'espace d'une ou deux heures, Nathan soumettait de plus amples détails à Plotkin, et Plotkin lui demandait de lui laisser un jour.

Nathan patienta. Oui, soit, il le savait : des années de son salaire extrêmement correct au cabinet d'avocats auraient dû lui suffire pour vivre, c'est vrai. Mais avant tout autre considération, il fallait prendre en compte le fait que le coût de la vie à Middle Rock était exorbitant. Puis il fallait prendre en compte les voitures. Et ajouter à cela les leçons de tennis en groupe d'Alyssa. Et ajouter encore ses leçons *particulières* de tennis qui lui permettaient de rester dans le groupe de Lily Schlesinger, qui symbolisait le genre de personnes qu'Alyssa aspirait à être, et qui faisait du tennis depuis ses six ans.

Et la rénovation. Et les cours particuliers des enfants. Et les sports après l'école. Les cours particuliers de tuba. Le rachat d'un tuba après qu'on eut perdu (Dieu sait comment) le premier. Les colonies de vacances. Les voyages d'été. La bar-mitsvah – la restauration, les vêtements, les cours, les animateurs, les DJs (au pluriel !), les billets aller/retour pour les grands-parents d'Alyssa qui vivaient en Israël, *première classe*. L'argent qu'ils envoyaient occasionnellement à la famille d'Alyssa. Le club piscine. Le club plage. Les orthodontistes. Le fait qu'Alyssa avait commencé à grisonner à trente-deux ans et devait désormais se faire retoucher les racines toutes les trois semaines avec en prime un traitement relaxant draconien qui rendait ses cheveux très bouclés au lieu de trop bouclés, une fois tous les trois mois environ.

Il fallait prendre en compte le fait qu'il n'avait plus touché ce salaire extrêmement correct depuis maintenant des mois.

Et puis il y avait le petit hobby secret de Nathan : les assurances. Une chose dont Alyssa n'avait pas nécessairement conscience était que la propension de son mari à contracter des assurances correspondait techniquement aux critères définissant une addiction. Nathan Fletcher possédait – bien que cette idée de possession n'existe que dans l'esprit des assurés – une assurance habitation, une assurance vie, une assurance inondation, une assurance auto, comme tout le monde. Mais il avait également une assurance santé complémentaire. Il avait une assurance contre les punaises de lit, une assurance pelouse, une assurance séismes. Il avait une assurance responsabilité civile, une assurance tous risques, une assurance maladie grave, une assurance globale, une assurance maritime (les enfants prenaient des cours de voile à Cobbleway Park), une assurance responsabilité professionnelle. Il va sans dire qu'il avait une assurance enlèvement. Il avait une assurance spéciale qui couvrait toutes les assurances qu'il avait contractées, en cas de faillite d'une des compagnies.

Que pouvait-il bien faire ? La personne qu'il aurait normalement appelée en pareille circonstance était Arthur, mais Arthur s'était évanoui dans la nature. Nathan n'avait pas de père susceptible de l'aider, rien qu'un ersatz de père – et à l'occasion, dans un sens, un père de substitution. Depuis toujours, Nathan avait fermé les yeux sur la relation limite déplacée, et à y réfléchir, oui, peut-être même complètement déplacée, que sa mère et Arthur entretenaient, et en échange, Arthur l'avait *aidé*. Arthur l'avait *rassuré*. Arthur répondait à ses questions. Arthur n'était pas censé disparaître au beau milieu de la nuit comme un voleur, surtout quand il se trouvait être la seule personne capable d'aider Nathan à trouver un moyen de gérer cette, oui, il allait le dire, et cette fois ce n'était pas un mot en l'air, cette CATASTROPHE.

Au bout d'un jour sans sommeil et sans nourriture passé essentiellement dans la salle de bains, Nathan se retrouva en compagnie d'un ancien (probablement) espion israélien dans un mini-supermarché coréen, entre deux rayons qui paraissaient ne proposer que des châtaignes pelées déclinées sous une infinité de variétés. Gal Plotkin était un homme petit, à la musculature puissante et compacte, avec des cheveux gris et bouclés, des rides autour de la bouche et des yeux, et une vieille balafre verticale à la joue gauche. Il expliqua à Nathan que son ami – son « ami » – Mickey s'était fait virer de chez Goldman.

— J'avais compris, fit Nathan. Mais pour quelle raison ? D'après sa femme, c'était parce qu'il ne prenait jamais de congés ! C'est à dormir debout !

— C'est pourtant vrai. Il a été licencié pour refus de congés.

— Ça existe, ça ?

— Eh bien, commença Plotkin, et il expliqua :

Les sociétés financières astreignent effectivement leurs employés à prendre plusieurs jours de congés consécutifs par année, et oui, Mickey s'était soustrait à cette obligation, mais pour des raisons qui n'avaient rien à voir avec le petit couplet ultralibéral de Penny. En réalité, Mickey, trader star du département dédié aux produits dérivés, avait été ostensiblement viré pour l'infraction mineure que constituait son refus de prendre « un minimum de 10 jours consécutifs de congés hors bureau par an » imposé par la FINRA afin de prévenir certains types de montages financiers illicites qui périclitaient lorsqu'on ne s'en occupait pas activement dix jours d'affilée.

En l'occurrence, le mécanisme fonctionna à merveille. Mikey se vit retirer sa licence parce qu'en effet, il était à l'origine d'un montage financier illicite. Il avait couvert ses paris unilatéraux en entrant dans le système informatique de la banque financière des paris opposés qui ne les compensaient pas entièrement, afin que le montant total de son capital sous risque paraisse minimal, alors qu'en réalité il ne l'était pas du tout (il était même franchement maximal), ce qui avait entraîné la liquidation de ses positions, des pertes colossales pour les investisseurs, le licenciement susmentionné, et à présent une enquête du ministère de la Justice.

Mickey avait peut-être eu l'intention de créer un fonds avec Nathan pour investisseur, mais il n'en avait rien fait. Au lieu de ça, il s'était tout simplement accaparé les millions de dollars que Nathan lui avait confiés et les avait utilisés à des fins personnelles, en louant un bureau à Manhattan, en renouvelant sa garde-robe, en s'offrant des déjeuners haut de gamme à base de marsupiaux. Apparemment, il espérait que les liquidités de Nathan lui permettraient de se faire passer pour plus riche qu'il n'était afin d'attirer d'autres clients, dans une maison louée à Sag Harbor, à l'occasion d'un séjour à Monaco, ou d'un mois entier dans une station balnéaire de West Palm Beach. Pour toutes ces choses, il s'était servi de l'argent de Nathan.

— Je n'arrive pas à croire que vous ayez découvert tout ça si vite, furent les seuls mots que Nathan fut en mesure de prononcer.

— Le montage n'était pas si complexe que ça, comparé à ce qu'on peut trouver dans ce domaine, expliqua Plotkin. J'imagine qu'il espérait récupérer tout cet argent grâce à de nouveaux investisseurs. On voit ça très souvent. Mais il n'en a rien fait. J'ignore pourquoi. Vous pourrez toujours le lui demander.

— Il est… dans le coma, fit Nathan, qui avait lui-même du mal à le croire. Alors qu'est-ce que je dois faire ? Comment est-ce que je peux récupérer mon argent ?

Plotkin expira sèchement par le nez, en une parodie de rire.

— Soit vous vous adressez aux autorités, soit vous lui demandez qu'il vous le rende… Mais dans un cas comme dans l'autre, vous ne reverrez jamais votre argent.

— Dans un cas comme dans l'autre…

Par réflexe, Nathan répéta ces mots qu'il ne comprenait pas.

— Monsieur Fletcher, dit Plotkin. Votre argent est parti en fumée.

SATIATION SÉMANTIQUE

Si l'on en croit l'exposé d'histoire locale que chaque élève du coin se doit d'écrire en CM1, le village à l'origine de la ville que l'on appelle aujourd'hui Middle Rock fut fondé en 1694, mais il fallut attendre l'an 1702 pour que Duty Williamson débarque sur ses rives.

Duty *(Devoir)* était la septième fille d'un prédicateur du Devonshire qui avait choisi les prénoms de ses filles parmi les vertus chrétiennes. À quatorze ans, quand sa famille put enfin se débarrasser d'elle par le mariage, Duty partit pour le Nouveau Monde en compagnie de son époux, lymphatique apprenti dans la paroisse de son père et qui avait pour nom, croyez-le ou non, Peter P. Parish *(paroisse* en anglais*)*. Ce fut Duty qui suggéra d'aborder sur cette péninsule de Long Island qu'elle aperçut du large et qualifia aussitôt, avant même que l'ancre soit jetée, « d'étendue luxuriante et fleurie dont la somptuosité contredit la profonde nature ophidienne ». Ce fut Duty qui ordonna expressément à leurs quelques serviteurs et nombreux esclaves de tirer à vue sur tout Indien Matinecock afin qu'ils puissent s'établir en toute sécurité et répandre la parole d'amour et de fraternité chrétienne. Et ce fut Duty qui exigea une parcelle de terrain donnant sur le détroit de Long Island, et qui fut chassée du premier arpent dans lequel elle voulut planter son drapeau, puis du deuxième, ainsi que du troisième. L'une après l'autre, elle visita les énormes propriétés qui bordaient les rives de la péninsule, où on lui signifia qu'il restait assez de terres à l'écart de la côte, et de bien vouloir quitter les lieux avant que le propriétaire mande ses propres esclaves afin de l'en chasser.

Aussi Duty et Peter s'établirent-ils dans l'intérieur des terres, en gros là où se trouve de nos jours Spring Avenue Road. Ils érigèrent une église à l'emplacement actuel de la troisième pharmacie CVS de Middle Rock, la seule ouverte vingt-quatre heures sur vingt-quatre. Les Parish eurent seize enfants, et l'on raconte qu'à chaque naissance, Duty sombra un peu plus dans la folie. Elle ne s'était pas remise du « cruel manque d'esprit chrestien » dont avaient témoigné ses congénères à son égard, et à l'approche de ses trente ans révolus, elle ne parlait plus que de ça. Chaque dimanche, durant le prêche de son époux, Duty s'écriait de son banc, « Voilà des ouailles bien peu obligeantes ! », encore et encore, et Peter, fermant les yeux, s'efforçait de se représenter le martyre de saint Paul.

Duty passait le reste de la semaine à parcourir la ville sur son cheval, calée sur sa très convoitable selle en cuir de veau, dont son époux l'avait gratifiée pour l'apaiser. Mais rien n'aurait su l'apaiser ! Raison pour laquelle elle longeait sans relâche les propriétés donnant sur le détroit en se prévalant avec force cris du droit sur les terres conféré par le Christ, et du droit d'éviction conféré par le Christ, et du fait que Peter et elle avaient été envoyés au nom du Christ prendre possession de ces terres. Elle s'arrêtait sans crier gare sur les perrons, ses six plus jeunes enfants dans son sillage, et invoquait les flammes de l'enfer contre les usurpateurs.

Un jour cependant, John Constable, qui possédait un bon gros lopin de terre avec vue imprenable sur le fleuve Connecticut, et à ce titre recevait plus qu'à son tour la visite de Duty, en eut assez. Son épouse s'était plainte d'entendre encore les hurlements de la mère Parish longtemps après la fin de ses rondes quotidiennes. John se rendit à l'église du révérend Parish et lui intima d'ordonner à son épouse de cesser ses divagations, et de veiller enfin à rétablir la paix.

— Euh, j'ai déjà essayé, lui répondit le révérend Parish.

— En lieu et place des terres, nous sommes prêts à lui proposer de donner son nom à l'entièreté de la péninsule, dit John. Nous l'appellerons *Duty's Spit*, – *spit* signifiant ici « isthme », et non « crachat ».

— Non mais il n'y a vraiment que les terres qui l'intéressent, fit le révérend Parish d'un ton suppliant. Il était né sans volonté ni caractère, et Duty l'avait dépossédé des quelques bribes de vigueur qu'il avait possédées. À trente ans, il en paraissait soixante-dix.

— Vous ne pourriez pas lui céder les terres, plutôt ?

— Non.

— Et si je vous excommuniais ?

— Je chargerais mes esclaves de vous assassiner avec toute votre famille. Je les sommerais de vous étouffer avec une pomme, de vous enfiler sur des « *spits* » – ici dans le sens de « broche », toujours pas celui de « crachat », ni de « isthme » – et de faire grande ripaille de vos corps !

Le révérend Parish pinça les lèvres et plissa les yeux, avant d'opiner d'un air songeur.

— L'idée de donner son nom à la péninsule, là : ça me paraît pas mal. Essayons.

Et c'est ainsi que ce coin de Long Island fut renommé Duty's Spit, même si on ne tarda pas à vouloir se débarrasser de ce « spit » à la polysémie peu ragoûtante : cent an après la mort de Duty Parish, qui comme tout le monde aurait pu le prédire passa de vie à trépas au terme d'une fusillade avec la police version période coloniale, « *Spit* » fut remplacé par « *Head* », un autre synonyme possible de « péninsule ».

Au fil des ans, Duty's Head vit s'établir de riches New-Yorkais qui, à l'instar de Christophe Colomb, croyaient avoir découvert les Hamptons. Long Island dans son ensemble connut un important peuplement, principalement par des blancs. Les autochtones furent soit tués soit déplacés dans le Connecticut, très précisément dans des réserves conçues à cet effet et leurs alentours, ne laissant bien vite pour tout souvenir qu'un nom de parc public paumé ou d'école élémentaire.

Et chaque partie de Long Island en vint à représenter quelque chose de différent. Le sud se constitua en une communauté très dense d'ouvriers, immigrés irlandais pour la plupart. Le nord, plus spacieux, accueillit des immigrés allemands et italiens, plus riches. Duty's Head devint Duty Head à l'avènement du réseau ferroviaire dont la signalétique n'aurait pu supporter la présence d'une apostrophe, et devint Middle Rock lorsque le maire, en coupant le ruban inaugural de la toute nouvelle gare, entendit quelqu'un prononcer à haute voix le nom de « Duty Head[1] ».

Middle Rock était la localité la plus au nord, la plus spacieuse, la plus riche. En dépit des années, ces vastes propriétés convoitées par Duty ne furent pas divisées en petites parcelles, et même à distance des rives, les terrains conservèrent des dimensions plus que respectables : un terrain de polo à l'emplacement actuel du lycée ; un parcours de golf là où se dresse désormais une rangée de synagogues. Un centre commercial de luxe fut même érigé dans l'immédiate périphérie de la ville.

En d'autres termes, l'argent a de tout temps été le maître-mot de Middle Rock.

La propriété de John Constable fut transmise de génération en génération au sein de sa famille jusqu'en 1945, date à laquelle son arrière-arrière-arrière-arrière-arrière-petit-fils, ayant accumulé plus d'un million de dollars de dettes au casino, la céda à un tout récent immigré : Zelig Fletcher.

Zelig Fletcher avait quitté la Pologne en 1942 en tant que passager clandestin dans les entrailles d'un paquebot. En 1941,

1. Jeu de mot familier : « pipe/cunni par devoir ».

deux de ses frères avaient déjà péri dans des camps de concentration, et deux autres avaient été envoyés dans un camp de travail en Sibérie, mais après de longs mois sans nouvelles de leur part, Zelig considéra que cette affection n'était plus d'actualité. Il se dit qu'ils étaient morts, à l'instar d'à peu près tout le monde. Il avait vu son propre père se faire abattre en pleine rue pour avoir éternué alors qu'un nazi s'adressait à lui, et du haut de ses vingt et un ans, il avait déjà des souvenirs plus atroces que celui-ci.

Cela faisait déjà plusieurs semaines que Zelig se cachait dans le laboratoire souterrain d'un bâtiment abandonné de la faculté de sciences, quand un jeune homme coiffé d'une kippa élimée fit irruption dans son repaire. Ce jeune homme, qui répondait au nom de Chaim, trouva Zelig en état de dénutrition sévère, en proie à des hallucinations, croyant que des rayons de lumière aveuglante l'emporteraient bientôt loin d'ici – des rayons qui selon lui étaient les âmes de ses parents défunts, résolues à l'élever jusqu'à une couche de l'atmosphère à des kilomètres de la Terre, afin de le nourrir et de le cacher. Oui, il en était arrivé à un point où il ne pouvait même plus rêver de liberté, tout juste d'une cachette plus sûre.

Chaim passa ses deux premières heures dans le labo enfermé dans un placard, par peur d'être rattrapé par ses poursuivants. Après cela, il avait entendu un souffle rauque – celui d'un agonisant, semblait-il – qui provenait de sous une table. Malgré sa terreur, Chaim avait rampé pour savoir ce dont il retournait, et avait trouvé Zelig, diminué mais de belle taille, incapable de soutenir le poids de sa propre tête, et qui marmonnait des phrases sans queue ni tête en yiddish. Chaim lui fit boire le peu d'eau qui lui restait. Il partagea avec lui une pomme de terre, puis lui donna un œuf dur qu'il avait acheté au marché noir deux jours auparavant.

Ils restèrent quarante-huit heures dans le laboratoire, économisant leurs forces en réduisant leurs gestes et leurs paroles au strict minimum. Chaim, qui était chimiste, parvint à bricoler l'évier du labo pour en tirer quelque chose qui ressemblait à de l'eau, et qu'il portait à ébullition dans un bécher avant de le boire.

Le lendemain, Chaim fut pris de vomissements incontrôlables. Les raisons de cet état demeurent obscures : impossible de savoir si cela venait de l'eau, ou si c'était une maladie qu'il avait ramenée de l'extérieur. Zelig lui demanda ce qu'il voulait qu'il fasse, s'il pouvait l'aider d'une quelconque manière, ou, faute de mieux, s'il devait prévenir quelqu'un en particulier.

Mais Chaim avait le regard voilé des condamnés. Il se savait en sursis depuis plusieurs années déjà, comme eux tous. Il informa Zelig qu'un navire partirait pour les États-Unis dans une poignée de jours. Il lui révéla qu'il avait pour projet de se rendre en Amérique et d'y faire fabriquer un matériau d'isolation, un polymère spécial dont il avait mis au point la formule. Ce matériau pourrait aussi bien conserver la chaleur qu'absorber les chocs, car il alliait porosité, légèreté et solidité. Aux États-Unis, Chaim retrouverait sa femme qui était partie un an auparavant, enceinte de leur premier enfant.

Mais le mal dont Chaim était atteint (le typhus, la dysenterie, la sous-alimentation, l'hypothermie, qui sait) s'aggrava dans la nuit. Au petit matin, il ne tenait plus sur ses jambes. Le lendemain matin, il n'était même plus en mesure de boire une gorgée d'eau.

Cela faisait maintenant un jour qu'il n'avait plus rien dit. Ses dernières paroles furent : « Dou, nemen dem » (« Tiens, prends ça. ») Comme il faisait nuit noire, Zelig ne put voir ce qu'il lui mit dans le creux de sa main, mais quand il se réveilla le lendemain, après quelques heures d'un sommeil terrorisé, il s'aperçut que ce quelque chose était toujours là, et que Chaim était mort.

Zelig considéra son cadeau, le tout dernier geste du jeune homme sur cette terre : c'était un mot où figuraient la date et l'heure de départ du transatlantique, le mot de passe afin de pouvoir monter à bord (freyheyt), ainsi que la formule du polymère dont il avait parlé à Zelig. Zelig lui prit sa kippa, enveloppa sa dépouille dans l'un des draps dont on avait recouvert le matériel du laboratoire avant que le bâtiment soit totalement abandonné. Il récita le kaddish pour Chaim, parce qu'ainsi l'aurait voulu Chaim, et attendit le coucher du soleil pour se rendre au port.

Cette nuit-là, coiffé de la kippa d'un mort, Zelig trouva le paquebot dans le port de Gdańsk. Sur le quai, il alla à la rencontre d'une douzaine de juifs aux longs manteaux noirs, aux longues barbes et aux chapeaux noirs, leur soumit le mot de passe, et en yiddish, ils l'accueillirent au sein de leur groupe. Zelig se présenta sous le nom de Chaim, étudiant en chimie à l'université. L'un des hommes lui donna un manteau : le temps était à la neige, et Zelig avait passé tout l'automne cloitré dans son sous-sol. Un autre lui donna le chapeau qu'il portait, un shtreimel qui avait appartenu à son père. Et ils lui donnèrent aussi un livre de prière. Ils ne lui demandèrent pas ce qui lui était arrivé : à cette époque, on ne posait pas ce genre de questions à un homme qui se trouvait dans un tel état, parce qu'à quoi bon ? Les détails variaient peut-être, mais c'était toujours la même histoire.

Les hommes se réunirent pour prier, et Zelig pria avec eux, uniquement pour ne pas éveiller leurs soupçons. Il pria durant tout le temps qu'il passa avec eux, trois fois par jour, ainsi qu'on lui avait appris à le faire à l'école. Et du jour au lendemain, de fait, il cessa d'être un imposteur.

La traversée dura quarante-sept jours, et lorsque les passagers débarquèrent, ils étaient trop affamés et trop exténués pour éprouver la terreur ou la reconnaissance qu'ils auraient dû ressentir. Ce matin-là, face à la Statue de la Liberté, Zelig se joignit une toute dernière fois au minyan, et au milieu de ses prières, il observa une pause pour songer à Dieu. Dieu l'avait torturé, puis Dieu l'avait sauvé. Dieu l'avait maudit, puis Il l'avait béni. Ils étaient quittes, décida Zelig. Mais mieux valait qu'ils ne se parlent plus jamais. Avant même de passer le guichet du service de l'immigration, il jeta son livre de prière (des années plus tard, quand la veuve de Zelig, Phyllis, se creusa les méninges afin de trouver pour quelle faute Dieu la punissait en faisant enlever son fils unique, c'est cette histoire qu'elle retint : les paroles sacrées imprimées noir sur blanc, jetées en un geste blasphématoire, le rejet de Dieu. Cet homme qui par son instruction n'ignorait rien de la toute-puissance de Dieu, et qui Le maudissait ! Si seulement Zelig avait vécu assez longtemps pour assister aux conséquences de ses actes !)

Lorsque Zelig eut passé la douane, il suivit quelques-uns de ses compagnons de voyage jusqu'au Lower East Side, où il reçut une portion de pain offerte par le gouvernement, et entendit parler de plusieurs usines engageant les hommes qui chaque matin se présentaient devant leurs grilles. Il n'y tenta pas sa chance. À la place, il trouva une usine de caoutchouc dans Essex Street, et alla se perdre dans les interminables files de juifs et d'Italiens à la recherche d'un emploi. Au troisième jour, quand un tuyau concernant des postes à pourvoir dans une fabrique de corsets clairsema considérablement la foule, Zelig fut choisi pour rejoindre une chaîne de montage de ventouses pour toilettes.

Aucune règle de sécurité n'était en vigueur à l'usine, raison pour laquelle jour après jour, lui et les vingt-six hommes qui à ses côtés versaient du caoutchouc polymérisé dans des moules en forme de coupe, attendaient de voir qui se blesserait, et à quel point. Plusieurs fois par semaine, Zelig entendait quelqu'un hurler, et relevant la tête, voyait l'un de ses collègues les mains recouvertes de caoutchouc, les ongles fondus. Lors de son tout premier jour, un certain Ivan reçut du caoutchouc chaud sur la main et le bras, jusqu'au coude. Deux mois plus tard, l'homme qui se trouvait à côté de Zelig sur la chaîne de montage, Lazer Besser, lui raconta qu'il avait croisé la femme d'Ivan dans la rue. Elle était à présent blanchisseuse, parce qu'Ivan n'était plus bon qu'à hurler de douleur chez eux, suppliant Dieu de venir le prendre, pour presser chaque nuit une lame contre ses poignets, et chaque matin maudire sa lâcheté.

Tous les jours, le contremaître était contraint de renvoyer un ouvrier qu'on ne revoyait plus jamais. Et tous les jours, Zelig, qui était assez bon en maths, se disait que ce serait bientôt son tour. Il devait sortir de là.

Le patron de l'usine, un juif gras qui transpirait par tous les temps, rentrait chaque jour chez lui pour déjeuner, à midi précises. Zelig avait le droit à une pause repas entre midi trente-sept et midi quarante-neuf. Il se postait devant l'usine pour manger son sandwich au chou, dans l'espoir qu'un jour le patron rentre assez tôt pour qu'il puisse l'aborder.

Au bout de sept mois, son souhait se réalisa.

Le patron rentra à l'usine et Zelig, qui était payé quatre dollars par jour pour un boulot qui statistiquement finirait par faire de lui un estropié, lui bloqua carrément l'entrée.

— Qu'est-ce que c'est que ça ? demanda le patron, avec dans les yeux un soupçon de panique.

— Formule de polymère, bafouilla Zelig. Pour rendre efficace livraison.

— Comment ? fit le patron, un peu plus détendu. Pour un patron d'usine, c'était un homme affable.

Zelig rouvrit la bouche mais rien n'en sortit. Tout avait été pourtant si clair dans sa tête. Il avait répété cette phrase pendant des mois. Et pourtant, il restait pétrifié. Après tout ce qu'il avait traversé, c'était cette confrontation qui le figeait sur place.

— Vos ? dit le patron. Yiddish. Très bien.

La vérité, c'était que l'anglais de Zelig était déjà plus que correct. Il avait passé toutes ses nuits à étudier en autodidacte le génie chimique dans des manuels abîmés qu'il achetait dans une librairie d'occasion près du City College. Les autres ouvriers de l'usine sortaient la nuit pour boire ou trouver une femme à marier, mais Zelig s'asseyait sur le perron de son immeuble, à la lueur d'un réverbère à sodium, un dictionnaire d'anglais sur une cuisse, un manuel de chimie sur l'autre.

Zelig présenta au patron son idée, qui consistait à fabriquer des emballages en polystyrène afin de garantir l'intégrité des objets fragiles qui transitaient par voie postale. Il lui montra la formule que Chaim lui avait donnée, et lui expliqua que l'ajout d'hydrofluorocarbure durant la polymérisation permettrait d'obtenir un nouveau type d'emballage défiant toute concurrence. Ça n'avait rien à voir avec le marché du caoutchouc, soit, mais ça avait tout à voir avec le travail des moules, et le matériel requis pour sa production était sensiblement le même.

Le patron se déclara intéressé et demanda à voir. Zelig lui montra qu'on pouvait produire avec les mêmes machines un écrin confortable et léger comme une plume capable de maintenir tout objet, et juste assez de flexibilité pour amortir les chocs, sans que rien ne puisse détériorer l'objet en question.

Mieux encore : non seulement les emballages en polystyrène étaient moins coûteux et moins dangereux à produire, mais en outre, leur légèreté réduirait les frais de transport. Zelig lui dévoila comment cette innovation lui permettrait de développer son activité : de la fabrication d'un produit dont beaucoup avaient besoin, on passerait à celle d'un produit dont *tout le monde* aurait besoin pour livrer les produits dont beaucoup avaient besoin.

Le patron de l'usine n'était pas qu'affable : il était aussi malin. Il savait qu'il ne fallait pas se sentir menacé par les idées et le talent d'autrui. Bien au contraire, il fallait les accueillir et en tirer profit. Et plus encore : il fallait aussi les récompenser, pour éviter de s'infliger une future concurrence guidée par la rancœur. Zelig et lui dédièrent donc un coin de l'usine à leur nouvelle expérience. Progressivement, durant les quelques années qui suivirent, les moules à caoutchouc servirent de plus en plus à la nouvelle activité de l'usine, la fabrication d'emballages en mousse pour des objets qui jusqu'alors ne sortaient jamais indemnes du processus de livraison.

Zelig ne tarda pas à être nommé contremaître de l'usine. Il travaillait dur et vivait chichement, se rendant irremplaçable. Au bout de quelques années passées à mettre de côté, il déclara à son patron qu'il désirait lui racheter son usine. Le patron n'avait que des filles, qui avec leurs maris étaient parties s'installer à l'écart de New York, et en outre, sa femme asthmatique souhaitait rejoindre leur aînée dans une banlieue cossue du New Jersey. Il accepta donc l'argent dont disposait Zelig, qui consentit à partager avec lui les bénéfices des dix premières années d'exploitation à titre de remboursement du montant manquant. L'accord fut conclu d'une poignée de main, et Consolidated Packing Solutions Limited appartint dès lors à Zelig Fletcher.

Zelig amassa bientôt des sommes dignes de ce nom, qu'il contemplait dans leur intégralité lorsqu'il rentrait dans son studio à Brooklyn, incapable qu'il était d'accorder la moindre confiance aux banques après ce qui lui était arrivé en Pologne. Le fonds de garantie de la FDIC, c'était exactement le genre de piège dont un gouvernement pouvait se servir pour vous confisquer votre fortune.

Il éleva son vieux copain Lazer, qui travaillait encore à la chaîne et venait tout juste de se marier, au poste de contremaître. Il lui versa un bon salaire et fit de lui son confident et son bras droit, tout comme le patron de l'usine l'avait fait avec Zelig. Certaines lois d'urbanisme en vigueur à Manhattan furent modifiées, et Zelig trouva un site vacant (une ancienne usine de textile) à Elmhurst, dans le Queens, où il relocalisa son entreprise. Les transports en commun étaient peu sûrs entre le Queens et Brooklyn où Lazer habitait lui aussi, et comme de toute façon Manya, son épouse, n'aimait pas vraiment Brooklyn, ils emménagèrent dans l'un des plus jolis coins du Queens, un petit appartement en rez-de-jardin à Little Neck, juste à la frontière de Long Island. Le jardin commun débordait de verdure, et c'était tout ce à quoi ils aspiraient pour leurs futurs enfants. Deux ans plus tard, ils eurent un fils, Isaac, qu'ils appelaient par son petit nom, Ike.

Durant la première année de leur installation dans le Queens, Lazer et Manya invitèrent Zelig à fêter Thanksgiving, en bons Américains. Zelig se perdit en chemin et se retrouva sur la Shore Turnpike, la route qui mène à Middle Rock. Cela faisait alors des années qu'il vivait en Amérique. Quand il arriva à l'emplacement de ce qu'on appelle aujourd'hui Cobbleway Park, il se rendit compte qu'il était allé trop loin. Il descendit de voiture et contempla le détroit. Il écouta les murmures du vent dans les arbres, et derrière tout ça, il n'entendit absolument rien. Alors, pour la première fois, la Pologne ne lui manqua pas, tout du moins la Pologne de son enfance. Il comprit qu'il pourrait vivre heureux ici. Il comprit que l'Amérique pouvait devenir sa Pologne rien qu'à lui.

Il arpenta les rues désertes jusqu'à tomber sur une pancarte « À VENDRE » accrochée à une clôture sur Ocean Vista Road. Il se gara sur le côté et scruta le terrain de six hectares et demi, récemment ravagé par une tempête. Le propriétaire vendait pour éponger ses dettes de jeu.

Zelig acheta la propriété avec tout le liquide caché sous son matelas et supervisa aussitôt la coûteuse rénovation du bâtiment principal et la remise en état du terrain. Au gré de leurs visites, Lazer et sa femme constataient les progrès qui peu à peu rendaient cet endroit vivable. Un beau jour, Manya ne put qu'admirer le résultat final, une superbe maison au milieu d'un vaste jardin luxuriant, une serre où Zelig consacrait tout son temps libre à apprendre à faire pousser des végétaux, les ornements européens de mauvais goût que les immigrés de cette époque ne pouvaient s'empêcher d'installer, la vigne resplendissante, les dépendances restaurées, la rutilante piscine creusée (du jamais-vu !).

L'Amérique ! songea-t-elle. Mais ce furent ces mots qui sortirent de sa bouche :

— Zelig, ir darft a froy.

Oui, se dit Zelig. Elle avait raison. Il était grand temps qu'il se trouve une épouse.

Quelques semaines auparavant, à Brooklyn, une jeune femme du nom de Frieda Mutchnik se voyait contrainte par sa mère de se rendre à un bal de célibataires organisé par le Young Israel de Flatbush. Craignant que le franc-parler et la haute taille de Frieda repoussent tout prétendant, sa mère insista pour qu'elle se mette elle-même à l'étal de cette véritable halle aux viandes, dans l'espoir que des hommes puissent saisir spontanément les aspects de sa personne qui faisaient d'elle un excellent parti : un visage rassurant, et un physique bien charpenté propice aux naissances faciles et nombreuses.

Frieda ne voulait pas y aller. Elle voulait entrer à l'université et faire la connaissance d'un homme qui travaillait tandis qu'elle suivrait des cours de littérature. Mais sa mère lui hurlait en yiddish qu'elle finirait vieille fille, qu'elle resterait à tout jamais un fardeau pour ses parents, tout comme Tante Brocha. Tante Brocha, qui brodait dans un coin de la pièce, opina tristement de la tête.

— Geyn ! Gefin dayn mann ! s'écria sa mère.

D'accord, songea Frieda. Un bal valait toujours mieux que les suggestions d'une entremetteuse. Et puis cela donnerait à sa mère l'impression qu'elle y mettait du sien. Le jour J, elle enfila donc sa plus belle robe de Shabbos, se mit un peu de rouge à lèvres et partit.

Mais elle ne mit jamais un pied dans la salle de bal. L'histoire veut qu'elle s'avançait vers la synagogue à l'instant où Zelig Fletcher, tentant de faire un créneau, percuta le pare-choc arrière d'une voiture avec sa Buick Roadmaster. Le bal ayant déjà débuté, il n'y avait quasiment aucun témoin dans la rue, et le fracas résonna plus puissamment que si les trottoirs avaient été bondés. Frieda s'arrêta pour regarder Zelig extraire l'avant de sa Buick, si brusquement qu'il emboutit le parechoc avant de la voiture qui se trouvait derrière. L'espace ne manquait pas : la Roadmaster était énorme, soit, mais Zelig était surtout un très mauvais conducteur.

Il descendit de voiture et examina les deux parechocs afin de déterminer l'étendue des dégâts. *Quel imbécile*, se dit Frieda. Il finit par relever la tête dans sa direction et leurs regards se croisèrent. Elle remarqua une ombre sur le sommet de sa tête, signe qu'il portait une kippa. Il était grand – où est-ce qu'on faisait des juifs aussi grands ? –, blond avec des yeux bleus, traits qui à cette époque suffisaient à expliquer comment un individu était parvenu à fuir l'Europe sain et sauf.

Voilà qui est original. Grand, avec des yeux bleus !

— Voilà ce qui arrive quand on a une voiture, dit-il en yiddish.

Un très fort accent, mais ces yeux…

— Pas à moi en tout cas, répliqua-t-elle en anglais afin de tester ses compétences dans cette langue.

Son père lui avait appris à conduire quand elle avait trouvé un emploi à l'hôpital de Coney Island, parce qu'il s'opposait à ce qu'elle prenne le métro la nuit.

— Vous me comprenez ?

Elle voulait un mari américain. Les hommes d'Europe de l'Est hantés par leur passé ne l'intéressaient pas du tout.

— Je n'arriverai jamais à faire un créneau, c'est ma malédiction, déclara-t-il, cette fois en anglais.

Il continuait de contempler sa voiture.

— Comment vous appelez-vous ? demanda-t-elle.

— Zelig Fletcher. Et vous-même ?

Il la regarda droit dans les yeux.

— Phyllis, répondit Frieda. Tenez.

Elle prit le volant et réalisa le créneau à sa place. Plus tard, à ses rares moments sentimentaux, Zelig raconterait que là, juste avant de connaître son nom, il avait su qu'il avait trouvé ce qu'il était venu chercher au bal.

Il proposa à Phyllis de lui offrir une glace, et alors qu'ils descendaient Coney Island Avenue, il comprit que c'était là l'œuvre du destin. Rappelez-vous, ce n'était pas qu'il ne croyait pas en Dieu : simplement, il Le détestait. La nuit de leur mariage, et uniquement cette nuit-là, alors qu'ils rentraient chez eux en voiture, il leva les yeux aux cieux pour leur adresser un bref hochement de tête.

La roue avait définitivement tourné pour Zelig Fletcher. Chez lui, il passait son temps libre dans la serre, où ses plantes s'épanouissaient. C'était un mari dévoué, et bientôt, il deviendrait un père dévoué. Il ne s'éloignait quasiment jamais de son foyer, ne quittant le pays que pour se rendre à l'occasion en Israël, avec sa famille, ou à Anvers, seul, une fois par an, pour un congrès annuel de chimistes portant sur les avancées technologiques de la production de polystyrène.

Phyllis organisa des levées de fonds pour le nouveau temple et son groupe féminin. Un an plus tard, Phyllis donna naissance à une fille, et encore un an après, à un fils. Conformément à la tradition de l'époque, Zelig et Phyllis donnèrent d'abord un prénom hébreu au bébé, avant de lui trouver un prénom passablement américain commençant par la même lettre, et qui serait son nom d'usage. Zelig, qui s'exprimait rarement et fort peu en public, même en petit comité, monta à la bimah pour le bris de son fils, dans le tout nouveau temple Beth Israel, à un peu plus d'un kilomètre de sa propriété, où Phyllis et lui s'étaient mariés, et où leurs enfants feraient leur École hébraïque ainsi que leurs bar- et bat-mitsvah, à l'instar de leurs petits-enfants. Il tenait dans ses bras ce bébé qui dans vingt ans quitterait l'université pour rentrer au bercail en apprenant que Zelig s'était effondré sous les yeux d'Ike

Besser, le jeune contremaître qui avait succédé à son père Lazer, tout juste un an auparavant.

Mais ce matin-là à la synagogue, Zelig, son bébé dans les bras, annonça à la congrégation que leur fils s'appellerait Carl, mais que son nom hébreu serait Chaim, en hommage à ce jeune homme qui lui avait donné une chance dans la vie alors qu'il était au chapitre de la mort.

*

À supposer que Rabbi Weintraub ait raison, et que chaque famille soit une histoire biblique à part entière, alors l'histoire de Middle Rock et de ses habitants, les Fletchers y compris, ne s'arrête bien évidemment pas là.

Middle Rock prospéra, devenant un havre de paix loin des horreurs du passé de ceux qui y vivaient. Elle devint l'une des premières villes suburbaines des États-Unis à compter 50 % de juifs dans sa population, et en l'espace de quelques années seulement, ressembla en tout point à un country club WASP. Après avoir fui l'Europe en masse dans les années 1930 et 1940, les juifs qui immigrèrent aux États-Unis cherchèrent le lieu où ils pourraient le plus facilement s'intégrer et se fondre dans le décor, et c'est chez les WASP qu'ils trouvèrent refuge. À Middle Rock, ils portèrent des chaussures bateau et prirent des cours de voile. Toutes les mères de famille eurent des sacs en toile L.L.Bean. Elles portèrent des bermudas et des polos, col relevé. Elles firent de leur nez des choses pointues, se teignirent les cheveux en blond, fondèrent des clubs de piscine privés et des clubs nautiques afin que la transformation soit parfaite et que personne ne puisse les distinguer du reste de la population et les réduire une énième fois en esclavage ou les envoyer dans des camps de concentration. C'était leur Canaan.

Et dans le deuxième livre du Testament de la famille Fletcher, bébé Carl grandit et devint homme, trop vite, et quand il fut à l'université, son père mourut sur le sol de l'usine et il fut chargé de rentrer pour diriger l'entreprise familiale. Il prit femme, la femme du nom de Ruth, qui conçut et engendra trois enfants, et le dernier, une fille, arriva après un moment crucial dans l'histoire de la famille, où tout élan de liberté et de volonté du père, et par conséquent de la mère et des deux frères, s'était définitivement figé. Jenny Fletcher naquit sur une terre sanctifiée et fossilisée, au sein d'une famille mortifiée et fossilisée, dans une mythologie qui avait sombré dans la torpeur la plus totale à peu près au moment où elle vit le jour, sans qu'il y ait un lien entre ces deux événements.

Mais elle naquit également forte d'un potentiel apparemment sans limite, d'un esprit vorace, et d'une capacité à réussir sans précédent dans sa famille comme dans sa communauté. Elle naquit sous un soleil rayonnant, dans un milieu privilégié, mais en outre : son cerveau était sans pareil. Rien n'aurait pu la faire échouer, si ce n'est elle.

Et assurément, elle échoua.

Enfin, dire qu'elle échoua, ce serait négliger les 300 000 points qu'elle venait de gagner en arrivant à l'heure à son lieu de travail dans Magnat, le jeu vidéo auquel elle était en train de jouer, seule dans une maison qui techniquement n'était pas la sienne, et où, à l'insu de tous, elle s'était installée après ce qui ressemblait assez à une effraction, sans en être vraiment une.

Elle avait téléchargé Magnat sur les conseils d'Ari, son gentil neveu dodu, après une après-midi de la Shiv'ah de sa grand-mère passée à les observer, lui et Josh (son frère plus scélérat), jouer à des jeux vidéo violents sur leurs iPads, tandis que tout près, leurs parents débattaient du meilleur moyen de dissuader leurs précieux jumeaux d'ingérer de la nourriture comportant des colorants artificiels.

Jenny était restée sur le canapé élimé de sa grand-mère durant toute la première ou la deuxième journée (les jours de la Shiv'ah décrivaient des cercles sans fin), regardant les gens entrer et sortir. Ari était assis à côté d'elle, la bouche légèrement ouverte, la langue à peine visible, ses yeux morts rivés à son écran. Il jouait à un jeu où des farfadets assassinaient des fées avec des flèches. De l'autre côté, dans la même position, Josh jouait à un jeu de tir à la première personne, dirigeant un Allié qui décapitait un nazi avec une épée, puis criblait son corps de balles, et enfin urinait sur son cadavre.

— C'est horrible, observa Jenny par-dessus l'épaule de Josh.

Celui-ci releva la tête mais dans ses yeux, Jenny vit bien qu'il lui fallut une bonne seconde pour se rappeler qui elle était.

— Ce sont des nazis, répliqua-t-il. Il y a rien de pire que les nazis.

— Mais peut-être que les simulations de meurtre, c'est pas super non plus ?

Faute de comprendre, il reporta son attention sur son iPad et poursuivit sa partie.

— Mon arrière-grand-père s'est fait tuer par des nazis, déclara-t-il solennellement.

Le sous-titre, c'était que Jenny, qui ne faisait absolument rien pour éradiquer ces hordes de nazis numériques, était véritablement un monstre.

Ari, plus sensible, mit de côté ses fées assassinées pour faire apparaître une nouvelle fenêtre.

— Tu devrais essayer ce jeu-là, dit-il. J'aime bien y jouer de temps en temps, pour me calmer un peu.

Jenny lui prit l'iPad des mains. Le jeu Magnat était le contraire d'un fantasme de mort : c'était un fantasme de vie. Ou plutôt un endoctrinement à un certain type de vie fantasmée.

Dans le jeu, l'avatar du joueur remporte des points en menant avec succès une existence absolument normale : en se réveillant, en prenant sa douche, en mangeant, en s'habillant, en allant travailler, en travaillant, en quittant son travail, en rentrant chez lui, en prenant son dîner, en copulant avec son épouse (il y a même un bonus d'un million de points si la copulation donne lieu à la conception d'un enfant), en s'endormant.

Le joueur crée son propre écosystème par les choix qu'il fait : le genre du Magnat, le type de résidence du Magnat, le type de famille (ou son absence, mais c'était rare) qui attendait le Magnat dans son lieu de vie, le type de voiture du Magnat, et, plus important, le domaine professionnel du Magnat. Quand l'avatar travaille, il dirige une entreprise appartenant au domaine choisi (cela va du fonds spéculatif à la station-service), puis il rentre chez lui pour dîner.

— Qui a créé ce jeu ?

Elle appuya sur la petite icône d'information dans un coin de l'écran et le nom du studio apparut : LIBERTARIFUN, une filiale de HAPPITALIST CORP.

Jenny rendit l'iPad à son neveu.

— Tu dois faire quoi pour gagner ? demanda-t-elle.

— Tu ne gagnes pas. Ou plutôt tu gagnes en continuant à jouer. Tu peux mourir dans le jeu, mais tu ne peux pas gagner. La victoire, c'est de rester en vie. D'être toujours là le lendemain. C'est comme ça que tu remportes le plus de points.

Il se mit à jouer sous ses yeux. Il fit sortir son avatar de chez lui et le guida jusqu'à sa voiture. Le Magnat d'Ari ressemblait à ceci : c'était un avatar masculin qui portait des costumes et se faisait une raie de côté impeccable. Il était mince et grand et portait des mocassins et des chaussettes à losanges, tout comme Nathan. Il avait une femme rondelette aux cheveux bouclés, tout comme Alyssa – *il tient bien de son père*, songea Jenny, du moins pour ce qui était d'aimer sa mère à la limite du convenable –, et ils avaient des jumelles, pas des jumeaux. L'avatar se rendait en Mercedes à son lieu de travail, une pizzeria de centre commercial. Il avait des serveurs et des serveuses sous ses ordres. Il commandait des ingrédients aux fournisseurs. Il engageait et renvoyait des cuisiniers. Le défi de cette journée était que son équipe d'été, composée majoritairement d'étudiants, devait reprendre les cours. Il lui fallait les remplacer par de la main-d'œuvre peu qualifiée venue des quatre coins de la ville. Ce fut une journée bien chargée pour l'avatar. Il arriva juste à temps chez lui pour les spaghettis aux boulettes de viande du dîner, son plat préféré, et pour baiser sa femme avant qu'elle se couche de bonne heure, car elle avait yoga le lendemain matin. Si l'avatar arrivait en retard, le dîner était froid et il ne baisait pas.

— Tu vas travailler, tu respectes les horaires et tu bosses bien, fit Ari. Ça te fait gagner plus d'argent, avec lequel tu peux t'acheter de meilleurs trucs. Une meilleure maison, ou une meilleure voiture.

— Ah.

— Venez manger quelque chose, dit Alyssa à ses enfants. Lâchez un peu vos jeux.

— Tiens, fit Ari à Jenny. Si tu veux jouer pendant que je mange.

Jenny réfléchit.

— Ça fait passer le temps plus vite, ajouta Ari.

Vendu. Jenny reprit l'iPad et commença une partie.

Et effectivement, il était ainsi beaucoup plus facile d'oublier tout ce qui se passait autour d'elle. Beaucoup plus facile d'ignorer sa mère, d'ignorer la femme qui venait juste de lui balancer que sa grand-mère s'était accrochée jusqu'au bout dans l'espoir de voir Jenny se marier et avoir des enfants, ignorer la présence silencieuse de Beamer alors qu'elle ne se sentait même pas prête à reposer un jour les yeux sur lui, encore moins à reparler de ce qui était arrivé la dernière fois qu'ils s'étaient vus. Elle regrettait que sa grand-mère soit morte. Pas pour Phyllis, mais à cause de tout ce qu'elle devait supporter à présent.

Dans Magnat, si l'avatar arrivait à l'heure au travail, il décrochait une avalanche de points. Si l'avatar avait une panne de réveil, il souffrait aussitôt d'une hémorragie de points. Si l'avatar passait par un McDonald's après le travail, il devenait trop faible pour rentrer chez lui. Si l'avatar ne répondait pas à un e-mail de subalterne dans les trois heures, il était pénalisé de plus de cent mille points, et se faisait rétrograder par un supérieur aux airs de conseiller municipal, ce que Jenny trouvait parfaitement absurde : l'avatar n'était-il pas censé être un *magnat* ? (« Mon père est tout en haut de la hiérarchie dans son cabinet, n'empêche qu'il a quand même un patron », raisonna Ari). C'était de l'endoctrinement capitaliste à l'état pur, saupoudré de condiments libertariens, qui conférait au joueur une impression de réussite sans avoir à se pencher une seule seconde sur la grande question de fond, celle de la finalité de notre présence sur cette terre.

Mais Jenny n'en était pas moins passionnée par ce jeu. Quand son amie de lycée Erica Mayer passa la voir – heureusement sans son bébé, cette fois – Jenny avait déjà téléchargé l'appli sur son téléphone et se trouvait plongée dans cette simulation parodique d'ennui existentiel et de monotonie professionnelle en milieu suburbain.

— Comment ça va, Norman ? demanda Erica en se campant devant elle.

— Je vis, Norman, répondit Jenny sans lever les yeux de son écran. Je vis enfin.

Quand sa grand-mère mourut, la vie de Jenny n'était plus qu'un champ de ruines. Elle avait mis un terme à sa vie amoureuse après plusieurs années compliquées de relation psychosexuelle dans laquelle aucune des personnes qui connaissaient son calme, sa pondération et son assurance naturels, n'aurait imaginé qu'elle puisse se fourvoyer un jour. Elle ne parlait plus au seul membre de sa famille qu'elle jugeait supportable. Elle vivait un exil qu'elle s'était elle-même imposé. Elle croyait ne pas pouvoir tomber plus bas, et pourtant, c'était bien ce qui lui arrivait. Personne, dans toute l'histoire de Middle Rock, de Long Island, de New York voire des États-Unis et par conséquent du monde entier, n'avait jamais possédé un potentiel et une rigueur ne serait-ce qu'égaux à ceux de Jenny Fletcher. Quand vint le moment de sa chute, ce fut du haut d'un gratte-ciel. Et comme la plupart de ces chutes, ce fut un acte suicidaire.

Mais un instant. Comme toutes les autres histoires de la Bible, mieux vaut la raconter en commençant par le début.

*

— C'est vraiment de la connerie, déclara Jenny la nuit de sa remise de diplôme du lycée, lorsque sa grand-mère et sa mère la supplièrent de rester juste le temps de fêter ça tous ensemble.

Un dîner. Non ? Très bien, un barbecue, alors. Non ? D'accord, alors quinze minutes arrosées de champagne pour lui souhaiter tout le bonheur du monde et faire comme si elle ne les détestait pas tant que ça.

Mais Jenny s'y refusait tout net.

— Hors de question que je fête quelque chose que littéralement tous ceux que je connais peuvent obtenir ou ont déjà obtenu. C'est vulgaire.

— Tes frères sont venus spécialement pour ça, dit sa mère en la regardant faire ses bagages. On attend du monde !

Dans la colère qui était la sienne, c'était ce qui s'approchait le plus d'une supplication. Jenny allait partir à Prague pour un stage d'été à la Galerie nationale. Ruth, qui avait commis l'erreur de la laisser s'arranger toute seule avec l'agent de voyages de la famille, n'avait pas compris qu'elle avait décidé de s'en aller alors que sa robe de remise de diplôme, encore chaude, gisait en un tas dans sa chambre.

— Ils ont assisté à la cérémonie, rétorqua Jenny. Ça suffit. Je ne suis pas un animal. On n'est pas dans un zoo. Je n'ai pas à faire mon numéro.

— Tu dramatises un peu, là.

— Je ne suis pas un animal, répéta Jenny. On n'est pas dans un zoo.

— Excuse-nous, Sarah Bernhardt !

— Ils comprendront, Maman. Ne t'inquiète pas. Ils ont décroché le même diplôme. Ils m'ont félicitée. C'est terminé. Et c'est très bien comme ça.

Ruth s'assit sur le lit de Jenny tandis que celle-ci refermait son sac de toile, puis le rouvrait en s'apercevant qu'elle avait oublié son gigantesque livre de Gombrich.

— Tu vas dépasser le poids autorisé avec ce bouquin, fit remarquer Ruth.

— Ça ira très bien.

— Et qui te conduira à l'aéroport, au juste ? Parce que j'ai convié des gens et j'ai bien l'intention de les recevoir, moi, même si je dois leur expliquer que l'invitée d'honneur n'a même pas daigné rester à sa propre fête.

— Beamer m'a dit qu'il m'accompagnerait. Ça va très bien se passer.

— Je ne sais pas comment j'ai fait pour donner naissance à cette personne.

Jenny posa ses grandes mains sur les minuscules épaules de sa mère, dans un geste presque affectueux, et la regarda bien en face. Mais il n'y avait pas une once d'amour dans les yeux de Ruth, dont les épaules demeurèrent inflexibles.

— Tu n'emportes pas ton fer à lisser ? demanda Ruth.

Jenny laissa retomber ses mains.

— Je ne m'en suis jamais servie. Ce fer à lisser, c'est un vœu que tu as fait. Et il ne s'est pas réalisé. J'en suis désolé. Il en va ainsi de la plupart des rêves.

— Une refuznik, voilà ce que j'ai élevé ! J'aurais dû te dire de partir, tu serais restée !

— Je suis moi et personne d'autre, Maman. Tu prendrais tout ça beaucoup moins à cœur si tu arrivais à accepter le fait que je ne suis pas une extension décevante de ta propre personne. Je suis moi. Tu devrais t'en réjouir !

Mais la Bible s'attache-t-elle à l'histoire d'une famille, ou à la branche qui s'en écarte pour suivre son propre chemin ? Que dit-elle des déserteurs ? Que dit-elle des refuzniks ?

Jenny, qui n'oubliait jamais un seul mot qu'elle avait lu, vous aurait répondu qu'Abram quitte Ur pour Canaan et non seulement devient l'ancêtre de la moitié de la population mondiale, mais il reçoit en prime deux lettres supplémentaires dans son prénom. Moïse fuit le palais de Pharaon en emportant les esclaves juifs avec lui et il passe tout simplement à la postérité comme l'un des plus grands guides du peuple d'Israël. Jenny vous aurait rappelé que ce sont ceux qui se retournent qui se changent en colonnes de sel.

Ce que Jenny tira de sa désertion, cependant, ne fut pas une nation aussi nombreuse que les grains de sable. Non, ce qu'elle récolta fut l'agressivité passive, les reproches et la déception de sa mère, dont chaque phrase était lourde de récrimination, et c'était aussi cela qu'elle récoltait quand elle rentrait chez elle, ce qui expliquait sans doute pourquoi elle rentrait si rarement.

Au téléphone, ce n'était guère mieux. Tous les dimanches, quand elle appelait de Prague pour échanger des nouvelles, elle avait le droit au même traitement, à peine adouci par le fait que sa mère avait parfaitement conscience qu'à tout moment, Jenny pouvait prétexter une mauvaise liaison pour raccrocher.

— Qui s'en va comme ça, comme si on la chassait de chez elle ? disait Ruth au téléphone, un mois après le départ de Jenny. Si tu voyais ce pauvre Brett…

— J'ai rompu avec lui, m'man.

— Excuse-nous, Bugsy Siegel ! Maintenant j'ai même le droit à « m'man ». Comme si tu avais grandi dans la rue.

— Maman.

— Brett est au courant, au moins ? Apparemment, il croit encore que vous avez des projets en commun. Il est passé pour parler, pour me demander si c'était une bonne idée qu'il aille à Prague pour te faire une surprise.

— J'espère que tu as répondu non.

— Je lui ai dit que tu étais la seule personne au monde dont tu te souciais, et que si ça lui allait comme ça, alors oui, autant essayer de te surprendre.

— Mesdames et messieurs : ma mère.

Jenny en avait déjà trop entendu. Elle ne voulait pas repenser à Brett, qui était si heureux et si satisfait de la vie en tant que concept général, qui n'était pas curieux du monde et n'avait pas soif de comprendre tout ce qui leur avait été caché dans leur banlieue renfermée, qui voulait devenir un actuaire, tout comme son père – un *actuaire* – et qui aspirait à la même existence que celle de leurs parents. Au bal de promo, auquel elle s'était rendue à contrecœur, face à l'insistance de ses amies et aux supplications transies de Brett, il lui avait dit qu'il espérait qu'ils se marieraient un jour, et qu'il lui arrivait de traverser Middle Rock en voiture et de se demander où ils habiteraient avec leurs enfants, et ces phrases résonnaient aux oreilles de Jenny, qui avait l'impression qu'on braquait sur elle le canon d'une vie qui la condamnerait à l'immobilité la plus absolue. « Ce n'est pas ça que je veux, expliqua-t-elle à Brett. Ça me paraît horrible, comme vie. » Elle passa le reste de la nuit le regard perdu à mi-distance, l'esprit ailleurs, ne saisissant qu'à peine ce qu'il lui disait. Il n'avait donc pas compris que tout ça, c'était une rupture ?

Entre la fin de son stage et son départ pour l'université Brown, elle ne passa que trente-six heures chez elle. Elle partait étudier l'histoire de l'art et l'économie, en bonne disciple du professeur Richard Messinger (père de son amie Sarah), si ce n'est en quasi-fille adoptive, au regard du nombre d'heures qu'elle avait passées chez les Messinger. Richard Messinger était si érudit, si intéressant et si défini par son relatif manque d'argent – véritable maladie pour bon nombre de personnes de la classe moyenne qui habitaient Middle Rock – que Jenny en vint à considérer que c'était l'argent qui rendait ennuyeux : la fortune vous sclérosait dès la naissance.

Le professeur Messinger était convaincu que l'extrême richesse corrompait le système de classe et l'économie mondiale. Lorsqu'elle rentrait chez elle après avoir assisté à l'un de ses cours magistraux autour de la table à manger, Jenny pouvait voir de près, sur le vif, comment la richesse corrompait jusqu'aux riches eux-mêmes. Quand elle regardait le monde avec les yeux du professeur Messinger, elle ne voyait que folie dans l'existence capitaliste des Fletcher. Sous son propre toit, l'argent s'asseyait avec eux pour dîner, puis regardait la télé avec eux dans le salon, et ce qui en partie rendait les Fletcher mornes et ennuyeux, selon Jenny, était précisément le fait de ne jamais en parler. Ils ne parlaient jamais de l'effet que tout cet argent avait sur *eux*, sur l'image que les autres se faisaient d'eux ; ils ne parlaient jamais de ce que ça leur faisait de posséder tout cet argent, des *comportements* que cela les poussait à avoir. Les Fletcher n'étaient peut-être pas les seules personnes riches de Middle Rock, mais la majorité des gens à qui ils avaient affaire ne l'étaient pas autant qu'eux, et puis on avait toujours l'impression que les autres ne pensaient qu'à ça quand ils les voyaient, comme si les Fletcher étaient une énorme dinde de réveillon dans un vieux Bugs Bunny. Sa famille semblait ne pas s'en apercevoir, peut-être parce qu'ils étaient des poissons et que c'était là leur eau – mais elle aussi était un poisson, et c'était aussi son eau à elle ! – ou tout du moins ils n'en disaient rien, mais restaient sur leurs gardes.

Tout au bout de la rue, bien loin de la rive, les Messinger, eux, parlaient. Le professeur Messinger ne parlait que d'*argent*. Il promouvait avec véhémence une compréhension du monde fondée sur son économie. Il s'étendait sur les cruels aléas de la finance et des héritages à chaque dîner, avec en bruit de fond les faux ronflements comiques de ses propres enfants, mais pas de Jenny. Jenny, elle, restait assise, les yeux ronds face à ce père qui parlait de la société et de ses maux, en fait, ce père qui parlait, tout simplement. Son père à elle était un automate qui tous les jours partait travailler, et le soir se transformait en zombie, toujours l'esprit ailleurs, à moins qu'on l'appelle plusieurs fois de suite. Papa. Papa. Papa ! *Papa.*

Chez elle, au salon, Jenny lisait ouvertement l'ouvrage de Thorstein Veblen que le professeur Messinger avait pioché dans sa bibliothèque. Incapable de s'arracher à sa lecture, elle opinait vigoureusement aux observations vieillottes de Veblen sur la consommation ostentatoire. Vieillottes, et pourtant comme elles correspondaient au vécu de Jenny ! Oui ! Exactement ! C'était précisément le carburant dont Jenny avait besoin pour rejeter les valeurs que sa mère et sa grand-mère s'étaient efforcées de lui inculquer dès le berceau, matriarches pour qui tout ce qui visait à la protection de la famille était justifié, pour qui l'argent était la seule source de sûreté en ce monde, pour qui les systèmes qui jusqu'ici avaient fait leurs preuves resteraient en place jusqu'à la fin des temps, ce qui expliquait pourquoi une fille avait intérêt à être maigre, mignonne, avec le même type de cheveux traités chimiquement et le même type de nez arrangé qu'avaient toutes les autres afin de se marier et de perpétuer une famille qui continuerait à consommer ostentatoirement jusqu'à la génération suivante, bien assise au milieu d'une propriété avec une clôture électrifiée qui ne laissait pas passer les kidnappeurs, pas plus que de nouvelles idées ou la révolution, et on n'aurait qu'à appeler tout ça la réussite !

Vous pouviez donner l'impression de vous plier à ce point de vue. Vous pouviez tomber comme un opossum et les laisser se défouler sur votre corps en apparence sans vie, comme le faisait son frère Beamer, sans jamais dire un mot, avec une expression si neutre qu'une mère désespérée était en droit d'espérer qu'il acquiesçait intérieurement à la leçon qu'elle était en train de lui donner alors que Dieu seul savait ce qui pouvait bien se passer dans son cerveau.

Ou vous pouviez totalement vous soumettre, comme le faisait son frère Nathan : vous marier, rester dans la même ville, faire de votre propre famille la réplique de votre famille, pousser le rocher jusqu'en haut de la montagne de l'approbation maternelle, pour vous retrouver confronté au sommet avec votre mère elle-même, qui d'un coup de pied faisait redescendre le rocher, vous obligeant à recommencer, encore et encore, parce que la soumission absolue n'existait pas, et que même si elle existait, votre mère était frappée d'une affliction qui la poussait à refuser de devenir membre des clubs tout disposés à l'accueillir. (Et si Sisyphe était heureux ? se demandait Camus, mais personne dans la famille de Jenny n'ayant lu Camus, la référence serait tombée à plat.)

Ou alors, vous pouviez faire comme Jenny, c'est-à-dire vous battre. Vous battre contre la conviction inébranlable dont découlait leur cupidité et leur esprit de clan, et qui voulait que tout ce qu'ils pouvaient faire au nom de l'argent était justifiable parce qu'il y avait très, très longtemps de ça, pour les juifs qui faisaient confiance au monde et qui suivaient les règles du jeu, les choses ne s'étaient pas très bien passées.

Cependant cet argument ne tenait pas face aux questions de Jenny. Pourquoi se méfier autant du reste du monde alors que nous y étions si bien établis ? Pourquoi avoir si peur alors que nous n'avions jamais connu pareille sécurité ? Pourquoi poursuivre la liturgie de l'oppression – liturgie dans laquelle nous demandons sans cesse à Dieu de punir nos ennemis – alors que nous ne paraissions pas plus opprimés que ça, et que nos ennemis semblaient s'être dispersés, et que manifestement c'était à nous que revenait le dernier mot ?

Bien évidemment, on ne pouvait pas dire tout cela à voix haute, parce que c'était la recette-miracle pour entendre parler de la Shoah, une fois de plus. Quand vous essayiez de percer un trou minuscule dans leur mode de vie, quand vous tentiez de repousser les remparts de cette identité fondée sur la persécution qu'ils défendaient si farouchement, même de la plus modeste façon, même de l'*intérieur* de la place-forte, vous aviez le droit à :

— Ils ont voulu nous tuer ! lança sa grand-mère. Cet argent que tu détestes tant, c'est tout ce qui se dresse entre toi et les chambres à gaz !

— Ah, dit Jenny. La Shoah. Comme c'est original.

Cette nuit-là, au milieu d'un océan de réponses positives, elle s'efforçait, le plus innocemment du monde, de trouver dans quelle université elle passerait ses quatre prochaines années.

— Tu es une gamine pourrie gâtée, riposta sa grand-mère. Si j'avais su que je vivrais assez longtemps pour voir l'un de mes petits-enfants rouler des yeux quand on lui parle de la guerre.

— Mais c'est juste que ça ne veut rien dire, Grand-Maman. Qu'est-ce que la Shoah a à voir avec le fait que j'aurais peut-être envie d'aller à Berkeley ?

— Ils détestent Israël, là-bas !

— Et la Shoah a débuté à Berkeley ?

— Jennifer, lança sa mère.

— Ton aide aurait été très appréciée de Hitler, Jennifer, déclara Phyllis en levant les mains au ciel. Tu aurais fait une excellente apprentie !

— Oh, donc de sympathisante nazie, je passe au statut de stagiaire nazie. Tu te rends compte à quel point c'est cinglé, ce que tu racontes ?

— Non, tu ne fais que suivre une très ancienne tradition de juifs qui passent à l'ennemi dans le seul but de survivre, rétorqua Phyllis.

— C'est complètement absurde, Grand-Maman.

— Ne parle pas comme ça à ta grand-mère, intervint sa mère.

— De tout temps, des juifs ont rejoint les rangs de leurs ennemis, insista Phyllis. Ils croient que le fait de professer leur haine d'eux-mêmes les sauvera. Ton grand-père qui, frappé par la dysenterie, s'est caché au fond d'un navire pour que tu puisses avoir une belle vie paisible, ton grand-père serait le premier à te dire que ça ne marche pas ! Ne trahis pas ton propre peuple ! Tu ne vaux pas mieux que nos ennemis si tu nous trahis.

— Oh, donc maintenant je suis une nazie *à part entière*, fit Jenny. D'accord, bien reçu. Super.

Ouroboros !

Elle s'était crue capable de leur faire comprendre son point de vue, ou tout du moins qui elle était. Mais pour intelligente qu'elle fût, Jenny dut attendre que ses frères entrent en fac pour comprendre qu'il était impossible de se battre contre ça. Ce n'était que dans le silence et le vide qui régnaient désormais dans la maison qu'elle prit réellement conscience que la stridence de sa voix ressemblait à celle de sa mère quand elle était en colère. Cela lui fit assez peur pour qu'elle décide de se renfermer. Sa colère se changea en désinvolture, son angoisse en apathie, son anxiété en un calme savant. Son combat, elle ne devait pas le livrer contre sa famille, mais le garder pour plus tard. Car ce ne fut que dans le calme et le silence qu'elle comprit enfin quel était son véritable rôle dans sa famille, celui de la personne qui la fuirait le plus loin possible.

Quand elle s'inscrivit en fac, Jenny savait que son boulot dans la vie, à l'instant même où elle se libérerait de cette maison, serait non seulement de déconstruire tout ce qu'elle avait appris dans son propre foyer sur la richesse et la sécurité, mais également d'essayer ne serait-ce qu'un peu de réparer ce monde corrompu auquel sa famille avait apporté sa contribution par le truchement de sa fortune et de terribles dégâts provoqués par leur usine de – ça ne s'invente pas – polystyrène.

Mais comment ? Qu'est-ce que cela signifiait au juste, courir dans la direction opposée à celle de sa famille ? Quel était le contraire d'une famille obsédée par l'argent et la productivité et inconsciente de la pollution qu'elle engendrait ?

Comme les sciences lui plaisaient, elle avait envisagé de se spécialiser dans la physique quantique, rien que ça, fascinée et déprimée qu'elle était par la théorie de l'intrication d'Einstein. Mais elle ne voulait pas d'une vie de scientifique, coincée dans un labo, ou de professeure. Elle se tourna vers la poésie mais même à simple titre d'acte de rébellion, elle ne parvenait pas à lui accorder la moindre valeur. Elle s'essaya à l'histoire de l'Europe, mais cela lui parut tout à fait contreproductif, le meilleur moyen de vivre en dehors du monde pour renouer avec les jérémiades de sa famille. Par foucade, elle faillit choisir une double spécialisation en théâtre et histoire du théâtre.

Prise de panique, parce que son délai de réflexion touchait à sa fin, elle se rabattit sur une double spécialisation en économie et histoire de l'art. Consciemment, elle n'appréciait pas que l'éco puisse passer pour de la dissidence, un acte menaçant inacceptable par sa famille, et que l'histoire de l'art apparaisse comme une frivolité que sa famille, si terre à terre, n'aurait pu cautionner. Mais l'inconscient est une chose densément stratifiée, ainsi qu'elle l'avait appris durant des cours de psychologie qui avaient failli lui faire changer de spécialisation.

Elle rentra pour fêter Pessa'h, et alors qu'elle parlait de ses cours, il s'avéra que ses parents et sa grand-mère étaient satisfaits de ses choix.

— De toute façon, tu finiras par être prof, déclara sa mère. Si j'avais pu dire à mes parents qu'une de mes enfants enseignerait à l'université !

Et de retour au campus, Jenny se rendit compte qu'elle ne tirait plus le moindre plaisir ni le moindre intérêt de ses cours.

Elle suivit durant l'été un séminaire d'anglais et songea à la possibilité de devenir journaliste. Elle s'inscrivit à un cours en études marxistes et hésita un moment à devenir spécialiste en sciences politiques, quitte à carrément travailler pour le gouvernement. Elle essaya de s'imaginer à quoi ressemblerait sa vie, sans y parvenir. Elle ne devinait qu'une version floue d'elle-même, impossible à distinguer des autres silhouettes floues qui dans la même pièce faisaient le même truc minuscule en espérant qu'un jour cela aboutirait à quelque chose.

Et c'était là le problème. Tout paraissait si *petit*. Chaque choix semblait conduire tout droit à une vie d'automate. Elle ne croyait pas vraiment au destin ni à la fatalité – il aurait été si facile de basculer de cette croyance au carrousel de traumas superstitieux de sa famille – mais elle était convaincue que cela aurait été folie, avec la chance qu'elle avait eue dans la vie (c'est-à-dire l'argent), que de se contenter de quelque chose de petit. Son objectif n'était pas vraiment de faire comme si elle n'était pas issue de son milieu d'origine. Non, pour elle, la question était de savoir ce qu'elle aurait fait si elle n'en avait pas fait partie. Si elle parvenait à y répondre, peut-être pourrait-elle espérer remédier à certains maux que sa famille avait infligés au monde. Et puis, petit « plus » intéressant, cela lui aurait aussi permis de trouver un sens à, enfin, vous voyez quoi, sa vie.

Mais pour autant qu'elle eût rejeté avec succès les valeurs et les inclinations religieuses et superstitieuses de sa famille, elle n'en avait pas moins internalisé l'idée – idée qui lui aurait été odieuse si elle en avait eu réellement conscience – selon laquelle elle était quelqu'un d'exceptionnel, nantie de privilèges extraordinaires, et selon laquelle le fait de devenir une simple employée aurait revenu à cracher sur toutes ces qualités. Mais ne voulait-elle pas justement cracher sur tout cela ? N'était-ce pas là tout son projet ? Pas par colère adolescente, mais par un désir juste et véritable de changer le monde !

Ouroboros, de nouveau !

Plus l'éventail de ses choix s'élargissait, plus ce problème s'aggravait. Elle prit pour nouvelle spécialisation les sciences politiques, et y ajouta très vite une autre, la linguistique, afin de pouvoir mieux étudier les iniquités de ce monde à travers l'argent et le langage, respectivement, parce qu'à quoi bon perdre son temps en histoire de l'art, et plus largement en histoire, alors qu'il y avait tout un monde à sauver ? Quand elle abandonna la linguistique pour se jeter à corps perdu dans – attention, accrochez-vous – le génie chimique (le raisonnement alambiqué qui déboucha sur cette décision ne mérite pas d'être exposé ici), une membre du service du développement professionnel prit contact avec elle et lui demanda si elle désirait parler. Jenny répondit que non, mais la femme insista, et Jenny se retrouva dans son bureau du Centre pour l'exploration professionnelle, dans un bâtiment en briques isolé, une après-midi de fin de printemps de sa troisième année de fac.

— Quand on voit des parcours comme le vôtre, ça nous inquiète, expliqua la femme.

Âgée d'une cinquantaine d'années, elle parlait lentement, comme si elle s'adressait à un patient psychiatrique.

— On craint de ne pas vous avoir assez aidée à déterminer une direction globale dans le cadre de vos enseignements. On a peur que vous vous soyez un peu paumée en chemin.

— Ah, pourtant je croyais que l'université était l'endroit où justement on avait la liberté d'expérimenter toutes sortes de choses ? rétorqua Jenny. Je n'ai lu nulle part dans le catalogue qu'il fallait arriver ici avec une idée précise de ce qu'on voulait faire.

La femme la fixa droit dans les yeux. Ces dernières années avaient été assez difficiles, et très solitaires aussi. Jenny avait développé des traits de caractère qui soit n'existaient pas auparavant, soit étaient restés latents au lycée, où elle avait été très populaire. Sa peur de l'engagement (exprimer une opinion, s'investir dans quoi que ce soit à long terme, acheter un vêtement ou un accessoire qui auraient dit quelque chose d'elle, et risquer de se retrouver cantonnée à un rôle ou une image auxquels elle n'était pas encore sûre d'adhérer totalement) était telle qu'elle se trouvait à présent incapable de paraître suffisamment humaine pour attirer l'attention de l'un ou l'une de ses congénères. Elle n'avait pas beaucoup d'amis à Brown. À vrai dire, aucun. Pour avoir des amis, il faut aussi se positionner, d'une façon ou d'une autre, et elle se refusait tout simplement à le faire. Il faut entrer dans un club (mais lequel ?). Il faut aller voir un match (mais êtes-vous du genre à assister à des matches ?). Il faut avoir une passion, un centre d'intérêt, et plus le temps passait, plus elle trouvait que ce genre de découverte représentait (contrairement à la défense qu'elle s'était choisie face à la conseillère) une perte absolue de ce temps qui lui apparaissait de plus en plus précieux, car de plus en plus compté.

Elle sortit avec quelques types qu'elle avait rencontrés en cours ou au restaurant universitaire Verney-Wooley, mais rien de sérieux, l'exacerbation de ses mauvais côtés au détriment des bons entraînant chez elle une gêne qui la paralysait. Les rares fois où elle avait des relations sexuelles, elle n'émettait pas un son, et éprouvait ensuite un tel dégoût de sa propre participation à l'acte – les réactions involontaires de son corps au désir d'autrui, comme à son désir à elle – que durant la phase post-coïtale, elle n'admettait pas même y avoir pris part : « C'était bien, pour toi ? » « Qu'est-ce qui était bien pour moi ? ».

C'était à cause de tout cela que Jenny paraissait distante, et quand on y ajoutait ce trait cruel qu'elle avait cultivé et qui consistait à éviter toute déclaration ou tout engagement en tant qu'individu singulier et non générique, on comprenait que personne ne recherchait particulièrement sa compagnie. Elle avait un jour entendu à son insu Diane, sa camarade de chambre, raconter au téléphone que Jenny se croyait meilleure que tout le monde. Jenny aurait voulu lui arracher son téléphone pour expliquer à la personne à qui elle parlait que Diane disait cela uniquement parce que Jenny avait un jour remarqué (à voix haute) que la spécialisation de Diane, le marketing, consistait dans un sens à utiliser tout ce qu'on pouvait savoir sur l'être humain au détriment même des êtres humains. Elle pensait que cette révélation lui garantirait la reconnaissance de Diane, mais pas du tout : Diane l'avait définitivement prise en grippe.

— On ne vous demande pas d'être *absolument sûrs* de ce que vous voulez faire, répondit la conseillère. En fait, nous *encourageons* ce genre d'exploration, vous avez parfaitement raison. Mais dans l'état actuel des choses, vous ne prenez pas le chemin d'une validation de votre diplôme.

Elle jeta un coup d'œil au dossier ouvert sur son bureau, qui contenait entre autres le relevé de notes de Jenny.

— Vous n'aurez pas assez de crédits à moins de reprendre histoire de l'art.

— Donc vous préférez que je fasse quelque chose qu'à ce stade je trouve néfaste à tout point de vue, y compris moral, uniquement pour que je décroche mon diplôme à temps ? C'est vraiment super, comme perspective !

— Non. Pas du tout. Nous tenons simplement à nous assurer que vous ayez conscience que... attendez, vous venez de dire que l'histoire de l'art était immorale ? En tant que spécialisation ?

— Je ne voulais pas dire immoral au sens strict, quoique, en fait peut-être bien. J'ai le sentiment d'avoir toutes les chances dont on peut rêver, dans les études, dans la *vie*, même, et tout ça pour quoi ? Pour que j'aille me terrer au fond d'un musée ? Pour enseigner ? Je ne pense pas, non !

D'un battement de paupières et d'un micro-hochement de tête, la femme balaya les sous-entendus de Jenny.

— J'ai quelque difficulté à concevoir qu'une carrière en histoire de l'art puisse représenter un gâchis. À chacun sa vocation. C'est la pluralité de points de vue qui fait d'une société ce qu'elle est. Vous pourriez parfaitement vous servir de vos connaissances en art pour changer le monde. C'est bien de ça qu'il est question, n'est-ce pas ?

Eh oui, bien sûr, c'était de ça qu'il s'agissait, mais pour Jenny le monde se résumait à un écosystème symbiotique qu'elle partageait avec sa famille, et même si elle ne l'aurait jamais admis à voix haute, cela n'en demeurait pas moins vrai. Cela faisait maintenant des années qu'elle avait quitté cette maison, et elle en était tout aussi prisonnière qu'avant.

Jenny voulut répondre, mais se contenta de secouer la tête, par peur d'éclater en larmes.

— Vous voulez faire une petite pause ? demanda la femme.

Elle regarda Jenny avec une telle empathie que Jenny fut submergée de colère. Non. Ce n'était pas avec cette personne qu'elle partagerait ses larmes.

— Votre licence n'est qu'une première étape, Jennifer, poursuivit la conseillère. Quand vous l'aurez en poche, toutes les portes resteront ouvertes.

Jenny finit par se ranger à son avis – elle rattrapa à temps les TD de sa spécialisation en histoire de l'art – mais la conseillère se trompait. Vous décrochez une licence d'histoire de l'art à Brown – avec mention s'il vous plaît – et la seule porte encore ouverte est celle d'un doctorat en histoire de l'art. Et Jenny ne pouvait s'y résoudre. Au fond d'elle-même, elle n'arrivait pas à concilier les beaux-arts et une vie pleine de sens.

Elle présenta donc sa candidature à l'université Yale pour un master en économie. Ils l'acceptèrent sur la base de l'éclectisme de son parcours et l'excellence de ses résultats, et peut-être aussi parce qu'elle était en mesure de payer plein pot, mais à condition qu'elle consacre son été à la validation de plusieurs unités de valeur. Il lui était possible de le faire à Yale, ce qui tombait extrêmement bien, parce que sa détestation de la ville de Providence était telle qu'elle n'aurait pas supporté d'y passer une saison de plus. Elle fit ses bagages et partit, le volume de son casque juste assez haut pour noyer la pensée qui ne cessait de résonner dans sa tête, à savoir qu'en termes d'adaptation fructueuse à une existence d'adulte indépendante, elle en était à zéro lieu de vie sur deux.

Elle ne savait toujours pas si son choix était le bon : le souffle de la vocation qui aurait dû s'imposer à elle ne s'était toujours pas manifesté. Autour d'elle, tout le monde se démenait pour subvenir à ses besoins élémentaires, et en observant les rangées des salles de cours, elle comprenait bien que ce besoin de trouver un moyen de gagner de l'argent focalisait ses contemporains, éclaircissait la route qu'ils devaient suivre en écrasant tout questionnement de mi-parcours sur le bien-fondé de leurs choix. Une fois de plus, elle se rendait compte que sa fortune l'accablait. Une fois de plus, elle était taraudée par la question de savoir qui elle aurait été sans tout cet argent qui, comble de l'ironie, était perçu comme un privilège, mais qui de plus en plus s'avérait être un handicap.

Ses deux premières années à Yale ne furent qu'un prolongement logique de l'inertie qui par défaut l'avait amenée à jeter son dévolu sur cette université. Elle voyait ses camarades réviser frénétiquement leurs oraux en groupe, tandis qu'elle travaillait toujours seule. L'avantage qu'il y avait à avoir changé une bonne douzaine de fois de spécialisation, c'était que Jenny était devenue une véritable polymathe, mot qu'elle avait appris en flirtant un temps avec la possibilité de se spécialiser en lettres classiques.

Durant sa première année de doctorat à Yale, elle devint assistante professorale, à l'instar de tous les étudiants de sa promotion. Au GPSCY (Centre des étudiants de troisième cycle de Yale, prononcé « gypsy », comme un gitan), elle corrigeait des copies de finance comportementale autour du théorème de Bayes, qui permettait de déterminer la probabilité d'un résultat sur la base des informations déjà connues. Le théorème de Bayes ne lui inspirait que de la rancœur, à l'instar de toutes ces idées simples et élémentaires que des gens avaient eu le luxe de codifier avant que tout soit déjà codifié et qu'il ne reste plus d'idées nouvelles. Elle releva la tête pour reposer ses yeux et surprit à trois tables d'elle deux personnes qui, clairement, parlaient d'elle en catimini.

Il faut préciser ici qu'elle n'avait pas plus d'amis à Yale qu'elle en avait eus à Brown, rien que de simples connaissances. Elle vivait seule dans un appartement entre High Street et Crown Street. Personne ne l'invitait jamais à des fêtes ou de simples sorties. Elle n'interagissait quasiment qu'avec des professeurs et des étudiants de premier cycle à qui elle devait expliquer le système de notation. Tous les jours, elle s'imaginait renouer contact avec ses amies de lycée, prendre des nouvelles d'Erica Mayer, qui travaillait en tant qu'audiologiste pour le Conseil de l'éducation, ou de Sarah Messinger, qui était responsable mode pour le grand magasin Lord & Taylor, mais elle ne parvenait pas à s'y résoudre. Vu son état, Jenny avait bien trop peur de se laisser envoûter par la perspective d'une existence placide à Middle Rock à laquelle il lui fallait à tout prix résister. Son frère Beamer, à qui revenait désormais le titre de meilleur et unique ami de Jenny, était fréquemment indisponible, et plus souvent encore ces derniers temps, accaparé par la production de son film. Elle regardait tout autour d'elle, et elle voyait qu'elle était toute seule. Toute seule dans son appartement, toute seule dans le Connecticut, toute seule au monde.

Et c'est très bien comme ça, se dit-elle.

Très bien de ne s'être pas fait de nouveau véritable ami en six ans. Mais en voyant des gens médire ouvertement sur son compte, quelque chose en elle décida que c'était la limite à ne pas franchir.

— Excusez-moi, fit Jenny. Est-ce que… vous avez quelque chose à me dire ?

Elle sentait son cœur battre jusque dans sa gorge.

Les deux doctorants, une jeune femme et un jeune homme, exprimèrent plus d'agacement que d'embarras en se faisant prendre ainsi en flagrant délit. L'homme se leva.

— J'y vais, déclara-t-il à la femme. On se voit à l'église.

Jenny attendit. La femme lança un regard exagérément sombre à l'homme, mais répondit à Jenny.

— C'est juste que… tu es sacrément ambitieuse, lui dit-elle. C'est de ton ambition qu'on parlait.

— Je ne vois pas du tout ce que tu veux dire.

La femme rangea ses affaires dans son sac.

— Comment tu t'appelles ? demanda Jenny.

— Alice. Tout le monde connaît le nom de tout le monde, maintenant. Toi, c'est Jennifer Fletcher.

— Jenny, oui.

— Tu devrais savoir comment je m'appelle. On doit être quarante à tout casser dans cette promo.

— Ce serait plus facile si tu me parlais à moi, au lieu de parler de moi. Tu penses pas ?

Alice éclata de rire, le regard froid.

— Waouh.

— Je ne comprends vraiment pas de quoi tu veux parler, insista Jenny, sentant soudain une démangeaison alarmante au bout de son nez, comme si elle était sur le point de fondre en larmes.

Elle reporta aussitôt son attention sur ses copies.

— C'est bon, laisse tomber.

Elle avait été si populaire au lycée.

Alice se leva et vint se planter devant Jenny, attendant que celle-ci relève les yeux.

— Oui ? demanda Jenny.

— Tu corriges des copies ?

— Oui. Pourquoi ?

— Ah.

— Quoi, « Ah » ?

— On est en pleine action de contestation, on a décidé de ne pas nous acquitter de nos obligations d'assistants pendant une semaine, et vraiment, ne pas rejoindre le syndicat c'est une chose, mais faire son boulot ici, au vu et au su de tout le monde, c'est pire qu'une grosse claque dans la gueule. Mais j'ai entendu dire que ta famille était pleine aux as. J'imagine qu'il n'y a pas de quoi s'étonner, dans le fond.

— Qu'est-ce que tu… il y a une *grève* en cours ?

— Une action de contestation, oui. Lancée par le syndicat. Le même qui s'est battu pour que tu reçoives ton allocation. Et que tu aies le droit à des congés. Le même qui se bat pour que tu puisses être titularisée, et pas seulement exploitée.

Jenny n'en revenait pas. Le *syndicat* ? Le syndicat étudiant du troisième cycle, que Yale n'avait pas encore reconnu, était une sorte de bordel absolu qui existait à la limite de la vision périphérique de Jenny. Elle se souvenait vaguement d'un prospectus qu'on lui avait mis dans les mains en pleine semaine d'orientation, quelques années auparavant, et elle était bien évidemment passée devant les affichages, et elle avait bien évidemment reçu les e-mails – si on entendait par « recevoir » le fait de rediriger automatiquement les e-mails du syndicat dans sa corbeille sans les lire. Elle avait vu les réunions enflammées des figures de proue du syndicat, majoritairement masculines, sur les pelouses du Quad ou à la pizzeria de Wall Street. Jenny avait eu le sentiment que cela ne la concernait même pas de loin, comme tous les autres aspects de la vie du campus. L'allocation, qui s'élevait à environ neuf mille dollars par an avec en prime quelques avantages marginaux, lui valait plus de complications qu'autre chose, notamment vis-à-vis de sa déclaration fiscale.

— Je n'en savais vraiment rien, dit Jenny. Et pour ce qui est de ma non-adhésion au syndicat… je ne sais pas trop quel rôle je pourrais y jouer, tu sais ?

Alice roula des yeux.

— Ton rôle, c'est de rejoindre le syndicat, point barre. Tu comprends ?

— C'est quoi, l'objet de cette action ?

— Obtenir une meilleure couverture médicale. On nous traite comme si on était en stage, c'est là le nœud du problème.

— Mais c'est pourtant le cas, non ?

Alice s'assit.

— Non. Nous représentons de la *main-d'œuvre*. Ils essayent de nous convaincre qu'il s'agit d'une superbe opportunité pour acquérir un peu d'expérience professionnelle, mais nous sommes de la main-d'œuvre. Ce n'est rien d'autre que du gaslighting ! Nous devrions être rémunérés pour notre *travail*. Tout travailleur a droit à un salaire.

Alice ne paraissait plus en colère. Sa colère avait été supplantée par sa ferveur syndicale. Ça sentait un peu le remâché, mais ça n'en était pas moins fervent.

Jenny resta silencieuse. Elle ne savait pas quoi répondre. Elle était plutôt d'accord avec l'université. Et elle repensait aussi aux étés que ses frères et elle avaient passés dans l'usine de leur père. Ce n'était pas de l'exploitation. C'était l'école de la vie. Non ?

Elle opta pour un plus consensuel :

— Alice...

Quel bien ça faisait d'appeler quelqu'un par son prénom, même s'il s'agissait d'une fille qui de toute évidence la détestait.

— ... je n'étais vraiment, absolument, pas au courant.

Alice se releva.

— Ben, je sais pas, essaye un peu de t'intéresser, alors ? Peut-être que ça t'évitera aussi de saper les efforts de tes camarades ?

Elle s'en alla, et malgré ses efforts pour s'offusquer, Jenny était trop exténuée pour y parvenir, trop sur la défensive, trop écœurée par le silence qui enveloppait sa solitude. Et elle ne pouvait s'empêcher de remarquer qu'une conversation simple et franche avec une personne qui avait daigné s'asseoir auprès d'elle – pour on ne sait quelle raison – avait suffi à saturer son organisme d'une chaleur humaine et d'une empathie qu'elle n'avait plus éprouvées depuis la dernière visite qu'elle avait rendue à son frère en Californie.

Elle voulut se lever, mais dut se rasseoir aussitôt. Ce n'était pas que de la fatigue : elle avait chaud et se sentait faible, comme si elle avait de la fièvre.

Non, ce n'était pas un coup de mou. Ce n'était pas de la fièvre. C'était autre chose.

C'était de la honte.

Oui, de la honte.

Mon Dieu, quelle honte.

C'était comme si un barrage avait cédé, tant la honte était grande et manifeste. Elle se releva à nouveau et fut saisie de nausée et de chair-de-poule, honteuse de ne pas avoir vu ce qui se trouvait pourtant juste sous son nez. Malgré tous les cours magistraux du professeur Messinger. Malgré le fait d'avoir été étudiante en éco. Rien de tout cela ne l'avait empêchée de devenir une jaune, et de la pire espèce : une jaune qui s'ignorait.

Elle se rassit et pendant une bonne heure, resta sans bouger à cette table du GPSCY, écrasée par le poids de la honte. Mais cette honte n'avait rien de nouveau. Non, en dépit de sa douleur, elle constatait que cette honte n'avait cessé de grossir, de s'agréger et de lui tapoter l'épaule depuis tant d'années qu'à présent qu'elle daignait y prêter attention, elle se rendait compte qu'elle avait dédié toute son énergie mentale à l'ignorer. Ce n'était pas un épuisement soudain : c'était la soudaine prise de conscience de son épuisement.

Sans trop qu'elle sache comment, elle parvint à traverser péniblement le campus, alors qu'elle était si faible et lasse qu'elle se serait presque crue sous anesthésie. Comment avait-elle pu passer à côté de ça ? Qu'est-ce qui clochait chez elle, au point qu'elle n'ait pas entendu cette opportunité unique frapper à sa porte, cette chance de devenir enfin ce qu'elle souhaitait être, quelqu'un qui disait ses quatre vérités au pouvoir en place ou à Dieu sait quoi d'autre ? Seigneur, elle n'en pouvait plus d'être aussi conne.

Elle rentra dans son appartement et s'effondra. Pendant une semaine, elle ne bougea pas de son lit, ne répondit à aucun appel, rata deux de ses cours et deux autres où elle aurait dû enseigner ou surveiller des interrogations écrites.

Elle resta là, gisant sur son lit, accablée non par la simple idée de la honte, mais par le poids planétaire de la honte : la croûte continentale de sa prise de conscience, mais également le manteau de son apathie et de son isolement. Et puis il y avait aussi le noyau de la honte, où se condensait tout ce qui avait précédé : sa cruauté envers sa propre famille, envers Brett, le mépris qu'elle vouait à ses amies de lycée parce que les circonstances purement fortuites de leur rencontre les rendaient indignes de ses attentions, la façon dont elle avait rejeté les garçons qui s'étaient intéressés à elle à la fac, son attitude de merde vis-à-vis de sa camarade de chambrée et sa spécialisation en marketing à la con, son sentiment de supériorité vis-à-vis de cette conseillère d'orientation professionnelle. La façon dont elle avait observé les autres se mettre en couple, rire, s'embrasser, sur ce campus même, et ce depuis des années, comme si elle était dans son salon en train de mater une série de science-fiction.

La cruelle ironie de son sort eut presque raison d'elle. Toute sa vie, elle s'était enfermée dans ce débat avec elle-même sur les meilleures façons de faire le bien sur Terre, et le seul sujet qu'elle avait écarté de cette conversation plus que privée avait été le travail qu'il lui fallait fournir pour être une personne normale, gentille. Durant cette période, elle consacra toutes les heures où elle avait les yeux ouverts à fouiller les strates de son comportement, pour n'y trouver rien d'autre que cette honte, si dévastatrice qu'elle en avait même du mal à déglutir. Elle ignorait comment survivre à cela. Elle ne savait même pas si elle y parviendrait.

— Toujours pas de nouvelles, dit Beamer sur un message qu'il laissa sur le répondeur de sa sœur. Tout va bien ? Appelle-moi. J'ai des trucs à t'annoncer…

Mais le répondeur émit un bip avant qu'il ait fini. La machine était pleine. Elle était restée assise à côté du téléphone, sans décrocher, pendant que le professeur qui comptait sur sa présence pour ces cours qu'elle était censée superviser laissait ses messages. La façon dont son ton passait de l'urgence à la supplication, puis de la supplication à la colère était exactement ce dont elle avait besoin pour que sa honte devienne encore plus vive et profonde. Pourquoi une simple cuiller de honte pèse toujours tellement plus qu'une cuiller de bonheur, ou de quelque autre émotion positive ? Pourquoi la honte paraissait toujours refléter la vérité ? Selon la logique de Jenny, si elle parvenait à éprouver encore plus de honte, elle serait en mesure de toucher à la vérité, et trouver une solution.

Au bout de huit jours, elle fut réveillée à seize heures par des coups énergiques à la porte de son appartement. Elle alla ouvrir en titubant. Elle n'avait pas mangé depuis un certain temps, et la tête lui tournait. Un bref instant, elle eut quelques difficultés à reconnaître l'homme qui se tenait sur son seuil. Elle n'arrivait à percevoir ses traits que séparément, pas comme un ensemble, mais elle fit un pas en arrière et ces éléments disparates s'harmonisèrent en un visage qu'elle prit tout d'abord pour une hallucination. Peut-être que dans la mort, notre cerveau réalise tous nos vœux. Mais ce n'était pas un rêve. C'était, à son plus grand soulagement, son frère Beamer.

*

Beamer passa trois jours avec elle à New Haven, loin des plateaux où l'on tournait le deuxième opus de la franchise *Santiago*. Le fait de ne pas réussir à la joindre l'avait inquiété, et ne souhaitant pas prévenir leur mère, par peur de lui faire peur inutilement, il avait pris le premier vol pour la côte Est.

Les deux premiers jours, il nourrit sa sœur et l'aida à se remettre sur pied. Il l'obligea à prendre des douches. Il la fit sortir. Il entendit de sa bouche toute la sordide histoire, pas que la confrontation, mais aussi tout ce qui avait précédé.

— Pourquoi tu ne m'as pas appelé pour m'en parler ? demanda-t-il.

— Je devais me dire que j'allais doucement m'acclimater.

— C'est ton orgueil qui t'en a empêchée. Il ne faudrait surtout pas que tu donnes un jour l'impression de ne pas savoir ce que tu fais.

Cela ne plut pas à Jenny. Sa relation avec Beamer était plus naturelle quand ils se faisaient grâce de ne pas s'attaquer à leurs ego et leurs illusions.

Elle se rendormit.

Beamer nettoya sa cuisine et envoya son linge à la laverie. Il écouta tous les messages de son répondeur en les effaçant au fur et à mesure.

— J'arrive pas à croire que j'ai planté ce pauvre professeur, dit-elle.

— Il le fallait bien, répondit Beamer. Tu es en pleine action de revendication. C'est une sorte de grève. En fait, c'était la meilleure chose à faire.

— C'est juste que...

Assise sur son lit, elle essayait d'avaler la soupe que Beamer lui avait réchauffée.

— Je sais. Mais moi aussi, je fais partie d'un syndicat. C'est comme ça.

— Toi, tu es obligé d'en faire partie. Ce syndicat-là, ce n'est qu'un tas de gamins de riches qui n'ont nulle part d'autre où dépenser leur énergie. Ils se prennent pour des bolcheviques. Ils croient que c'est ça, la vraie vie. Ils ne se rendent pas compte que leur vraie vie n'a même pas encore commencé.

— Je sais pas, fit Beamer. J'ai plutôt l'impression qu'à n'importe quel âge, ce qui t'arrive, c'est ta vraie vie, non ?

— Je sais pas non plus. Des fois je me dis que je vais décrocher un diplôme pour quelques années d'études au total. C'est ça, la vraie vie ?

— Faut croire. Le temps passe, de toute façon.

— Quelle sagesse.

— Mille mercis.

Le téléphone sonna. Jenny leva la main alors que Beamer s'apprêtait à décrocher.

— Laisse le répondeur prendre le message, le pria-t-elle.

Et tous deux l'entendirent en direct :

— Eh, Jenny, salut. C'est Alice. On s'est rencontrées au GPSCY il y a pas très longtemps. J'ai appris ce que tu avais fait. Franchement, on en revient toujours pas. Quel coup de force. Et le résultat, quoi ! On a organisé une réunion, demain soir, et on aimerait beaucoup que tu viennes en parler avec tous les gens qui seront là.

Puis elle précisa l'heure et le lieu de la réunion. Quand elle raccrocha, Jenny et Beamer se dévisageaient.

— Je comprends pas ce qui se passe, là, lâcha Jenny.

— Apparemment, tu as le droit à un tout nouveau départ, répondit Beamer.

— Je ne peux parler de tout ça à un public !

— Pourquoi pas ? Tu es une révolutionnaire. Une vraie bolchevique.

— Je suis une dépressive au fond du trou.

— Il faut que tu y ailles.

— Pourquoi ça ? Je ne peux pas me présenter face à tous ces gens.

— Mais tu es leur héroïne, à présent.

Jenny posa le bol de soupe à moitié vide sur sa table de chevet et glissa dans son lit pour se retrouver allongée.

— Je crois que je n'arrive pas à comprendre pourquoi je n'ai pas saisi avant. C'était là, sous mon nez, tout autour de moi. C'est ça qui m'énerve le plus. Le problème, ce n'est même pas de savoir pourquoi je n'ai pas agi plus tôt, c'est carrément : pourquoi est-ce que je n'en ai pas eu moi-même l'*idée* ? Pourquoi je ne suis pas à l'origine de tout ça ? Quand est-ce que j'arriverai à faire coïncider mes bonnes intentions et la réalité ?

— Je n'en sais rien. Tu n'as pas planifié tout cela parce que tu n'as tout simplement pas eu à le faire. Ça s'est fait tout seul. Peut-être que tu crois que ce n'est pas la vraie vie parce que tu ne crois pas vivre *toi-même* ta vraie vie. Tu vois ?

— Tu n'es qu'un imbécile. Au fait, tu n'avais pas des choses à me dire ? Il me semble que c'est ce que tu racontais dans ton message.

— Ah, oui...

— C'est quoi ?

— J'ai rencontré quelqu'un. Une actrice.

— Elle est juive ?

— Non, Maman. Désolé.

— Maman va te tenir responsable de la Shoah.

— Je vais la demander en mariage.

— Comment elle s'appelle ?

— Noelle.

— Doux Jésus.

— Non, mais presque : Noelle.

Beamer éclata de rire mais cette nouvelle replongea immédiatement Jenny dans le sommeil. La dernière chose qu'elle entendit de la bouche de Beamer fut :

— Bon. C'est une façon comme une autre de réagir.

Le lendemain, Beamer était reparti et Jenny quitta enfin son lit pour se doucher de son propre gré. Elle se dit qu'elle ne se rendrait pas à la réunion, mais se surprit à se préparer.

Le soir tomba et elle alla à l'église que les autres étudiants de troisième cycle louaient pour leurs réunions, à quelques pâtés de maisons de chez elle. En entrant, elle aperçut Alice et le type qui était avec elle au GPSCY, l'autre jour, celui qui était vite parti, et qui s'appelait Andrew.

Alice était la déléguée syndicale de leur département. À l'arrivée de Jenny, elle donna un petit coup de coude à Andrew, qui était visiblement plus âgé qu'eux, et il se tourna vers elle. Ils se tenaient au milieu d'une grosse douzaine d'étudiants en éco que Jenny reconnut sans pouvoir les nommer. La honte menaça de la consumer à nouveau, et elle faillit tourner les talons pour quitter aussitôt les lieux.

Ce fut là que le visage d'Andrew s'illumina d'un sourire. Alice et les autres l'applaudirent, et il faut bien pardonner Jenny : elle était alors si anéantie, elle avait tellement soif d'affection et d'amitié. Elle s'autorisa à sourire elle aussi, puis cacha son visage dans ses mains. Elle entendait les applaudissements, qui lui rappelèrent cet instant où elle s'était tenue au milieu de la scène, au lycée, avec sa vie entière devant elle, avec tous ces gens convaincus qu'elle avait un potentiel illimité.

— Regardez un peu qui a fini par quitter son lit, dit Andrew, et quand Jenny écarta ses mains de son visage, elle les vit tous se ruer sur elle.

*

Jenny ne se contenta pas de rejoindre le syndicat : elle *devint* le syndicat. Ses reliquats d'ambition se combinèrent avec le raz-de-marée hormonal de cette reconnaissance par ses pairs qui lui manquait depuis si longtemps, et elle se sentit investie comme jamais d'un objectif impérieux, d'une raison d'être.

Le syndicat était terriblement humain, désordonné, il nécessitait une implication maximale, il y avait tant de choses à faire que même si les questions qu'elle s'était posées auparavant sur la vie demeuraient sans réponses, il y avait désormais un tel bouillonnement continu dans sa tête que ces questions n'étaient plus audibles.

Sa vie devint une suite sans fin de réunions. Elle faisait partie d'une commission qui organisa un sit-in à la librairie pour protester contre les conditions de travail indécentes des ouvriers qui réalisaient les vêtements aux couleurs de l'université qui y étaient vendus. Elle avait sa place au sein d'un conseil qui mettait au point des tactiques de guérilla pour amener la direction à négocier avec le syndicat. Elle appartenait à un sous-comité chargé des affiches pour la campagne syndicale à venir dans tout New Haven visant à soutenir les jardiniers de l'université.

Quel est le mot qui définit ce moment où vous savez que tout le monde prend quelque chose trop au sérieux, que le fait que cela prenne toute la place dans votre vie n'est pas normal, que c'est un peu ridicule, que clairement ce n'est juste qu'un tas de gosses de riches condamnés à dix ans de réclusion dans une tour d'ivoire scolaire qui essayent de se donner l'impression d'être de vrais êtres humains vivants ? Quel est le mot qui définit l'énergie dévoyée de jeunes gens enchaînés au domaine universitaire quand chaque atome de votre corps vous crie de vous plonger dans le monde ? Quel est le mot qui définit ce moment où vous pensez tout cela, le plus sincèrement possible, mais que vous voyez ces convictions se faire supplanter par le sérieux et la ferveur de l'engagement ? (L'un des étudiants de troisième cycle connaissait ce mot, à n'en pas douter un doctorant en études germaniques.)

Elle laissa le travail la submerger, et en retour, le travail l'aida à trouver sa place dans le monde. Il alimentait cette facette très particulière de sa personnalité qui tendait au pharisaïsme, et qui jusqu'ici ne s'était exprimée que par cette énergie indolente, inexploitée et pleurnicharde, restée essentiellement en sommeil depuis qu'elle avait quitté Middle Rock.

Le syndicat lui sauva la vie, et ce n'est pas une hyperbole. Ce fut l'antidote à la personne fade et douceâtre qu'elle était devenue. Dans ce nouveau monde, toutes et tous brûlaient d'un feu intérieur : toutes et tous étaient enragés. Ils avaient des opinions fermes et arrêtées. Ils avaient de l'*énergie*. Plus le temps passait, plus l'impériosité des causes du syndicat s'imposait à elle et plus ses camarades lui semblaient vrais et concrets, tandis que le reste du monde se réduisait à un bruit de fond, la rumeur informe de ceux qui n'avaient pas encore ouvert les yeux. Se rendait-elle compte de l'acte de sédition que constituait le fait de se syndiquer dans une famille qui possédait une usine ? Son choix avait-il été conscient ?

Quelle importance ? Elle avait enfin des amis. Au stade où elle en était, chaque nouvel ami était comme une goutte d'eau sur la carcasse lyophilisée de son estime personnelle. Elle les aimait pour cela même, mais aussi pour leur détermination. Ce n'était pas une bande de copains de lycée insipides qui rentraient à présent dans le rang, s'accouplaient, travaillaient, se mariaient et enfantaient. Ses amis du syndicat avaient des points de vue tranchants, des personnalités affûtées et ils s'opposaient au statu quo. Ils étaient concernés par tout : ils ne se défilaient pas face à la souffrance. Ils bloquaient. Ils s'ancraient. Jusqu'à la mort. Ils défilaient. Ils planifiaient. Ils travaillaient jusqu'au bout de la nuit. C'était ce qu'ils faisaient à chacune de leurs réunions sans nombre, occupant presque tout l'espace de la minuscule pizzeria malpropre de Wall Street parce que le café à deux pas de là semblait trop corporatiste et entrepreneurial et pas assez aligné sur leur image de marque. Oui, ils étaient tellement engagés qu'ils avaient même des opinions sur les lieux les mieux adaptés pour débattre de leurs idées !

La plupart des travailleurs les plus engagés auprès de leur syndicat connaissent une radicalisation brutale. Celle de Jenny fut plus lente. Bien évidemment, elle laissa Alice et tous les autres croire et raconter que leur confrontation l'avait amenée à se radicaliser. Elle laissa cet aspect de l'histoire se fondre dans le récit de ce qui se passa lorsqu'elle rampa jusque chez elle pour dormir une semaine entière : constatant son absence, les étudiants à qui elle aurait dû donner cours avaient décidé de se lever et de quitter leur classe (peut-être le professeur dont elle était l'assistante associa-t-il cet événement à une manifestation ironique du théorème de Bayes, mais c'est à supposer qu'il eût le sens de l'humour, et ce n'était probablement pas le cas). Le départ de ces étudiants poussa l'université à se mettre à la même table que la direction du syndicat pour discuter des moyens de faire revenir tout le monde en cours. Les pourparlers ne débouchèrent pas sur la couverture médicale au cœur des revendications, mais sur une nouvelle règle selon laquelle il était illégal de limoger un assistant pour un rendez-vous chez le docteur durant ses heures d'enseignement si aucun autre créneau n'était disponible. Une petite victoire dans les faits, mais un tour de force de conviction. Jenny, durant sa convalescence, était devenue une héroïne syndicale.

Alors, non, Jenny ne s'attarda pas sur le fait que c'était sa dépression et non ses instincts marxistes qui l'avait conduite à manquer à ses obligations d'assistante en restant chez elle cette semaine-là. Elle n'avoua à personne que sa radicalisation tirait son origine de son désir désespéré de contact humain après des années de rejet de la part de ses contemporains.

Mais il n'en demeure pas moins qu'une série de petits événements maintint sa radicalisation naissante sur une trajectoire ascendante : le fait que le professeur du théorème de Bayes l'éviscéra en place publique pour l'avoir abandonné, en lui disant qu'elle ne faisait que « détruire tout un mode de vie » ; le fait qu'elle voyait enfin avec une acuité absolue comment l'administration ignorait systématiquement les exigences des membres du syndicat, fondées uniquement sur la nécessité de bénéficier d'un strict minimum pour survivre ; le fait qu'elle avait le plus grand mal à concilier d'une part ses lectures et ses réflexions philosophiques et d'autre part cet appel impérieux à rendre ce monde meilleur ; le fait que sa honte était à présent ensevelie, si profondément qu'elle semblait ne plus jamais devoir s'approcher de la croûte terrestre.

Le dernier de ces petits événements qui finirent de la radicaliser eut lieu le soir où Alice et elle allèrent au cinéma, juste après que la voiture de Jenny eut été percutée par un autre véhicule sur son lieu de stationnement. Jenny appela sa compagnie d'assurances et Alice vint la chercher pour l'amener au resto et au ciné, afin de lui changer un peu les idées. Alice insista pour payer. Les réparations coûteraient bien assez chères, donc c'était elle qui régalerait pour toute la soirée. Ce ne fut qu'une place de cinéma et un burrito, mais plus tard, quand Jenny s'efforça de tout démêler pour comprendre pourquoi elle avait alors éprouvé un sentiment de reconnaissance si intense, elle en conclut que c'était parce qu'elle se trouvait enfin quelque part où sa fortune personnelle n'avait aucune importance. Et ça peut ne pas apparaître comme un élément décisif dans un processus de radicalisation, mais en se voyant libérée de l'obligation de se voir elle-même à travers le prisme du prisme à travers lequel les autres la regardaient, Jenny n'en éprouva que plus encore de dévotion vis-à-vis du syndicat. Elle était vraiment à fond.

Le travail syndical était fructueux et sans fin. New Haven représentait à ce titre un cas tout à fait particulier. Yale était l'une des rares universités les plus renommées du nord-est des États-Unis à se trouver dans une ville encore très ouvrière, ce que l'administration considérait comme un frein dans le recrutement d'éléments prometteurs : Harvard avait Cambridge, Brown avait Providence, et Yale avait une ville où habitait tout son personnel de surveillance et d'entretien, et par conséquent mettait en œuvre des politiques qui bénéficiaient à l'université mais chassaient la classe ouvrière. Quand le syndicat criait au non-respect de l'organisation du travail par l'administration en clamant que l'élitisme était une valeur anti-américaine, l'université ripostait calmement, en expliquant que Yale était plus ancienne encore que les États-Unis : elle avait ses propres valeurs.

Andrew n'était pas un étudiant de Yale, comme Jenny l'avait d'abord cru. Il l'avait été, des années auparavant, avait abandonné son doctorat en enseignement de la musique, mais était resté à New Haven où il s'était ostensiblement impliqué dans le syndicat des étudiants de troisième cycle.

Il était beau et avait le même genre de charisme imposant que Jenny n'avait vu que chez son frère Beamer. Mais même ainsi, Beamer n'avait rien de commun avec Andrew. Partout où il allait, Andrew était entouré d'étudiants. Il présidait toujours la table où l'on échafaudait programmes d'action et tactiques guerrières. Il battait le pavé, motivant une foule sur le point de faire du porte-à-porte pour convaincre les agents de propreté et les cantiniers de Yale de rejoindre la section syndicale. Il menait ces centaines de travailleurs à travers York Street pour montrer à l'université que la non-reconnaissance d'un syndicat n'impliquait pas sa non-existence.

Andrew était un aimant. Il avait des yeux qui se fixaient sur vous comme si vous étiez une révélation. Jenny ignorait si elle était la seule à ressentir cela. En revanche, elle avait entendu quelqu'un dire que le syndicat ressemblait un peu à une secte, et comme Andrew couchait avec certaines étudiantes, cela faisait du syndicat une secte sexuelle. Elle était présente à la réunion où un doctorant en anglais se leva pour déclarer qu'il avait surpris Andrew avec sa petite amie et la camarade de chambre de celle-ci, avant de demander s'il était éthique d'être à ce point plus âgé que tout le monde et faire du triolisme avec les personnes qu'on était censé sensibiliser à la cause syndicale.

Pourquoi est-ce que cela rendait Andrew encore plus attirant aux yeux de Jenny ?

Leur relation ne fut jamais vraiment codifiée : ils ne s'inscrivirent jamais vraiment dans une trajectoire sentimentale, jusqu'au moment où ils s'y virent engagés. Peut-être s'étaient-ils rapprochés du simple fait de la proximité. Le fait est qu'un jour ils participèrent à un sit-in à la librairie du campus, là encore pour protester contre l'exploitation des travailleurs du secteur textile. Cela faisait des heures qu'ils bloquaient les lieux quand Andrew décida de poser la tête sur les cuisses de Jenny. Pour la première fois depuis qu'elle avait quitté le lycée, Jenny avait une identité assez forte pour pouvoir lui demander ce qu'elle voulait, et ce que sa forte identité voulait était de prendre cette petite mèche rebelle d'Andrew et de la coincer derrière son oreille. Et c'est ce que Jenny fit. Il se réveilla alors, la regarda, sourit, Jenny se pencha et sa forte identité lui dit qu'elle pouvait l'embrasser.

Sa relation avec Andrew s'apparentait plus à une maladie qu'à une histoire d'amour. Elle se réveillait en pensant à lui, se tortillant seule dans son lit (il passait rarement toute la nuit avec elle), animée pendant le restant de la journée par une vorace démangeaison sous-cutanée. Plus que tout au monde elle voulait savoir à chaque instant où il se trouvait et ce qu'il pensait, elle se languissait de cette boucle sans fin de ses yeux à lui sur ses reins à elle puis de ses reins à ses yeux. Elle se rendait à des réunions parce qu'elle savait qu'il s'y trouverait. Elle manifestait parce qu'elle le savait en tête de cortège. Elle n'avait absolument jamais éprouvé pareils sentiments.

Mais même alors, malgré l'état hypnotique dans lequel elle se trouvait, elle avait conscience qu'il était globalement très médiocre. Qu'il n'était ni particulièrement intelligent ni particulièrement ambitieux : qu'il n'avait rien d'autre à offrir que la promesse du bonheur. Et pourtant ! Et pourtant ! Elle avait beau savoir cela, elle était incapable de contrôler l'élan de son corps et de son esprit. Elle adorait cela. Elle avait passé tant d'années cantonnée dans un coin. Sa seule vraie relation à proprement parler avait été celle qu'elle avait entretenue avec Brett, et qui n'avait été pour elle qu'une façon de passer le temps. Elle laissait Andrew la conquérir entièrement parce que, très franchement, c'était si bon d'avoir de nouveau l'impression d'être une jeune femme. Mais n'allez surtout pas répéter ça à sa mère !

Cet été, Andrew partit au Mexique pour une retraite de six semaines entre syndicalistes, et Jenny, à la stupéfaction de sa famille, rentra au bercail. Si le but recherché était d'exhiber son nouvel égo chargé à bloc sous le nez de sa mère, ce fut à son insu. Ce dont elle avait pleinement conscience, c'était que son appartement allait être fumigé et qu'il ne serait de nouveau habitable qu'en août. En outre, New Haven se vida complètement cet été-là, et Jenny n'avait aucune envie de se retrouver une fois de plus toute seule, ses souvenirs de ses récentes années de solitude étant encore trop frais dans sa mémoire. Elle rentra donc chez elle, et au bout d'à peine une demi-journée, allongée dans sa chambre d'enfance, elle appela l'usine pour demander à Ike s'il avait un job d'été pour elle.

— Tu te moques de moi ? lui répondit-il. Je vais dire à tous les employés de donner le meilleur d'eux-mêmes.

Max, le fils d'Ike, y travaillait désormais à temps plein. Elle et lui avaient le même âge, et Max, qui avait de grands yeux brillants et des lèvres charnues, en était à sa troisième année de cours du soir au Queens College, et tâchait de décrocher une licence de philosophie pour commencer son droit. Il travaillait au service stock et production : Jenny, qui en premier cycle avait suivi trois cours de génie chimique, entra au service dessin technique. À la pause déjeuner, elle faisait la leçon à Ike et Max, leur expliquant que tout serait plus agréable si l'usine bénéficiait d'une représentation syndicale, même pour Ike qui occupait un poste de gestion, car cela le soulagerait de deux aspects considérables de son emploi : le contrôle et la manipulation de la main-d'œuvre. La nuit, Max et Jenny fumaient de l'herbe sur le parking et fricotaient gentiment. Andrew et elle n'étaient ni exclusifs ni quoi que ce soit, et Andrew avait pris la peine de clarifier ce point lorsqu'elle l'avait conduit à l'aéroport. Ils s'étaient à peine parlé depuis que son avion s'était envolé pour le Mexique.

Aucun de ses amies de Middle Rock n'avait dépassé le seuil de la licence, sauf la petite poignée d'entre elles qui faisaient ou avaient fini leur droit. Toutes habitaient à présent à New York : Sarah Messinger, Erica Mayer, les jumelles Palmolive, Joy et Dawn. Elles revenaient les week-ends pour profiter de la piscine de leurs parents, ou aller dans les Hamptons avec leurs petits amis ou leurs maris et leurs nouveau-nés, voire leurs enfants. Elle dîna une fois avec elles mais eut l'impression de voir des actrices jouer une pièce satirique sur l'ennui de la bourgeoisie. Elle ne cessait de songer à ce qu'Andrew en aurait pensé, à la bonne tranche de rigolade qu'ils se seraient payée s'il avait été là, à ses côtés.

— Alors, c'est qui cet Andrew ? demanda Joy. Il est mignon ?

Aux yeux de Jenny, leurs existences ne semblaient pas réelles. Erica parlait de son futur mariage. Sarah parlait des vacances auxquelles ses parents l'avaient conviée. Joy et Dawn louaient une maison à Cape Cod pour une semaine. Ridicule. Emmerdant. Doux. Rassurant.

À la suite de ce dîner, Jenny n'accepta plus aucune de leurs invitations. Elle était trop occupée à potasser pour la fac, à aider chez elle, à bosser à l'usine, à rendre visite à sa grand-mère, en tout cas c'était ce qu'elle leur disait. Elle devait résister à la tentation de retomber dans son ancienne vie – malgré tout le mépris que lui avait inspiré ce dîner, cette familiarité et cette chaleur avaient été d'un réconfort troublant – surtout maintenant qu'elle avait trouvé une direction dans la vie. Sans compter qu'elle dut passer ses dîners à faire la leçon à sa famille, à essayer de lui faire comprendre à quel point il était inadmissible que l'usine ne compte aucune section syndicale.

— Nous sommes aux États-Unis, déclara-t-elle. Vous pouvez dire ce que vous voulez, mais le droit des travailleurs, c'est une valeur profondément américaine.

— Si ton grand-père t'entendait, lui répliqua Phyllis.

— Il est venu ici précisément à cause de ces valeurs américaines !

— Il est venu ici pour ne pas se faire tuer par les nazis ! s'écria Phyllis.

Le père de Jenny, qui présidait la table, gardait la tête basse, fixant son assiette, sans rien entendre autour de lui.

— On a tout ce qu'il faut. Nous devrions à présent nous soucier de rendre ce monde meilleur, fit Jenny.

— Excuse-nous, Karl Marx ! lança sa mère, mettant un terme à la discussion. Au fait, tu savais que Brett allait se marier ?

Jenny se figea.

— Elle est optométriste. Elle s'appelle Jenny, elle aussi.

Ruth gardait les yeux rivés sur sa fille, mais Jenny se refusait à lui céder quoi que ce soit, pas même un haussement de sourcils.

— Tu devrais l'appeler pour le féliciter.

La dernière fois qu'elle avait vu Brett remontait à ce jour où il s'était présenté à son appartement, à l'écart du campus de Brown, en larmes, pour savoir s'il leur restait encore une chance, même infime, avant qu'il décide de tourner la page pour de bon. Cela faisait alors trois ans qu'ils avaient rompu, et Jenny ne put cacher sa stupéfaction en constatant qu'il croyait encore à un quelconque avenir commun. Elle ne put lui cacher son mépris, et une fois seule, elle s'était empressée d'appeler sa mère pour exiger de savoir si elle avait communiqué son adresse à Brett.

— Je ne m'en souviens plus, répondit Ruth. Pourquoi ? Que s'est-il passé ?

— Tu sais très bien ce qui s'est passé. Tu as sans doute orchestré tout ça.

Ruth affecta un ton exténué.

— Jenny, je n'orchestre rien du tout. Je ne sais même pas ce qui se passe dans ta tête la moitié du temps.

— Eh bien, Brett vient de repartir en pleurs parce que sans surprise, sauf peut-être à ses yeux, je ne compte pas me remettre avec lui.

— Quel dommage que tu ne voies pas à quel point ce garçon est gentil. Il aurait tellement bien pris soin de toi.

Elles raccrochèrent et Jenny s'efforça de comprendre pourquoi ce que Ruth lui avait dit était si dévastateur.

— Non, dit Jenny en plein dîner familial, son visage toujours aussi fermé et impassible. Félicite-le de ma part si tu le croises.

Cette nuit-là, seule dans sa chambre, elle laissa ses pensées dériver jusqu'à Brett. Elle était alors en première, elle s'en souvenait, et elle rédigeait un devoir d'histoire sur l'anasyrma, forme d'exhibitionnisme que l'on retrouve dans l'art de la Grèce antique. Elle venait tout juste de l'achever quand Brett passa la voir après son cours de trompette. Après trois jours de recherches et de rédaction intense, elle avait le cerveau en compote (elle devrait décrocher un A, comme à son habitude, toutes matières confondues) et lui demanda de corriger son devoir, ce qu'il s'empressa bien volontiers de faire.

— C'est drôlement sexy, commenta-t-il.

Il était assis sur son lit, et elle ne tenait pas en place entre les quatre murs de sa chambre. Rien ne la surexcitait plus que d'avoir achevé quelque chose.

— C'est drôlement sexy, répéta-t-elle d'un ton censé évoquer un retard mental, comme elle faisait chaque fois qu'il s'exprimait en dehors des canons de l'argot en vogue usité par ses amies et elle.

— Tu es vraiment méchante, quand tu veux, dit-il, mais son visage reflétait son bonheur.

Elle dansa aux quatre coins de sa chambre. Tous les quatre ou cinq pas, elle s'arrêtait, le dos tourné vers Brett, et remontait l'ourlet postérieur de sa jupe, s'écriant « anasyrma ! » comme une meneuse de revue à Las Vegas, puis se remettait à danser, pour soulever à nouveau sa jupe, « anasyrma ! », encore, et encore. La première fois, elle ne la souleva que de deux centimètres et demi au-dessus de son genou, puis deux centimètres plus haut, puis deux centimètres supplémentaires le long de ses jeunes cuisses bronzées, jusqu'à dévoiler un bout de petite culotte. Brett restait immobile sur son lit, son sourire niais gravé dans son visage, admirant le spectacle avec un amour sans honte ni limite.

Brett était tarte. Brett était trop sincère. Brett ne savait pas se donner des airs : il ne comprenait même pas à quoi ça lui aurait servi. Et quand Jenny tentait de le lui expliquer, la réponse ne cessait de lui échapper à elle-même. Se donner des airs pour le simple plaisir de se donner des airs, ce n'était tout de même pas ce qu'elle recherchait, non ? Elle releva carrément sa jupe, et cessa de sauter dans tous les sens. Parfois, elle n'était pas si gênée qu'il soit si totalement lui-même. Parfois, elle l'acceptait sans problème. Cette nuit-là, ils firent l'amour pour la première fois, juste là, sur son lit d'enfance, avec ses parents au rez-de-chaussée, en train de regarder « La Roue de la Fortune ».

Et maintenant, dans cette même chambre, durant ces curieuses vacances d'été régressives, elle faisait les cent pas. Qu'est-ce qu'elle en avait à faire, de Brett ? À chaque nouveau tournant l'attendait un nouveau piège nostalgique. Depuis ses trois cours de psycho, elle comprenait que le vieillissement s'accompagnait d'un adoucissement mélancolique. Elle se devait de lutter contre cette tendance. Elle devait également se souvenir des mauvais aspects, sans quoi elle retomberait prisonnière de cet endroit. Oh, justement : malgré toutes ces années, elle ne pouvait passer devant la salle de bains du premier étage sans se rappeler le jour de la bar-mitsvah de Nathan, quand Ruth avait dû filer au pressing où elle avait oublié d'aller chercher le tallit de Carl, et qu'elle avait voulu réveiller Jenny. Mais Jenny faisait la sieste sur le canapé, elle ne voulait pas y aller, et elle avait fait semblant de dormir. Agacée, Ruth avait alors appelé Carl :

— Carl ! Je te laisse Jenny ! Je prends les garçons. Je suis là dans vingt minutes.

Beamer ronchonna un peu mais Nathan obéit sans un bruit, et très vite ils s'en allèrent. Jenny resta sur le canapé, allongée sur le dos, fixant le plafond, dont l'un des coins devint plus sombre. Elle se redressa, terrifiée. Le coin se gorgea, s'amollit et se replia sur lui-même. Elle bondit du canapé.

Elle entendit alors un gémissement distant, comme un animal à l'agonie. Elle releva les yeux et constata que la tache ne cessait de grossir. Jenny prit alors conscience que le gémissement n'avait rien de nouveau. En fait, elle ne savait même pas depuis quand il se faisait entendre, tant il s'était naturellement mêlé à tous les autres sons ambiants.

Quand ce bruit acquit une identité propre, distincte de tous les autres, c'était déjà moins un gémissement qu'un cri. Un cri qui avait une voix. Ce cri était si familier que Jenny avait l'impression qu'il provenait de son propre corps. Elle avait à peine cinq ans. Plus terrorisée par la tache au plafond que par le bruit – après tout ce pouvait être simplement le chauffe-eau, ou quelque chose du genre –, elle décida de se précipiter à l'étage, de s'enfoncer au fond du couloir, où elle savait qu'elle trouverait son père.

À cet âge, elle considérait encore son père comme une figure protectrice, plus à cause du marketing paternaliste dont on gavait les enfants américains que du fait propre de Carl. Elle rechercha donc son père jusqu'à atteindre la chambre de ses parents. Elle ouvrit brusquement la porte et s'engouffra à l'intérieur, mais la pièce était vide. Le cri était à présent plus fort, mais elle ne parvenait toujours pas à déterminer son origine.

C'est alors qu'elle se tourna vers la porte close de la salle de bains de ses parents : des interstices s'échappaient des volutes de vapeur illuminées de lumière blanche, comme dans un spectacle de magie. Elle s'approcha lentement, un centimètre par seconde, jusqu'à pouvoir poser une main sur le bouton de la porte. Elle le fit tourner doucement, inquiète à l'idée que son père se trouve à l'intérieur et qu'il ait besoin d'aide. Elle entrebâilla légèrement la porte et vit Carl à genoux par terre, face au meuble du lavabo dont le placard ouvert dévoilait la plomberie dissimulée en temps normal. Il scrutait les tuyaux en produisant ce son répugnant qui provenait des tréfonds de ses entrailles. Il avait voulu prendre une douche, mais la serviette blanche qu'il avait ceinte autour de sa taille était tombée, et il était nu.

Jenny tourna les talons et s'enfuit dans le couloir, descendant l'escalier à toute vitesse. Elle avait l'intention de sortir de la maison (ce qui était en train d'arriver à son père, chez elle, au premier étage, dépassait son entendement, et le dépasserait encore longtemps) mais quand elle entra dans le salon, Beamer et Nathan s'y trouvaient déjà, avec leur costume et leurs kippas à l'effigie des Mets, et il lui fut soudainement impossible de garder les yeux ouverts, aussi s'allongea-t-elle par terre et s'endormit-elle aussitôt, cette fois-ci pour de vrai.

Dans sa chambre d'enfance, Jenny entendit le téléphone sonner. Une minute plus tard, sa mère l'appela :

— Jennifer ! C'est pour toi.

Elle décrocha son téléphone, qu'elle n'avait pas touché de tout l'été.

C'était Andrew.

— *Hola*. Je suis de retour !

— Dieu merci. Une minute de plus dans ce merdier et je devenais folle.

*

Et puis le lendemain, alors que Jenny était sur le point de repartir à New Haven, quelque chose paracheva sa radicalisation, et pour de bon. Cela n'avait rien à voir avec l'usine ou le syndicat de troisième cycle. Ça tomba comme ça, quand sa mère frappa à la porte de sa chambre alors que Jenny faisait ses bagages, pour lui dire qu'elle venait d'apprendre la mort du père d'Amy Finkelstein.

Glenn Finkelstein avait grandi à Middle Rock : en fait, il avait été l'un des meilleurs amis de Carl Fletcher durant toute l'école élémentaire. Adulte, Glenn était devenu représentant commercial d'un podologue du coin qui rêvait de vendre à grande échelle les semelles intérieures qu'il fabriquait à la main. Le travail de Glenn consistait à présenter les semelles à toutes les pharmacies, l'une après l'autre, et à prendre leurs commandes. Il touchait un salaire, mais le gros de ses revenus venait de ses commissions, et le nombre de pharmacies de la région était aussi restreint que le nombre de pieds de ses habitants. Il voyait ses amis d'enfance gravir à force de travail les échelons de leur hiérarchie et empocher des sommes sans cesse croissantes, tandis que lui restait loin à la traîne, se démenant pour survivre.

Et puis il y avait sa fille, Amy, qui était une prodige du violoncelle. Elle avait trois sœurs, toutes très gentilles et très intelligentes, mais Amy eut un jour un violoncelle entre les mains alors qu'elle était encore en primaire, et sut *d'instinct* comment en jouer. Ses professeurs de musique appelèrent leurs propres professeurs. Des gens importants vinrent évaluer ses capacités. Les Finkelstein se convainquirent que si elle parvenait à saisir certaines opportunités, elle deviendrait la grande sauveuse des finances familiales. Et puis ce n'était même pas une question d'argent : Dieu lui avait offert un don. Souvenez-vous bien de ça ! Gardez bien en tête que Glenn Finkelstein était convaincu qu'il s'agissait d'un don de Dieu, ce qui impliquait que tout effort pour le cultiver était justifié. Parce que ce don de Dieu n'était pas assorti des moyens financiers nécessaires à son plein développement, et que les Finkelstein suaient sang et eau pour joindre les deux bouts, en escomptant un processus simple et direct, en l'occurrence, la découverte d'un talent unique par le reste du monde, et les récompenses qui en découleraient.

Mais le podologue prit sa retraite soudainement l'année des quarante-cinq ans de Glenn Finkelstein. Il fit un trait sur le commerce et suivit une formation en spéculation à court terme. Il joua à la Bourse avec la même ignorance et la même imprudence qu'une personne qui dès son arrivée à Las Vegas joue à la roulette pour la première fois. Sara, la mère d'Amy, vendait des vêtements pour bébés dans la cave de leur immeuble, expérience éphémère qui porta le nom de *The Boutique*. Glenn préparait des gamins du quartier à leur bar-mitsvah tous les dimanches. Vous vous dites sans doute que la suite est plus que prévisible, mais très franchement, qu'on l'écoute pour la première fois ou qu'on la raconte pour l'énième fois, c'est une histoire vraiment horrible.

À l'origine, Glenn Finkelstein n'avait ni l'envie ni le projet de violer la loi : tout s'enchaîna trop naturellement. Il arriva qu'une petite somme lui fut versée à la mort d'un oncle et qu'il décida de l'investir, pas en Bourse, mais dans quelque chose de plus tangible. Amy était en classe de troisième quand son père acheta douze concessions funéraires dans un cimetière juif du New Jersey, sur une simple intuition – fort juste au demeurant – selon laquelle, dans les années qui suivraient, les cimetières juifs deviendraient aussi surpeuplés que le reste du monde, et que les lois régissant l'enterrement dans la tradition juive, en vertu desquelles une personne devait être enterrée six pieds sous terre, seule, entraîneraient des problèmes logistiques qui à leur tour provoqueraient une panique acheteuse. Monsieur Finkelstein investit donc dans les morts juives à venir, dirons-nous, et très vite vendit six de ses lots à une jeune famille aisée du quartier, dégageant un bénéfice considérable. Il garda les six autres concessions en se disant qu'elles serviraient à sa famille à lui, mais l'argent, toujours l'argent. Il trouverait bien d'autres lots à acheter plus tard. Glenn Finkelstein en vendit donc quatre autres à une famille qui fréquentait B'nai Jeshrun, sa synagogue orthodoxe préférée, durant le dernier office de Pessa'h.

Mais le soir même, Merrick Lewinsky passa chez monsieur Finkelstein pour lui remettre en main propre la somme en liquide pour ces mêmes lots, et une idée lui traversa soudain l'esprit. Il s'excusa en expliquant qu'il avait une course rapide à faire avant de lui remettre les actes de propriété. Monsieur Finkelstein revint de sa course avec les actes, et il empocha l'argent.

Apparemment, à la faveur de cette course, monsieur Finkelstein réalisa une centaine de copies de l'un des actes de propriété, et à partir de ce jour, se mit à les revendre, pour la même concession, n° A9462, encore, et encore. Il essaya de la jouer fine. Il s'efforça de ne traiter qu'avec des gens jeunes et riches. Il tâcha de ne plus vendre à des voisins, afin de limiter les chances que deux acheteurs comparent leurs actes. La seule fois où l'un de ses clients lui demanda pourquoi sa concession et celle de son épouse avaient le même numéro, monsieur Finkelstein répondit qu'il s'agissait d'une concession en duo. Le mensonge lui était venu comme ça. C'était un chouette type, le genre de père qui connaît tout un tas d'anecdotes et trouve toujours une petite pièce derrière l'oreille d'un enfant. Il va sans dire qu'il réalisa ces copies à un moment d'inspiration désespérée. On endure les offices de Pessa'h en contemplant les airs détendus d'autres pères de famille, la facilité avec laquelle d'autres personnes suivent leur chemin dans la vie, on en vient à se demander si Dieu nous a abandonné, et on sombre dans l'affliction. Et on peut aussi en venir à se demander si Dieu ne nous exhorte pas justement à agir au nom du don qu'il a fait à notre fille.

Pendant un temps, on put voir monsieur Finkelstein en ville, invitant sa famille au restaurant chinois les dimanches soirs, tous vêtus de nouveaux habits. Il acheta une nouvelle Pontiac. Amy eut soudain un violoncelle brillant de première main, ainsi que des cours particuliers, l'une de ses sœurs une nouvelle machine à écrire électronique, et une autre une chaîne hi-fi qui pouvait mettre en rotation six CDs. Monsieur Finkelstein était exactement le genre d'homme qui n'aurait pas pu fermer l'œil après ce qu'il avait fait, mais il éprouvait également quelque chose de totalement nouveau, la capacité de, oui, dormir à poings fermés maintenant qu'il n'avait plus à se soucier du prix des bagues dentaires de la petite sœur d'Amy.

La concession A9462 fut vendue quatre-vingt-neuf fois avant que Neil Shondheim soit victime d'un grave accident vasculaire qui lui fut fatal. Amy était alors en terminale. Le problème n'était pas que Neil Shondheim fût la première personne propriétaire de la concession A9462 à mourir : le problème, c'est qu'il fut la deuxième. La première, inconnue de tous à Middle Rock, était une vieille dame de Brooklyn dont le fils avait été assistant du podologue pour lequel monsieur Finkelstein avait travaillé : cela avait même été l'une de ses toutes premières reventes. Le lendemain des funérailles de Neil Shondheim, monsieur Finkelstein fut arrêté.

Les Finkelstein utilisèrent l'argent qui leur restait pour s'acheter les services d'un avocat de la défense, mais les fonds ne tardèrent pas à manquer et ils durent finir le procès avec un commis d'office. Glenn Finkelstein fut condamné à dix ans d'emprisonnement, avec une possibilité de liberté surveillée au bout de sept ans. Le jour de sa condamnation, la mère d'Amy les obligea, elle et ses sœurs, à se faire une impeccable raie au milieu et à enfiler une robe à motifs floraux de chez Laura Ashley – robes qu'elle leur avait offertes un an auparavant, à Roch Hachana, avec l'argent des concessions funéraires. Elle les emmena à la Cour suprême du comté de Nassau à Mineola, espérant qu'en regardant les quatre filles de l'accusé, le juge et les jurés éprouveraient un peu de pitié. Qui n'aurait pu prendre les sœurs Finkelstein en pitié alors qu'elles observaient du fond de la salle d'audience leur père debout, en train de lire un exposé de ses circonstances atténuantes, tandis qu'elles poussaient des sanglots étouffés toutes à l'unisson ?

Quand monsieur Finkelstein fut interpellé, la mère d'Amy fit tout pour quitter Middle Rock avant que quiconque apprenne ce qui s'était passé. Elle n'engagea pas de déménageurs. Elle demanda à un oncle de lui louer un appartement à Brooklyn, et Amy et elle se relayèrent au volant de sa voiture, multipliant les aller et retour en chargeant autant de choses que possible dans l'habitacle. Mais elle ne déménagea pas assez rapidement. Tout le monde sut. À l'aube où elles chargèrent pour la dernière fois la voiture, le soleil ne s'était pas encore tout à fait levé lorsque Cecilia Mayer sortit promener son chien, et se planta là, devant elles, pour les fixer. Les Finkelstein avaient été très proches des Mayer, mais Cecilia observait à présent la mère d'Amy fourrer lampes et valises dans la Pontiac. Elle ne prononça pas un mot. Elle ne fit pas un coucou de la main, pas plus qu'elle ne haussa les épaules. Au bout d'un moment,

Sara s'interrompit et se tourna vers elle pour la dévisager, et Cecilia lui renvoya son regard. Pendant un instant, ni l'une ni l'autre ne bougea. Le soleil pointait enfin. Le temps était gris, chargé. Sara finit par détourner les yeux pour se remettre à sa tâche, et Cecilia se retourna lentement pour rentrer chez elle.

Jenny n'avait pas repensé à Amy Finkelstein depuis son départ de Middle Rock, mais elle savait qu'elle était devenue professeure de musique dans une école élémentaire de Brooklyn, à deux pas de leur nouveau logement. Ruth insista pour que Jenny l'accompagne aux funérailles de son père. Jenny ne refusa pas.

Glenn Finkelstein avait trouvé la mort pendant un transfert carcéral, en route pour une audience de libération conditionnelle. Il avait trébuché et s'était cogné la tête alors qu'il se dirigeait vers le fourgon. Fin de l'histoire. Aux funérailles, sa famille était sous le choc. Il s'était avéré que monsieur Finkelstein avait gardé deux des actes de propriété de concession originaux, un pour lui, l'autre pour madame Finkelstein. Il fut donc inhumé dans le cimetière que son escroquerie avait transformé en véritable cauchemar ; des années après son inculpation, le personnel du cimetière dut continuer d'expliquer à des personnes en plein deuil que l'acte de propriété de leur proche décédé n'était pas valide. Encore de nos jours, il arrive qu'un faux acte refasse surface. Mais quand vint l'heure d'enterrer monsieur Finkelstein, le personnel ne put que s'incliner et honorer l'acte, l'un des rares authentiques.

Presque personne ne se présenta aux funérailles : rien que sa famille et les frères de Glenn ; deux ou trois de ses plus proches amis de Middle Rock : Rabbi Weintraub et ses enfants ; la veuve du podologue ; Ruth et Jenny, bien entendu. Ruth honorait avec une véritable passion les rites mortuaires : c'était l'un des aspects de son regain religieux et superstitieux post-enlèvement.

— Je ne comprends pas, fit Jenny alors qu'elles rentraient chez elles. Pourquoi ont-elles dû quitter Middle Rock ?

— Elles n'avaient plus un sou, répondit Ruth. Ta grand-mère leur a donné un peu d'argent, qui a servi pour payer l'avocat. Il ne leur était plus possible de rembourser leur prêt immobilier. Certaines personnes n'ont tout simplement pas de chance dans la vie. Les Finkelstein n'ont vraiment pas de chance.

— Ç'avait l'air d'aller pour eux, quand j'étais petite. J'aimais bien leur maison.

— Ils sont partis avant que la ville change. Avant que les Iraniens arrivent. Avant que tu sois obligé de rouler sur l'or pour mettre tes enfants ne serait-ce qu'à l'école publique. Mais c'était obligé, que ça change un jour. Tu ne peux pas comprendre. Tu es une rupine.

— Euh, toi aussi, m'man.

— M'man.

— Maman.

— J'ai de l'argent, mais je ne suis pas une rupine. Quand on naît avec une cuiller en argent dans la bouche, on reste rupin jusqu'à la fin de ses jours, même si on perd tout. Quand tu grandis sans un sou, tu n'as jamais le sentiment d'être riche.

— Tu ne te sens pas riche ?

À un feu, Ruth ferma les yeux une brève seconde.

— Non.

Puis les rouvrit.

— Je suis convaincue que tout peut s'écrouler d'un moment à l'autre.

— J'adorerais éprouver ce sentiment, dit Jenny.

Sa mère se retourna vivement vers elle, et avant que l'une d'elle ait le temps de comprendre ce qui se passait, elle donna un coup de poing dans le bras de sa fille.

— Maman !

— Qu'est-ce qui ne tourne pas rond, dans ta tête ? Tu n'étais pas là aux funérailles ?

— Je dis simplement que ce serait chouette de comprendre un peu mieux le monde. C'est ce que j'aimerais : mieux comprendre le monde.

— Tu es une gamine pourrie gâtée ! Tu vois des gens comme eux, à ce point malchanceux, et tu les envies. Comme le ferait une rupine. Moi quand je les regarde, je vois un destin qui aurait pu être le mien.

— C'était un criminel. Ça n'a rien à voir avec la malchance.

— Sa seule chance, c'est que sa grand-mère n'a jamais eu l'idée de mettre mille dollars sur un compte rémunéré, parce que les héritières comme toi ont tellement d'avance sur les gens comme lui que même s'il les avait retirés, ses mille dollars ne représenteraient qu'une misère, peu importe le montant de son taux d'épargne. C'était ça, ce que Glenn essayait de faire : donner à sa fille la même longueur d'avance dont tu as bénéficié du simple fait d'être née.

Jenny ne prononça plus un mot. Ruth et elle arrivèrent à la propriété, firent monter Phyllis et Carl, et les conduisirent dans l'appartement des Finkelstein pour la première nuit de Shiv'ah, avec de gigantesques plateaux de rugelach, des tas de sandwiches au blanc de dinde et au pastrami, des pickles et de la moutarde de chez Beldstein's.

Dans l'appartement, la veuve, les filles et les frères de Glenn Finkelstein, assis en groupe sur leurs chaises basses, déchiraient du tissu. Quelqu'un servit à madame Finkelstein un verre de slivovitz, puis un autre, et se détendant un peu, elle raconta des histoires concernant feu son mari. Dans la mort, il redevint ce qu'il avait été auparavant, un personnage énorme et adoré, et non plus un triste criminel, au moment où sa propre famille avait presque oublié qu'il avait été un jour autre chose.

L'un des frères raconta une histoire remontant à leur jeunesse, du temps où madame et monsieur Finkelstein étaient sur le point de se marier. Glenn n'avait pas les moyens de l'aider à s'acheter une robe de mariée, aussi s'étaient-ils introduits dans l'usine de confection contiguë à celle de boutons où il travaillait à l'époque, pour voler du tissu blanc. Mais ce ne fut que sur place qu'ils se rendirent compte qu'ils ignoraient complètement quel type de tissu blanc désirait Sara, de la soie, de la tulle, de l'organza, ou allez savoir quoi. Aussi ils en volèrent une grosse quantité qu'ils s'enroulèrent autour de la tête afin que les étoffes ne se salissent pas en traînant par terre. Alors qu'ils quittaient l'usine, ils se figèrent en entendant des pas. Le vigile s'écria « Madre de Dios ! », laissa tomber sa tasse à café et s'enfuit à toutes jambes : il avait cru voir des fantômes !

Ces hommes, qu'Amy et ses sœurs n'avaient jamais vus auparavant, racontèrent tout un tas d'histoires au sujet de monsieur Finkelstein – quel meneur il était, quel homme charismatique, toutes les bonnes idées qu'il avait, sa créativité, l'amour qu'il vouait à sa mère, celui qu'il portait à Amy et ses sœurs. Et ils racontèrent d'autres histoires encore qui indiquaient qu'il avait peut-être toujours été un criminel : comment il s'était débrouillé pour avoir le câble gratuitement dans la salle de repos, le « coup de pouce » qu'il avait apporté à Ivan Yarlburg quand son usine avait connu la faillite et que l'assurance était la seule façon de le sauver de la ruine. Madame Finkelstein riait à gorge déployée en écoutant ces histoires. Elle qui avait essuyé tant d'humiliations ces dernières années, riait désormais avec ces voyous à la petite semaine, comme si elle se souvenait de quelque chose la concernant. Jenny surprit Amy en train de dévisager sa mère qui souriait.

— Est-ce qu'on était des gangsters ? demanda l'un des frères du défunt à travers ses larmes de joie. Non ! Mais est-ce qu'on savait comment faire partir un incendie ?

Et à nouveau, ils s'écroulèrent de rire.

*

Jenny n'était pas fière de reconnaître qu'Andrew et elle étaient restés ensemble après qu'elle eut appris qu'il couchait avec un couple de jeunes doctorants, dont l'un était un homme. Elle n'était pas fière de reconnaître qu'il avait été surpris en pleine relation avec une étudiante de première année dont le père avait intenté une action civile contre le syndicat, qui s'était épargné un procès en acceptant de renvoyer Andrew. Elle n'était pas fière de reconnaître qu'elle était restée à ses côtés malgré tout cela, moins parce qu'elle éprouvait les mêmes sentiments qu'au début, que parce qu'elle redoutait de ne plus jamais les éprouver de toute sa vie.

Ce qui entraîna leur séparation, à la plus grande honte de Jenny, fut un incident qui eut lieu lorsqu'elle l'invita chez sa famille pour le mariage d'Erica Mayer, à Middle Rock.

À la vue de la propriété, il en resta littéralement bouche-bée. Il n'en revenait pas qu'elle soit aussi riche, et qu'ils aient pu passer plusieurs années de relation sans qu'il s'en rende compte. Jenny suggéra que c'était sans doute à cause de son refus catégorique de s'investir pleinement dans la monogamie, ce qui l'aurait amené à se concentrer un peu plus sur elle.

— Tu disais que ton père avait une usine, fit Andrew.

— C'est vrai ! répondit-elle, mais son propre ton lui parut trop sur la défensive.

— On ne peut pas s'acheter tout ça avec une simple usine, Jenny.

— Si, à condition d'avoir débuté à une certaine époque dans ce pays. C'est bien ça, le problème, non ? Que ce genre de choses soit désormais impossible ? Ce n'est pas pour ça qu'on se bat ?

Mais les arguments idéologiques n'intéressaient pas Andrew. Ce qui l'intéressait, c'était de savoir si elle bénéficiait de la fortune des Fletcher.

Pour le week-end de mariage, Andrew séjournerait dans la maison de la grand-mère de Jenny, tandis qu'elle dormirait dans sa chambre d'enfance : la règle familiale voulait que seuls les couples mariés puissent partager un lit. Elle était passée lui souhaiter une bonne nuit et ils avaient fini par avoir des relations sexuelles frénétiques et silencieuses, durant lesquelles Andrew ne cessa de répéter :

— Prends ça, sale petite bourge !

Leur relation s'acheva très vite après cela.

Non pas que Jenny soit en profond désaccord avec l'analyse d'Andrew, ni même avec son dégoût. Mais elle s'était dévoilée, et il avait craché sur son point le plus vulnérable, et puis il y avait tous ses antécédents, et puis l'intérêt qu'il portait au polyamour, des années avant que ce soit la pratique de rigueur à Brooklyn, et donc il fallait que tout cela cesse.

— Je crois que ce qui me choque surtout, c'est que tu m'aies caché ça, dit Andrew en faisant son sac.

Le mariage aurait lieu un peu plus tard dans la journée, et Jenny l'avait encouragé à quitter Middle Rock avant le début de la cérémonie.

— Je ne t'ai jamais rien caché. Je ne vois pas ce que la fortune de ma famille a à voir avec toi. Ni avec moi, du reste.

— Sérieusement ? Tu ne comprends vraiment pas ?

Le visage de Jenny demeura placide et inerte.

— Si tu n'arrives même pas à être honnête vis-à-vis de qui tu es, alors c'est que tu ne comprends rien de rien à la notion d'inégalité. Tout ça…

Il regarda la pièce dans laquelle ils se trouvaient.

— Je n'arrive pas à comprendre comme on peut avoir tout ça alors que la majorité de la population mondiale n'a même pas de quoi se nourrir.

— C'est ma famille. Ce n'est pas moi.

— Exactement ! s'exclama-t-il. Exactement ! Et qu'est-ce qui arrive à Michael Corleone ? On finit par comprendre qu'il est exactement comme eux !

— Tu es tout plein de principes, quand tu n'es pas occupé à me baiser en me couvrant d'injures. (Elle se leva et renfila ses chaussures.) Bref. Je dois me préparer pour ce mariage.

Et ce fut tout. Andrew, qui la regarda un long moment, incapable de concevoir qu'il ne s'agissait pas d'une dispute mais de la fin de leur relation, ne savait définitivement pas à qui il avait affaire. Jenny s'était déjà distancée de ses amies de lycée, de sa famille, d'à peu près tout le monde. La seule personne à laquelle elle restait attachée en ce bas monde était Beamer. Elle était capable de lâcher n'importe qui en un éclair.

*

Andrew quitta New Haven peu après s'être fait virer et alla travailler pour le fonds spéculatif de son père. On proposa son poste à Jenny, qui accepta.

Mais bien qu'elle sache pertinemment que la réaction d'Andrew avait été ridicule, cette trahison fut un véritable séisme dans sa vie. Ce n'était pas juste, ce qu'il lui avait dit. Pourtant, tout à coup, le quasi-million de dollars qui tombait chaque trimestre sur son compte en banque lui donna l'impression d'être une dilettante, une dame de la haute société qui jouait à une tombola caritative.

Jenny prit alors conscience qu'il était grand temps de redistribuer sa fortune.

Elle commença par faire un très gros don anonyme au syndicat. Puis elle donna de l'argent à plusieurs syndicats nationaux. Puis à d'autre syndicats de Yale et New Haven. Elle donna à la ville de New Haven sur un fonds visant à lutter contre l'influence de Yale à l'échelle municipale.

Elle fit des dons à de petits syndicats naissant dans d'autres pays. Elle mit tous ces versements en mode automatique et se retrouva très proche de l'exemption d'impôt sur le revenu, de sorte que le (dérisoire) salaire que lui versait le syndicat devint son seul moyen de subsistance. Elle s'efforça de ressentir la panique du rien, mais celle-ci ne se manifesta pas, alors Jenny donna encore plus. Et le jour où il ne resta presque plus rien sur son compte courant, elle s'assit et attendit de découvrir enfin ce que ça faisait de ne pas avoir d'argent.

Mais ce n'était pas si facile que ça. Bien sûr que ce n'était pas si facile que ça. Comment avait-elle pu être si naïve ? Donner tout son argent, ce n'était pas la même chose que de ne pas en avoir du tout. Et ça n'avait rien d'un jeu.

Les années passèrent. Elle ne rejoignit jamais Facebook, mais sa mère se faisait un plaisir de la tenir au courant du devenir de ses amies de lycée, qui avaient basculé dans l'âge adulte sans se poser de questions, mais aussi un peu malgré elles. Et pourtant la vie leur souriait ! Erica et son mari quittèrent New York pour revenir s'installer à Middle Rock. Sarah Messinger et Lily Schwartzman épousèrent les frères Schlesinger. Brett avait épousé son optométriste et avait deux enfants. Tous perpétuaient l'idéal américain qu'ils avaient été dressés à considérer comme le meilleur mode de vie possible, fondé sur la destruction du climat, le déclin économique systémique et la mort de l'âme. Tous avaient leur vie à eux, et pas Jenny, mais c'était pour le mieux. Elle avait une mission. Pas vrai ? Elle avait la chance d'avoir un travail dans lequel elle croyait passionnément. Pas vrai ?

Et cela aurait pu lui suffire. C'était une vie plus petite que celle dont elle avait rêvé, mais elle l'admirait en ce que sa forme découlait de sa fonction.

Et puis les choses se gâtèrent avec Beamer et elle eut l'impression de dériver au gré des vents, le sentiment que d'un moment à l'autre l'espace pouvait l'aspirer. Une casadastraphobie plutôt tardive s'ancrait en elle.

Voilà ce qui arriva : elle partit rendre visite à Beamer et Noelle à Los Angeles en octobre, pour l'anniversaire de Wolfie. Elle squatta chez eux, traînant dans et autour de leur piscine, lisant des ouvrages sur des peintres modernes, se demandant à haute voix si elle avait loupé le coche, s'il aurait mieux valu pour elle s'investir pleinement dans l'histoire de l'art.

— Peut-être que je vais reprendre mes études dans ce domaine, dit-elle à Beamer une nuit, alors qu'ils fumaient un joint dehors, à côté du brasero, emmitouflés dans des couvertures sur des chaises longues.

Noelle avait couché les enfants avant d'aller elle-même au lit. C'était aussi bien comme ça : Jenny ne savait jamais sur quel pied danser avec elle.

— Ça ne devrait pas te poser trop de problèmes, tu n'as jamais vraiment quitté le milieu scolaire, commenta Beamer.

Jenny se redressa.

— Qu'est-ce que tu veux dire par-là ?

— Que tu n'aurais qu'à t'inscrire. Tu habites déjà dans une ville universitaire. Tu as cru que je disais quoi ?

Jenny se détendit.

— Je ne sais pas. Peut-être que je pourrais toujours essayer si mes unités de valeur étaient encore valides…

— Il faut que tu voies ça.

— Et ça veut dire quoi, *ça* ?

— Quoi ? Y a aucun sous-entendu dans mes propos, je t'assure. Je crois que tu es un peu parano.

— Hm.

— Alors ça, si c'est pas un « hm » de Maman.

— Hm.

— *Hm.*

— Mais qu'est-ce que tu as voulu dire ? insista-t-elle.

— Qu'il faudrait que tu voies ça. Et aussi qu'on ne se fait plus tout jeunes.

À nouveau, elle se redressa.

— Et c'est moi qui suis parano ? Tu es en train de me dire que je vieillis !

— Ben, c'est vrai.

Il se leva en riant.

— Je dois aller pisser.

Il s'absenta un bon bout de temps, ou peut-être ne fut-ce qu'une impression, parce que Jenny était TELLEMENT ! À ! FOND ! à cause de cette weed et de ce qui se trouvait dedans, et elle s'occupa en faisant le tour de la piscine, fouinant çà et là jusqu'à tomber sur le sac de travail de Beamer. Elle regarda à l'intérieur, dans l'espoir d'y découvrir l'antidote à la folie qui s'était emparée d'elle, ou la provenance du truc qui était en train de l'électriser, et qui ne semblait pas être que de la weed.

Dans le sac, elle ne trouva pas un ou deux flacons de comprimés, mais plutôt un pullulement. C'était ce mot, *pullulement*, qui lui traversait l'esprit tandis qu'elle fouillait dans au moins vingt-cinq sachets et petits flacons de verre ambré. Elle s'attendait à trouver le banal attirail du consommateur californien occasionnel qui dans le fond n'a jamais vraiment grandi. Mais là, c'était quelque chose de tout à fait différent. Là, c'était, comment disait-on déjà, *problématique*. Elle eut un début de nausée qui lui suggéra que les choses étaient bien pires que ce qu'elle s'était imaginé. Mais pas à cause des substances, plutôt à cause de…

— Tu fais quoi ?

Beamer était de retour.

— Je cherchais de quoi redescendre.

— C'est de l'herbe. Tu n'as pas besoin de downer.

— Pas sûre que c'était de l'herbe.

— Tu aurais pu simplement me demander.

— Ça fait genre une heure que tu es parti.

— Ça fait genre trois minutes que je suis parti.

— Beamer…

Il lui prit le sac des mains.

— Je ne sais pas trop quoi te dire, fit Jenny. Ça ne va pas ? Tu as un problème de dépendance ?

— Si j'ai un problème de… Non. Dépendance à quoi ? Qu'est-ce que tu es allée t'imaginer ?

Il s'empressa de remettre de l'ordre dans le sac avant de le refermer.

— Rien. Je vais me coucher, déclara-t-elle en se levant.

— Jenny, qu'est-ce que…

— Rien, je t'ai dit. Il faut que j'aille dormir.

— Ça a l'air de te travailler, pourtant. Ce n'est rien, Nathan.

Voyant qu'elle ne riait pas, il retenta sa chance :

— Il faut se détendre un peu, Nathan.

— Bonne nuit.

Et Jenny entra dans la maison.

Elle passa des heures sans fermer l'œil dans la chambre d'amis – Jenny ! Qui dormait toujours à poings fermés, quoi qu'il arrive ! –, non pas à s'inquiéter pour la santé de son frère (ce qu'elle aurait dû faire), mais à réfléchir au problème le plus prégnant de son point de vue, le fait que son frère n'était pas la personne qu'elle croyait. Il était perturbé. Il était *malade*. Il ne tenait plus que par de petits bouts de ficelle. Comment avait-elle fait pour ne pas le remarquer plus tôt ?

Elle avait toujours cru que Beamer était comme elle, quelqu'un qui était né dans cette famille de cinglés et avait opté pour cette forme de résistance bien particulière qui consistait à se tenir tout près de ça et de s'en moquer, seule façon de ne pas oublier qu'on n'était justement pas *ça*. Elle avait cru qu'ils étaient tous les deux dans le même bateau. Elle avait cru qu'ils étaient pareils.

Elle aurait dû se faire du souci pour lui, mais le seul sentiment qu'elle éprouvait était la trahison. Sa dernière pensée avant de s'endormir cette nuit-là ne concernait pas Beamer, mais elle-même. Elle songea qu'il n'avait pas tort au moins sur une chose. Elle ne se faisait plus toute jeune.

Le lendemain matin, quand Noelle et Beamer s'éveillèrent, elle était déjà partie, deux jours avant la date prévue.

Quelques mois plus tard, sa mère l'appela pour lui demander de venir passer Hanoucca à Middle Rock. Sa grand-mère était malade, et Ruth souligna que ça faisait déjà trois ans qu'elle ne venait plus les voir.

— On est très occupés, là, en ce moment, expliqua Jenny. On prépare une campagne d'action.

— Oh, une *campagne d'action* ! répéta Ruth. Je vais lui dire, à ta grand-mère mourante, que tu prépares une *campagne d'action.*

— En fait c'est une grève de la faim, tu vois ? En solidarité avec les cantiniers et les cantinières qui n'ont pas de caisse retraite.

— Des gamins qui jouent à la guerre. Tu te fais trop vieille pour ça, Jennifer.

Jenny accepta de venir les voir uniquement pour que sa mère raccroche. Il était vrai qu'on avait diagnostiqué une maladie quelconque à sa grand-mère. Il était vrai que Jenny s'en serait voulu de ne pas lui dire un dernier au revoir. Au moins Beamer serait là. Ils ne s'étaient pas reparlé depuis son départ précipité, mais elle ne lui en voulait pas : elle était juste encore un peu secouée par tout ça, par le *pullulement.*

La première nuit qu'elle passa là-bas, ayant perdu l'habitude de cette maison, elle se réveilla prise d'une peur panique aux alentours de deux heures du matin, dans des ténèbres et un silence absolus. Dans son rêve, elle se trouvait dans une librairie, où son père lisait un passage des Mémoires qu'il avait écrits, et à son réveil, elle se rappela soudainement que, oui, c'était bien vrai, son père avait un jour parlé d'un projet de Mémoires.

C'était peu de temps après la représentation du *Jardin secret*, à l'époque où son père semblait sur le point de devenir quelqu'un d'autre, et où – ça paraissait improbable, avec le recul – il avait tenté de convaincre Ruth de le laisser écrire des Mémoires.

— Inutile d'ouvrir la boîte de Pandore, Carl, avait-elle répondu en relevant les yeux du repas qu'elle préparait.

Une chose en entraînera une autre, et tu sais bien ce qui se passera.

— Est-ce que ma vie… Ruthie, est-ce que ma vie est à ce point inintéressante ? Toute l'industrie est en train d'être délocalisée en Chine. Moi, j'ai su tenir bon. Je m'en suis donné les moyens. Je crois qu'il y a de quoi inspirer les gens.

— On en reparlera avec ta mère, fit Ruth, surtout pour mettre un terme à la discussion.

La nuit même, au dîner, Ruth s'était engagée dans une conversation bruyante avec Beamer afin de prévenir tout nouvel échange sur ces Mémoires, puis avait demandé à Jenny ce qu'elle était en train d'apprendre, sans doute le sujet le plus absurde auquel aucun des membres de leur famille aurait pu penser.

— La Constitution du Missouri en tant qu'État, répondit Jenny. Avec tous les autres États. Le Compromis du Missouri.

— Vous avez déjà abordé le Compromis de Long Island ? s'enquit Beamer.

Il avait un sourire bien à lui, en apparence chaleureux, mais menaçant si l'on savait qu'il avait une idée derrière la tête.

Jenny avala sa soupe de travers.

— Ça ne me dit rien, ça, le Compromis de Long Island, observa Ruth.

— Tu n'as pas dû apprendre ça, lança Beamer. Ce n'était pas vraiment au programme à ton époque.

— Je ne sais pas très bien comment je dois le prendre, répliqua Ruth.

Puis, s'adressant à Jenny qui s'éclaircissait encore la voix :

— Qu'est-ce que tu as, toi ?

— Fausse route, répondit Jenny.

— Ça alors, dit Carl. Ce serait un titre formidable pour mes Mémoires.

— Pardon ? fit Beamer.

— Papa voudrait écrire des Mémoires, expliqua Jenny.

— Je vois, dit Beamer.

— C'est encore en discussion, nuança Ruth. Il y a le travail à l'usine, aussi. Ça lui fait déjà pas mal de pain sur la planche.

— *Le Compromis de Long Island*, déclama Carl. Ça me plaît beaucoup. Ça illustre bien le fait que j'ai su me montrer droit dans mes bottes, tout en sachant négocier. Ça met en avant l'importance du compromis. Le compromis, c'est la clef du succès. Oui.

— Je trouve que c'est un super titre, Papa, acquiesça Beamer, qui avait le plus grand mal à ne pas exploser de rire.

Ruth jeta sa cuiller sur la table.

— On ne va pas parler de ça maintenant, dit-elle en serrant les dents.

Mais Carl se replia très vite sur lui-même, et il ne fut plus jamais question de Mémoires.

Jenny n'aurait pas supporté de passer six heures de plus dans son lit d'enfance : elle se leva donc et descendit au rez-de-chaussée en espérant trouver quelque chose à grignoter ou à lire pour passer le temps, mais ce fut Beamer qu'elle trouva dans le salon, les yeux bien ouverts devant un film de Noël pour enfants.

— Qu'est-ce que tu fais ? demanda-t-elle en s'asseyant par terre.

— J'ai fait une petite balade en voiture. Maintenant je regarde ça.

— C'est Noelle qui te fait regarder ce genre de merdes, c'est ça ?

Il éclata de rire. Il était si ouvertement soulagé qu'elle lui parle encore que Jenny le détesta un peu d'avoir été si… terrifié à cette idée.

— J'adore tout le foin qu'ils font autour de cette fête, développa-t-il. Chaque année, c'est un tel cataclysme. Ils sombrent tous dans la déprime, ils deviennent tous suicidaires, alors que… Noël n'exige rien de personne. Imagine un peu tous ces gens à Yom Kippour.

Elle s'étendit tout à fait sur le tapis.

— Il se passe quoi, de ton côté ?

— J'essaye d'écrire une comédie romantique.

— Avec Charlie ?

— Non, non. Tout seul.

— Ah. Parce qu'il bosse sur *Affaire de Famille* en ce moment ?

— Tiens, au fait, tu en penses quoi, toi ? D'*Affaire de Famille* ?

— Je regarde pas cette série.

— Tu es bien la seule.

— Mais c'est clairement de nous qu'il est question.

— Ah, tu trouves ?

— Beamer, t'es bête ou quoi ? Bien sûr.

Elle éclata de rire à ton tour.

— Tu sais sur quoi il se plante ? La deuxième génération qui se déchire pour l'usine. Tu t'imagines des juifs de notre âge qui voudraient reprendre la boîte familiale ?

Beamer rit, et s'interrompit soudainement :

— Attends, je croyais que tu regardais pas cette série.

— Hm.

— Et toi, tu fais quoi en ce moment ? demanda Beamer.

— J'organise une grève de la faim qui vient de commencer aujourd'hui, mais apparemment c'est un peu extrême, ce qui fait que les étudiants se relayent pour cesser de manger.

— Ils se relayent ?

— Ils prennent des quarts de douze heures.

— On a donc plus affaire à une grève du jeûne intermittent qu'à une grève de la faim. Beamer rigola un coup. Puis, désignant la télévision :

— Regarde-moi ces goyim.

— Les lutins ?

— Les rennes.

— Ce sont des rennes. Ils n'ont pas de religion.

— Non, ils sont chrétiens. Comme tout le monde. De toute façon je ne crois même pas à l'existence des rennes !

Jenny ne put réprimer un rire.

— Bien sûr qu'ils existent !

— Tu crois vraiment que ces machins-là existent pour de vrai ? Regarde-les bien.

— Non, les rennes qui volent, ça, ça n'existe pas. Mais les rennes normaux, oui.

— Tu en as déjà vus ?

— Ouais. À la télé. En ce moment même.

— Faudrait qu'on demande à Nathan. Il sait sûrement, lui.

Quelque chose dans cette phrase les fit rire si fort qu'il leur fut impossible de parler pendant dix secondes ou dix minutes, et lorsque leur hilarité se tarit, Jenny ressentit soudainement une profonde tristesse.

— Je déteste Maman, déclara-t-elle.

— Vous n'êtes pas encore au bout de votre cheminement à deux, c'est sûr.

— Oh, allez, fit Jenny. Tu les entends comme moi, les choses qu'elle me dit.

— Un truc que tu apprendras en thérapie de couple, Jennifer, si le privilège t'est donné un jour de devoir t'infliger ça, c'est que toute dynamique relationnelle s'inscrit dans une sorte de boucle infinie à laquelle chaque parti consent.

— Mais c'est elle qui a commencé.

— Mais c'est toi qui acceptes de participer.

— Incroyable ce que tu peux être sage à présent, Beam.

— Je suis sérieux. Et pareil pour ce que tu fais. Tu es déléguée syndicale.

— O.K...

— Ce n'est quand même pas rien dans une famille comme la nôtre. Ça n'a rien d'un hasard. Quand on considère la chose d'un point de vue scénaristique.

— Évidemment que ce n'est pas un hasard. C'est un boulot qui a une vraie raison d'être. J'ai trouvé un sens à ma vie.

— Bien sûr. Évidemment.

Ils restèrent un moment silencieux, et Beamer reprit :

— C'est juste que… tu n'as pas l'air d'être plus heureuse que ça. Tu comprends ?

— Quoi ?

Jenny se redressa. L'inquiétude dont elle était soudainement la proie ne semblait pas proportionnée au ton anodin de Beamer.

— Comment ça ? reprit-elle. Je suis très heureuse, au contraire.

— Je me dis juste que, je sais pas, tu pourrais te lancer dans d'autres trucs. Il n'est pas trop tard.

— Écrire du réchauffé pour une franchise, par exemple ?

— Ah, elle était bien dégueulasse, celle-ci. J'essayais juste de te dire quelque chose de gentil, Jenny. Je ne vois pas trop ce que tu tires de tout ça.

— Tu te fous de moi ? J'aide les gens !

— Tu es une bureaucrate de dernière catégorie.

— J'aide les gens.

— Tu aides des gosses de riches qui n'auront jamais à se soucier de leur avenir. Ça allait quand tu étais étudiante et que tu voulais avoir une vie sociale. Mais maintenant tu continues à passer tout ton temps entourée d'étudiants, sans jamais croiser personne de ton âge.

— Ah oui. J'oubliais. Je suis vieille.

— Des fois j'ai peur pour toi. Tu as toujours été la plus compétente de nous tous. Tu savais toujours ce que tu voulais et ce que tu faisais. Seulement maintenant, je me demande sérieusement si tu es heureuse.

Remarquant sa colère, il leva les mains en signe de reddition.

— Je ne suis pas ton ennemi. Je suis juste en train de te dire que c'est bon, tu as réussi. Ta sédition contre ta famille est un succès. Maintenant tu peux passer à autre chose. Tu peux faire bien plus que ça. Je ne connais personne qui ait un cerveau comme le tien.

— C'est ça qui me passionne, dans la vie. Pourquoi est-ce que je devrais faire quelque chose qui soit susceptible de t'impressionner alors que c'est ça qui me passionne ?

Il eut une moue dubitative, pleine d'empathie.

— Ça ne te passionne pas.

— Euh, je te demande pardon ? C'est la carrière que je me suis choisie.

— C'est ton boulot. Ce qui te passionne, c'est de faire chier Maman et de lui exprimer tout ton mépris. J'appartiens à un syndicat, moi aussi. On a fait la grève en 2007. Je sais à quoi ça ressemble, la passion syndicale, crois-moi. Ça n'a rien à voir avec le fait de convaincre une poignée de petits bourges de sauter un repas.

— Waouh.

— Je ne cherche pas à te fâcher, Jenny...

— Je ne suis pas fâchée !

— C'est juste que si ton but était de t'affirmer seule, indépendamment de ta famille, ton choix de bosser pour un syndicat me semble être la forme de réaction la plus grossière. Je veux dire, on atteint des niveaux d'ironie qui confinent à la poésie pure, là.

— Ça reste quand même en deçà des scénarios de films où un mec passe son temps à se faire kidnapper. Niveau obsession familiale, tu remportes l'or. Moi j'arrive tout juste sur le podium.

— Tu prends tout ça trop personnellement. J'essaye juste de te dire gentiment : ta vie est en train de te filer sous le nez. Tu restes cloîtrée dans ta ville universitaire, et tu prends de la bouteille, comme nous tous.

— Waouh.

— Non, c'est vrai. Dans ta tête, c'est toujours la même guéguerre contre Maman et Grand-Maman, et Grand-Maman va bientôt mourir. Puis ce sera le tour de Maman. Et qu'est-ce que tu feras après ?

— Je dois aller me coucher, dit-elle en se levant.

— Jenny.

— Je suis fatiguée.

— Ce n'est pas grave que je sache tout ça. Je t'aime toujours autant, même si je sais que tu es comme ça. On l'est tous. Ça nous a tous brisés de grandir dans ce musée, Jenny.

— Je ne vois pas du tout de quoi tu parles, Beam.

— Jenny, ne m'en veux pas. Je n'aurai pas la force de supporter ta rancœur.

— Il faut que j'aille me coucher. Je te laisse te droguer tout seul.

Le jour était sur le point de se lever. Par la fenêtre, elle contempla l'arbre qui remuait juste en dessous, celui qu'elle avait contemplé tout au long de son enfance. Tout s'imposa à elle d'un coup : Beamer était l'un des leurs. Beamer n'était pas un observateur, comme elle, pelotonné dans un coin avec sa sœur, à se demander ce qu'ils avaient fait pour se retrouver là. Ce n'était que de la comédie. Beamer était un Fletcher.

Elle s'assit dans son lit, puis se leva et fit ses bagages. S'il était bien une chose qu'ils devaient tous comprendre, c'était que Jenny avait assez de force et de discipline pour se ronger une patte afin de retrouver sa liberté.

Le soleil filtrait à peine à travers les frondaisons quand elle commanda un VTC, dehors, devant la grille, dans le froid familier du lieu qui l'avait vue grandir. Le véhicule arriva, et l'emporta loin de cette ville. Sur le siège arrière, Jenny ferma les yeux pour se plonger dans le sommeil, et elle ne se réveilla que lorsque la voiture s'arrêta juste devant la destination qu'elle avait choisie, c'est-à-dire la maison familiale de Greenwich.

L'une de ses camarades l'informa par messagerie que les roulements de douze heures pour la grève de la faim étaient trop longs, et qu'ils passeraient à des quarts de six heures.

Elle sortit une très vieille clef qui se trouvait encore par miracle dans son trousseau et elle entra. Elle éteignit son téléphone, se traîna jusqu'au premier, tomba le visage le premier sur le lit et se rendormit.

*

Et puis un jour sa grand-mère mourut pour de bon, ce qui lui parut assez incroyable. Sur le ton de la plaisanterie, ils disaient toujours que Phyllis ne mourrait jamais, et peut-être qu'au fond d'elle, Jenny y avait cru. Après tout, Phyllis n'avait eu de cesse de ne pas mourir.

Ce jour-là, après les funérailles, Jenny errait dans la maison de sa grand-mère, évitant soigneusement les gens, à la recherche d'un endroit tranquille où faire la sieste. Tout le cérémonial l'avait épuisée, et elle s'efforçait d'éviter une confrontation avec sa mère.

Ses cheveux frisaient et faisaient même quelques nœuds. Sa mère lui avait pourtant proposé ce matin de passer entre les mains de sa coiffeuse, puisque *de toute évidence* Jenny n'avait pas eu le temps de se faire un soin lissant ou un soin belles boucles, rites que sa mère s'était évertuée à lui inculquer à titre de strict minimum vital. La peau de Jenny était sèche et un peu terne, alors que sa mère lui avait proposé de se servir de son maquillage, puisque *de toute évidence* Jenny avait oublié sa trousse beauté. Ses sourcils étaient épais et broussailleux, alors que sa mère lui avait présenté six modèles différents de pinces à épiler, puisque *de toute évidence* les pinces de Jenny se trouvaient dans la trousse beauté qu'elle avait oubliée.

Dans sa quête d'un endroit où se reposer, Jenny se souvint du grand fauteuil en rotin et du pouf du solarium. C'était le cap qu'elle suivait lorsque par-derrière, une main se posa sur son épaule. Il lui monta une bouffée d'*agacement* avant même qu'elle se retourne pour voir de qui il s'agissait.

— Norman ! lança Erica.

Elle tenait dans ses bras un bébé morveux dont Jenny ne se souvenait pas le prénom.

— Noooooooorman ! répondit Jenny, et ces voyelles surnuméraires exprimèrent à elles seules toutes les conneries qu'elle avait dû endurer jusqu'à cet instant précis. Cela n'empêcha pas Jenny de se détester alors même qu'elle les prononçait, constatant une fois de plus avec quelle facilité elle acceptait de redevenir, au moindre encouragement, la jeune fille qu'elle avait été, celle qui ne s'était pas encore arrachée à ce lieu.

— Ils sont où les bagels de chez Bagel Man, Norman ? demanda Erica. J'ai supporté un trajet entier avec les pleurs de cet enfant comme fond sonore parce que je savais qu'il y aurait des Bagel Man.

Erica fit remonter son bébé sur sa hanche en disant que Scott s'occupait « de l'autre ». Jenny opina de la tête parce qu'elle ne savait pas quoi répondre. Impossible de se souvenir du nom de son enfant aîné, encore moins de son genre.

Erica présenta ses salutations et ses condoléances à Carl et Ruth qui cheminaient vers la cuisine, puis à Nathan et Alyssa. Elle renifla la couche du bébé, fit une grimace répugnée et demanda où elle pouvait le changer. Jenny les conduisit à l'étage, dans l'ancienne chambre de Marjorie.

— Cette maison, je te jure, déclara Erica.

Elle examina une photo de ballerine, posée là par Phyllis, comme un souhait visant directement sa fille.

— Oh mon Dieu, et cet *éloge funèbre* !

Erica éclata de rire.

— Cet éloge funèbre, acquiesça Jenny.

— Ta grand-mère va hanter ta tante jusqu'à la fin de ses jours.

— Littéralement. Et au sens figuré.

— Hé. Tu te souviens de la fois où on avait pris des pilules minceur, ici, avant de passer la nuit à hurler ?

— Ah, non, fit Jenny. Ici, c'était la Nuit des Mille et Un Shots. Avec ces mecs de l'Académie.

— Mais la soirée avait commencé ici.

Erica s'allongea sur le lit de Marjorie, la couche pleine enroulée sur elle-même à côté de sa tête – mon Dieu, l'effet de la parentalité sur un être humain – et elle rit de nouveau. Elles avaient quinze ans et rentraient à pied chez elles quand deux types de l'Académie de la marine marchande qui faisaient leur jogging s'arrêtèrent pour les dragouiller. Il faisait très chaud ce jour-là, et elles avaient fini par piquer une bouteille de liqueur de pêche chez Phyllis pour passer la soirée avec ces deux types derrière les dépendances de la propriété, se contentant de se peloter gentiment au-dessus de la ceinture (c'est ce qu'elles se racontèrent, mais en réalité, les mains des deux types glissèrent en dessous).

— C'était où, les pilules minceur ? demanda Erica.

— La maison de mes parents, à Greenwich Village, répondit Jenny.

— Enfin bref.

Erica avait fini d'attacher quelque chose et le bébé semblait satisfait.

— Conduis-moi à l'autel de Bagel Man. Dis-lui que j'immolerai cet enfant pour lui en échange de ses bagels.

Sarah Messinger-Schlesinger arriva avec ses parents et sa belle-sœur Lily. Jenny s'en voulut à mort d'être sincèrement ravie de les voir.

— Charlie regrette beaucoup de ne pas pouvoir venir, mais tu sais, Melissa doit éviter les déplacements, maintenant, expliqua Linda, la mère de Sarah, à Jenny. On l'a mise au repos. Je vais passer un mois chez eux, pour aider.

— Ma mère ne parle plus que de ce bébé, commenta Sarah.

— De quoi d'autre pourrait-elle parler ? demanda Jenny.

— Ça veut dire quoi, ça ?

— Rien.

— O.K., fit Sarah sans chercher plus loin, mais on lisait sur son visage qu'elle s'était souvenue de quelque chose.

Jenny n'avait pas voulu être méchante, ou alors c'était la seule façon qu'elle avait de gérer ces retrouvailles avec toutes ses anciennes amies, gérer le réflexe déclenché par cette maison (qu'elle appelait encore son chez-elle !), un réflexe félin qui la poussait à vouloir se blottir contre ses copines. En soi, la perte de sa grand-mère ne l'avait pas bouleversée, mais c'était ce que ce décès disait du temps qui passe qui la chamboulait sérieusement. Ça faisait un bien fou de se retrouver avec d'autres personnes qui, elles aussi, étaient témoins du temps qui passe, et c'est sans doute là la meilleure façon de décrire une Shiv'ah.

Arrivèrent ensuite les jumelles Palmolive, qui elles aussi étaient revenues à Middle Rock après leurs mariages respectifs, espacés d'un an à peine, puis on accueillit quelques amies de Ruth, et quelque chose dans les souvenirs sensoriels que Jenny gardait de cette maison, les odeurs, les voix et leurs cadences, mêlées à l'acoustique très particulière du lieu et, plus généralement encore, à l'impression de profonde familiarité dont il était imprégné, intensifièrent encore les sentiments de Jenny au point d'engendrer la forme de nostalgie que Jenny redoutait entre toutes. Jadis, à sa grande fierté, elle se sentait complètement immunisée contre la nostalgie – elle éprouvait un dégoût absolu quand en traversant la ville en voiture, son père indiquait mélancoliquement qu'il y avait eu ici un vendeur de bagels, et là l'autre épicerie, bien meilleure que celle qui lui avait survécu. Mais à présent, dans cette maison, à l'âge canonique de trente-sept ans, Jenny se surprit à baisser la garde. L'évocation de sa jeunesse la réchauffait et la réconfortait, et elle n'en revenait pas de constater que les gens qu'elle avait tant souhaité abandonner étaient devenus les seules personnes qu'elle désirait voir, et plus encore, elle avait du mal à croire que malgré tout le mépris qu'elle leur avait témoigné (en pensée, *in absentia*, mais quand même), ces personnes veuillent encore la voir, pour partager son deuil, et dans la mesure du possible l'alléger. Qu'est-ce que la vie ? À quoi tient-elle ? Et vous comprenez pourquoi elle était à ce point crevée ?

— Alors, on mène toujours la lutte ? lui demanda Richard Messinger, le père de Sarah.

— Toujours, répondit Jenny.

— Ne baisse jamais les armes, fit Richard. Cette grève de la faim, là : ils en ont parlé à la télévision. On est tellement fiers de toi, Jenny. Quel coup de barre à gauche, pour quelqu'un qui a été éduqué comme tu l'as été. Ce n'est qu'un début, jeune fille, continuons le combat !

Jusqu'ici, Jenny n'avait jamais remarqué que le mépris des riches de Richard Messinger visait très spécifiquement les Fletcher.

— Vous peignez toujours ? lui demanda-t-elle.

— Plus que jamais. Les joies de la retraite. Je fais des portraits, maintenant.

— De qui ?

— Mes héros. Je suis sur un portrait de Thorstein Veblen, en ce moment.

— Vous m'aviez passé son livre. Je m'en souviens encore. C'est fou, quand même.

— L'année dernière, j'ai réalisé un Karl Liebknecht qui a été exposé. Bon, c'était à Brooklyn, mais on ne va pas jouer les difficiles.

— C'est à Brooklyn que ça bouge, maintenant, dit Jenny.

— Sans doute. En tout cas, je l'ai vendu. Riche de quelques centaines de dollars de plus. Enfin !

— Oh mon Dieu, l'interrompit Erica. J'ai oublié de te dire.

Elle refila son bébé à sa mère et attira Jenny dans un coin, comme si elles étaient encore petites filles.

— Je voulais t'appeler pour t'en parler, expliqua-t-elle, mais c'est encore mieux de vive voix.

— Quoi ?

— Je vais pouvoir te le dire en face et voir ta réaction en direct. Brett va divorcer.

Erica ouvrit la bouche comme elle le faisait toujours, mimant un cri.

— Ah bon ? C'est vraiment triste.

Erica escomptait beaucoup plus de cet échange.

Jenny avait revu Brett de loin, une poignée de fois, depuis leur horrible dernière conversation, principalement à la synagogue, quand elle revenait chez elle pour les principales fêtes religieuses. La première fois, à l'autre bout de la salle, Brett l'avait regardée d'un air désespéré. Au fil des ans, elle en avait appris un peu sur la vie qu'il menait avec sa femme optométriste, qu'apparemment il n'appelait que Jennifer, jamais Jenny. À la synagogue, il lui arrivait de le voir en compagnie de cette femme qu'Erica et Jenny avaient surnommée Jenny Bis, et avec qui il avait eu deux filles. Il travaillait en tant qu'actuaire dans la boîte de son père, et Jenny Bis avait sa boutique sur Spring Avenue Road, où elle examinait la vue des gens et leur vendait des lunettes. Brett paraissait toujours un peu triste, mais peut-être n'était-ce qu'une simple projection de Jenny. La vérité était qu'il avait exactement l'apparence qu'il devait avoir. Il ressemblait à Brett, mais en plus âgé. Rien n'avait changé. C'était bien là le problème. Rien ne changeait jamais.

— Norman. *Norman*. Demande-moi plus de détails. *Jenny Bis l'a quitté pour quelqu'un qu'elle a rencontré à une conférence d'optométrie et qui exerce la même profession qu'elle*, était en train de lui dire Erica.

— C'est terrible.

— Et…

— *Et ?*

— *L'optométriste en question est une femme !*

À nouveau, Erica laissa retomber sa mâchoire.

Mais à nouveau :

— Pauvre Brett.

— Il dit qu'il est heureux qu'elle ait décidé « de vivre en accord avec sa vérité ». Cette phrase, quoi ! Elle part s'installer à Cincinnati en emportant les gosses. Ça c'est vraiment le plus triste. Cincinnati ? Qu'est-ce qu'il va bien pouvoir faire ? Il n'a jamais vécu autre part qu'ici. Hé, combien de temps tu restes, au fait ? On se fait un truc toutes ensemble ?

— Juste cette semaine.

Plus tard dans la soirée, Jenny et Ruth rassemblèrent la nourriture dans la cuisine tandis qu'Arthur, au grand agacement de Jenny, buvait du thé que lui avait préparé Ruth, attablé à l'îlot.

— Tu es au courant, pour Brett ? demanda Jenny à sa mère.

— Bien sûr que oui.

Beamer et Noelle entrèrent dans la pièce.

— Il reste du thé ? demanda Noelle. Du thé à la menthe, par exemple ?

— Tu ne t'es pas dit que ça valait la peine de m'en informer, dans le flot de trucs dont tu m'informes ? lança Jenny à Ruth. Ça ne t'a pas semblé être le genre d'information susceptible de m'intéresser, contrairement à tout le reste ?

— Quoi, tout le reste ? (Ruth ne releva pas les yeux du Tupperware qu'elle remplissait.) Je croyais que c'était interdit de te dire quoi que ce soit.

— Ah, tiens, fit Beamer. On arrive juste au début d'une nouvelle représentation.

— Tu m'en dis bien assez comme ça, riposta Jenny.

Jenny venait d'éclairer un peu le tunnel sombre de leur relation mère-fille, et Ruth en profitait pour se précipiter vers la sortie.

— Je ne sais même pas quelles sont tes valeurs, Jennifer. Je ne sais pas si tu accordes la moindre importance au divorce de quelqu'un que tu as connu. Avec ta vie de bohème. Erica, elle au moins, et contre toute attente, a fini par s'assagir. Elle a des enfants, un mari, une vie.

Nathan, Alyssa et les jumeaux entrèrent à leur tour dans la cuisine.

— Il reste quelque chose à manger ? demanda Ari.

— Ça te dit, du chinois ? On est allé chercher du chinois.

— Mettons la table, que tout soit joli, proposa Ruth.

— Ruth, fit Arthur.

Cette simple adresse parut suffire à la calmer, ce qui fit enrager Jenny de plus belle.

— Ma vie de bohème ! s'exclama-t-elle. Qu'est-ce que tu connais de ma vie, au juste ?

— Tu n'as aucune valeur. Tu n'accordes aucune importance à ta famille.

— Mes valeurs, c'est de ne pas me faire faire de rhino. Et de ne pas me lisser les cheveux. Ce sont les seules choses que tu es en mesure de me reprocher.

— Qui s'est fait une rhino ? demanda Josh.

— C'est quoi une rhino ? demanda Ari.

— Je suis fière du travail que je fais, Maman, poursuivit Jenny. Je n'ai pas à me justifier d'avoir fait des choix différents des tiens.

Alyssa se pencha et chuchota à l'oreille d'Ari. Celui-ci ouvrit grand la bouche, horrifié.

— Exprès ? demanda-t-il à sa mère. Elles font ça exprès ?

— Tu n'es pas au bout de tes surprises, mon petit gars, lança Beamer.

— Beamer ! fit Noelle en riant.

Puis, tâchant d'afficher un sérieux de façade :

— Je croyais que c'était à Noël qu'on mangeait chinois ?

— Les juifs mangent chinois constamment, répondit Beamer. Littéralement.

— C'est marrant, fit Noelle. On ne mange jamais chinois à la maison.

Mais Jenny n'entendit pas un mot de ces échanges. Elle sortit de la maison de sa grand-mère pour rejoindre celle de ses parents, exténuée comme au bout de la nuit, alors qu'il n'était que dix-neuf heures.

Elle était sous le coup d'un sort, qui tirait son origine de la peine que la mort de Phyllis lui causait, peut-être, et de la fonction première de la Shiv'ah, qui consistait à combler les failles du deuil avec de l'amour. Et puis de ses amies qui étaient venues pour elle. Le fait qu'elles ne l'avaient jamais accusée de se croire meilleure qu'elles. Le fait qu'elles l'avaient toujours acceptée, même quand elle les avait fuies.

Elle s'endormit alors que la honte la gagnait de nouveau.

*

Elle avait eu l'intention de ne faire qu'un bref passage par la maison de Greenwich avant de rentrer à New Haven, il y avait des mois de ça. Vraiment, c'était ce qu'elle projetait de faire, mais la honte était revenue, et cette fois, elle l'écrasa de tout son poids. Jenny passa les tout premiers jours à s'y cacher, en se demandant par quel miracle elle avait survécu à sa famille complètement dysfonctionnelle sans y laisser de plumes. Mais les jours avaient continué à défiler, et elle remarqua à la spéciale promo sur la sauce aux airelles que Thanksgiving était passé, puis ce furent les éclairages de Noël qu'on démonta, puis son téléphone qui ne cessa de sonner toute une nuit, signe qu'on était déjà l'année suivante. Elle aurait dû reprendre le travail, mais elle était si fatiguée, et elle ne cessait de se trouver des raisons pour dormir. Quand elle se réveillait, elle jouait à un petit jeu avec elle-même : était-ce l'obscurité des premières heures du jour, ou du beau milieu de la nuit ? Était-ce une fin d'après-midi, ou la fin de l'aurore ? Le téléphone sonnait et elle se rendormait.

Et puis le téléphone cessa de sonner. En février, elle reçut un e-mail qui lui signifiait la fin de son contrat avec le syndicat. Elle accusa bonne réception afin de toucher ses indemnités, mais dans le fond quel intérêt ? Elle aurait pu tout aussi bien rester là sans rien faire en attendant son versement trimestriel, puis le distribuer dans sa quasi-totalité et réfléchir à la suite.

Plus ou moins consciemment, elle devait se dire que quelqu'un finirait bien par la trouver. Mais les jours passaient sans que rien arrive. Écoutez, elle avait fait beaucoup pour la cause. Elle avait convaincu des milliers (littéralement) d'étudiants du troisième cycle que, oui, ils étaient des travailleurs, que les syndicats servaient tous les travailleurs, et qu'ils méritaient un salaire décent et des perspectives de carrière. Elle avait croisé le fer avec le cabinet d'avocats hors de prix auquel Yale avait fait appel pour saper leurs actions, et qui ne manquait jamais la moindre occasion de les dénigrer, notamment en les traitant de stagiaires de luxe qui ne savaient pas la chance qu'ils avaient. Le syndicat était désormais reconnu par l'université. Elle avait rempli sa mission. Ils s'en sortiraient très bien sans elle.

Les jours s'égrainaient, mous et informes, gélatineux. Parfois ils passaient vite, parfois lentement. Il ne restait plus rien pour l'organiser, elle. Les frontières du monde se brouillaient.

Elle se souvint d'un terme qu'elle avait appris en cours de linguistique, et qui décrivait la façon dont un mot perdait tout son sens quand on le regardait trop longtemps : ce phénomène s'appelait « satiation sémantique ». C'était exactement l'impression qu'elle avait. Le monde n'avait plus la moindre cohérence. Ce n'était qu'un amas de modules, des éléments diffus qui se dissolvaient les uns dans les autres avant même qu'on ait le temps de comprendre ce qu'on avait sous les yeux. Dehors, ce n'était plus qu'une vaste perspective d'objets disparates. Les maisons n'étaient plus que briques + portes + poignées + fenêtres. Les voitures : corps + roues + c'est parti. Les gens n'étaient plus que les rouages d'une navette d'aéroport. Fixez le mot *bateau* un bon bout de temps. Jamais vous n'oublierez ce moment où son sens tombera en miettes, là, juste sous vos yeux. Toute chose se résumait à ses parties : leur somme n'existait pas.

Les gens qui ne connaissent pas le terme « satiation sémantique » qualifient parfois cet état de *dépression.*

Elle pourrait peut-être devenir climatologue, ou biologiste marine, ou lobbyiste de l'environnement. Non ! Ce serait tout autant une réaction vis-à-vis de ses parents, les super pollueurs de Middle Rock, avec leur usine de polystyrène et leur immonde rivière Arc-en-Ciel.

Sa réflexion était un cercle vicieux qui repassait toujours par ce même point. Qu'est-ce qui était digne des efforts d'un cerveau de son calibre ? Qu'est-ce qui aurait pu lui conférer une raison d'être ? Qu'est-ce qui pouvait convenir à quelqu'un qui avait reçu le monde sur un plateau, sans jamais s'être donné le moindre mal pour l'obtenir ? À quoi était-on censé occuper son temps ? Son corps ? Sa vie ? Et puis à quoi cela servait, de vivre, à la fin ?

Ne trouvant aucune réponse à ces questions, elle se rabattit sur les livres. Elle alla à la bibliothèque pour relire une partie des ouvrages d'histoire de l'art qu'elle avait laissés dans son appartement de New Haven (et si elle devenait bibliothécaire ? Non ! Stop !). Elle lut un livre sur le peintre contemporain Alex Katz, écrit par quelqu'un qui était passé par l'un des cours auxquels elle avait participé en tant qu'assistante de professeur. La date de publication n'était pas récente.

Pendant une période, Alex Katz avait tenté de peindre l'eau le plus fidèlement possible : pas telle qu'on se la représentait, mais telle qu'elle était vraiment. Elle songea à faire pareil, à se lancer dans une expérience similaire. Peindre la Lune, peut-être. Vous voyez à quel point c'est difficile, de dessiner fidèlement la Lune ? Et si elle en était capable ?

Il lui fallut une semaine entière rien que pour acheter un carnet de croquis à la papeterie qui se trouvait à six pâtés de maisons.

Elle fit quelques essais, mais non seulement elle n'avait pas le talent nécessaire, mais de surcroît, elle manquait de volonté. Elle aurait bientôt quarante ans, et elle était rongée par la même honte, pure et finement distillée, qu'Alice, qui avait désormais une vie professionnelle et une famille, avait des années en arrière éveillée en elle en la mettant au pied du mur, et qui depuis, Jenny s'en rendait compte, ne l'avait jamais vraiment quittée, demeurant à l'état de gêne générale portant sur tout ce qu'elle avait pu faire par le passé et tout ce qu'elle aurait dû faire à présent. Tous les jours, elle se réveillait en ressassant son passé, et tous les jours elle se tordait les doigts, mortifiée par la personne qu'elle avait été, par la nature de ses réflexions d'alors et par les décisions qu'elle avait prises. Tous les jours, elle se réveillait neuve et immaculée pour maudire l'imbécile qu'elle avait été la veille. Et pareil le lendemain, et le surlendemain.

Pour les gens, ça aussi, c'était la dépression.

Mais pour eux c'était également du *dilettantisme*. C'était être une *sale bourge*. C'était aussi *ne servir à rien*.

Son nouveau jeu vidéo était sa seule distraction.

Son avatar sur Magnat était un homme qui habitait une maison et travaillait dans une usine qui produisait des gadgets indéterminés. Tous les jours il se rendait à son lieu de travail pour superviser son équipe puis rentrait chez lui pour dîner avec sa famille. Il avait des conversations enjouées avec ses enfants, un fils et une fille, puis il allait se coucher, et tout recommençait le lendemain. L'avatar versa une prime à son équipe, et fut pénalisé de 100 000 points. Il autorisa son équipe à se choisir un représentant syndical et fut pénalisé de 400 000 points. Il imposa des horaires stricts, y compris pour les pauses-pipi, et il récupéra 50 000 points. Le vendredi, il commanda des pizzas pour tous les employés, et fut sommairement limogé par son supérieur.

Jenny était en pleine réunion RH dans Magnat. Elle avait commandé à son avatar de supplier à quatre pattes qu'on le réintègre à son poste, mais le vice-président en charge des RH refusait encore et toujours. L'avatar finit par faire un striptease lent et relativement aguichant, enlevant d'abord sa cravate, puis son pantalon (ses chaussures toujours aux pieds), puis ses chaussures, puis ses chaussettes. L'écran s'assombrit brièvement et Jenny écopa d'une pénalité d'*un million de points*, ce qui pour la première fois la plaça en situation de déficit. Sur l'écran, l'avatar, complètement nu, gisait inconscient à terre.

Jenny soupira, se leva et s'étira. Elle consulta quelques applis sur son téléphone, pour s'occuper l'esprit. Elle ouvrit celle de sa banque, des fois que le syndicat, extrêmement mal organisé, ait continué à lui verser son salaire. Et c'est à ce moment qu'elle remarqua que son solde était anormalement bas.

Pas nul. Non, juste bas. Mais la fin du trimestre approchait, et la même horloge interne qui lui permettait de savoir précisément quand elle allait avoir ses règles sans avoir à compter les jours lui indiqua qu'elle n'avait pas reçu son versement habituel. Elle consulta le jour de la semaine : non, ce n'était pas le week-end. Elle vérifia le jour du mois : ce n'était pas un férié non plus.

Deux jours plus tard, l'argent se faisait toujours attendre. Elle essaya de joindre Beamer pour lui demander s'il avait reçu sa somme. Il ne répondit même pas à ses messages, bien évidemment. Puis elle appela sa mère, qui était en compagnie de Nathan. Puis elle resta un très long moment, assise là, à digérer les informations qu'on venait de lui transmettre.

Elle consacra sa soirée à passer en revue son corps à la recherche d'une quelconque douleur. Alors qu'elle allait et venait de la tête aux pieds et des pieds à la tête, elle guettait la moindre réaction négative, la moindre trace de panique, à l'affût de la moindre sensation de noyade. Mais elle ne trouva rien de tout cela. Ce qu'elle trouva à la place, ce fut une impression qui ressemblait beaucoup à du calme, ou plutôt non : c'était encore plus gros que du calme. Était-ce… du contentement ?

Il lui fallut moins d'une journée pour comprendre son immense bêtise. Elle savait déjà que l'argent la corrompait. Elle savait que l'argent était la cause de tous ses tourments. Elle se définissait même par ces choses qu'elle savait. Et la chance lui souriait enfin. L'argent avait bel et bien disparu.

Un cadeau du sort.

Elle attendit là, dans les ténèbres, d'éprouver cette sensation. La sensation de se voir soulagée d'une malédiction.

*

Des semaines plus tard, Jenny fut réveillée par une sonnerie, et joua une fois de plus au même jeu. Les stores fermés étaient encadrés par un filet de lumière, c'était sans doute le matin, et le téléphone retentissait, ce n'était donc pas la nuit, mais de toute évidence elle n'avait pas mis son téléphone en silencieux et aucun autre bruit ne l'avait dérangée jusqu'ici, ce qui signifiait peut-être que c'était le tout premier son de la journée ? Très tôt le matin ? Elle consulta l'heure. Sept heures quarante-cinq. Gagné !

— Qu'est-ce qu'il y a, Nathan ? dit-elle en prenant l'appel. Il est tôt.

— Il faut que je te parle.

— De quoi ?

— De l'usine. Maman insiste pour la vendre mais c'est impossible à cause du contrat qui nous lie à Haulers.

— Pourquoi on ne refile pas l'usine à Ike ?

— Ike aurait dû continuer à la racheter peu à peu en continuant à la diriger. Ça ne nous aide pas du tout. Il nous faut du numéraire.

— C'est injuste envers Ike.

— Rassure-toi, l'usine est invendable. Quelqu'un vient de l'inspecter à ma demande. Impossible de réaliser un transfert de propriété. Les exceptions réglementaires ne peuvent être transférées.

— Dans ce cas personne ne devrait y travailler. Personne ne devrait s'y trouver depuis bien longtemps. Ce n'est pas pour rien que ces lois existent. Il est quand même inadmissible que nous…

— Il y a des clauses d'antériorité. Qu'est-ce que tu veux que j'y fasse ?

— Tu savais que la notion même de clause d'antériorité était liée à l'histoire de l'esclavage ?

— Je n'ai pas le temps pour ça, là. Il reste sept jours avant que toute l'équipe soit congédiée. Après une inspection pareille, la seule chose à faire c'est de renvoyer les gens chez eux. Mais qu'est-ce qui m'a pris de vouloir la faire inspecter ! Moi qui voulais simplement trouver une solution pour repasser discrètement l'usine à quelqu'un d'autre !

— Pour que quelqu'un d'autre continue à empoisonner tout le monde ?

Elle observa un temps de réflexion.

— Alors qu'est-ce qui va se passer ?

— On va se faire jeter. Notre contrat sera reconnu nul et non avenu. Et je ne sais absolument pas comment nous allons faire pour nous débarrasser d'un site à décontaminer. Rien que les amendes…

— Tu vas fermer l'usine ?

— Jenny, on est faits comme des rats. C'est si difficile à comprendre ?

Elle roula sur le ventre et alla regarder à travers les stores. C'était une journée d'hiver, froide et scintillante comme un reproche. Le temps passait à une vitesse folle.

— Peut-être que c'est la solution à tous nos problèmes, Nathan. Peut-être que c'est notre destinée. Tu ne t'es jamais imaginé que ça pouvait arriver ? Tu ne t'es jamais demandé si après tout, l'argent n'était pas le plus gros de nos problèmes ?

Nathan resta un instant muet. Quand il reprit la parole, ce fut à voix basse, d'un ton perplexe :

— Je t'avoue que là, mon seul problème, c'est de ne plus avoir d'argent du tout, en fait.

— C'est vrai ? Qu'est-ce que tu as fait de ta part ?

— Je veux dire, dans l'absolu.

— Tu as un boulot, Nathan. Et je te connais, c'est impossible que tu aies dépensé tout ton argent.

— Il en va de l'existence même de notre famille, Jenny. Tu comprends, ça ?

— Comprendre quoi ? Pourquoi tu chuchotes, là ?

— Je ne veux pas qu'Alyssa m'entende.

— Elle n'est pas au courant ? Mon Dieu, Nathan.

— Elle n'a pas besoin d'être au courant. Pas pour l'instant. Après la bar-mitsvah. Peut-être qu'on aura réglé ça d'ici là.

— Nathan, tout ce que je dis, c'est qu'on en a bien profité. Tu vois ? Toute entreprise capitaliste est destinée à échouer, surtout si elle néglige sa main-d'œuvre.

— Mais qu'est-ce que ça a à voir avec la main-d'œuvre ?

— Tout. J'ai connu des gens qui dormaient dans leur voiture. On va s'en sortir.

— Eh bien je suis ravi que tu aies mis de l'argent de côté, Jenny. Parce que les choses se présentent beaucoup moins bien pour le reste de la famille.

À la fin de cette conversation, elle éprouva une gêne, mais qui ne concernait ni l'argent, ni son étonnement face à la réaction de son frère. Pourtant, si Nathan était à ce point effrayé, c'était forcément parce qu'il avait perdu de l'argent, non ? Non, impossible. Peut-être s'inquiétait-il pour leurs parents. Peut-être la situation était-elle plus délicate qu'elle le croyait, et la seule façon d'en avoir le cœur net, c'était d'en parler avec sa mère ou Beamer, ce qui signifiait qu'elle devait accepter le fait qu'elle ne le saurait jamais. Ou non, peut-être avait-elle simplement oublié que Nathan était l'émissaire de sa mère, qui toute sa vie l'avait encouragé à absorber ses angoisses à elle. Oui, c'était sûrement ça.

La gêne de Jenny concernait en réalité l'usine. Elle se leva de son lit et s'habilla. Elle voulait revoir l'usine, peut-être pour la dernière fois.

*

Cette envie de sortir, c'était plutôt positif, non ? Cela faisait deux jours qu'elle n'avait pas mis les pieds dehors, et des semaines qu'elle ne quittait la maison que pour faire des courses.

Elle prit le train jusqu'à Elmhurst, puis un bus. C'était la toute première fois qu'elle entrait sur le site de l'usine à pied.

Il était dix heures et demie du matin quand elle sonna au portail. Elle n'avait jamais connu cette usine autrement que fermée au public, mais c'était sans doute aussi la première fois qu'elle n'y entrait pas en compagnie de quelqu'un qui y travaillait à plein temps.

Un homme qu'elle pensait n'avoir jamais croisé mais qui la reconnut la salua en l'apercevant.

— Ike est dans le coin ? demanda-t-elle. Il est là ?

Elle suivit l'homme qui s'enquit de l'endroit où se trouvait Ike. Elle attendit à côté d'un énorme fût de granulés. Elle plongea les mains dans le fût, par habitude, parce qu'elle adorait la façon dont les granulés lui démangeaient les paumes.

— Il est dans le bureau, dit l'homme en raccrochant le téléphone. Je peux t'y conduire.

— Je sais où c'est, répondit-elle.

Elle s'enfonça plus avant dans l'usine, passant devant les aérateurs en laiton brillants. Tous les employés connaissaient Jenny, et chacun l'arrêtait pour lui dire un mot, « Hé, ma chérie, comment va ton père ? », ce genre de choses. Elle en reconnaissait à peine la moitié. Elle monta les marches noires en acier cranté qui conduisaient au bureau de son père, qui donnait à la fois sur le service conception, à l'avant, et la zone de production à l'arrière. Elle y trouva Ike, assis à la place de son père, qui mettait fin à un échange téléphonique.

— Regardez un peu qui est venue nous rendre visite ! dit-il en se levant, un large sourire aux lèvres. Qu'est-ce que tu viens faire ici, ma belle ?

Il venait de tirer un chiffon de sa poche arrière avec lequel il s'essuyait les mains.

— Ton père sait où tu es ?

— Nan. Je suis juste passée voir l'usine. Juste comme ça. J'étais dans le coin. Il ne vient plus, lui ?

— Pas depuis la mort de ta grand-mère.

Cette information dérangea profondément Jenny.

— On est en train de boucler les projets en cours, reprit Ike.

Il se pencha vers elle et se mit à parler à voix basse :

— Histoire de faire place nette. On n'a encore rien dit aux employés, bien sûr, c'est mieux comme ça…

— Et toi, ça va ? demanda-t-elle.

— C'est le bout du chemin, Jenny. (Il s'interrompit, et poussa un petit rire.) Je continue à croire envers et contre tout qu'on finira par s'en tirer. Quel imbécile je fais.

— Tu vas faire quoi, après ?

— Oh, je m'en sortirai, répondit-il. Peut-être que j'aurais dû plus me soucier de mon avenir. Mais ta grand-mère… elle me disait toujours de ne pas m'inquiéter. Elle me disait que tout se passerait bien du moment que je gardais ton père à l'œil. Faut croire qu'elle m'a gardé à titre de babysitteur ! Mais le gamin finit par grandir, la mission du babysitteur prend fin, et qu'est-ce qu'il devient après ? J'ai vraiment eu de la chance de garder ce poste aussi longtemps. Je suis vieux, maintenant. Il est temps que je prenne ma retraite.

— Peut-être qu'ils finiront par trouver une solution, fit Jenny. Peut-être qu'ils arriveront à résoudre certains problèmes. Selon Nathan, il se pourrait que Haulers veuille remettre le site en état pour revendre le contrat.

— Je ne me soucie pas de ce qu'il adviendra de moi, dit Ike. Je suis trop vieux pour ça. C'est l'avenir de Max qui m'inquiète.

— Je me souviens quand je venais ici, petite. J'adorais cette usine. Je me rappelle ce truc… ce truc que tu faisais avec ton pouce.

Ike éclata à nouveau de rire et fit remuer l'articulation de son métacarpien, qui évoquait un pied gigotant sous une couverture.

— Je pensais que Max prendrait le relais, poursuivit Ike. Quand j'ai su que ça ne vous intéressait pas, tes frères et toi, j'ai pensé que Max s'en chargerait. Il a appris tout ce qu'il avait à apprendre de moi. Qu'est-ce qu'il va bien pouvoir faire, maintenant ?

— Tu aurais peut-être dû partir quand tu en avais encore le choix, dit Jenny. Peut-être que tu aurais dû créer une délégation syndicale. Un syndicat aurait peut-être pu vous aider.

— Peut-être bien, fit Ike. Mais rien n'obligeait ton père à me garder. Rien ne l'obligeait à engager Max. Il aurait pu vendre l'usine il y a vingt ans de ça.

— Il n'était pas prêt. Ce n'est pas par gentillesse qu'il a agi.

— C'est comme ça. Ce qui est arrivé à ton père, je n'arrive même pas à trouver les mots. Et puis le monde a changé. Les fonds d'investissement, quel bazar. Qui aurait pu prévoir tout ça ? Ton père a été bien bon envers moi. Ta famille tout entière. Je leur dois énormément.

— Tu as perdu ton pouce dans un accident de travail, lâcha Jenny, incrédule.

— Et c'est lui qui m'a conduit à l'hôpital, et qui y est resté tout l'après-midi avec moi. Et c'est lui qui a payé pour l'intervention chirurgicale. Alors que rien ne l'y obligeait.

— Oui, oui. Et il ne t'a pas viré. Quel héros. Un syndicat aurait pu vous aider sur tellement de choses !

— Tu es trop dure avec eux. Tu ne connais pas toute l'histoire. Tu as raison, mais tu ne connais pas toute l'histoire. Tu sais, Mindy, elle a… elle a un problème. Ce n'est pas facile pour elle. Elle m'en veut, elle en veut au monde entier. Elle voulait réussir dans la vie, et ça n'est pas arrivé. Elle boit trop. Elle se fâche. Je ne sais plus quoi faire pour l'aider. Tu l'aurais vue quand elle était jeune. Qu'est-ce qu'elle était jolie. Toujours souriante. Tu ne l'as pas connue comme ça, mais elle souriait constamment.

Jenny opina en silence.

— Un peu après la naissance de Max, elle a essayé de se suicider.

— Oh, Ike. Je suis tellement désolée.

— Elle voulait se tuer. Elle a avalé tout un tas de cachets et elle a voulu prendre le volant. Elle m'a dit qu'elle ne savait plus ce qu'elle faisait, et heureusement je suis arrivé juste au moment où elle s'engageait dans la rue. J'ai pu l'empêcher d'aller plus loin, juste à temps.

— Je l'ignorais totalement.

— Ça m'étonne que ta mère ne te l'ait jamais raconté. J'ai tout dit à ton père parce que je devais rester à la maison afin de bien veiller à ce qu'elle ne se mette pas en danger. Sans parler de Max ! On n'avait personne. Ses parents étaient morts, les miens aussi. Ton père m'a donné un congé de deux semaines. Il m'a payé chaque jour de ces deux semaines. Et puis ta grand-mère m'a appelé pour me dire qu'elle avait réservé une place pour Mindy dans un centre, dans le nord de l'État. « Comment je vais faire ? J'ai ce tout petit bébé à la maison », je lui ai dit. Je ne sais pas si tu es au courant, mais ta grand-mère a gardé Max pendant deux mois. Il était encore nouveau-né. Et il a passé tout ce temps chez ta grand-mère. Elle a engagé une nourrice, une babysitteuse. Je passais tous les soirs. Ils ont été si bons envers moi. Ils étaient ma deuxième famille.

— Toi en revanche, de leur point de vue, c'est *comme si* tu faisais partie de la famille, dit Jenny. Sérieusement. J'ai plutôt l'impression qu'ils ont tout fait pour s'assurer que tu continuerais à bosser.

Il secoua la tête, puis leva les yeux au plafond comme s'il s'adressait à Dieu.

— Je ne comprends pas ta réaction. Ce qui est arrivé à ton père, Jenny. Ça l'a changé. Il n'était pas comme ça. Ta famille n'était pas comme ça. Qu'est-ce que tu veux ? C'est comme pour Mindy. Elle n'était pas comme ça quand je l'ai rencontrée. Il y a eu tellement de malheurs. Mais je fais quoi, maintenant ? Je la jette ? Je passe à autre chose ? Je me sauve moi-même ? Je ne pourrais pas vivre comme ça. Qui pourrait vivre comme ça ?

Il s'interrompit, se soustrayant abruptement à l'instant.

— Il faut que Max vienne te dire bonjour ! Attends ! Je vais l'appeler !

Jenny s'approcha de la baie vitrée et vit le haut du crâne de Max au milieu du service conception. Lors de la Shiv'ah, elle n'avait pas remarqué qu'il s'était un peu dégarni. Elle le vit prendre l'appel de son père qui l'informa de sa présence. Elle le vit accepter l'invitation à les rejoindre, mais elle le vit aussi rester là, de longues secondes, après avoir raccroché.

Quand il entra dans le bureau, cependant, il la salua avec effusion.

— Jenny !

— Max !

Elle alla à sa rencontre, mais l'embrassade fut rapide, et pas aussi chaleureuse que prévu.

Ils prirent des nouvelles l'un de l'autre, regrettèrent ensemble le tour qu'avaient pris les choses, la fin de toute une époque. Ike leur dit alors :

— Et si vous alliez déjeuner ensemble ?

Jenny crut lire une hésitation dans le regard de Max.

— Oh, pas la peine, dit-elle. Vous avez beaucoup de boulot, j'imagine.

— On est en retard pour les micro-ondes, papa, fit Max.

— Pas grave, rétorqua Ike. Allez prendre l'air, vous deux.

Peut-être s'imagina-t-elle une brève hésitation avant que Max reprenne la parole :

— Oui, allez, ça va être sympa. Allons-y.

Ike serra Jenny dans ses bras, et elle le serra dans les siens. Il sentait un mélange d'après-rasage Old Spice et de shampooing antipelliculaire. Elle passa un peu trop de temps collée à lui. Ça faisait tellement longtemps que personne ne l'avait prise dans ses bras. Il pressa ses joues dans son pouce et ses autres doigts.

— Tu vois ça ? demanda Ike à Max sans lâcher le visage de Jenny. Ça c'est ma gamine. »

*

Le restaurant où ils avaient déjeuné tous les jours durant son été de travail à l'usine, du temps où elle était à Yale, avait fermé depuis, remplacé par un bar à burrito de bas étage.

— Tout me va, dit-elle.

Derrière les décorations pseudo-mexicaines, Jenny discernait le spectre de l'ancien restaurant. Les tables étaient à la même place, de même que les cuisines et la caisse. Ils commandèrent, et Jenny parvint enfin à regarder Max en face.

Il avait changé. Ses yeux ne brillaient plus autant qu'avant, ils étaient plus froids, moins touchants.

— Alors qu'est-ce que tu racontes ? demanda-t-elle.

Il éclata d'un rire peut-être un peu amer.

— Eh bien, je travaille dans l'usine de ta famille en attendant de me faire virer d'ici une semaine !

— Non, je voulais dire, tu as toujours le projet de faire ton droit ?

— J'ai presque quarante ans.

— Ça ne veut rien dire.

— Pour toi, peut-être pas.

— Est-ce que… est-ce qu'il y a un souci ? J'ai dit ou fait quelque chose ?

Il rit à nouveau, sans répondre.

— Max, tu sais que ma famille et moi, c'est deux choses bien différentes, non ? Ce n'est pas mon usine. Ce n'est pas moi qui ai fixé les règles. Merde, quoi, je suis déléguée syndicale.

Il ne répondit pas non plus, et Jenny n'arrivait pas à déterminer si elle avait envie de s'enfuir à toutes jambes, ou s'allonger sur la banquette pour dormir.

— Tu veux qu'on annule ce déjeuner ? lui demanda-t-elle. Ça ne pose aucun problème. Je n'avais pas compris que… Je suis désolée de ce qui est en train d'arriver. Ça n'aurait tenu qu'à moi, ça se serait passé autrement.

Il opina de la tête, mais comme à lui-même, le regard rivé à la table.

— On ferait peut-être mieux de partir, dit Jenny. Je vais annuler notre commande.

Elle regarda autour d'elle, en quête d'un serveur, mais Max l'en dissuada.

— Excuse-moi, fit-il. Ce n'est pas facile de voir mon père dans cet état.

— Quel état ? Il avait l'air d'aller plutôt bien.

— Tout le contraire. Il a peur, et il n'arrête pas de se demander ce qu'il aurait pu faire pour éviter ça. Il n'y a qu'une chose qu'il aurait dû faire. Ne pas se fier à ton père. Il aurait dû lui faire signer un accord juridique. Si ton père était parti comme il avait dit qu'il le ferait…

— Écoute, ça remonte à trente ans…

— Précisément.

— Ils ont pris soin de lui. Ils lui ont versé une prime.

— Ils lui ont donné de l'argent à investir dans le rachat de l'usine.

— Ils l'ont traité comme un membre de la famille.

— Non. *Toi*, ils te traitent comme un membre de la famille. Mon père, ils lui disent qu'il fait partie de la famille, et ils le traitent comme un employé, excepté les fois où ils l'invitent à dîner.

Jenny se rappela qu'en voyant le sommet dégarni du crâne de Max, elle avait éprouvé une pointe d'excitation. Elle ne s'était absolument pas attendue à ce genre d'échange.

— Ce déjeuner ressemble de plus en plus à une embuscade, remarqua Jenny.

— Je ne m'attendais pas à te voir aujourd'hui, c'est tout. Désolé si je ne me montre pas d'une politesse absolue.

Les plats furent servis, et Jenny regarda Max étaler sa serviette sur ses cuisses et commencer à manger. Elle comprit alors que depuis ces nuits passées avec lui sur le capot de sa voiture, elle l'avait gardé dans un coin de sa psyché, comme un ami, peut-être plus. Quelqu'un vers qui se tourner.

— Tu vas faire quoi, alors ? demanda-t-elle.

— Je vais me trouver un nouveau boulot. Tu vois ce que c'est ? Un boulot ?

— J'ai un boulot, objecta-t-elle. Moi aussi, je gagne ma vie.

Il éclata de rire.

— Désolé, mais non.

— Qu'est-ce que tu racontes ?

Elle jeta un coup d'œil à son assiette pleine de crème aigre et de tortilla et se rendit à l'évidence : elle n'y toucherait pas.

— Tu travailles, mais ta vie, c'est d'autres qui la gagnaient à ta place. Nous. C'est nous qui faisions tourner cette usine. C'est mon père qui la dirigeait.

— Oui, ton père est un travailleur. Il travaille, et a le droit en échange à un salaire et à la sécurité de l'emploi.

— Ah oui, la sécurité de l'emploi. Il ne s'est pas fait virer quand ma mère a été hospitalisée.

— Max, je n'avais vraiment pas l'intention de te fâcher. Je crois que je ferais mieux d'y aller.

Il releva les yeux sur elle avec un sourire presque amical.

— Tu fais ce que tu veux.

Il plongea le visage dans ses mains en secouant la tête.

— Je ne sais pas pourquoi je suis tellement en colère contre toi.

Elle resta silencieuse.

Quand il écarta ses mains, ses yeux étaient rougis, las.

— Je sais pas, Jenny. Je n'ai pas envie d'être en colère contre toi. Mais quand je te regarde, j'ai l'impression que tout est là, en toi. Tout ce qu'on a traversé. Tous ces traumas.

— Ton père vient de me raconter ce qui était arrivé à ta mère.

— Quand ça ? Après ma naissance ?

— Ouais.

Il haussa les épaules.

— C'est comme ça que les choses se sont passées pour nous. Je l'accepte. Beaucoup trop de traumas. Pour nous. Pour ton père, il ne faut pas l'oublier. C'est de là que tout est parti.

— Des traumas. D'accord.

— Quoi ? demanda Max. Qu'est-ce que tu veux dire ?

— Rien. Continue.

— Tu penses que ce qu'il a vécu n'a pas été traumatisant ?

— Je trouve que c'est un mot qu'on utilise à tort et à travers. Mon père a eu une semaine difficile. Je ne sais pas si cette semaine devait absolument définir le reste de son existence. Je ne sais pas si elle devait nécessairement lui gâcher la vie. Ou te gâcher la tienne.

— Ou la tienne.

— Ça n'a pas gâché la mienne. C'est arrivé avant que je naisse. Ça n'a aucune importance pour moi.

— J'ai travaillé avec lui. Un coup il est là, un coup il est comme absent. C'est toujours là, il n'y a qu'à le regarder. Et ce n'est pas un trauma, ça ?

— Je ne l'ai pas connu avant. Et les gens sont comme ils sont. Si ce n'est pas mon trauma à moi, comment est-ce que je pourrais être traumatisée ?

— On appelle ça l'héritage du trauma. On en parle à peu près soixante-quinze fois par réunion des Alcooliques Anonymes.

— Je sais pas trop. Mon frère Nathan est une boule de nerfs, et il avait quoi, à l'époque, huit ans ? Il n'avait pas la moindre idée de ce qui pouvait se passer. Tu te souviens de quoi, du temps où tu avais huit ans ?

— D'un tas de choses, en fait.

— Moi pas. Quelques trucs seulement. Mais rien qui puisse jeter un éclairage sur la personne que je suis… Tout le monde a des traumas. Toutes les personnes que j'ai pu croiser en ont, littéralement. On a l'impression que maintenant il suffit de ramasser sa bouteille de lait sur son perron pour être traumatisé. Je ne suis pas en train de dire qu'il n'a pas été traumatisé. Juste en train de dire que rien ne l'oblige plus à l'être. Après quarante ans, il pourrait très bien décider de se relever et de repartir de l'avant. Il s'en est sorti, en un seul morceau. Il devrait voir là-dedans une chance, une bénédiction.

— Je doute que ce soit aussi simple que ça. À t'entendre, on dirait que ça relève du choix. À mon avis, la nature du trauma, par opposition à un simple mauvais coup du sort, c'est le fait qu'il ne cesse de se répéter. Très franchement, ce qui est arrivé à ton père, je le perçois comme un trauma personnel. Un trauma à moi. Je te jure. Même sa fortune, je la considère comme un trauma.

— Max, sérieusement. Je suis assez surprise que ça ait tant d'importance pour toi. Admettons, tu es traumatisé. Selon ta définition, tout le monde l'est. Alors continuons à avancer. Tu as fait de la psycho ? Je t'aurais cru plus sceptique sur cette question et moins sentimental.

— Pourquoi ? Parce que je travaille dans une usine ?

— Non, je voulais juste…

Elle s'efforça de se ressaisir.

— Sérieusement ? Je vais finir par croire que tu me mènes en bateau, parce que rien de ce qui est arrivé ne te concerne directement. Tu n'étais qu'un bébé. Je n'étais même pas née. Franchement. Si tout le monde est traumatisé, alors personne ne l'est.

Elle le dévisagea d'un regard dur.

— Tu dois te dire que je n'ai pas de cœur. C'est faux. Il y a bien eu un moment, après coup, où il aurait pu être sauvé. Où il aurait pu laisser ça derrière lui. Mais il n'en a rien fait. Ou alors on ne l'a pas laissé faire. Chaque fois qu'il exprimait la moindre émotion, on l'écrasait de plus belle, parce qu'on avait peur de ses sentiments, peur qu'ils explosent au beau milieu du salon et se répandent sur le joli tapis.

Ils observèrent un long silence, et Jenny, pour s'occuper les mains, commença à manger.

— Hé, fit Max.

— Oui.

— Mon père t'a déjà parlé du projet sur lequel j'avais bossé, quand j'étudiais encore ?

— Non, fit Jenny en s'essuyant la bouche.

— C'était un cours de prépa de droit. On devait choisir une affaire judiciaire qui avait déjà été tranchée, et voir ce qui s'était bien passé et mal passé.

— O.K.

— Je suis allé déterrer l'affaire de ton père au tribunal du comté de Nassau.

Sans se l'expliquer, Jenny sentit une boule glisser difficilement jusqu'à son estomac. Elle attendit que ça passe en s'efforçant de n'en rien laisser paraître.

— Ouais. Je me disais que ce serait intéressant, poursuivit Max.

— Et qu'est-ce que tu as appris, alors ?

— Ça remonte à pas mal de temps, je sais plus trop. Je pourrais remettre la main sur mes notes. Mais tu sais quoi ? Ces deux types n'auraient même pas été capables d'organiser un dîner en amoureux. Ils étaient vraiment lents d'esprit, tu vois ? C'est justement ce qui dérangeait le procureur. Mon père s'en est toujours tellement voulu d'avoir engagé Drexel Abraham…

Jenny releva le fait que Max se souvenait parfaitement du nom du kidnappeur de son père.

— … mais personne ne peut croire qu'il ait réussi un truc pareil tout seul.

— Son frère aussi était dans le coup.

— Ils étaient aussi limités l'un que l'autre. Si mes souvenirs sont bons, Drexel ne bossait déjà plus à l'usine, jamais il n'aurait pu y avoir accès, encore moins pour y retenir ton père prisonnier, en passant le voir au moins une fois par jour. Rien ne se tient au sujet des deux frères. Lionel a fini par avouer qu'il avait participé à l'enlèvement au bout de quelques heures dans une salle d'interrogatoire. Il était loin de New York quand le kidnapping a eu lieu. Ses employeurs ont déposé sous serment. Sa famille aussi. Il a plaidé coupable parce qu'il pensait que ça jouerait en faveur de son frère. La police l'a induit en erreur. Lui a menti.

— Franchement, je ne sais absolument rien de cette affaire. Ce n'était pas de mon… je n'ai rien à voir avec ça. Je te l'ai déjà dit.

— Et quand le procureur a commencé à avoir des doutes, ta grand-mère lui a dit de la fermer.

— Je n'en crois rien, fit Jenny.

Mais dans le fond, pourquoi ? Elle avait assez bien connu Phyllis pour savoir qu'elle en aurait été capable.

— Dix lettres ont été incluses au dossier. Au début, Drexel écrivait une fois par mois de sa cellule, il essayait d'obtenir un rendez-vous avec le procureur pour lui parler de la personne qui avait mis sur pied l'enlèvement. Il affirmait qu'il n'avait pas tout dit, par peur. Mais il se retrouvait à présent en prison, et l'homme qui lui avait ordonné de se taire en attendant que ça passe ne l'avait plus jamais recontacté.

— C'est…

Mais Jenny ne savait pas quoi répondre.

— Et puis tout à coup, il meurt, continua Max.

— Je n'arrive pas…

— Tu n'arrives pas à le croire ? Tu n'arrives pas à croire que l'argent et le pouvoir suffisent à faire porter le chapeau à un innocent à seule fin de ne pas contrarier le fils chéri de la famille ?

— Drexel était impliqué.

— Très clairement, à titre de simple collecteur de rançon. Il méritait cinq ans de réclusion, maximum. Tous les jurés étaient blancs. Ça compte aussi.

— Je n'ai plus envie de parler de ça. Je n'ai plus envie de t'entendre calomnier ma famille.

— Je ne calomnie pas ta famille. Je te parle simplement de ce qui s'est passé. Au sein même de ta famille. Et des conséquences que cela a entraînées, et qui affectent encore des gens. Ces gens. Les Abraham. Je me rappelle qu'à l'époque, j'ai pensé que... comment il s'appelle, déjà, ton cousin, là ?

— Oh, pas besoin de faire semblant de te souvenir de tout au compte-goutte, Max. Manifestement, ça n'a pas cessé de te tourner dans la tête.

— C'était juste... c'était juste pour ce cours. J'ai bossé sur le dossier. Arthur Lindenblatt, c'est ça ? Ses parents étaient riches ? Tu ne penses pas qu'il ait pu, je sais pas moi... que le fait d'être aussi proche de votre fortune ait pu le pousser à faire ça ? Parce qu'à force de coudoyer une richesse pareille, il y a de quoi devenir fou.

— Arthur est notre cousin. Jamais il ne ferait une chose pareille. Et puis nous... nous avons perdu toute notre fortune. Pour ta gouverne. Beaucoup de choses ont changé de notre côté.

— N'empêche, quand on se retrouve aussi près d'une telle concentration de richesse, il y a de quoi se poser deux ou trois questions sur la notion de justice.

— Nous avons bien pris soin de ton père, répéta Jenny.

— Si vous avez si bien pris soin de lui, pourquoi il est fauché maintenant ? Pourquoi il est vieux ? Pourquoi est-ce qu'il va finir sa vie sans en avoir rien tiré ?

Jenny regarda Max dans le blanc des yeux. Une brève seconde, elle parvint à faire fi de ses traits vieillis. Elle le revoyait tel qu'il était, il y avait bien des étés, quand tous deux s'embrassaient et se caressaient sur le capot de cette voiture.

— Allez, ça ira bien, conclut-elle. Je crois qu'on s'est tout dit. Je suis désolée que tu aies été traumatisé par ce qui est arrivé à mon père ou par notre fortune ou par je ne sais quoi d'autre. Je suis désolée que ça t'obsède. Très franchement, je suis désolée de voir ce que tu es devenu.

Elle se leva.

— Ouais, c'est ça, salut.

— De toi à moi, je crois que c'est l'argent qui t'obsède, Max. Tout simplement. Mais il n'y a pas que l'argent dans la vie.

Elle prenait déjà la sortie, mais elle entendit les derniers mots qu'il lui adressa dans son dos, en faisant porter sa voix :

— Il n'y a que les riches pour dire ça !

*

Jenny commanda un Uber. Sur le siège arrière, elle se sentait comme un animal en cage. Ce qui lui était arrivé dans ce restaurant mexicain dépassait de si loin sa capacité à absorber ou métaboliser les affects qu'elle entra dans une sorte d'état de fugue. Ce n'était pas exactement de la dissociation, et si elle avait moins de mal à rester assise à côté d'elle-même dans ce Uber qu'à être elle-même, c'était uniquement parce qu'on ne lui avait jamais donné les outils pour se protéger face à une colère telle que celle de Max.

À cette pensée, elle se murmura à elle-même :

— Excuse-nous, Françoise Dolto.

Elle sortit son téléphone et tâcha de trouver une petite niche où reposer son cerveau, mais elle n'avait pas investi assez de temps dans un réseau social pour s'y sentir comme chez elle. Elle ouvrit donc l'appli Magnat et attendit que le jeu charge.

C'était un délit de fuite, ce que Max lui avait fait. Voilà ce que c'était. Un délit de fuite. Max lui avait roulé dessus. Sans crier gare. Rien du tout.

Le jeu était prêt.

L'avatar voulut s'inscrire au chômage. Après son horrible strip-tease, l'avatar avait été renvoyé chez lui pour constater qu'on avait changé les serrures de la porte de son domicile familial. L'avatar avait passé la nuit dans sa voiture.

Qui d'autre la détestait sans qu'elle le sache ?

Le bureau du chômage dit à l'avatar qu'ils ne pouvaient pas l'aider. Il avait été licencié pour faute grave. Mais le préposé lui donna des fascicules pour des réunions de groupes.

Mais encore : comment avait-elle fait pour passer à côté de la seule vérité qu'elle aurait été en mesure de trouver toute seule, en l'espèce, le fait que selon toute probabilité toutes ces personnes les détestaient, elle et sa famille. Et à raison. Les seules personnes qui ne les détestaient pas étaient des gens comme eux, et il se trouvait qu'elle détestait ce genre de personnes.

Ouroboros X 3 !

Il faisait de plus en plus froid, et s'il continuait à dormir dans sa voiture l'avatar pourrait bien disparaître, aussi cette nuit, il voulut s'adresser à ses amis, mais il n'avait pas assez cultivé ses amitiés (moins 400 000 points) et en fut réduit à appeler le coach de l'équipe de football de son fils pour lui demander s'il pouvait passer la nuit chez lui. Le coach regimba mais finit par accepter.

À présent qu'elle avait soulevé un pan du rideau, elle ne pouvait plus faire marche arrière.

— Nous y voilà. Vous voulez que je passe le portail ?

Jenny releva la tête et constata qu'elle n'était pas devant la maison de Greenwich Village, mais devant la propriété de Middle Rock. Elle avait indiqué la mauvaise adresse.

— Non ! fit-elle. Mon Dieu, non. Euh, je vais mettre à jour la destination. Laissez-moi juste une seconde. Je suis vraiment désolée. Ça vous dérangerait de… est-ce que vous pourriez me… je viens de me rappeler que je devais aller à la gare. Je suis vraiment désolée.

Sans attendre de réponse, elle modifia l'adresse.

Mais l'avatar entendit à travers une cloison la femme du coach se disputer avec le coach à propos de cet hébergement inattendu. L'avatar était un personnage inconvenant, selon la femme, et ne pouvait pas dormir sous leur toit.

— Là ça va ?

Elle descendit du Uber et rejoignit le quai où le train à destination de l'ouest s'arrêterait un instant. À en croire le panneau numérique, son attente serait de vingt-huit minutes.

À cause de la dispute, l'avatar quitta la maison sans se faire remarquer, remonta à bord de sa voiture, roula jusqu'au parking de son ancien lieu de travail, passa sur la banquette arrière et s'endormit.

Quand la honte perpétuelle quitte le corps pendant un temps, il est toujours tentant de croire que la honte n'était qu'un bug, une anomalie. Mais à la façon dont elle la submergeait à nouveau, Jenny comprenait qu'en réalité, la honte était sa condition naturelle, et que c'était sa courte absence qui avait été une anomalie. Elle reprit immédiatement le réflexe consistant à considérer que toute version antérieure d'elle-même, y compris celle d'une minute auparavant, était totalement ridicule.

Mais c'est l'hiver, l'hiver le plus froid depuis un certain temps, et les fonctions biologiques de l'avatar ne tardent pas à ralentir. L'avatar éprouve une euphorie confuse – enfin, une sensation ! – mais avant qu'il ait le temps d'en profiter réellement, il comprend ce que cela signifie. Cela signifie que l'avatar est mort. Tous les points sont perdus, et l'écran devient noir.

D'un coup, Jenny glapit, là, sur le quai de la gare. Elle fondit en larmes pour son avatar. Les gens la regardaient et elle détournait le visage mais ne cessait pas de pleurer pour autant. Le train arriva et lorsqu'elle monta, elle était si chamboulée que son téléphone lui glissa des mains, sauvé de justesse par une rainure. Les portes allaient se refermaient dessus, mais elle parvint à le récupérer juste à temps.

— Qu'est-ce qui ne va pas, mon petit ? lui demanda une voix de vieille femme, et un court instant, Jenny crut qu'il s'agissait de sa grand-mère.

— L'écran de mon téléphone est fissuré, répondit-elle.

— Vous avez besoin que je vous prête le mien ?

— Non, ça ira. Merci beaucoup.

— Eh bien souriez, alors ! Il y a bien plus grave, vous savez.

— Ta gueule ! lui cria Jenny avant de s'éloigner pour finalement trouver une place dans un autre wagon.

Dans l'obscurité du tunnel menant à Manhattan, la vitre lui renvoya son visage. C'était bien elle. Elle n'avait pas d'amis. Elle n'avait pas la moindre connexion émotionnelle avec qui que ce soit. Elle n'avait aucune perspective. Elle avait rejeté tout ce qui lui avait été donné, et le temps qu'elle comprenne à quel point tout cela était précieux, il ne lui restait plus rien.

Une heure plus tard, elle changea à Penn Station pour prendre un métro qui la conduirait à Greenwich Village. Elle était alors si épuisée qu'elle arrivait tout juste à marcher. En sortant de la bouche de métro, elle fut accueillie par la pluie. Elle se traîna jusque chez elle, tirant d'avance un trait sur son lit, espérant atteindre au moins le canapé.

Elle déboucha enfin sur la 9e Rue. Tout bougeait au ralenti. Tout ressemblait à un jeu vidéo et l'avatar était sans force et l'entrée du refuge semblait comiquement éloignée. L'avatar n'avait plus de jus, il n'était pas en mesure de traverser les bancs quasi statiques d'étudiantes parfum vanille qui sortaient du centre de méditation de son quartier, aussi se contenta-t-il de traîner du pied derrière, aussi lentement qu'elles. L'avatar songea qu'il ne s'était jamais endormi en pleine marche, mais peut-être que son avenir comportait encore des premières fois. L'avatar avait perdu tous ses points pour n'avoir pas liké les publications Facebook de ses amies, pour ne pas s'être souvenu des prénoms de leurs enfants. L'avatar comprit que la vie avait suivi son cours tandis que lui était resté figé, paralysé, à réfléchir à la meilleure façon de vivre. Tout portait à croire que cette histoire de la Bible se finirait tragiquement et brutalement.

Mais l'avatar atteignit enfin son perron. Il s'accrocha à la rambarde de fer forgé, grimpa les marches et enfila sa clef dans la serrure, pour constater qu'elle n'était pas verrouillée. Il ouvrit la porte, s'évertuant dans les brumes de l'épuisement à comprendre comment il avait fait pour laisser la porte ouverte au premier venu, et il entra dans le salon, et sur son canapé, en train de l'attendre, se trouvait sa mère.

LES VEAUX, OU LE DYBBOUK

À la suite de l'enlèvement, durant ces années où Phyllis et Ruth se chargèrent de la convalescence mentale et physique de Carl, Phyllis consacra une partie de leur temps commun à raconter à Ruth des histoires concernant les Fletcher, ainsi que sa propre famille, les Mutchnick. Carl lui-même ne connaissait pas ces histoires. Mais, en moins de temps qu'il n'en faut pour dire « remise de rançon », Ruth avait acquis le statut de confidente de Phyllis, ce qui lui valut le privilège (Ruth aurait choisi un autre mot) d'apprendre des secrets parmi les moins avouables au sujet de cette famille dont elle faisait maintenant partie.

Les Mutchnick étaient des marchands de sommeil. Ils tiraient leurs principaux revenus de la location de logements dans un immeuble délabré du Bronx dont les parents de Phyllis étaient propriétaires, non loin de ce qu'on appelle désormais Co-op City. Tous les premiers du mois, les frères de Phyllis, forts de leur stature imposante, s'y rendaient en métro afin de collecter les loyers.

Les Mutchnick n'étaient pas riches, mais leurs locataires, eux, étaient vraiment pauvres. Ils payaient la moitié de ce qu'ils devaient, ou rien du tout, ou proposaient un repas aux frères en échange d'une amnistie, ou ne répondaient même pas lorsque leur porte tremblait sous les coups vigoureux des premiers du mois.

Phyllis raconta à Ruth qu'une fois, alors qu'ils quittaient l'immeuble, ses frères remarquèrent que la porte d'un des appartements vacants était légèrement entrebâillée. À leur approche, quelqu'un s'empressa de la refermer de l'intérieur. Les frères s'échangèrent des regards. Le plus costaud poussa la porte, et ils virent alors quatre familles entassées dans une seule pièce, et en y regardant de plus près, ils s'aperçurent que deux d'entre elles avaient été expulsées de leur logement situé trois étages au-dessus pour non-paiement du loyer, plusieurs mois auparavant, cette fois par le père de Phyllis. Le lendemain, toute la famille de Phyllis, elle y compris, retourna sur place afin de chasser les squatteurs *manu militari* pour infraction de la règle « une famille par logement ». Le père et les frères étaient là pour l'aspect physique de l'éviction, Phyllis et sa mère pour nettoyer l'appartement afin de le louer au plus vite à une autre famille, après augmentation du montant du loyer. Phyllis décrivit à Ruth les contrevenants en question, recroquevillés dans un coin, terrorisés, quand son père et ses frères firent irruption pour les déloger avec la brutalité d'une unité d'intervention spécialisée de la police.

— On aurait dit des souris, déclara-t-elle à Ruth. Des souris effrayées, acculées dans un coin, sans trou où se réfugier.

Ce fut précisément la conclusion de cette histoire qui lui revint en mémoire quand en entrant dans la maison familiale de Greenwich, elle ne put que constater que sa fille squattait les lieux – sa fille, qui selon les rumeurs, était une socialiste professionnelle et vivait dans le Connecticut.

Cet après-midi, Ruth trouva la lumière de la cuisine allumée, premier indice que quelque chose clochait. Il n'y avait personne dans la maison, mais il était évident que quelqu'un y vivait. Il y avait du lait au réfrigérateur, un ordinateur sur la table de la cuisine, des vêtements féminins dans la chambre qu'avait jadis occupée Beamer. Avant de reconnaître les oripeaux ternes et dénué de toute féminité de sa fille, Ruth repensa à ces familles qui vivaient dans les taudis des Mutchnick. Ils avaient tellement négligé cette maison qu'il lui parut tout à fait vraisemblable qu'une famille y ait élu domicile à leur insu. Mais elle aperçut le bas de jogging jaune étalé au bord du sofa du salon, le même que Jenny avait porté chaque soir après la shiv'ah de Phyllis, quand chacun rentrait chez soi. Ce bas de jogging lui était aussi familier que le visage de Jenny (Ruth inspira profondément. Elle ne dirait rien sur ce bas de jogging. Elle ne mordrait pas à cet énième hameçon de son ingrate de fille). Et ce fut à ce moment qu'elle commença à s'interroger : dans sa relation avec sa fille, à quand remontait le début de l'horreur ? À quel moment précis Jenny et elle s'étaient-elles engagées sur cette voie, qui poussait à présent sa propre enfant à faire semblant de vivre dans un autre État pour éviter tout contact avec elle ?

Qui sait pour quelle raison Ruth décida de se rendre à New York ce jour-là ? Elle-même l'ignorait. Nous mettrons donc cela sur le compte des pouvoirs de sorcière que ses enfants lui attribuaient, cette façon qu'elle avait parfois de savoir, tout simplement savoir, que Nathan et Alyssa se disputaient, ou que Beamer avait de mauvaises nouvelles à leur annoncer, ou que Jenny ne viendrait pas fêter Thanksgiving alors que celle-ci avait même pris le soin de confirmer sa venue.

Tout ce qu'elle savait, c'était qu'elle s'était réveillée avec l'envie impérieuse de faire un saut dans la maison de la 9e Rue. Lorsqu'elle s'était couchée la veille, elle n'y pensait pas, tout occupée qu'elle était par ses nouvelles ruminations nocturnes, qui consistaient à dresser l'inventaire exhaustif de ce qui restait à sa famille, biens immobiliers, objets de valeur, et mêmes talents personnels, et tout en se laissant glisser dans le sommeil, à déterminer comme elle pourrait mobiliser ces ressources pour garantir leur salut à tous.

Elle se rendit donc à New York, et avec un plaisir certain, pour : vérifier l'état de la maison de Greenwich Village ; tirer peut-être un semblant de réconfort de ce qui serait susceptible de devenir un nouveau moyen de subsistance pour sa famille ; laisser Carl, qui était un grand garçon, un peu seul ; et avoir quelques foutues minutes rien qu'à elle. La maison de Greenwich était devenue à ses yeux une sorte de compte d'épargne secret qui assurerait leurs prochains et derniers hivers sur cette terre, maintenant que l'usine était un boulet à leurs pieds.

Le trajet jusqu'à New York fut agréable : le fait d'être en mouvement l'empêchait de réfléchir à la question centrale et indicible, celle de savoir si la solution à tous leurs problèmes était tout simplement de revendre la propriété. Oui, c'était évident. Quand on n'avait pas d'argent, on ne vivait pas dans une telle propriété. Il serait impossible de négocier avec Carl. Personne n'avait jamais envisagé que la propriété puisse ne plus appartenir à un Fletcher du vivant de Carl : Nathan en hériterait, puis la transmettrait à ses enfants. On ne pouvait aborder ce sujet avec Carl. Carl regardait la télévision. Carl opinait de la tête et détournait le regard. À l'occasion Carl lisait le journal. Mais Carl n'interagissait pas. Ce qu'on lui avait jadis fait subir, combiné à la façon dont on avait géré la chose par la suite, valait à Ruth d'avoir un mari aussi présent qu'un coussin de canapé. Tant d'années avaient passé. Tant d'années à payer pour ses péchés.

En outre, la propriété représentait pour Carl le réconfort et la stabilité. Qui pouvait savoir ce qui découlerait d'un déménagement, à son âge, si tôt après la mort de sa mère ? Il n'avait que soixante-et-onze ans. Son père était mort jeune, mais Phyllis avait vécu jusqu'à un âge plus qu'avancé. Et de toute évidence, Carl avait hérité de sa longévité. Ce qui signifiait qu'on était encore loin de la fin. À cette simple pensée, Ruth aurait pu fondre en larmes.

La vérité était que, depuis toujours, elle s'était imaginé qu'ils emménageraient à New York une fois que les enfants auraient quitté leur domicile et que Carl serait à la retraite. Ils auraient pu vivre comme des retraités civilisés, aller au théâtre, au musée, même si après tout, ce fantasme n'était peut-être pour elle qu'un mécanisme de survie afin de supporter l'existence qu'elle s'était choisie par accident, encore trop jeune pour en envisager toutes les conséquences.

Même sans kidnapping, Ruth aurait détesté Middle Rock, ce lieu qui jadis avait paru si bien se confondre avec ses rêves de luxe de jeune femme qu'elle n'avait pas tout de suite saisi tout ce qu'impliquerait le fait d'y vivre.

Il n'y avait tout bonnement pas de vie, ici. Rien que des enfants et des personnes d'âge moyen, tous sur le même tapis roulant de routine et d'angoisse de la routine, routine et angoisse de la routine. Il n'y avait pas d'*imprévu*, pas d'heureux hasards, pas de nuit magique, pas de cinémas d'art et essai, pas d'énergie juvénile. Il n'y avait même pas moyen de dîner au restaurant après huit heures du soir ! Comment espérer d'heureux hasards quand on était déjà chez soi à huit heures ? Les ravages qu'essuie l'âme quand on n'est entouré que d'enfants et de personnes d'âge moyen.

Et puis, il n'y avait pas d'anonymat possible. Et encore moins quand vous épousiez un homme issu d'une famille connue de tous et qui avait passé toute sa vie dans cette ville, et encore moins quand votre mari était enlevé et retenu prisonnier pendant une semaine de cauchemar qui paralysait la ville tout entière et captivait (et Ruth savait précisément *qui* était trop captivé) l'ensemble des personnes qui le connaissaient, c'est-à-dire tout le monde.

Ils avaient acheté cette maison à Greenwich Village pour Beamer, avec le projet à long terme d'en faire un investissement, ou un pied-à-terre. Mais dès le début, Ruth savait qu'elle l'achetait pour elle. C'était le genre de maisons devant lesquelles elle passait lorsqu'à dix-sept ans elle se rendait à Greenwich pour des soirées en nightclub ou des rendez-vous auxquels elle consentait en sachant que son cavalier lui paierait le dîner et les cigarettes. Elle observait les propriétaires de ces maisons gravir leur perron et s'imaginait à leur place. Quelle belle vie ce serait si elle habitait une jolie maison bien centrale, et pas un quatre-pièces avec cinq enfants et des parents qui ignoraient comment ils rempliraient encore leur frigo quand ils ne seraient plus en âge de travailler. Il lui arrivait de pouvoir jeter un coup d'œil à l'intérieur, derrière un rideau à moitié tiré, ou par une porte ouverte, et elle voyait alors de riches tentures et des murs éclatants de couleurs chic. Ça paraissait tellement agréable. Elle aurait tellement voulu y être.

Et puis bien des années en arrière, alors que Beamer entrait en première année de fac, Arthur, la seule personne qui restait encore au fait de ses rêves, lui avait dit qu'il avait vu une maison de grès brun à vendre. Elle fit une offre d'achat avant même de la visiter, puis persuada Carl et Phyllis qu'il s'agissait d'un excellent investissement, et regardez un peu l'argent que cela permettrait d'économiser plutôt que de le dilapider dans une chambre de résidence universitaire. L'argument suprême qui finit de convaincre Phyllis était le fait que payer un loyer, c'était jeter son argent par la fenêtre. L'argument suprême qui finit de convaincre Carl était le fait que sa mère y consentait.

Ruth s'était remise à rêver de cette maison deux hivers auparavant, quand Phyllis avait commencé à se plaindre de douleurs articulaires. Ruth avait tenu le froid pour responsable : tous les amis de Phyllis avaient déjà quitté Middle Rock pour la Floride, certains pour Jérusalem, mais pas Phyllis. Ruth ne savait même pas si elle avait un jour rêvé de passer ses vieux jours au soleil, leurs perspectives s'étant brisées net le jour où Carl avait été enlevé. Lorsqu'il leur était revenu, Phyllis avait fait emménager leur famille dans sa propriété en déclarant qu'elle n'irait nulle part où Carl ne se trouverait pas.

Or à la même époque où débutèrent les douleurs articulaires, le visage de Phyllis connut de curieux changements. Sa peau acquit une brillance, un lustre inédit, et ses joues s'arrondirent, lui donnant un air de star du cinéma des années 1930, jolie et pleine de vie, il n'y avait pas d'autres termes pour décrire cette métamorphose. Partout où elle allait, on le lui faisait remarquer. Phyllis, qui aspirait depuis toujours à une beauté et une jeunesse surnaturelles, affichait alors un sourire aguicheur et cachottier, le même qu'elle avait arboré après son lifting. Mais il s'accompagnait toujours d'un léger affaissement des sourcils et d'un soupçon de confusion dans le regard. Quelque chose clochait. On avait du mal à s'imaginer qu'à son âge, Dieu avait enfin consenti à la rendre belle.

Ruth ne s'était pas inquiétée de ce changement dans son apparence, pas même après que Carl lui eut marmonné quelque chose à ce titre au sortir d'un dîner en sa compagnie. En sortant de chez Phyllis pour rentrer chez eux, il avait dit :

— Le visage de ma mère est bizarre.

Mais Ruth avait répondu d'un simple haussement d'épaules. Après tout, Ruth n'avait rien perdu des multiples changements subis par ce visage au fil des années. Phyllis avait fait l'objet de plusieurs interventions de chirurgie élective, dont un lifting des paupières, un lifting du cou, un lifting du visage incluant un rafraîchissement du lifting des paupières et un lifting du cou supplémentaire – l'ensemble si rehaussé qu'on aurait cru que la gravité faisait partie des forces que Phyllis avait à sa botte – et enfin une opération d'urgence durant laquelle on reconstruisit son septum nasal, pour la simple raison que la longévité de Phyllis avait déjoué tous les pronostics sans que personne ait eu l'idée d'en avertir sa rhinoplastie.

Ruth avait donc supposé que Phyllis avait subi une autre « intervention » – Ruth aurait penché pour une série de ces nouvelles injections qu'on appelait « fillers » – qui interagissait curieusement soit avec son Lipitor soit avec son Losartan, ce qui finit par décider Ruth à l'emmener chez le docteur. Ce qui était arrivé au visage de Phyllis n'était pas le résultat d'une intervention chirurgicale secrète : il s'agissait en réalité d'un syndrome du nom de sclérodermie systémique.

— La plupart des personnes atteintes attendent des mois avant de consulter, déclara le docteur Halpern. Elles pensent que leurs crèmes ou leurs soins sont soudainement devenus plus efficaces. Ce n'est que lorsque les douleurs surviennent qu'elles vont voir leur médecin. Et à ce stade, eh bien…

Il désigna Phyllis d'un geste.

— Je croyais que les douleurs finiraient par passer, dit-elle.

Ses cheveux étaient à présent blonds, comme sur les vieilles photos de sa jeunesse, mais ils n'étaient plus soyeux. Ils étaient savamment crêpés afin de dissimuler à quel point ils étaient clairsemés. Elle portait des lunettes aux verres énormes dont la teinte ambrée s'estompait du haut vers le bas : ce n'étaient pas des lunettes de soleil, mais des lunettes à double foyer déguisées.

Le docteur Halpern toucha le coude de Phyllis et celle-ci le recula par réflexe. Ruth la dévisagea. Durant toutes ces années, elle ne l'avait jamais vu se plaindre d'une quelconque douleur.

— Eh oui, fit le docteur Halpern d'un ton doux. C'est quand les douleurs ne passent pas que les gens consultent.

— Je pensais…

— Vous pensiez rajeunir, compléta le docteur Halpern dans un sourire triste.

Phyllis ouvrit la bouche et secoua la tête comme si elle ne parvenait pas à exprimer ce qu'elle voulait dire.

— Comment a-t-elle attrapé ça ? demanda Ruth.

— Oh, c'est génétique, répondit le docteur. Mais cela ne signifie pas pour autant que Carl ou vos enfants seront touchés. Que cela ne vous empêche cependant pas de rester à l'affût de maladies auto-immunes chez eux. C'est un véritable problème, pour les juifs. Je ne vous apprends rien.

Il leur expliqua qu'à part suivre le traitement stéroïdien qu'il lui avait prescrit, il n'y avait pas grand-chose d'autre à faire, mais qu'il avait constaté dans bon nombre de cas une réponse positive chez les personnes atteintes de cette maladie. Phyllis se leva et le docteur demanda à Ruth de rester un moment afin de remplir un formulaire. Quand Phyllis fut sortie, il informa Ruth qu'il n'existait pas de traitements vraiment efficaces pour les patients de l'âge de Phyllis, et que tout laissait présager que ce serait de ça qu'elle mourrait.

— Il fallait bien que ça arrive un jour, hein ? conclut-il.

Ruth ramena Phyllis en voiture, remonta la longue allée, l'installa confortablement dans sa maison, puis redescendit la longue allée pour rentrer chez elle. Elle considéra la propriété comme si c'était la première fois – cette première fois où elle avait pris conscience que le jeune homme qui avait flirté avec elle était en réalité sa planche de salut – et au lieu de la trouver superbe, et vénérable, et distinguée, elle la trouva absolument horrible.

À mesure que l'état de Phyllis empirait, Ruth n'avait de cesse de soupirer après la maison de Brooklyn, de rêver de ce qui les attendrait ensuite, Carl et elle. Peut-être qu'une fois Phyllis hors-jeu, Carl pourrait enfin devenir la personne qu'elle avait toujours espéré qu'il devienne.

Mais le pensait-elle vraiment ? Elle ne s'en souvenait plus. Les récents événements l'avaient dépouillée de tous ses espoirs et la poussait au scepticisme même à ses moments optimistes. Et ceux-ci n'étaient pas fréquents.

Et puis Phyllis avait rendu l'âme. Elle n'avait pas figuré sur la liste des survivants de cette année. C'était ce qui tournait sans cesse dans la tête de Ruth tandis qu'elle organisait ses funérailles. Phyllis était morte, de maladie. Elle n'avait pas été retenue pour la prochaine saison. Et assise dans la maison de Greenwich, attendant le retour de sa fille séditieuse, elle prit alors conscience que la seule personne qui aurait compris sa peine à cet instant précis n'était plus.

Les problèmes que Ruth avait avec Jenny étaient antérieurs à la mort de Phyllis. Peut-être étaient-ils même antérieurs à la naissance de Jenny. Peut-être dataient-ils de ces lointaines journées passées à faire du café pour des agents du FBI et à répondre encore et toujours aux mêmes questions, dans cette maison néo-Tudor de St. James Drive, en attendant qu'un miracle se réalise. Et puis il fallait aussi gérer ses enfants. Nathan ne posait pas de problème : la plupart du temps, elle était en mesure de l'entendre où qu'il soit, et puis de toute façon, il sortait rarement de son champ de vision. C'était Bernard qui l'inquiétait. Il était plus rusé et tout à fait incontrôlable, toujours prêt à se tortiller et à s'enfuir à la moindre occasion, à la fois terrorisé et surexcité par l'agitation qui régnait chez eux. Elle essayait de le contenir, mais il parvenait à s'extraire de ses bras dès que quelqu'un ou quelque chose requérait l'attention de sa mère. Quand elle s'apercevait soudain du calme inhabituel qui s'ensuivait, elle se figeait, sollicitant au maximum son système nerveux périphérique jusqu'à ce qu'elle l'aperçoive. Elle n'avait déjà plus besoin de se tourner vers lui pour le retrouver. Elle était portée par un instinct et une ouïe surhumains, telle une panthère dans la jungle : elle sentait plus ses enfants qu'elle ne les voyait. Quand on est enceinte, on est incapable de penser à autre chose qu'au fait d'être enceinte. Il pouvait se passer plus d'une semaine sans que Ruth pense au bébé qui grandissait en elle. Était-ce à ce moment-là que tout avait commencé ?

Mais peut-être ses problèmes avec sa fille remontaient-ils à plus longtemps encore, à l'époque de Dale Scher ? Dale, qu'elle avait rencontré durant un cours de comptabilité. Il suivait cette formation à la suite d'un compromis passé avec son père. Elle voulait devenir responsable des achats dans un grand magasin, mais ce cursus n'existant pas encore dans les établissements publics, elle s'était spécialisée en gestion commerciale. Dale rêvait de devenir prof de sport, et alors qu'ils tombaient profondément amoureux l'un de l'autre, Ruth était partie du principe qu'il finirait par abandonner ce projet de vie idiot pour choisir une profession sérieuse, qui lui permettrait de subvenir aux besoins d'une famille. Quand au bout de trois mois de relation amoureuse Dale l'invita à une fête organisée par la fraternité juive AEPi, il n'avait toujours pas ouvert les yeux et se complaisait dans son absence de pragmatisme, contrairement à cet autre jeune homme dont elle fit connaissance durant cette même fête, et que la mort récente de son père avait rendu tout à fait terre à terre, et tout à fait riche.

Carl n'était pas étudiant, ou tout du moins il ne l'était plus. Il était entré à UCLA, mais le décès soudain de son père l'avait obligé à revenir chez lui avant la fin de sa première année, et il consacrait ses soirées à profiter autant que possible de sa jeunesse malgré le fait que du haut de ses vingt-et-un ans, il était désormais à la tête d'une usine, à la tête d'une centaine de travailleurs, tous majeurs et vaccinés, avec pour seul guide et conseiller Ike Besser, contremaître de son père qui n'avait qu'un an de plus que lui.

Ruth se souvenait de l'instant où elle avait aperçu Carl à l'autre bout de la salle, si jeune et si propre sur lui, brillant et bien mis. Carl la regardait comme frappé par la foudre.

— Comment allez-vous ? demanda-t-il.

Dale passa son bras autour de ses épaules.

— Distinguée, hein ?

Puis il répéta d'un ton ampoulé :

— *Comment allez-vous ?*

— Je suis enchanté, répondit Carl.

Carl dévisageait Ruth, et Dale, Dale sut que quelque chose était en train de se passer. Il serra un peu plus fort sa petite amie contre lui. Son haleine sentait la bière. Presque malgré elle, Ruth se tortillait discrètement pour se libérer de son étreinte.

— On doit y aller, déclara soudain Dale, alors qu'en réalité pas du tout.

Il la raccompagnait chez elle quand une dispute éclata. Ruth ne se rappelait plus à quel sujet (sans doute le même que toujours : lui voulait qu'ils se marient immédiatement, elle tenait à attendre la fin de ses études), mais elle se rappelait avoir compris sur l'instant qu'il lui demandait en vérité de lui réaffirmer son amour, d'une façon typiquement masculine, c'est-à-dire totalement indirecte. Elle se rappelait avoir parfaitement compris ce qu'il attendait d'elle et s'être alors demandé pourquoi elle n'éprouvait aucune envie de le lui accorder.

Le lendemain, sa mère l'informa qu'un jeune homme avait appelé. Il se prénommait Carl. Ruth annula une sortie cinéma prévue avec Dale, prétextant une migraine, et attendit chez elle que Carl la rappelle. Ce week-end-là, il l'invita au Copacabana.

Elle n'était pas une horrible personne (c'était ce qu'elle se disait). Elle aimait Dale, soit, mais l'amour n'était pas le seul et unique critère à prendre en compte. Elle avait grandi avec beaucoup trop de frères et de sœurs et des parents qui s'aimaient. Mais ce qu'elle voulait, c'était la sécurité. Ce qu'elle voulait, c'était de pouvoir faire des choix sans avoir à se demander si cela entraînerait sa ruine, et alors qu'elle n'en était encore qu'à tremper ses orteils dans les eaux de l'âge adulte, elle était déjà terrorisée par les atrocités qui pouvaient découler du moindre faux pas quand on vivait aussi près des marges de la société. Elle arrivait tout juste à s'imaginer faire des études supérieures.

Au bout du compte, elle n'acheva même pas son lycée : elle était déjà mariée avant le début de la dernière année. Et elle avait déjà accès à plus d'argent qu'elle n'aurait pu en gagner en vingt-cinq ans de travail.

Et elle était *occupée*. Elle décorait la maison. Elle fréquentait le temple. Elle participait aux réunions auxquelles sa très dirigiste belle-mère souhaitait qu'elle participe, celles du groupe féminin de la synagogue, celles de la Hadassah, celles de la Société historique, même si, personnellement, elle ne croyait pas au principe de conservation. Qu'y avait-il à conserver ? Elle croyait au progrès. Elle avait vu les choses s'améliorer. Elle était née dans le sillage de la Grande Dépression. Elle avait vu le jour à l'époque où Israël était devenu un État. De son vivant, elle verrait l'avènement de la micro-informatique, et, elle en était convaincue, à ce rythme-là, elle assisterait avant sa mort à la colonisation de la Lune. D'où la question : qu'y avait-il à conserver ?

Mais elle n'eut pas une minute à consacrer à de tels débats. La vie s'imposa bien trop vite à elle, et un beau jour, elle tomba enceinte. Puis une deuxième fois. Puis une troisième. Elle n'aurait jamais à travailler pour vivre, elle le savait. Mais elle avait espéré pouvoir voyager et connaître un peu le vaste monde. Et puis Carl avait été enlevé, et elle avait su qu'elle ne pourrait plus faire de projets avant longtemps. Elle ne comprit pas assez vite qu'elle ne pourrait plus jamais en faire.

Durant ces nuits où les agents du FBI restèrent sous son toit, voilà ce qu'elle se disait : où qu'il soit à présent, elle avait la certitude absolue que Dale n'aurait pas été victime d'un enlèvement. Elle savait que si elle l'avait épousé, elle aurait eu une existence normale. Elle aurait eu des enfants qui auraient représenté sa priorité absolue, des enfants qu'elle aurait pu tout simplement élever, plutôt que de les voir comme elle voyait ses enfants non imaginaires, c'est-à-dire comme des menaces potentielles pour la psyché fragile de son mari.

Non, pire encore. Elle aurait pu espérer avoir des enfants qui lui auraient peut-être ressemblé un peu plus, par leur opiniâtreté et leur énergie. Elle aurait pu avoir des enfants qu'elle aurait peut-être tenus en plus haute estime. Elle avait passé toute leur vie à les voir se débattre vainement en quête d'un sens à cette vie où tout leur était servi sur un plateau. Elle les plaignait, parce que quand on naît comme ça, même si on perd tout, comme c'était désormais leur cas, on ne sent jamais l'instinct de survie brûler au fond de soi. On ne croit jamais vraiment qu'il existe une bonne raison de se lever le matin, même si désormais, il y en a une. Ruth savait que son instinct de survie était très puissant. C'était à cause de cela qu'elle avait épousé un homme riche sans se demander ce que cela impliquerait pour ses enfants. Le danger s'était volatilisé quand elle s'était mariée avec Carl, mais la peur ne l'avait jamais lâchée.

Peut-être que son animosité envers Jenny remontait à encore plus loin. Peut-être.

Ou peut-être simplement à ce moment : après l'enlèvement de Carl, après lui avoir rendu visite à l'hôpital, la deuxième nuit de sa prise en charge, arrivée chez elle, elle avait remarqué des taches dans le fond de sa culotte. Elle avait appelé Phyllis pour lui demander de garder les enfants, et elle avait repris le volant pour retourner au Long Island Jewish Medical Center et y voir le docteur Mark. Mais en route, quelque chose en elle changea brusquement de cap, et sans même y réfléchir, elle se rendit au centre hospitalier universitaire North Shore de Long Island, où patiemment, elle attendit aux urgences, comme tout le monde, les yeux fixés loin devant elle. Lorsqu'elle fut enfin reçue par une gynécologue qu'elle n'avait jamais vue auparavant, sa serviette hygiénique était si imbibée de sang que la fin prématurée de sa grossesse lui parut évidente. Mais elle n'était pas triste. Non, elle se sentait soulagée. Elle était désolée que l'enlèvement ait conduit au martyre de ce bébé, mais mieux valait que ce soit lui qui paye que Carl ou les garçons. Ou elle.

Pourtant le bébé allait bien. La docteure réalisa une échographie et Ruth vit de ses yeux qu'il était encore plein de vie. Elle entendit de ses propres oreilles les palpitations humides de son cœur et se sentit écrasée par le poids de la déception lorsque l'obstétricienne lui sourit et lui dit qu'il était bien accroché.

Là, sur cette table d'examen, une pensée s'imposa à elle, définitive : elle ne voulait pas de ce bébé. Elle savait qu'il était déjà entaché par quelque chose de dévoyé.

Mais elle s'en alla sans demander l'indemandable. Une femme comme elle, dans sa position financière, qui demandait à avorter ? On n'avait jamais vu ça. Elle rentra chez elle, et le soir même, fit tout ce qui aux dires des sage-femmes était susceptible de provoquer une fausse-couche.

À l'hôpital, Carl répétait à l'envi que c'était le bébé qui lui avait donné le courage de tenir bon au fond de ce sous-sol. C'était le seul sujet qu'il abordait sans relation directe avec sa terreur toujours présente. Il voulait savoir si Ruth sentait déjà le bébé bouger, si elle pensait que c'était une fille. Il tenait tellement à ce que ce soit une fille.

Chez elle, Ruth but du café, des tasses et des tasses et des tasses. Elle but du vin. Elle acheta des cigarettes sans filtre. Elle se présenta à l'un des tout nouveaux cours d'aérobic. Elle enchaîna *trois* séances d'aérobic. Elle prit des diurétiques. Elle prit des laxatifs. Elle prit du potassium. Elle fit le poirier. Elle reproduisit les postures de yoga déconseillées aux futures parturientes qu'elle trouva dans un livre à la bibliothèque. Sous la douche, elle se rouait le ventre de coups de poing, jusqu'à en vomir. Mais absolument rien ne pouvait faire plier ce bébé, et en octobre, Jenny vit le jour.

Quelle part de choix laissa-t-on à Ruth ? Après l'enlèvement, elle avait fait de son mieux pour prendre sur elle, face à une belle-mère convaincue que le mieux pour son fils était de faire comme si rien ne s'était passé.

— Nous devons faire en sorte que tout lui paraisse normal, lui chuchotait Phyllis quand elle la surprenait en train de pleurer, une cigarette au bout des doigts, sur le porche arrière de la maison, quand les enfants étaient à l'école. Jette-moi ça. Tu attends un bébé, bon sang !

— Je n'arrive pas à faire semblant.

Ruth écrasa sa cigarette.

— Où que j'aille, je ne peux pas m'empêcher de me demander : « Et maintenant, qu'est-ce qui va se passer ? », « Est-ce qu'il y a d'autres complices toujours en liberté ? », « Est-ce que quelqu'un est en train de nous épier ? », « Qui nous a jeté le mauvais œil ? »

— Est-ce que ça te soulage de dire toutes ces choses ? demanda Phyllis. Parce que je te promets qu'à l'instant où tu cesseras d'en parler, tout disparaîtra. C'est à son corps que c'est arrivé. Pas à lui.

Phyllis la laissa seule et Ruth s'en alluma une autre.

Bien sûr, songea-t-elle. *Rien n'est arrivé. C'est déjà loin derrière.*

Sauf que Bernard mouillait toujours son lit.

Sauf que Nathan avait toujours l'impression que quelqu'un se trouvait derrière lui.

Sauf que, chaque nuit, au moment où Carl basculait dans le sommeil paradoxal, il se mettait à sursauter et à crier, et cela perdura après la naissance du bébé, et Ruth était exténuée, et ses réserves d'empathie étaient quasi à sec.

Elle emmena Carl au cabinet de son médecin traitant (sans en avertir Phyllis), qui lui parla d'une nouvelle génération de médicaments dont l'effet bénéfique sur les patients en pleine crise psychotique avait été scientifiquement prouvée.

— Je ne suis pas psychotique, David, dit Carl.

Se retrouver là, en blouse, avec sa femme assise à côté sur sa chaise, comme lorsque les enfants se faisaient ausculter. Quelle indignité.

Carl rentra chez lui et prit son traitement. Mais on n'en était qu'au tout début des antidépresseurs. La liste des effets indésirables du médicament prescrit par son docteur était effrayante : hypersudation ; paranoïa ; vertiges ; spasmes incontrôlables des paupières ; bouche sèche ; démangeaisons aux lèvres ; propension à réaliser des multiplications complexes de tête de manière constante et répétée ; constipation.

Carl n'échappa à aucun de ces effets secondaires. Chez d'autres patients, ils agissaient presque comme un remède : ils sollicitaient tellement le sujet que celui-ci n'avait plus conscience de souffrir psychiquement. Mais chez Carl, cela s'apparenta à une thérapie d'exposition. Il avait déjà connu l'hypersudation et la paranoïa quand on l'avait enfermé dans un placard. Il avait déjà connu les étourdissements et les battements de paupières forcenés en restant si longtemps les yeux bandés. Et bien sûr, il avait déjà eu la bouche sèche et les lèvres qui le démangeaient, à cause du bâillon. Et sans surprise, Ruth se réveillait au beau milieu de la nuit et le retrouvait assis sur le carrelage de la cuisine, le plus gros couteau de toute la maison à côté de lui, sanglotant, disant qu'il ne pouvait s'empêcher de calculer mentalement des primes d'assurance.

Sauf que deux ans plus tard, en 1982, « *Make it simple !* », « Faites simple ! », la même phrase que le kidnappeur avait adressée à Ruth lors de sa demande de rançon téléphonique, avant de raccrocher – fut le nouveau slogan d'une marque de soupes en boîtes de conserve durant une campagne visant à présenter leurs produits comme d'excellentes bases de marinades pour la viande de poulet et les steaks, ou pour rajouter du goût à une sauce. Les publicités étaient si agaçantes et si omniprésentes qu'une émission comique de deuxième partie de soirée reprit le slogan à son compte, le répétant un soir à chaque sketch, et du jour au lendemain des gens dans la rue portèrent des T-shirts où l'on pouvait lire *Make It Simple !* comme on put voir des T-shirts *Where's the Beef ?* en 1984, ou *Got Milk ?* en 1993.

Sauf que Carl dînait à une table d'invités lors de la bat-mitsvah de la fille aînée de Marian et Ned Greenblatt lorsque la conversation s'attacha au sujet de l'argent. Il ne s'était pas passé un an depuis l'enlèvement, et Ruth avait encore bon espoir que cette épreuve fasse un jour figure d'événement malencontreux dans une vie de famille et de couple par ailleurs pleine de joie et de bonheur. Cecilia et Frank Mayer, ainsi que Bea et Walter Goldberg, se trouvaient à la même table qu'eux, après la cérémonie d'allumage des bougies, et l'on en était venu à parler des livrets d'épargne bancaire. Carl sciait un steak trop cuit en écoutant Bea se plaindre qu'ils venaient de perdre douze mille dollars par la faute d'un cousin investisseur.

— Je sais ce que c'est, de perdre de l'argent, intervint-il subitement.

Frank et Cecilia Mayer s'échangèrent un regard. C'était la première fois qu'il s'exprimait depuis le début de la soirée.

— Il se trouve que j'ai perdu 221 934 dollars, poursuivit-il.

Toute la tablée fut stupéfaite.

Ruth ferma les yeux. Ce n'était pas la première fois qu'elle entendait ce montant.

— Tu as investi deux cent… excuse-moi, combien, déjà ? demanda Walter Goldberg, essuyant d'un revers de serviette rose clair un peu de sauce au poivre au coin de sa bouche.

— 221 934 dollars. Que j'ai perdus. On ne me les a jamais rendus. J'ai pu récupérer 9 479 dollars auprès de l'un d'eux, et 13 587 dollars auprès de l'autre. Mettons 5 000 dollars pour la Datsun d'occasion, que je n'ai même pas pu revendre à mon tour, parce que c'était une pièce à conviction, et que les aléas de l'enquête, etc. Mais ils ont reçu 250 000 dollars en tout, ce qui nous fait 221 934 dollars en souffrance. Si ces deux-là s'étaient partagé la somme, il n'y aurait absolument aucun moyen de savoir où se trouve le reste. Mais à mon avis, ils n'en ont eu qu'une partie. Mettons 15 000 dollars chacun, qu'ils n'ont pas entièrement dépensés. Ce qui veut dire qu'il y encore quelqu'un dans la nature qui a en sa possession 220 000 dollars de ma poche.

Les convives attablés comprirent qu'il parlait de la rançon. Ils restèrent immobiles sur leurs chaises.

— Estimation finale, conclut Carl.

Après une longue pause, Cecilia dit :

— Je pensais que l'argent vous avait été rendu.

— Cecilia ! lança Frank.

— Non, fit Carl. Pas le gros de la somme.

Tout le monde tentait désespérément de trouver quelque chose à dire. Ruth avait encore les yeux clos. Elle détestait Cecilia Mayer de tout son être. Elles avaient eu leurs filles sensiblement à la même époque, et Jenny et Erica allaient à la même crèche. Chaque semaine, Ruth et Cecilia s'asseyaient par terre pour secouer des hochets, et Cecilia posait à Ruth des questions sur sa vie quotidienne, pleines d'arrière-pensées que Ruth était venue à considérer comme l'expression concrète et banale du mauvais œil.

Quand Ruth rouvrit enfin les yeux, elle les garda baissés sur son steak parfaitement immangeable. Les Greenblatt étaient des rapiats finis.

— Peut-être que vous finirez par le récupérer, on ne sait jamais, hasarda Bea d'un ton joyeux.

Le silence revint, et Carl était le seul qui continuait à manger. Ce fut la seule fois où il parla de l'enlèvement en public, la seule fois où il y fit référence de façon aussi anodine.

Le lendemain, Ruth convainquit Carl d'arrêter son traitement.

Sauf que les choses ne s'arrangèrent pas pour autant. Carl était absent, presque catatonique, même. Ike venait le chercher tous les matins en voiture, et le ramenait chaque soir chez lui. Carl ne quittait pas son bureau de la journée. Même après le procès, on aurait dit une personne enfermée sous la peau d'une autre personne, et Ruth commença à oublier qui il avait été avant, se demandant même s'il avait un jour été quelqu'un.

Après la naissance de Jenny, Ruth prit rendez-vous avec le médecin de sa mère à Brooklyn, au prétexte qu'elle désirait lui parler de Bobe Lipshe. Mais lorsqu'elle se retrouva seule à seul avec le docteur Schechter, elle fondit en larmes en lui parlant de son mari, qui semblait irrémédiablement brisé.

Le docteur Schechter lui tendit un mouchoir et posa sa main sur son genou (il était comme ça : c'était une autre époque).

— Ça peut prendre toute une vie, de se remettre d'une chose pareille, déclara-t-il.

Les mots refusaient de sortir de la bouche de Ruth. Elle aurait voulu lui dire qu'elle ne pouvait attendre toute sa vie, mais c'était faux. Ce qui était arrivé n'avait épargné personne. À en juger par la façon dont Phyllis parlait de cette épreuve, toujours à voix basse, on aurait cru que Carl avait été la seule victime. Mais Ruth avait failli être veuve. Ruth avait elle aussi connu la terreur, que le retour de Carl n'avait pas apaisée : elle continuait de croître dans le même vide où poussait sa solitude. Elle avait donné naissance à une enfant qu'elle refusait de laisser dormir autre part que dans sa chambre. Personne ne se demandait ce qui s'était passé dans la tête de Ruth durant cet épisode. Malgré toutes ses souffrances, Carl, lui, avait au moins su qu'il était vivant. Elle, non. Est-ce que quelqu'un y avait déjà pensé ?

Le docteur Schechter lui prescrivit un calmant et lui recommanda un psychologue.

— Mais il a déjà essayé des cachets, sanglota Ruth. Ça le rendait fou. Ça continue à le rendre fou !

— Ce n'est pas un docteur qui prescrit des cachets, mon petit, la détrompa le docteur Schechter. C'est un docteur à qui l'on *parle*.

— Carl n'acceptera jamais.

Il écarta la main, et Ruth eut froid au genou.

— Essayez.

Quelques jours plus tard, Ruth se rendit à Manhattan pour voir le docteur Light afin de discuter de la possibilité de faire venir Carl dans son cabinet. Ce dernier était richement lambrissé, une bibliothèque occupait tout un mur, dont une étagère accueillait exclusivement des exemplaires d'un ouvrage qu'il avait écrit, intitulé *Libérez-vous*, et qui manifestement avait été traduit en allemand.

Le docteur Light était chauve, avec un bouc qui semblait trop sombre en regard de son âge et du teint de sa peau. Jusqu'ici, Ruth ne s'était jamais imaginé que la pilosité faciale puisse faire l'objet d'une teinture.

— Quel bon vent vous amène ? demanda le docteur Light.

Ruth berçait Jenny qui dormait dans sa poussette. Elle avait dit à Carl qu'elle allait visiter une cousine éloignée avec le bébé. Ils ne lui avaient toujours pas donné de prénom parce que Carl n'était pas encore en capacité de prendre part à un événement en public (est-ce que ça remontait à *cette époque* ? Est-ce que c'était lié au fait que Jenny n'avait pas reçu son prénom en bonne et due forme à la shul ?).

— C'est au sujet de mon mari. Il a été kidnappé il y a onze mois, et je n'attends pas de lui qu'il se porte au mieux…

Elle s'interrompit pour se demander ce qu'elle attendait de Carl, et faute de pouvoir répondre à sa propre question, elle reprit :

— … mais il a constamment peur.

— Pourquoi n'est-il pas ici avec vous ?

— Je ne voulais pas le contrarier. Je ne souhaite qu'une chose, l'aider. Je me demandais si vous aviez des conseils à me donner sur la marche à suivre.

Elle lui parla du sommeil de Carl. Elle lui parla des terreurs nocturnes. Elle lui parla de la panique qu'il éprouvait à l'idée de sortir de chez eux.

Le docteur Light observa un moment de réflexion. Ils étaient face à face, lui dans son gigantesque fauteuil club, elle assise sur le divan où devaient sans doute s'allonger ses patients. Il regarda Ruth de la tête aux pieds, s'attardant une seconde de trop sur ses délicieuses chevilles. Elle était venue avec un bébé, bon sang.

— Très souvent, ce genre d'épisode marque le cerveau d'une profonde blessure, lui expliqua-t-il. J'imagine que le fait que vous passiez votre temps à pleurer ne doit pas aider.

Ruth n'était pas en train de pleurer. En tout cas elle n'en avait pas l'impression. Elle porta la main à ses joues. Complètement sèches.

— Écoutez, les hommes et les femmes sont différents.

Il gloussa et remua les mains de bas en haut comme un arbitre de basket signalant une reprise de dribble.

— Surtout n'allez pas rapporter mes paroles aux féministes ! dit-il en riant. Mais même les féministes seraient d'accord. Ce qui est arrivé vous a rendue hystérique.

Ruth attendit la suite.

— Toutes les femmes ne sont pas hystériques. Mais toutes le sont *potentiellement*. Toutes naissent avec cette prédisposition. Il suffit qu'un événement important survienne, et boum, l'hystérie est libérée. Un peu comme une boule de flipper en vous, vous comprenez. Vous jouez au flipper ?

— Ce n'est pas vraiment de moi qu'il s'agit, objecta Ruth. Je suis venue parler de mon…

— Soit, mais tout est lié, vous comprenez ?

Il se pencha en avant, les mains sur les cuisses.

— Si vous êtes calme, il le sera lui aussi. Vous comprenez ?

— Mais…

— Voilà que ça vous reprend. Caaaallllme.

Il allongea ce mot comme s'il essayait de lui lancer le concept de tranquillité à la volée, comme pour lui montrer que dans ce mot même, il lui était possible de trouver assez de place pour une journée de spa entière.

De toute l'histoire des interactions humaines, aucune femme n'est jamais parvenue à expliquer qu'elle était calme à un homme suggérant qu'elle ne l'était pas.

— Voici le conseil que je vous donne : vous devriez venir me voir deux fois par semaine. Laissez peut-être le bébé à la maison. (Mon Dieu ce qu'il aimait ses chevilles.) Il est extrêmement important que vous restiez détendue en toute circonstance, parce qu'avec un incident tel que celui qu'a vécu votre mari, le véritable danger, c'est un torrent d'émotions excessives, susceptible d'allumer un incendie tout autour de lui. Vous avez vu cette campagne de sensibilisation aux feux de forêts, avec l'ours Smokey ?

— Oui.

— Vous êtes la seule à pouvoir empêcher un départ de feu, Ruth.

Face à son mutisme, il poursuivit :

— Le plus important, c'est de veiller à ce qu'il reste calme.

— Qu'est-ce… qu'est-ce qui va lui arriver ?

— Il ne s'en remettra jamais. Ce sont des choses qui arrivent. Ce qu'il a vécu dépasse ce qu'il peut endurer. Le cerveau n'est pas en mesure d'assimiler cette expérience. Il doit garder cela au fond de lui, là où il est possible de l'étouffer. S'il se met à éprouver des choses, ce sera sans fin.

Ruth restait immobile sur le divan. Jenny dormait depuis longtemps déjà : elle n'aurait eu qu'à pleurer, ou même remuer un peu pour que Ruth prétexte l'heure du biberon et quitte ce cabinet.

— C'est un tout nouveau type de diagnostic. On appelle ça le trouble de stress post-traumatique. Ils ont trouvé ça il y a une poignée d'années. Les vétérans du Vietnam et leurs flashbacks, vous voyez ?

— Et qu'est-ce qu'on peut faire ?

— Rien du tout. Ce n'est qu'un simple diagnostic. Alors vous m'avez bien compris ?

Il se leva.

— Faites en sorte que le calme règne autour de lui. Faites en sorte qu'il lui soit facile d'oublier. Faites simple.

Elle frissonna.

— Tout ira bien si vous l'aidez à *retenir* tout ça au fond de lui.

Elle prit congé et sortit du cabinet, maudissant silencieusement Jenny de ne pas avoir pleuré comme un bébé normal.

Est-ce que tout remontait à cette époque-là ?

Le cours des pensées de Ruth fut alors dévié, et elle se demanda depuis combien de temps Jenny vivait dans la maison de Greenwich. Quelques jours ? Quelques semaines ?

Quelques années ? À quoi bon se poser ces questions ? Qu'est-ce que Ruth savait de Jenny, après tout ?

Le truc, c'est qu'on peut passer sa journée à se poser ce genre de questions. On peut même trouver des réponses, mais aucune qui puisse expliquer ce qu'on cherche vraiment à savoir : comment est-ce que tout avait aussi mal tourné ?

*

— Maman, dit Jenny à son arrivée en voyant sa mère assise sur le canapé.

Jenny paraissait fatiguée, ou peut-être avait-elle simplement l'air d'une fille qui approche de la quarantaine et ne se maquille jamais. Elle se campa sur le seuil du salon.

— Jennifer, dit sa mère non sans un certain dégoût. Qu'est-ce qui t'est arrivé ?

— Comment ça ?

— *Jennifer*. Qu'est-ce que tu fiches *ici* ?

Jenny réussit à reprendre ses esprits. Elle adopta une attitude plutôt normale et traversa la pièce pour poser ses clefs sur le comptoir de la cuisine, afin de gagner du temps. Elle évitait soigneusement de croiser le regard de sa mère.

— Ça fait trois heures que je suis assise ici, dit Ruth. Trois heures que j'essaye de comprendre ce qui a pu t'amener à vivre dans cette maison depuis Dieu sait combien de temps sans penser un seul moment à en avertir ta famille.

Jenny s'occupait toujours, sortant lentement des choses de son sac pour les poser sur le comptoir de la cuisine, sans véritable raison de le faire.

— Donc selon toi je ne mérite pas d'avoir des explications, fit Ruth.

— Faut croire que non.

— Tu as pleuré ?

— Non.

— Si, tu as pleuré. Que s'est-il passé ?

— Je viens juste de… j'ai parlé à quelqu'un. Je me suis disputée avec quelqu'un.

— Pourquoi tu n'es pas dans le Connecticut ?

Soudain, une idée traversa l'esprit de Ruth.

— D'ailleurs, est-ce que tu y as un jour vécu ?

Jenny s'assit sur le canapé.

— Maman, je ne sais pas ce qui t'amène ici. Si tu veux que je parte, c'est ta maison, tu n'as qu'à me le dire, j'aurai vidé les lieux d'ici ce soir.

— Jenny, ça n'a aucun sens.

— Rien n'a de sens, Maman.

— Mais qu'est-ce qui te prend ? lança Ruth, incapable de s'exprimer d'un ton moins colérique. Il faut que j'appelle un docteur ?

— Non.

— Que fais-tu ici ?

— J'essaye de comprendre comment j'ai fait pour avoir un tel bordel dans la tête, Maman. Comment j'ai fait pour me retrouver autant à la dérive. Comment j'ai fait pour n'arriver ni à nouer des liens avec ma famille d'origine, ni à m'en dissocier.

— Je n'ai pas de temps à perdre avec ce charabia psy, rétorqua Ruth.

— Ce n'est pas du charabia psy, m'man. Ce sont des sentiments. Les sentiments d'une autre personne. Tout le monde a des sentiments.

— Excuse-nous, Sigmund Freud.

— Tu ne m'écoutes pas.

— Tu *cries.*

Jenny rit.

— Maman. Ce n'est pas ça, crier.

Mais Jenny ne disposait plus de moyens de défense. Tout ce qui lui restait, c'était son désespoir.

— Je caressais un drôle de rêve. Je m'imaginais que si on n'avait pas d'argent, je saurais enfin comment vivre ma vie.

Ruth enfila son manteau. Son regard était plein de fiel.

— Tu vas où ? demanda Jenny.

— Je n'arrive pas à croire que je t'ai mise au monde, répondit-elle. Tout ce que je voulais, c'est avoir des enfants qui n'auraient pas besoin de se battre. Et maintenant je vois le résultat et je n'arrive pas à croire que tu sois ma fille.

— Je commence à me dire que tu avais peut-être raison, fit Jenny. J'aurais dû me faire refaire le nez. J'aurais dû me marier. J'aurais dû avoir des enfants qui m'auraient fait oublier mon insignifiance.

— Toi et tes frères, je vous ai vu naître la bouche pleine de cuillers en argent. Vous aviez tout. Tout vous a été offert. Vous auriez pu faire tout ce que vous vouliez dans la vie.

— Comment j'aurais pu ? répliqua Jenny. Je n'étais même pas encore née quand on m'a amputée d'une part de moi-même.

— Mais qu'est-ce que tu racontes ? Tu n'es qu'une sale gamine pourrie gâtée. Tu n'étais même pas là quand c'est arrivé.

— J'étais là pour tout ce qui a suivi, répondit Jenny. Toi, et Arthur… quelle que soit la nature de votre relation.

— Je te demande pardon, Jennifer ?

— Rien, laisse tomber.

— Non, tu sous-entendais quelque chose. Tu veux peut-être me le dire franchement ?

Le téléphone de Jenny retentit alors. Elle jeta un coup d'œil à l'écran brisé, peinant à voir entre les fêlures.

— Il faut que je prenne cet appel, expliqua-t-elle.

— Oh, il faut que tu prennes cet appel, maintenant ?

— Je vais… attends.

S'adressant à son interlocuteur :

— Allô ? Tout va bien ? (Elle écouta un long moment la réponse sous le regard féroce de Ruth.) Comment ? Oui, dites-moi.

Jenny passa alors dans le bureau dont elle ferma la porte.

Ruth remonta la fermeture Éclair de son manteau et partit. Elle n'avait de toute façon plus rien à lui dire.

*

Ruth se rappela qu'au collège, Jenny avait fait un exposé sur l'élevage des veaux, expliquant qu'ils étaient retenus prisonniers dans des cases, maintenus dans l'incapacité de se déplacer, afin qu'ils puissent engraisser autant que possible et au plus vite, avant d'être abattus et vendus à leur poids maximal. Jenny leur avait montré le fruit de ses recherches dans le salon à l'aide d'un panneau de sa confection comportant trois volets, dispositif qui plus tard lui valut le prix scientifique de l'école pour l'inventivité et l'originalité de son mécanisme en polystyrène qui montrait aux spectateurs un veau nouveau-né devenir un veau incarcéré, puis un animal presque adulte qui ne voyait le ciel qu'une seule fois, après une courte vie en cage, au moment où on l'emmenait à l'abattoir. La dernière image représentait une famille grasse, laide et gloutonne en train de manger du veau. Ruth se souvenait du moment où le veau quittait son box : Jenny avait fait en sorte que l'animal en polystyrène en sorte, sans parvenir pour autant à faire plus de trois pas. Faute d'avoir pu exercer ses muscles, il s'effondrait au sol, et le mécanisme inventé par Jenny traînait alors le veau inerte et terrorisé jusqu'à sa mort.

Ruth comprit alors que ses enfants étaient des veaux.

Toute leur vie on les avait engraissés, sans leur donner les moyens de devenir des adultes viables et vigoureux. Ils s'étaient retrouvés sur le seuil de la vie, incapables d'aller plus loin par leurs propres moyens. Ruth les avait eus en horreur pour cette raison même – comme on peut détester quelqu'un paradoxalement parce qu'on l'aime – mais à présent, elle comprenait que cela relevait de l'inévitable. Pire encore, elle voyait enfin qu'elle était à l'origine même de leur incompétence générale.

Dans sa voiture garée, en bas de la maison de grès brun, Ruth regardait droit devant elle, perdue dans les limbes.

Arthur aurait su quoi faire. Il aurait su quoi dire, ou comment gérer la situation. Ou tout du moins il aurait pu par sa seule présence réconforter Ruth.

Ou peut-être pas. Plus le temps passait, plus Arthur lui semblait ne jamais avoir existé.

Pourtant il avait bien été là. Il avait toujours été là.

Même durant le kidnapping, Ruth savait que Phyllis refuserait par la suite de parler de cet événement tragique. Ses enfants ne s'en souviendraient pas, ils étaient bien trop jeunes, et faute d'un compagnon pleinement présent, elle s'était rabattue sur ce qui s'était avéré être un très cher ami.

Au début, Ruth et Arthur eurent beaucoup à faire ensemble, au retour de Carl et pendant le procès. Puis ils eurent beaucoup à faire ensemble parce qu'Arthur était leur représentant juridique et parce que les testaments avaient été modifiés à la suite du kidnapping. Mais quand les tâches légales d'Arthur se réduisirent et que chaque aspect de l'enlèvement fut résolu autant que faire se pouvait, ses visites restèrent aussi fréquentes. D'abord pour dîner en leur compagnie, à l'occasion. Puis pour vérifier qu'ils n'avaient besoin de rien, plusieurs fois par semaine, à la demande de Phyllis. Puis pour jouer le rôle de doudou émotionnel auprès de Ruth, pour l'aider à prendre des décisions, pour qu'elle ait quelqu'un à qui se confier, et enfin, pour avoir le privilège, digne de la plus haute distinction militaire du pays, d'être la seule personne au monde à se souvenir de quand et comment l'existence de Ruth était sortie des rails.

Et puis un jour, quelques années à peine après l'épreuve, Arthur vint dîner et Ruth lui demanda où était Yvonne.

— Yvonne et moi sommes en instance de divorce, déclara-t-il.

Il se concentrait pleinement sur la soupe qu'il mangeait, les yeux rivés au fond de son assiette creuse.

Ruth eut peur de sa propre réaction. Ses deux garçons étaient en primaire, et ils prêtaient une attention toujours croissante aux conversations du dîner. Carl était également présent. De même que Phyllis, qui comme à son habitude, ne cessait de tout observer.

— Je suis vraiment désolée, dit-elle. Elle se sentit soulagée à l'idée qu'il lui avait révélé la nouvelle en présence de tout le monde.

— Ce n'est pas grave, répondit-il. Ce sont des choses qui arrivent.

Et tout continua ainsi pendant des années : Arthur qui apparaissait à la moindre occasion, Arthur capable de communiquer par de simples coups d'œil, sans un mot, avec Ruth. Jenny et Beamer qui échangeaient des regards écarquillés puis des ricanements rauques en se répétant toujours la même plaisanterie que Ruth faisait semblant de ne jamais entendre, qui dans un premier temps présentait Arthur comme leur vrai père, puis l'imaginait ourdir un plan visant à assassiner leur père biologique afin de prendre sa place.

Et Ruth qui se donnait toutes les peines du monde pour ne pas laisser à Arthur la moindre occasion de déballer ce qu'il avait sur le cœur.

La dernière fois que Ruth l'avait vu seule à seul remontait à peu de temps avant la mort de Phyllis. Elle ramenait une robe au grand magasin Bloomingdale quand elle appela Arthur pour l'informer qu'elle allait passer à New York.

— Et si on se retrouvait quelque part ? proposa-t-elle.

Ils convinrent d'un rendez-vous au Sette Mezzo. Ruth fit un peu de shopping sur la 5e Avenue en attendant.

Arthur l'attendait à une table avec ses yeux tristes et enamourés. Il se leva en la voyant s'avancer et tendit la main vers elle. Elle pressa sa joue contre la sienne en un ersatz de baiser plutôt convaincant et s'assit.

Arthur se pencha aussitôt en avant.

— Que se passe-t-il, Ruthie ? Quelque chose ne va pas ?

Ruth baissa les yeux sur son menu.

— J'avais juste besoin de sortir un peu. Le téléphone m'agaçait, j'avais envie de prendre l'air.

Quand elle releva la tête, elle s'aperçut qu'il la regardait.

Le serveur se présenta à leur table, juste à temps, pour leur réciter plus d'une dizaine de plats du jour. Les regards d'Arthur et de Ruth ne cessèrent de se croiser pendant qu'ils attendaient de passer commande, et plus les secondes s'égrainaient, plus ils trouvaient cela hilarant, même si personne n'aurait été en mesure de déceler autre chose qu'une discrète étincelle au fond de leurs yeux. C'est là le propre des vieilles amitiés, ou du moins de ce qui unissait Ruth et Arthur, quel que soit le nom que cela pouvait porter.

— Nous prendrons tous les deux la sole, dit Arthur. À la carte.

— Bien, monsieur, répondit le serveur.

— Excuse-nous, Burt Reynolds ! fit Ruth en le voyant s'éloigner.

Puis, :

— Elle va bientôt mourir.

— Je sais, fit Artur.

— Elle passe tout son temps immobile, là, au beau milieu de ce salon. Et très franchement, je ne sais pas du tout ce qu'il fera quand elle mourra. Peut-être qu'il se jettera sur son cercueil. Peut-être qu'il ne sera plus qu'une épave.

— Ou peut-être qu'il sera enfin libre.

Ruth songea un instant à cette phrase.

— Tu sais, il paraît que quand un homme meurt, sa veuve lui survit toujours de nombreuses années, mais quand c'est la femme qui meurt, son mari n'a plus qu'un an devant lui, grand maximum.

— C'est sa mère, pas sa femme.

— Ça fait des années que j'essaye de le leur faire comprendre, à tous les deux, rétorqua Ruth, et ils rirent comme les deux vieux amis qu'ils étaient.

Et puis au troisième jour de la Shiv'ah, en rentrant chez elle après avoir supervisé le nettoyage de la maison de Phyllis, Ruth avait trouvé une enveloppe sur son bureau. Elle l'avait ouverte et en avait tiré une lettre d'Arthur :

Ma très chère Ruthie,

j'ai attendu le décès de ma chère tante Phyllis, la fin des funérailles et un relatif retour au calme dans ta vie pour partir. Je sais que cela te surprendra, mais je vais prendre quelques congés. Je sais que tu te demanderas pourquoi je ne t'ai pas avertie plus tôt. Au plus profond de toi, connais-tu la réponse ?

Je romprai tout contact durant mon absence. Si tu as des questions d'ordre juridique, fais-en part à Arnie, au cabinet. Je laisse mon téléphone derrière moi, et je ne communiquerai ma destination à personne. Je serai en sécurité, et je penserai à toi.

De tout mon cœur,
Arthur

Il devait bien y avoir une centaine de personnes chez elle lors de la Shiv'ah pour Phyllis. Elle se réfugia à l'étage et pleura pendant une heure, se giflant parfois pour se punir de son imbécilité digne d'une écolière. Quelle enfant elle était, pour se sentir seule au monde alors que tant de personnes étaient là pour l'épauler à cette heure douloureuse.

Ruth finit par quitter sa place de stationnement et prit la 2e Avenue afin d'emprunter le pont de la 59e Rue plutôt que le tunnel. Malgré tout ce temps, elle n'arrivait toujours pas à se résoudre à payer une somme inutile.

En traversant l'East River, elle comprit que la solution ne viendrait pas de ses enfants. Ils n'étaient tout bonnement pas équipés pour, et il était trop tard pour qu'ils apprennent. La réponse ne pouvait venir que de Ruth. Bien évidemment.

*

Il ne fallut que deux semaines pour que les facettes hargneuses, superstitieuses et prêtes à tout de Ruth – ces facettes taillées dans la première partie de sa vie, au beau milieu du Brooklyn répugnant et brutalement vrai de l'époque – refassent surface et lui révèlent la solution. Elle ne pouvait s'empêcher de s'étonner du temps qu'il lui avait fallu pour comprendre, mais elle manquait cruellement de pratique.

Arthur n'était pas là pour la conseiller, mais il n'était pas là non plus pour la dissuader. Arthur n'était tout simplement plus là, et elle ne pouvait plus se reposer que sur ce qui lui faisait office d'expédients.

Un matin, elle attendit un peu après le petit-déjeuner, et se rendit à la résidence de Forest Hills où vivait sa belle-sœur Marjorie, un de ces immeubles dignes du bloc soviétique à un carrefour de Queens Boulevard.

Elle sonna à la porte, et en absence de réponse entra avec son double des clefs dans l'appartement d'Alexis et Marjorie, pour trouver cette dernière assise sur le sofa, ses yeux ronds et terrifiés rivés dans sa direction.

— Pourquoi tu ne m'as pas ouvert ? lui demanda aussitôt Ruth.

Marjorie ne répondit pas tout de suite.

— Tu vas bien ? Marjorie, qu'est-ce qu'il y a ?

— Je savais que tu viendrais. Je t'ai sentie entrer dans l'immeuble.

Ruth sentit alors le poids de sa fatigue dans tout son corps.

— Marjorie, s'il te plaît. Qu'est-ce qui se passe ?

Marjorie ne parvenait pas à quitter Ruth des yeux alors que celle-ci s'approchait d'elle.

— Marjorie, qu'est-ce que tu as ?

— C'est juste que je... commença à répondre Marjorie.

Sous un plaid réalisé au crochet, elle serrait ses cuisses contre sa poitrine, recroquevillée en une petite boule humaine.

— ... ça faisait longtemps. Je savais que tu viendrais.

— Comment ça ? Puis réalisant qu'elle n'avait décidément aucune envie d'entendre du charabia psy, Ruth se redressa et s'assit dans un fauteuil trop rembourré, juste en face de Marjorie.

— Écoute, je suis venue te parler de quelque chose. Excuse-moi de ne pas t'avoir appelée. Je sais que tu m'en veux.

Marjorie se rétracta un peu plus sur elle-même, remontant le plaid jusqu'à son menton.

— Tu lui ressembles comme deux gouttes d'eau, remarqua Marjorie. C'est vraiment sidérant.

— Je ne comprends pas ce que tu racontes. De quoi parles-tu ? Où est Alexis ? Alexis est ici ?

— Elle est allée à son cours.

Ruth inspira et se fendit de son plus chaleureux sourire.

— Bon, Marjie, tu sais que je tiens énormément à toi. *Nous* tenons tous à toi. Je sais que c'est très compliqué. Je sais à quel point tu as peur de tout ce qui touche aux finances.

J'ai beaucoup pensé à toi. Je me fais du souci pour toi, parce que… tu m'écoutes, Marjorie ? Marjorie ! Je m'inquiète parce que selon Nathan, on ne peut pas vendre l'usine, parce que personne n'en voudrait, il y a eu une inspection et on a trouvé tout un tas de choses qui n'allaient pas.

— À l'usine ?

Marjorie semblait pour la première fois prêter attention à ce que Ruth lui disait.

— Oui, l'usine est devenu un boulet. Sa simple remise en état va nous coûter énormément d'argent.

— Qu'est-ce qu'on va bien pouvoir faire ?

— Eh bien justement, j'ai une idée. Tu m'écoutes, hein ? Parce qu'on dirait que tu ne t'intéresses qu'à mon visage et mes cheveux.

— Tu lui ressembles vraiment comme deux gouttes d'eau, dit Marjorie, désormais plus subjuguée qu'apeurée.

— J'ai une idée, répéta Ruth.

— Laquelle ?

— Est-ce que tu savais que le testament ne stipulait pas que la propriété devait revenir à ton frère ? Carl lui-même n'est pas au courant. La propriété ne figure pas dans le testament de ta mère. Tu sais ce que ça signifie ?

— Non.

— Ça signifie que la propriété revient à ses descendants. C'est-à-dire pas seulement à Carl, mais bien à vous deux. Tu es la fille de la défunte. Son aînée. Tu as des *droits*. Je ne devrais même pas te le dire, en vérité. Ça me dessert plus qu'autre chose. Mais l'idée que tu te retrouves sans rien m'est insupportable.

— Tu veux que la propriété me revienne ? demanda Marjorie.

— Je veux que tu obtiennes ce qui t'est *dû*. Le problème, c'est que je ne peux pas en parler à Carl. Comme tu le sais, il a les nerfs à vif, en ce moment. À cause de votre mère. Il ne veut pas quitter la propriété. Il s'y refusera toujours. Il ne veut pas s'en aller. Mais si tu parlais de tout ça à un avocat, qui sait ? Je pourrais te donner le nom d'un bon avocat pour que tu en discutes avec lui, et qu'ensemble vous fassiez valoir tes droits. Et là nous serions bien obligés de vendre la propriété. Tout simplement obligés.

Marjorie se mit soudain en colère :

— Alors pourquoi tu ne me l'as pas léguée, tout simplement ? Pourquoi tu me laisses vivre comme une miséreuse ?

— Hein ? Mais je n'ai rien fait de tout cela ! Je suis en train de te dire que tu devrais revendiquer la moitié de la propriété. Tu dois en demander la moitié. La moitié qui te revient.

Marjorie croisa les bras, fortement agacée.

— Toute ma vie, tu as fait ça.

— Je ne vois pas de quoi tu parles.

— Je croyais être enfin débarrassée de toi.

— Débarrassée de moi ? Marjorie, nous faisons partie de la même famille ! Pourquoi est-ce que tu voudrais te débarrasser de moi ? Je me suis juste dit que tu aurais tout intérêt à te battre pour ta moitié de la propriété. Il faut que tu te battes, et que tu dises à Carl que tu veux la vendre. Il a la mauvaise manie de vouloir tout décider à la place de tout le monde, des fois. Bien sûr, je ne peux pas te soutenir directement. Je peux simplement t'aider, mais sous couvert du secret. N'empêche que tu devrais exiger ta part. C'est ce que je ferais à ta place. Je ferais tout mon possible pour obtenir ce qui m'est dû.

— Tu l'as toujours préféré, lui. Je croyais être enfin débarrassée de toi. J'aurais dû entendre mes chaînes tomber à terre. Alexis m'a dit que ce serait l'impression que j'aurais quand tu mourrais.

— Marjorie, je ne suis pas morte.

— Je vois ça.

— Je ne comprends rien de ce que tu racontes. Il faut peut-être que j'appelle Alexis ?

— Elle ne veut plus entendre parler de toi !

— Tu as le droit d'obtenir ce qui te revient, Marjorie. Et la propriété t'appartient pour moitié. Et si tu veux la vendre, eh bien je vois mal comment il pourrait t'en empêcher.

Marjorie se pencha en avant en tendant la main devant elle. Réprimant ses réflexes, Ruth resta immobile et laissa Marjorie toucher son visage.

— C'est pour de vrai ? demanda Marjorie.

— C'est pour de vrai. Mais ne révèle à personne que je te l'ai dit. Je veux continuer de veiller sur toi.

Mais Marjorie n'entendait plus ce qu'elle disait. Elle continuait à caresser son visage. Ruth finit par écarter sa main.

— Marjorie, tu es sûre que ça va ? demanda-t-elle en plissant les yeux.

— Parfaitement, murmura Marjorie. Juste dépassée, et épuisée. Je suis tellement heureuse que tu sois venue. Tu m'as tellement manqué. Tu me manques tellement.

Ruth se releva. Elle avait son compte.

— Ressaisis-toi, Marjorie. Écoute-moi bien. Tout ce que tu as à faire, c'est d'aller voir Carl, tu m'écoutes ? Tu vas voir Carl ou alors tu charges Alexis de le faire à ta place et tu lui dis que tu connais tes droits. Que la moitié de la propriété te revient, et que… quoi ?

Marjorie se leva à son tour, et toucha le nez de Ruth.

— Et que tu veux la revendre, entendu ? poursuivit Ruth.

— L'usine est devenue un boulet, fit Marjorie, soudainement sérieuse.

— Oui. La remise en état nous coûterait trop cher. Il faut que nous en tirions de l'argent. Alors nous sommes d'accord ? Est-ce que tu veux que… j'en parle à Alexis ?

— Bien sûr, dit-elle d'une voix débordante d'amour. Bien sûr.

— Il faut que je te laisse, dit Ruth. N'oublie pas, elle est aussi à toi. Tu m'entends ? N'hésite pas à faire tout un esclandre ! Je te fais confiance, tu t'y connais !

Marjorie opina. Son sourire serein donnait envie à Ruth de hurler.

— Il faut que je te laisse, répéta-t-elle.

— Tu reviendras me voir ?

— Bien sûr, évidemment. On fait partie de la même famille.

Ruth tourna le dos à ce sourire dément et s'avança vers la porte, se retournant à moitié avant d'en passer le seuil, comme si elle s'apprêtait à demander quelque chose, mais elle se ravisa et sortit. Mieux valait s'en aller.

*

Plus tard le soir, chez elle, Ruth se réveilla dans un sursaut. Elle rêvait que le phare que sa belle-mère avait passé trente ans de sa vie au sein de la Société historique à essayer de remettre en état, brillait pour elle, hurlait à son attention chaque fois que le faisceau la happait, et qu'elle comprenait que le hurlement était constant mais qu'elle ne l'entendait que lorsque la lumière était braquée sur elle.

Il faisait nuit noire, et le téléphone emplissait la chambre enténébrée de son vacarme. C'était le fixe, qui ne sonnait quasiment jamais, et qui à présent lui criait dessus de sa voix claire d'un autre âge.

— Allô ? dit-elle en décrochant.

— Ruth ? C'est Ike. Je suis désolé de t'appeler à une heure pareille.

— Tout va bien ?

— Ruth, je suis à l'usine.

— Quelle heure est-il ?

— Ruth, je suis à l'usine. Il faut que tu viennes tout de suite.

Ruth s'assit dans son lit. Elle s'efforça d'y voir quelque chose dans sa chambre. À côté d'elle, personne. Elle avait la sensation que quelqu'un l'épiait dans le noir, mais en allumant sa lampe de chevet, elle constata qu'elle était seule.

— Qu'est-ce qui se passe, Ike ? Carl est avec toi ?

— Ruth. Il faut absolument que tu viennes. Il y a eu un incendie.

DEUXIÈME PARTIE

L'HEURE PLASTIQUE

POLYSTYRÈNE

Donc, quand le polystyrène brûle, il fond, passant de son état de matériau blanc très léger à celui de liquide visqueux et noir évoquant le goudron qui, en refroidissant, devient solide et cassant. Si durant la combustion, la friction des particules de polystyrène produit suffisamment de suies, alors ces suies en se dispersant peuvent former un cocktail explosif, des panaches impressionnants de fumée noire constituée de monoxyde de carbone, d'hydrocarbures totaux et d'impuretés. Une véritable catastrophe en fusion.

Bien évidemment, cet aspect est ici secondaire. À elle seule, la chaleur dégagée suffit à entraîner une série d'explosions dans l'enceinte même de l'usine, une réaction en chaîne du pressuriseur à l'aérateur. Les fûts de polystyrène éclatèrent dans de petites détonations, comme autant de grains de maïs parfum dynamite. La nuit où Consolidated Packing Solutions Limited brûla, les explosions se cantonnèrent au bâtiment principal, mais elles purent être observées des avions qui décollaient de l'aéroport JFK.

La grande promesse du polystyrène, c'est la protection. Sa fonction même est de constituer une couche dense et légère capable d'absorber les chocs en créant une séparation entre l'objet qu'il protège et le reste du monde. Quand il prend feu, il s'amollit, se contracte et fond. Il dégage un gaz styrène et des hydrocarbures aromatiques polycycliques susceptibles d'infliger des dommages permanents aux systèmes nerveux des humains exposés.

Quel monde étrange que la chimie, où les matériaux les plus protecteurs peuvent être tout aussi destructeurs.

Quand les pompiers arrivèrent, plusieurs parties de l'usine étaient en proie aux flammes, et un panache brun de fumée et de suie recouvrait le reste, tel un jugement – non, telle une malédiction.

Dès que les alarmes incendie s'étaient déclenchées, le système de sécurité de Consolidated Packing Solutions Limited alerta simultanément les soldats du feu et la police du Queens qui toutes sirènes hurlantes, avait rappliqué pour happer dans les faisceaux des projecteurs et des lampes torches une silhouette tremblante, vêtue d'une chemise de nuit, assise au bord du quai de chargement de l'usine.

Il s'agissait de Marjorie, bien entendu.

Dans ces lumières crues, elle semblait encore plus avienne, plus fragile et plus désorientée que lors de la visite de Ruth, quelques heures seulement auparavant. Une épaisse couche de poussière figeait ses cheveux, ses doigts étaient d'un noir de poix, et ses larmes avaient tracé des artères claires dans la crasse qui recouvrait son visage.

Six camions de pompiers encerclèrent l'usine, ainsi que trois polices de patrouilles et six policiers en uniforme. Les flics avaient tout d'abord dégainé leurs armes dans des cris et des menaces afin d'amener Marjorie à mettre les mains en l'air. Mais elle criait si fort que ses bras à moitié repliés évoquaient ceux d'un cactus. Les policiers échangèrent un regard, rangèrent leurs pistolets et s'approchèrent d'elle lentement, calmement, alors qu'une berline noire arrivait pour déposer un inspecteur fatigué en costume froissé qui s'efforçait de rassembler les pièces du puzzle pour comprendre ce qui s'était passé.

Ike arriva quelques minutes plus tard à l'usine, alerté par la société de sécurité privée sous-traitée par Consolidated

Packing Solutions Limited. Le coin du Queens où se trouvait l'usine était désert durant la nuit, et les alarmes se déclenchaient pour un très large éventail de raisons, des rats espiègles traversant l'entrée à petits pas pressés jusqu'au taxi profitant de l'allée pour réaliser un demi-tour. Ajoutez à cela les mesures de sécurité complémentaires installées depuis la remise en liberté de Carl, et les lieux se transformaient chaque soir en flipper géant. Carl avait réassocié toutes ces alertes à Ike car il ne pouvait plus supporter ces avertissements constants à des heures indues, et parce qu'après tout, jamais il ne se serait déplacé jusqu'à l'usine au beau milieu de la nuit.

En tout cas, pas en temps normal. Mais cette nuit-là, il s'y rendit. Il était arrivé au volant de sa Range Rover au même instant où Ike était descendu de sa Ford Focus, sans qu'on sache qui avait averti Carl ni d'où il venait. Ike tâcha de faire comprendre à l'inspecteur qu'il était le contremaître et que Marjorie était la sœur du propriétaire de l'usine. L'inspecteur l'écoutait tandis qu'un officier de police passait les menottes à Marjorie, qui n'arrivait pas à retenir assez longtemps ses sanglots pour répondre aux questions qui lui étaient posées, mais qui avait, littéralement, des allumettes dans une main, et de surcroît était en proie à de vilaines quintes de toux. Malgré les supplications d'Ike, les policiers aiguillonnèrent Marjorie jusqu'à leur voiture. Elle s'assit sur le siège arrière et regarda à travers la vitre avec un air de chiot terrifié.

L'un des camions de pompiers s'étant garé en plein milieu de sa place de parking, Carl se gara juste derrière. Il descendit précipitamment de sa voiture en laissant la portière ouverte et se rua jusqu'au véhicule de patrouille en s'écriant :

— Arrêtez ! C'est ma sœur !

L'un des policiers le toisa : Carl était vêtu d'un pyjama recouvert d'un trench-coat, et ses cheveux en désordre lui donnaient un air de fou furieux.

— C'est ma sœur. C'est mon usine. Laissez-la tranquille.

— Apparemment c'est elle qui a tout fait brûler, l'informa le policer.

— Mais c'est mon usine. Et je ne porterai pas plainte.

— C'est une question de sécurité publique. L'incendie volontaire est un crime. Plainte ou pas, cela ne va rien changer.

Marjorie était en train de crier quelque chose dans l'habitacle de la voiture de police.

— Je vous en prie, laissez-moi juste lui parler un instant.

— On doit l'embarquer.

Derrière la vitre remontée, Marjorie faisait tout son possible pour expliquer quelque chose. Elle pleurait et dardait son regard dans tous les sens, à gauche, à droite, en haut, en bas.

— Je sais, Marjorie, lui dit Carl de son côté de la vitre. Ça va aller.

Ruth arriva alors, les cheveux en pagaille, mais impeccablement vêtue.

— Carl ! Où étais-tu passé ? J'étais malade d'inquiétude !

Puis, apercevant Marjorie dans la voiture, elle prit sa voix de psychopathe, comme par mesure préventive.

— Qu'est-ce que c'est que ça ? hurla-t-elle à la vitre. Qu'est-ce que tu as fait ? Mais qu'est-ce que tu as fait ?

Marjorie, qui pleurait silencieusement, eut un réflexe de recul face à sa belle-sœur furieuse. Carl écarta Ruth alors que celle-ci allait se jeter sur la voiture : cela faisait des années qu'il n'avait rien fait d'aussi agressif.

— Elle n'est pas dans son état normal, Ruth, lui dit-il.

Puis, se tournant vers le policier :

— Vous pouvez baisser sa vitre ? Laissez-la nous expliquer !

Le policier considéra Marjorie, et voyant à quel point elle était misérable, il ouvrit la portière conducteur pour abaisser la vitre au beau milieu d'une phrase de la suspecte :

— … venue me voir mais elle ressemblait comme deux gouttes d'eau à Ruth. Je n'avais jamais rien vu de pareil. Mais c'était bien elle. C'était elle !

— Qu'est-ce que tu nous baragouines, Marjorie ? riposta Ruth. Complètement cinglée, celle-là !

Et elle tourna le dos à la voiture.

— Elle m'a dit que je devais sauver l'usine ! Que je pouvais la sauver en la détruisant !

Marjorie releva alors la tête, pas pour regarder Ruth, ou Carl ou les policiers, mais un point distant, et le reflet bleu électrique des gyrophares sur sa peau lui donnait un air d'apparition de l'au-delà.

— J'étais chez moi, Alexis était allée à son cours.

— Marjorie, dit Ruth.

— Laisse-la parler, fit Carl sans quitter sa sœur des yeux.

— Elle est venue me voir, elle ressemblait à Ruth, répéta Marjorie. Mais c'était tellement évident que c'était elle. Et Carl. (Là, sa voix se brisa en un sanglot.) Tout est devenu évident d'un coup. Elle m'a dit qu'elle m'aimait. Elle m'a dit qu'elle allait prendre soin de moi. Je n'avais qu'à me débarrasser de l'usine. Ma moitié de l'usine.

Cette fois, ce fut Ike qui intervint :

— Il vaut mieux ne plus rien dire, maintenant, je pense.

— Je veux savoir ce que ma mère lui a dit, s'opposa Carl.

— Ta mère est morte, lança Ruth. Ta sœur a fait partie de deux sectes, Carl. On a dû l'arracher à deux sectes différentes !

— Il faut vraiment qu'on l'emmène au poste, fit le policier en remontant la vitre, avant de passer derrière le volant et de partir.

Carl resta planté sur place, fixant les feux arrière de la voiture de patrouille, la main d'Ike posée sur son épaule en signe de soutien.

*

Ce ne fut qu'au bout de trois heures au poste qu'on parvint à remettre dans l'ordre toutes les pièces de l'histoire. Voici ce qui s'était passé : le cardiologue de Marjorie avait récemment augmenté son dosage de Benicar parce qu'elle ne cessait de vitupérer contre tous les affronts – réels et imaginaires, tous susceptibles de faire monter sa tension artérielle – qu'elle essuyait depuis la mort de sa mère. À cela s'ajoutait le Trazodone qu'on lui avait prescrit après les funérailles de sa mère. Quatre heures avant la visite de Ruth, incapable de s'apaiser, Marjorie s'était imaginé que le Trazodone avait cessé de faire effet, et avait pris deux Klonopin, sans se rappeler qu'elle avait également pris un Ativan. Elle avait également omis le fait que le Klonopin faisait effet sur un temps long, ou peut-être ne le savait-elle tout simplement pas, ou peut-être qu'à ce stade sa notion du temps était si déformée qu'elle ne réfléchissait plus en termes d'heures mais de quelque chose qui avait plus à voir avec des longueurs d'onde, ou les résonnances des cordes d'une harpe, ou le galop d'un cheval. Tout ceci s'était combiné dans son réseau sanguin déjà très sollicité, et ce cocktail de médicaments de classes fort différentes avait engendré un délire échevelé qui l'avait amenée à croire mordicus que Ruth, venue pour la pousser à obliger Carl de vendre la propriété, était en réalité un dybbouk de feu sa mère qui lui demandait de détruire l'usine.

— Mais comment a-t-elle réussi à l'incendier ? demanda Ruth. Jamais je ne l'aurais cru capable d'une chose pareille.

— Elle est entrée très facilement avec un code de sécurité en sa possession, expliqua l'inspecteur. Elle savait qu'en s'attaquant aux aérateurs, elle initierait une réaction en chaîne. D'après elle, elle n'a fait que suivre les indications de feu votre mère.

— Mon Dieu, souffla Ruth. Feu ma *belle*-mère. Mon Dieu.

— Encore une chance qu'elle ne s'y connaisse pas tant que ça, indiqua l'inspecteur. Si elle avait vraiment su ce qu'elle faisait, c'est tout le quartier qui serait parti en fumée.

Ils étaient assis dans une zone d'attente. À part Ruth, Ike et Carl, la seule personne présente qui ne travaillait pas était un jeune homme noir sur qui on avait trouvé un joint après un contrôle d'identité et une fouille.

— Quand est-ce qu'on pourra réintégrer l'usine ? demanda Ike.

— Jamais, répondit l'inspecteur. C'est une ruine, maintenant.

Ike se frappa le front du plat de la paume.

— Dites, qu'est-ce qui est arrivé à votre pouce, là ? demanda l'inspecteur.

Ike jeta un coup d'œil à sa main.

— Je l'ai perdu. Simple accident.

Et il remua son articulation comme il savait si bien le faire.

— À l'usine ? insista l'inspecteur.

— Il y a très longtemps, répondit Ike.

— Enfin bref, reprit l'inspecteur. Comme je viens de vous le dire, c'est une bonne chose que votre sœur ne sache pas comment faire partir un incendie.

— *Belle*-sœur, le corrigea Ruth.

Quelques heures plus tard, Ruth, Carl et Ike se trouvaient toujours au poste, attendant que l'inspecteur expose toute l'affaire à son supérieur. Ike avait appelé Nathan, qui se trouvait dans la salle d'interrogatoire avec Marjorie.

Carl ne disait rien. Ruth le regarda attentivement. Son expression était des plus étranges. Le regard rêveur, remuant des lèvres sans un son, il semblait s'émerveiller de quelque chose qu'il gardait pour lui.

Sans que Ruth ne lui demande rien, Carl répondit à sa question.

— C'était ma mère, déclara-t-il.

— Ta mère. Mais bien sûr.

— Non, Ruthie. Tu ne comprends pas. Je… je ne sais pas comment l'expliquer. Elle est venue me visiter…

— Déguisée en moi ? le coupa Ruth. Ou peut-être sous les traits du jardinier ? Carl, tu veux vraiment que je me mette à hurler, là, maintenant ? C'est ça que tu veux ?

— Je n'arrivais pas à dormir, poursuivit-il. Elle m'a dit d'aller du côté de la piscine. J'entendais sa voix aussi distinctement que la tienne. Elle m'a dit d'aller voir la piscine.

— Et tu y es allé.

— Oui. Et je l'ai vue. Telle qu'elle était dans sa jeunesse. Elle portait une robe que j'adorais, quand j'étais petit.

— On croirait entendre parler un désaxé, siffla Ruth. Baisse d'un ton ou ils vont finir par t'enfermer !

Mais Carl ne l'écoutait pas vraiment :

— Elle m'a ensuite demandé de me rendre à l'usine. En me disant que l'argent s'y trouvait.

— Quel argent ?

— L'argent qu'on nous a pris.

— Le…

— Les 221 934 dollars.

— Le montant de la…

— Oui.

Ruth le dévisagea un long moment. Il ne se souvenait sans doute pas même des deuxièmes prénoms de ses enfants, et pourtant il se rappelait au dollar près la part de la rançon qui restait introuvable depuis quarante ans. À court de mots, Ruth regarda droit devant elle. Tout cela remontait à si longtemps.

Nathan et l'inspecteur vinrent les retrouver dans la zone d'attente.

— Nous allons la relâcher, déclara l'inspecteur. Première fois que je vois une incendiaire s'en tirer comme ça.

— Nous avons appelé le juge, expliqua Nathan. Il s'est entretenu avec le docteur de Marjorie. Vous vous souvenez de Joe Villanche ?

— Joe, oui, répondit Carl. Je me souviens très bien de lui. C'était lui, le juge ?

— C'était lui. En échange, il nous demande de veiller à ce qu'elle reste chez elle pendant un petit moment.

Une policière accompagnait Marjorie. Dans sa chemise de nuit, elle ressemblait à un fantôme de l'ère victorienne. La policière la soulagea de ses menottes.

L'inspecteur se tourna vers Ruth et Carl.

— Vous en avez de la chance.

Ruth ne put réprimer une exclamation.

— Je vais raccompagner Marjorie chez elle, dit Ike. Nathan, tu t'occupes de tes parents ?

— J'ai laissé ma voiture près de l'usine, remarqua Carl.

— Moi aussi, fit Ruth.

— Ce n'est pas grave, répondit Nathan. On s'occupera de ça demain.

On informa le jeune homme noir qu'il devrait passer la nuit en cellule en attendant sa mise en accusation.

*

Ruth et Carl étaient assis côte à côte sur le siège arrière de la voiture de Nathan qui conduisait.

— Ta mère te parle, maintenant, fit Ruth. Et réveiller comme ça le pauvre Ike. Comme s'il ne travaillait pas assez dur.

Puis de sa voix de psychopathe, crescendo :

— Quelqu'un peut me dire quand est-ce que tout le monde a décidé de devenir fou dans cette famille ?

Mais tous trois connaissaient la réponse.

— Tu dis que Grand-Maman t'a visité ? demanda Nathan. Tu l'as vue ?

— Je l'ai vue. Aussi clairement qu'en plein jour. À côté de la piscine.

Ce fut cette fois Nathan qui ne put réprimer une exclamation.

— Tu vas lui faire faire une crise cardiaque, Carl, dit Ruth. C'est ça que tu cherches ? Tu ne pouvais pas trouver de meilleur moment. On a le dévoilement de ta mère, la bar-mitsvah, et on n'en a même pas encore fini avec les cartons de table, pas plus qu'avec le menu… Tu pourrais peut-être appeler ta mère et lui demander de nous donner un coup de main pour les cartons de table ? Ou lui demander si elle trouve que saumon mesquite et saumon chipotle c'est trop ?

Nathan déposa ses parents devant le porche de leur maison, puis remonta l'allée jusqu'à la maison de Phyllis où Alyssa l'attendait.

Carl s'attarda sur le porche. Ruth se retourna pour constater qu'il s'efforçait de paraître serein.

— Ma mère est venue me voir, insista-t-il. Je te le jure. Je connais la différence entre un rêve et ma mère. Mais ça n'avait rien de sinistre. Elle était assise sur notre lit, comme quand j'étais petit, elle attendait que je me réveille.

— Tu as dit que tu l'avais vue à côté de la piscine, lança Ruth.

— Non, d'abord elle est apparue assise sur notre lit.

Les yeux de Carl fusèrent par-ci, par-là, avant de se river sur Ruth. Comme un cinglé.

— Elle m'a dit que l'argent se trouvait à l'usine, que je pourrais le récupérer là-bas. Elle m'a dit de me presser d'y aller, elle m'a dit qu'il y était toujours. Je n'ai évidemment pas pu le chercher, mais elle m'a dit que c'était là qu'il se trouvait.

Ruth ferma les yeux et soupira. Il faisait froid. Trop froid pour rester dehors.

— C'était bien plus qu'un rêve, Ruthie.

Carl leva la tête pour contempler le ciel.

— Excuse-nous, Shirley MacLaine !

De nouveau, elle ferma les yeux, fit une très brève prière silencieuse, et les rouvrit.

— Carl, je ne sais plus quoi faire. Peut-être que tu peux me dire ce qu'il faut faire. Ou peut-être ta mère. Nous n'avons plus un sou. Nous allons devoir vendre notre maison. Tu comprends ?

Elle se retourna et enfonça la clef dans la serrure. Elle ouvrit la porte et entra. Carl la suivit.

— Je n'ai pas pu entrer dans l'usine pour voir, répéta-t-il. Je n'ai pas pu voir ce que ma mère voulait me dire. Je ne m'attendais évidemment pas à… personne n'aurait pu s'attendre à une chose pareille.

Ruth lui fit face. Mais cette fois, ce fut sans la moindre acrimonie, rien que cette certitude chaque jour plus profonde qu'elle avait que son mari était irrémédiablement, implacablement irréparable, et qu'il l'avait toujours été.

— C'est trop pour moi, Carl. Je ne peux pas en entendre plus. Va te coucher.

Carl obéit, mais Ruth retourna sur le porche. L'aube se levait. Sur la Pelouse Impossible, des hommes avaient déjà commencé à dresser d'énormes tentes blanches, les mêmes que pour toutes les autres simchas de la famille Fletcher. N'importe qui aurait vu dans cette réutilisation des mêmes objets un signe de stabilité et de continuité. Pas Ruth. Elle contempla cette propriété, stèle mortuaire d'une concession surdimensionnée, et se demanda si la voiture de Nathan avait de tout temps remonté l'allée, si les tentes avaient de tout temps été sur le point d'être dressées. Cette propriété était un non-espace. Un espace qui scindait le mouvement, un espace qui scindait l'évolution, un espace qui scindait quelque chose de joli, un espace qui scindait un foyer.

*

Les spectres d'un passé tourmenté peuvent hanter l'âme et le corps de chaque membre d'une famille d'une myriade de façons différentes. L'appauvrissement soudain, le ravalement brutal au rang des gens tout juste aisés peut représenter un événement cataclysmique dont il est parfois impossible de se relever.

Mais avez-vous seulement essayé d'organiser une bar-mitsvah dans une banlieue cossue des États-Unis ?

Le grand jour d'Ari et Josh Fletcher était enfin arrivé.

Les tentes se dressaient sur la Pelouse Impossible, abritant le plancher des pistes de danse et des estrades. Des serveurs en uniforme frottaient des verres à vin et des verres à eau, et les tendaient vers la lumière du lustre du piquet central pour vérifier l'absence de marques. À l'entrée de la synagogue, une organisatrice disposait des kippas orange estampillées du logo des Knicks et des programmes. Les Knicks étant le seul sujet sur lequel les deux frères s'accordaient, c'était devenu de facto le thème de la bar-mitsvah, les prénoms de Josh et Ari brodés sur le ballon de basketball emblématique.

Dans la maison de Phyllis, les costumes assortis d'Ari et Josh étaient accrochés devant les glaces des chambres où ils s'étaient installés en attendant que leur maison, à un gros kilomètre de là, soit totalement rénovée. Leurs cravates orange étaient posées sur les épaulettes de leurs vestes.

Dans l'aile de la maison de Phyllis réservée aux invités, les Semansky (les parents d'Alyssa, ses quatre frères et leurs familles) s'installèrent pour le week-end. Alyssa courait dans tous les sens, à la recherche d'une petite serviette pour l'une de ses belles-sœurs, et de tampons pour l'une de ses nièces.

Dans la maison de Ruth, Ari et Josh se terraient à l'étage, dans l'ancienne chambre de leur père, absorbés par leurs appareils respectifs. Ari jouait à une version de Magnat où son avatar était un vieil homme à la retraite, vivant seul chez lui, avec une aide à domicile qui lui servait ses repas dans sa chambre pendant qu'il regardait la télévision. Josh regardait sur YouTube une fille en crop top avec ce qui ne pouvait être que des faux-mamelons, jouer à un jeu de tir à la première personne où un boys band ouvrait le feu dans un parc aquatique. Dans un silence absolu, ils attendaient que l'orage qui électrisait toute la propriété finisse par passer.

Dans la salle à manger de la maison de Phyllis, Sidney Lipschitz, qui avait repris quinze ans auparavant l'entreprise de restauration de son père, supervisait une équipe de serveurs chargés de dresser la table du dîner familial de vendredi, s'assurant que chaque plat respectait le cahier des charges. On vérifia la fermeté des matzah balls. On vérifia la tendreté de la poitrine de bœuf braisée. On ajouta de l'aneth aux petites assiettes de carpe farcie encore en préparation.

Et au premier étage, dans sa salle de bain, ou plutôt dans la salle de bain de la maison de sa grand-mère, replié sur lui-même, Nathan s'efforçait de se débarrasser de l'affliction qui l'accablait. C'était censé être un jour de joie. Pourquoi n'en éprouvait-il aucune ?

Après son rendez-vous avec Gal Plotkin, l'ancien agent du Mossad, le monde avait cessé de tourner. La vie s'était arrêtée.

Nathan s'était assis à son volant, frémissant dans l'air frais de cette fin d'hiver. Le soleil embrasait le parebrise rien que pour l'agacer. Il ne servait plus à rien de tout garder pour lui. Nathan rentra chez lui, désargenté pour la première fois de sa vie.

En route pour Middle Rock, il passa devant la carcasse corrodée de ce qui avait été jusqu'à une date récente la maison où il avait fondé sa famille et élevé ses enfants. Il n'eut même pas la force de tourner la tête pour la regarder.

Il s'engagea sur la propriété et remonta l'allée, dépassant sur sa droite la maison de ses parents, là encore, incapable d'en soutenir la vue. Arrivé au sommet de la colline, il descendit de voiture. D'un pas peu sûr, il entra dans la maison et se figea dans le vestibule, tel un soldat de retour chez lui, traumatisé et paralysé. Il entendit Alyssa négocier avec un traiteur.

— Je vous rappelle, dit-elle au téléphone. Puis, à Nathan : Qu'est-ce qu'il y a ? Tu vas bien ? Que s'est-il passé ?

Elle fondit sur lui, inspectant tout son corps à la recherche d'une blessure.

— J'ai quelque chose à te dire.

Elle porta la main au front de Nathan.

— Tu es brûlant. Viens te mettre au lit.

Mais il lui saisit le poignet et puisa dans ses dernières réserves pour se montrer plus décidé qu'il ne l'avait sans doute jamais été.

— Alyssa, s'il te plaît, laisse-moi te dire ce que j'ai à te dire.

Elle fit un pas en arrière, sentant que quelque chose était sur le point de changer.

— Qu'est-ce qu'il y a ? murmura-t-elle.

*

Il lui fallut un certain temps pour comprendre. Après une enfance telle que celle d'Alyssa, il suffit que nos besoins vitaux soient assurés pour que l'argent n'ait plus la moindre espèce d'importance ou de signification. Le fait d'avoir encore un peu d'argent de côté lui semblait suffire, mais Nathan lui expliqua qu'il n'en était rien. Il lui dit qu'ils avaient eu l'intention de vendre l'usine mais que personne n'aurait voulu d'un site à décontaminer entièrement. Il lui parla de son travail. Il lui parla de Mickey, et de leurs économies parties en fumée.

Elle essayait de tout assimiler. Le regard perdu au loin, elle ajoutait et soustrayait ces informations disparates, les mensonges et les secrets, les trahisons et les coups de poignard dans le dos. À plusieurs reprises, elle ouvrit la bouche pour demander quelque chose, mais les questions qui lui venaient ne lui paraissaient ni assez précises, ni assez pertinentes. Et puis finalement, elle hocha la tête. Sa décision était prise. Elle se refuserait à revenir là-dessus.

— On a payé la quasi-totalité de la bar-mitsvah, déclara-t-elle. Je ne l'annulerai pas. D'accord ? Hors de question.

— Non, répondit-il. Bien sûr que non.

— Pour le reste, on se débrouillera. Tu as des idées ?

— Je ne sais pas trop. Peut-être que je conserverai mon poste. J'en sais rien.

Elle le conduisit à l'étage, l'aida à se déshabiller, et le borda dans leur lit.

— Un jour, il faudra tout de même qu'on discute du fait que tu n'as pas cru bon de m'informer de tout ça.

— Je ne voulais pas t'effrayer.

— Ce n'est pas ça, un mariage, Nathan. Un mariage, ça ne ressemble pas à la relation de tes parents, avec ta mère qui protège ton père en l'empêchant d'être une personne insérée dans notre monde. Ce n'est pas ça, un couple.

Elle tapota sa tête comme elle le faisait aux enfants quand ils étaient malades.

— Il vaut mieux que tu dormes, maintenant. On aura tout le temps d'en reparler.

Il ferma les yeux. Il ne souffrait pas. En fait, le chaos des atomes d'anxiété qui tourbillonnaient dans sa tête cessa un instant, et il ressentit la paix singulière d'une crise qui se concrétise.

Enfin. Il avait tant attendu ce moment, et comptait en profiter.

Il avait atteint ce stade de la crise où il pouvait enfin être lui-même. Depuis toujours, il avait passé le plus clair de son existence à tenter d'alerter le monde entier du désastre imminent, de l'inefficacité des garde-fous, de la fragilité des murs qui les séparaient de la tragédie. Et c'était là, quand il se retrouvait face à face avec ce qui était incontestablement et intégralement une situation de crise, que personne au monde n'aurait pu réfuter en tant que telle, c'était là que le monde prenait enfin un sens.

L'angoisse et la peur étaient les seules choses réelles à ses yeux : les seules choses qui ne l'abandonnaient jamais. Et quand tout le monde éprouvait aussi ces choses, il pouvait enfin se détendre. À présent, Alyssa savait. Sa mère, sa sœur, son frère, et même son père. Tous éprouvaient la même urgence. Enfin.

Et puis… pouvait-on dire une chose pareille ? Mais pour indicible que cela soit, cela n'en demeurait pas moins vrai. Si on lui avait demandé ce que l'enlèvement de son père suscitait en lui, Nathan aurait répondu : du bonheur.

Enfin, il n'aurait pas su le dire aussi clairement. Ce terrible événement, ce moment d'horreur dans l'histoire familiale, il s'en souvenait si clairement. Il se souvenait de ces gens dans sa maison, de tous ces signes qui lui indiquaient que quelque chose n'allait pas. Cela avait été sa première fois, la meilleure d'entre toutes. Enfin, enfin ils écoutaient ! Quelque chose clochait ! Ils étaient tous aussi vigilants et terrorisés que lui. Et durant toute cette période, quand il eut le droit de dormir avec sa mère, quand tout le monde se tordait les mains pour lui, quand tout le monde le scrutait avec inquiétude, Nathan put enfin cesser de sonner l'alarme, cesser d'essayer de leur montrer que le monde était terrifiant et que l'existence était une chose intenable. Cesser de leur montrer que la peur imprégnait tout. Que nous étions tous des cibles ambulantes. Que notre corps pouvait nous trahir. Que n'importe quel système pouvait nous trahir. Que les autres pouvaient couver au fond de leur cœur la pire haine et la pire violence, et qu'ils pouvaient se tapir devant chez nous, n'importe quel jour de la semaine. Que le monde n'était qu'un chaos absolu.

Était-il déjà ainsi avant l'enlèvement ? À tout le moins, il devait déjà être en bonne voie. Mais cela n'avait pas grande importance. Cette crise tenait le rôle de récit fondateur qui, aux yeux des autres comme aux siens, expliquait et justifiait la personne qu'il était. N'était-ce pas là un don du ciel ?

Oui, la vérité était là, dans toute son ignominie : il adorait le fait que son père ait été enlevé. Voilà.

Alyssa remonta la couverture jusqu'au menton de Nathan, et il s'endormit.

*

Pendant ce temps, plus bas dans l'allée, Ruth se saisit de son téléphone et tâcha comme elle put d'invoquer l'aide physique et le soutien émotionnel dont elle avait tant besoin.

— Salut, Maman, répondit Jenny.

La voix de Ruth évoqua un grognement féroce :

— Mais où diable es-tu allée te fourrer ?

*

Le jour où sa mère découvrit qu'elle squattait la maison familiale de Greenwich Village, Jenny avait reçu un appel, pas de Beamer, pas même de Noelle, mais de quelqu'un du service des comptes fournisseurs d'un centre de réhabilitation de luxe portant le nom de – je ne plaisante pas – « The Bluffs »[1].

Les Bluffs sont un complexe renommé, nanti d'une clientèle issue du gotha et d'installations hôtelières six étoiles destinées aux riches individus souffrant de satyrisme. C'est le seul centre de désintoxication dont le restaurant possède une étoile au Michelin. Il propose des suites privatives, des massages en chambre (sous surveillance d'un tiers), des séances de méditation, des saunas infrarouges et des caissons de privation sensorielle.

Jenny fut informée au téléphone que la facture de son frère restait à régler, et qu'à ce titre son épouse les avait redirigés vers elle.

— Cela fait combien de temps qu'il est chez vous ? demanda-t-elle. Il va bien ?

— Monsieur Fletcher a fini par prendre ses marques, répondit l'employé du service des comptes fournisseurs. Oui… au bout d'un temps. Il y a eu un incident au début, mais il a su depuis se comporter de manière exemplaire.

— Et il souhaite partir ?

— Il aimerait rester. Il semble assez surpris des allégations de son épouse, selon qui ils seraient sans le sou. Madame Fletcher nous a prié de vous appeler afin de solutionner tout cela.

— Oh, waouh. Très bien. Je vais l'appeler, et je vous rappelle ensuite…

— Elle nous a aussi prié de vous demander de ne pas l'appeler.

— Sérieusement ? D'accord. Je ne vois pas trop ce que je… et pour quel montant ? Combien vous doit-il ?

— Nous avons facturé les trois premières semaines de son séjour sur sa carte de crédit, soit 85 000 dollars. Mais

1. En plus du sens qui lui est aussi associé en français, *bluff* peut en anglais désigner une falaise.

American Express s'est opposé à tout nouveau débit, et son épouse nous a dit, eh bien… elle nous a dit que vous seriez en mesure de nous aider à trouver une solution.

— Une seconde. Vous êtes où, au juste ? demanda-t-elle.

— À Malibu.

— Je peux vous rappeler à ce numéro ? Je dois d'abord vérifier…

— Oui, mais sans faute. Notre liste d'attente s'est encore allongée, à la suite d'un afflux soudain de clients potentiels accusés de divers…

— Vous voulez parler de tous ces mecs d'Hollywood ? demanda Jenny.

— Ils sont tous en mesure de régler en liquide, et…

— Je vous rappelle au plus vite.

*

Lorsque Beamer s'était effondré devant la maison de Mandy Patinkin, les Patinkin avaient aussitôt appelé les urgences et s'étaient barricadés chez eux. Une ambulance avait fini par arriver pour conduire Beamer à l'hôpital.

Beamer s'était contorsionné sur un lit durant trois jours, oscillant sans cesse entre veille et inconscience.

Il n'était pas comateux, mais son état était tout sauf rassurant. Il suivait un cycle infini d'hallucinations, de fantasmes, d'illusions et de terreurs nocturnes, et le pire dans tout cela, c'était qu'il n'arrivait plus à discerner le vrai du faux. Il n'arrivait pas à parler, ou peut-être ne souhaitait-il pas le faire. Il n'arrêtait pas de bouger ou bien il était terrorisé à l'idée de remuer un orteil. Il sentait sur sa peau le contact froid d'une main et pensait qu'il ouvrait les yeux pour découvrir Noelle à son chevet, arborant un sourire d'une bonté angélique, veillant sur lui, nimbée d'une lumière digne de la mère de Jésus (la mère de Jésus s'appelait-elle aussi Noelle ? il n'arrivait plus à s'en souvenir) ou d'une des nombreuses autres figures du christianisme qu'il n'avait jamais réussi à mémoriser. Mais il clignait des yeux et constatait que derrière ce sourire elle était en vérité un monstre des marais au visage boursouflé qui le détestait du plus profond de son être. La main serrait alors fortement la sienne comme si cette personne ou cette chose l'aimait, puis la serrait fortement comme pour le mettre en garde, puis la serrait au point de percer la peau de sa main, et il ouvrait alors les yeux pour découvrir un phlébologue aux yeux de travers qui essayait de trouver une veine. Il hurlait et le phlébologue quittait la chambre à toutes jambes, hurlant lui aussi.

Puis le cycle se répétait. Il sentait une main froide sur la sienne et sentait que c'était Noelle, mais cette fois il savait, il savait que s'il ouvrait les yeux il la verrait blessée et en colère, alors de toutes ses forces il gardait les paupières closes, mais elle se dressait de toute sa taille et il entendait alors quelqu'un dire avec un accent :

— Je ne lui ai rien fait du tout. Je lui faisais sa toilette quand il s'est mis à hurler.

Il glanait des bribes de conversations à son sujet sans vraiment arriver à accepter qu'elles le concernaient.

— Un de ses reins a totalement cessé de fonctionner et on doute que…

— … une allergie aux sangsues ? parce que nous n'avons jamais rien vu de… »

— A-t-il été en contact avec un démon-laveur des rivières du Malawi ? Il présente des symptômes qui évoquent…

— … un gros tiers de gaz nocifs…

Il s'inquiétait de plus en plus pour la personne dont ils parlaient tous. Ce pauvre type avait vraiment l'air d'être au bout de sa vie.

Et puis soudain il était un vilain petit garçon qui avait besoin d'une bonne fessée.

Il s'asseyait dans son lit et criait « C'est mercredi » sans la moindre preuve (c'était en réalité samedi), avant de dire, avec une cohérence que depuis quelques jours plus personne n'attendait de lui : « Je crois que je suis en retard pour le massage thaï de cinquante minutes ! » Il ne prononça pas ces mots dans un grommellement informe, mais comme s'il se moquait d'un Anglais bon chic bon genre qui essayait d'attraper un train.

— Non, il n'aime pas les massages.

Il entendait une voix qui une fois de plus ressemblait à celle de Noelle, mais cette voix était très lointaine et il ignorait à qui elle s'adressait, et en l'absence d'un interlocuteur ou d'une simple voix pour lui répondre, il fit occuper l'espace vacant par son cousin Arthur qui, sans qu'il sache pourquoi, était juché sur les épaules de Carl, portait une casquette à hélice et dégustait une sucette géante. Cependant – et c'était là l'aspect le plus cinglé de cette scène déjà bien assez flinguée au demeurant – Arthur avait beau être assis sur les épaules de Carl, Noelle était toujours plus grande que l'un et l'autre.

À un certain moment, la dominatrice qu'il avait fréquentée durant des années entra en rampant comme une militaire (il en était convaincu) et serpenta sur le ventre, tendant le bras lorsqu'elle arriva à la hauteur de son pied pour lui arracher des poils d'orteil.

Et puis la nuit tombait et tout était plongé dans l'obscurité à l'exception d'un interstice sous la porte qui, il le savait, s'il s'en approchait, s'ouvrirait sur le paradis. Il savait qu'elle s'ouvrirait sur l'enfer. Il savait qu'elle s'ouvrirait sur sa mère en train de lui crier dessus dans la cuisine à l'époque où il était si petit que son regard arrivait à peine au niveau de ses genoux, « Mais qu'est-ce que j'ai fait pour mériter ça ? », elle lui parlait d'une de ses crises de colère, alors qu'en réalité il essayait juste de lui expliquer les choses, comme il l'avait fait des années durant avant de comprendre que ces explications s'appelaient crises de colère parce qu'elle ne voulait tout simplement rien entendre de sa bouche.

Il savait que la porte s'ouvrirait sur la salle de musique de son école élémentaire, avec sa professeure de flûte à bec énormément poumonée, penchée au-dessus de lui pour lui montrer comment il fallait la tenir, là, comme ça, alors qu'il le savait déjà, mais tout ce qu'il souhaitait, c'était poser sa tête contre sa poitrine.

Il savait que la porte s'ouvrirait sur la chambre du Radisson, où sa faim était sombre et profonde et ne pouvait être assouvie que par le concours actif d'autant d'intervenants que nécessaire.

Il savait que la porte s'ouvrirait sur Morah Rochelle qui lui disait que lorsqu'on mourait, on revoyait notre vie encore et toujours, ce qui est très agréable quand on est quelqu'un de bon, et très désagréable quand on est quelqu'un de mauvais. Il ne lui avait rien demandé !

Il savait que la porte s'ouvrirait sur son fils et sa fille dans son lit à lui, chez eux, en train de l'attendre pour qu'il leur lise une histoire, bien au chaud, en sécurité, fragiles d'apparence, comme des poupées, et il savait qu'il devait trouver absolument de quoi s'occuper afin qu'ils s'endorment avant qu'il arrive parce que s'il s'approchait d'eux, son poison contaminerait leur pureté (il le savait), et que d'un simple effleurement de ses doigts, il les changerait en quelque chose de marron et rouillé.

Il savait que la porte s'ouvrirait sur la première fois où il avait vu bébé Jenny, de retour de la maternité, sa mère allongée sur le canapé, contemplant Jenny avec amour, ne laissant tomber sur elle que quelques cendres de cigarette, à peine, et demandant à Beamer : « Tu veux la voir ? » Et le petit Beamer qui s'approchait tout doucement, et qui n'aimait pas du tout sa toute-petitesse, la facilité avec laquelle n'importe qui aurait pu la voler. « Viens, prends-la dans tes bras. »

Il avait plus peur que sa mère le gronde que de laisser tomber le bébé. Il se dressa sur la pointe des pieds et la regarda.

Elle dormait. Il tendit la main pour la toucher. Elle était toute veloutée. Il se pencha pour lécher sa joue – il ignorait pourquoi, mais il fallait qu'il le fasse, et Ruth se retourna et s'endormit, et lui resta là, du haut de ses quatre ans, à contempler bébé Jenny et à lécher son visage comme s'il était un chat et qu'elle était son chaton.

Il savait que la porte s'ouvrirait sur lui assis à l'arrière de la voiture de sa mère, à côté d'un sac en papier qui contenait des centaines de milliers de dollars. Il savait que sa mère était au volant de la voiture, pleurant et se parlant à elle-même sans qu'il en comprenne un seul mot, mais très vite, et très fort. Il savait que la voiture roulait rapidement, qu'il était terrorisé, et puis ils se retrouvèrent à l'aéroport et sa mère lui dit de la fermer, pas avec sa bouche, mais avec son corps et son visage, ce qui était encore plus terrifiant que des mots. Ils retournèrent à la voiture et prirent la direction de chez eux, et à présent sa mère hurlait dans la voiture, elle hurlait et lui restait immobile pour que ça s'arrête. Il était assis sur le plancher, entre le siège arrière et les sièges avant, et il mouilla sa culotte, et il redouta que c'était à cause de cela que sa mère criait. Et ils arrivèrent enfin chez eux et ses deux grand-mères les attendaient. Sa mère sortit précipitamment de la voiture et elles lui donnèrent des nouvelles qui la firent pleurer et s'effondrer par terre. Mais Beamer était toujours dans la voiture. Il était trop jeune pour tirer sur les poignées. Il ne savait même pas si la portière se serait ouverte s'il l'avait fait, parce que personne ne lui avait jamais proposé d'essayer. Il était recouvert de sa propre urine et toute cette semaine avait été horrible, avec ces gens inconnus constamment à la maison et son père qui n'était plus là et tout le monde qui refusait de répondre aux questions qu'il posait à ce sujet, et le voilà qui se retrouvait coincé là. Il allait mourir dans cette voiture. Son père était peut-être mort dans sa voiture. Son père était sûrement mort.

Il savait que la porte s'ouvrirait sur le bureau de son père, chez eux. Et Beamer était de nouveau petit, si petit qu'il dut se hisser sur la pointe des pieds pour ouvrir la porte, mais quand il y parvint, il ne faisait plus nuit. Il faisait plein jour, son père écrivait, et Beamer s'approcha de la table. Il se dressa une nouvelle fois sur ses orteils.

La page était recouverte de l'écriture manuscrite de son père, qui lui était aussi familière que ses propres pensées. Il comprit que son père s'était enfin lancé dans la rédaction de ses Mémoires. Mais la page était noircie de quatre mots à peine, COMPROMIS DE LONG ISLAND, répétés à l'infini.

« Papa », dit Beamer, mais Carl ne releva pas la tête. Il se contenta d'entonner : "*Race you to the top of the morning !*"

Et Beamer ouvrit la bouche et les paroles sortirent d'elles-mêmes. Il ne savait même pas qu'il les connaissait. À présent de la même taille et du même âge, son père et lui chantaient à l'unisson : "*I love you, my boy at my side !*"

Ils se tenaient là, sans fausse pudeur, face à face, enfin capables de s'exprimer, et Beamer sut alors. Son père l'aimait : il n'avait jamais cessé de l'aimer.

Son père quitta la pièce, et Beamer savait que d'horribles hommes attendaient dehors pour l'emporter. Beamer voulut crier pour le mettre en garde, mais tout ce qui sortit de sa bouche fut un nouveau vers chanté : "*Race you to the top of the morning !*"

Et il courut après son père, dévala l'escalier mais ne déboucha pas sur le salon qui aurait pourtant dû se trouver là. Il était allongé sur un lit dans une pièce blanche avec une personne dont le visage, il le voyait désormais très clairement, n'était ni celui de son père, ni même celui de sa mère.

Il s'agissait de Noelle. Il ouvrit les yeux et la vit.

— Il chante ? demanda Noelle.

Il y avait quelqu'un d'autre dans la pièce, qu'il ne parvenait pas à identifier. Il avait envie de parler, de dire à Noelle :

« Oui ! Oui ! Avec mon père ! Viens nous rejoindre ! Le monde entier devrait venir chanter avec nous ! » mais tout s'évanouit et il prit conscience de sa très, très grande fatigue. Il se sentait… il n'arrivait même plus à formuler une phrase entière. Ça craignait. Ça sombrait.

Et ça disparaissait.

Et il se passa des heures. Des jours. Des semaines. Des mois. Des années. (Il ne se passa que soixante-douze heures à tout casser.) On le sortit, on le transporta quelque part. Noelle, fidèle à ses côtés.

Mais en la regardant il comprenait qu'elle n'était pas qu'inquiète. Elle n'était pas qu'épuisée. Elle lui mit quelque chose littéralement sous le nez – son téléphone ? Comme si elle voulait qu'il voie quelque chose, mais elle l'écarta et se mit à le consulter. Il luttait pour rester éveillé. Il ne pouvait pas retourner sur le siège arrière de la Cadillac Brougham de son père. Il ne pouvait pas retourner sur le siège arrière de la Jaguar. Il ne pouvait plus vivre sans savoir ce qui se trouvait derrière la porte de cette chambre d'hôpital. De toutes ses forces, il rouvrit les yeux : Noelle scrollait sur son téléphone et la dernière pensée qui lui traversa l'esprit avant qu'il la suive jusque dans les profondeurs de son subconscient pour se retrouver de nouveau sur ce siège arrière, c'était que Noelle ne devrait surtout pas regarder dans son téléphone comme ça.

*

Lorsqu'il se réveilla enfin, il n'était plus attaché au lit. Il régnait dans la chambre un silence et une paix absolus, et son corps lui paraissait récuré, lumineux. Il tourna la tête et regarda autour de lui. Il ne releva aucune trace de ce qu'il avait enduré dans ses hallucinations. Mais sur sa droite, assise à son chevet, se trouvait sa femme.

— Noelle, fit-il.

Son visage était dénué de tout.

— Je sais tout, Beamer. Ou plutôt non, justement, pas tout. Juste ce qu'il faut. Je suis sûre qu'il y a beaucoup plus encore. Je suis sûre que je préfère encore ne pas tout savoir… (Ses yeux se gonflèrent de larmes.) Je n'ai pas envie de pleurer. Je suis trop en colère. En colère contre toi. Contre moi-même. Je voudrais tellement pouvoir me dire qu'au fond de moi, je savais.

— Noelle…

— Je voudrais tellement pouvoir me dire que je savais tout cela. Me dire que c'est pour cette raison que j'allais voir une médium. Il a suffi d'un seul regard posé sur toi, et elle a su. Elle a su ! Je vais passer le reste de ma vie à tâcher de comprendre pourquoi je n'ai rien vu.

— Noelle…

— Et parmi toutes les choses que je pourrais te dire sur ton comportement, il n'est rien que tu ne saches déjà. La seule chose que je peux te dire, c'est que je ne suis arrivée à l'auditorium qu'après son solo. La seule chose que je peux te dire c'est que Liesl s'est retrouvée seule au milieu de cette scène, face à deux sièges vides au premier rang. À sept ans. Ça ne se fait pas, ce genre de choses. La prof m'a dit qu'elle est restée plantée là, à pleurer en essayant de jouer de sa flûte. Ils ont dû interrompre son solo. Ils ont dû interrompre toute la représentation.

Il éclata alors en grosses grasses larmes bien juteuses. Cela faisait maintenant trois jours qu'il était sous perfusion, idéalement hydraté, fin prêt à pleurer sur son sort et sur ses choix. Il se figura tout ce qui aurait pu infléchir le malheureux cours des choses, tout ce qui aurait pu le rendre normal, autant d'idées bancales et saugrenues : et si Noelle avait accepté d'avoir une troisième enfant ? Et s'il n'avait jamais découvert le sexe et la drogue ? Et si Noelle avait été le genre de personne capable d'accepter un mode de vie qui ne s'apparentait pas au plus strict conformisme ? Et si sa famille avait été différente ? Et si rien de mal n'était jamais arrivé à son père ?

En définitive, le dénominateur commun, c'était lui. Noelle le regarda pleurer – sans que la moindre émotion ne transparaisse sur son visage – et lorsqu'il fut enfin en mesure de parler, il lui dit :

— Est-ce que tu comprends que j'ai passé ma vie à faire des choses qui me permettaient de passer par ailleurs pour quelqu'un de normal, rien que pour toi ? Est-ce que tu le comprends ?

Elle le dévisagea un long moment, puis se leva et prit la porte. Beamer tenta de se redresser pour la suivre, mais les ténèbres s'abattirent de nouveau sur lui, et il retomba dans le sommeil.

*

Les clients des Bluffs n'étaient pas tant des hommes ayant touché le fond que des hommes qui s'étaient fait pincer et qui, pour des raisons transactionnelles ou contractuelles, ou pour que leur femme ne les quitte pas, se pliaient insincèrement aux diktats de l'abstinence rédemptrice. C'était assurément le cas du directeur général de cette grosse entreprise de la tech qu'on avait pris en flagrant délit avec des putes. C'était assurément le cas de cette rockstar qui avait pilé au beau milieu de l'autoroute (sur la voie de gauche), avait grimpé sur le toit de sa voiture, s'était déshabillé et avait uriné sur les voitures qui passaient, ce qui expliquait qu'un tabloïd en ligne ait publié une photo de lui partiellement occultée par une éclaboussure jaunâtre. C'était assurément le cas de ce membre du congrès américain qui s'était fait sucer à travers un glory-hole lorsque son goût pour la pratique et son accès au dispositif associé avaient coïncidé avec l'un des très dommageables effets secondaires du Viagra, à savoir la persistance d'une érection pendant plus de quatre heures. Tous ces types traînaient par-ci par-là, constamment en concurrence pour être le roi des lieux, ou le plus affligé des lieux, ou le plus ténébreusement triste des lieux. Ils se disputaient pendant les thérapies de groupe, coupaient la parole, parlaient plus fort que les autres, en sortant des phrases du genre « Tu sais ce que tu devrais faire ? », auxquelles le modérateur répondait par un « Non, Bob, nous sommes tous égaux ici. Personne ici n'a de leçon à donner aux autres. »

Mais Beamer se foutait pas mal des dynamiques de ce groupe à la noix, de ces hommes qui rivalisaient pour apparaître comme le plus noble et le plus authentique. Il avait des problèmes bien plus importants. Principalement le fait qu'il adorait être ici, et qu'il avait conscience que c'était un signe très révélateur de la merde qu'il avait dans la tête.

Quand il se réveilla dans cette chambre étrange, un jour après la dernière visite de Noelle, ne sachant pas où il était, il paniqua et tenta de s'enfuir. Trois hommes armés de tasers le plaquèrent au sol, par-derrière, et il se retrouva incapable de bouger une autre partie de son anatomie que ses globes oculaires terrorisés. Écrasé sous le poids de ces hommes, il savait qu'il aurait beau crier, pleurer, négocier, il ne parviendrait pas à s'en libérer. Il était au fond d'un puits, prisonnier, coupé du reste du monde et de ce qui s'y passait, soumis à une liste drastique de règles et d'objectifs fixés par quelqu'un d'autre. On l'avait kidnappé. On l'avait *kidnappé*. Enfin.

Il n'avait jamais été aussi heureux de toute sa vie.

Au bout de deux jours, on l'avait conduit jusqu'à une sorte de faux salon où dominaient le gris et le beige, où un homme affable et amical vêtu d'un pull à col châle, Ed, le mit au travail. Ce fut avec Ed qu'il comprit qu'il avait vécu toute sa vie dans l'ombre d'un enlèvement qui ne le concernait pas directement. Ce fut Ed qui lui expliqua que les traumas pouvaient être héréditaires, au même titre que la couleur des cheveux, et que dans une famille en proie à un trauma non résolu, au sein de laquelle toute expression de ses émotions était verboten, il était logique qu'une personne telle que Beamer ait souffert de réprimandes et d'un déni d'amour. Logique que sa sœur se sente menacée quand on lui disait qu'elle avait une relation symbiotique avec cette famille qu'elle n'avait de cesse de fuir. Logique qu'il ait cessé de faire des crises de colère après que sa mère l'eut puni en l'emmenant avec elle à la remise de rançon. Logique que la femme qu'il avait épousée par peur de lui-même soit incapable de l'écouter et de le comprendre. Logique logique logique.

Ed avait un protocole bien à lui auquel il fallait se plier. Un séjour aux Bluffs était l'occasion parfaite de comprendre pourquoi on était comme on était, mais la principale promesse de cette institution était de vous amener à vous dissocier de vos réflexes et inclinations au point de pouvoir réintégrer le monde avec succès et, possiblement, la promesse sincère faite à votre famille et votre employeur que vous étiez à présent un nouvel homme. Beamer dut donc dresser une liste de tous ses déclencheurs émotionnels érotiques, tâche à laquelle Ed donnait le nom de « projet d'association libre ». La liste de Beamer se présentait comme suit :

1. Toute forme de déviance
2. La pression sociale
3. La pression professionnelle
4. Être en retard
5. Être en avance
6. Être à l'heure
7. Les chips Lays crème aigre/oignon, le fait que leur arôme chimique avait une odeur curieusement vaginale
8. Les seins
9. Les fesses
10. Les ventres
11. Certains pieds
12. Le porno
13. Les femmes
14. Certains hommes
15. Les mots « Les Bluffs »
16. Les cols châles

17. Parler d'addiction sexuelle
18. Les stigmates de l'addiction sexuelle
19. Certains (très peu) grands mammifères à la musculature nerveuse, avec tout de même cette précision : il ne s'agissait que d'un pur fantasme. Jamais il ne passerait à l'acte.

C'était tellement humiliant…

20. L'humiliation

Beamer s'investit pleinement dans le programme de réhabilitation en se soumettant à son extrême rigueur, et il y excella. Il évitait les capitaines d'industrie qui ruminaient dans leurs pantalons en lin, ne sachant trop quoi faire de leurs mains maintenant qu'ils n'avaient plus accès à leur téléphone ni à aucun autre appareil.

Lui aussi portait des pantalons en lin. Il en avait six, avec un cordon pour ceinture, ainsi que six T-shirts blancs à col en V, et tous les lundis, il était chargé de faire la lessive de tout le monde. Les vêtements étaient déposés en vrac afin que personne ne sache quel sous-vêtement appartenait à qui, mais cela faisait partie du programme : chacun se voyait dépouillé de son identité, de ses peccadilles et de ses petites répugnances. Beamer aimait arriver aux séances de thérapie à l'heure. Il aimait prendre part aux repas à l'heure. Il aimait se présenter aux moments smoothies à l'heure. (Il aimait également se présenter aux moments smoothies avec dix minutes de retard et se prendre un savon de Sarah l'infirmière, cette petite gourgandine.) C'était tout ce à quoi il avait toujours aspiré, se retrouver contraint par les limites d'une rigueur arbitraire, convaincu qu'il était de pouvoir trouver le bonheur dans ces restrictions.

Et c'était vrai, c'était tout à fait vrai. Il bronza et perdit sept kilos. Il était de nouveau Beamer, le Beamer d'avant son récent craquage. Le Beamer vigoureux au regard limpide.

Celui qui avait les idées claires. Celui qui arrivait à se voir lui-même avec du recul, pour la première fois depuis des années. Ou peut-être bien pour la première fois de sa vie.

Certains patients draguaient des infirmières, ou des aides-soignants, ou des agents de sécurité. Certains se masturbaient en se frottant contre la barre de l'échelle de la piscine Doux Clapotis du centre…

21. Mention spéciale : les mots « Doux Clapotis »

… ou, maillot de bain baissé, en se positionnant de sorte que le puissant jet d'eau qui après filtration remplissait la piscine sollicite directement leur trou du cul jusqu'à l'orgasme (bien entendu, la piscine devait alors être évacuée, vidée de son eau et à nouveau remplie, et le responsable était tenu de présenter ses excuses à chaque hôte des Bluffs, ce qui, très franchement, plaisait énormément à certains).

Les patients devaient veiller à éviter tout stimulus. Il leur était interdit de porter du lycra. Il leur était interdit de porter des débardeurs. Ils devaient porter leur boxer bien haut sur les hanches. Ils ne devaient pas se retrouver seul à seul dans la piscine avec un autre hôte, des fois que l'un des deux se mette en tête de gratifier l'autre d'un bon vieux Compromis de Long Island.

La musique était omniprésente, mais elle était digne d'un complexe hôtelier de bas étage, c'étaient des reprises de chansons populaires, platement interprétées par un seul et même chanteur qui débitait les paroles sans une once de sentiment ou de conviction. Pas de télévision. Pas de téléphone. Pas de livre. Pas de photos. Rien qui soit susceptible d'engendrer une émotion ou une révélation hors du cadre hyper-contrôlé de la thérapie – chaque jour : deux heures en groupe, quatre heures en individuel.

Beamer nageait. Il s'exerçait avec une kettle bell. Il méditait. Il faisait du yoga. Il faisait du Pilates. Une femme remuait les mains au-dessus de son corps et appelait ça un travail énergétique. Tous les après-midis un spécialiste lui fourrait un tuyau dans le cul et y injectait de l'eau pour lui récurer le côlon jusqu'à ce qu'il brille comme un sou neuf. Il se joignait à une infinité de cercles de discussion, parlait et écoutait, pleurait et portait la main à son cœur (le contact physique était prohibé entre patients des Bluffs). Il priait un Dieu auquel il n'avait plus vraiment repensé depuis l'École hébraïque mais qui, à sa plus grande joie, était toujours là. Il ingérait des smoothies composés de pas moins de treize superaliments différents, sans un gramme de sucre raffiné.

Ils mangeaient des noix de Saint-Jacques pochées. Ils mangeaient du saumon sauvage. Leur poulet était nourri au pâturage. Leurs steaks provenaient de bœufs qui avaient fréquenté les écoles les plus prestigieuses. Tous les plats comportaient des morilles ou des truffes : tout, y compris le porridge. Ils n'avaient le droit à un dessert que les mardis soirs, un flan insignifiant sans sucre ni goût qui ne se distinguait en tant que dessert que par la traînée de cacao pur dont il était saupoudré. Mais ce dessert était tout sauf un dû. Au moindre écart de conduite de l'un des hôtes (commentaire salace, avances auprès d'une infirmière, masturbation publique), tout le monde se voyait privé de dessert. C'était ainsi que les Bluffs réinculquaient le sens de la collectivité oublié depuis bien longtemps par sa riche clientèle.

Sa thérapie portait ses fruits. Il passait l'essentiel de ses journées avec Ed, d'abord en groupe, puis seul à seul. Il parlait de son appétit et de tout ce qu'il avait fait au nom de cet appétit, il parlait de ce cercle sans fin qui le poussait sempiternellement à éprouver cet appétit, à l'assouvir, puis à s'en protéger, et à tout recommencer. Il comprenait à présent que ce qu'il recherchait dans le sexe et la drogue ne relevait pas de la jouissance mais du danger : toute sa vie, il n'avait cessé de rejouer l'expérience de mort imminente de son père pour tenter de trouver un sens à tout cela, d'en tirer quelque leçon de sagesse freudienne sur qui il était et d'où il venait, et sur l'éternelle question de la famille Fletcher : que seraient-ils devenus si cela ne leur était jamais arrivé ?

Cette question était particulièrement douloureuse. Douloureuse comme un rayon de soleil ou un verre d'eau fraîche quand on n'éprouve que de la haine pour soi-même. Il n'avait personne avec qui aborder cette question. Ses parents refusaient totalement de l'aborder. Sa mère le réprimandait dès qu'il faisait la plus petite allusion à quelque chose qui aurait pu amener par la suite à discuter de Tout Cela. Son père était prisonnier d'un bloc de glace qu'il lui était impossible de faire fondre avec le peu de moyens dont il disposait. Son frère Nathan, qui en tant qu'aîné aurait dû le guider dans la vie, était si fragile qu'un coup de vent aurait suffi à l'emporter. Et sa sœur Jenny n'avait qu'un souhait, rester le plus loin possible. Elle avait commis le péché ultime de nouer une véritable relation humaine avec lui quand ils étaient enfants (ils s'aimaient alors si tendrement), et en grandissant, était devenue la connasse la plus froide et égoïste qu'il ait jamais connue. Alors avec qui pouvait-il parler ? Noelle ? La merveilleuse Noelle qui n'aurait pu s'imaginer ne serait-ce qu'une fraction de seconde la merde qu'il avait entre les deux oreilles ?

Il aurait peut-être même pu trouver des réponses si un homme du service des comptes fournisseurs ne s'était pas un jour présenté dans sa chambre pour lui signifier qu'il devait faire ses valises et s'en aller. Sa sœur venait le chercher et il fallait libérer la chambre avant quinze heures.

Et pour son nouveau départ dans la vie, on repassera.

*

Jenny vint chercher Beamer et ils prirent un vol à destination de Newark. Là, elle loua une voiture et le conduisit jusqu'à

Yellowton, où se trouvait un nouveau centre de réhabilitation en partie financé par l'État et rattaché au tout nouveau Giant's de la ville. Un centre de désintox intégré à un supermarché, c'était une grande première (Jenny et Beamer l'ignoraient, mais Dominic Romano avait découvert que le Giant's de Yellowton pourrait ouvrir ses portes si on parvenait à le faire classer en tant qu'établissement de santé, raison pour laquelle le Giant's proposait désormais tout une gamme de suivis à prix cassés pour toutes sortes de toxicos, et ce en bénéficiant du même statut fiscal qu'une table pliante dressée par un scout pour vendre des cookies maison. Merveilles du droit immobilier !)

— Il n'y avait rien d'autre ? demanda Beamer.

— J'ai dépensé ce qui me restait d'argent pour deux semaines supplémentaires aux Bluffs, répondit-elle.

— Qu'est-ce que j'aimais être là-bas.

Beamer passa dix-huit jours à Yellowton, durant lesquels il tenta de retrouver l'esprit de guérison qui l'avait porté aux Bluffs – les Bluffs qui étaient le contraire absolu du Detox N'Rehab de Giant's – avant de craquer et d'appeler Jenny sur un téléphone public pour lui demander de venir le chercher.

Il sortit avec un petit sac d'effets personnels, vêtu d'un pantalon de lin que les Bluffs avaient accepté de lui laisser. Il tenait à la main une petite bouteille d'eau gazeuse kiwi/citron vert à prix-choc (aux Bluffs, ils avaient de l'eau aux vertus purifiantes dynamisée aux cristaux de quartz rose). Jenny ne l'avait plus revu aussi peu fatigué depuis des années.

Quelle beauté sauvage que celle de mon frère, songea-t-elle.

Et voici ma sœur, pensa-t-il.

Alors qu'il montait à bord, un signal sonore indiqua qu'elle venait de recevoir un nouveau message de sa mère, le dixième de la matinée :

Ben Hur est avec toi ? Je n'ai aucune nouvelle de lui ni oh bon point d'interrogation point d'interrogation stop stop stop

Beamer regardait le paysage à travers sa vitre tandis qu'ils traversaient les Hamptons en silence.

— Tu as des nouvelles de Noelle ? demanda-t-il.

— Aucune. Elle refuse de me parler. Est-ce que… qu'est-ce qui se passe ?

— Ça ne se présente pas bien, fit-il. Pas bien du tout.

Au bout d'une minute, Jenny dit :

— Je suis désolée de t'avoir dit ce que je t'ai dit.

Beamer répondit :

— Moi aussi.

Dans ce silence partagé, les liens qu'ils avaient forgés le long des ans se resserrèrent, cette alliance chimique, née de la biologie et d'une expérience commune. Toute sa vie, Jenny avait cru qu'ils s'étaient choisis l'un l'autre, que le fait qu'ils soient tous les deux nés dans la même famille démente relevait de la plus incroyable des coïncidences. Mais ce n'était pas le cas : ils n'avaient même pas eu à se choisir. Ils avaient été faits l'un pour l'autre, et ils se retrouvaient à présent dans le genre d'exquise inertie dont on ne peut même pas envisager de se libérer.

— On va où ? demanda Beamer plus tard, sur le siège arrière.

— À la bar-mitsvah des jumeaux, répondit-elle.

— Mon Dieu.

Ils roulèrent encore un peu sans rien se dire, et il se pencha soudain vers elle.

— Au fait, tu savais qu'une de mes profs de l'École hébraïque m'avait un jour raconté que l'au-delà, ça consistait juste à revisionner toute ta vie et à approuver ou regretter chacun de tes choix ? Et que le paradis ou l'enfer, c'était le même principe. Tu regardes ta vie entière, et tu éprouves soit de la honte soit du plaisir face à tes propres décisions. On t'a dit la même chose, à toi ?

— Non.

— Des fois on dit de ces trucs aux gamins, quand ils sont tout petits, et ça reste gravé à tout jamais dans leur tête. Être un enfant, c'est tellement délicat. Tous ceux qui te disent des trucs dégueulasses le savent parfaitement.

— Ça va, toi ? lui demanda Jenny.

Beamer ferma les yeux.

— Ouais, répondit-il. Je suis juste triste. Vraiment, vraiment triste.

*

Jenny et Beamer se firent à peine remarquer lorsqu'ils arrivèrent chez leurs parents, à la nuit tombée, la veille de la bar-mitsvah de leurs neveux. Ils battirent en retraite dans leurs anciennes chambres après avoir échangé un ou deux mots avec leur père, tout au plus, pour tomber sur leur mère au pied de l'escalier.

— Salut, Maman, tenta Jenny.

Ruth se figea juste assez longtemps pour que Jenny et Beamer relèvent bien son agacement, les lèvres en cul de poule, offusquée comme seule peut l'être une personne qui sait qu'on lui cache des secrets, mais qui ne saurait s'abaisser à poser la moindre question.

— C'est le grand week-end de Nathan, lâcha-t-elle.

Puis elle les toisa, Jenny en jean, Beamer dans sa tenue post-réhab de patient psychiatrique sous sédatifs, et conclut :

— Vous allez tout gâcher.

*

La bar-mitsvah des jumeaux fut un succès incontestable : des hôtes ravis, une décoration merveilleuse, des victuailles somptueuses, et un sanctuaire expertement garni de fleurs orange, dans le respect de la thématique Knicks. Lily Schlesinger demanda plus tard à Alyssa à quel organisateur elle avait fait appel, la fête des seize ans de sa fille approchant à grands pas. Un succès incontestable s'il en est. Tous ces cours particuliers finirent par payer. Ari et Josh lurent savamment leurs parties respectives de la haftarah. Ils se partagèrent également la paracha. Les frères de leur mère firent de même avec la prière du matin, puis avec Moussaf, et un groupe de cousins Semansky, âgés de deux à douze ans, chantèrent Adon Olam et Aleinou à la fin, soulevant un tonnerre d'applaudissements envieux. Ce fut extraordinaire ; ce fut parfait ; ce fut le triomphe absolu d'une famille qui avait eu une passe bien difficile, mais avait su conserver grâce et dignité.

En tout cas, ce fut la version qu'Alyssa soumit par la suite à toutes les connaissances qu'elle n'avait pas invitées et à tous les cousins qui n'avaient pas pu faire le déplacement. Et ce n'était pas faux, mais cela occultait certains détails.

Notamment ce moment où Ruth, alors que les Fletcher et les Semansky entraient dans la synagogue encore déserte, se laissa aller à un rare accès sentimental en disant à Carl :

— On se croirait au matin de la bar-mitsvah de Nathan. C'est comme si on avait voyagé dans le temps.

Alyssa s'affairait autour de ses fils, fixant leur kippa sur leur tête. Hershey Semansky, son père, feuilletait nonchalamment un livre de prière, et Elaine, sa mère, repérait les places qu'ils occuperaient, avec leurs autres enfants et leurs autres petits-enfants. Jenny et Beamer – Jenny dans une vieille robe et Beamer dans l'un des costumes de son frère – se trouvaient tout près.

— À ceci près que vous n'étiez pas là, dit Beamer à sa mère.

— Qu'est-ce que tu racontes ? répliqua Ruth.

— Vous n'étiez pas là, répéta-t-il. Vous n'avez pas assisté à la bar-mitsvah de Nathan. Vous avez disparu ce matin-là.

Nathan se figea. Penchée au-dessus de la chevelure d'Ari, Alyssa releva la tête.

— Comment ça ? demanda-t-elle.

— C'est vrai, acquiesça Jenny. Nos parents étaient absents.

— C'est impossible, fit Alyssa. Je ne comprends pas.

— Hé, dit Beamer. Nous non plus.

Alyssa se tourna vers Nathan.

— Je n'arrive pas à croire que tes parents n'aient pas assisté à ta bar-mitsvah. J'ai pourtant vu les photos, non ?

Jenny répondit à la place de son frère

— C'est vrai. Je te le jure. Ils n'étaient pas là. Les photos ont été prises la veille.

Ruth plissa les yeux :

— Tu racontes n'importe quoi, Jennifer.

— Vous n'étiez pas là, répéta Jenny à son tour. Vous êtes restés à la maison.

— C'est la chose la plus délirante que j'aie jamais entendue, déclara Ruth. Si j'avais pu me douter que tu profiterais de mon âge avancé pour me salir, avec tes *insinuations*.

— C'est de l'insinuation quand c'est implicite, riposta Jenny. Là, c'est explicite : c'est de la calomnie.

— C'est de la calomnie quand c'est faux, dit Beamer. Là, c'est vrai. Vous n'étiez pas là.

— On va tous essayer de se calmer, fit Hershey. On a tous les nerfs à fleur de peau.

— On nage en plein délire, poursuivit Ruth. Je ne vois vraiment pas à quel jeu vous jouez, tous les deux.

— Vous n'étiez pas là, répéta Beamer une énième fois. Vous n'avez pas assisté à la bar-mitsvah de Nathan. Grand-Maman et Arthur nous y ont conduits. On ne vous a pas vus de la journée. Vous n'êtes pas venus.

— Je refuse d'entendre ces inepties, trancha Ruth. Je m'en vais.

— C'est vrai, insista Jenny. Vous n'êtes pas venus. Et nous avons passé la nuit chez Grand-Maman.

— Et Grand-Maman nous a parlé des dybboukim, ajouta Beamer.

Nathan, qui fixait jusqu'ici la pointe de ses pieds, releva alors la tête, et Beamer regarda droit dans les yeux de son frère.

— Elle nous a dit que Papa était sûrement possédé par un dybbouk, et que c'était pour cette raison qu'il n'arrivait pas à être quelqu'un de normal. Je m'en souviens comme si c'était hier.

— Comment est-ce possible ? demanda Alyssa à Nathan. Pourquoi ne m'as-tu jamais raconté ça ?

La bouche grande ouverte, Nathan ne put que hocher la tête. Il ne savait plus quoi dire. La vérité, c'était qu'il ne s'en était jamais souvenu jusqu'ici. Le souvenir ne l'avait jamais quitté, mais il était resté tapi au fond de lui.

L'organisatrice s'approcha d'Alyssa comme si elle marchait sur des œufs.

— Est-ce qu'on peut vous prendre un peu de votre temps pour une toute petite question, dehors ? chuchota-t-elle.

— Bien sûr, bien sûr.

Elle considéra les Fletcher, puis prit son mari par la main :

— Nathan, viens avec moi.

Ruth et Carl s'assirent au premier rang, aux places que leur désignèrent les parents d'Alyssa, comme s'il s'agissait de leur synagogue à eux. Beamer et Jenny prirent place à leurs côtés, comme on le leur indiqua, mais Ruth se faisait un point d'honneur à éviter leur regard. Le sien, glacial, restait fixé droit devant elle.

Le temple se remplit alors et le service débuta, et les enfants – les enfants s'en sortirent à merveille. Vraiment. Ils reçurent leurs aliyoth ; chacun lut sa moitié de la haftarah ; chacun prononça un discours sur le passage de la Torah qu'il venait de lire, et à la fin du discours, remercia sa famille, et tout particulièrement ses parents.

— Tu es toujours là pour moi, Maman, dit Ari. Tu t'inquiètes toujours pour moi et tu fais tout ton possible pour que je ne manque de rien.

— Je peux toujours compter sur toi, Papa, dit Josh.

Beamer prit la main de Jenny dans la sienne, sans que ni l'un ni l'autre n'éprouve la moindre brûlure.

Nathan et Alyssa, au premier rang, se levèrent et gravirent les trois marches qui les séparaient de la bimah.

— À présent Nathan et Alyssa vont bénir leurs enfants, déclara Rabbi Weintraub.

Nathan posa les mains sur la tête d'Ari et se trouva dans l'incapacité de parler. Non, c'était pire. Il se trouva dans l'incapacité de respirer. Il s'était mis à pleurer – non, il s'était mis à *sangloter*.

— Nous savons tous qu'il s'agit d'un moment particulièrement émouvant, expliqua Rabbi Weintraub à la congrégation, alors que l'assistance tout entière riait discrètement de la réaction de Nathan. Nous savons ce que cela représente, de se présenter ainsi devant sa communauté et de déclarer que nos enfants sont prêts à prendre leurs marques dans le monde, de façon active et significative.

Ces paroles furent loin d'aider Nathan. Non seulement celui-ci vagissait ouvertement, mais il semblait avoir perdu le contrôle de son corps, plié en deux, à la limite de la suffocation.

— Nathan… murmura Alyssa.

Les parents d'Alyssa s'avancèrent vers la bimah. Elaine Semansky y arriva la première et passa un bras autour de Nathan pour le conduire délicatement vers le mur du fond, jusqu'à une chaise réservée au président de la congrégation. Puis elle dressa la tête à l'attention d'Alyssa pour lui indiquer de venir rejoindre son mari, et Alyssa vint s'asseoir à côté de lui.

Nathan voulut se lever.

— Je peux… hoqueta-t-il.

Hershey approcha à son tour et posa ses mains sur les épaules de Nathan.

— Tout va bien, mon garçon, dit Hershey. Ne t'inquiète pas. Tu as une famille. C'est à ça que sert une famille.

Et ce fut ainsi Hershey Semansky, l'obscur clarinettiste, qui s'avança vers Ari et Josh. Il posa les mains sur leurs têtes et les bénit, l'un après l'autre, demandant à Dieu de les rendre aussi braves que leurs ancêtres, de leur offrir des existences riches de bonté et de courage, des vies pleines de sens. Il demanda à Dieu de leur accorder le bien-être et la paix.

— Vous entrez dans l'âge d'homme, dans l'âge adulte, à une période fort troublée, déclara Hershey. Vous embrassez votre pleine responsabilité envers la Torah et ses lois, la responsabilité non seulement de perpétuer le judaïsme mais également de contribuer à ce qu'il reste des Juifs en ce monde. En ce jour, nous attendons de vous que vous bâtissiez un foyer juif, que vous l'apprêtiez comme un nid, que vous le mainteniez au même endroit sans jamais le déplacer, afin que les enfants à qui vous donnerez le jour sachent toujours où vous retrouver. Mes enfants chéris, vous êtes bien-aimés. Vous aurez une longue vie, et il vous arrivera d'interroger votre valeur en regard du monde, et lorsque vous vous retrouverez ainsi, au plus bas, vous vous rappellerez comme nous étions fiers de vous en ce jour, et à quel point vous êtes précieux à nos yeux.

Sans le moindre faux pas, les Semansky suivaient d'instinct cette chorégraphie superbe et harmonieuse, celle de la joie. Voilà à quoi ça ressemblait vu des bancs : Hershey Semansky apposant ses mains sur les têtes des jumeaux et récitant ces bénédictions qu'il connaissait par cœur. Elaine Semansky, toute proche, observant la scène, les mains jointes. Alyssa quittant Nathan pour réciter un discours sur les origines de la bar-mitsvah, puis plus personnellement, sur les origines de ses garçons : les difficultés de leur conception, toutes ces fois où elle avait prié pour eux, la gratitude qu'elle vouait à Dieu depuis leur naissance, et qu'elle Lui vouerait à jamais. Elle parle de leur personnalité et de leurs caractéristiques, et là, tout à coup, ce n'est plus une paire de jumeaux collés à leurs écrans un doigt dans le nez, ce sont des personnes, d'authentiques personnes, avec une mère qui croit en eux, qui a mis tout ce qu'elle a pour les lancer dans ce monde, et qui ne cessera de les soutenir que lorsqu'elle rendra l'âme sur son lit de mort, entourée de ses enfants et de ses petits-enfants. Elle se tourne vers la congrégation et invite toutes les personnes présentes à voir ses enfants à travers ses yeux, à prendre conscience qu'ils réunissent tous les possibles du monde, la continuité d'un peuple, et soudain ces deux jeunes garçons incarnent l'avenir radieux et doré de toute la salle, et la congrégation reste sans voix, stupéfiée non seulement par les jumeaux Fletcher, mais par Dieu et Ses miracles.

Au premier rang, Beamer et Jenny ne pouvaient plus bouger. Alors qu'ils assistaient à la cérémonie, la nature profonde de ce qui clochait vraiment dans leur vie leur fut révélée, à savoir : on ne peut espérer évoluer dans la flaque d'eau de mer où l'on a vu le jour qu'à condition que quelqu'un nous apprenne à nager. Ou dit plus simplement, pour être quelqu'un de normal, il faut connaître des gens normaux, même de loin.

Beamer et Jenny étaient liés par ce qu'eux seuls avaient vu et vécu, mais ce qui ne cessait jamais de leur échapper, c'était justement ce qu'ils n'avaient jamais connu. Jenny se fit cette réflexion à cet instant précis, et quand elle en saisit toute la profondeur, elle en eut le souffle coupé : s'ils ignoraient toutes ces choses que maîtrisaient parfaitement les Semansky, c'était parce cela aussi faisait partie de leur héritage. Faute d'avoir eu de tels exemples sous les yeux, cela leur était à présent interdit. Pire encore : faute d'avoir eu de tels exemples sous les yeux, ils ne savaient même pas que c'était à cela qu'il fallait aspirer.

Voilà ce qu'ils avaient à la place : rien qu'eux trois (Nathan, Beamer et Jenny), reliés par cette unique attache, ce qui leur était arrivé et les avait marqués à jamais, au point qu'ils étaient les seuls au monde à pouvoir se comprendre. Beamer prit conscience de tout cela précisément au même instant que Jenny, et elle serra plus fort sa main dans la sienne, parce qu'ils avaient fait tout ce chemin, si long et si tortueux, pour finir par découvrir qu'à tout le moins, ils étaient là l'un pour l'autre, ainsi que pour leur grand frère.

Sur la bimah, Nathan se leva et s'avança vers sa famille, pas les Fletcher, tout tordus sur leurs chaises, mais les Semansky. Nathan pleurait encore si fort qu'il n'arrivait pas à se redresser totalement, mais il parvint cette fois à serrer dans ses bras ses fils et sa femme, puis à venir prendre place aux côtés de ses beaux-parents, qui l'enlacèrent en lui disant à quel point ils étaient fiers de lui et à quel point ils l'aimaient.

La question de savoir qui auraient été les Fletcher si personne n'avait enlevé Carl ne comportait pas de réponse. C'était arrivé, et le contraire n'avait jamais été à l'ordre du jour. La seule chose qui était pire au monde que de comprendre qu'il s'agissait d'une question sans réponse, ç'aurait été de la ruminer encore et toujours sans se rendre compte que le temps filait aussi vite pour un ou une Fletcher que pour des gens qui n'étaient pas obsédés par ce genre de questions. Que seraient-ils devenus si ce n'était pas arrivé ? Quelle importance ? C'était arrivé, et aucune ratiocination au monde n'aurait pu annuler ce fait.

— Tu comprends, toi aussi ? demanda Jenny à Beamer, sans parvenir à détourner son regard de leur incroyable grand frère et de sa merveilleuse famille. Tu comprends qu'on n'a jamais eu la moindre chance ?

*

Cette nuit-là, sous une tente dressée sur la propriété des Fletcher, Beamer et Jenny dansèrent en cercle autour de Nathan et Alyssa. Ils aidèrent à soulever de terre les enfants de Nathan assis sur leurs chaises. Jenny prit les mains d'une des filles des frères d'Alyssa, les croisa avec les siennes et elles tournèrent jusqu'au vertige, tout comme Marjorie l'avait fait avec elle à la bar-mitsvah de Beamer. Ce dernier passa derrière le plus insupportable des ambianceurs de la bar-mitsvah pour l'imiter, déclenchant les fous rires de sa sœur, de son frère et même de sa belle-sœur. Durant le limbo, Nathan fit preuve d'une souplesse insoupçonnable jusqu'alors. Josh fit un slow, raide comme un piquet, avec une fille rondouillette, et Ari sauta en cercle avec ses amis, ce que les garçons de treize ans appellent « danser ».

Ike et Mindy firent également un slow alors que Mindy commençait à tituber. Richard et Linda Messinger firent étalage de tout ce qu'ils avaient appris à leur cours de swing. Erica Mayer et Sarah Messinger-Schlesinger rirent avec Jenny dans un coin. Alexis convainquit le DJ de passer une chanson hébraïque avant de traîner Marjorie jusqu'à la piste de danse afin qu'elles montrent elles aussi les progrès qu'elles avaient faits à leur cours de danses traditionnelles israéliennes.

Ruth, assise à sa table, chuchota à Carl que les gamines de quatrième étaient habillées comme des traînées. Puis elle vit entrer sous la tente Brett Schloff, qu'Alyssa avait invité parce qu'ils faisaient tous deux partie du même comité scolaire. Elle le vit traverser la foule pour retrouver Jenny au bar, où elle venait tout juste de commander un Joshuatini, c'est-à-dire une piña colada. Brett enfila un collier phosphorescent, un lei et l'un des borsalinos en plastique distribués par les ambianceurs de la bar-mitsvah, et tous deux engagèrent la conversation. Ruth était si captivée par ce spectacle qu'elle ne remarqua même pas que Carl avait quitté la table.

Il était sorti. À table avec Ruth, il avait aperçu sa mère sur le seuil de la tente. Elle lui avait adressé un geste de la main et il l'avait suivie, évidemment, mais dehors, sous le ciel étoilé, plus aucun signe de sa mère.

— Maman ? appela-t-il. Maman ?

Il crut la deviner en train de courir dans les vignes, mais alors qu'il était sur le point de se lancer à sa poursuite, il la vit de l'autre côté de la tente. Cloué sur place, il la regarda apparaître ainsi de-ci, de-là, ravi à la simple idée de savoir qu'elle était dans les parages.

Cela faisait presque un an qu'il vivait sans elle et il n'avait pas l'impression que c'était moins difficile maintenant que dans les premiers jours du deuil. Il tâcha de s'imaginer ce qu'elle lui aurait dit. Elle aurait dit : *C'est en train d'arriver à ton corps, pas à toi.* Est-ce qu'il en était ainsi de la mort ? Est-ce qu'il en était ainsi du deuil ? Parce que cela lui paraissait tellement physique. Il ne pouvait pas lui poser ces questions, et c'était pour lui comme une suffocation. La seule chose qui avait changé au cours de cette année, c'était qu'il avait cessé d'être triste que sa mère n'avait pas vécu assez longtemps pour le voir aller mieux, pour devenir un homme qui savait parfaitement qu'il n'irait jamais mieux.

À la mort de sa mère, il y avait des années de cela, Ruth avait pleuré une journée entière, en répétant « C'est la fin de ma jeunesse ». Carl n'avait rien éprouvé de tel à la mort de Phyllis. C'était la mort de son père qui avait marqué la fin de sa jeunesse, une jeunesse si courte qu'il l'avait à peine remarquée. Il était passé de l'enfance à la vie d'adulte sans transition, et il s'était fossilisé le jour de son enlèvement, pour devenir prisonnier de son propre corps. Sa vie avait défilé sans qu'il s'en rende compte. C'était un vieil homme à présent. Un vieil homme qui avait toujours la tête sous ce sac.

Il avait été kidnappé, puis délivré, mais il avait pris conscience depuis fort longtemps (et cette prise de conscience était sans fin) qu'il n'avait jamais vraiment recouvré sa liberté. À dater de ce jour horrible, il avait été incapable de se souvenir de choses très simples le concernant, comme par exemple ce qu'il aimait jadis faire de son temps libre. Et sa vie s'était vite résumée à cela. Ses souvenirs, ses sentiments, ses réminiscences se cantonnaient à ces cinq jours de captivité. Tout ce qui avait précédé n'était qu'éléments précurseurs. Tout ce qui avait suivi n'était que séquelles et retombées. Sous ce sac, il n'arrivait plus à se représenter mentalement le jour de son mariage. Il n'arrivait plus à se figurer la naissance de ses fils. Le fait de lui masquer la tête avait entraîné une désorientation, une bascule mortelle de son système vestibulaire, l'ensemble d'organes qui vous permet de distinguer le haut du bas.

Que lui avait-on demandé à son retour chez lui ? On lui avait demandé de tenir le coup. Et il s'y était tenu. Pas vrai ? Il y avait eu quelques brèches, mais il ne s'était jamais totalement effondré. Une vie entière, et son unique accomplissement était de ne pas avoir craqué. C'était arrivé à son corps, pas à lui.

Mais en son for intérieur, il demeurait prisonnier de ce sac. Ou tout du moins une partie de lui. Une partie de lui revisionnait sans cesse la même bobine, et le reste de son être se demandait comment les gens faisaient pour voir des scènes différentes. Il existait donc d'autres films que celui-là ?

Ce matin-là, quand ils l'avaient enlevé dans sa propre voiture, il s'était efforcé de se repérer, mais avait très vite abandonné : le poids de cet homme qui l'écrasait ne faisait qu'ajouter à sa désorientation. Quand ils s'engagèrent sur l'autoroute, Carl ne savait déjà plus où ils se trouvaient, et il cessa tout à fait de tenter d'interpréter les mouvements du véhicule. Il n'avait plus qu'une question en tête, celle de savoir comment tout cela se terminerait, et quand ils arrivèrent à destination, quelques minutes ou quelques heures plus tard, il avait déjà perdu la faculté de s'imaginer par quel moyen il pourrait survivre à cette épreuve.

Sans le savoir, Carl se trouvait dans son usine – sa propre usine ! cela devait lui rester à tout jamais en travers de la gorge – où, dans son costume trois-pièces, il fut menotté par le poignet droit et la cheville gauche à une canalisation, à l'intérieur d'un placard, dans ce qu'il pensait être un souterrain, convaincu qu'on lui avait fait descendre deux volées de marches. Le premier jour, deux hommes restèrent avec lui dans la pièce. L'un d'eux, celui dont la voix rauque semblait dénoter une certaine instruction, le traitait de « vermine juive » et lui disait qu'il chargerait un gang d'hommes de violer sa femme et d'assassiner ses enfants (les jours suivants, ces hommes seraient portoricains, puis noirs américains, puis arabes). Chaque matin que passa Carl dans ce souterrain, l'homme venait prendre le relais de celui qui avait passé la nuit à ses côtés, le réveillant parfois en hurlant, urinant parfois sur sa tête malgré les efforts de Carl pour s'écarter du jet. Le deuxième homme parlait à peine, mais il grognait d'un ton de baryton quand il assénait des coups de pieds dans le ventre ou la tête de Carl.

Ou peut-être étaient-ils trois ? Carl l'ignorait. Derrière ses paupières closes, derrière son bandeau, il ne pouvait voir ses ravisseurs, ni même d'éventuels changements de luminosité. Il ignorait totalement l'heure qu'il était, il ignorait depuis combien de temps il se trouvait là, et il ne pouvait répondre à leurs insultes et leurs provocations : il ne pouvait pas même répondre aux questions qu'on lui hurlait, sur l'endroit où il cachait son argent, sur l'heure à laquelle ses enfants rentraient de l'école. Durant tout le temps qu'il passa dans ce souterrain, son bandeau ne quitta jamais ses yeux, et un bandana le bâillonnait si fort que la partie postérieure de sa langue obstruait son œsophage quand il tentait d'avaler sa salive. Durant toute la durée de sa captivité, il lui fut impossible de déglutir correctement.

Carl passa cinq jours attaché à ce tuyau, sans se laver, dans sa propre pisse et sa propre merde. Le premier ravisseur, que Carl considéra vite comme le chef, lui criait dessus de façon sporadique : il le traitait de youpin, de youtre, de porc, de youd, encore, et encore. Ils le forçaient à boire avec une telle véhémence qu'il ne pouvait que se soumettre à ce gavage. Ils avaient recours à la même méthode pour lui faire avaler un liquide immonde et granuleux dont l'odeur rappelait le milkshake minceur à la vanille dont Ruth faisait parfois son petit déjeuner. Tous les jours, le principal instigateur revenait avec les mêmes injures et les mêmes menaces :

— J'ai violé ta femme. Je l'ai laissée par terre, en sang et en larmes. Je vais lui trancher la gorge ce soir. En ce moment même, une dizaine de types – issus de minorités ethniques diverses et variées, donc – sont en train de la baiser. Sous les yeux de tes fils. TES FILS SONT EN TRAIN DE LA REGARDER SE FAIRE BAISER !!!

Tous les matins, en arrivant à l'usine, l'homme lui disait dans ses grognements déments qu'après l'avoir quitté la veille au soir, il était allé violer Ruth en obligeant ses enfants à regarder, puis avait tué les gamins sous les yeux de leur mère. Peu importait qu'il ait déjà dit la même chose la veille. Peu importait l'absurdité de ses propos. Carl vagissait à chaque fois derrière son bâillon.

Après avoir été relâché, Carl n'osa plus ouvrir trop grand la bouche, par peur que sa mâchoire décrive le même angle que lors de sa captivité. Très honnêtement, il n'aurait su prédire sa réaction si cela était arrivé, raison pour laquelle il prit l'habitude de s'exprimer comme un gangster des années 1930. Pendant des années, il ne remit plus les pieds chez un dentiste. Il ne pouvait plus se retrouver étendu sur le dos la bouche ouverte. Il lui faudrait attendre des mois avant de pouvoir sentir l'odeur de sa propre merde sans plonger dans une terreur paroxysmique.

Des années durant, Carl se réveilla au milieu de la nuit avec le besoin impérieux d'avaler sa salive, uniquement pour s'assurer qu'il en était capable. Dans la brutalité des ténèbres, il attendait la prochaine déglutition, et ce réflexe ne lui faisait jamais défaut, mais durant ces deux secondes d'attente, rien ni personne n'aurait su le convaincre de cette évidence, ce qui expliquait que lorsque son péristaltisme œsophagien s'avérait finalement irréprochable, Carl, recouvert de sueur froide, avait eu tout le loisir de s'imaginer le pire.

À son retour auprès des siens succéda la dépression, une vision du monde dans un camaïeu de gris, sans joie, avec ce murmure menaçant qui lui répétait que c'était là la réalité nue, que le regard qu'il avait jadis porté sur la vie n'était qu'un mensonge. Puis vint l'angoisse qui le faisait trembler si fort qu'il avait de la peine à l'identifier en tant que telle.

Un matin, il se réveilla au milieu d'un rêve bien trop vivace dans lequel quelqu'un qu'il ne voyait pas lui jetait des nombres qu'il devait additionner ou multiplier par les précédents. Ce jour-là, il cessa de prendre ses cachets, de façon abrupte, presque haineuse (les accès de colère, motivés ou non, faisaient partie de la liste des effets secondaires), et il fut confronté à un chaos cérébral qui lui était inconnu jusqu'ici : toutes les deux minutes, il subissait des décharges électriques aveuglantes qui lui coupaient littéralement le souffle, comme s'il était une lampe parcourue par une énergie bien supérieure à ce qu'elle pouvait supporter. Ces manifestations disparurent au bout de trois semaines et demie, et Carl décida de ne plus jamais faire part de son état psychique à Ruth. Non, Ruth était là pour le réconforter et le soutenir, pas pour réparer quelqu'un de brisé. Il ne pouvait se permettre d'être un individu brisé. Sa famille avait besoin qu'il agisse en leader. En homme. Il se devait de cacher tout cela, là où personne ne pourrait le voir. C'était ce qu'avait voulu dire sa mère, avait-il songé alors que les toutes dernières décharges électriques enflammaient son cerveau en lambeaux : il pouvait s'efforcer d'aller de l'avant comme si rien ne s'était passé ; il pouvait prêter à cet événement – qu'est-ce que ça représentait dans toute une vie, cinq jours de terreur ? – la même importance qu'on accorde au vide temporel occasionné par une anesthésie générale. Il pouvait dédaigner cette parenthèse et la laisser de côté. C'était arrivé à son corps. Pas à lui.

On le relâcha dans le monde. On lui fit confiance pour reprendre son travail. On lui demanda d'être normal. D'être un père. D'être un époux. Mais il n'allait pas mieux. Il n'y parvenait tout simplement pas. Il percevait plusieurs événements distincts comme en simultané, ou presque. Il pouvait être sur son lieu de travail, ou assister à un match de baseball de Nathan, et être en même temps prisonnier au fond de ce souterrain. Il participait au seder de Pessa'h, et comprenait que ce qui était arrivé aux juifs, l'esclavage en Égypte, pour ancien qu'il paraisse, ne l'était en vérité pas du tout. Ç'était comme si ça remontait à la veille. Toutes les époques qui nous semblaient anciennes étaient en réalité beaucoup plus proches de nous, à un souffle à peine. Moïse écartait les eaux de la mer Rouge et Zelig s'en allait sur ce paquebot et Ruth donnait naissance à Nathan et Carl était menotté à cette canalisation exactement au même moment. Comment surmonter quelque chose qui ne cesse de se répéter ?

Il se rappela que Ruth lui avait parlé du syndrome de stress post-traumatique, à l'époque où elle croyait encore que les choses pourraient changer. Il éclata de rire : *post*-traumatique ! Celui ou celle qui avait inventé cette expression n'y comprenait vraiment rien. Il n'y a pas de « post ». Il n'y a que du trauma. Encore, et encore. Le temps passe, mais vous, vous ne bougez jamais de ce point fixe. Pas étonnant qu'il n'existe aucun traitement. Comment traiter ce qui se confond désormais avec votre existence ?

Mais ce qui lui pesait le plus, c'était ce que les enfants avaient dit aujourd'hui. Il n'y avait plus repensé depuis. La bar-mitsvah de Nathan. Mais ils avaient raison. Cet après-midi, assis sur le lit, en regardant Ruth s'habiller pour la soirée, il lui avait demandé :

— Ruth, qu'avons-nous fait ?

— De quoi parles-tu ?

— Nous étions absents à la bar-mitsvah de Nathan. Nous l'avons blessé.

— Mais qu'est-ce que tu racontes ? Bien sûr qu'on était là. Ils mentent. Ils veulent nous faire tourner en bourriques, Carl.

— Non, réfléchis bien, Ruthie. Est-ce que tu as conservé le moindre souvenir de sa bar-mitsvah ?

— Bien sûr. On avait fait faire des kippas à l'effigie des Mets. Nathan était tellement beau dans son costume.

— Mais est-ce que tu te souviens d'un moment précis de ce jour de fête ?

Ruth criait à présent.

— Tu ne vas pas t'y mettre, toi aussi ! Ne commence pas, Carl ! Je ne le supporterai pas !

Il l'avait alors apaisée et amadouée, il s'était excusé, mais elle était allée se maquiller dans la salle de bain et il s'était souvenu. Il était dans cette même salle de bain, il prenait une douche avant la bar-mitsvah, et Ruth lui avait crié qu'elle devait aller chercher quelque chose en ville, et il avait crié en réponse un « très bien ». Et il était encore sous la douche quand il lui arriva cette chose qui lui arrivait parfois à cette époque. Il s'égara dans un recoin de son esprit qu'il ne parvenait pas à se représenter. Il décrochait, s'éteignait, disparaissait. Et la plupart du temps c'était une expérience déstabilisante mais douce, une brume dont il parvenait à s'extirper sans que ça prête généralement à conséquence. Mais ce jour-là, quand il revint à lui, il y avait tellement de vapeur dans la salle de bain qu'il n'y voyait plus rien. Il y voyait si peu qu'il ne pouvait sortir de sous la douche. Comme s'il avait ce bandeau sur les yeux. Il sentait de nouveau l'odeur de sa propre merde. Il sentait au fond de ses entrailles une terreur infinie à l'idée que sa vie était sur le point de s'achever. Alors il hurla et hurla, sans se rendre compte qu'il hurlait. Il s'efforçait seulement de survivre. Et puis il glissa, tombant à terre, et sa petite fille entra, sa petite fille qu'il voulait à tout prix protéger de tout cela. Elle le vit nu, en train d'hurler, et il se rendit compte que de son court séjour à l'hôpital après l'enlèvement, il avait gardé ce rêve où tout s'arrangerait lorsqu'elle verrait le jour, lorsqu'elle ouvrirait les yeux, lorsqu'elle vivrait. Il la vit dans sa robe s'enfuir à toutes jambes, et il sut qu'il était trop tard. Depuis le début, il était trop tard. Il sut qu'il l'avait démolie, elle aussi, tout comme il avait démoli ses fils.

Ruth était entrée dans la salle de bain. Elle appela sa mère qui se précipita à l'étage. Il ne pouvait s'empêcher de crier. Il ne pouvait s'empêcher de trembler. Le bandeau s'était de nouveau imposé à lui, et c'était exactement comme s'il se retrouvait dans ce placard. Impossible de s'en échapper.

— Je vais rester auprès de lui, dit Phyllis.

— Non, je m'en charge, fit Ruth. Dis-leur que nous sommes grippés, ou que nous avons attrapé je ne sais quoi. Dis-leur que nous avons eu un accident de la route. Je m'en moque. Mais si l'un de nous deux y va et que l'autre est absent... dis-leur simplement que nous sommes tombés malades.

Phyllis se retourna vers lui, le saisit par les revers de sa robe de chambre et lui redit, mais cette fois avec une telle colère :

— N'oublie pas. Ça ne t'est pas arrivé à toi. C'est arrivé à ton corps.

Et tout cela le désolait si profondément. Il était si désolé que sa mère ne l'ait jamais vu aller mieux. Il ne savait plus où la retrouver, si ce n'est que la nuit, il la sentait dans son sang, comme un globule ou un caillot, s'insinuant au plus profond de lui, essayant de lui faire comprendre qu'elle était avec lui. Il rêvait constamment d'elle. Il l'avait dit un jour à Ruth et elle l'avait regardé comme s'il avait perdu la raison (il aurait dû garder ça pour lui). C'est injuste de devoir vivre sans sa mère. Il avait déjà vécu si longtemps sans son père.

— Carl ! cria alors quelqu'un.

Il s'agissait de Richard Messinger.

Linda et lui étaient sortis de la tente pour rentrer chez eux et avaient vu Carl gisant au sol. Richard s'accroupit à côté de lui et Linda courut appeler de l'aide.

Ike fut le suivant à sortir précipitamment de la tente. Il s'assit par terre, tenant Carl dans ses bras, sa tête sur ses cuisses. Beamer et Jenny arrivèrent aussi, puis Ruth, Nathan, Alyssa et les enfants.

— Papa ! Papa ! Papa !

Nathan et Beamer s'agenouillèrent, et Jenny se colla à eux. Quelqu'un appelait les urgences.

— Oh mon Dieu, fit Ruth. Oh mon Dieu. Qu'est-ce qu'il a ? Carl !

Mais Carl ne souffrait pas. Au début, il éprouva une certaine confusion, mais pas la moindre douleur. Il s'efforça de comprendre ce qui se passait, pourquoi tout le monde était aussi paniqué, et puis soudain il prit conscience qu'il ne se trouvait plus là où il avait été quelques instants auparavant, qu'il n'était plus rattaché à son corps.

Carl allait bien. Mieux que bien. Il était tel que sa mère lui avait souhaité d'être : complètement détaché de son corps.

Il regarda autour de lui. Il se redressa. Il entendit des sirènes au loin. Mais quelle urgence y avait-il ? Il était totalement libre de ses mouvements, il n'était plus lourd, comme avant, mais d'une légèreté parfaite. Par sa simple volonté, il pouvait aller à droite, à gauche. Il pouvait faire un salto dans les airs. Tout cela était si merveilleux.

Fort de cette toute nouvelle liberté, il s'éleva vers le ciel – où d'autre aurait-il pu aller ? – et aperçut chemin faisant le visage de sa mère. De joie, il s'écria qu'il pouvait voir sa mère. Ne savait-il pas que sa mère ne serait allée nulle part sans lui ? Elle le suivit dans son ascension, de plus en plus haut, jusqu'à ce qu'il trouve son père, qui ne ressemblait pas du tout à son père. Zelig, figé dans le temps sous son aspect d'homme mûr et vigoureux, avait un visage différent de celui dont Carl se souvenait. Un visage détendu. Un visage doux et aimable.

Ils étaient désormais dans une sorte de pièce. Une salle à manger palatiale ? Zelig s'assit à une longue table, nimbé d'une lueur dorée. Carl regarde à gauche, à droite, et le décor se remplit progressivement, jusqu'à ce qu'il se rende compte qu'il se trouvait dans la salle à manger de chez ses parents, à leur table. Sa mère aussi y était assise. On avait sorti le joli service en porcelaine de Pessa'h. La table était mise pour de nombreux convives, mais il n'y avait que Zelig, Phyllis (qui souriait placidement, comme si c'était dans sa nature) et Carl. Il remarqua alors que les places vacantes correspondaient au nombre de membres de sa famille : une pour Marjorie, une pour Ruth, mon Dieu une pour chacun de ses enfants, Dieu tout-puissant une pour chacun de ses petits-enfants.

— Alors c'est ça ? demanda Carl. C'est ce qui se passe après ? Ce n'est pas si terrible ! Ce n'est pas si terrifiant !

Quand Zelig s'exprima, sa voix réunissait toutes les caractéristiques que Carl, après avoir passé plus de cinquante ans sans l'entendre, avait totalement oubliées : l'intonation très particulière de son accent yiddish polonais, ses « d » marqués par un coup de langue qui dépassait presque ses incisives, à cause d'une blessure qui remontait à l'enfance.

— L'heure de ton jugement est venue, mein Zeis, déclara Zelig. J'ai eu droit au mien. Ta mère au sien. C'est à ton tour.

— Ça consiste en quoi ? demanda Carl.

— Ça consiste en quoi ? répéta Zelig.

Il regarda Phyllis, et tous deux échangèrent un sourire complice.

— Ce n'est pas ce que tu crois, répondit Phyllis. Ce n'est pas un jugement tel qu'on les conçoit sur Terre. C'est une *compréhension*. C'est la faculté de considérer ton existence et d'accepter tes raisons.

— Accepter mes raisons, répéta à son tour Carl. Je ne comprends pas.

— C'est comme ça, dit Zelig. C'est comme le pardon.

— Le pardon ? demanda Carl.

Le pardon ? Est-ce que ça pouvait marcher ? L'idée ne lui avait jamais traversé l'esprit de considérer cette possibilité. Le pardon pour n'avoir pas eu la force de repousser ces hommes qui l'avaient capturé ; le pardon pour n'avoir pas eu la décence de mourir alors qu'il était enchaîné dans ce souterrain.

Le pardon pour n'avoir jamais réussi à se remettre sur les rails. Le pardon pour avoir vu clairement, et à bien des égards, qu'à cause de lui, la vie s'était arrêtée pour toute sa famille. Il aurait aimé leur dire de continuer sans lui, leur assurer qu'il les rattraperait, mais il n'avait jamais su comment s'y prendre.

Il avait vu Ruthie souffrir, sa merveilleuse Ruthie dont il avait volé l'existence, en la poussant peut-être dans les bras de son cousin. Et il voyait également que lui, Carl, n'avait pas même eu le courage de lui demander si ces rumeurs étaient vraies. Comment aurait-on pu pardonner cela ? Qui aurait pu lui pardonner cela ?

Zelig parut comprendre ce qui tiraillait Carl. Et cela les fit sourire à nouveau, Phyllis et lui. Phyllis adressa un mouvement de la tête à Zelig, comme une permission, et Zelig raconta alors à Carl l'histoire de sa vie.

Certains épisodes lui étaient familiers. Son enfance en Pologne. L'essor des forces qui peu à peu avaient limité leurs mouvements. L'effroi. L'interruption de sa scolarité. Son père abattu sous ses yeux ; ses frères qu'on avait envoyés mourir ailleurs. La culpabilité de l'unique survivant.

— Ce garçon qui m'a aidé, dit alors Zelig.

— Chaim, fit Carl. C'est de lui que je tiens mon prénom.

— Il n'était pas mort quand je me suis réveillé, le jour de mon départ, révéla Zelig.

— Comment ça ?

— Il était encore en vie quand je suis parti, répondit Zelig.

— Il t'a dit comment monter à bord du paquebot. Il t'a donné sa formule.

— Non, je la lui ai prise. J'ai voulu la lui arracher des mains, il s'est réveillé, m'a repoussé, je lui ai asséné un coup de poing et je ne sais pas ce qui s'est passé ensuite. J'ai couru. J'ai couru à en perdre haleine, sans me retourner. J'ai pris ce bateau. J'ai rejoint l'Amérique. Je n'ai jamais su ce qui lui était arrivé.

Carl secoua la tête.

— Non, ce n'est pas possible...

— Il fallait que je sauve ma peau. Voilà ce que fait la guerre. Elle te transforme en point d'interrogation, et il n'y a plus que des oui et des non. Et à ce moment de ma vie, je n'avais pas d'autres réponses. Je devais continuer à essayer. Quand tout te presse continuellement d'agir, tu finis par ne plus savoir quand t'arrêter.

— Et ensuite ?

— J'ai vécu avec ça. Je suis venu m'installer ici. C'était un nouveau monde, et j'ai tâché de devenir une nouvelle personne. Mais je rêvais de lui toutes les nuits. Il était comme un fer à mes chevilles. Son visage est la dernière chose que j'ai vue avant de mourir.

— Oh non... Oh non.

— Je suis pardonné, à présent, expliqua Zelig. Tu comprends ? J'ai été jugé, et j'ai enfin été pardonné.

Carl regarda son père. Son père lui rendit son regard. Il était plus jeune que Carl, qui pourtant voyait toujours en lui l'idéal platonicien de l'homme adulte, tout en se considérant encore lui-même comme un petit garçon.

— Je n'ai pas assisté à la bar-mitsvah de Nathan, Papa...

Il prit conscience qu'il pleurait. Il pleurait si fort que les mots lui manquaient, ce qui le motiva en partie à se répéter.

— ... je n'ai pas assisté à la bar-mitsvah de mon petit garçon...

— Tu es pardonné, dit Zelig.

— Je n'ai pas réussi à m'en sortir, Papa.

De nouveau :

— Pardonné.

— Je n'étais plus maître de mes pensées. J'étais tellement terrifié, tout le temps.

— Pardonné.

— J'ai été horrible, dit-il, et il se leva parce qu'il ne pouvait plus se contenir. Je le lisais sur leurs visages. C'était un véritable enfer. C'était...

Et Carl, terrassé, se rassit en croisant les mains, et posa sa tête sur la table. Il pleura alors pour toutes les horreurs qu'il avait dû endurer. Il pleura pour toutes les épreuves que cette pauvre Ruth avait dû traverser. Il pleura pour cet instant où il avait surpris Ike, dans son jardin, en train d'envoyer une balle de baseball à Nathan alors que c'était lui, Carl, qui aurait dû lui apprendre à lancer ! Il pleura pour toutes les fêlures de son si brillant Beamer, et il pleura pour toutes les choses qu'il aurait pu faire pour l'aider à les réparer, lui qui ne supportait même pas que Ruth aborde le sujet. Il pleura pour Jenny, qui manifestement ne parvenait pas à trouver sa place dans ce monde. Il pleura pour Marjorie qui, faute d'amour, n'avait jamais pu se guérir d'être sa sœur.

Et Carl regarda alors ses parents, là, à cette table de salle à manger, identique à celle de la maison de Phyllis, mais il n'était plus petit. Il était grand à présent, et il pleurait de soulagement parce qu'il avait retrouvé ses parents, parce que ces retrouvailles dont il avait entendu parler n'étaient pas qu'une simple rumeur, et parce qu'il comprenait qu'un jour il connaîtrait la paix, que l'ultime verdict dont il ferait l'objet serait le pardon, et là, enfin, il pleura de tristesse, parce qu'il comprenait qu'il était mort, il pleura son propre décès, il pleura le deuil de son existence. Il avait fait tous les efforts humainement possibles. Il en avait fait autant que n'importe qui d'autre.

Il regarda ses parents, à la fois petit garçon et ancêtre ratatiné, aussi vieux qu'il le serait jamais, et il sut alors que la seule chose pour laquelle il devait faire amende honorable était le fait qu'il n'avait pas compris que l'unique finalité de l'enlèvement avait été de lui montrer qu'à tous les autres instants de sa vie, il n'avait pas été captif. Le danger existait, la sécurité existait (et c'était tout sauf des créatures passives), pourtant il n'avait jamais prêté attention qu'au danger. Il n'avait pas compris que la sécurité aussi était agressive. Il n'avait pas compris qu'à chaque instant de sa vie où il n'était pas au fond de ce souterrain, enchaîné à une canalisation comme un animal, il avait été aussi libre qu'un roi.

— Oh waouh, oh waouh, dit-il, parce qu'il savait qu'un approfondissement de cette prise de conscience l'attendait. Oh waouh oh waouh oh waouh.

Et ce fut par cette soudaine compréhension qu'il s'avisa de la présence d'une autre personne dans la pièce. Il s'agissait de Mandy Patinkin, vêtu d'une longue robe blanche aux plis ondoyants. Carl se leva pour le dévisager.

— Je vous connais, dit-il.

Et Mandy Patinkin le regarda, et il n'avait besoin que de son regard pour lui dire ce qu'il avait à lui dire. Mais Carl entendit ses paroles aussi nettement que si Mandy les avait prononcées.

— Tu es pardonné.

— Oh waouh oh waouh oh waouh, fit Carl.

— Il est temps de dire au revoir, déclara Mandy Patinkin.

— Mandy. On m'a dit que c'était arrivé à mon corps et pas à moi, mais il faut que j'aille leur expliquer que c'est la même chose. Mon corps et moi, c'est une seule et même chose.

Mandy Patinkin acquiesça tristement :

— Ils le savent à présent, et il ouvrit la porte de la salle afin que Carl puisse jeter un dernier coup d'œil à la Terre.

Mais il n'a plus paru en Israël un prophète tel que Carl. La dernière chose que Carl vit sur cette Terre avant de fermer les yeux furent les visages angoissés des personnes qui l'avaient le plus aimé au monde – les personnes qui s'étaient inquiétées pour lui, qui avaient vécu en symbiose avec lui, qui avaient coexisté avec lui au sein de cette syzygie unique qu'on appelle famille. L'univers tout entier s'aligne pour créer une famille, et c'est ensuite à la famille de se débrouiller.

Sur la propriété des Fletcher, Alyssa resta collée à Nathan qui tâchait de comprendre ce qui était en train de se passer. Marjorie serra Ruth dans ses bras et sanglota, et Ruth, qui voyait à présent la vie de Carl dans sa totalité – qui voyait sa conclusion, et comprenait pour la toute première fois quelle tragédie elle avait été – serra Marjorie dans ses bras. À cet instant précis, Marjorie devint autre chose qu'une force antagoniste : elle devint quelqu'un qui partageait son deuil, une personne à côté de laquelle Ruth s'assiérait dans une chaise basse sept jours durant, et dans un sens, pour le restant de leur vie.

À genoux, Beamer et Jenny tenaient les mains de leur père en le regardant rendre son dernier souffle dans les bras de son vieil ami de toujours, Ike Besser, qui était resté fidèlement à ses côtés, qui avait pallié ses carences comme il avait pu, qui avait offert à leur père quelque chose que nul autre n'avait pu lui offrir après son épreuve, la dignité, et dont l'abri de jardin renfermait 220 000 dollars rongés par les moisissures et la pourriture, marqués et inutilisables, qui reposaient là depuis 1980, et qu'on ne retrouverait qu'à sa mort, quatre ans plus tard.

DÉVOILEMENT

Le lendemain matin, à la propriété, les Fletcher se réveillèrent l'un après l'autre, assommés par ce nouveau deuil improbable.

C'était aujourd'hui qu'ils devaient dévoiler la pierre tombale de Phyllis. Ce serait aussi aujourd'hui qu'ils enterreraient Carl Fletcher.

Dans la maison de Phyllis, Nathan, qui n'avait pas fermé l'œil de la nuit, réveilla Alyssa avec un café.

— Je dois enterrer mon père aujourd'hui, déclara-t-il.

Dans la maison en contrebas, Jenny se réveilla difficilement, descendit l'escalier d'un pas hésitant et attendit que quelqu'un la rejoigne dans la cuisine. Beamer ne tarda pas à arriver. Et Ruth se réveilla en repensant à ce vieil adage qui voulait qu'un homme ne survivait jamais plus d'un an à sa femme. Peut-être Phyllis avait-elle été le véritable amour de Carl, et pas elle. Dans son lit, elle se tourna vers l'espace vide que Carl avait laissé.

Jenny et Beamer montèrent à l'étage afin de s'habiller pour les funérailles. Ruth était dans la cuisine, dans sa vieille robe de chambre en velours noir, en train de préparer du café, lorsqu'elle entendit une voix qui aurait aussi bien pu venir de son imagination, tant elle lui parut irréelle.

— Ruthie…

Elle se retourna pourtant, et le vit en chair et en os.

— Arthur !

Il était vêtu d'un costume, comme à son habitude, avec un trench-coat par-dessus, comme à son habitude. Une valise était posée à ses pieds. Il était plus bronzé, avait l'air un peu plus âgé, mais son visage se plissa en quelque chose de si tendre et de si indispensable que Ruth en eut littéralement le souffle coupé.

— Ruthie, je suis désolé.

— Arthur, dit-elle, à deux doigts de pleurer, mais sa colère écrasa presque aussitôt sa douleur. Arthur ! Où étais-tu passé ?

— Je t'ai laissé une lettre. Tu ne l'as pas lue ?

— J'ai lu une lettre qui disait que tu t'en allais.

— Oui.

— Où étais-tu ? Tu n'as pas idée… je ne savais même pas si tu reviendrais un jour.

— Je tenais à assister au dévoilement, afin de lui rendre un dernier hommage.

Les mots manquaient à Ruth. Elle s'assit.

— Je peux ?

Et Arthur l'imita.

— Arthur…

— Non, dit-il d'un ton ferme qu'elle ne lui connaissait pas. Non, j'ai quelque chose à te dire.

Elle était de toute façon trop fatiguée et trop abasourdie pour parler.

— Il fallait que je parte, Ruthie. Je devais partir pour essayer de comprendre pourquoi j'ai passé ma vie à t'attendre. Je ne sais pas quand je suis tombé amoureux de toi, précisément.

Ruth ouvrit la bouche mais Arthur anticipa ce qu'elle s'apprêtait à lui dire.

— Nous l'avons toujours su. Mais nous sommes vieux, maintenant. Et Carl n'a pas… Carl est toujours Carl. Et c'était un espoir fou, je le reconnais.

— Je ne t'ai jamais donné de raisons d'espérer, Arthur.

— Non, mais tu savais que ça ne m'empêchait pas d'espérer.

— Je suis une femme mariée ! Une mère de famille !

— Laisse-moi finir. Je suis parti pour analyser la situation sans pouvoir en sentir le fumet.

— Excuse-nous, William Shakespeare.

— Non, écoute-moi. J'ai fui. Je suis allé à Paris, rendre visite à Yvonne. Son mari est mort récemment. Mais j'ai observé tous ces amoureux dans la rue, et même si Yvonne m'est proche, elle n'est pas toi. Je suis allé en Israël, et au pied du Mur, j'ai prié Dieu qu'Il me soulage de cet amour. Je suis allé en Grèce, pour constater que des choses bien plus anciennes que moi pouvaient survivre. Je suis allé en Inde, dans un ashram, où j'ai appris à rester seul à seul avec mes pensées, et j'ai alors compris que mes pensées n'avaient jamais été le problème. Le problème, ç'a toujours été toi.

— Je ne t'ai jamais donné la moindre raison…

— Je sais. Mais ce n'est pas un procès au tribunal, Ruth. C'est ma vie. Je suis un vieil homme, maintenant. Et si je suis rentré chez moi, c'est parce que je suis fatigué d'essayer de ne pas t'aimer. Il faut croire que je ne peux pas faire autrement. Mais il fallait que je sache. Je suis heureux d'avoir essayé.

Ruth le dévisageait. Était-ce une question qu'il lui posait, entre toutes ces phrases ? Et de quel amour parlait-il, précisément ?

— Carl est mort hier.

— Pardon ?

— Il est mort. À la bar-mitsvah des enfants.

Et pour la première fois, elle fondit en larmes.

— Il est mort.

— Ruth. Je suis vraiment navré. Je suis revenu pour le dévoilement de Phyllis. Il devait avoir lieu aujourd'hui. Je ne voulais pas manquer le… je reçois toujours les e-mails de la shul.

— Il aura bien lieu aujourd'hui, et il y aura en plus les funérailles. Tu n'as pas vu cet e-mail là ? Arthur, tu ne sais rien de ce qui s'est passé. Nous sommes sans ressources. L'usine, c'est fini. Marjorie, tu ne vas pas le croire… Elle a mis le feu à l'usine. Mais avant ça, un fonds d'investissement en a pris le contrôle. Et tout s'est arrêté. Il ne nous reste plus un sou ! Nous allons vendre la propriété. J'espère qu'il nous restera quelque chose une fois que nous aurons payé ces amendes. Selon Ike, ça va se chiffrer en millions.

— C'est impossible.

— C'est ce que je me suis dit, moi aussi. Et pourtant c'est vrai. C'est notre réalité, à présent. (Sa colère revint.) Et j'aurais aimé pouvoir me reposer sur toi ! Tu ne peux pas tout envoyer bouler avec quelqu'un, du jour au lendemain, après tant d'années ! Il faut prévenir la personne concernée, la préparer un minimum !

C'était ce qui dans sa bouche s'approchait le plus de la vérité, et la vérité, c'était qu'elle aussi aurait pu l'aimer si elle avait eu la capacité et la permission, si elle n'avait pas été kidnappée, elle aussi.

— Non, Ruthie. Ce que je veux dire, c'est que c'est impossible.

— Il ne reste plus rien. Je te le jure.

— Et après avoir vécu toutes ces années aux côtés de Phyllis, tu la connais encore aussi peu ? Tu sais très bien à quel point ils se méfiaient des banques, elle et lui. Tu sais très bien la peur qu'ils avaient que le gouvernement mette le nez dans leur argent.

Ruth demeurait immobile.

— Ces voyages que Zelig faisait quand ses enfants étaient encore petits. En Belgique.

— Oui, à Anvers. Le congrès de chimistes.

Arthur secoua la tête.

— Ruth… ça n'a jamais existé. Tu crois vraiment qu'il y avait un congrès annuel de chimistes ? Qui traitait spécialement de la production de polystyrène ? En *Belgique* ?

Elle ne dit pas un mot.

— Viens, suis-moi, dit-il.

— Où ça ?

— Suis-moi.

Il lui prit la main, l'emmena dehors, lui fit descendre l'allée, dans sa robe de chambre, jusqu'à la vieille serre, dans un coin où il déplaça les pots de terre cuite abandonnés là depuis un quart de siècle. Il s'agenouilla, avec son costume, là, dans la terre, et commença à creuser.

Ruth le fixait, le souffle coupé.

*

Il s'agissait de diamants, bien entendu.

Zelig avait vu les nazis spolier tous les biens de sa famille, et il savait qu'un jour, ce jeune et merveilleux pays finirait par imiter ses prédécesseurs et s'en prendrait aux juifs. En d'autres termes, il n'appréciait pas énormément les banques. Avec la moitié des revenus qu'il avait tirés de ses dix premières années à la tête de l'usine, il avait acheté des diamants. C'était ce qui l'avait amené chaque année en Belgique, parce que s'il est vrai qu'Anvers n'a jamais accueilli de congrès annuel de chimistes spécialisés dans la polystyrène, il est tout aussi vrai qu'elle est considérée depuis longtemps comme la capitale mondiale du diamant. Il rentrait chez lui avec ses pierres précieuses qu'il cachait dans des boîtes de café Maxwell House, puis qu'il enterrait dans la serre où, soit, il s'adonnait aux joies épanouissantes de l'art du jardinage, mais préférait plus encore déterrer ses diamants pour les contempler et se rappeler que ce qui lui était arrivé ne se reproduirait plus, que sa famille était protégée par le seul bouclier vraiment efficace, l'argent, et que lui-même était en sécurité.

Il révéla l'existence de ces diamants à Phyllis après la naissance de Carl. Phyllis la révéla à son tour à Arthur, peu de temps après la mort de Zelig, craignant que si quelque chose lui arrivait, personne n'en sache rien. Ils envisagèrent de convertir les diamants en numéraire, mais la législation fiscale était atroce dans les années 1990, et Arthur ne trouva aucun moyen de transformer les pierres en argent sans perdre la moitié de leur valeur.

En cas de besoin urgent de liquide, il y avait bien évidemment la collection d'obligations israéliennes de Phyllis, cachées dans d'autres boîtes sous les pots qui avaient jadis accueilli les fougères. Au fil des ans, Phyllis avait enterré pour près de 200 000 dollars en obligations de l'État d'Israël, dont elle tenait le compte méticuleux et qu'elle renouvelait quand elles arrivaient à maturité.

Quand les limousines vinrent les chercher pour les funérailles de Carl, Ruth s'était déjà remise de ce qu'elle avait appris trois heures auparavant. Rien de plus évident à ce que Phyllis ait mis en place une stratégie visant à les empêcher de provoquer leur propre ruine. Rien de plus évident à ce que cette stratégie repose sur les mêmes principes que Zelig avait suivis pour diriger sa maisonnée, la paranoïa et la conviction profonde que tous les moyens pour se protéger étaient justifiés, et absolument pas vos oignons.

Les enfants de Ruth montèrent avec elle dans la première limousine, ainsi qu'Arthur et Marjorie. Alyssa, ses enfants et ses parents prirent la seconde.

Ruth pensa à son mari, qui attendait dans son cercueil à la synagogue. Elle allait devoir faire face à cette caisse. Son pacte avec le diable lui avait coûté si cher. Elle se rappela la personne qu'elle était lorsqu'elle était entrée pour la première fois dans cette propriété. Elle n'en revenait pas d'avoir autant de chance. Elle était si heureuse de ne plus avoir à se battre. Les efforts qu'elle avait dû fournir pour survivre étaient si considérables : pour rien au monde elle n'aurait voulu transmettre cela à ses futurs enfants.

Pourtant, dans cette limousine, une partie d'elle-même n'acceptait toujours pas que ses enfants, désormais adultes, n'aient jamais eu à souffrir.

Elle ne parvenait pas à le leur pardonner.

Le silence régnait dans l'habitacle alors que la limousine s'engageait sur l'autoroute, chacun de ses occupants plongé dans son propre monde.

— Ça me fait penser à votre grand-père, dit Ruth à ses enfants. (Ces paroles étaient si déconnectées de ce qu'ils vivaient qu'ils se tournèrent vers elle.) Vous savez qu'il a dû laisser un jeune homme derrière lui afin de réchapper aux nazis, qu'il est venu dans ce pays pour fonder une famille, dans l'espoir que ses enfants fassent eux aussi quelque chose de leur vie.

— Oui, répondit Nathan au bout d'un moment.

— C'est le prénom de ce jeune homme qu'on a donné à votre père. Vous le saviez ?

Ils opinèrent de la tête.

— Eh bien, votre grand-père a tué ce jeune homme.

— Comment ça ? demanda Beamer, stupéfait.

— Votre grand-mère aimait raconter que ce jeune homme s'était sacrifié pour votre grand-père, ou qu'il était mort de causes naturelles, ou à cause des privations qu'il avait subies, poursuivit Ruth. Mais tout cela est faux. Ce jeune homme dont votre père portait le prénom… votre grand-père lui a dérobé sa formule, lui a soutiré les renseignements nécessaires pour embarquer sur ce paquebot, puis lui a volé sa nourriture et son eau. Ce pauvre garçon était trop faible pour se défendre.

— Maman, fit Jenny. Qu'est-ce que tu racontes ?

— C'est vrai, intervint Marjorie. Ma mère me l'a raconté. Elle n'avait jamais rien avoué à Carl parce qu'elle craignait que ça le rende furieux.

— Il l'a tué, tout simplement. Il l'a tué pour obtenir ce qu'il voulait, insista Ruth en se tournant vers ses enfants horrifiés. Dans la vie, il arrive qu'on soit poussé à ces extrémités.

Mais ils se contentèrent de la fixer, les yeux écarquillés. Ils ne comprenaient absolument rien de ce qu'elle leur disait.

*

Cette nuit-là, après que les proches et moins proches venus présenter leurs condoléances furent partis, Ruth révéla à ses enfants l'existence de ces diamants enterrés dans la serre. Elle les informa qu'elle en vendrait une moitié et en garderait l'autre. Un quart de l'argent obtenu ainsi assurerait son avenir et celui de Marjorie, et l'autre quart nourrirait plusieurs fonds d'investissements irrévocables gérés par Arthur. Ses enfants se partageraient l'autre moitié des liquidités, acquérant ainsi plus d'argent qu'ils n'en avaient jamais eu.

Vous voyez ? Je vous l'avais dit : une fin horrible. Il n'y aurait ni évolution, ni révélation, ni maturation, ni heure plastique poussée jusqu'à sa fructueuse conclusion. Il n'y aurait ni prise de conscience sur ce qui s'était passé, ni dépassement. Leurs problèmes étaient résolus, et rien ne les obligeait plus à se donner la moindre peine pour avancer.

Mais que voulez-vous : les riches, c'est comme ça.

TROISIÈME PARTIE

LA DISPARITION DES FLETCHER

L'HORRIBLE FIN

Le lendemain de la fin de la Shiv'ah de Carl, Ruth et Marjorie mirent la propriété des Fletcher sur le marché. Elle fut vendue dans la semaine à un neurochirurgien d'origine iranienne qui avait grandi à Middle Rock et fait son internat à Los Angeles. Il avait épousé une fille de Beverly Hills, où ils avaient essayé de s'établir. Mais le neurochirurgien trouvait que la culture était inexistante à Los Angeles, que les gens étaient ennuyeux et les écoles très médiocres. Middle Rock l'avait profondément endoctriné, comme nous tous, et ne trouvant rien qui s'élève au niveau de ses attentes, même à Beverly Hills, il avait décidé d'y retourner.

À présent que l'usine était une structure instable, on était en mesure de la raser et de recouvrir les débris sans toute la paperasse bureaucratique qui aurait été nécessaire si elle n'avait été que condamnée. À cause de l'incendie, l'assurance (l'assurance responsabilité civile de Haulers, pas leur assurance incendie, qui n'incluait pas les incendies criminels) dut couvrir leur part de responsabilité dans les dégâts. Quand l'usine fut démolie et qu'il n'en resta plus la moindre trace, un promoteur immobilier spécialisé dans les centres commerciaux racheta le terrain à un prix supérieur à sa valeur, ce qui permit à la famille Fletcher de s'acquitter très facilement des amendes environnementales à l'échelle locale comme à l'échelle nationale sans avoir à y mettre de leurs poches, et même d'annuler un début d'action judiciaire en versant une compensation financière aux riverains qui ne voyaient pas d'un bon œil les résidus arc-en-ciel sur les chaussures de leurs enfants quand ceux-ci jouaient dans le parc du quartier.

De leur côté, Nathan et Alyssa considérèrent qu'ils n'avaient plus de raison de rester à Middle Rock alors que la résidence familiale (et surtout la mère de Nathan) ne s'y trouvaient plus. Ils franchirent deux rivières pour s'installer à Livingston, tout près de chez les parents d'Alyssa, où Nathan racheta un début de projet immobilier ayant fait faillite, installa une clôture tout autour et fit construire des maisons pour sa famille et celle d'Alyssa. Il ne s'inscrivit cependant pas au barreau du New Jersey, préférant se consacrer lui-même à la gestion de ses avoirs, passant ses journées à sélectionner les investissements les plus conservateurs afin que son argent se fructifie lentement mais sûrement, au profit de ses enfants.

Beamer et Noelle se réconcilièrent moins d'un an plus tard, juste à temps pour qu'il investisse dans une entreprise de bien-être qu'elle s'apprêtait à lancer en partenariat avec sa dermatologue. Beamer écrivit un nouveau scénario Santiago féministe, où Santiago se trouve bel et bien au Chili, et dont le protagoniste est une femme qui apporte son secours aux victimes du trafic d'êtres humains, mais tous ceux qui le lurent le trouvèrent terriblement chiant, et le script ne fut jamais vendu, encore moins réalisé.

Marjorie et Alexis vidèrent leur appartement de Forest Hills et emménagèrent au nord de l'État de New York, dans une « résidence communautaire holistique pour séniors », en réalité une secte dirigée par un ex-agent d'assurance charismatique. Et là, à l'abri de toute tentative de sauvetage de sa famille qui savait toujours tout mieux que tout le monde, Marjorie s'épanouit pour la toute première fois de sa vie. Elle passait six heures par jour en thérapie, et le reste de son temps à jardiner, à faire du yoga, à déguster des plats végétariens et parfois à participer à des parties fines avec, entre autres, l'ex-agent d'assurance. Que voulez-vous. Certaines personnes sont nées pour appartenir à une secte.

Et Ruth distribua tous les effets personnels de Phyllis et Zelig à ses enfants (les porcelaines, les meubles, les albums, l'argenterie, les assiettes de seder), jetant tout ce dont ils ne voulaient pas. Elle passa sa dernière semaine à Middle Rock à s'offrir des abonnements (elle avait enfin l'âge de bénéficier de réductions) au Met, au Guggenheim, au Film Forum, et au Lincoln Center pour les ballets. Arrivée dans la maison familiale de Greenwich Village, elle posa son sac et repartit aussitôt se promener dans Soho où elle dénicha un ensemble de bougeoirs en bambou qui était plus à son goût que n'importe quelle connerie qui s'était jadis trouvée dans la maison de Middle Rock. Elle les posa sur la table de la salle à manger de son nouveau domicile, table qu'elle avait achetée chez un marchand de meubles danois dans le nord de l'État. Assise devant ses nouveaux bougeoirs, elle éprouva un soulagement infini à l'idée qu'elle n'avait pas oublié ses goûts personnels.

Loin de là, Max Besser se fait éconduire à la fin d'un énième entretien d'embauche, parce que son expérience se limite au travail en usine, et à cause de l'expression de profonde amertume dont il n'arrive pas à se débarrasser. Et dans l'espace producteurs d'un plateau de tournage, un casque sur les oreilles, Charlie Messinger scrute un écran où Mandy Patinkin joue une scène dans laquelle son personnage, l'oncle-patriarche, est enlevé par des ravisseurs, arc narratif permettant d'expliquer pourquoi les rapports humains au sein de la famille sont aussi foireux. Mickey Mayer fait des burpees dans sa cellule de prison, purgeant une peine de six ans fermes parce que Ruth a formellement interdit à Nathan de demander la clémence du juge, et profite de son incarcération pour mettre au point un projet de fraude électronique en espérant que les progrès technologiques rendront la chose possible à sa sortie. Et dissimulé par la nuit, Lewis Squib verse de l'huile sur les marches menant à ce qu'on ne cessera jamais d'appeler « le nouveau Giant's » , pour revenir le lendemain matin afin qu'un vigile puisse assister à sa chute et à la fracture de la jambe qui s'ensuivra, pendant que son neveu, au prétexte de vouloir immortaliser les figures de son oncle au guidon de sa motocross sur le parking, filmera l'accident dans son intégralité. Et la dominatrice de Beamer foule du pied le cou d'un homme en le mettant au défi de regarder sous sa jupe, avant de lui enfoncer son talon dans les parties génitales parce qu'il s'avère que massothérapeute, en fin de compte, ça ne suffit pas pour régler les factures. Et Phyllis, la voyante de Noelle, regarde droit dans les yeux de celle-ci d'un air tendu tout en lui faisant part de ses inquiétudes, car elle voit très clairement que la nouvelle associée de Noelle lui cache des secrets, et elle lui recommande de revenir le lendemain pour une purification de son aura, cette fois pour cinq mille dollars, ce qui permettra à la médium de déterminer très précisément les manipulations et les mensonges auxquels Noelle est exposée. Et Amy Finkelstein demande à ses élèves de rejouer une dernière fois « Do ré mi, la perdrix », en appliquant de la crème anti-inflammatoire sur ses articulations, après des années de cours scolaires et parascolaires à s'user la santé pour des enfants gâtés qui n'aiment pas la musique, qui ne cherchent même pas à la comprendre, mais souhaitent faire figurer la pratique d'un instrument exotique dans la rubrique « loisirs » de leurs candidatures aux meilleures universités du pays. La nuit, elle sort son violoncelle, mais elle n'en joue plus si bien que ça à cause de ses problèmes articulatoires, et même si elle a accepté depuis bien longtemps qu'elle ne jouerait jamais au sein du Philharmonique, elle a l'impression d'être dans un état de constante acceptation de ce fait, l'impression que cette prise de conscience ne se réalise jamais tout à fait, que quelque chose au fond d'elle continue de se demander si la chance ne finira pas par lui sourire, alors que le temps suit sans relâche son cours et qu'absolument rien n'indique que quelqu'un ou quelque chose viendra un beau jour la sauver.

Et nous avons beau savoir qu'aucun mécanisme, aucune stratégie n'est capable de garantir la sécurité, nous avons beau savoir que les dybboukim n'existent pas, pas vraiment, à moins de désigner par ce terme la façon dont les générations précédentes ne cessent jamais de nous hanter, nous nous retrouvons toutes et tous à la réunion des anciens élèves de l'année et nous ne parlons quasiment que des choses qui ont changé depuis notre adolescence : le fait que la plupart des personnes que nous connaissons travaillent à présent dans la finance, fortes d'un raisonnement d'une complexité talmudique qui voudrait que la vente à découvert et le fait de se faire de l'argent avec de l'argent font aussi partie de notre héritage ; la disparition des classes moyennes, le déclin de la classe intellectuelle juive ; le fait que la génération qui a œuvré et combattu pour que nous puissions vivre comme nous l'entendons serait consternée de ne pas voir un seul peintre, pas un seul poète, pas un seul violoniste classique ni même un seul professeur de philosophie parmi nous.

Et c'est là qu'inévitablement la conversation aborde ce bref moment où les Fletcher ont failli être contraints d'affronter une réalité semblable en tout point à la nôtre. Ce moment où il y a eu un dybbouk dans leurs tuyaux, ce moment où ils ont presque été forcés de comprendre ce que cela signifiait de ne pas savoir ce que l'avenir nous réserve. Nous nous rassurons en avançant qu'il est sans doute dommage pour eux que leurs problèmes se soient résolus aussi facilement. Après tout, quelle satisfaction peut-on bien tirer de la vie quand on n'a jamais eu à se battre pour rien, quand on n'a même jamais dû apprendre à se battre pour assurer sa sécurité ? Oui, nous nous rassurons en nous disant que les membres fantômes de leur potentiel leur démangent peut-être assez pour qu'ils se rendent compte qu'ils sont passés à côté de l'opportunité de s'extirper de leur confort et de leurs avantages, afin de devenir ce que seules la peur et la véritable adversité peuvent engendrer : de véritables individus. Les gènes peuvent sommeiller, mais ils ne se diluent jamais : même les récessifs attendent, en tenue complète dans les coulisses, leur moment d'entrer sur scène.

Peut-être que parfois, quand tout est calme et silencieux, les enfants Fletcher sentent en eux les reliquats de l'impériosité génétique de leur mère, de leur grand-père Zelig, des frères patibulaires de Phyllis collectant leurs loyers dans le Bronx, de n'importe quel membre de leur famille assez roublard pour avoir réussi à quitter l'Europe en vie, de n'importe quelle personne appelée de but en blanc à se battre pour sa survie.

Même s'il y a fort à parier que non. Le corps et l'esprit, en machines efficaces qu'ils sont, éliminent ce dont ils n'ont plus besoin. Des reliquats, ça n'a jamais suffi pour faire une personne vraie et complète. Et il y a très peu de chances, si ce n'est aucune, qu'une seule de ces réflexions ait jamais traversé l'esprit d'un seul Fletcher.

Peut-être est-ce là le véritable Compromis de Long Island : on peut réussir en ne comptant que sur soi, ou on peut devenir une vraie pelote de névroses, et ces deux voies opposées sont déterminées par les circonstances dans lesquelles on naît. Votre pauvreté suscitera chez vos enfants une forte volonté de s'en sortir. Ou votre fortune les condamnera à devenir des veaux, comme celui que Jenny avait mis en scène au collège, des personnes si assistées que lorsqu'il leur sera enfin permis de sortir de leur cage dorée pour se rendre à l'abattoir, elles ne seront pas même capables de se tenir sur leurs jambes. Mais celles et ceux qui grimpent les échelons sociaux par leurs propres moyens ne cessent jamais d'être taraudés par la peur du pire, et celles et ceux qui ont la chance de naître dans l'opulence et la sécurité ne deviennent jamais des personnes pleinement épanouies. Et qui peut dire laquelle de ces voies est la meilleure ? Quel que soit le cas dans lequel nous nous trouvons, nous restons prisonniers d'un système qui n'a de cesse de nous enculer, encore et encore, à perpétuité, et l'alternative importe peu.

Ou peut-être se dit-on toutes ces choses juste pour continuer à avancer, en sachant pertinemment que tous les Fletcher de cette planète s'en tireront toujours, tandis que le reste de l'humanité devra continuer à se battre pour assurer sa solvabilité minimale et sa survie, en un tournoi sans fin qui se joue au-dessus d'un gouffre, un vaste chaudron au bord duquel nous vivons, nous, le commun des mortels, les jambes remuant dans le vide, la sensation de vertige menaçant à elle seule de nous faire basculer. Nous nous disons qu'il vaut mieux avoir la capacité et la faculté de survivre, être n'importe quel animal sauf un veau, mais, merde, plus je vieillis, plus j'ai du mal à y croire.

*

Jenny fut la dernière Fletcher à quitter Middle Rock. Ce matin-là, avant que les nouveaux propriétaires prennent définitivement possession des lieux, sa mère l'avait appelée pour lui demander de vérifier que rien n'avait été oublié dans l'ancienne chambre de Marjorie. Jenny parcourut la maison une toute dernière fois, mais il ne restait rien.

Elle sortit et s'installa sur le siège passager du SUV de Brett Schloff dont le moteur tournait déjà, avec à l'arrière les derniers cartons destinés à la maison qu'ils avaient achetée à Cincinnati, ville où ils avaient décidé de s'installer afin d'être plus proches des enfants de Brett, et où, à peine deux ans plus tard, ils accueilleraient leur premier bébé, une fille, suivie un an après d'un garçon.

Le véhicule traversa la propriété et passa le portail, que pour la première fois de sa vie, Jenny ne referma pas ni ne verrouilla. Brett voulut prendre à droite pour s'éloigner de la ville, mais Jenny lui demanda de tourner à gauche. Elle voulait traverser ce lieu qu'elle chérissait soudain, tandis qu'elle s'apprêtait à le quitter. Ils passèrent donc devant le Bagel Man, devant le Poultry Pantry qui ferma l'année suivante, le patron expliquant que le fait de s'être attiré une clientèle iranienne relevait déjà du miracle, et que son affaire ne pouvait survivre au manque d'intérêt des communautés orthodoxes et asiatiques pour les produits qu'ils proposaient, à présent que ces deux groupes étaient majoritaires à Middle Rock. Ils passèrent devant la boucherie, qui était maintenant casher, tenue par le petit-fils des Beldstein ; devant la Manufacturers Hanover Bank où Ruth s'était procuré les billets marqués pour la rançon, et qui entre-temps était devenue une Chemical Bank, et qui était devenue une Chase. Ils passèrent devant le Duplo's Ski and Skate Shop éventré par les travaux qui bientôt en feraient la cinquième pharmacie CVS de Middle Rock.

Brett roulait, et Jenny contemplait le paysage qui défilait : le lycée, la maison des Mayer, celle où avait grandi Brett, la bibliothèque, Cobbleway Park. Elle demanda à Brett de prendre à gauche sur St. James Drive et de ralentir jusqu'à arriver à hauteur de la vieille maison néo-Tudor devant laquelle une personne qui aimait son père mais ne le supportait plus l'avait violemment arraché à sa paisible existence, emportant avec lui l'histoire de la famille Fletcher. Brett ralentit jusqu'à ce que le SUV s'immobilise, Jenny en descendit, contempla la maison et pleura pendant une belle grosse minute. En remontant à bord, elle dit :

— Partons d'ici.

Et Brett leur fit quitter Middle Rock, en direction du reste de leur vie.

Dès le lendemain, un bulldozer pénétra dans la propriété pour débuter les travaux de démolition. La maison de Zelig et Phyllis fut éventrée la première, puis ce fut au tour de la maison de Carl et Ruth, les briques blanches brisées gisant sur un tapis d'éclats de volets noirs. Les cottages des domestiques et les garages furent rasés d'un revers de pelleteuse. La serre fut démontée, un panneau de verre après l'autre. Le vieux massif de fraisiers fut tondu à ras. La piscine en béton fut arrachée du sol et le trou qui en résulta comblé de terre, elle-même recouverte de gazon en rouleau.

À la place de ce qui avait été démoli, les nouveaux propriétaires firent ériger une gigantesque maison néo-georgienne et trois demeures plus petites dans le même style qui jalonnèrent l'allée. On creusa la Pelouse Impossible pour la remplacer par un très long miroir d'eau. Sur le gazon qui s'étendait entre la maison et le détroit fut érigée une plateforme qui comprenait une toute nouvelle piscine dominant les eaux et une paillotte style tiki avec barbecue et douche extérieure. La propriété leur appartenait enfin totalement : il ne restait plus la moindre trace des personnes qui avaient vécu ici, encore moins de celles qui les avaient précédées.

Les Fletcher étaient une grande famille juive américaine. C'était ce qu'avait déclaré Rabbi Weintraub lors du décès de Phyllis, puis celui de Carl. Il voulait dire qu'ils avaient survécu et proliféré, qu'ils étaient arrivés dans ce pays, avaient observé le paysage, et s'étaient empressés de se fondre dedans. À cet égard, leur réussite fut telle qu'au bout du compte, ils disparurent sans se faire remarquer, absorbés par l'Amérique qui existait en dehors de Middle Rock, n'ayant plus le moindre besoin d'un tel lieu. Cette solution avait fait son temps.

Ce jour-là, Jenny et Brett prirent Ocean Vista Road, puis tournèrent à droite pour s'engager sur la Shore Turnpike qu'ils suivirent jusqu'à la Vanderbilt Parkway. Alors qu'ils traversaient le détroit, elle aperçut le phare que sa grand-mère avait réussi à faire restaurer, et, plus loin, la propriété où elle avait grandi. Brett ressentit du chagrin, un sentiment de fin. Il posa la main sur celle de Jenny et ils roulèrent et roulèrent et roulèrent jusqu'à ce que Long Island soit loin derrière eux.

Les Fletcher étaient partis pour de bon, et nous n'eûmes plus jamais à entendre leur horrible nom.

Note de l'autrice

Le kidnapping au cœur de ce roman peut rappeler l'enlèvement de Jack Teich à Long Island en 1974, et ce pour une excellente raison : cet aspect de l'histoire s'en est inspiré.

J'ai eu connaissance de cet enlèvement très tôt dans ma vie, et je connais personnellement la famille Teich depuis très longtemps. Mon père a grandi dans la même ville que Jack, et, pendant un temps, il a travaillé en tant que consultant informatique pour leur entreprise de cloisons et partitions à Brooklyn. Durant la première partie de ma vie, je voyais fréquemment les Teich, et quand j'ai été licenciée de l'un de mes tout premiers emplois, Marc Teich, le fils aîné de Jack, m'a emmené dans un supermarché Stew Leonard pour m'acheter de quoi remplir mon réfrigérateur, avant de me faire signer un contrat pour l'été, de la saisie de données au sein de l'entreprise familiale. Marc et moi sommes restés très proches depuis, mes relations avec ses frères et sœurs étant beaucoup moins intimes.

Jack n'a jamais parlé ouvertement ou publiquement de son enlèvement, apparemment pas plus à moi qu'à ses proches. Il a pu retrouver sa famille après que celle-ci eut versé aux kidnappeurs une rançon mirobolante. Il a décidé de poursuivre sa vie sans exposer les personnes qu'il aimait à de plus amples détails sur les horreurs dont il avait été l'objet que ceux qui furent révélés dans la presse ou au cours du procès de l'un de ses kidnappeurs. Il a su s'épanouir et mener une vie pleine de bonheur et de gratitude au sein de sa famille.

Il y a quelques années de cela, j'ai rencontré Jack afin de lui parler de mon projet de roman qui aurait pour axe principal un enlèvement similaire au sien. Il m'a donné sa bénédiction, avant de me demander lui-même conseil : il envisageait en effet d'écrire ses Mémoires. Il désirait enfin parler de ce qui lui était arrivé des années auparavant. À présent plus âgé, il ne voulait pas disparaître sans que sa famille sache ce qu'il avait enduré, durant le kidnapping mais aussi pendant l'enquête qui s'était étalée sur plusieurs années, et quelles avaient été les répercussions de cet événement, dans la sphère publique comme dans la sphère privée. À peu près dix-huit mois plus tard, il m'a fait parvenir un exemplaire de *Operation Jacknap: A True Story of Kidnapping, Extortion, Ransom and Rescue*, « opération Jacknap » étant le nom que le FBI donna à l'affaire. Si vous souhaitez en apprendre plus sur l'enlèvement de Jack Teich, je vous recommande son excellent livre.

Inutile de le préciser, les Fletcher sont des personnages tout droit sortis de mon imagination. Les Teich ne ressemblent en rien à la famille Fletcher, ni biographiquement, ni professionnellement, ni physiquement, ni du point de vue de leurs personnalités, encore moins de leur philosophie de la vie. Leur gentillesse et la longue amitié qui nous lient sont très précieuses à mes yeux.

En outre, je tiens à saluer le poète Timothy Liu, dont le magnifique poème *The Lovers* fut affiché dans le métro de New York dans le cadre de l'opération « Poetry in Motion » de la MTA (l'entreprise chargée de la gestion des transports publics de New York et ses environs) à l'époque où j'écrivais ce roman. Ce poème, que je lisais tous les jours durant mes trajets, m'a inspiré la conversation entre Beamer et Noelle après leur visite à Phyllis la voyante.

Merci à Marsha Norman de m'avoir gracieusement permis de reproduire les paroles du *Jardin secret* dans ce roman : à Mandy Patinkin, dont l'incroyable performance m'a marquée à vie ; et à ma tante, Lois Akner Fields, qui m'a emmenée voir cette comédie musicale (et bien d'autres) quand j'étais au lycée. J'ai eu énormément de chance d'y assister.

Taffy Brodesser-Akner
New York, 2024

Composition et mise en pages PCA – Rezé

Achevé d'imprimer en juillet 2025
par CPI BRODARD & TAUPIN (72200 La Flèche)
pour le compte des Éditions Calmann-Lévy
21, rue du Montparnasse, 75006 Paris
commercial@calmann-levy.fr

PAPIER CERTIFIÉ

CALMANN LEVY s'engage
pour l'environnement en réduisant
l'empreinte carbone de ses livres.
Celle de cet exemplaire est de :
1,1 kg éq. CO_2
Rendez-vous sur
www.calmann-levy-durable.fr

N° d'éditeur : 1185448/01
N° d'imprimeur : 3061591
Dépôt légal : août 2025
Imprimé en France.